A Nanyang Reader:
Literature,
Sea and Islands

南洋讀本

文學‧海洋‧島嶼

王德威
高嘉謙

——編

「台灣@南洋」書系前言

高嘉謙

「台灣@南洋」書系，是透過台灣的知識平台建立一個望向南海，探索島嶼、半島、海峽等海洋視野的人文視窗，連結南洋的歷史文化與政經線索，締造一個帶有田野現場，結合廣大歷史視角的跨域視野。台灣從遠古南島民族的跨洋遷徙，大航海時代荷蘭、西班牙的占據，明鄭政權的南海貿易，締造了十七世紀以降台灣在海洋世界跟南洋的連結。爾後金門人落番南洋，日治台灣曾作為日本帝國的南進基地，作戰、受俘於南洋的台籍日本兵和戰犯台灣人，冷戰時代台灣作為第一島鏈往南延伸的反共陣線，台灣僑教政策為東南亞學子創造的華文高教之路，這林林總總跟大時代脈動相連的遷徙和移動，使得跨境南方，既是地緣政治議題，也是歷史敘述、地域文化的線索。換言之，台灣其實早已擁有自己的南洋故事。那個帶有家國歷史想像，但也不乏人類學、地理學意義的族群遷徙和文化傳播，帶我們回到了一個又一個的歷史現場。

跨足田野，回到歷史線索裡的小故事，我們呈現台灣跟南方的文化交織，擴建一個知識生產的園地。書系的精神標舉「從台灣望向南洋，在南洋尋找台灣」，在兩個地域傳遞聲音，透過文學故事、歷史田野、文化踏查的接引，重新捕捉失落的歷史細節，時代變遷裡形塑的文化元素，人文地理的地方風土。「台灣@南洋」書系，藉此為讀者指引路徑，展開南方旅程，在大歷史與小故事裡建立我們的軌跡，識別自我與他者，讓讀者獲得橫向跨界的知識洞見和靈光。

東南亞及周邊海域　高瑞傑繪圖

中國大陸

香港
澳門

七洲洋

南海

南沙群島

菲律賓海

太　平　洋

巴布亞
新幾內亞

臺瓦克

帛琉

廣鳥群島
安汶

班達海

東帝汶

印尼

加里曼丹

望加錫海峽

汶萊

砂拉越
詩巫
古晉

民答那峨島

蘇祿海

蘇拉維西島

摩鹿加海

西里伯斯海

馬尼拉

呂宋島

民都洛海

菲律賓

納吉納海

薩馬島

蘭嶼
綠島
臺灣

越南

胡志明
富國島

柬埔寨

金邊

泰國灣

泰國

緬甸

仰光

美塞樂

麻煩

安達曼海

馬來西亞

新加坡

麻六甲

北干巴魯

蘇門答臘島

廖內群島

邦加島

巴鄰旁

爪哇海

三寶壟

雅加達

萬隆

雅加達海峽

爪哇

爪哇島

峇里島

峇里海

龍目海峽

馬六甲海峽

孟加拉灣

斯里蘭卡

印度

印　度　洋

巽他海峽

目次

「台灣＠南洋」書系前言　　　　　　　　　　高嘉謙　003

編輯前言／風、海和島嶼視野　　　　　　　　高嘉謙　009

華夷風土──《南洋讀本》導論　　　　　　　王德威　013

半島

柏楊（鄧克保）	異域	小說	033
潘壘	靜靜的紅河	小說	046
穆旦	森林之魅──祭胡康河谷上的白骨	詩	055
阿潑	柬埔寨：沒落的古國	報導文學	059
曾焰	阿卡花	散文	071
銀髮	墓之凝視	詩	084
藥河	髮樣地白著的十二月	詩	086
洛夫	沙包刑場──西貢詩抄	詩	088
海凡	野芒果	小說	089
冰谷	籬笆和歷史的糾纏	散文	105
李有成	訪五一三事件受難者墓園	詩	115
黎紫書	國北邊陲	小說	119
陳耀威	拿督拿劍	散文	134
賀淑芳	別再提起	小說	137
梁靖芬	黃金格鬥之室	小說	143
王潤華	天天流血的橡膠樹	散文	157
鍾怡雯	北緯五度	散文	163

海峽

米憐	賽痘神晰論	筆記	171

左秉隆	左秉隆詩	舊詩	174
黃遵憲	以蓮菊桃雜供一瓶作歌	舊詩	177
康有為	居丹將敦島詩	舊詩	180
丘逢甲	丘逢甲詩	舊詩	182
許南英	許南英詩	舊詩	185
邱菽園	邱菽園詩	舊詩	187
小文豪	和睡佛先生遊棋樟山 四絕原韻（之四）	舊詩	190
許傑	棋樟山	散文	191
林景仁	林景仁詩	舊詩	198
張福英	娘惹回憶錄	傳記	200
艾蕪	印度洋風土畫	小說	212
潘受	潘受詩	舊詩	229
郁達夫	亂離雜詩	舊詩	231
黃錦樹	死在南方	小說	234
巴人	印尼散記	散文	252
威北華	逃亡	散文	269
杜運燮	嵒嵒	散文	277
韓素音	進退維谷	小說	283
林玉玲	季風史	詩	298
杜忠全	喬治市巡禮	散文	301
陳志鴻	腿	小說	305
王安憶	漂泊的語言	散文	312

海洋

王大海	三寶壟	遊記	327
郭實臘	南海各小島	筆記	330
佚名	割梔白扇詩	過番歌	332
佚名	妹送親哥去過番	過番歌	335
笑罕	架厘飯	粵謳	337

白垚	漢麗寶	劇本	338
郭寶崑	鄭和的後代	劇本	352
陳大為	在南洋	詩	370
許地山	商人婦	小說	374
黑嬰	帝國的女兒	小說	387
溫梓川	郁達夫三宿檳城	散文	393
黃東平	七洲洋外	小說	398
王嘯平	南洋悲歌	小說	414
田漢	再會吧，南洋	歌詞	420
韓萌	花會	小說	422
蕭遙天	食風與沖涼	散文	433
劉以鬯	榴槤糕與皮鞋	小說	440
董橋	念青室情事	散文	444
夏曼・藍波安	大海浮夢	小說	448

島嶼、群島

王幼華	慈母灘碑記	小說	461
黃杰	南移富國島	散文	467
方天	爛泥河的嗚咽	小說	475
梁文福	新加坡派	歌詞	483
梁鉞	魚尾獅	詩	485
希尼爾	希尼爾詩	詩	487
陳志銳	親愛S城	詩	493
黃凱德	鱉瘟	小說	496
陳濟舟	棄子	小說	503
英培安	騷動	小說	510
新蓋・瑪・依蘭坎南	答案	小說	524
湯順利	厄鳥之鳴	小說	534
房慧真	印尼人	散文	543

楊謙來	老人世界	小說	546
李永平	黑鴉與太陽	小說	557
張貴興	野豬渡河	小說	571
黃子堅	神山游擊隊：1943年亞庇起義	史傳	583
謝馨	HALO HALO	詩	590
和權	眼中的燈——給扶西・黎剎	詩	592
羅門	麥堅利堡	詩	595
謝裕民	假如你到馬尼拉	小說	598
楊建仁	蟋蟀	小說	600
陳千武	獵女犯	小說	608
蔡政良	從都蘭到新幾內亞	小說	637

編輯前言
風、海和島嶼視野

高嘉謙

　　這是一本以海洋—海峽、島嶼—半島為觀照的南洋讀本。取文學作為航道，文字貼近風土為構想，組織四輯可以透過不同地理意義下的路徑、視角，深度閱讀近現代東南亞迥異的人文地理、歷史文化脈動的華文文學讀本。我們透過不同類型的敘事文本，試圖描述和把握具體的南洋地理想像空間，尋求人與環境、歷史、風土連結的軌跡和線索，及其締造的文學生態與形式。

　　顧名思義，南洋是明清以降含括南海，及其南方海域、群島之稱謂，落實於今日之地理概念，就是大陸東南亞、島嶼東南亞的範圍。這是離散華人的寓居、扎根處，亦見南來北返的移動；是原鄉的裂解與分歧，亦是鄉愁的糾纏不清；是南島世界多民族文化、宗教、語言的交織與融合，亦有地緣政治下的矛盾與衝突。南洋有其重層的歷史與記憶，在華文文學領域更是重要的地理與文化符號。舊時中國對外交通、遊記記載的下西洋，無論是海上絲路和朝貢外交，都有顯著標榜南洋位置。爾後外交官使西路線，經異他海峽進入印度洋，或經馬六甲海峽進入孟加拉灣，南洋依然是必經航道。十五世紀末以降的歐亞海洋貿易，東印度是洋人眼中對南洋的另一稱謂，摩鹿加群島成了兵家必爭之地，香料、帝國、殖民，改變了馬來群島世界（Nusantara）自成系統的海洋貿易和地緣政治。

　　每年兩道季風的南北吹拂，讓航行、過番、住番成為常態，同時帶來族群、文化的播遷和互動，形成民族、語言和文化的多樣性。《馬來紀年》記載：「無論是風上之土或風下之土，它們的貿易都來到馬六甲。」作為貿易

集中地,季風驅動了南洋的貿易樞紐位置,建立生活世界跟風土的連結。使節、海商、海盜、苦力、傳教士、知識人等勞力、貿易和文化移動網絡,呈現了華、洋、夷相互交織的風土。邁入二十世紀,南洋更凸顯其地理戰略意義。晚清中國的維新與革命話語,在東南亞均能發揮有效的動員,戰後依然有國共之爭的遺緒和影響。日本發動大東亞戰爭,東南亞無法倖免於外。戰後島嶼、半島國度從獨立走向後殖民,中南半島陷入戰火與軍事政治的遞嬗,共產、冷戰的界線橫亙於島嶼與大陸,種族衝突與國族政治的歷史幽靈不斷復返,南島環境與文化生態面對現代化侵蝕,這片水、土構築的東南亞世界,重新形塑了我們的知識框架和世界觀。

這本以海洋、島嶼為視角出發的南洋讀本,因此試圖從一個古已有之的移入、遷徙和跨洋路徑,思考島與島、海與陸、內地與外延、邊界與跨越的各種可能,探究根與徑(roots and routes)的實踐,華夷之變的識別,對中心與邊陲的延異意義,疆界的固著與滑動等等前沿理論的思辨。放在華文文學譜系,島嶼、海洋的連結關係,可視為「群島之海」(sea of islands)的想像。南洋讀本之可能,在於文學的觸角、線索包裹在一個繁複交錯的島與海的連結關係,著眼於更明確的地理與地緣社會性認同。

英殖民政府治理下的新加坡、馬六甲、檳城等港埠城市,荷屬蘇門答臘的棉蘭,牽動了華文文學萌發的最初生態。傳教士米憐在馬六甲創辦《察世俗每月統記傳》;清帝國使節左秉隆、黃遵憲在新加坡領事館組織文社、題詠南洋;丘逢甲、康有為在馬六甲郊外的山海之間遙想孔教、中華正統,寄寓維新情懷;棉蘭的僑領張煜南招聘台灣詩人許南英南來編寫傳記,弟媳的娘惹家庭則跟台灣板橋林家締結聯姻,詩人林景仁開啟了漢詩人最早對印尼及其周邊地域的大量寫作。爾後有民國文人許地山的棉蘭祭父,小說刻畫的南洋流離故事;巴人、威北華在戰亂時代於蘇門答臘逃亡,郁達夫則在戰後失蹤,據聞被日本憲兵殺害;新感覺派的小說家黑嬰被關押在爪哇島集中營數年。早期南來華人在新加坡棋樟山遭遇的檢疫和屈辱,當代劇作家郭寶崑則追問鄭和的後代,映襯南洋華人的失根。這些林林總總的南洋故事,激發我們思考港埠、口岸城市與文學的連動,戰火導致的離散與消亡。人與環境的耦合產生的認同,不以國別、國籍限制文學的想像,這些文

學跨越的路徑，可以擺放在人—陸—海的連結互動中，從南洋自身的歷史與文化，窺探政治、文化的間距，及其創造性的生成，探尋和重建華文文學的認識框架。

中南半島、南沙群島的孤軍經歷和書寫，戰火下的滯留、離散，遙遙接軌於南島文化圈最北端的台灣。曾經自詡正統的中華復興基地，碰上島嶼原生態的南島文化，交織為成熟又獨特的漢語原住民文學，卻又同時生成了達悟族作家夏曼‧藍波安離心的華文書寫——香料群島和南太平洋尋根。從冷戰島鏈政治環視，冷戰文藝從台灣、香港延伸至菲律賓、新加坡、馬來半島、泰國，文本的轉譯、轉載，文人的南北往返，形構了現代派特徵的戰後東南亞華語文學網絡。軍事意義的海、陸動線，牽引了文學的紙上生態和路徑。這是從台灣進入南洋讀本的策略之一。

綜合而言，編輯和閱讀南洋讀本，至少有兩層意義：

一、海洋作為島嶼、半島的支點，是島嶼板塊之間的連動網絡，亦是陸地視野的對外延伸，邊界的跨越與連結。換言之，南洋文本從來不是大陸視野的文學樣態，而是敞開水、土、風意義的多重人文世界。在島鏈、群島的脈絡裡，透過文學切入歷史社會，打開華人／華語文本的生成與環境生態，走進人文語境下的南洋水土、風俗，識別自我與他者在文化接觸與相遇的軌跡性（trajectivity）。

二、南洋文本，是地理風土意義上的互動生成，也是地緣政治下民族、語言、文化的多樣交織和發展脈動。這是一部以南洋作為地方（place）、區域（zone）、區位 （location）、據點 （site）的文學選集，以敘事的多元繁複，與過去中心／邊陲視角，或海內海外的地緣政治文學展開辯證。

本書的編選，以華文寫作為主，文類不拘，文言白話兼具，另有數篇從馬來文、印尼文、英文、淡米爾文翻譯的文本，除了選文的代表性，亦是對常見讀本的文類、語言限制的跨越，以期透過更開闊的南洋文本，帶來迥異又貼近風土的南洋世界觀。再者不以國別／國籍作為選文分野，讀本包括東南亞在地寫作，中國—香港—南洋的南來北歸書寫，台灣、歐美的熱帶文學與離散文本。體例上，長篇文本則節錄重要章節，另為每篇文本撰述簡要題

解、作者簡介，旨在引導和方便讀者進入文本的情境脈絡。題解撰寫者分別為王德威、高嘉謙和劉秀美。

此讀本標榜的南洋風土，理念的因緣可追溯至2014年陪同王德威教授走訪檳城。德威老師是首次到訪，彼時有「檳榔嶼土地公」稱譽的陳耀威先生當地陪，為我們導覽的檳城風土，自然非同凡響。爾後數次再訪，皆有耀威作陪。2019年我為蔣經國國際學術交流基金會籌辦「華夷風起：檳城文史研習營」，也是德威老師揭櫫的「華夷風」新概念的實踐。該研習營集合六十餘位世界各地青年學者集聚檳城，進行文史踏查和田野洗禮。一週的研習營裡，耀威統籌了整個田野調查，帶導覽，放影片，他對這座城的熱情、關注和探勘，生動展示了人與環境的互動生成。風土不是紙上談兵，而是浮映在風物景致，流風習俗裡。耀威對檳城的誠懇熱情，對老建築投入的修復心力，隱身出沒於檳城老城區，恰似守護一方水土的土地公，已成為我們認識檳城風土的印記。遺憾斯人早逝，藉此書之編輯出版，表達我們對耀威的懷念和敬意。

本書從籌畫到編輯，必須感謝麥田出版林秀梅副總編輯、陳淑怡編輯的支持和協助。東華大學華文系劉秀美教授參與題解撰寫，情義相挺，令我們感動也非常感謝！我的計畫助理劉雯慧協助行政、版權的統籌，她的細心和擔當為我們減省了許多工作，銘感在心。另外，感謝協助校對、謄稿的黃國華、黃衍智、劉洞嗪等諸位同學。

最後，本書可以順利出版，必須感謝各位作者、版權所有人和譯者。由於全書文本跨度頗大，授權取得相對費時和困難，編輯部已竭力聯繫。若個別文本的授權有所疏忽，還請作者或版權所有人見諒，並請主動聯繫出版社。

本書的出版，獲得國科會「南向華語與文化傳釋」計畫的贊助，謹此致謝。

華夷風土──《南洋讀本》導論

王德威

　　作為地理名詞，「南洋」起自明末，泛指中國大陸南方沿海區域，以及南海區域的中南半島、馬來半島、群島還有無數島嶼──即今日的東南亞。「南洋」至少有三種定義。清代水師曾有「南洋」艦隊，顧名思義，鎮守中國南方海域。更廣為人知的則是中國東南沿海地區人民「下南洋」之舉。[1]十八世紀以來，成千上萬人漂洋過海，來到東南亞墾殖、避難或經商，在二十世紀上半葉達到高峰。「南洋」還有第三義：明治維新後，日本帝國主義興起，對南海乃至南太平洋區有了覬覦之心，因有對「內南洋」與「外南洋」的前進計畫，終於導致太平洋戰爭。

　　如果「東南亞」是二戰之後，西方區域政治所炮製的地理座標，「南洋」的命名則引起更繁複的歷史及情感脈絡。[2]南洋曾經是華人移民海外的首選，東西殖民勢力競逐的所在，海上絲路通往印歐的必經之地，革命起點或流亡的終點，華洋種族、文化交錯的舞台。南洋海域寬廣，島嶼星羅棋布，華人蹤跡幾乎無所不在；他們安家落戶之際，也持續思辨鄉關何處。落地生根、葉落歸根，或再度漂流的選擇未嘗或已。時至今日，南洋依然是中國與世界交鋒的核心場域，南沙海權、一帶一路、新南向等政經操作此起彼落。

1　李金生，〈一個南洋，各自界说：「南洋」概念的歷史演變史〉，《亞洲文化》30（2006.06），頁113-123。

2　"Southeast Asia" 或「東南亞」為美國傳教士 Howard Malcom（1799-1879）的遊記 *Travels in Southeastern Asia* 所使用，時為 1839 年，但在二次大戰期間為英美勢力廣泛採用。

華語南洋

華語語系研究不能不以南洋為重心，因為這一地區幾乎揭露了所有相關議題或正或反的意義。過去三百年來，南洋吸引了上千萬中國移民，至今後裔超過三千四百萬，形成海外最大的華語聚落。移民來到異鄉，與土著及西方殖民勢力不斷周旋，尋找立足之地。失去朝廷國家的庇護，他們必須仰賴宗親會黨力量，用以自保；與此同時，他們內部的分合鬥爭一樣複雜多變。華人以熟悉的方言鄉音溝通，作為辨識彼此的標誌，甚至國族認同符號。早期移民心懷故土；從辛亥革命到共產革命，他們效力輸誠的熱情不能小覷。二十世紀中期國際局勢丕變，傳統殖民勢力消退，新興國族主義鵲起，冷戰方興未艾，華人如何認同，面臨巨大考驗。

以往華人研究論述奉世界、全球、中文之名，延續萬流歸宗式的中心論。新世紀中國崛起後，封建時代的天下論、王霸說捲土重來，更對全球華人文化帶來莫大壓力。華語語系研究的出現，不啻是正面迎擊。這一研究始於指認華語——方言，鄉音，口語——為形塑海外華人社會特性的最大公分母。一反「中州正韻」所建立的正統與邊緣、海內與海外的主從結構，華語語系論述一方面落實眾聲喧「華」的多元性與在地性，一方面企圖從國族主義與本土主義之間開拓另一種互動平台。

目前華語語系研究多以西方學院興起的後殖民主義、反帝國論述、文化多元訴求為基礎。他（她）們批判華人移民為定居殖民者，掠奪在地資源，剝削土著，卻又與中國藕斷絲連。循此邏輯，華人既然已於海外自立門戶，就應該放棄故鄉故土之思，融入定居地文化社會，日久天長，華語華文自然消失，族群共和，天下太平，是為「反離散」。[3]

這類論述雜糅各種理論訴求，政治正確有餘，卻昧於歷史千絲萬縷的脈絡，也暴露華語語系研究的困境。十六世紀以來，西方殖民勢力侵入東南亞，之後華人移民開始出現。他們與土著競爭資源，同時也屈從甚至助長西方殖民霸權。如果華人是（次等）殖民者，他們也同時是被殖民者，僅以籠

3　見如史書美教授的論述，《反離散：華語語系研究論》（台北：聯經出版公司，2017）。

統的「定居殖民」將其一語打發，豈非以偏概全？何況華人對內、對外所面對種種階級、宗族、地域、種族、宗教、性別壓力。而以華人移民作為「中華帝國」殖民勢力的前哨，更未免簡化「下南洋」的歷史、政經動機，過分抬舉了明清及民國的海洋政策。

華人與東南亞國家民族主義的糾結，尤其需要謹慎以對。這一地區目前十一個國家中，菲律賓最早於1898年建國，東帝汶則在2002年建國；越南、馬來（西）亞、印尼等則是冷戰期間國際協調下的產物。每一個國家的建立和治理頗有不同，華人的境遇因之有異。泰國華裔基本融入在地文化，印尼華裔則歷經多次血腥排華運動，幾乎喑啞無聲。馬來西亞華裔約有六百五十萬，為南洋華語世界最大宗，也是學者研究焦點所在。這些國家的華語文化有的已經渙散（如菲律賓），有的依然堅持不輟（如馬來西亞），有的華洋夾雜（如新加坡），有的勉強起死回生（如印尼）。我們可以從這些現象做出觀察，卻無權越俎代庖，預言華語文化必將甚至必應如何。

「反離散」論者強調華人應該放棄故國，認同定居國，成為多元一體的有機部分。此一論調立意固佳，卻無視不同國家地區內華人生存境況的差異。文化、種族的隔閡，宗教的律令，以及無所不在的政治權謀都使多元號召步履維艱。論者高舉號召全球華裔「反離散」，卻忽略他們被歧視、「被離散」的可能。

更弔詭的是，1955年第一次亞非會議在印尼萬隆召開，會後中國總理周恩來簽署限制雙重國籍條約，號召華僑就定居國籍做出選擇，不啻成為「反離散」之說的源頭。十年之後，印尼排華運動仍然爆發，至少五十萬華人死於非命。離散在任何社會形態裡都不應是常態，但離散作為生存的選項之一，卻攸關主體的能動性與自決權。

南洋也同時是華語語系研究者清理「何為中國」的戰場。立場尖銳者每每指出早期南洋僑民心懷二志，成為落地認同的最大障礙。事實上，清代與民國對「華僑」的照顧聊勝於無，而華裔的向心力與其說是國族主義作祟，更不如說是對在地殖民情境──以及日後出現的本土霸權統治──的反彈。華語語系研究的興起源出於對以往中國／海外論述的反思，但當批判者的矛頭對準作為冷戰政治實體的「中國」，將一切問題敵我二元化，反而凸顯自

身揮之不去的「中國情結」（Obsession with China）：怨恨與欲望成為一體之兩面。這不僅簡化華人對「中國」作為一種文明及歷史進程的複雜認知與感受，也並未能對華裔與在地文化、種族、政教結構、甚至生態環境賦予相應的關注。

華夷之「變」

　　基於以上觀察，《南洋讀本》提出「華夷之『變』」作為論述的基礎。我們認為，與其糾結華語的存亡有無之必要，何不放大眼界，從「華」的他者——「夷」——重新思考「中國」歧義性，與「華」的多元性？「夷」意味他者、外人、異己、異族、異國，既存於中國本土之外，也存在於中國本土之內。華夷互動的傳統其來有自，更因現代經驗不斷產生新意。中央與邊緣，我者與他者，正統與異端不再是僵化定義，而有了互為主從，雜糅交錯的可能。

　　相對「華夷之變」，「華夷之辨」是更為一般所熟知的觀念。這一觀念最初可能以地緣方位作為判準，乃有「中國」與「東夷西戎、南蠻北狄」的區別。彼時的「華」僅止於黃河流域中游一小塊地區，其餘都屬於「夷」。這是中國本土以內的世界觀。但只要對中國民族、地理史稍有涉獵，我們即可知即使漢族以內，也因地域、文化、時代的差距產生許多不同結構。五胡亂華以前的南方被視為蠻夷鴃舌之地，日後成為華夏重心，即是一例。歷代各種漢胡交會現象，或脫胡入漢，或脫漢入胡，多元駁雜的結果一向為史家重視，更不論所謂異族入侵以後所建立的政權。蒙元、滿清只是最明白的例子。影響所及，東亞從日本到韓國皆相互比照，做出具體而微的回應。

　　華夷論述的關鍵之一是不僅以血緣種族，也以「文」——文字，文學，文化，文明——作為辯證正統性的基礎。京都學派學者宮崎市定的說法值得思考：「『文』的有無，卻可確定『華』與『夷』的區別。換句話說，『文』只存在於『華』之中，同時，正是由於有『文』，『華』才得以成為『華』。」[4]「文」不必受限為書寫、文字、符號。在此之外，「文」的意

4　見中國科學院歷史研究所翻譯組編譯，《宮崎市定論文選集》下卷（北京：商務印書館，1965），頁304。

義始自自然與人為印記、裝飾、文章、氣質、文藝、文化、終於文明。「文」是自然的軌跡，審美的創造，知識的生成，也是治道的顯現。但「文」也是錯綜、偽飾、蘊藏的技藝。

　　「文」的彰顯或遮蔽的過程體現在身體、藝術形式、社會政治乃至自然的律動上，具有強烈動態意義。基於此，明亡之後日本人所謂「華夷變態」、或朝鮮人所謂「明亡之後無中國」，[5]都以海外華夏文化正朔自居。滿人以異族入主中原，則以「有德者」承接華族文明的正當性。[6]時至清末，西風壓倒東風，以往的華夷天平向「夷」傾斜，林則徐「師夷之長技以制夷」說首開其端。

　　西學東漸，如何描述、定義現代的「中華」文明成為不斷辨證的話題。民初革命者從「驅除韃虜」改向號召「五族共和」，五四之後知識界的科學、玄學之爭，共產黨百年從信仰馬恩列史、文化革命到吹噓中華民族偉大復興，台灣從遙奉滿洲王朝的台灣民主國到臣服殖民勢力、再到抗中懼華的「中華民國」，多變可見一斑。

　　我建議重新檢視傳統「華夷之辨」觀念，而代之以「華夷之變」。「辨」是畛域的區分，「變」指向時空進程的推衍，以及文與文明的彰顯或渙散、轉型或重組。以南洋華人社群為例，華人移民或遺民初抵異地，每以華與夷、番、蠻、鬼等作為界定自身種族、文明優越性的方式。殊不知身在異地，易地而處，華人自身已經淪為（在地人眼中）他者、外人、異族——夷。更不提年久日深，又成為與中原故土相對的他者與外人。遺民不世襲，移民也不世襲。在移民和遺民世界的彼端，是易代、是他鄉、是異國、是外

5　林春勝、林信篤編，浦廉一解說，《華夷變態》（東京：東方書店，1981），頁1。孫文，《唐船風說：文獻與歷史——《華夷變態》初探》（北京：商務印書館，2011），頁39–40。葛兆光，〈從「朝天」到「燕行」——十七世紀中葉後東亞文化共同體的解體〉，《中華文史論叢》81（2006.1），頁30。又，對朝鮮、日本、越南與中國的文化互動與想像變遷，見葛兆光，《想像異域：讀李朝朝鮮漢文燕行文獻札記》（北京：中華書局，2014）。

6　（清）雍正皇帝編纂，《大義覺迷錄》卷上，頁3。孟子曰：「舜生於諸馮，遷於負夏，卒於鳴條，東夷之人也。文王生於岐周，卒於畢郢，西夷之人也。地之相去也，千有餘里；世之相後也，千有餘歲。得志行乎中國，若合符節。先聖後聖，其揆一也。」見劉曉東，〈雍乾時期清王朝的「華夷新辨」與「崇滿」〉，收入張崑將編，《東亞視域中的「中華」意識》，頁85–101。

族。誰是華、誰是夷，身分的標記其實遊動不拘。[7]

南洋華僑曾被譽為「革命之母」，即使羈留海外也遙望中原。辜鴻銘（1857-1928）、林文慶（1869-1957）都來自土生（與在地土著混血）華人背景，在西方接受教育，理應疏於認識華族文化。但他們對正統的信念如此深厚，甚至成為中國土地上的異端。抗戰、國共內戰期間大批華裔青年回到大陸效忠祖國，與此同時，大批文人來到南洋，或避難或定居。1947到48年馬來亞半島，南來與本地文人為現實主義文學展開辯論，將華夷問題南洋化。其中金枝芒（1912-1988）強調馬華文學可以「暫時是中國的」，但「內容必須永遠是馬來亞的」；胡愈之（1896-1986）則稱僑民文學效忠對象永遠是祖國。[8]兩人都是抗戰前後從中國來到南洋，立場卻如此不同！十年之後馬來亞聯合邦獨立，以往的移民必須就華族「遺民」或馬來「夷民」的身分之間，做出選擇。與此同時，華文教育之爭浮上台面，背後正是對「文」作為華夷論述基準點的艱難博弈。

當華夷之「辨」轉為華夷之「變」，我們才真正意識到批判及自我批判的潛能。與其說「華夷之變」是有關非此即彼的「差異」，不如說是一種你來我往的「間距」。[9]間距並非產生一刀兩斷的差異，而有移形換位的脈絡——那是「文」的從有到無、或從無到有的痕跡。華族文化與文明是在不斷編碼和解碼的序列中顯現或消失。在「夷」的語境裡，我們觀察「潛夷」和「默華」如何回應中國；相對的，「夷」也可能默化、改變那個（其實意義

7　王德威，〈華夷之變：華語語系研究的新視界〉，《中國現代文學》34（2018.12），頁13。

8　參見黃麗麗，〈論馬華文學的「潛在寫作」——以金枝芒為例〉，《台北大學中文學報》27（2020,9），頁183-221。

9　這是余蓮（François Jullien, 或譯朱利安）的說法。余蓮（François Jullien）著、林志明譯，《功效論：在中國與西方思維之間》（台北：五南圖書出版，2011），頁5。類似余蓮的觀察在西方漢學界其實不乏前者從文學角度而言，見 Stephen Owen, Owen, *Readings in Chinese Literary Thought* (Cambridge, Mass: Council on East Asian Studies, Harvard University, 1992), pp. 1-28.「差異」、「間距」的觀念，使我們聯想德西達（Jacques Derrida）著名的「差異」（différence）與「延異」（différance）。但是兩者理論背景極為不同。最基本的，如果德西達從事的是意義的解構，余蓮詢問的是意義的效應。後者不做本質／非本質主義的分梳，而強調差異的差異——間距——作為意義不斷湧現、形成的方法。

變動不居的）「華」。

華夷風土

　　華夷之「變」關注政治、文化隨時空流轉而生的變遷，也關注「時空」座落所在的環境與自然的變遷。我曾以「華夷風」描述華夷之「變」。關鍵詞是與Sino「phone」諧音的「風」。莊子所謂「風吹萬竅」，「風」是氣息，也是天籟，地籟，人籟的淵源。「風」是氣流振動（風向、風勢）；是聲音、音樂、修辭（《詩經·國風》）；是現象（風潮、風物、風景）；是教化、文明（風教、風俗、風土）；是節操、氣性（風範、風格）。「風以動萬物也。」）《西遊記》石猴出世，「因見風」。華語語系的「風」來回擺盪在中原與海外，原鄉與異域之間，啟動華夷風景。我們既然凸顯「風」的流動力量，以及無遠弗屆的方向，就該在華夷理論與歷史之間，不斷尋求新的「通風」空間。

　　然而天有不測風雲，因此任何有關「風」的理想同時也必須關乎「風險」的蠡測。風險的極致是破壞與毀滅——任何理論無從排除的黑洞。這就帶入「風」的政治性層面。華夷「風」的研究因此也必須思考「勢」的詩學。[10]「勢」有位置、情勢、權力和活力的涵義；也每與權力、軍事的布署相關。如果「風」指涉一種氣息聲浪，一種現象習俗，「勢」則指涉一個空間內外，由「風」所啟動的力量的消長與推移。前者總是提醒我們一種流向和能量，後者則提醒我們一種傾向或氣性，一種動能。這一傾向和動能又是與主體立場的設定或方位的布置息息相關，因此不乏政治意圖及效應。更重要的，「勢」總已暗示一種情懷與姿態，或進或退，或張或弛，無不通向實效發生之前或之間的力道，乃至不斷湧現的變化。[11]

10　王德威，〈「根」的政治，「勢」的詩學：華語論述與中國文學〉，《中國現代文學》24（2013.12），頁13–18。

11　由「風」與「勢」所帶動的華夷論述總已具有臨界意識。聽風觀勢暗示一種厚積薄發的準備，一種隨機應變的警覺。此無他，風無定向，勢有起落，我們必須因勢利導。作為文學理論，華夷風研究最大的批判能量在觀察文與言的變動性，提醒溝通的不確定性。我們顧及文與言若斷若續、語焉不詳、意在言外的表述——以及因為政治壓迫、風土變遷、時間流逝而導致文與言的

　　華夷「風」提醒我們，目前華語語系研究在關注冷戰格局下的政治地理外，是否輕忽了環境——自然的也是人文的環境——的重要性。一旦我們思考自然環境如季風、土地，氣候，水草，海洋如何介入、形塑南洋人文地理，華夷視野陡然放寬。從山風海雨到物種聚落，從草木蟲魚到習俗傳說，以此形成的博物世界與生活形態，可稱之為「華夷風土」。《南洋讀本》提議以「華夷風土」作為論述再出發的起點。

　　不論中西傳統，「風土」都是古老的觀念，也都同時納入自然生態和人文風俗的含義。[12] 風是大氣流轉的現象，也是傳導文明的動能。南洋之所以吸引大量華人移民，與氣候因素息息相關；十一到四月的東北季風、五到十月的西南季風循環吹拂，啟動這一地區的航海活動以及貿易網絡，是為「風下之地」。[13] 循此，我們思考季風之下，土與地的意義。在中國、希臘和印度古文明中，土地不僅被視為吞吐萬物的根本，也是文明運作的起源。中國五行傳統「金木水火土」以「土」為其他四行的基底。[14]《尚書‧堯典》整合自然變化，時序方位、鳥獸人民。風的狀態難以捉摸，但一經定位，有了四方分化，也有了四方土的概念。就其中者為「中土」， 與同時出現的「中國」的意義相連貫。[15]

　　現當代東西學界對土和土地的思考另闢蹊徑。海德格（Martin Heidegger）眼中的「大地」舒朗無垠，但也深不可測，與世界相對立。藝術的意義之一即在於讓隱匿、遮蔽中的大地向世界「敞開」。[16]巴修拉（Gaston Bachelard）的意象詩學則強調土地既是生命與力量迸發的起始，也

暗啞，乃至消失。

12 《國語‧周語上》：「是日也，瞽帥、音官以（省）風土。廩於籍東南，鍾而藏之，而時布之於農。」韋昭注：「風土，以音律省風土，風氣和則土氣養也。」

13 Philip Bowring, *Empire of the Winds: The Global Role of Asia's Great Archipelago*（New York: I. B. Tauris, 2019），Introduction.

14 「土」也與三代文明籍田、風土、季節、農耕等概念緊密扣連。女媧「摶土造人」的神話展現土地的生命力，「黃帝」則是「黃土」的具體化，呈現土德與權威。

15 見楊儒賓的討論，《五行原論》(台北：聯經出版公司，2018)，頁390-445。

16 Martin Heidegger, "The Origin of the Work of Art," in *Poetry, Language, Thought*, trans. Albert Hofsdater（New York, Harper and Row, 1971），p. 43.

是死亡與吸納蘊藏的歸宿。[17] 楊儒賓認為土最重要的意義在於創生與「報本反始」：「寬廣才能普及萬物，深厚才能承載萬物。此種厚德的理念只能來自土，而不可能來自其他自然因素。」[18] 後人類學研究者哈勒薇（Dona Haraway）則批判自命不可一世的「人類世」（Anthropocene）對地球帶來的破壞，轉而著重「地緣世」（Cathulescene），[19] 意即人所立足的地上與地下無限生物與非生物共存的關係世界。

　　近代西方風土學（mesology）起源於十九世紀的菲爾德（George Field）與羅賓（Charles Philppe Robin）等對自然生態與物種分布的探討。在東方，風土學的突破自和辻哲郎（1889-1960）的《風土：人間學的考察》（*Fûdo: Ningengakuteki kôsatsu,* 1935）。和辻深受海德格 啟發，從精神現象學角度探討人的存在意義。[20] 相對於海德格側重人的存有與時間的關係，和辻強調人的存有與空間的關係。他提出「風土」，意指「土地的氣候、氣象、地質、地味、地形、景觀等的總稱。古時又叫做水土，其概念的背後，是把人類環境的自然以地水火風來掌握的古代自然觀。」[21]

　　和辻不以「自然」而以「風土」概念作為研究焦點，意味深長：風土離不開人的身影，自然的元素如土、水、火、風必須在人所在的時空座標中發生作用。和辻考察季風，沙漠，牧場三種風土現象，並以此推論人如何因應環境形塑其存在的意義體系，從感官反應（如冷熱）到人際價值形成詮釋互動。這一風土意識與經驗的形成具有社會性，因此和辻關注的不是作為個別存在的人，而是人與人所形成的關係網絡：「人間」。風土是「間柄存在的我們」（間柄即人際關係）。話雖如此，論者也指出潛藏在和辻風土論下的黑格爾史觀，以國家作為總攝一切人間差異性的終極存在。和辻認為南洋季

17　見黃冠閔，《在想像的界域上：巴修拉詩學曼衍》（台北：臺大出版中心，2014），頁121-158。

18　見楊儒賓，《五行原論》，頁435。

19　Donna Haraway, *Staying with the Trouble: Making Kin in the Chthulucene*（Durhamm: Duke University Press）.

20　Augustin Berque, "The question of space: from Heidegger to Watsuji," *Ecumene*, 3, 4（1996）: 373-383.

21　和辻哲郎，《風土：人間學的考察》（上海：東方出版社，2017），頁9。

風帶社會的被動性和惰性，隱隱顯露其偏見和偏見之後的政治命題。[22]

　　台灣學者洪耀勳（1903-1986）受到和辻哲郎風土論的啟發，於1936年發表〈風土文化觀——台湾風土との関連に於いて〉一文。他將民族性的研究置於「血」與「地」對比，強調後者的重要性。對洪而言，「地」並不單純指涉氣候、自然與生物景觀等等物質性的「地方」概念，而是指「人」在長久的「時間」之中與此「地」（台灣）的生存互動關係，由此產生風土的特殊性。洪耀勳認為，台灣與中國南方氣候環境相似，然而其生存關涉——特別是作為殖民地的時空結構——促使島上人民意識其「特殊性與特異性」。但另一方面，他又委婉承認台灣風土不論如何特異，畢竟是日本國家共同體的部分。如此，他其實呼應和辻哲郎風土論背後的黑格爾式辯證法，將物我、主客的異同邏輯輾轉證成為國家主義的一統邏輯。[23]

　　1960年代末，法國地理學家邊留久（Augustin Berque, b. 1942）接觸和辻哲郎的研究，並將其發揮成更具特色的風土論。邊留久認為西方的環境學、生態研究不脫啟蒙主義以後的主／客、物／我二元論述結構，相對於此，風土論提醒我們二元論之外的第三種可能。邊留久引用和辻哲郎的觀點，指出風土即是人立身於天地之間的「結構時刻」。由此生發生命—技術—象徵（bio-techno-sybolic）三者的聯動關係，缺一不可。邊留久特別強調「風土的中介性」（mediance），意即在時空不斷演化的過程裡，環境生態、人為技術、表意象徵之間互為主客的動線，其結構與演繹形態總不斷交錯跨越（trajection）。[24]

　　邊留久修正了和辻哲郎風土學所潛藏的目的論，轉而關注風土的積澱性、孔隙性（porosity）以及潛能性。換句話說，儘管自然亙古存在，在漫長

22　廖欽彬，〈和辻哲郎的風土論——兼論洪耀勳與貝瑞克的風土觀〉，《華梵人文學報》14（2010.06），頁663-94；又見，朱坤容，《風土與道德之間：和辻哲郎思想研究》（上海：人民東方出版社，2018）。

23　林巾力，〈自我、他者、共同體——論洪耀勳〈風土文化觀〉〉，《台灣文學研究》1（2007.04）：73-107。有關洪耀勳的哲學研究縱論，見洪子偉，〈台灣哲學盜火者：洪耀勳的本土哲學建構與戰後貢獻〉，《台大文史哲學報》81（2014.11），頁113-147。

24　Augustin Berque, "Offspring of Watsuji's theory of milieu（Fûdo）," *GeoJournal*, 60（2004）: 389-396.

的歷史軌跡裡，人與環境互為因應，所構成的生存模式和價值、信仰體系形塑了風土的特色。這一特色有其生成的邏輯，但卻不是必該如此的命定。同樣的天氣，在不同人種文化詮釋下，有了不同的感受和對應方式。

延伸邊留久的看法，我們不妨思考風土學的對應面，神話學（mythology）。在此，神話不僅指涉先民與不可知的自然或超越力量互動的想像結晶，也指涉當代社會約定俗成，甚至信以為真的知識系統。[25]風土學與神話學都牽涉每一社會面對環境可知或不可知的現象，所發展出的實踐法則和價值系統。風土學落實生命—技術—象徵於日常生活，神話學則凸顯從迷信到迷因（meme）的「感覺結構」。

舉例而言，「安土重遷」一向被視為華夏文明空間觀念的重點，但在華夷交錯的南洋，這一觀念遭遇微妙挑戰。早期華人移民帶來家鄉的耕作技巧和生活習俗，但面臨不同氣候環境，必須做出因應。水土不服之際，他們每每祈靈大伯公。學者有謂大伯公為春秋吳人祖先太伯，或檳榔嶼天地會領袖的張理。許雲樵則總結大伯公為南洋最普遍的神祇，其性質與中國的土地公無異。[26]橘逾淮為枳，神明亦若是？「土」已經發生位移，移民甚至他們所信奉的土地神明都須在故土還是本土間做出抉擇。華夷之變發生在最根深柢固的「土德」想像與崇拜上。

和辻哲郎、洪耀勳、邊留久等現代風土論對華語語系研究有什麼意義？一如前述，部分華語語系研究依賴後殖民與反帝國理論，推動解放與多元的理想。這雖然看似理所當然，但理論與實踐的差距過大，不免予人居高臨下的印象。我們介紹風土論，因其不僅為政治掛帥的華語語系研究帶來人間煙火，從而豐富其政治的意涵，尤其提醒我們環境地理——物的環境，人的環境——的重要性。

南洋現場

回到南洋現場。我們必須反省，在控訴殖民者與定居殖民者和帝國勢力

25 Roland Barthes, *Mythologies*, trans. Annette Lavers（New York: Farrar, Straus and Giroux,1972）.

26 吳詩興，《傳承與延續：福德正神的傳說與信仰研究——以馬來西亞華人社會為例》（砂拉越詩巫永安亭大伯公廟，2014）；見王琛發序言，〈大伯公、歷史敘述與政治傾向〉。

之餘，我們對這四百五十萬平方公里的水域和地形，或存在其間的人或物，有多少理解？東南亞人口六億五千萬，居全球總人口數五分之一，民族多達九十種以上，華族只是其中之一，以比例而言約在百分之六上下。這一地區處於地殼運動最活躍的地帶，太平洋板塊，印度洋板塊，歐亞板塊彼此擠壓，造成地震火山。1815年爪哇以東松巴哇島上坦博拉（Tambora）火山爆發，釋放的能量相當於二次世界大戰廣島原子彈爆炸威力八千萬倍，是人類歷史所記最猛烈的火山爆發。2004年南亞大海嘯，失蹤和死亡人數超過三十萬。

從大歷史角度來看，唐代以前中國關於東南亞海域只有零星記載（如東晉法顯取經由南洋海道回到中國）。中國商人遲至宋代晚期才成為貿易常客；官方海上行動如十三世紀元軍侵爪哇，十五世紀鄭和下西洋其實只是例外。在此之前，馬來人、印度人、阿拉伯人早已構成串聯東西海域的網絡。十六世紀後，歐洲探險者憑藉船堅砲利，進入東南亞，華人隨之而至，但一直要到十九世紀，殖民者的礦場及種植業大盛，需要密集勞力與技術，華人移民才大批湧入，開枝散葉，直到一九四九國共分裂。

華人在南洋墾殖近三百年，影響舉足輕重。二十世紀中期後東南亞國家紛紛獨立，華人移民大減，排華運動此起彼落。然而風流水轉，新世紀以來中國和台灣政權分別推動一帶一路和新南向計畫，為這一地區又注入新一波角力變數，華人未來如何其實難以預測。華人如能因應歷史情境，繼續搬演關鍵少數，並使用華語華文以為標記，學者即無從依賴理論，預言其命運必將如何。

是在這樣的背景下，我們觀察南洋華夷風土的流變。呼應邊留久的說法，風土不僅體現於山川風物，民情習俗，更是一種「生命─技術─象徵符號」相互關涉的過程。每一進入南洋自然場域的族裔及文化，都為此處帶來特定表述方式，從耕作到生死，從衣食到信仰，無不如此。我認為，華夷風土特色之一，在於印證「文」──從文字到文化；從天文，地文，到人文──的消長，[27] 語言只是最明白的印記之一。

27　白居易，《與元九書》，「天之文，三光首之；地之文，五材首之；人之文，六經首之。」

　　西元1296年初，溫州人周達觀（1266─？）奉使真臘，即今日柬埔寨。使節團經四月水陸行旅來到真臘國都吳哥城，逗留一年之久。周達觀將所聞所見記錄成文，即為《真臘風土記》。全文八千五百餘字，分為四十節，詳細記述都城王室、民情風俗、動植物與耕作景觀。日後吳哥城覆滅，甚至無從查考。直至十九世紀《真臘風土記》被翻譯為英德法文，法國探勘者按圖索驥，終於在1860年代發現吳哥古城遺址。距離周達觀初抵吳哥已經是五百六十年後。

　　《真臘風土記》既以「風土」為名，對我們的研究有如下啟發。蒙元帝國勢力進入中南半島，先後攻伐占城、安南，周達觀出使真臘即為延伸其勢力之舉。周為南方漢人，生於元滅南宋之際，代表蒙古王朝出使真臘，他的背景、敘事和見聞都充滿華夷交錯色彩。帝國視野無遠弗屆，但邊陲所見，還是從穿衣吃飯開始。其次，元使團在吳哥逗留一年，並非全為交涉談判，而是必須等待翌年西南季風吹起，以及大湖水漲，方能回航。氣候成為影響帝國動能的條件。不僅如此，吳哥王朝雖曾是真臘黃金時代，但由於當地氣候濕暖，戰亂頻仍，國土變遷。除出土碑文外，文字記錄甚少，文物亦多散失。《真臘風土記》雖為私人遊記，卻能補正史之不足，成為蒙元中國與南洋交往的歷史見證。

　　《真臘風土記》之後，有關南洋風土文字所在多有。風土的含義未必僅僅局限於經驗紀實，而更是人與環境互涉的「結構時刻」，是自然與聚落，實證與感受的雜糅體現。或用邊留久的定義，風土性指向物／我二元論之上的第三種存在，總帶有中介的象徵元素。這也是《南洋讀本》藉用文學作為詮釋「華夷風土」的動機所在。

　　藉著過去百年記錄、想像南洋經驗的文本，我們得以觀察華人如何與在地的自然、人種和物種互動，史話與「神話」交纏，形成特有的詮釋方法。這些文本包羅廣闊，有關「南洋」虛虛實實蔓延開來：從「蕉風椰雨」到「群象和猴黨」，從「靜靜的紅河」（潘壘）到「峇都帝坂聖山」（李永平），從去國離鄉到入鄉隨俗，從「濃得化不開」（徐志摩）到「流俗地」（黎紫書），從原住民「拉子婦」（李永平）到「鄭和的後代」（郭寶崑），從達雅克人、巫人、印度人、荷蘭人、英國人、日本人，到潮州人、

閩南人、廣府人、海南人，從殖民壓榨到民主奪權，從新村到馬共，從娘惹
峇峇到遺老遺少，從「西貢詩抄」（洛夫）到「星洲竹枝詞」（邱菽園），
從榴槤到「天天流血的橡膠樹」（王潤華），從漢麗寶公主和親到龐蒂雅娜
女鬼獵頭，從想當然耳的偏見到人云亦云的意見，從風土地志到神話傳說。

　　當然，更重要的是「文」的試煉。舊派文人如許南英、林景仁眷戀古典
漢詩形式，啟蒙者如方修、蕭遙天等引進白話現實主義。作家有的如李天葆
等將華埠風情寫得猶如鴛蝴小說，有的如溫祥英、白垚實驗現代風格，有的
如李永平操練中文如此精益求精，以致沉浸如「祕戲圖」般的樂趣。在光譜
的另一端，華文華語漫漶，華夷文化的痕跡以不同文字出現字裡行間。印華
作家如湯順利等以印尼文，馬華作家如楊謙來等以巫文寫作。馬華作家林玉玲
（Shirley Geok-lin Lim）、陳團英（Tan Twan Eng）、歐大旭（Tash Aw）及菲華
作家楊建仁（Kenneth Yu）以英文寫作；新加坡印度裔作家新蓋‧瑪‧依蘭坎
南（Ciṅkai Mā Iḷaṅkaṇṇaṉ）以淡米爾文寫作華人與淡米爾人的跨文化故事。

　　《南洋讀本》分為四輯，各以地理海洋形式作為進入南洋風土之途徑：

　　半島：中南半島（馬來半島）西臨孟加拉灣、安達曼海和馬六甲海峽，
東臨太平洋與南海。目前包括越南、寮國、柬埔寨、緬甸、泰國五國以及馬
來西亞西部，早自《史記》即記載中國內陸與此區的活動，包括南方絲綢之
路，近世則是華人移民最重要的目的地。中南半島上的華夷遭遇無比動人，
深山、叢林、與河流都承載著動人心魄的歷史故事。抗戰時期華人機工、學
生循滇緬公路北上，留下斑斑血汗，野人山森林於今埋藏多少戰士枯骨。冷
戰如何改變土地？柬埔寨土地下仍埋著未引爆的地雷，罌粟花掩映的泰緬金
三角反共救國軍基地，還有馬來膠林深處的左翼勢力……

　　半島各處分布大大小小的華族聚落。錫都怡保曾有過繁華歲月，如今
新、舊街場依然人來人往。泰國南部和平村裡，最後一批馬共有家難歸。州
府吉隆坡五方雜處，演繹一代移民悲歡離合。馬六甲海峽的暖風一路吹上半
島，午後的日頭炎炎，留聲機傳來的粵曲混搭時代流行曲，此起彼落的麻將
聲，印度小販半調子的惠州官話叫賣聲，串烤沙嗲和羊肉咖哩的味道……。
唐山加南洋，一切時空錯位，但一切又彷彿天長地久，異國裡的中國情調。

　　海峽：南洋海域航道縱橫，海峽成為商家、兵家必爭之地。馬六甲海

峽、巽他海峽、龍目海峽、望加錫海峽等是其中較為知名者。馬六甲海峽位於馬來半島與蘇門答臘島之間，地處太平洋、印度洋的交界處，全長八百公里，最窄處僅二點八公里，重要性有如蘇伊士或巴拿馬運河。世界四分之一的運油船經過馬六甲海峽。海峽水流平緩，淺灘與沙洲處處，加以印尼火耕傳統，每每帶來濃煙。已有環境學家憂慮千百年後，海峽是否仍能暢行無阻？

馬六甲海峽兩側的新加坡，馬六甲，檳城，棉蘭等港口城市因地利之便興起，亦為華裔聚集重鎮。前三者曾構成英屬海峽殖民地，新加坡尤為要衝。康有為，丘逢甲，郁達夫等晚清民國人士經此流亡，都曾留下感時傷世的詩文。丘逢甲過馬六甲如是寫著：「南風吹雨片帆斜，萬疊山青滿刺加，欲問前朝封貢事，更無人說帝王家。」。三〇到五〇年代，馬來和印尼殖民地華裔青年如王嘯平、黑嬰、韓萌經新加坡回到祖國參加革命，更有意義的是邱菽園、威北華、潘受等不同世代文人選擇在此安身立命。檳城十八世紀末華人進駐開發，也是海外會黨與革命力量的發源地，孫中山的故事至今流傳不息。與檳城隔海峽遙望的棉蘭則有大量印尼華裔居住。甲午戰爭後台籍文人許南英來到棉蘭謀生，病逝於此，其子許地山也曾到緬甸任教。1914年台灣板橋林家後裔林景仁娶棉蘭僑領張耀軒之女張福英為妻，其間來往南洋、台灣、中國，留有不少舊體詩作如〈題摩達山詩草〉，後客死滿洲國。其妻張福英晚年移居新加坡，以《娘惹回憶錄》回憶一生海峽情事。

海洋：本書第三輯關注海洋——南洋風土最後的歸宿。在太平洋和印度洋間，東南亞包括爪哇海，蘇拉威西海，蘇祿海，班達海，南中國海等大小海域。1498年葡萄牙航海家麥哲倫（Ferdinand Magella, 1480-1521）登陸印度西南岸，開啟所謂東西大航海時代。1512年葡萄牙船隊推進到香料群島最遠端班達群島，1521年麥哲倫抵達菲律賓，發現環球航路。但此前一千年，此區水手已經在香料群島、印度與中國間航行無阻，甚至遠達阿拉伯與非洲海岸。海上絲路其實遠比陸上絲路繁忙，到了二十一世紀因為中國大陸政權一帶一路計畫從而受重視。

與此同時，中國人——商旅和苦力，使節和海盜、亡命者和革命者——絡繹於途，帶來更深遠的影響。當神州大陸不再是安身之地，他們四處漂

泊、流寓他鄉，成為現代中國第一批離散者。那是怎樣的情景？康有為、丘
逢甲、邱菽園、許南英、郁達夫……，南中國海一艘又一艘的船上，我們可
以想見他們環顧大海，獨立蒼茫的身影。但也許與他們所搭乘同一條船的底
層，成千上百的豬仔與流民一道航向不可知的未來。

1405到1433年鄭和七下西洋，啟動近代中國與東南亞的外交及經濟關
係，馬來典籍《馬來紀年》更記載明代漢麗寶公主遠嫁馬六甲蘇丹滿速沙的
傳說。二十世紀初，許地山的商人婦在船上眺望大海，娓娓傾訴自己的南洋
冒險，金門華僑黃東平穿過七洲洋（台灣海峽西南至海南島東北之間的海
域）航向荷屬東印度殖民地——今天的印尼。到了二十世紀下半葉，郭寶崑
的戲劇延伸鄭和故事，叩問鄭和豈有「後代」的弔詭；白垚則將漢麗寶傳說
化為詩劇，從女性觀點思考離散和歸屬的選擇。印尼部落文化饒有南島語系
的特徵，讓台灣蘭嶼達悟族作家夏曼‧藍波安產生尋根衝動。他登上遠洋漁
船直駛南太平洋，在那裡，茫茫大海讓他終於有了歸鄉的感覺，而船上來自
四川山區的羌族少年則將華夷遭遇投向更渺遠的地平線……。

島嶼：相對於中南半島和馬來半島，南洋海上有超過兩萬五千島嶼與群
島。分屬於汶萊、東帝汶、印度尼西亞、馬來西亞、菲律賓以及新加坡等
國。此區族群主要屬於南島語系（馬來亞-波利尼西亞人、美拉尼西亞人和
密克羅尼西亞人），在漢字文化圈外，與半島地區有明顯差異。

婆羅洲在世界島嶼面積中名列第三，目前分屬馬來西亞，汶萊，印尼三
國。早在公元第五世紀婆羅洲已經出現在中國典籍；十八世紀末華人來此開
採金礦，甚至成立蘭芳共和國——亞洲第一個以共和為名的組織。十九世紀
英國冒險家布洛克（James Brooke）在砂拉越建立布洛克王朝，近年發現石
油，成為商家必爭之地。婆羅洲也是旅台馬華作家李永平和張貴興的故鄉；
他們少小離家，但島上的一切成為創作泉源。雨林沼澤莽莽蒼蒼，犀鳥、鱷
魚、蜥蜴、野豬盤踞，絲棉樹、豬籠草蔓延，達雅克、普南等數十族原住民
部落神出鬼沒。文明與野蠻的分野由此展開，也從來沒有如此曖昧游移。

從婆羅洲延伸出去，蘇門答臘島與郁達夫生死之謎畫上等號，但馬華華
裔如威北華來此與土著一起反抗殖民勢力。新加坡作家謝裕民以摩鹿加群島
——歷史的香料群島——的安汶島為背景，寫下明鄭時期因遇風暴漂流至島

上的遺民，歷經十代最終成為土著；太平洋戰爭期間台籍志願兵陳千武輾轉新幾內亞和爪哇，越南外海的富國島曾經收容最後一批國共戰爭撤退的孤軍，南沙群島慈母灘上被遺忘的守軍鬼聲啾啾。而華人蹤跡遠達新幾內亞。

戰爭的創傷縈繞不去。太平洋戰爭期間，華人抗日此起彼落，婆羅洲沙巴的神山游擊隊的犧牲令人肅然起敬，而台灣籍的「志願兵」陳千武曾隨軍遠戍東帝汶及爪哇，日後寫下：

> 埋設在南洋
> 我底死，我忘記帶回來
> 那裡有椰子樹繁密的島嶼
> 蜿蜒的海濱，以及
> 海上，土人操櫓的獨木舟……
> 我瞞過土人的懷疑
> 穿過並列的椰子樹
> 深入蒼鬱的密林
> 終於把我底死隱藏在密林的一隅

在南洋，千百年來季風冬夏循環吹拂，「風下之地」的人與物起落升沉，不斷重塑這一區域的景觀。華人出現此地，以「南洋」為其命名的歷史並不長久，任何以華語為名的研究必須同時是華夷研究。華夷之「變」的觀念帶出華語世界分殊內與外，文與野的流動性，以及更重要的，（自我）批判的異質、異類、異己性。如此，「南洋」是華語世界，也是非華語的世界；是「人間」的世界，也是風與土、山與海的世界。

半島

異域（節錄）

柏楊（鄧克保）

第三章　第一次中緬大戰

一

我們在緬甸的國土上，成立中國軍事司令部，自問多少有點說不過去，但是卻至少有三點理由，可以使我們稍感安慰。第一、我們是一支潰敗後的孤軍，在人道和友情立場上，我們有權向我們的兄弟之邦要求暫避風雨，第二、小猛捧一帶本是一個三不管的地帶，緬甸最前線的官員只駐到大其力，再往東便是土司、部落和華僑的力量了，第三、迄今為止，那裡還是一個中緬雙方未定邊界，共產黨所以在去年匆匆的，喪權辱國的和緬甸「劃界訂約」，就是企圖明確的顯示出來我們侵占了緬甸的國土，作為消滅我們和控告我們的法律根據，其實，那裡萬山重疊，森林蔽日，邊界很難一時劃清，我們是中華民國的部隊，在中華民國沒有和緬甸劃界前，我們不承認任何人有這種權力。

那時，我們的實力由不足一千人，膨脹為一千五六百人，我不能不特別提出譚忠副團長領導二七八團撤退的情形，和我們在三島時所聽的略有點不同，原來，他們的團長XXX是一直和他們一道行動的，可是因為他的妻子在很早的時候便飛到台灣的緣故，到了小猛捧之後，他第一件事便是出賣他部下手中的槍械，共產黨用血的代價都沒有奪去的弟兄們的武器，他卻輕輕的賣給土人了，他把賣得的錢換成金條後，正色的對他的副團長譚忠說——

「我要先到台灣去，部隊歸你指揮，我會請政府派飛機接你們！」

　　就這樣的，XXX悄悄的，毫無牽掛的走了，我不知道他還有什麼面目重見我們弟兄，也不知道他的金條——那是最敬愛他的部下們的血，能用到幾時？但我得特別提到譚忠副團長，在那種只要再往前走二十分鐘，便可進入泰國和XXX一樣的享受舒服安全生活的關頭下，他卻願留下來受苦，而且甘願屈居副職，是一個使人低徊仰慕的好男兒，他現在在那裡呢？我不知道，聽說他在台中，又聽說在嘉義，啊，當我們隊伍以淚洗面的時候，沒有人管我們，當我們的隊伍強大起來的時候，卻有人管了，管的結果便是現在的局面，立過血汗功勞的弟兄大批投閒置散，我們還有什麼可以再多說的呢？只有蒼天知道我們在緬邊還有何求？什麼是名？什麼是權？我希望我有一天能再看到譚忠副團長，我們的伙伴中，有三分之一是他的部下。

　　復興部隊當時的編制是這樣的——

　　李國輝——復興部隊總指揮兼七〇九團團長
　　譚忠——復興部隊副總指揮兼二七八團團長
　　陳龍——特務大隊長
　　馬守一——搜索大隊長
　　張偉成——獨立第一支隊支隊長
　　蒙保業——獨立第二支隊支隊長
　　石炳麟——獨立第三支隊支隊長

　　在復興部隊組訓完成的時候，我們已擴充到將近三千人，這應該歸功於「馬幫」華僑，我想我必須說明一點，這種從前根本沒有聽說過的「馬幫」，是孤軍所以能成長擴大的主要血輪，沒有馬幫，孤軍不但不能發展，恐怕還難立足。
　　遠在清朝中葉，馬幫便有了，雲南邊境一帶的貧苦農民，為了求生，常常趕著一匹馬或兩匹馬，比孤軍還要艱苦的，成群結隊的穿過叢林，越過山嶺，到寮北和緬北山區裡做點「貨郎」一類的小本生意，他們販賣藥材，販賣英國布疋和化妝品，更販賣違法犯禁的鴉片菸，抗戰時期，他們更販賣槍

枝彈藥。我們只要閉上眼睛回想一下美國電影上那些西部拓荒者的面貌，便能構思出馬幫弟兄們的輪廓，他們躍馬叢山，雙手放槍，舉酒高歌，充滿了草莽英雄，義氣千秋的悲壯氣氛。雖然他們在山區中成家立業，他們的妻子多半是白夷的女孩子，但他們愛國思家之心，和豪邁慷慨之情，卻依然是百年前遺風。全部馬幫華僑大概有四萬人至五萬人，他們捐給我們醫藥、子彈、馬匹，甚至，以馬守一支隊長為首，他率領了他們那些翻山越嶺如履平地的子弟兵，自帶馬匹槍械，加入我們的隊伍，從此，我們不但在緬邊活下去，而且也生了根。

復興部隊設立在小猛捧一個教堂裡面，我分明的記得，我們在教堂廣場上升起青天白日國旗的那一個場面，除了正值勤務的衛兵外，我們全體——包括眷屬和孩子，一齊參加，國旗在軍號聲中，飄揚著，一點一點爬上竿頭，從薩爾溫江上晨霧中反射出的一線陽光，照著旗面，眷屬們都默默的注視著，孩子們也把手舉在他們光光的頭上，我聽到有人在啜泣，接著是全場大哭，國旗啊，看顧我們吧，我們又再度站在你的腳下。

李國輝將軍的大孩子李競成，今年該十二歲了吧，他便是在小猛捧降生的，李夫人唐與鳳女士是政芬最好的朋友，她在懷著八、九個月身孕的痛苦情形下，隨著敗軍，越過千山萬水，她是眷屬們的大姊，我說出這一件事，是希望大家知道，在小猛捧的一個月休養時間內，我們是安定的，一個七拼八湊，除了紅藥水，幾乎其他什麼醫藥都沒有的衛生隊，也跟著成立了。

在那時候，我們已和台北連絡上，我們請求向我們空投，答覆是叫我們自己想辦法，我們只好自己生辦法了，為了不餓死，我們開始在山麓開荒屯田，為了取得槍械彈藥，我們計畫在整訓完成之後，重返雲南，向共軍奪獲。然而，蒼天使我們不能有片刻安定，緬甸政府偵知我們孤軍無援，而且，誠如托兆碰碑前哭唱的那一段：在「內沒有糧，外沒有草」情形下，他們出動兩倍於我們的國防軍，向我們攻擊，使我們不得不展開緬境中一連串的戰鬥中的第一個戰鬥，我真不知道應該怎麼說法，我們這一群孤兒，剛脫虎口，喘息甫定，便又遇到咻咻狼群，使我們永不能獲得喘息。

二

　　在和緬軍作戰之前，曾經有過四次先禮後兵的談判，我們不便對兄弟之邦的緬甸說什麼，但由以後所發生的種種事實來看，我們至少可以說他們現在的這個政府，是由一群腦筋混沌，而又帶著原始部落習氣的人統治著，我們始終不了解他們為什麼要消滅我們，我們像一條忠實的狗一樣為他們守住後門，任何人都不能想像，一旦我們不存在，他們有什麼力量阻擋中共的南下──中共用不著傻裡傻氣派兵的，只要把緬共武裝起來就夠了，而世界上卻多的是這種箕豆相煎，怎不使人扼腕！

　　五月廿日，正是我們進駐小猛捧一個月的最後一天，緬甸國防軍一連人進入一向沒有任何武裝部隊的大其力，並立刻派人持函到小猛捧，要我們派員和他們談判。

　　我們的首席代表是復興部隊副參謀長，原九十三師參謀主任蒙振生，我也是代表之一，緬甸方面的出席人則是一位不知道叫什麼名字的少校──這個少校應該是中緬兩國的罪人，從他那種傲慢的地頭蛇氣質的態度上，我和蒙代表發現我們好像是前來請降而不是前來談判，他不告訴我們他的名字，也不告訴我們他是不是緬甸政府的代表，我們簡直是和一具暴跳如雷的留聲機講話，他發表了一篇指斥我們「行動荒謬」的言論外，像法官判決一件案子時那麼戲劇化的站起來宣布說──

　　「我代表緬甸政府通知你們，限你們十天之內，撤回你們的國土！」

　　我們一再向他請求延緩撤走的時間，他都聽不進去，最後，蒙代表說──

　　「如果貴國逼我們太甚，我們只有戰死在這裡。」

　　「你們只有兩小時的彈藥！」他冷笑說。

　　原來緬軍已得到我們不但「援絕」，而且也「彈盡」的情報，我們悵然的告辭出來，深知道對一個沒有受過人性教育而又有權勢的人，只有實力才可使他低頭，我們把結果報告李國輝將軍，他知道戰鬥已不可避免了，剛剛安定下來的布署，不得不從新變更，第一個是把眷屬送到泰國夜柿，這時候，孤軍的危急處境，為當地華僑，泰國華僑，和馬幫華僑探知，啊，我

想，世界上只有兩種東西是無孔不入的，一種是水銀，一種恐怕就是華僑了，在繁華富強的英美，固然有中國人，在我們所處的蠻荒邊區，也有中國人，而且是更愛國的中國人，小猛捧和大其力雖然是緬甸的城市，但只要到大街上走一趟，任何人都不會懷疑它不是中國鄉鎮，僑領馬守一已率領武裝弟兄組成搜索大隊，而另一位僑領馬鼎臣，他更為他祖國所拋棄的這支孤軍，到處奔走呼籲，於是在泰國華僑協助下，運來了大量我們最渴望獲得的醫藥和子彈，我們永遠感激他，他們幫助我們，除了危險外，沒有其他任何好處，這才是真正的愛國者，可是，真正的愛國者的下場往往是令人嘆息的，那當然都是以後的事了。

第二次談判在五月二十五日，我和蒙副參謀長再度和那位少校接觸，他的態度依舊非常強硬，我們只好支吾其詞。第三次談判在六月一日，那位少校的態度忽然變得和藹起來，他不但臉上有了笑容，而且還為我們拿出兩杯茶和一些糖果，這種突變的態度使我們起了戒備，果然，他開始詢問我們的兵力、武器以及彈藥等等，我想那個可憐的少校一定把中國軍人看成和他們緬甸軍人一樣的幼稚了，蒙代表當時便用一句話堵死了他的嘴，以致不歡而散。

「少校先生，這是軍事祕密，您是不是也可把貴軍的配備情形告訴我們呢？」

第四次談判在六月三日，大其力縣長通知我們說，緬軍要求我們派出更高級的代表，最好是李國輝將軍親自出席，去景棟和他們的團司令談判，以便徹底解決，當時誰也料不到堂堂緬甸國防軍會草寇都不如，李國輝將軍是不能去的，我們便派了丁作韶先生和馬鼎臣先生前往。

可是，就在丁馬二位先生抵達景棟的當天，緬軍便在景棟檢查戶口，把丁馬二位先生和當地若干華僑領袖們，統統加以逮捕，這種卑鄙的行動燃起了孤軍的激動，有人主張立刻進軍，有人主張異地為客，還是忍耐，於是，在六月八日那一天，我們向緬軍提出一個溫和的照會，內容是——

一、請立即釋放和談代表。
二、聲明中緬兩國並非敵人。

三、我們絕無領土野心，唯一的目的是回到自己的國土。

四、請不要再採取敵對行動。

緬甸的答覆是開始向大其力增援——三輛大卡車武器耀眼的國防軍由景棟南馳，我們急迫的再提出第二個照會，緬甸的答覆則是用空軍向我們的防地低飛偵察。

三天之後，就是三十九年六月十六日，緬軍向小猛捧進發，經我們哨兵阻止，他們即行進攻，一場中緬大戰，終於爆發。

三

這一戰從六月十六日一直打到八月二十三日，孤軍經過三個月的狼狽撤退，以殘兵敗將，迎擊緬甸國防軍，內心的恐懼和沉痛，每一小時都在增加，我們真正是到了進一步則生，退一步則死的地步。

在緬軍向我們哨兵攻擊的同時，他們另一團約兩千人，配備最優良的英式武器，向猛果進攻，直趨原始森林的邊緣，一舉切斷我們的歸路，像鐵剪一樣，兩片利刃，分別由南北兩面，夾向小猛捧，當情報傳來時，我們司令部的人相顧失色，這並不是趕我們回國，而是處心積慮的要消滅我們了，談判不過只是礙眼法而已，這對我們的打擊是很大的，尤其是，我們從沒有和緬軍作戰過，不知道他們的戰鬥力如何，但，事已如此，除了勝利，便是戰死，我們已沒有第三條路可走了。

在這兩個月的會戰中，證明了緬甸人是英勇的，緬甸軍隊也同樣的和我們驍勇善戰，我們承認他們是第一流的對手，他們最後歸於失敗，以及以後所有進攻都歸於失敗的原因，在我們說，應該感謝他們軍風紀的敗壞，他們沒有不戰勝我們的理由，可是卻硬是失敗了，我們從沒有想到世界上還有比緬甸軍風紀更敗壞的軍隊了，他們對他們本國同胞，比對敵人還要慘無人性，蠻無理性，姦淫燒殺四個字每一樣使我們這些外國人都忍不住髮指，緬甸善良的老百姓在他們國防軍的刺刀下貢獻出金銀飾物，緬甸良家婦女在她們國防軍的拳打腳踢下哀號著被剝去衣服。——結果是，緬軍像一條駛上了沙漠的獨木舟，而我們這些異國的軍隊，卻在緬甸人的協助嚮導下，反過來

裁斷他們的退路，一批一批的把他們擊斃和俘虜，一直到八月二十三日，他們承認失敗為止。

和陸上攻勢並進的，他們的空軍也出動轟炸，孤軍不得不撤出小猛捧，退入山區，但這不過是暫時現象，在躲過緬軍的銳氣之後，根據當地人的情報，我們重新反攻，由七〇九團副團長張復生擔任前敵總指揮，二七八團沈鳴鑄的一個營和葉鼎的一個營擔任防衛，陳良的一個營，和七〇九團董亨恆的一個營，共兩個營，擔任突擊，這幾位營長，他們的英勇事蹟和忠心耿耿，我想戰史上應記載他們的，中緬邊區的反共大業，全建築在他們這些鋼筋上，雖然他們一直不為外人所知，但他們用血寫下這篇史詩，卻是真的，啊！

六月二十八日，在緬軍發動攻擊十二天後，李國輝將軍下令反攻，而緬甸政府也頒布全國總動員令，增援到一萬餘人，預備入山搜索，而我們就在他大軍未立定腳跟前行動，董亨恆營長率領他的四百多位弟兄，以類似跑步的速度，在山叢中七個小時急行軍一百四十里，於拂曉時分，到達猛果。

這是沒有聲音的一戰，那一夜，滿天星斗，沒有月亮，大地上清瑩的像水晶塑的一樣，四百多條黑影飛一般的迤邐前進，沒有聲息，沒有火光，只有雨點般的腳步在響，當我們到達猛果時，緬軍的哨兵已被從背後躍起的我們的弟兄們掐住脖子拖走了，董亨恆營長親自在前面率隊，占領該鎮，在悲憤莫名的當地土人指導下，董營長率隊衝進緬軍團司令部，可是，他還是去遲了，當他衝進去的時候，那位緬軍團長光著身子翻牆逃脫，熱烘烘的被窩裡縮著一個赤身露體，戰慄不已的白夷少女。

「我如果抓到他，」董營長憤怒的對我說，「我會當著那少女，唾他的臉！」

我們擊潰緬軍的這個團後，緬甸空軍對我們的轟炸更為猛烈，於是，他們的空軍總司令的座機被我們擊中，總司令跳傘逃走，座機撞毀在景棟山上，這位總司令現在是緬甸政府國防部長，我想用不著說出他的名字了，雖然我們從不為已甚——當時如果我們要抓他，會抓住他的，但他迄今似乎都認為那一次被擊落是他的奇恥大辱，我們不敢說他一直主張消滅我們是為了這一件恨事，不過，從那一次後，他對我們的仇視陸的增加，卻是事實，我

們不願開罪任何一個人，環境卻逼我們開罪，那叫我們如何是好？

趁著有利於孤軍的形勢，我們託土人再帶給緬軍一個照會，籲請兩點，一點是釋放和談代表，一點是不要再繼續切斷我們的退路，但緬軍的答覆是痛罵我們「殘忍」，責備我們發動「無恥的夜襲」，堅持一定要繼續把重兵屯在森林邊緣，最後警告我們這些「殘餘」說，他們將在七月五日，堂堂正正發動總攻，這答覆使我們弟兄們悲憤發抖。

七月五日那一天的一早，緬軍果然向我們攻擊了，這一戰的壽命只維持了四個小時，未到中午，便行結束，我們的收穫是：一百多具緬軍的屍首，四輛大卡車（大概就是大其力增援的那四輛），和被我們活捉的將近三百人緬軍，而我們卻只傷亡十一個弟兄——他們為國戰死在萬里外的外國國土上，骨灰現在供在我們孤軍的忠烈祠裡。

四

從七月五日到八月五日，一個月間，雙方成膠著狀態，可是，到了八月五日，緬甸政府頒布他們舉國動員以來的總攻擊令，我們才第一次嘗到猛烈砲火滋味，在緬軍總攻擊後不久，孤軍便撤出猛果，接著再撤出公路線，向寮國邊境叢山中退卻，當退卻時，大家回顧兩個月來慘淡經營的基地，廢於一旦，而前途比我們初來緬甸時還要渺茫，一旦退入叢山，又與瘴氣毒蚊為伍，不知何日才能生還，大家更覺頹喪。

但是，在我們日暮途窮的時候，緬軍仍窮追不捨，兩門八一重砲和四挺三○輕機槍把我們團團圍住，像向陷阱裡投擲火球一樣，集中砲火向我們轟擊，以致弟兄們連頭都抬不起來，中午之後，緬軍攻勢更猛，傷兵不斷的抬下來，前衛受不住壓迫，也逐漸向核心山頭後撤——這是我們入緬以來情況最惡劣的一天，李國輝將軍在一個被巨砲震撼得搖搖欲崩的山洞中召開緊急軍事會議，商量應變，大家只有面面相覷，估計剩下的彈藥已不能支持到明天了。在那從洞口漏進來而又反射到各人身上的微弱陽光裡，我看到一個個臉色蒼白。

這時候，僑領馬守一被哨兵領進來，他的衣服被沿途的荊棘撕破，鞋也裂開了大口，眼睛發直，一屁股坐下來，向我們報告噩耗，原來緬軍已把大

其力、小猛捧、猛果、阿卡等地所有的華僑，全部逮捕，無論男女，都橫加拷打凌辱。緬軍對他們的同胞，尚且那麼野蠻，現在，更何惜於中國人，我的毛髮禁不住在根根的往上倒豎。

「李將軍，」馬守一先生嘶啞的叫，「你們是祖國的軍隊，救救我們，救救我們！」

李國輝將軍沉痛的望著大家，我們自己已到死亡的邊緣，哪有力量更伸出援手，最後，不知道是誰說了一句——

「我們沒有彈藥！」

「我可以供應！」馬守一先生說，他保證天亮前可以向緬軍或向泰國購買若干發，——他沒有欺騙我們，在天黑後，他送來四千發子彈和一萬緬甸盾，他匆匆的走了之後，我們軍事會議仍沒有結論，大家都知道，無論去救大其力華僑也好，或是我們孤軍要活下去也好，必須先要摧毀緬軍的巨砲和機槍，但這和老鼠決定要往貓脖子上掛銅鈴一樣，誰去做這件事？又怎麼做到這件事呢？

最後，張復生副團長站起來，他願率領敢死隊包抄緬軍背後，去毀滅那六尊使我們戰慄的武器，在徵求哪個營願意前往的時候，第三營董亨恆營長應聲舉手。

「我也去！我跟你去！」我驀然說。

「你不可以，你有妻子，老鄧！」董亨恆營長阻止我。

「你也有妻子！」

他低下頭，我在他臉上看到一種不祥的陰影。

天黑下來之後，在土人嚮導下，董營弟兄悄悄的撤出火線，向後山進發，中夜時分，忽然大雨傾盆，伸手不見五指，敢死隊折向西南，再折向西，卻想不到，緬軍的一個營這時也正向我們背後包抄，兩隻迂迴的軍隊在狹小的山口猝遇，發生了使我們損失最慘重的一場惡戰，董亨恆營長身中兩槍，被傷風菌侵入創口，我們沒有醫藥拯救他，兩天後，他呼號著慘死在他那從夜柿倉促趕回來的妻子的懷抱裡，遺下一個女兒，現在不知道她們流落在何方？第一連楊仲堂連長，當場被亂槍打死，葬身谷底，始終尋不著他的屍首，第七連連長和第九連連長也都戰死，可惜我記不起他們的名字了，但

我相信他們的忠魂將和石建中將軍在一起，為我們祝福。

五

這一次遭遇戰使我們第三營連長以上的官長全部殉難，隊伍潰不成軍，哀叫呼號之聲，震動山谷，張復生副團長據守在一堆亂石後面，仰天大哭，這真是天絕我們了。但他在槍聲稍息之際，大聲命令未死的弟兄們，有排長的聽排長指揮，有班長的聽班長指揮，沒有班長的各自為戰，向敵人砲兵陣地進擊。

「向前衝，我們死也要死在那裡！」

張復生副團長，他猛的跳起來，沿著水溝衝上去，一個傷亡慘重，被擊潰的敗軍這時受到他英勇行動的感召，大家重新集結，把生命交給他們的長官，向山崖猛撲，緬軍的那一個營不得不節節撤退，於是，我們的弟兄，踏著血跡，跟了進去。

這是一場慘敗後的大勝，我們攻進緬軍的砲兵陣地後，把那兩門八一重砲和四挺三〇輕機槍毫無損傷的俘獲到手，李國輝將軍乃下令進攻大其力，現在，是我們擁有可怕的攻擊武器，而緬軍空無所有了，這種霎時間便把戰局顛倒過來的事蹟，今天談起來，仍歷歷在目。

就是在這一仗之後，我們重新回到小猛捧，猛果，並進入大其力，阿卡。

在進入大其力後，緬甸國防軍的覆文來了，解釋從前扣押丁作韶先生，馬鼎臣先生，和逮捕華僑，都是政府的事，軍方不知，務必原諒，並請求把被俘的緬軍釋放，對這種類似兒戲的外交文件，使我想到中日之戰兩廣總督向日本索回軍艦的稀奇往事，但我們從不逼人太甚，一共俘虜了將近六百位緬軍，我們把他們集中起來，向他們報告我們的反共意義，和介紹他們認識共產黨的本質，三天課程後，一個人發給他們一百盾，打發他們回去。

於是，緬軍的第二個覆文到了，那就是八月二十三日，他們聲明同情我們的反共立場，但為了他們的顏面，請我們務必離開公路線和撤出新占領的城市，其他可以一切照舊。這同情雖然來得太遲，我們仍然接受，第一個回合的大會戰，就這樣的結束。

這一場會戰雖然是大獲全勝，可是，我們提出的釋放和談代表的要求，

緬甸只接受一半，他們把馬鼎臣先生送回，卻把丁作韶先生繼續扣押，那果然不是緬軍的行動，而是緬甸政府的行動，兩國相爭，不斬來使，對來使的有無禮貌，說明了那個統治集團是否有人類文明——因為，在原始部落裡，來使往往會被煮得稀爛的。不過，他們雖然沒有釋放丁作韶先生，卻在我們突襲占領猛果的同時，把丁作韶先生，從景棟大牢中「請」了出來，專機送往眉苗。

眉苗相當於中國的盧山，是緬甸全國最優美的風景區，位於臘戌、曼德里之間，在英治時代，是英國總督避暑的地方，現在，則是緬甸總統和他的閣員們避暑的地方，有各式各樣避暑山莊的建築，安靜的像一片真正的世外桃源。

當丁作韶先生最初被關進景棟大牢，他自知必死，所以，那一天，獄吏「請」他出來的時候，他感覺到無比的傷慟，便偷偷的用一個破紙條，寫給李國輝將軍幾句話，「國輝鄉兄：千萬不要繳械，千萬不要投降，弟命已矣，盼兄等堅定，死亦瞑目！」——這紙條從牢中傳出，輾轉到李國輝將軍手上時，我們已進入大其力，但我們卻永記於心，以後，每當情況危急的時候，我們就想起那紙條——弟兄們戲稱之為「衣帶詔」的那張紙條，便會覺得生氣陡的勃蓬，現在，丁作韶先生，也隨著老長官老伙伴離我們而去了，聽說他在成功大學擔任訓導長，我想，他，還有他的共患難的夫人胡慶蓉女士，會一直紀念著我們，只是，見面卻不容易了。

丁作韶先生在眉苗被軟禁了一年零兩個月，在這一年零兩個月中，事後丁先生告訴我們，他受到的待遇，成為我們孤軍奮鬥的寒暑表，當我們戰勝時，他的飲食就好起來，豬排、牛排、咖啡、水果，而且可以到眉苗公園散步，眉苗市長也設宴招待，也為我們的反共大業舉杯，可是，當孤軍戰事不利的時候，豬排沒有了，牛排沒有了，咖啡沒有了，水果也沒有了，而且不准走出房門一步，偶爾探一探頭，便會遭到昨天還婢膝奴顏的警衛們的喝止，丁作韶先生告訴我們，最使他痛苦的一件事是，當孤軍反攻雲南，節節勝利的那一段時期內，他幾乎是天天參加宴會的。可是，在孤軍開始撤退的一天，他卻立刻被從宴會席上拖下來，啊，祖國，你強大吧，強大吧！

六

八月末旬，我們在緬軍大批給養和車輛的供應下，由大其力撤退，這是一個悲壯的軍事行動，大其力那個有兩千多戶人家的縣城，是緬泰邊境最大的一個都市，可是，當我們撤退時，全城卻頓成一空，住民們恐懼緬軍的野蠻報復，華僑統統渡河到泰國夜柿去了，白夷人則統統跟著我們撤退，這些在血統上可以溯源出來是中國人的白夷男女老幼，雜在孤軍中，拋棄了他們的房屋店舖，當天色黃昏，大家撤退完竣的時候，我一個人孤獨的徜徉在那淒涼的沒有燈光的大其力黃土狹街上，面對著無窮的死寂，使我想到三國時代劉備的襄陽撤退，歷史是不騙人的，人民和我們在一起，這應是我們在戰勝後仍不得不吐出戰利品所激起的憤怒中的唯一安慰。

我們第一步先撤退到小猛捧，在這個小小平原上，孤軍停留了一個月，九月間，我們進入猛撒，把猛撒作為復興部隊的基地，猛撒比小猛捧要好得多，是一個擁有四十幾個村莊的大盆地，在四周都是插天的高山峻峰中間，我們在那裡停留了半年，半年的安定生活，在我們這滿是創傷的伙伴們看來，真是一個奇蹟，而且也使孤軍有一個較長時間的整訓，我們必須感謝上蒼，這半年時間對我們是太重要了，一則使弟兄們得到一個徹底的休息，一則是，我們成立了幹部訓練班，使我們日漸擴大的部隊，有充分得力的幹部，這是必要的，因為我們不久就擴充到兩萬人。訓練班的教育長是何永年，副教育長是蘇振聲，學員兩百多人，他們來自部隊、華僑和當地的白夷，每期三個月，一共訓練了兩期。

然而，民國三十九年十月十二日，緬甸空軍卻突然向猛撒做一次破壞君子協定的無恥的偷襲，那一天中午，大家剛放下碗筷，便聽到隆隆的機聲，接著便是瘋狂般的轟炸。

我們不知道是上蒼保祐我們，還是緬軍訓練不夠，這次轟炸的結果只炸死了一條水牛，使我們孤軍不得不賠出一筆錢給牛主。第二天，我們向景棟緬軍提出抗議，緬軍的答覆來了，在覆文中，他們說──

「盼望你們早日反攻大陸，一切糧草、汽油、車輛，我們可完全供應！」

但他們卻沒有提到我們抗議的主題轟炸這回事，好像根本沒有發生過什麼似的，大家傳遞的看著，啼笑皆非。

不過孤軍也並不完全在沉重的心情中過活，十二月間，猛撒縣長，也就是猛撒的土司，刀棟新生了一個孩子，寄養給李國輝將軍作為義子，無論如何，和大漢的將軍拉上親戚使他們驕傲，李將軍收下了，並為他起一個名字叫「劉備」。

刀土司為這個名字，曾大宴賓客，因為當他知道劉備是皇帝的時候，他隱藏不住他內心的喜悅。

1961年以筆名鄧克保在《自立晚報》社會版連載刊登〈血戰異域十一年〉；同年柏楊創立了平原出版社出版《異域》

鄧克保是《異域》的主角，也是小說於報章連載時柏楊所使用的筆名。敘說國民黨撤守台灣後，1949至1954年間自雲南撤退至泰北金三角的孤軍故事。

柏楊（鄧克保，1920–2008）
本名郭定生，後改名郭立邦、郭衣洞。出生於中國河南省，1949年來台，曾擔任教職及《自立晚報》副總編輯。1960年以筆名柏楊撰寫專欄。著有小說《蝗蟲東南飛》（後改名《天疆》）、《異域》、《曠野》、《莎羅冷》、《怒航》、《掙扎》等。

靜靜的紅河（節錄）

潘壘

第二十六章

一

行列在沉默中進行⋯⋯

這一條堅強的人流，蘊蓄著仇恨，走向緬甸北部蔥鬱而詭譎的森林，如同在可悲的暗窖中，蠕蠕地探索著⋯⋯

他們懷著一個共同的意志和信念，默默地走著。五月的烈日在他們的頭頂上蒸曬，沉重的背包和胸前的子彈袋使他們彎垂著肩背，被堅硬的皮鞋磨起水泡的腳在地上拖著，揚起一片令人嗆咳的塵土：有幾匹背上堆壓得滿滿的驟馬，走在他們的中間⋯⋯

他們有半數以上是屬於第五軍新編第二十二師的，還有些是與部隊散失的友軍和難民。其實，部隊的官長在戰爭的潰退中，對於士兵並不能起什麼作用，在這個行列裡，沒有團，沒有連；沒有官長，沒有命令。一切都憑著個人的自由意志去決定。雖然這樣，他們依然是合為一體的。那是指他們會自動地輪流著替走在前面揮著緬刀開路的同伴接換這份工作。因為前面沒有道路，他們只執拗地憑著一張摺縐的軍用地圖上所指示的方向前進。他們相信總有一天會跨越這布滿死亡的野人山，到達印度，在數天前，他們的部隊原是按著計畫，向滇西國境撤退回國的，然而，當他們抵達邊境時，戰局的急轉使他們驚愕，敵騎已經在怒江西岸出現了；所以他們只好轉道向印度撤退。於是，亞洲地圖上那條劃著曖昧虛線的中緬未定界——山勢陡峭的庫芒

與傑布班山之間，透出一道舉世矚目的光輝。

日子緩慢地在他們的腳底下爬過⋯⋯

第二十日。雨，已經接連下了五天，從來沒有停過。雨點從那鉛灰色的像殮衣般愁慘可怖的天空飄落下來，再透過那層罩著密茂而高大的橡樹枝葉，落在那些陰濕的草叢裡，落在那些潤葉齒邊的植物上。吸血的螞蝗爬在他們的頸項和腳踝上，比馬蠅還大的毒蚊在他們的身邊盤旋，隨時還得提防著野獸的突襲⋯⋯

這是一座多麼不可思議的莽林啊！

他們繼續前進。緬刀在那些樹與樹之間蔓纏的亂枝上砍下去，衣服被荊棘扯破，鮮紅的黏液在裂開的指縫間滲出來。除了一套碎片似的衣服及手上那桿用作扶杖的槍枝外，所有的配備全扔掉了。頭上的鋼盔被柴煙薰得焦黑；在它的陰影下面，露出一張張可怕的臉孔；黝暗，瘦削，失神而深陷的眼睛，瞠視著前面，宛如一群但丁地獄裡的幽靈。

二

森林中的夜晚，如同所有的夜晚一樣，天很早就黑下來了。

他們散落在四周，糧食早已完了。他們已經嚙嚙下最後一塊粗淡無味的馬肉，開始以野菜和芭蕉莖充飢了。有幾個枯瘦的士兵在大樹底下升起篝火，在鋼盔裡煮著一條切成小塊的軍用皮腰帶，火焰在他們的臉上跳躍著。

靠在大樹凸出地面的粗根，平坐在地上的那個士兵，顯然對於這種令人發笑的幻想不感興趣。然而，他卻有點不耐地睜開眼睛，向對坐在前面、正撥弄著柴火的同伴注視了一回。終於說話了，聲音黯啞而單調：

「張洪光，你在白費力氣啊！」

「怎麼？」他抬起頭，向說話的范聖珂看看。「你以為牛皮不能吃嗎？」

「別瞧我！」坐在右邊的歐品聰在膝頭上抹去鼻端的雨水，對用眼色向他徵求同意的張洪光解釋著：「我並不準備吃你這些牛皮塊，我是在烘乾身上的衣服。」

「你呢，副班長！」

「苗子」搖搖頭，用手輕撫著身畔的輕機槍。

「等一下你們會後悔的。」他沒趣地皺皺眉頭，自語著。繼續低下頭去撥弄在鋼盔底下燃燒的樹枝，但又忍不住偷偷地向這三位固執的同伴偷窺著。

沉默。遠處有人在呻吟……

他們是在卡薩一次掩護戰中留在後面的，陳班長和五個第九班的弟兄被砲彈埋葬在塹壕裡。在日軍五十五聯隊的騎兵衝過來的前一刻鐘，他們才放棄陣地。倉卒地退下來後，便被裹進這行列裡。

驀地，副班長像個小孩子似的傷心地痛哭起來。

「連上的人不知怎樣了……」他喃喃地喊著。

「副班長，」張洪光笨拙地說：「他們已經平安回國啦。」

「一定的，聽說是跟第六軍一起在八莫退到騰衝了。」

「那麼，我們不能再看見他們了……」

「你不是曾經說過，我們還要回去的嗎？」范聖珂故意地說：「回去的時候，總能夠見面的，除非……」

「除非我們打不回去！」歐品聰會意地低聲接下去。

果然，這些話比一萬句安慰的話在這位憨直的副班長聽來更發生作用。

「是我說的呀，我們一定會打回去的！」他激惱地向他們環視一周，屬聲叫道：「你們不相信嗎？」

他們笑起來。

隨後，又平靜下來了。范聖珂依然閉目默想，歐品聰在烘他的衣服，張洪光煮著他的牛皮塊：副班長伸出他的手指，輕輕地觸摸著輕機槍的扳機。

雨，繼續在下，猿啼和狼嗥在周圍的黑暗中呼應著……

「現在，劉錚真的和我們散失了。」歐品聰喃喃起來。

「還去想這些幹什麼！」范聖珂懶懶地收起他的腿，冷冷地說：「那個山頭人[1]說：假如明天在正午之前沒有暴雨，我們就得過『龍谷』了！」

於是，沉默又在篝火邊上伸展開來了。

1　山頭人：居住於野人山上未開化的喀欽族野人。

「龍谷」占據他們整個的思想。一種恐怖的，可怕而怪誕的想像在他們的心中浮現，直到夜深，他們才在飢餓和疲憊中，沉迷地伏在篝火旁睡去。

張洪光感到有點孤獨，他落寞地看看蜷睡在地上的同伴，一邊貪婪地嚙咬著手上那塊堅韌的牛皮，暗自思忖著那個不可測知的未來。

真的，還去想這些幹什麼呢。他想范聖珂說的話，又心安理得地在他那片難看的嘴唇上浮起一層含有解嘲意味的笑意，然後將那些能夠驅除毒蚊的艾草塞進火堆裡，在歐品聰的腳邊睡下來。

三

龍谷是橫亙在孟拱河谷（Mogaung Valley）和胡康河谷（Hukawng Valley）之間的傑布班山的一個狹隘谷口，也是一個進入胡康河谷的要道。在通過驚險可怖的山谷時，人們的命運便戰慄在死神的黑影下面，倘若那屬於喀欽族野人們的雨神震怒的話，急激的山洪便會在一瞬間吞噬了整個峽谷。在越過龍谷之前，那個替他們作嚮導的山頭人先用幾個光滑的羊蹄跪在地上卜卦，喃喃地唸著咒語，同時，絕對禁止說話，甚至咳嗽和呻吟聲他都以為會觸怒雨神。然後，他撿拾著地上的羊蹄站起來，和那位懂得幾句喀欽話的譯員生澀地笑笑，咕嚕著。

譯員拙劣地捲著舌頭和他談話，同時做著一些不必要的手勢。

「額亞！額亞！」山頭人裂開那張被刀割得滿是疤痕的嘴唇點著頭。

「好啦！」譯員返身向所有的人宣布：「我們馬上開始過龍谷……」

騷亂在群眾中蔓延開來……

「還有……呃──各位同志……」譯員張著手嘶叫。

「不要鬧！」

「嘿！憑哪一門要我們相信這幾個羊蹄……」

「靜一靜吧！這些龜孫子。」

「啊！老天爺，以後下四十天四十夜都可以，今天可下不得。」

「聽著呀！各位……」譯員搖著手，竭力拉直他的嗓子喊：「還有，呃……」

「不要鬧！」一個蓬著頭髮的少校咆哮起來，他憤懣地在腰間拔出手

槍，向天發射。

嘭……

死一樣沉寂。譯員怯怯地向那個少校溜了一眼，結結巴巴地說：

「請……請各位……特別注意，在過龍谷的時候，不，不許說話。」

「為什麼？」有人反對。

「沒有為什麼！不許說就是不許說！」少校在人群中走出來，叉著手，對站著發愣的譯員呶呶嘴唇：「說下去！」

「呃……」譯員嚥下一口涎沫。「這……這是帶路的山頭人說的。呃，這……這是他們的迷信，這些事情，呃，就和我們小的時候不敢站在墳頭上小便一樣……」

笑聲瞬即在人群中傳播開來……

行列沉默地爬越過龍谷，雨點飄落在他們身上……

前進，前進，在飢餓與死亡中前進。

六月過去了。情形愈來愈壞，三分之一的伙伴因為沒有醫藥而倒下去。吃下那些樹皮草根而引起的消化不良症折磨著他們。大多數還活著的都患缺乏肝質的夜盲，四肢衰弱而乾瘦地痙攣著，被蚊蚋和螞蝗咬壞了的小腿可怕地浮腫起來……然而，這灰色的行列仍一步一步地在這被森鬱的荊莽所掩蔽的野人山中蠕行著。

雨，仍然令人發愁地下，沒有停。

曾經有幾次，他們隱約聽見飛機聲，雖然他們也意識到這可能是在什麼地方派來找尋他們的偵察機。但，卻無從聯絡。他們只能絕望地仰著頭，看著那些枝葉繁茂的樹頂，以及散碎的，灰黯的，隱在枝葉縫隙中的天空。

爬過傑布班山，他們走下胡康河谷低窪的盆地，橫渡緬北的更宛江（Chindwin R.）的支流大宛河（Tawang R.）和大龍河（Tarung R.）再越過矗立在前面的野人山（Yeh-Jen-shan）的主脈。便可以到達東印度突出的尖角了。

七月中旬，行軍的第七十天，他們在野人山上。

死神盤旋在他們的周圍，幾乎每分鐘內都有人像朽木似的倒斃在腳下深可及膝的泥濘裡……

第二十七章

一

一個沒有光亮的晚上。悽慘，單調。

籌火在他們中間燃燒著，潮濕的樹枝在火中吱吱地發著叫聲。身體的泥濘和地上的泥濘分辨不清的張洪光，蹲在籌火旁邊，他和陷在極度憂慮中的范聖珂一樣，正向著平躺在一幅已經破爛了的雨布上，發著高熱的歐品聰凝神注視著。「苗子」副班長在幾天前已經離開了他們，消失在這座黑暗的山林的背後了。現在，應該說是這一天的下午，歐品聰突然染上與許多離去的伙伴們相同的症狀。起先，范聖珂和張洪光輪流地背著他走，但，當黃昏的白霧在莽林中升起來之前，他們筋疲力竭地癱瘓下來。對於歐品聰這種昏迷的睡眠，他們本能地由那已經麻痺的意識中，引起一種不可克制的恐懼。他們蹲在籌火邊，默默地注視著他那枯瘦、低陷、為高熱所燒灼的雙顴，以及充血而乾裂的唇角……

他們遠遠的被遺留在行列的後面了！

夜深了，雨滴聲彷彿死神在躑躅。

籌火漸漸熄滅，餘燼中透著淡淡的紅光。

「多麼黑暗的夜啊！」病人突然發出含糊的聲音。

范聖珂在膝上抬起頭，錯愕而迫切地急急呼喚：

「品聰！品聰！你醒了嗎？」

「嗯，我醒了。」

「啊！我的天老爺。」范聖珂顫著聲音喊叫起來，將身體向他挨近。

「別過來！別過來！」病人驚駭地警告著。

范聖珂輕微地痙攣了一下，緩緩地收回他的手。

「天！他好起來了……」張洪光喃喃著，一邊忙亂地將樹枝堆在籌火中。

「離開我，遠些……遠些……」歐品聰繼續癲狂地叫著：「我，我會傳染你們的！」

他們痛苦地屏息著。

篝火又燃燒起來了，火焰不安地向周圍伸舐……

歐品聰終於乏力地倒下來。喘息了片刻，他歉疚地嘎聲說：

「聖珂！」

「嗯……」

「你們在我的身邊嗎？」

「嗯……」他們互相注視了一眼，同聲回答：「是的，我們坐在你的旁邊。」

他悽然發出一聲乾笑，然後屈著左臂，試著想要坐起來。

范聖珂要過去，卻被他的聲音阻止了，他大聲叫著：

「別管我！我自己能夠坐起來的。」說著，他端坐起來，瞳孔放大的眼睛可怖地瞪視著前面，他伸手向前探索。

「你要什麼？」范聖珂困惑地問。

「啊！前面是火，」他疲乏地笑了：「多麼溫暖呀！你們知道我家鄉下雪的冬夜嗎……」他呆鈍地仰起頭，回憶著：「我們搶著在火盆中爆跳出來的玉米，花貓老愛偎著媽的大棉鞋打盹，連夢裡都記著，明兒一早去敲河面上的冰……」

「……」

「聖珂，」他忽然問：「你也在回憶嗎？」

「是；是的……」他忐忑不安地回答。

「我知道，你在想在越南的愛人，是嗎？到了印度，你可以寫一封長長的情書給她，我敢打賭，她一定能夠收到的。」

「……」

「張洪光，」他繼續說：「你呢？呃，你除了『三操兩講』，就是『步哨手中不離槍』，其……他的，你……」他開始劇烈地喘息起來。

「你累了，你應該休息呢。」張洪光止住他的話，關切地說。

「是的！我是應該休息了。」他意味深長地笑笑，神情在熊熊的火光中煥發起來。他安靜地說。「但是現在我要說話，你們忘了嗎，連副說的：生命多麼短促啊！」

「品聰，好好的休息吧！」范聖珂的嘴角被內心中泛起的預感所包含的苦痛扭曲了。他抑止不住靠近他的身邊，伸手去擁抱著他的朋友，叫道：「別胡思亂想，你會好起來的。我們會繼續走，不是嗎，我們已經看見大雪山了。」

他的手無力地支撐著范聖珂的身體，搖搖頭，低弱地說：

「──哎，我很明白，我是……」

「別說下去！」他急急地用力將他的身體靠著自己的胸膛。

「啊……」他盡力忍耐著一次痛苦的嗆咳，摯切地要求著：「聖珂，答應我一個要求……」

「好的，你說吧！」

「這是，最後一次了，呃……」他的呼吸困難起來，額上已滲出大滴的汗珠了。他接著說：「如果，以後你看見了劉琤，呃，告訴他……」

「……」

「……告訴他，我，我和班長他們是在卡薩打死的……」他靦腆地在肌肉鬆弛的嘴邊，露出一絲羞澀的笑，說：「不然，他一定會笑我的……」

范聖珂木然地注視著篝火，情感和一切官能的感覺，似乎因心靈中對這個將在一瞬間離去的朋友的罣念和痛惜而失去意義了。他不發一語，緊緊地擁抱著他。

顯然是經過片刻內心的紛擾，歐品聰緩緩地合起他那雙暗澹的眼睛，伸出他那戰慄的手，痙攣著嘴唇。最後，他才困難而生澀地迸出一句話：「握……握住……我……我的手！」

當范聖珂和張洪光接著它時，他的頭在他的肩上跌下來。

篝火再次在沉沉的長夜中熄滅，在張洪光悲不可抑的哭泣中，范聖珂仍緊抱著歐品聰那漸漸冷僵的屍體……

二

曦光濾過枝葉，在那些疏落的縫隙中，變成無數紅色的光條，斜斜地射進林裡來。這是他們在莽林中第一次看見的陽光。

范聖珂和張洪光對跪在地上，用槍托在那浮鬆的地上，替歐品聰在一株

大橡樹下面挖一個狹小的墓穴。然後，將泥土撒在他的身上。在他的墓頭，他們插下一枝用細藤紮成的墓架，將他的鋼盔掛在上面……

用緬刀在橡樹上砍出一個流出乳白色液汁的記號，范聖珂靜靜地佇立在墓頭；淚，由他那乾涸的心靈裡流出來，他輕聲說：

「品聰，我們並沒有分開，你還是我們之間的一個。」

他們悽惻地轉身走了，同時不斷地回轉頭。直到這個小土丘，這株大橡樹，漸漸地在他們的後面為那些叢密而雜亂的樹木所隱沒。

七月完了，他們爬出這座黝黑死亡的山林，到達東印度布拉馬普得拉河（Brahmaputra R.）以及東印度鐵路邊陲終點的小鎮——列多（Ledo）。

最初為《紅河三部曲》（1952），後改名為《靜靜的紅河》（1978）

紅河為中、越「跨境」河流，對應著日軍侵越、八年抗戰、法越戰爭等近代東亞的劇變。《靜靜的紅河》見證作者顛沛的青春及「一代」的流離。

潘壘（1926–2017）
本名潘承德，出生於越南海防市。1941年隻身前往昆明參軍抗戰，1946年退伍後短暫返越南。1949年赴台，1975年遷居香港。著有長篇小說《紅河三部曲》（後改名《靜靜的紅河》）等多部小說。

森林之魅──祭胡康河谷上的白骨

穆旦

森林：

沒有人知道我，我站在世界的一方。
我的容量大如海，隨微風而起舞，
張開綠色肥大的葉子，我的牙齒。
沒有人看見我笑，我笑而無聲，
我又自己倒下來，長久的腐爛，
仍舊是滋養了自己的內心。
從山坡到河谷，從河谷到群山，
仙子早死去，人也不再來，
那幽深的小徑埋在榛莽下，
我出自原始，重把祕密的原始展開。
那毒烈的太陽，那深厚的雨，
那飄來飄去的白雲在我頭頂，
全不過來遮蓋，多種掩蓋下的我
是一個生命，隱藏而不能移動。

人：

離開文明，是離開了眾多的敵人，
在青苔藤蔓間，在百年的枯葉上，

死去了世間的聲音。這青青雜草，
這紅色小花，和花叢裡的嗡營，
這不知名的蟲類，爬行或飛走，
和跳躍的猿鳴，鳥叫，和水中的
游魚，陸上的蟒和象和更大的畏懼，
以自然之名，全得到自然的崇奉，
無始無終，窒息在難懂的夢裡，
我不和諧的旅程把一切驚動。

森林：

歡迎你來，把血肉脫盡。

人：

是什麼聲音呼喚？有什麼東西
忽然躲避我？在綠葉後面
它露出眼睛，向我注視，我移動
它輕輕跟隨。黑夜帶來它嫉妒的沉默
貼近我全身。而樹和樹織成的網
壓住我的呼吸，隔去我享有的天空！
是飢餓的空間，低語又飛旋，
像多智的靈魂，使我漸漸明白
它的要求溫柔而邪惡，它散布
疾病和絕望，和憩靜，要我依從。
在橫倒的大樹旁，在腐爛的葉上，
綠色的毒，你癱瘓了我的血肉和深心！

森林：

這不過是我，設法朝你走近，
我要把你領過黑暗的門徑；
美麗的一切，由我無形的掌握，
全在這一邊，等你枯萎後來臨。
美麗的將是你無目的眼，
一個夢去了，另一個夢來代替，
無言的牙齒，它有更好聽的聲音。
從此我們一起，在空幻的世界游走，
空幻的是所有你血液裡的紛爭，
一個長久的生命就要擁有你，
你的花你的葉你的幼蟲。

祭歌：

在陰暗的樹下，在急流的水邊，
逝去的六月和七月，在無人的山間，
你們的身體還掙扎著想要回返，
而無名的野花已在頭上開滿。

那刻骨的飢餓，那山洪的衝擊，
那毒蟲的囓咬和痛楚的夜晚，
你們受不了要向人講述，
如今卻是欣欣的林木把一切遺忘。

過去的是你們對死的抗爭，
你們死去為了要活的人們生存，
那白熱的紛爭還沒有停止，
你們卻在森林的週期內，不再聽聞。

靜靜的，在那被遺忘的山坡上，
還下著密雨，還吹著細風，
沒有人知道歷史曾在此走過，
留下了英靈化入樹幹而滋生。

1945 年 9 月

最初以〈森林之歌：祭野人山上的兵士〉刊於《文藝復興》（1946 年 7 月）

1942 年 3 月 8 日中國十萬精兵遠赴緬甸浴血抗日。6 月數萬疲憊遠征軍進入了凶險之地野人山（胡康河谷），最終僅三千餘人走出這被稱為「魔鬼的地方」。

穆旦（1918–1977）
本名查良錚，出生於中國天津，著名九葉派詩人和翻譯家。1934 年始，以筆名穆旦發表作品。1942 年，他擔任隨軍翻譯與中國遠征軍赴緬甸戰場。後大軍撤退入野人山，穆旦經歷浩劫抵達印度，翌年返回昆明。著有《探險者》、《穆旦詩集（1939–1945）》、《旗》、《穆旦詩文集》等。

柬埔寨：沒落的古國

阿潑

　　2002年夏天，我離開了職場，在準備開展另一段求學生涯的空檔中計畫一趟旅行：從柬埔寨的吳哥窟順著湄公河南下越南，再從越南境內往北抵達中越邊界。這是我第一次在發展中國家自助旅行，雖然走的是觀光路線，但既然是首次造訪，便不忍匆匆走過，那像是不客氣擷取了陌生女子的青春，卻未聽她細語般可惜。於是，我的前半段旅程幾乎都順著水路慢行。

　　我和同伴預定從首都金邊進入柬埔寨，再搭船訪吳哥。當飛機逼近落地前，只見地面盡是紅褐泥色，少見綠意，更不見高樓。如此土樸的初相見，正是意料之中。

　　機場內處處擠滿了人，每個人手上都捏著以英文和柬埔寨文寫就的落地簽申請單，茫然四望。幾位年歲稍長的旅客，推著鼻梁上的老花眼鏡，吃力看著貼在圓柱上的翻譯，大部分旅客或等著他人幫忙，或找人協助。據說，柬埔寨海關會趁機索討小費，我們便親眼看到幾個遊客塞了幾塊美金，好順利完成手續。

　　我和同伴決定自行填寫落地簽申請單，不留一絲空間給海關索賄，同時熱心地幫了幾位旅客。簽證辦理人員就站在我們不遠，直望著我們到處幫人填單，沒有多說什麼，當我們把申請單遞給他時，他突然說出：「你好。」而後以華語和我們交談，當然也沒有向我們索取小費。

　　這串華語嚇傻了我們，原來我們剛剛針對柬埔寨海關收賄的私語，他都聽得懂。但當時我們並不知道，接下來我們會時常遇到能說華語的「柬埔寨人」。

　　走出機場，我們坐上載客的摩托車。這類短程載送的摩托車在東南亞很

常見，他們不計程，依默契開價，送我們到金邊的距離不到二十分鐘車程，叫價兩塊美金，聽起來不算貴。

不知路程長短，也不知價格是否合理的我們跨坐上摩托車，一路往金邊方向前進。陽光灑在身上，晨風吹得舒服，椰子樹在路旁迎接，田野綠得亮眼，旅行的新鮮和興奮正高昂，柏油路也筆直寬闊得讓人渾身清爽。

直到車子進入金邊市區，這才知道要走在一條柏油路上有多麼不容易。摩托車在柏油路上轉個彎進入泥土築成的巷弄小道，熱帶隨時發生的驟雨，打得路面坑坑洞洞都是泥濘，摩托車行過便濺起一瓢濕土，我們很快就產生進入「第三世界國家」的真實感。

金邊的背包客棧就藏身在這樣的小巷子內，或許是因為時常有外國旅客入住，客棧外的路面便多鋪上些碎石子，顯得清朗整齊些。客棧樣式簡單如平常民房，只是大門敞開，而公共空間除了幾樣雜物，一片空盪；房間不大，只有床和風扇，牆壁灰白，公用衛浴就在走廊另一邊。房間價錢只要四塊美金，正合我這貧窮學生背包客的意。

省了幾塊美金的住宿費卻省不下啤酒錢。柬埔寨的夏天真不是蓋的，屋裡風扇攪動的空氣也是熱的，只好掏出荷包投降。一放下背包，我們就往一樓餐廳奔去，要了瓶冰可樂。一個微胖、穿著隨性的當地人正在戶外喝著啤酒，一派輕鬆，聽到我們聊天的聲音，將臉轉過來朝我們打聲招呼：「你們從哪裡來？」原來他是這家客棧的老闆。「台灣？嗯，我去觀光過兩次。」他曾從台北搭車到高雄，還到佛光山朝拜。「觀光」對這國家的人來說，有多奢侈是我不敢想像的，於是，和我看到使用Nokia新型手機的海關人員時的反應一樣，忍不住低聲對同伴說：「他也是有錢人。」

但此刻，我是拿偏見評價他們。事實上，才來到柬埔寨不到半天的我，什麼都不知道，連兩塊美金的車資是昂貴或合理，都在認知系統外。後來，我們才從一位華人摩托車司機口中知道，以當時的行情來說，我們被收了雙倍價錢，是不折不扣的凱子。這位司機誠實相告：「如果不在當地待久一點，不懂行情，很容易被當成冤大頭。」

喝完冷飲，我和同伴又坐上摩托車往中央市場去，司機正是那位告訴我們「正確車資」的華人。我們一邊在市場內覓食，一邊談及在半天內遇到兩

位能說華語的當地人的奇遇，這時，眼前這位麵攤少婦，竟也透過華語回應我們點餐，這已經不是巧合了；接下來我發現，連書店店員也能說華語，還有許多戶人家的外頭貼著中國春聯，中文字也不難見到。「中國人勢力真大。」我只在心裡叨唸著，並未探尋這些講華語的當地人背後的故事。

多年後，我才明白柬埔寨和中國的歷史淵源，才知道柬埔寨住著許多華人移民。當地人會說華語，正是彼此交流的結果。在日本留學的張少芳，便是柬埔寨第三代華人，她的祖父在國共內戰時從潮州逃到柬埔寨，而後定居下來。當我們在日本相遇時，她忍不住向我學了幾句台語——因為台語連續劇在柬埔寨很熱門，她的家人都收看。潮州話是閩南語的一個分支，台語也是，在語言的系譜上，他們難免會對台語產生親切感。她說柬埔寨華人都有學華語，因為柬埔寨華人很多。一位柬埔寨女婿也對我抱怨，這個國家的華人實在太多，多到全國都和中國在傳統節日同步放假。

2010年我在某場會議上，認識了柬埔寨記者龍漢（Longheng），他對台海兩岸問題相當清楚，同時不免也抱怨：「柬埔寨的商業多由包含台灣人在內的華人經營，基礎建設和交通硬體都是中國援助、中國人蓋的。柬埔寨，到處都是中國人了。」當他從齒縫裡吐出這句話時，坐在隔壁的東帝汶記者Ote拚命點頭說：「我們國家也是。」

* * *

柬埔寨最有名的中國人，就是元朝使節周達觀。他或許不是吳哥城天字第一號觀光客，但卻是第一個留下遊記的旅人，而他所寫的《真臘風土記》，據說也是元代之後中國人移民「真臘」最重要的線索和參考。

我這個排名不知第幾千萬號觀光客，趕著清早，來到吳哥城大門口買票。售票人員看了看我的護照，吐了句華語：「你好。」我們驚喜地望著他說：「你好。」才正好奇他為何說華語時，他就丟出第二句話來：「周達觀。」而後留下一個微笑，轉身為我們處理票務。我和同伴這才恍然大悟，相互指著對方背包裡的《真臘風土記》大笑。

「周達觀」這個名字在柬埔寨，比在中國有名。如果不是周達觀記錄了

吳哥，也就沒有人可以保留被戰火燒盡的舊日輝煌；若不是這本書留下這個王朝珍貴的吉光片羽，也就沒有西方探險家來撬開這道被歷史反扣的大門。柬埔寨人或許相當感激這位元朝使節。

周達觀從寧波出發，從溫州搭船順著東北季風到達占城，再逆水到達吳哥。和我們這些觀光客走的路線有些類似——由首都金邊沿著大河（Tonle Sap River）搭船逆流，北進洞理薩湖，往西北的暹粒而行。

這是我第一次在大河搭船，只見黃土岸上的草房、樹叢、田地和稀稀落落的房舍，在我的興奮中慢慢變小，最後只剩下天和水無縫連結，我的視野彷彿失去方位象限，攤平成泛黃畫紙般的二維世界，只有馬達聲濺起的水花能激起僅有的真實感。

原本想和西方遊客在船頭上享受海一般的湖光，但七月日頭兇，猛地將我擊退。我像被捕抓的湖魚般冰縮在船艙內，睡去了三個小時終於到岸。

船還沒靠岸，湖上人家的生活律動已將我晃醒：高腳屋孤立在湖水間，屋前平台上有著抽菸的男人和洗菜的婦人，孩子們跳下水對船上的我們大笑高呼揮著手，小販在舟上叫賣著菜，連警察局都架築在波瀾間，一身英挺的警員站立在竹台上盯著我們，影子搖搖晃晃。我想像著一輩子離不開這片湖的人生，猜想觀光客的到來，或許是他們一天之中最佳的娛樂。

暹粒到了。這個掛著法國林蔭風情的小鎮，藏不住南國的古樸氣質，安靜的面容足夠讓旅行者安穩睡一覺，好讓我們迎著晨光中朝古城的笑容走去。

城內巴陽寺（Bayon）將賈亞瓦曼七世（Jayavarma VII）的頭像頂上天，陽光射在他謎樣的微笑上，讓人不禁瞇起了眼，瞻望著巨石化成的宏偉。五十歲才登基的他，像是要和時間賽跑一般，左打占婆，右衝建設，創下吳哥王朝的巔峰，現在大多吳哥建築遺跡都是他闢下的；而後，這個龐大的文明古國慢慢退到歷史舞台後頭，藏了起來。我們自以為站在這裡便能進入時光隧道，為了和自己無關的他人傷感。

周達觀或許和我看著同樣的風景，但並沒有旅人的感傷。他是造訪「真臘」的使節，他的責任就是讓南方國家稱臣進貢，同時教化這個「化外之地」，讓他們歸於文明天威之下。周達觀到吳哥的時間，距離打造吳哥盛世

的銀髮皇帝賈亞瓦曼七世去世已有半個世紀之差，當時泰柬邊界戰火蔓延，真臘已經不復過往強盛，但在周達觀的筆下仍然富庶無比。

挾著帝國天威，周達觀等人帶著文明的眼睛，探查真臘的風土民情以及國家政治經濟。他像記帳一般記錄了高棉種種珍奇異物，從地理風俗到花草走獸，從建築農耕到服飾語言，這八千五百字的「筆記」，彷彿是本遊記，又像人類學家的田野筆記，甚至有博物誌的規模。

「山多異木，無木處乃犀象屯聚養育之地。珍禽奇獸不計其數……。」他同時記錄著哪些中國有，其餘中國無：「禽有孔雀、翡翠鸚哥乃中國所無」、「獸有犀象、野牛、山馬乃中國所無者」、「不識名之菜甚多，水中之菜亦多種」、「有不識名之魚亦甚多，此皆淡水洋中所來者」等等。

當時間跨到七百多年後的今天，大眾媒體和旅遊獵奇沖淡人類的感知後，我們不再為不認識的花花草草驚訝，也透過書籍螢幕熟悉那些素昧平生的飛鳥走獸，於是周達觀細細留下的文字，也就不會再重現於我們這一代旅人的筆記裡。

旅人如複製明信片一般，以相似角度拍攝這個世界遺產，上傳到網路，以千篇一律的語彙和形容詞表達了它。但過去的那些故事，只能任人想像，無人可以重述。

在各種遊記，少不了吳哥寺（Angkor Wat）的宏偉影像，吳哥窟以此為代表。而周達觀是如此描述那令我望之生畏、爬到腿軟的吳哥宮室的：「國宮在金塔、金橋之北，近門，周圍可五六里。其正室之瓦以鉛為之，餘皆土瓦。……屋頭壯觀，修廊複道，突兀參差，稍有規模……。」

不過，單是描述建築，相當無趣，周達觀不知是否加油添醋，竟在其後描摩了一段精采故事：國王每天晚上都要睡在宮室上頭的金塔，人們說那裡面有九頭蛇精，是這個國家真正的主人，且是女身。每天晚上國王都要到這宮殿和她纏綿，此時，就算是國王妻子也不能進入；而後，國王才能和妻妾同睡。如果有一晚沒去面會這個蛇精，那麼國王的死期就到了；如果一個晚上沒到這個宮殿，就會災禍上身。

這九蛇精就是印度教建築中常見的「Naga」，柬埔寨人相信這條蛇是有靈性的生物，能帶來善和惡，福和禍。而在這些輝煌的石棟寺殿中，到處都

是萬千神佛，是眾神居所，也是生前和死後重疊的世界。國王，就在其間。

　　當然，庶民是不可能親近王族的，他們只能在口耳相傳的八卦中，敬畏著君王、神祇和不可知的命運。而周達觀就這樣記下了民間的竊竊私語。

　　周達觀停留十一個月後離開。一百年後，吳哥王朝終被泰國擊潰，拋棄都城南遷，周達觀記錄下的京城也被叢林淹沒，只留下他的文字在世間傳遞，證明傳奇存在而真實。

　　1819年，周達觀所著的《真臘風土記》被譯成法文以及諸多語言，撩動西方好奇，尋尋覓覓找路，渴望敲下這被叢林埋藏的神祕門磚。在吳哥相關調查報導陸續出版後，探險家亨利‧穆奧（Henri Mahout）才在1861年發現了它，經過大肆宣揚，吳哥王朝終於從叢林中顯身。「此地廟宇之宏偉，遠勝古希臘、羅馬遺留給我們的一切，走出森森吳哥廟宇，重返人間，剎那間猶如從燦爛的文明墮入蠻荒」是穆勒對吳哥的驚嘆。

＊　＊　＊

　　我們搭著船順著湄公河往越南南部走，恰與周達觀走同個水路離開柬埔寨，不同於這位元朝使節的是，我們在越南暫時打住了旅程。

　　儘管從地圖上看，越南和柬埔寨這兩國相依，只是一條國界的距離，但我們搭乘的快艇在湄公河面上「躍跳」了兩個小時，在豔陽曝曬和水花潑淋的折騰下，才真正到了柬埔寨的河上關防，比搭車還顛簸難受。

　　當不停吼叫的馬達閉了嘴，快艇往湄公河岸邊靠上後，我們順著略陡的河岸爬到一個小亭子前——這就是柬埔寨口岸Kaam Samno，柬埔寨海關人員在我們的護照上蓋了章。再走幾步，穿過一個鐵絲網，就跨越了邊界。船夫引領著我們走一小段路，朝一個三合院內比了比，示意我們在這裡辦理入境手續。

　　這裡是永昌（Vinh Xuong），越南的湄公河口岸。

　　沒有軍警也沒有X光掃描，只有一條慵懶的大狗，趴在「海關」前。

　　我們進出不同房間，填表、檢驗證照、行李，申報海關，最後，身著制服的越南海關人員拿著我的護照，檢視一下簽證，查閱一下資料，看了我一

眼，一言不發，揮揮手，我便「進了越南」。

　　我們在進出這個七月正午太陽烘烤的三合院之際，就完成了「過境」，整個程序像是沙漠幻影般，讓人有些恍惚。但沒有任何人會想在那條「邊界」上耗費過多的時間心力，只想快快跨越，彷彿不走，便會封進另一個時空象限。因此，即使海關小屋涼爽愜意，我們還是連忙離開。

　　事後想想，總讓我有些失落與疑惑。

　　台灣是個島國，「出入境」的場域時常在機場進行，「出國」也常需要靠飛機完成。搭乘飛機，是一種點對點的跳躍感，時間雖然流逝，但窗外的風景像是凍結一般，移動的感覺也就凝結在機艙之中；而後，下飛機、過海關、拿行李等等一整套費時費勁的程序，才是完整的出國回國的經驗，相較於此，陸路或水路的「跨國」體驗，總讓人感到新鮮又有趣。

　　這不是我第一次以水路跨越邊界。我去越南前一年，才由英國搭船到荷蘭，在北海上，莫名地便過了境，至今我仍無法記起自己究竟經過何種程序進了荷蘭。但我清楚記得在西歐各國以陸路過境時，總會有人上車檢查護照，「China中國（中國China）。」他們總會這麼嘟噥。

　　相對於歐洲國家海關的「嘟噥」，越南海關過於沉默，讓我鬆一口氣之餘，也有點不習慣的無聊感。我原以為，沒有多少台灣人如我們一般選擇水路，所以這裡的海關會先大驚小怪一番。

　　步行到旁邊的小茶亭等候船隻時，那裡已經有人了，就像那些願意浪擲數個月時間壯遊的年輕人一般，眼前兩位來自比利時的情侶，已經在中國旅行兩個月，順著湄公河南下越南，預計將在印度結束長達半年的旅行。染著長途旅行的風塵，他們掛著明顯倦容，「湄公河很了不起。」看著眼前寬闊大河，這對旅人忍不住讚嘆。

　　船來了，我們站起來，向這對旅人道別，上船往朱篤（Chau Dou）前進，從這裡到朱篤兩個小時航程所經的土地，就是我們足下那個波動著的大河所沖刷出來的近五萬平方公里的三角洲，就是中南半島最知名的穀倉。這裡，早在公元三、四千年前，便是柬族之地，至今，仍有大量柬族居住在此。

　　當十七世紀法國人在此繪製地圖時，這塊土地雖歸柬埔寨所有，管轄權

卻在越南手上──當時的柬埔寨受挾於泰國和越南，擁有領土卻沒有統治權。曾經霸據中南半島的壯闊帝國崩毀不再，失去它拓張的土地，但湄公河還是沉默地推著紅土，刷出能孕育生命的大地，如同河岸的農人低頭犁著田，植下日復一日的歲月。不論國界如何隨著國家勢力游移，領土跟著擴大或縮小，這塊土地上的居民，儘管命運擺動，但生活如昔。

＊　＊　＊

越戰結束後，赤柬一度想奪回這塊富庶的土地，中南半島的戰火因而無法平息。

柬埔寨共產黨通稱赤柬（紅色高棉），1976年在中國共產黨的支持下，奪下柬埔寨統治權，但這也成為柬埔寨近代史上最恐怖的一頁。從1975年到1979年這三年多的時間內，約有全國人口五分之一「非正常死亡」，這無可估計的百萬人犧牲於饑荒、疾病、勞改、迫遷、屠殺等原因中，最後只留給觀光客一個骷髏塚（萬人塚）來證明赤柬的殘暴。

在柬埔寨時，我曾一度猶豫是否該到這麼恐怖的景點「觀光」，但最後還是來到金邊的波布罪惡館（Tuol Sleng Museum，S-21監獄）──這個赤柬頭子波布「清理」思想犯和知識分子的監獄刑場──體驗這段黑暗歷史。

我們得先小心翼翼走過一條充滿污水、穢物和泥濘的小路，才能到達這個黑色景點的門口，一路揣著莫名恐懼，卻愕然發覺這個世界知名的瘋狂屠殺點，不過就是個藏身在金邊的巷道內的平凡簡陋小學校，恐怕最好的導演都設計不出這麼荒謬的反差。

不過，我這也才發現，正是在這麼不起眼的場域中，進行最殘忍的暴行，才能讓恐懼更深刻──教室外有鐵絲網圈掛著，室內簡單展示畫像、刑具，如此簡單就足以讓我們雙腳發抖，心裡發寒。

或許我們想像過頭了，不知今日柬埔寨人民怎麼看待過往那段黑色歲月？在吳哥時，我和同伴在麵攤遇到了幾個當地人時，便想探問她們的感受。

那是簡單木柱搭成的餐廳，幾個小攤擠在這長形空間中做生意，當時已

經過了用餐時間，整個餐廳都沒客人，我邊啜飲著可樂，邊翻看以圖片在書市取勝的旅遊書。一個年輕女孩被這本書吸引，害羞地請我借她看，而後認真地看著書裡的「柬埔寨」，其他工作人員都湊了上來，對著每一頁照片驚歎，彷彿從來不認識自己的國家一般。在某一頁，她們停下來，像是訓練得當的合唱團，先一起倒抽一口空氣，而後齊聲大叫。我也湊過去看到底哪一張照片讓他們如此驚訝？原來是金邊的波布罪惡館，書上編排著幾張貼在館內的駭人照片。

「你們從未看過嗎？」我好奇詢問，她們都搖了頭，「我們沒到過金邊，我們從來沒離開過這裡。」這些年長的女孩沒離開家，沒離開這個鄉村，甚至沒有離開過這家餐廳，除非她們嫁到國外或者去別的國家賣勞力，否則她們一輩子就在這裡，她們的國家只有在自己的眼前和腳下。

她們又細細碎碎討論了起來，我忍不住又問：「你們認識波布嗎？」她們回答：「知道，他是很可怕的人。」我們彼此的語言能力都貧乏到無法深入討論這個話題，因此我不懂她們的「知道」（Know）是聽過，或是親身經歷。如果是後者，我恐怕也難以索求更多的故事。

然而，在這個國家，有些故事是不用明說，只須見到便可明瞭。例如那些缺腿斷腳少個眼睛的大人小孩，出現在我們面前時，就可判斷那又是一顆地雷炸開的結果。在這國境內，不論往哪兒走，都可看到一組失去雙腳以膝蓋站立的樂隊在路上表演，或是拄著枴杖的孩子對你笑，還有那些缺腿缺胳膊仍賣力清掃吳哥古城路面的勞工。他們數量如此多，多到彷彿是此地的尋常風景，讓我們這些過客都麻木。

至今深埋在這片土地裡的地雷，或許比我們看到的那些殘疾人士還多，根據統計，平均每個柬埔寨人可以分到一顆地雷，所以直至現在都拆不完。我們看不到，也不知道何時有人用身體找到它，讓它炸碎又一個生命。

這些地雷是赤柬留下的。在赤柬獲得權力前，暹粒是他們的基地。他們棲居在吳哥古蹟裡，拿AK-47射殺長臂猿訓練，並睡在石頭上以激勵自己的鬥志。他們將吳哥周圍一百五十六平方公里的區域視為解放區，還將一個防空基地設在吳哥遺址上，利用這個古蹟當盾牌阻擋對手——美國和柬埔寨施亞努政權——的轟炸。

　　赤棉和親越共施亞努政權是死對頭。越戰時期，美國除了為防堵越共而轟炸柬埔寨，讓七十五萬柬埔寨人在戰火中犧牲外，也在驅逐施亞努另立新政權時，挑起了柬埔寨內戰。後來，施亞努逃到了北京，而赤棉則在中共協助下，接手了統治權。

　　為了奪回湄公河三角洲的土地，赤棉在越戰落幕後，侵略越南，攻打越共。1979年，越南「解放」柬埔寨，並將赤棉趕到邊界叢林，流竄到泰國邊界的赤棉軍便沿路留下地雷，故事最後以埋在地底的一千萬顆地雷當結局。而越南和柬埔寨兩國的關係，也像是在國界上埋著地雷，隨時炸開人民的埋怨和仇恨。

　　戰地記者張翠容在《行過烽火大地》中提到，柬埔寨有八成以上的農民，他們對土地特別敏感，提到越南人會流露出無限的恨意，甚至使用具有貶意的名稱yueon來稱呼他們。

　　一位在火車上遇見的越南商人則對我們談過同一場戰爭：「我在戰場上昏迷過去，醒過來時，整個身體都被屍體蓋住，手臂上擱置一個斷裂的手臂，而脖子旁是個不成形的大腿，我的同伴和敵人都死在身旁，我感到難過又害怕，而後我又繼續在屍體堆裡睡去，假裝自己是一副屍體，不用再面對戰爭。」越南商人下了結論：「我討厭柬埔寨人。」

＊　＊　＊

　　不過對於離開戰爭的當代柬埔寨人來說，日子又是如何的呢？除了一些一定要和小販殺價，還有注意纏人的司機和小孩的資訊外，旅遊書裡不會告訴你，觀光旅遊和你的消費，如何影響這個向世界打開大門的國家？

　　有一回，沙土路的那頭，迎面而來一輛綠色的摩托車，我湧出莫名熟悉感，待摩托車近到我的眼前，仔細一看，原來柬埔寨郵差所騎的這輛車，車體上就印著「中華郵政」。無獨有偶，再多走一會兒路，小孩在眼前跑來跑去，身上的體育服繡著「溪口國小」四個中文字──這是我兒時短暫讀過半年的城市小學。

　　曾經貧窮的台灣，富裕起來後，「貧窮柬埔寨」便成為台灣人展現愛心

的領域。台灣的社福組織多來此駐點、服務，也時常有台灣人募集衣服物資來束埔寨捐助。經商和愛心，幾乎是台灣人和第三世界連結的方法，走遍全球看到台灣，多不出這兩樣。

當我看到郵車和小學制服時，不免以為，「美國麵粉內褲」竟在這個時空重現。那是我母親成長的年代，是台灣小孩總赤腳奔跑在沙石路的時期，而韓戰的發生，為這個貧窮的社會帶進來美援和美軍，改變人們的生活條件，也給了很多人不同的夢想——當時美國援助的物資可以製作成各種產品，麵粉袋甚至能縫成孩童屁股上的內褲，他們一邊吃著麵包，一邊想像美國人過著什麼都有的生活，嘴裡也跟著吐幾句ABC，How are you。就像黃春明《蘋果的滋味》中的一家人，紅豔鮮美的蘋果將他們都驚傻了。

想要吃飽，想要車子，想要好生活，想要不一樣，是每個發展中國家人民共有的盼望，我們的tuk-tuk車伕Lin，就有著「蘋果夢」。

戴著漁夫帽的Lin，總是安靜地站在車頭前，等候著我們逛完一個又一個景點。他不懂我們的華語，而寺廟古蹟裡的一切也和他無關，他盡責地踩著腳踏板為我們帶路，但除了景點地名外，他說不出一句介紹。倒是埋藏在吳哥四處的少年小孩，會纏著你，為你介紹那裡的歷史古蹟和一草一木，他們以堪稱流利的英文，希望從你身上賺得一家子的生活所需。

我們包Lin的車到五點為止，好讓他去學英文。他的英文能力尚可，和我們溝通無虞，但為了搶得更多工作、掙得更多錢，他督促自己精進英文。補習費一個月就十塊錢美金，剛好是我們包車一天的價錢，當然，他必須夠幸運攬得到生意，才有這筆收入。

我們總在車後盯著他那扛起家計的厚實肩膀，盯久了，也對他的故事產生好奇，於是開口要求到他家拜訪。他笑了一笑，將我們帶到一間簡陋泥土糊上的平房。

他的妻子站在門口，有點訝異，但隨即轉成笑容，請我們喝茶。平時臉上不帶表情的Lin，終於綻開笑容，我這才發覺他補過牙，當我指著那顆牙詢問價錢時，他卻搶著拿出一張照片介紹一雙兒女——為了脫離這個泥土屋以及貧窮的生活，他咬著牙送孩子讀私校。

這是一筆龐大的開支，我懷疑他是否真付得起？畢竟他還要養家、繳錢

給車行，每天都還要上英文課。

　　「我希望孩子們將來可以到國外去發展，不要回來了。」每天靠著勞力賺美金，每天看著不同膚色語言的外國觀光客，Lin也想要出國看看、想到台灣旅行，但他卻連金邊都沒去過，只好繼續想像著世界如何廣闊，外頭生活或許更好。他或許一生都離不開暹粒，但他希望孩子走出這個國界，成為不同身分的人——那些有權力改變他的國家、消費他們的勞力的人。殖民者走了，但物質、金錢和文明的魔力，並沒有真的離開這些國家，我們都同樣處在蘋果的遺緒裡。

2013 年

　　一千年前曾是文明繁盛、東南亞霸主的高棉帝國，如今安在？作者以人類學的深入與新聞的廣度視角，書寫東亞各國的邊界憂鬱情境及其與華人的千絲萬縷關係。

阿潑

六年級生，本名黃奕瀠，生於高雄，長於彰化，受過新聞與人類學專業訓練，曾擔任記者、NGO工作者以及偏遠地區志工，目前專事寫作。著有《憂鬱的邊界：一段跨越身分與國族的人類學旅程》、《介入的旁觀者》、《日常的中斷：人類學家眼中的災後報告書》等。

阿卡花

曾焰

　　這裡是個三岔路口。一條通向美斯樂，一條通向滿星疊，另一條就是下山的路。三岔路口旁有一個阿卡人聚居的寨子，住著十來戶窮苦的阿卡人家。

　　那一年雨季，我帶了兩個孩子到山腳下的娭姊渡暑假。因開學在即，不得不冒著雨，乘那種又老又舊，只有美斯樂才特有的老爺吉普車，顛顛簸簸的返回山鎮。

　　滂沱的大雨、泥濘的公路，車子不知拋了多少次錨，才掙死掙活的來到了三岔路口。因為前面山水沖毀了公路，坍方太多，危險重重，車子無法再往前走，被迫停了下來。加之坐在那種令人驚心動魄的老爺車上，真是步步危機，冷汗虛汗泡著一顆顫然的心臟，乘客也寧願棄車步行了。大家紛紛下了車，付過車資，各人提了簡便行囊，徒步跋山涉水的返回去了。

　　我的兩個孩子，大的四、五歲，小的才一歲，加上山巴佬進城，買了一大堆日用品，徒步翻山越嶺的談何容易，只得無奈的在那阿卡寨內停留下來。

　　路邊有一間阿卡人專門蓋給過往行人、落腳打尖的茅草亭。我將兩個孩子背一個抱一個，雙手提著大包小包，鑽進茅屋亭避雨歇息。怎麼辦呢？難道在這裡過夜嗎？望著外面越下越大的雨，我真是一籌莫展。

　　許多阿卡小孩圍在亭旁，好奇的望著我們母女三人。那位好心的阿卡頭人，也關切的進來問我，要不要找兩個阿卡人，幫我背孩子拿東西，送我們母女三人回美斯樂，他們也可找點外快。我一聽正中下懷，立即滿口答應了。

　　這位阿卡頭人，五十多歲的年紀，高高瘦瘦的，面孔稜角分明，眉目英挺。如果不是穿得破破爛爛的，儀表倒不俗呢！他很快就找來了兩個阿卡少女，我猜是他的女兒。這兩個阿卡少女大概才從地裡回來，渾身濕淋淋的，身上穿著阿卡族的黑衣短裙，頸上腕上掛滿了名目繁多的飾物和錢幣。她們才一走進茅草亭，就有一股阿卡人因終年不洗澡，而褍出來的體臭飄了過來。

　　小馨兒一聽說要這兩個阿卡背她，立即嚇得哭起來。她一面往我身後躲，一面哭叫著：「我不要阿卡背，阿卡臭死了！」

　　說真的，這兩個阿卡少女非常俊俏，面龐十分清秀，都是瓜子臉、杏仁眼，睫毛又黑又長，玲瓏的鼻子，小巧的嘴，棕色的皮膚，有一種野性的樸實美。尤其是大些的那個，十六、七歲的年紀，身材窈窕而飽滿，煥發著濃郁的青春氣息。遺憾的是，她們的確太髒了。阿卡這種山地民族，是不時興洗澡的，衣服更是從新穿到爛都不換洗，爛了才脫下來扔掉。往往阿卡人才一出現，那股特有的臭味老遠就飄了過來，令人不敢呼吸。許多本來青春美麗的阿卡少女，都被骯髒弄得黯然失色。

　　為了趕回美斯樂，我只得連哄帶逼強迫馨兒，要阿卡少女背她，小傢伙執意不從的掙扎著。我把她硬抱上大的那個少女背上，她哭喊著像扭扭糖一樣的溜下來。我又把她抱起來，硬逼著再把她放到那阿卡少女背上。無意中，我看見那阿卡少女濕淋淋的頭髮上，好幾個肥碩的蝨子在鑽進爬出，看得我毛骨悚然，才打消了讓她們背孩子的念頭。

　　我用孩子不肯要她們背作藉口，抱歉的推辭了，決定在這裡熬過一夜，只有第二天再想法子回去。

　　那兩個阿卡少女也不勉強，她們都會說漢話，嘰哩呱啦和我聊了一陣，就坐在一旁相互找起頭蝨來。

　　她們頭上的蝨子多得嚇人，一翻開頭髮，只見白花花的黏滿了蟣子。她們捉到蝨子，就一個接一個的往口中丟，並吧噠有聲的嚼吃起來。

　　我在一旁看得直發嘔，忍不住直啐唾沫，蹙眉道：「你們怎麼吃蝨子，髒死了！」

　　她們嘻笑著，說：「髒什麼哩，蝨子吃人的血最乾淨的。那些牛馬豬雞

才髒，牠們吃人的屎，人還吃牠們的肉呢！」

　　說話間，她們已經又吃掉了幾個蝨子了。老天爺，我真想吐了，渾身禁不住起了一層雞皮疙瘩，頭皮也直發炸。外面又下著大雨，連個退讓處也沒有，只得別開臉不再去看她們。

　　她們自顧自的說笑著，翻掀著污黏的頭髮，津津有味的嚼著蝨子，竟是那麼愉快呢！

　　這真是一幕令人活受罪的「開眼界」。

　　終於，她們的蝨子找完了，熱情的約我到她們的家中去過夜，我連忙拒絕了。

　　天漸漸的黑下來，雨仍然下個不停。我們母女三人縮在茅亭內的竹床上，就著水壺中的冷開水，啃著從夜姊帶來的麵包。

　　這時，那兩個阿卡少女又來了。她們一人提著一壺熱茶，一人抬著一鍋飯，送來給我們吃。這份盛情真令人感動。只是回想剛才她們嚼吃蝨子的那一幕，我連一點胃口也沒有了，更不敢吃她們的飲食。為了表示謝意，也不忍使她們的交易落空，我連忙給了她們十銖錢，並告訴她們我們帶有乾糧。她們雖然有些遺憾，但還是很善解人意的收起了錢，使我心中的不過意減輕了些。

　　大的那個阿卡少女，主動的告訴我，她的名叫「艾娜」，艾娜的意思是阿卡之花。她是阿卡人心目中的美人，她們果然是那個頭人的女兒。她們猜中我是教書的老師，對我充滿了敬意，又說我很和善，所以敢跟我親熱接近。

　　她們坦誠好客的善意，使我感到十分慚愧。我竟私底下嫌她們髒。比起來，我覺得夠不上她們的敦樸天性，然而，我還是真心實意的願意和她們交往，並請她們到美斯樂來作客。

　　我還告訴她倆，她們的模樣真的很美，尤其是艾娜很像電影明星湯蘭花。我送給她們一人一塊從娓姊買來的香皂，說：「妳們天天用香皂洗洗澡，換乾淨衣服，一定更美呢！」

　　她們尖聲尖氣的笑起來，愉悅而自得。並珍惜的把香皂放在鼻端，使勁的聞了又聞，才歡天喜地的離去了。

天黑下來了，黑得伸手不見五指，我拿出新買的尼龍被子，和兩個孩子擁在被中，聽著冷雨淅淅，寒風蕭蕭，好不容易熬過了漫長的夜。

第二天上午，雨總算停了。熱心的艾娜跑了好幾里遠的路，為我們僱來了三匹馬。一匹馱了兩個孩子，一匹馱東西，一匹我自己騎。我們才得脫了困境返家去。

臨走時，我約艾娜她們務必要到美斯樂來玩，她們滿口答應了。

艾娜指著寨子外面一叢發臭的植物，說：「老師，妳看，等那種花開了，我就要做新娘了，到那時，我就可以來美斯樂看妳了！」

那種植物的枝和花朵都有些像向日葵。開出的花色黃，並有一股衝鼻的臭味。不知為什麼，阿卡人最愛佩帶這種花。巧得很，我們漢人就稱這種花作「阿卡花」呢！如果聞不到它的辣臭味，這種花真的很豔美呢！

殘冬時節，美斯樂的阿卡花開了。開得漫山遍野，到處都是一片黃澄澄的。晶瑩澄澈的藍天下，映襯著一片嬌嬈的豔黃，把這荒山野林，渲染得一片絢爛。

看見阿卡花開了，我想起了那個阿卡少女——艾娜。不知她的佳期是否已過？我天天等著她們來我家作客，並準備了一些禮物要送給她。

然而，阿卡花謝了，艾娜她們一直沒有來。不知是她們來過了找不到我家，還是她已經嫁到遠方去了。因為萍水相逢，又是個夷人，不久，我就把這事淡忘了。

第二年的雨季又到了。一天黃昏飯後，我正在洗衣服，只聽見有個阿卡女人在院門旁低低的、怯怯的叫著：「太太，買柴啊！」

我連忙丟下衣服，雙手沾著肥皂沫子走了出來。只看見一個年紀輕輕、蓬頭垢面的阿卡女人，前面用布帶吊著一個胖呼呼的孩子，後面背著一捆好重的柴。她單薄濕透的衣服袒露著，一股股污褐的雨水從她凌亂的髮梢，沿著脖頸淌下來，流到她高聳的胸脯上。那個髒兮兮的胖孩子，吮著她髒兮兮的乳房，連著那些污褐的雨水一同吸進肚去。

這阿卡女人滿臉的惶恐和期盼，受驚的雙目不安的向院內張望著。看見我出來，她用漢語低低怯怯的又說了一遍：「太太，買柴啊！」

咦，這阿卡女人好面善。她的眉目十分清秀，但已染上明顯的風霜。她

是那麼愁苦哀怨，彷彿曾經遭過厄難摧殘。令我動容的是，她前面背孩子，後面背柴的淒苦像。又下著大雨，泥滑路爛的，阿卡人活得太艱辛了。

「進來嘛！」我說，立即我認出她來了。——艾娜！她是三岔路口阿卡寨的那個艾娜。

才一年不見，這朵豔美的阿卡花怎麼就凋謝了，她的臉是蠟黃的，原來那抹健康的紅暈消失殆盡，她竟是如斯的憔悴。

她也認出我來了，她一點也不興奮。她警惕地小心翼翼地望著我，神情惶惶然，戰戰兢兢，一副大難會隨時降臨的恐慌樣。

我友善的笑著，和氣的說：「怎麼？艾娜，妳不認識我了嗎？」

她終於木訥的點點頭，小聲說：「妳是那位老師……」

「是呀！艾娜！妳怎麼變成這副樣子啦！快放了柴，到堂屋裡休息一下！」我快活而爽朗的說。

她拘謹的把柴放到柴房後面的柴堆上，卑下的躬著腰，縮著肩走到我面前，怯憐憐的不敢進屋去坐。

我再三執意地催促著，她才局促的進來了。她十分憐惜的緊擁著她的孩子，彷彿有誰會來把他搶去似的。

得知她還沒有吃飯，我連忙領她到廚房用饍。見我坦誠相待，艾娜才慢慢的放鬆了一些。只是，我發現她仍然很緊張，一雙恐慌的眼睛易於受驚的流轉著，一有風吹草動，她便緊緊的抱住那孩子。她很少講話，對我她有一種明顯的敬畏，令我感到我們之間的距離遙遙而生疏。這使我心中不大自在，因為我不是那種有淺薄優越感的人啊！

我盡量和顏悅色的引她說話。問了半晌，才知道原來去年阿卡花開的時節，她嫁到很遠的一個山寨去了。我問她，現在為什麼要到美斯樂來？她說，她已經被她的漢子丟掉了，所以她只好來美斯樂砍柴賣了。

「妳的漢子為什麼要把妳丟掉？」我同情的問。

她又本能的抱緊了孩子，用一種悲哀無助的眼神望著我。我知道她不肯講，也就不再勉強。

她吃過飯背了孩子，告辭要走。我給了她二十銖錢，兩筒煉乳幾包餅乾。又叮囑她隨時再來，她滿心感激的離去了。

　　第二天下午，我才一回來，就意外的看見艾娜站在絲瓜棚下，看情形她已經來了好一會了。

　　她依然百般珍惜的把那孩子吊在胸前。她迎了上來，誠惶誠恐的說：「老師，我想來在山腳下，蓋一小間窩棚住，可以嗎？」

　　我正苦於這兒偏僻沒有緊鄰，時常希望有人毗鄰而居，以減輕獨居入夜後的恐懼，當下滿口答應了。

　　艾娜喜出望外的綻出了一朵笑容。她抱著孩子健步如飛的，立即就到山林中去砍材料。不到三天的工夫，艾娜就在我們幾米開外的山坡下，蓋起了一間比人略高、有兩蓆大的小窩棚。

　　我給了她一些舊被蓋和大人孩子的衣服，以及一些鍋盤碗盞的炊具。從此，艾娜就和她的孩子，相依為命形影不離的住在那間小茅屋裡。

　　她白天通常到山上去砍柴，有時也去幫人挖地做短工，晚上才回來。母子二人過著辛苦而平靜的日子。她很少到我們家來，反倒是我因為一個人太寂寞了，每到黃昏做完家務事，我就愛跑到她的小茅屋去，探頭朝裡面張望一番。

　　那間小茅屋，一半用竹笆做了個地舖，一半做廚房起居室。門對面她用石塊圍了一個火塘，火塘裡的火一到夜晚就熊熊的燒起來，令人覺得有一股異樣的溫馨。我相信艾娜母子二人在這裡過得很愜意，也很滿足。

　　但是，很快的，我就發現，艾娜下意識的在躲避什麼人。每次我一出現在她的門口，她就會慌張的連忙去抱孩子。直到看清楚是我，她才心有餘悸的喘過氣來。

　　我納悶的想，她在防備什麼呢？難道她是逃出來的嗎？她為什麼要逃呢？如果不是，她又何必防備什麼呢？

　　艾娜就這樣孤寂的生活著。

　　我常常不忘給她一些米鹽菜之類的東西。她見我把剩飯剩菜倒在泔水桶裡，給人家拿去餵豬，覺得很可惜，說她們阿卡吃的還沒有這樣好，叫我留給她拿去吃。阿卡人的生活的確是赤貧窮苦，他們吃的菜主要是生辣子和粗鹽，再就是山茅野菜和昆蟲，從來不吃油。他們還吃蚯蚓和蟑螂，除此之外，最愛吃的是狗肉。漢人家病死的狗，即使埋了他們如果知道，也要去挖

出來吃。

有許多阿卡人還喜歡到漢人家討殘湯剩水充飢，往往吃得津津有味。

艾娜每到山林中砍柴，如果拾到木耳蘑菇，或是採到嫩蕨，總要送一大堆來給我。給她錢她也總是不要，我只好回贈她一些煉乳和餅乾什麼的。

漸漸的，艾娜似乎不再那麼憂心忡忡了。每次我去看她，她也不再神經質的慌忙去抱孩子，只是安靜的對我笑笑。

我從來不進她的屋裡去，只是習慣的站在門旁向內張望一番。只要看見她們母子二人，好好的生活在那裡，我就會感到很安心。晚上獨自聽著風聲雨聲、野獸嗥叫聲，也就不再那麼恐怖了。艾娜已成了我生活中的伴侶。

有時，我甚至覺得她生活得自由自在，不必被不幸福的婚姻大石鎮壓著，自己一個人苦一個人累，和孩子相依相偎，沒有精神負擔和壓力，身心蠻輕鬆又愉快，但願她心中的擔慮也成為過去。

我覺得我竟有些羨慕她。能離開一個薄情寡義又不稱職的丈夫，我認為是生命中的另一種幸運，一種得到解脫的幸運。

我想，艾娜應該是幸運的！只是，我依然覺得，艾娜的眉梢眼角，有時會不自禁的流露出一種顫然的恐懼。她在恐懼什麼呢？每當她突然震驚的想起什麼，她就會本能的抱緊那孩子。她總是那麼害怕會失去孩子。其實，這是可以理解的，一個被丈夫遺棄的女人，絕不甘心再失去孩子。

一天黃昏，意外的，我聽見艾娜的窩棚內有男人講話的聲音，便好奇的趕去探望，看看到底是什麼人來造訪。

艾娜的小茅屋門是敞開著的，我一眼看見有個三十多歲、五短身材的阿卡男人，橫躺在地舖上吹菸。艾娜照例緊緊的抱著那孩子，坐在一邊。

鴉片菸的氣味使我作嘔翻胃，我不想再走過去，只是站在那裡對艾娜說：「艾娜，妳怎麼也不請我吃喜酒？」

她沒有回答，只是和那阿卡漢子，用我聽不懂的阿卡話講了一串什麼，然後她對我笑了笑。那笑容怪怪的，不知是很勉強呢，還是羞澀忸怩。我一時也不大在意，後來回想起來，其實她並不是在笑，她的神情是悲哀而又無可奈何的。由於眼睛近視，也由於我當時以為她又重新找了一個丈夫，所以錯以為她是在笑呢！

　　阿卡人的結合是很隨便的，他們往往說分就分，說合就合。當時我想，艾娜是又找到了新的歸宿，心中覺得不大以為然。

　　我討厭那鴉片菸的氣味，我又匆匆的回去了。

　　那天黎明，我被幾陣砍重物的聲音驚醒了，接著我又聽見艾娜壓抑的啜泣聲，間或還屨雜了那阿卡漢子低聲的叱責。

　　怎麼新婚第一夜就吵架了呢？

　　早上有課，我梳洗畢抱了書走出來，只見那阿卡漢子正從茅屋中鑽出來。他手中拎著一包用芭蕉葉包著的東西，匆忙間，我依稀看見有血水從那芭蕉葉包中滴下來。

　　那阿卡漢子往山澗那邊走去，他走得很快，不一會，山澗間的樹木就遮去了他的身影。我因忙著去上課，不及細想匆匆的走了。

　　很久沒有聽見艾娜的孩子哭了。一天我才注意到艾娜和那阿卡漢子出雙入對，那孩子不知何時竟已經不見了。

　　看見艾娜砍柴回來，我攔住她問：「艾娜，妳的娃娃呢？」我傲然的瞪著那阿卡漢子，指著他說：「是不是妳把孩子賣了，供他吸菸？」

　　艾娜面上一陣痙攣，我才發現，她竟消瘦得這麼厲害了。她的雙目中湧出痛楚的悲哀、迷惑和慌亂。

　　「是嗎？妳把娃娃賣掉了嗎？」我指責的逼問著，心中有些發恨，恨艾娜居然為了這個臭男人，而把孩子賣掉。

　　那阿卡漢子顯然很怕我，那是因為他有一種自視卑下的自卑感。他近乎諂媚的對我笑著，也不解釋。

　　我噁心的皺皺眉頭，艾娜一言不發，漠然的走過去了。望著他們雙雙離去的背影，我覺得自己很愚蠢，也很無趣。因為阿卡人是一種原始的落後民族，他們對子女的親情，近乎是一種動物性的，既短暫又淡薄！真的是這樣嗎？我又懷疑起來，我想不管他們多麼原始、多麼落後，他們畢竟是「人」啊！

　　我又想起那個胖呼呼的孩子來。還想起艾娜憐惜的緊抱著他，那副相依為命的樣子。而今，那個孩子呢？被賣給什麼人去了？我聽說常有一些販毒的走私客，喜歡出高價買這種尚不會走路的小孩子。他們把孩子買去並不是

撫養，而是為了把海洛因塞在他們的肚子裡，充作病兒帶到遠地去出售……

太殘忍了！我不敢想下去。

但是，我一直惦記著那個孩子！艾娜在困苦中前面背孩子、後面背柴的也熬過來了，為什麼有了這個臭阿卡漢子，她就不要這孩子了？我一定要問問她！

一天，我見那阿卡漢子獨自去挑水，就跑下來找艾娜。

她正在忙著做晚餐，她把一些肥碩的蚯蚓，活活的放進竹筒中，再放些鹽巴辣子一起舂了起來。

吃蚯蚓的阿卡，我又想吐了！

我竭力的忍耐著，啐了一口唾沫，問：「艾娜，妳的兒子呢？」

艾娜像被電觸了一下，她恐懼的望著我，囁嚅著嘴唇半天說不出話來。

我等待的瞪著她。

她只是顫抖，我又逼著問：「被妳賣掉了麼？賣給什麼人？」

「老師，我沒有賣，我的兒子他……他死掉了！」艾娜終於說。

我呆住了，瞪大了眼睛望著她，我想不到事情竟是這樣的。

「為什麼？他不是一直好好的嗎？」

艾娜哀哀的嘆了一口氣，說：「他被岩峑砍死了！」

岩峑是那個阿卡漢子！艾娜的新丈夫。

憤怒令我震驚這岩峑竟容不得艾娜前夫的孩子麼？太令人憤恨了！我懷疑這些愚昧的阿卡是不是「人」！

相對沉默了一會，我說：「艾娜，妳竟肯要岩峑，不要妳兒子！妳真狠心。」

「老師，妳不知道，我沒有辦法跑！我已經盡了我的力了！岩峑，他早先就砍掉一個了。那天，他在砍那個的時候，我就抱著這個跑了出來，」艾娜說，「老師，我一次生兩個！是兩個兒子呢！」

我有些給弄糊塗了，一時間弄不清楚她在說什麼。連忙打斷她，問：「妳是說，妳生了雙胞胎，是嗎？還有，岩峑就是妳以前的那個漢子？」

艾娜使勁的點著頭，我原來以為她會號啕大哭的，她竟連一滴眼淚也沒落。她只是絕望的說：「我一直躲著！我知道我躲不掉的。沒有一個阿卡的

雙胞胎躲得掉的。他們說，一次生兩個就是妖怪變的，要砍死才可以！我原來以為是真的。但是，我看見娃娃生下來，又紅又胖，他們明明是小娃娃，不是妖怪啊！我連忙抱起一個跑了出來……」

先出世的那一個當時就被岩峩砍死了，艾娜為了搶救自己的孩子，連胎盤都顧不得剪掉。

孩子一離開母體，她就跳下地來，捧著孩子連胎盤，翻山越嶺的跑了。直到天黑，她才躲在山林裡，用牙咬斷臍帶，把胎盤生吞了充飢，脫下衣服裹住孩子，一路東躲西藏的來到了美斯樂。

然後就是，岩峩找來了，他砍死了雙生子中的另一個。

我終於想起來了，那天早上滴著血水的芭蕉葉內，就是那個被活活砍死的孩子啊！

太駭人聽聞了！我真覺得毛骨悚然！

「他為什麼要砍死他自己的孩子！」我忿忿的叫著。

「一次生兩個，是鬼變的！我們阿卡是不能留的！老師，我知道妳們漢人不是這樣的！所以所以，我抱了他跑……」艾娜不勝哀怨的說。

「是啊！我們漢人生雙胞胎，是叫雙喜臨門呢！艾娜，要是妳們以後再生雙胞胎，妳們阿卡不要，拿來送給漢人，再不然，送到孤兒院去吧！」我說。

艾娜的面孔僵硬了，她又急又怕的說：「不，不，我不會再生雙胞胎了！我不會了，老師，妳不要說……」

她哀懇而怨尤的叫著，好像我詛咒了她似的。

岩峩挑水回來了，我沒法再說了。

從此，我恨透了岩峩。然而，扼殺雙胞胎是阿卡人的風俗，又怎麼能怪愚昧無知的岩峩呢？是的，我也恨阿卡人的這種風俗習慣！

不久，艾娜的肚子又大了起來。

她常常摸著肚子嘆氣，憂心如焚。她連飯也不敢多吃，她竟相信飯吃多了，肚子會太大。肚子一太大就會生雙胞胎。

有時，偶爾碰到，我就安慰她，說不會每胎都是雙胞胎的。況且這一次，我也覺得她的肚子並不大的過分，彷彿很正常。

　　殘冬時節又到了，阿卡花又怒放了。山崗坡頭，路旁人家，都被一片豔嬌的黃色籠罩了。

　　艾娜每天砍柴回來，頭上身上都別滿了黃澄澄的阿卡花。連岩崀也在帽子上，別了兩朵阿卡花，使他顯得又滑稽又可笑。

　　他們夫妻二人每天砍柴得來的錢，除了少部分拿來買米，大部分都用來買鴉片菸吸。一到晚上，夫妻二人就躺在地舖上吞雲吐霧，十分逍遙自由。

　　艾娜也學會了吸鴉片菸，她已經成了癮君子。這朵阿卡花真的凋謝了。自從岩崀來了以後，我就很少到那間小窩棚去了。當艾娜也變成了癮君子，我幾乎根本不再到那裡去了。

　　我厭惡一切墮落的東西包括人！所以我不再關心艾娜了。

　　一天天剛亮，我才起床，就聽到艾娜的茅屋內傳來幾聲洪亮的嬰兒啼哭。艾娜分娩了！一種由新生命帶來的喜悅，令我興奮起來，我急急的梳洗畢，匆匆的趕去探視。

　　小茅屋的門虛掩著，我一面推門一面叫著：「艾娜，妳生得個什麼？是姑娘還是兒子？」

　　門被推開來，一語尚未完，我嚇得呆住了，我看見岩崀正把一個粉紅色的嬰兒，刨開火塘裡火紅的炭灰埋了進去。另一邊已有兩隻嬰兒發青的雙腳露在炭灰外面。

　　──又是雙胞胎，兩個嬰兒都被火灰活埋了，空氣中有皮肉燒焦的臭味。

　　「媽呀！你們這是做什麼？」我掩面失聲慘叫，回頭就跑。

　　我的喊聲驚動了四鄰，大家紛紛趕來了。

　　岩崀從虛掩的門縫內，露出一雙充滿了驚恐的老鼠眼，很快的又縮了進去。

　　鄒冲跑過去，一足踢開了門，罵道：「死阿卡，大白青天怎麼害死人命？」鄒冲罵著，伸頭朝內張望了片刻，他也看見了尚在冒煙的火灰中，埋著的那一對雙胞孩子。他連連直嚷：「喪德喪德！他媽的沒人性的死阿卡，你們這是做什麼？」

　　鄰人們遠遠的站著，那一對雙胞嬰兒已經沒法救了。這麼慘無人道的殘

酷行為，令誰也不願挨得太近。

岩峩用背簍背上他們簡單的行囊，攙著面色惶惶而又顯得詭異的艾娜走了出來。看樣子他們是打算離開這裡了。

「不許走，不許走！」鄒冲此時的表現很得體，「這樣走怎麼行？把這倆個死娃娃拿去遠處埋掉！」

岩峩只得放下背簍，獨自到山窪裡砍來些芭蕉葉，把那雙胞嬰兒的小屍首裹起，拿到遠處去埋掉了。

然後，他們自己放火燒掉了那間小茅屋，夫妻二人便不知去向的離去了。

原來阿卡人視生雙胞胎為最不吉利的凶事。他們一口咬定，凡是雙胞胎都是鬼怪來投生為患的。所以，凡是雙胞胎一生下地，他們或是用火灰活埋，或是用長刀砍作幾段，或是活活的丟到大河裡。更殘酷的是，還有的把雙胞胎丟在舂穀的碓中，活生生的舂成肉泥。並將生雙胞胎的夫婦趕出寨子，然後把他們的房屋燒掉。

唯有這樣做，據說才能化凶為吉。否則，阿卡族的寨子，就馬上會發生大災難。如火災、瘟疫，或是山洪爆發、淹沒村莊，或是莊稼顆粒不收……

這種恐怖的惡風劣俗，不知是何時流傳下來，既滅絕人性而又殘酷萬分。

阿卡人因為落後愚昧，已經生存得夠艱辛了。人丁實在並不旺盛，死亡率很高，平均壽命不到四十歲。上蒼為了憐恤他們種族的日漸式微，特恩賜給他們雙胞胎，他們竟不以為喜，反以為悲，如此殘酷的扼殺雙胞胎，這稱惡俗不知何時才會結束。

尤其令人不解的是，不知是阿卡人竟常常生雙胞胎呢？還是他們扼殺雙胞胎的慘劇太令人矚目了，在泰緬邊區的山區裡，隨時聽到阿卡人殘殺雙胞胎的事。

為了讓這些無辜的小生命倖免於難，我祈盼上蒼最好不要再錯把這種恩惠，賜給阿卡人。也期望萬能的上蒼，能使阿卡人的靈光顯現，不再殘忍的扼殺雙胞胎。

如今，又是殘冬時節，阿卡花又開了。艾娜，妳在哪裡呢？想不到妳這

一朵阿卡之花，曾勇敢地抗拒過妳族的非人傳統！願所有的阿卡人都能如妳當初般，因一念之愛而突然醒悟，把父慈母愛也正常的施給那些雙胞孩子，這將是阿卡族的福音啊！

　　不幸的是，妳鬥不過你族人根深柢固的傳統！我懂得妳無以言宣的悲絕！

　　真是雙胞何辜？雙胞何罪？世界上為什麼會有這種殘酷的傳說？要怎樣才能像破除卡佤人祭人頭的迷信一樣的，來破除阿卡人扼殺雙胞胎的迷信呢？

　　　　　　　　　　　　　　　　　　　出自《美斯樂的故事》（1982）

阿卡花泰國人稱為泊冬花，粗生粗長年年開滿美斯樂。位於泰國北部清萊的美斯樂住著一群被遺忘的泰北孤軍散落為難民村，成為永遠的異鄉人。

曾焰（1952–）
本名曾麗華，出生於中國昆明。文革期間逃往泰北，與丈夫楊林先後受聘至美斯樂滿星疊華文中學任教。1976年開始在台灣《聯合報》發表長篇小說，1983年赴台求學定居，後移居多倫多。著有《美斯樂的故事》、《滿星疊的故事》、《我們去看鬼》、《曾焰說鬼》等。

墓之凝視

銀髮

我的左眼是山
右眼是海
眼淚自右眼流過左眼
雨季便來了

清明節正大光明地從日曆上爬下來那天
每一座墳墓都興奮
爭著理那頭蓬亂的青髮及看一些可笑的膜拜
只有蟋蟀們跳了出來
在雨後
奏死人的音樂

午夜
便有行軍的大兵踏過剪下的青髮
或坐在墓碑上抽漏稅的美國菸
你漆紅的名字立刻認出
一枝曾握過的槍管
只是已無法告訴你了
你現在只成為一堆文字

我痛苦地用力閉起眼睛

山已遠去
海已遠去
雨季已遠去
你不必告訴我也知道
戰事
就是這個樣子了

1970年4月越南

1955 年到 1975 年持續近二十年的越戰，為東南亞一場大規模局部戰爭。如銀髮等處其時的越南華裔青年，僅能以一首首撼動人心的戰爭詩，記那青春凋殘的年代。

銀髮（1944–）
本名盧斯榮，出生於越南嘉定省，為越華「存在詩社」的主要詩人之一，編有《像巘谷》詩刊。曾任職堤岸華校及報社，後移居紐約。越南、台灣、香港、美國等地報刊雜誌皆可見其詩作，合著詩集有《十二人詩輯》、《越華現代詩鈔》等。

髮樣地白著的十二月

藥河

離你三月整，十二月
好像頭髮一樣地白著
眉一樣挑著
寫你的小像，用畫眉兒的細筆
　　　　在一個砲擊之夜寫成。

撥開古典的柳，灞堤築在哪兒
（那年傷別又在哪兒？）
窗外是一片風景畫的天
潑了許多寫意的雲
晚來以後，寧靜，而且多照明彈的眼睛
哪，不剩止星子
是我們起誓的見證

離你三月整，十二月
西貢城整個醒睡起來
眉一樣挑著
斥堠兵的寂寞
哎　眉一樣地挑著
⋯⋯⋯⋯⋯。

1969年12月26日堤岸

1969年6月8日美國總統尼克森宣布八月底前美軍將撤出二萬五千人，7月25日再聲明撤出五十萬美軍，將越戰越南化。畫眉的絕筆，預示了大撤退後的大逃亡、大屠殺。

藥河（1946–2000）

本名陳本銘，出生於越南堤岸，曾赴美留學。為「存在詩社」成員，曾從事教育和報業工作。1989年與陳銘華等人於美國創立《新大陸》詩刊，推動海外現代詩運動。

沙包刑場——西貢詩抄

洛夫

一顆顆頭顱從沙包上走了下來
俯耳地面
隱聞地球另一面有人在唱
自悼之輓歌

浮貼在木樁上的那張告示隨風而去
一副好看的臉
自鏡中消失

1968年4月3日

戰爭太長，死亡太近！洛夫兩年西貢歲月正值越戰，《西貢詩抄》寫盡了臨近戰場的氛圍，以及戰事的無情。

洛夫（1928–2018）

本名莫運端，後改為莫洛夫。出生於中國湖南衡陽，1949年隨國民政府赴台，曾奉派至越南西貢擔任越軍事顧問團團長英文祕書，《西貢詩鈔》為當時所發表。1996年移居溫哥華，著有詩集如《靈河》、《石室之死亡》、《外外集》、《無岸之河》、《魔歌》、《眾荷喧嘩》、《時間之傷》、《釀酒的石頭》、《因為風的緣故——洛夫詩選》等。

野芒果

海凡

一

　　吃著最後一片醃製的野芒果，牽惹唾液的酸味在葉進的嘴巴裡流竄，混融在清晨雨霧中的芒果香味氤氳不散。他慢慢地咀嚼、吞嚥、回味這半熟果實的酸甜。他知道，雨林裡花果琳瑯的時節，就裹捲在野芒果這一縷甜蜜而又辛酸的滋味裡，嚥下後再難尋覓。

　　三叉河邊雞心龍[1]的那幾棵鬱鬱蔥蔥的野芒果樹，是年前巡山時偶然發現的，他暗自留了心。

　　果然，當蓮意患上缺維生素C的症狀，他窺見那原本素白如薄胎瓷卻隱隱透著青蒼的臉，越發白的如同透過重重樹冠鑿出來的那一輪冷月。據她小隊同志說，只稍輕輕一拍一捏，她的皮膚即刻出現一痕瘀青——微血管破裂！偶爾與她打了照面，她那雙與眉毛間距大，常顯出驚詫神態的大廓落落的眼睛，一瞥一眨，黑白分明，孩子般的引人揪心。

　　為了讓她從野果中吸取足夠的維生素C，那次巡山豬吊，他就大老遠特地彎路過去。

　　在野芒果樹的濃蔭下，舉目能及的範圍裡，空氣中沁透微酸的甜蜜，一種被山裡的晨霧淘洗過的清新，交織著酒後微醺的迷醉，讓人彷彿置身幻境。地上落葉間有掉落的果子，熟透裂開的果肉，果蠅縈縈繞飛；樹上層疊的葉片墨綠如煙雲，綴滿密密匝匝翠玉般的果實。他奮力爬上樹椏，被身邊

1　雞心龍：夾在兩道岔河間的狹長山嶺。

晃動的果實摩擦撞擊，窸窸窣窣如聽夏天金色的旋律。

那天他把一大袋野芒果都給了蓮意，祈願這金黃色的果肉，能恢復她每回清晨打野操後一臉的潮潤與血色。

就在過後，一小罐醃製的野芒果片，交到了他這裡。

手裡這個矮扁便腹的陶罐子，原本裝天津冬菜的，也不知她如何叫民運同志在農村裡尋獲，她還自製了一個木蓋，把一小罈夏天雨林的賜予栓得紋絲不漏。

那麼，野芒果吃完了，這樣精巧的容器是否歸還給她？

——咦！是她頂著一張小水布，從炕衣房朝這裡走過來，靠近了好像稍微掀了頂蓋，臉偏了一下。

她一直沒有開口要回。那麼他更願意留下來，讓那個陶罐子永遠盛裝著野芒果誘人的氣息。

塑料水布搭蓋的小隊宿舍外，雨絲綿密如珠簾般垂下。風不大，飛揚泛散的水氣，使叢林沉浸在淡淡的，搖曳的暗影裡。

呃，雨季，叢林的雨季來臨了！

剛剛他還在炕衣房裡，炕衣服在雨季裡好比哨務，是每個夜晚的必須。他知道今天要出發，一定得炕乾一套衣服以備換洗。

他知道蓮意也在出發的隊列裡，排到他炕衣服的時段，他挑出了她的衣服——她愛乾淨，衣服總放在橫槓的一端，他記得她縫在褲頭供辨識的編號——幫著炕乾，然後放回她熟悉的角落。

在火塘搖晃的光影裡，他把蓮意的衣服從炕架上卸下，捧在胸口，要掛上橫槓前，他情不自禁地把頭埋在衣服裡。被柴火烘烤後的溫柔與生硬同時磨礪著他，他感受著火焰的舐觸與燒灼。

雖然炕衣房裡只有他一人，但他還是感覺臉頰陣陣燥熱，就好像第一次他和蓮意的初識……

那時他才經由突擊隊來到邊區，一切是那麼新鮮，神奇！營盤的中心是一個大課室，課室旁邊還有夯土壓實的寬敞的籃球場。自然是泥地。大小與正式的球場相差無幾。球場四周圍密密移種成排高大的麻竹，在幾十尺的半空形成掩蔽。

那天他從哨崗下來，臨近晚餐時分，一場球賽正激烈地進行，等候用餐的戰士們圍著場邊觀看打氣。

他湊近去，在同志們草綠色軍裝之後，尋到一塊空隙。

一位球員正帶球切入籃底：「啪，啪，啪啪！」——縱身投籃！

他伸頸前傾仰頭觀望，左手臂不覺往身邊一位同志的肩膀攬去——

不想那位同志卻抽身迴避，並且俯首側過臉來。

他赫然發現對方原來是一位女戰士，怎麼卻剪了一個男妝的髮式?!

他忙一疊聲的「對不起！對不起！」臊熱從耳尖燒到頸項裡。

她就是蓮意。

後來他才知道，部隊裡的女戰士除了一般的齊耳短髮，為了易於乾爽，還有少數幾位像男戰士一樣剪了小平頭。

這一次魯莽，使他很長一段日子見了蓮意，總是支支吾吾地不自在。反倒是蓮意，卻全然心無芥蒂，一兩次談起，「咭咭咭咭」笑得他又燒紅了臉！

二

儘管沒有預期天會放晴，望著這一場已經纏綿了超過三、四十個小時的「長命雨」，還完全沒有消停的跡象，蓮意還是不由得懊惱，心裡咒一句「這鬼天氣」！然後她把滿罐的水壺，盛著整十塊水煮木薯當午餐的飯盒，擺直放進小背袋裡，紮緊袋口。再用塑料槍衣把卡賓槍包好。

這樣的天氣，大半日行軍運糧，身體是顧不上的，透濕不消說。而槍枝卻要顧好——還有，她抄出一片用來夾在腰帶，坐下時垂下護住後臀部，不至於直接坐在陰冷綿濕的泥地上的，被同志們叫做「鳳雞尾」的厚塑料布。

這個絕對必須，卻不只是因為怕潮濕！

昨天傍晚看過出發的工作單，知道自己出發和民運單位接頭運糧，她不是沒有猶豫。月經來了第三天，她完全可以提出要求替換，留在營房放哨，或當戰鬥組，或者幫廚。但她又想經期正當收尾也許當晚就過去。誰料到今早又還是一大灘血！這時要再說不能去，指揮部也無從找人代替。那麼，八人份的物資，由七個人分擔，這樣的天氣，這樣的路況，吃力可想而知。她

默默把折疊好的玉扣紙加厚墊好，放進褲底。她也知道被雨水一淋，未必管用，所以，這「鳳雞尾」至少能有多一層保護，或掩蔽。

剛才從炕衣房回來，經過男小隊第三小隊，她看見葉進拿著那個小陶罐出神。到底他在想什麼呢？

這個雨季真令人苦惱啊！

近兩三個星期來，部隊領導同志的愛人，桂香大姊幾回找她談心，對她說起第九小隊隊長黃強，講了許多她也認同的道理：老同志為革命奉獻大半輩子，有些小小年紀就上隊，叫做「老同志」，其實年齡並不算大，真的需要有一個革命伴侶，生活上互相幫助，扶持。老同志優點多，忠心耿耿，雖然文化不高，卻是一身的游擊本領！黃強還曾當過領導同志的近衛多年。如果不是軍隊規模小，讓他當個中隊長綽綽有餘！最最重要是大家有共同的革命理想，在部隊一起生活就有共同語言。年齡差異絕不是問題。

她默默地聽，低著頭，瀏海垂下來一抹暗影，大姊看不清她的神情。

她也看不清自己的神情。

黃強她認識，四十好幾了，6・20事變[2]過後上隊，那時才十二、三歲吧，年紀比他大的同志都叫他「黃小鬼」、「黃小鬼」的。

在新戰士學習班時，黃強還給他們上過課，講的就是他當年跟著老馬隊長，伏擊英國殖民政府的欽差大臣葛尼。那些響徹歷史的槍聲砲影，聽得他們眼睛發亮。

她和其他新戰士一樣，崇敬，佩服從砲火中走過來的老同志。他們受到老同志革命意志的巨大鼓舞，決心學習他們為趕走殖民統治者堅持鬥爭到底。

可是，要成為伴侶，要生活在一起，她覺得彼此真的不了解，橫著一條溝跨不過去。她的內心惶惑夾雜著莫名的憂慮。

但大姊說了，部隊裡頭男女同志不可能像外頭那樣互相接觸，牽手戀愛，「我們不用這個，最大的互相了解，我們政治上一致。」

2　6・20事變：英國殖民政府為鎮壓馬來亞民族獨立運動而頒布緊急法令的事件，時間是1948年6月20日。

　　她也知道，男女同志要建立關係，是要一方寫信向對方透露，經過組織轉交，再由對方考慮決定，然後回覆。大姊就說：「這樣又能有多少了解，互相了解是在結婚之後！」

　　她的助理小隊長——邊區廣西妹，外號「蝦女」也曾對她說，當年她和愛人通過信確定了關係後，大半年時間裡，從無人知道底細，直到組織上宣布，當晚他們要搬去住小屋了，這才揭開謎底。同志們譁然！說著大約記起當時滿座驚訝的神情，言下不勝自豪，得意。

　　可是，可是她總覺得這中間缺了什麼？做同志和做夫妻到底不同。就這樣做決定，她，她說服不了自己。

　　她囁嚅著不知如何回覆。

　　大姊目光炯炯，盯逼著她：「還是，妳已有了喜歡的人？」

　　她腦裡閃過一個身影，轟然砸下，使她感到有點眩暈，她把頭勾得更低！

三

　　葉進把背帶挎上，彎腰從竹搭床底抽出那支他用慣了的烏皮仔[3]掃路棍。

　　也許是他的細心和耐性，隊伍行軍的痕跡經他打掃過，最讓人放心。他記不得從什麼時候開始，一出發隊長總分派他走最後，成了同志們口裡的「掃路將軍」。

　　同小隊的李群走過來：「你阿公他！這鬼雨下三天了還不想停！」

　　是啊！他抬眼望，屋外兩棵大把麻樹，閃著幽光的雨水，無聲地沿著粗皺的樹幹淌流。曙色隱在高高的樹冠後，被雨簾一重重地篩濾，只剩一團模糊悠遠的雲翳。

　　「喂，聽說了嗎？」李群說到了正題，「大姊在向蓮意介紹老同志了，你還不寫信？」

　　「你說什麼你？」他臉唰地燒紅，幸好屋裡暗看不清。

3　烏皮仔：一種枝幹特韌的植物，樹皮黑。

「大家睡一個床舖還不知道？別說我沒有提醒你。」

李群今早要出發去巡水筧，[4]連續下雨水筧怕要堵塞。越過他時，轉過臉又甩下一句，「沒有理由等女孩子寫信給你吧？」

寫信。他知道這是手續，是要與部隊裡心儀的對象確立關係的第一步。

他一早想寫了。

多少回他放夜哨回來，挑亮小小的游擊燈火，支著下巴在燈下發怔。

信，要怎麼落筆？

來到部隊，生活是全新的，人也是全新的。他給自己叫葉進。為了恪守機密，除了組織，同志們不知他的真實姓名，不知他的過去，他的由來。

一切從葉進開始。

大家都一樣，對其他同志的認識，都從一個個新的稱呼開始。

那麼，他所知道的又是一個怎麼樣的蓮意？

因為那次尷尬的舉動，他無法不對她的小平頭留下印象。

然後是前年一起出發走長途的山路交通，兩個多月，二十位男女同志，日日夜夜在一起。

他們都被編在後衛組。開始時深山密林裡，一路行軍一路漁獵，順暢愜意。夜幕時分，拉起吊床，蓮意和身旁一起拉吊的女戰友，應和著夜蟲的「吱吱唧唧」，聊個沒完沒了。壓低的，卻分明爽朗歡快的笑聲，不時傳入他的耳朵裡。「三個女人一個巴剎」，看來就算武裝部隊也不例外！他不明白為什麼女同志總有那麼多話談！難得碰上下雨，還在風雨聲中唱起〈珊瑚頌〉、〈紅梅贊〉。一下把他領回地下時，隱蔽在木屋區聽卡帶的情景。

她的聲音在那樣冷寂的黑夜裡，格外溫婉甜美。彷彿讓人觸摸到雨後清晨灑滿山巔的曙光的暖意。

不料中途卻出了一個意外。原本按計畫約定在霹靂河邊運糧過來接應的兄弟單位，由於半路打了遭遇戰，有了傷亡，被迫折返。他們要續程前進，與東西大道南邊的突擊隊接頭，立即陷入糧食短缺的窘境。

已經走了三分二路程，沒有人願意無功而返！更何況肩背上的都是突擊

4　水筧：引山澗水進營房的竹導管。

隊急需的物資，突擊隊已確定在南邊守望。他們都體會到那份沉甸甸。

發電報請示了領導後，他們就近挖掘了一處數量有限的藏糧，得以重新規畫行程。但每人每日的口糧卻不得不大大收緊。

當他們逼近公路旁，身上的背負輕了，而體重更是銳減，每個戰士都掉了至少五至十公斤。

每天的早飯是一頓任吃的爛頭飯，[5]吃剩的作為午餐攤分給全體同志。三、四點鐘歇下來後，每人只分得兩湯匙糖當晚餐。

早餐葉進總是敞開來吃，很快從一盅增至一盅半，還一直覺得吃不飽。

男同志們彼此眼色相接，都懷著一樣的心事。

他發現蓮意卻只添了半盅就走開。日日如此。

有一回他忍不住問：「夠嗎？這麼少！」

「爛頭飯越吃越把肚子撐大了，就更不容易覺得飽。」說著淺淺一笑，「老同志教的，這叫『樹膠肚』。要忍，保持固定分量就好。」

其實葉進心裡也明白，要是個個像他那麼吃法，午餐大家都沒得帶了！

可要他怎麼忍呢？

晚餐那兩湯匙糖，泡上一大盅溫水，灌下去後，早早上吊床。不用到半夜，膨脹的膀胱就催逼你起來小便。然後，整個下半夜，咕咕叫的肚子，讓你一直半睡半醒，在吊床上煎麵粉粄似的翻來覆去，迷糊中一直有飯香繚繞。還會夢見在鄉鎮的小巷口，在城市的小販中心，飄浮著的為食街各類美食的氣味……流出來淡淡的口水沾濕了吊床頭。

等待早餐恍若等了整個世紀，怎麼忍？

而他知道如何在困難時候，盡一個年輕戰士的職責。

隊伍停駐下來，最吃力的活兒就是揹水。平常那不算什麼，現在過了晌午，大家的雙腿木頭似的沉滯，拖著地走，尾指細的藤蔓也絆得人仰馬翻。隊長一下令駐營，大夥兒靠在樹頭都不太想動，疲杳，眼花，稍遠一點的東西就看不清！這時，葉進唰地立起身，徑直跑去廚房，從鋁製大煲裡取出水袋。他向隊長報名，天天都讓他揹水。

5　爛頭飯：大量加水，煮成團糕狀，以增大分量的米飯。

一天，他發覺總務分晚餐那兩湯匙糖時，多舀了一匙給他。

他愕然，剛想開口問——總務一擺手，說：「去問蓮意。」

擔任戰鬥組的李群在一旁，說：「不必問了，昨天我巡山，回來也多了一匙。她給的，說我們是強勞動力，她停下來沒做什麼，一湯匙糖足夠了。」

葉進眼睛像飛進沙塵，不住地眨巴打閃。轉過頭，只見不遠的矮青叢中，個子單薄的蓮意正彎腰撿起一大截乾枯的樹枝，要拖回來當柴火。

那些天他也察覺了自己的不對勁。行軍一駁路[6]停下小休，眼皮一合他竟能昏睡過去！吃著午飯，手裡的匙子也能掉得茫然不知！

然而他還是堅持天天去揹水，隊伍裡最年輕的就數他了。那天他赤著上身，沿著旱溝直插谷底，大約跑了十幾分鐘才聽見潺潺的水聲。

盛滿了水返回，他右手翻轉，抓住背後二十幾公斤的水袋頭，從袋口壓擠出來的水，沿著他的脊背，褲管，膠鞋，流到泥地裡。山坡陡峭，原來一發力就邁上去的斜度，眼下卻只能靠雙腿蹭，雙手攀。右手一鬆，袋口的水如注，從肩頭傾瀉，腳下每一寸都成了溜滑的一灘爛泥！他仰望高處的駐營地，抬手想抹汗，不知怎地，眼冒金星，一個失控，腳下一虛，登時從陡坡上滾下！

當他臉朝天在一道坎裡落到實處，他的雙手自然往地上直壓以穩住身軀，沒想到那裡正是一個欄檬樹長滿尖刺的葉鞘，捲拱起來像一頭箭豬，他的右手掌把葉鞘壓得陷進泥地，密密麻麻的尖刺都扎到他的手掌心裡！

滿身泥巴的他，一瘸一瘸地回到營地，那袋水只剩下不到一半！

他張開顫抖的右手掌，「啊——」聲中，有的女同志不忍地別過臉去！

蓮意是助理醫務員，待他洗淨身子，兩人對坐在一株胭脂梅樹盤曲虯起的大樹根上，先為他手掌消了毒，然後持針一根一根地挑出尖刺。

暮色當頭壓下，而他掌心的尖刺尚未挑盡。

叢林轉瞬融入幽暝，一隻晚歸的犀鳥振翅掠過，「呱呱」的驚叫聲裡，一滴眼淚倏然墜落，鹹味滲進傷口，葉進不禁扼腕脫口呻吟。

6　一駁路：一小段路。

蓮意抬起臉，兩頰的淚痕幽暗地閃爍：「對不起！對不起！」

哦！那張臉好似一輪明月，日後不時憶起，是如此的皎潔，如此的鮮明！

這是他們最親密的一次接觸了。為什麼這樣肌膚之親的甜蜜，卻得裹捲在令人顫悸的痛苦當中呢？

信，要怎麼落筆？

……

<h1 style="text-align:center">四</h1>

雨無聲地下著。

沒有閃電，沒有雷聲，連微風也止息。所有的動物都窩在巢穴裡，聽不到猿嘯，聽不到鳥啼，不仔細，幾乎也聽不到瀝瀝淅淅。

然而叢林始終甦醒，細雨無日無夜地敲打，每一片葉子都在微微的抖動、顫慄。雨水使葉面映著晶亮的反光，水霧瀰漫裡，像墨綠色的蝴蝶的幽靈，拍打著沉重的羽翼。

要是雨停了，各類不知名的樹木會從樹幹，從樹葉，甚至從樹脂，從一片脫落的樹皮，散發出沁人心脾的清新的氣息。但在這無休止的雨霧中，卻只有凝滯的，像翻動朽葉般潮霉的味道，在四周流淌，浮蕩。

浸泡在雨中的叢林，好像一片平置在湖面的倒影，模糊、搖晃，真實而不確定。

身體透濕，手足冰冷，同志們以急速的行進來驅趕寒意。

在一處空闊的鳳雞坪[7]與民運同志接上頭，大家身上一樣都在溜溜滴水。交接了物資信件後，長話短說，一會兒就道別各自踏上歸途。

八份貨物，除了油米罐頭各類日用品，還有兩背各四十幾公斤的豬肉，裝盛在竹背簍裡。

葉進要掃路，分配揹一袋三十多公斤的罐頭等雜物。他瞥見蓮意蹲下身子，背起竹背簍裡的豬肉。她的臉色，在冷雨裡尤其發青，已經蓄長的秀髮

7　鳳雞坪：長尾巨雉跳舞，求偶，交配的小平地。

有一絡垂下貼在嘴角，襯得嘴唇紫裡透白。

　　雨中運糧，不比旱天那樣熱氣蒸騰。冰冷的雨水給背負重物而發熱的身體帶來了絲絲涼意。但到底是在一兩千尺的山林跋涉，很快額頭、脊背也沁出汗滴，摻合頭頂不停淋灑的雨水，混成一股鹹味流進嘴裡。

　　腳下的道路比平時加倍崎嶇難行，逢到上下山坡，先前的路模，被多日的雨水沖刷漫浸，風雨捲落的枯葉掩蓋著鬆軟的爛泥，每一步都設下一個溜滑的陷阱，落腳沒有踩實，連人帶貨物，都要摔個滿身泥汙。

　　要過木薯芭河了，微雨中，河面煙靄騰騰，天空一道不規則，狹長的罅隙，灑下午後灰濛濛的天光。那些平日墊腳過河的大石頭，不是已被河水沖走，就是淹沒不見蹤跡。同志們以木棍為拄杖，在渾濁而湍急的流水中，一步一步地試探行進。隊長和另一位男同志分別立在河心，隨時準備拉一把護持接應。

　　葉進埋頭用心打掃痕跡，那些留在山路上的雜沓紛亂，深淺不一的腳印，宛如他一早上的心緒，縱橫交錯，打理不清！

　　他望著河中央隊長的身影，今日運糧的隊長也是一位老同志。他不期然聯想到李群早晨那一番話。

　　他也隱約聽聞，大姊在撮合蓮意與一位老同志──據說是黃強。是黃強不奇怪，隊伍裡還單身的老同志也就那一兩位。

　　李群的提醒是好意。如果他不知道，那麼信真的寫了，交上去，他懷的是患得患失的困惑，他無從確切明白蓮意的心，只感覺到與蓮意眼波交會時，她那不一般的眼神。他記得她對他的好，那些勻出來的糖使他永遠感到甜蜜。他一直都記得那在暮色裡墜落的淚滴！她也從不拒絕他給予的適度的關懷和贈與，野芒果的芬芳曾給過他無盡的綺思和遐想。

　　然而感覺歸感覺，在隊伍裡，蓮意對同志們都那麼友好親善。一切都不確定，好像這雨季裡的叢林光影迷離！他等到的也許是驚喜，也許是失意！要面對的卻也只是自己。

　　李群的好意卻成為另類提醒，讓他墮入一個始料未及，尷尬的處境。

　　黃強是他敬重的老同志，老同志一般受教育不高，言語不多，舉止卻透著沉穩與剛毅。在他們身上，幾十年游擊戰爭的歷練，總有許多本事深藏

著，關鍵時刻露一手解決難題。

他從突擊隊北上邊區，一行十餘人，黃強正是帶隊中心。有一回接連十餘日完全沒有任何獵獲，餐餐只能是「峇拉煎」、「鹹豆豉」配一些沿路採摘的野菜，缺乏蛋白質補充消磨著同志們的精力。

一天隊伍過了河，停駐下來後，黃強帶上他和李群，說要沿河去釣魚。

山裡的河流清澈冰涼，河灘上怪石嶙峋，河水時而平緩，時而湍急地從離離的水草叢中，從長著青苔的岩石旁，蜿蜒流去。

葉進問李群，哪裡找魚餌？李群擺手道：「不必！」還眨眨眼睛，「你就只顧捉魚，手腳要快噢，慢了來不及！」

黃強找來一桿細竹竿，從子彈袋裡掏出一條紮著釣鉤的魚線，綁緊在竹竿上。也沒見他串魚餌，就徑直往河灘走去。

李群負責警衛，葉進專管捉魚。

黃強挨近水邊，執竿的手一揮，一道白線向河面飛摔直去，一觸水面，霎時間釣竿往回抽拉，一條十來寸長的銀白色的魚，就在魚線尾端蹦跳！震得細細的魚竿顫顫悠悠的。

葉進摸不著頭腦，張大嘴「哦」聲還未出口，卻曉得撲過去捉魚。腦裡閃過曾在銀幕上見識過的在觀眾席上釣魚的魔術畫面。

黃強摘一根柔軟的矮青枝條，留著尾端開叉的枝葉，捉到的魚扳開鰓蓋穿過去，從魚嘴出來，那魚頭再不能動彈，只有嘴巴一翕一張，尾巴不停地強勁擺動，打得葉片「啪啪」作響。

隨即黃強又轉身向河流走去，又是手一揮，釣竿一抽拉──叢林裡午後溫煦的陽光下，魚兒抖動閃爍的銀光炫得葉進眼睛昏花，魚身抖落的水滴，噴得他滿臉滿身。他興奮地一次又一次在河灘上奔撲。

有的魚兒沒有被勾緊，「啪」一聲落在河灘上蹦跳，魚身溜滑，葉進費好大功夫才抓著。這時黃強的另一條魚又抽上岸，一雙手還真忙不過來，應了李群說的：慢了來不及！

不到半個小時，他手持的枝條已串滿了二、三十條魚！

中途歇下來，葉進這才有機會拿過釣竿來看仔細：黃強的吊鉤上，只串著一顆鮮紅發亮、比野櫻桃還小、渾圓的塑料珠子。

「怎麼樣，不騙你吧？」李群把那一大串魚裝進背包，「這叫騙釣。魚一見果實掉落，搶過來張嘴爭食，釣鉤一抽，總能鉤中。」

葉進向黃強看去，黃強正打開菸盒，用草紙把菸絲細細捲好，叼在嘴角，瞇成一線的眼睛裡，露出滿意的神氣。

如此簡單容易?!葉進按捺不住，拿著釣竿也到河邊，模仿黃強的動作，一摔一抽……十幾二十次摔抽，卻全然鉤不上一條魚！

「不、不、不行的。」黃強紙菸抽過了，立起身，「騙、騙釣一、一處只能騙一次！」

黃強有輕微口吃的毛病：「魚魚也聰、聰明呢！要一、一、一直換地方，眼明——手、手快，看準了，哪裡——有、有魚才摔、摔去。胡亂下釣，反反、反倒把魚嚇跑！」

薄暮時分，他們帶回了上百條總共約二十幾公斤的小魚，除了飽餐一頓，還能在火爐旁炕乾了，做乾糧帶上路。

黃強摔竿抽釣的俐落身影，一直縈繞在葉進的腦際，但要怎麼眼明手快，看準哪裡有魚下釣，卻至今還是個謎。

後來他聽說，黃強這身本事，是因為一次戰鬥中受傷，滯留在馬來隊十幾年，向馬來同志學來的。

如果大姊給蓮意拉線的真是黃強，他實在不願設想自己會橫在黃強面前，成為他的障礙。老同志大半輩子奉獻給革命，如果因為他而失去結束孑然一身的機遇，他又將如何面對自己？

信未曾落筆，自己卻先陷入一種背負道德責任的忐忑不寧。

……

「蓮意，妳可以嗎？」站在河心的隊長在喊話，「大家都過去了，快過河吧！」

「我可以的，你們先走，我馬上過去。」

葉進聽到回答，循聲才見蓮意把背簍靠在河邊一塊半人高的石頭上歇息。

「葉進，你照顧她。」隊長又發話，「趕快跟上隊伍！」

葉進走到蓮意面前，說：「我先替妳揹過去。」

「不必。」說著她騰地起身，「我先過河，你不要跟來。」

葉進目送她手持拄杖下水，渾濁的流水從腳踝，小腿，很快淹至膝蓋，大腿下半截——蓮意的身子在滾滾湍流中微微發顫，腳步艱澀地移動。

突地她「呀」一聲，手上拄杖不知怎的脫手，很快被濁水捲走。

葉進聞聲立即一腳踩入水中，「嘩啦潑啦」來到她身後。

他把掃路棍遞過去。這時，他聞到一陣淡淡的，裹捲在河水泥垢裡的血腥味……他看到蓮意褲腿邊淌過的茶色的流水，暈染了轉瞬散去的褐紅色！

他立刻明白了：為什麼蓮意堅持要單獨過河！他一時也愣住。

蓮意的背影，一步一拄，危危顫顫地過了河去。

五

蓮意低頭悶走，一路暗自怨惱自己。

怎麼那麼「衰樣」，偏偏在那人面前「漏氣」？

實在料不到，一早來的月經量，竟然多得出奇。雨水，河水，這身淋漓的軍衣，讓她要如何遮掩？唉唉！連自己都聞到那股不尋常的異味了，她能選擇的只能是故意落下掉隊！

從葉進的眼神，她能讀出多少他的心思？他一定已經知道了。他是真心要幫她的，他也確實比她大力氣。那麼就讓他幫忙減重，卸一些到他的背包裡。或者換揹？

可他還要掃路啊！這一路腳印痕跡，清理起來多麼不容易！

她不會感覺不到，當自己患上那個古怪的毛病：缺乏維生素 C 那陣子，每逢他出發，那個時節該有的各種野果都不會錯過：藤果、淡卑、「屙屎酸」、酸仔……還有之前的野芒果。

她默默地領受。她以為這是一個姿態，一種意味，一份鼓勵……可是卻一直等不來她內心裡的期待！

但她也知道，依他那溫吞水的性格，似乎還在等待什麼時刻水到渠成？

他知道嗎？眼下已經是這樣的節骨眼！她不可能接受黃強，可是她能直接開口對大姊說她喜歡誰了嗎？

難！難！難！

悶！悶！悶！

雨水澆涼她微微發燙的額頭，水珠從髮鬢簌簌滾下，流經她雪白的頸項，淌入她起伏的胸口。水珠還能揣摩她的心事呢，怎麼碰上的他卻這麼笨？

隊長和同志們已經下了陡坡，隱入半排山[8]去了，隱約只見到搖晃的矮青。

她向後望，葉進倒著身子，低頭專注打掃從河灘遁入叢林的路口。

要等他來了才走嗎？

這是老天給的難得的時機！蓮意兩頰發燒——可要說什麼呢？兩個人都那麼口拙，要怎麼說？要怎麼暗示他——寫信?!

她向前望，陡坡地上綿軟溜滑，一大片褐泥裸露著，樹根交纏如蛇一般盤曲。經同志們又踩又蹭，陡坡被踐踏得爛泥溝似的。雨水混著泥汙滲流，有的積在深深的腳印坑裡。兩邊的小矮青被拖曳得倒臥向下坡方向。

葉進就快來到身邊了。

蓮意卻無意識地起身邁步，倒像急急地要迴避什麼。

緊接著——「噗——查啦！」葉進看見蓮意踩脫了爛泥，來不及反應就一屁股跌坐在泥地上！

然後看她翻身屈膝直立，還未見跨步，又「噗」一聲跌回去！還溜了幾尺！

又再翻身屈膝想站起，怎麼未立定卻又滑倒了——她背上的竹背簍半邊肩帶幾乎甩出肩臂，身子半側著臥倒！

然後，只見蓮意整了整肩帶，竟然不準備站立，而是拽著竹背簍，拖著屁股，往下坡挪移。

葉進一陣風似的飄到她身旁。

如何能想像，一貫整潔的蓮意，竟會讓自己近乎躺在泥地上，像一頭野豬似的，滾得滿身滿臉的爛泥汙漬！

他把掃路棍往她身邊一插，故作輕鬆地說：「起來！這形象不美呢！」

8　半排山：山龍的半腰。

摔得渾身酥軟，淚眼婆娑的蓮意，不知要怨人怨己，還是怨天怨地，突然無來由地發惡：「噢！不美?!我這不是為革命運糧嗎？怎麼就不美?!」

葉進發愣，「這……」然後想到她揹的豬肉墜腳，就扶著竹背簍，「我……我們換揹吧！」

她卻還陷在那個念頭裡，拽著竹背簍又要往下挪，「怎麼會美呢？滿身水，滿身泥，美的不會在這裡！」她變得語無倫次，「是當然不美，不美，才沒有人要寫信！」

寫信！毫無預兆地脫口而出！天地瞬間靜寂，雨水銷聲匿跡。

「我……我是說，要……要是沒人幫……幫妳，這是我們隊伍形象不……不美。」竟讓葉進想出詞來安慰，說得吃力，額頭雨水汗水津津滴。

然而，卻也頓時舒暢輕快，堵在胸中的巨石般的什麼東西傾倒了，身子冉冉飄升，一轉身就要邁出這片烏七八糟的爛泥地。

他瞥見蓮意那甩脫在左側的一隻塑膠鞋，裡頭是一坨漿糊似的汙泥，他撿起來敲落了遞給她。

然後輕輕晃了晃她的竹背簍，說：「信，給妳，背簍給我。」

蓮意頭低低，鼻子一咻一咻的，強忍著，真想哭啊！

2015 年 9 月 22 日

2015 年 11 月 25 日

出自《可口的飢餓》（2017）

1930 年馬共為抗日而成立，1957 年馬來亞獨立，馬共主力投降殘部撤退至泰馬邊境叢林，展開長達二十年的游擊歲月。馬共書寫為馬華文學史上的又一章。窮山惡水中的馬共游擊隊女性與情慾，一如那酸澀的野芒果，散發一種苦澀中的光芒與甜蜜。

海凡(1953–)

本名洪添發,出生於新加坡。年輕時期曾參加左翼文化運動,為了逃避政府追捕,於1976年加入馬共武裝部隊。1989年合艾和平協議簽訂後重返社會。著有《雨林告訴你:游擊山頭和平村里》、《可口的飢餓》、《野徑》、《芳林餘韻》、《喧騰的山林:一个游擊戰士的昨日誌》、《傾聽·回眸》、《瞬間·側影》。

籬笆和歷史的糾纏

冰谷

一　我的籬笆雛形記憶

打開童年的記憶窗口，腦海裡總浮現鄉下那些自由生活的圖景，住宅簡陋但不設防的那段閒適時光，到了科技先進的今天依然叫人羨慕與難忘。

那些年，不論是傳統的馬來甘榜[1]或華人零散的聚落，每間房宅都沒有籬笆防禦——我們可以選擇任何方向進出家門。

那些年，屋裡既無彩色電視機，更無冰櫃、煤氣爐等電器，幾乎沒有高檔堪值竊取之物。設防與不設防基本上並無差別。

不設防的好處，除了戶外四野寬闊，視線沒有一點阻擋的感覺之外，跨出門扉昂首走出去，心情就感到無比暢快與舒坦。所以，童年時的鄉下住宅，隨時都可以溝通和串門子，找玩伴逍遙盡日。

若以安全理由作考量，那年代既沒有宵小，更沒有搶劫掠奪這碼事。而實際上，我們那片不起眼且不堪風雨的茅舍陋室，以叢林雜木枝條當圍牆，日不掩戶，夜不閂門，完全沒有被宵小盯上的可能性，籬笆設防反變為一項礙眼的奢侈諷刺。

所以，童年那些日子我根本不懂得房宅需要設防這回事，認定籬笆專為防止畜生逃逸而建，尤其對畜養的牛羊。會引起這個概念，是因為每逢果樹成熟的季節，我到鄰近的馬來甘榜採浪剎和紅毛丹，總遇見哈芝伯欄杆裡困著牛隻和咩咩叫的小羊。

1　甘榜（Kampung）：馬來語，即鄉村。

　　終於有一次我忍不住納悶，好奇地趨近牛寮看個仔細。

　　那些欄杆以竹竿做主軸，深入地底，橫牽著一條條鐵蒺藜。在孩童的心目中，那鐵蒺藜花狀的尖刺特別顯得礙眼。鐵刺尖頂向四方八面展示實力，密密麻麻，在兩條平衡的鐵線間像叮在鐵線上的惡蒼蠅。我對它反感。虎視耽耽的鐵蒺藜，還有籬笆。

　　「幹嘛要用鐵蒺藜籬笆圍著牠們，都乖乖的？」我指著牛欄問哈芝。

　　他說，「這樣子令牠們出有時、歸有時——放任牠們會變野，甚至玩失蹤呢！」

　　我「哦」地回應。那次起我心裡打開了籬笆的雛形記憶。

　　也從此我領悟籬笆有預防效用。

　　但從來沒想過，有一天我們也像牛羊那樣，全家被禁錮在鐵蒺藜圍繞的籬笆內，還包括許多不同村落遷來的鄉民。

　　打開歷史的記憶，對張牙舞爪的鐵蒺藜，我胸間有一坨沉痛的傷口。

　　被迫離開鄉下橡膠園裡的茅屋，帶著幾許人生的無奈與創傷，遷入鐵蒺藜籬笆圍困的新村裡。我連向同學告別的機會也沒有，就匆匆離開了學校，融入一個陌生的環境，去挑戰另一段人生旅程。

二　鐵蒺藜的歷史傷痕

　　追溯歷史，那是1950年的炎炎夏季，英殖民地政府為了切斷馬共的物質資源，以強制手段對華裔實施了遷移法令，全馬共成立了六百多個新村，把落戶在各地的鄉下農民集體困於樊籠內，出入搜身。

　　含蘊著無限血淚的名詞——新村，從此嵌進了我國的歷史，成為華裔心中永遠拔不去的一粒芒刺，比籬笆上的花狀鐵刺更叫人產生厭惡感。事緣英殖政府駐馬欽差大臣亨利・葛尼氏被馬共狙擊身亡，遷怒全馬所有華人，把我們囚困在鐵蒺藜內當作一項集體懲罪！

　　我們被限定納入的新村叫瑤倫（Jerlur），距離皇城瓜拉江沙（Kuala Kangsar）六公里。不知是基於牛羊被囚困而產生的憐憫反應，或者出於其他緣故，我幼稚的心靈第一次目睹蒺藜籬笆就有強烈的折射，而流露出一股莫明的抗拒心。

　　比起甘榜裡哈芝伯的牛欄籬笆，我家後門的籬笆可牢固多了；不但牢固，而且連綿不斷，環繞一個大圈把四百餘戶農家牢牢地囚禁著。英殖民政府利用徵用法令，把一片翳翳廣袤原是生產膠乳的橡膠林毀屍滅跡，伐木推土後，將手握鋤頭家徒四壁的農民迫遷，有的是來自附近的農家，而手握膠刀的我們翻山跨嶺，從霹靂河岸跋涉十餘哩乖乖上路，忍著簌簌淚水融入新村這個大熔爐，接受命運的沖擊和考驗。

　　把新村比譬為牢籠一點也沒貶低，兩腳踩入柵門便已一目了然了，鐵線、花刺、石柱，這三位一體連成的防禦性籬笆，心想我們一旦踏進去，就像哈芝伯牛欄裡的牛羊，永遠身陷樊籠，難有翻身的餘地了。

　　而厭惡沒用，憎恨也徒然，事情就那麼湊巧，我們圈定的新家位置，最靠近鐵蒺藜籬笆。所以每次我打開後門，鐵刺的花狀醜態赫然撞入我的眼瞳。

　　當然我逃避不了。總不能我把自己整天躲在室內發愣看板牆。

　　日裡總有幾回，我要面對後門外那些稠密的籬笆鐵蒺藜。雖我盡量把眼瞳轉移，每次總無法跳脫陰森森的尖刺纏繞。到了這時候我才領悟，我童年在甘榜裡的籬笆雛型顯然趨向寬容，那些竹竿條柱只要牛角一牴就輕易折斷了，整片草原就屬於牠們奔馳的天地。然而牛羊竟然沒有越軌，乖乖地出有時、歸有時，默默地接受主人的擺布。

　　而我家後門英殖民政府精明設計防人進出的籬笆，不只加強了拉扯的力度與寬度，就連埋入地底的柱子也為鋼筋水泥的合成品。而那扇狹窄僅可容身的柵門也錯縱纏結爬滿鐵刺，若想要衝出樊籠，除非變成一隻翅膀豐滿的鳥兒！所以，每當我打開後門投擲垃圾時，看到那堅持使命的籬笆，我就深惡痛絕，全身億萬個細胞都覺得不自在！

　　每每這時候，我腦際又閃入哈芝伯那句「出有時、歸有時」的回答。籬笆與鐵蒺藜的防禦在於怕牛羊撒野逃逸，天生只有兩隻腳的我們逃得了嗎？早上六點才準時開柵，而在鄉下我們凌晨三點鐘已經在橡膠林裡挑燈奔跑了，六點鐘掛在膠樹上的杯子已盛滿膠乳，太陽出來之後就要蒐集膠汁了。

　　全村困著四百餘戶人家，狹窄的柵門是唯一的出口。從我家要到出口，路徑不遠，但必須沿著鐵蒺藜走約十分鐘，忍受十分鐘的鐵刺張牙舞爪的威

脅。令我異常驚訝，開柵時間未到，柵門前人群已擠得水洩不通，「嗚——」的笛聲一響，洶湧的人影像波浪般向前衝刺，好像進行一場馬拉松賽跑。

突然，我聽到呼痛聲。

——哎呀！我的手指刺到鐵刺，流血了！

——我的衣袖被鐵刺鉤住了，快幫忙拉一拉！

——不好了，我的長髮遭尖刺緊緊扣住，走不動了！

整個局面如同逃難，爭先恐後亂成一片。花狀鐵刺竟然發揮了反面功能，鉤你的衣袖，扯你的頭髮，使你血液簌簌而動彈不得。你不得不小心翼翼，放緩步履。

誰也沒想到，原本只是用來防禦的鐵蒺藜，突然向溫順的農民施展魔爪，第一天就有人不幸中招，身心俱裂。

母親、姊姊還有堂哥也不落人後，手攜飯盒茶水、肩挑膠桶膠刀，隨眾湧出了門柵，但依然遲了一步，兩輛巴士都擠爆了乘客，呼呼地吐出幾縷黑煙無情的向馬路飛奔而去了。

他們只好垂頭喪氣、沒精打彩地打點回家。

父親不與人爭，他等開柵鐘聲響完，才慢條斯理從家裡推出腳踏車，跨上車座，停在柵門任由警察搜身，然後向十餘哩外的膠林踏去。

那一天，掛著眼鏡的父親在橡膠林裡踽踽獨行，沉默地割完他份內的橡膠樹。

那年代會騎腳踏車的人數罕少，我家裡也只有老爸有輛老爺腳踏車，那是我誕生前已存在的古董，也是我家唯一堪值誇耀的交通工具。蟄居鄉下那段悲涼時光，橡膠園和耕地離開茅舍都不遠，而且丘陵蜿蜒的野徑，粗壯的兩條腿是最佳的交通組合。腳踏車專用於輸送沉重之物，所以把番薯木薯載回來，把膠片送去渡頭上船，凡需要動用腳踏車的事均由父親把關，緣因在此。所以，鄉下人擁有腳踏車的，每家也不會多過一輛。那年代腳踏車是珍貴的稀有物，會騎腳踏車的人也不多見。

第二天，雖然母親更早趕到柵門，但還是擠不上巴士。眼看這樣下去家中就有斷炊之虞了，那天回來之後父親即召開家庭緊急會議。結論是，母

親、姊姊和堂哥被迫再度搬家，離開鐵蒺藜圍繞的新村，移居江沙小鎮郊區；[2]老爸和我則留在村裡守著板屋。便如此，我每天仍然無奈地面對後門尖刺閃爍的籬笆。我很想隨著母親和姊姊，衝出鐵蒺藜的網線，投入鳥聲處處的翠綠林中。然而……

「留下，讓你爸有個伴！」我向來順隨母親的叮嚀。而且，安定下來我就要重進校園。新村的小學很近我家。──以前要跋涉六、七公里山徑和公路。這是遷移新村帶給我唯一的安慰。

那所木板搭建的啟智小學，[3]是從附近一個小鎮遷來的，維持了原來的校名。小學建在柵門入口右側，靠近柏油馬路與籬笆，與我家同排同一個方向，不到十分鐘我就走進學校了。

學校範圍相當闊，還有一個籃球場。學校另設籬笆，但不是以鐵蒺藜設防，以沒有尖刺的「橄欖網」圍繞，看上去舒服順眼多了。可是籃球場邊緣連接到老師宿舍外，就是高過人頭的鐵蒺藜，再接過去就到我家了。

時序進入仲夏了，其他學校已進入第二個學期，我們卻是從頭開始。我讀一年級。全校只有四間教室，座位朝北，望出去剛好是籃球場和教師宿舍，所以我的眼睛除了上課時間落在課本，其餘時段有意無意都難免與鐵蒺藜交纏銜接，視線怎樣避也避不開。

我的父親每天騎腳踏車出門，我自備早餐和午餐；放學之後為父親燒一鍋粥，然後到井邊洗衣洗澡，順便挑水。每個週日學校無課，我坐在父親的老爺腳踏車後座，讓老爸左一扳右一扳吃力地載我到膠林與母親會合，順便幫忙割樹膠掙取微薄的收入。

所以，每週總有一天我離開新村，暫時避開後門那些邪惡的鐵蒺藜。而其他的時日在新村裡的活動空間，我整天都被鐵蒺藜困擾著，那些醜陋的密麻的尖刺彷彿無時無刻都在監視我的行蹤，只因我住家靠近籬笆的緣故。

那樣牢固又多刺的籬笆，在我幼稚和天真的形象與理解，有如一層鐵壁湯池，是緊密和不可能踰越的防備。可不到半年時光，不可能的神話就被

2　新村成立後，華人依然允許在市鎮郊區居住。

3　啟智小學後來改名瑤倫新村國民型華文小學。

「山老鼠」[4]顛覆了，闖進來還摸黑槍殺了村長。這事件非同小可，驚動了整個州屬，最直接衝擊到的自然還是手無寸鐵的村民，包括老爸和年稚的我。

嘭嘭嘭！……，嘭嘭嘭！……

那天半夜夢魂裡，老爸和我同時被急促的鑿門聲驚醒，接著傳來粗爆的呼嚷，「開門，快開門！」我們都不知道究竟發生什麼事，老爸爬起身就去應門，我驚恐得睡意全消跟在後頭。

「全村肅清，到學校籃球場去集合！」黑暗中也不知道誰在說話。門一打開就有兩個荷槍實彈的士兵衝入屋裡搜索。我們父子連想換掉睡衣也不允即隨眾摸黑去學校集合了。

鐵蒺藜的花刺似乎只對善良的村民有用，再下來就是溫馴的牛羊。新村發生籬笆被強剪拆毀，導致生命傷亡之後，我對鐵蒺藜的防禦效應起了另一種思索，對後門籬笆的惡感也隨之累積得更深了。

英殖民政府眼見單重籬笆不能制止「山老鼠」肆虐，又急忙增加了一層鐵蒺藜，兩層籬笆中間還拉條粗電纜，任何有生命的動物觸及都馬上斃命；另外村民不得私自購買米糧和食物，施行「大鍋飯」制度，進一步加強對村民的食物管制。

我在啟智小學讀完二年級便和老爸一起離開新村，搬去和母親、姊姊同住，一家團圓了。可那是兩年後的事了。離開障眼鐵蒺藜猶如囚籠的新村，告別了花狀尖刺的層層密密的牽制，我像一隻重獲自由飛翔的小鳥，展翅衝向藍天！

三　不設籬笆的墾荒歲月

於是我重新投入江沙崇華小學的懷抱，報讀三年級，教室在學校行政廳樓上，窗外是江沙河潺潺低吟的碧流，河對岸為一抹翠綠聳立的古樹，更遠是絨絨地氈似的草地斜坡，夜雨初霽的早晨常見霧氣裊縹，既悅目又詩情畫意。景色旖旎還在其次，最重要是沒有令人厭惡的籬笆和鐵蒺藜干擾我的視

4　山老鼠即指馬共。當年避忌，人民以山老鼠代稱馬共。

覺，我可以靜靜地專注於讀寫與思考。

連續幾年年終考試，我都名列前茅。

高中畢業之後，我離開了鄉城，向外拓荒闢野，墾植的農作從橡膠、可可到油棕，尤其在風下之鄉那些年，幾乎日以繼夜與野獸拚搏。但是，我們沒有利用鐵蒺藜作圍籬。我們挖掘深溝防禦野豬，點燃火炬驚嚇大象，以鐵絲網圍油棕苗防禦刺猬和山鼠。我們這樣守護園林，看著陽光和雨露中油棕、可可舒枝展葉，以至吐蕾結實。

我們農園的辦事處、職員、職工宿舍、工廠，也沒有圍籬，大家都可以交流往返，述說挑戰墾荒和種植的疑難。

我的宿舍離開辦事處僅一箭之遙，周遭拉雜地種著香蕉、榴槤、木瓜和甘蔗，因此最為野獸覬覦。因為不設防，所以經常半夜裡聽到野獸悄悄到訪，頻頻出現且最貪婪的非野豬莫屬。但最為令人驚心膽戰的是大象週期性的摧毀，牠們成群結伴現形，幸虧每一、兩年犯境一次。牠們來之前，幾哩外就發出警訊，哦哦哦一路大聲唱到我的宿舍之外，撼樹倒枝，席捲一切所需，包括香甜的果實。牠們堂堂正正地來，又光光明明地離開，沒有忌憚，毫不掩飾。

「對龐然大物，籬笆，要來啥用！」農園總指揮就這句話，令你口服心服。

離鄉後的半生漂泊歲月，都在沒有籬笆設防的墾植中兜轉。驀然回首，不經意地竟然渡過了幾十個坎坷日子。回到童年時代的新村，英殖民政府建造的鐵蒺藜早已被時光腐蝕，花狀的尖刺和鋼筋灰柱也不留痕跡矣。

國家獨立了，安寧的日子將所有的新村也帶入一個新世紀。

以無比興奮的心情迎接和平的日子，總以為此後再也不見籬笆了，怎知退休後搬進城市又見籬笆，這裡不用蒺藜尖刺，卻是一道眼瞳穿不透的鋼筋水泥的、現代的文明式籬笆。

四　現代籬笆的自我囚禁迷思

我六十二歲才走出叢林，正式告老退休，居住城市安享晚年。竟意想不到，我又投入一個自我設計的現代樊籠裡，而且是更狹窄、狹窄得不到三千

平方呎的空間。這時心絃又倏然浮現童年甘榜裡、哈芝伯用以約束牛羊行動的籬笆，似乎牛欄的範圍比我現時的居所還寬闊。

買下這個三面圍籬的居所，乃退休前與妻達成的分享結果。雖非獨立樓房，但半獨立式雙層，四房一廳，家裡人口不眾，合乎理想了。二十年前房價未飆，薪酬雖不高但分期付款負擔得起。買房子事就這樣拍板了。

那時房地產火熱而我又是最後趕上的班車，所以房子的位置不十分理想，因為擠在最末一排，房子對面是廢置的荒地，一眼看去有點欠雅觀。再遠些為翠綠色的馬來甘榜，雜木生花，雞啼樹顛，看去有如置身鄉下。這點盡得我心，讓我宛如回到童年茅舍不設防的歡樂時光。

開荒時每天早起，退休後成了習慣。

防止骨頭硬化，活動筋骨最佳的方法是早起出去散步，呼吸新鮮空氣。所以當公雞清晨拉緊咽喉啼播晨曲，便是我離床的時刻；為了避開塵埃和頻繁流動的車輛，我每天選擇朝甘榜的方向走。甘榜裡的空氣肯定新鮮，含負離子成分也偏高。

走進甘榜之前，我必須走出燈光閃爍的第九巷，走出由工程師精心設置的籬笆鐵柵。整排粉牆紅瓦的半獨立式房宅，三呎圍牆之上都一律設有凸起的箭式尖刺鐵條籬笆，堅固和防禦功能比起新村的鐵蒺藜更勝一籌。

我每天必須走完第九巷的箭式籬笆，才轉入帶點荒涼的小徑，腳步就踏進甘榜範圍了。儼如我童年走訪的甘榜，左鄰右舍都不設防，只是屋舍間密度高些，有高腳板樓也有地下屋，雞鴨養在屋旁，牛羊依然囚在圍欄裡。見到牛羊，我的眼睛就能捕抓到籬笆的影子。

馬來鄉民喜愛果樹的慣性一如從前，最多的是椰子、檳榔，而芒果、榴槤、山竹、臭豆、紅毛丹、波羅蜜，似乎處處綠影招展。我一邊走著走著，一邊沉思默想，庭前屋後，有那麼多雞鴨和果樹，卻沒有築起籬笆，讓別人自由進出，真不可思議啊！

而我們住在花園文明區，處處都嚴密設防，籬笆、尖鐵支、防盜鈴、CCTV錄影，尚嫌不足，廢寢忘食，日夜依然憂心忡忡而不可終日。我的半獨立房宅好處是三面透風，除了庭前箭式籬笆，右鄰與後方分界皆圍橄欖狀籬笆，日出時明亮，風來即送爽，但幾年前後方換了屋主，執意要把橄欖狀

籬笆撤除，築起六呎高水泥牆，於是房宅變成兩面透風。右鄰見了，不久又仿效，現在住家三面圍牆，不僅陽光受阻，清風不入，房宅有如一座樊籠，唯有庭前尚可透風，卻面對一排箭式尖刺的籬笆所困惑。

過去受困新村，花狀尖刺籬笆出現在後門，只有敞開後門才心生疙瘩；如今前庭盡是凸起的箭式尖刺，不僅出門避不開，縱使身在大廳堂視野也逃不開那些排列齊整而射向空穹的利箭。這時刻，難免別有一番滋味在心頭！

每天早上翻閱報紙，標題盡是入竊偷搶、打家劫舍的新聞，歹徒撬門破窗、越牆碎瓦，手法花樣百出，令人觸目驚心。隨著歲月增長與歲數添加，我對籬笆的厭惡和對尖刺的敏感度不只變得遲鈍，連排斥性也漸漸地疏離了。

造成敏感遲鈍，也許是神經線衰老所致。但是有一點我始終堅持著，即對質疑籬笆的防禦功能，從悠遠的童年到鬢髮皆霜的現在依然不曾改變。而在歷史的綿延長河中，華裔對籬笆的蛻變永遠都在尋找新的出口。

我們何其不幸，經過了五〇年代那場驚心動魄的大遷徙，在尖刺密麻的籬笆內受盡屈辱與折磨，養成了對籬笆由原來的畏懼到後來的防禦依賴，這是經過歷史洗禮後的徹悟麼？而沒有經過大風浪的友族，今天仍舊秉持過去的悠閒傳統，於城市邊緣繼承昔日的無憂無慮的甘榜夢。

這時，我不禁又緬懷起童年在鄉下的那段時光！

出自《斑鳩斑鳩咕嚕嚕》（2020）

「新村」的鐵蒺藜籬笆比圈牛羊的圍籬還要牢固，冰谷筆下的新村是「含蘊著無限血淚的名詞」，這是馬來西亞緊急狀態下的夢魘，也是華人移民史上被迫的大遷徙。

冰谷（1940–）

本名林成興，出生於馬來西亞霹靂瓜拉江沙。他自幼生活在橡膠園坵，後曾任橡膠園、可可、棕油園等經理，曾長居沙巴。著有《冰谷散

文》、《流霞‧流霞》、《火山島與仙鳥》、《走進風下之鄉——沙巴
叢林生活記事》、《小城戀歌》、《西貢‧呵西貢》、《血樹》、《沙
巴傳奇》等。

訪五一三事件受難者墓園

李有成

一

烈日或如五十年前
高掛雲空，原來的一片荒地
雜草靜默蔓生，蜻蜓翻飛
蝴蝶翩躚，蚱蜢也伺機躍起
眾鳥啁啾，生機卻乏人聞問
彷若瘖啞的聲音，頑固地
低唱，逐日流轉的命運
風動時，只有雲在窺探
這世間會有什麼消息？

這消息來得突然
這消息究竟有何算計？
晴空烏雲，總不是
自然現象，草木本該
欣欣向榮，竟自根部毒發
枯萎。這消息究竟從何而來？
仇恨如雜草蔓生時
風停止呼吸，烈陽炙熱
遠處有黑煙裊裊升起

企圖遮蔽城市的上空
血腥的消息，從此由現實
闖進歷史的暗夜中
仍然有人記得，這一天：
一九六九年五月十三日

二

於是我們走吧！五十年後
烈日依舊，一如那一天
雜草走出一條荒徑
雨後泥濘，遲到的步履
顛躓難行。我們走吧！
雲俯瞰著，靜聽暴亂後
這五十年的緘默
出奇的緘默，哀傷
或許也是一種啟示
一種等待，像世事浮沉
像時間難以縫合的傷口
難道這竟是一種選擇？

這一方鐵絲網圍籬
一百餘座墓碑，一百餘則
無法流傳的故事
只是來不及訴說，緘默
並非無語，每一座墓碑
不論陌生或是熟悉，有名
或是無名，驚魂未定
五十年仍然不解：

那一天究竟發生了什麼事
要教眾多生命就此
在歷史的巨穴中，苦待安魂？

沒有敘事，沒有碑文
省略的歷史，就只剩下
詭譎，隱晦。沒有素果
也沒有清酒，傷悼
遲了五十年，雜蕪的茅草
年年茂生。烈日高照
越過飄忽的雲層
蜻蜓與蝴蝶來回嬉戲
蚱蜢忽地躍起，禽鳥
在蟬聲中鳴唱，一如那一天
我們走吧！即使再怎麼緘默
不是沒有事情發生。

2019年7月1日凌晨於台北

附記：

　　2019 年 4 月 24 日午前飛抵吉隆坡，接機的許德發與張惠思夫婦隨即開車帶我走訪五一三事件受難者墓園。墓園位於距吉隆坡市區不遠的雙溪毛糯（Sungai Buloh），在一座小山坡上，山坡下為雙溪毛糯醫院所屬的伊斯蘭教堂，稱伊本西那清真寺（Masjid Ibn Sina），醫院就在清真寺旁。墓園另一邊則是現稱希望之谷的雙溪毛糯痲瘋病院遺址，目前已闢建成吉隆坡最大的花卉園藝中心。1969 年 5 月 10 日馬來西亞舉行第三屆大選，執政的聯盟（The Alliance）雖然維持其國會多數議席，反對黨的總得票數卻是首次超過聯盟。五月十一日反對黨在首都吉隆坡舉行勝利遊行，引發執政聯盟成員黨巫統的不滿，因此舉辦遊行反制示威。五月十三日終於演變成種族暴動，此即所謂

五一三事件。關於暴動原因官方與民間各有說法,甚至死傷人數至今並無定論。雙溪毛糯五一三事件受難者墓園只是民間稱法,並非官方法定名稱。此墓園原為埋葬事件受難者之巨穴荒塚,後經民間整理才略成目前規模,只是整個墓園未見立碑撰文說明悲劇發生原委與經過。五一三事件發生至今已有半個世紀,官方始終諱莫如深,不願多談,民間近年來才逐漸舉行簡單儀式以為紀念。五一三事件發生當時,我住在吉隆坡的衛星市八打靈再也,依稀記得當時氣氛詭譎,真相不明;半個世紀後第一次造訪事件受難者墓園,總覺得五一三的幽靈悠悠蕩蕩,五十年來始終徘徊不願離去。

李有成（1948–）

筆名李蒼。出生於馬來西亞吉打州,小學畢業後前往檳城求學,1970年赴台灣留學,現為中央研究院歐美研究所兼任研究員。著有詩集《鳥及其他》、《時間》、《迷路蝴蝶》,雜記《在甘地銅像前:我的倫敦札記》、學術著作《離散》、《他者》、《記憶》等。

國北邊陲

黎紫書

　　他是這樣穿過小鎮的。你看見他瘦小佝僂的身影，從陽光的斜睨中出現。彼時燒了一個元月的豔陽，容光開始黯淡，那人拎著乾乾癟癟一個旅行袋，徐徐橫過車子行人不怎麼多的大街。是這樣的，你看著他從這小鎮的側面走來，進入鎮的腹地。

　　分明那人步履蹣跚，而且沿著街店的五腳基踽踽行走，一度向你迎面而來，但你一個轉身便記不起他的面目。就像忘記你死去的父親一樣，你的記憶再無畫面，只有氣味、聲音和質感。那人是誰，你的嗅覺回答你以死亡的味道，有草葉腐壞的氣息，胃癌病人嘔吐的酸餿之氣，還有迅速灌入肺中，那郁烈而矯情的濃香。

　　新年過後，這鎮滿地殘紅。你回過頭追溯，那人影已經消失，一街鞭炮紙屑依然靜態。大白天，彷彿瞬間，一個人融解在逐漸模糊的光譜中。

＊　＊　＊

　　你父親舉殯那天，你穿著黑衣，端坐在母親膝上。母親，她的懷中枕著小妹，褓裸裡飄來薰人的乳香。那馥郁的芬芳讓人懷念，像母親的針線，它穿透了眼前重重疊疊的黑白帷幕。你被人們抱過去，高高舉在許多胳膊和人頭之上。你看你看你父親的遺容。那臉你也許沒看見，卻記得當時的驚恐。如今你抬頭看見童年的自己奮力扭身蹭腳，兩隻小手捂著眼睛，和那發青的臉、顫抖的唇。

　　在城中你連夜惡夢，老是在漆黑的太平間解剖一具沒有五官的屍體。他

是誰，摸上去是男性皮膚粗糙的觸感，毛孔賁張，胯間的陽具少了兩顆睪丸。手術刀刺破胸膛，霍然一顆血淋淋的心臟從破口彈出，掉入你的懷裡，兀自噗通噗通作響。

要不是這夢如水母般吮貼和糾纏，你便不會回到這小鎮。你攜了一皮包鎮定劑與安眠藥，回來找尋那傳說中可以醫治偏頭痛和止夜夢的草藥。父親留下的筆記本裡這麼寫「莖直立，枝有翅狀銳棱，葉互生，長倒卵形；透奇腥，莖葉有劇毒，根部性能寧神定驚，主治頭痛頑疾、遺尿、癲癇、神經衰弱，奇效顯著，僅見於西郊某山谷」。

那山谷，你是到過的。在這偏遠的北方小鎮，西邊長城似的列開一疊山巒。小時候父親曾經帶你攀山涉水，深入那些陰森的沼澤和叢林。印象中彷彿真有過那麼一個山谷，只要越過無力的虎嘯和雨蛙家族們潮濕的口訊，向西渡過密密麻麻綿延開來的野茅草，自有嗅覺告訴你，那神草的所在。

頭痛症引發的失眠持續了七夜，你打開裝滿父親遺物的箱子。沒有鑰匙的鎖頭得用三角銼撬開，萬萬沒料到會先看見一面鏡子。你枯槁的容顏在鏡裡顫抖，眼眶與臉頰深深凹陷，淺淺浮一抹死亡和飢渴的顏色，屍灰與青蒼；鬆弛的臉皮下垂，哀弔著二十九歲早逝的青春。你擠弄那腫脹的眼瞼，淚腺湧出一行無感但滾燙的眼淚。

筆記本的末頁夾一紙張，有古老的墨跡，行書體，寫「三十之前需得龍舌莧根部鮮品五錢，配蘿芙木、豬屎豆煎煮，老鱉為引。據說腥臭難嚥，惟可解我陳家絕嗣之疾」。據說是曾祖父手跡，背後另有父親的鋼筆書寫：「1989年西郊四十里，曾聞龍舌吐腥」。你徹夜翻閱這冊子，前面大半冊記載的是伯父死前三十六日的症狀，後面轉為父親個人私密的札記。

童年時你就聽聞了這家族傳說，雖則大人們諱莫如深，你仍然可以從他們的眼中看出端倪。那些泛著潾光的眼睛，充滿了智者的悲憫與愛憐。大家都洞悉了你深邃的命運，他們用送葬者常有的眼神，目送你步入命中的黑洞。這冗長的喪禮歷時三十載，「凡我陳家子孫，須窮一生尋覓龍舌神草。」

帶著箱子裡的筆記本、書信與文件，你孤身回到鎮裡。動身當天，小妹抱著初生的孩兒前來送行，你看見她在月台上揮手，想像當年棺中的父親，

如何凝視前來瞻仰與拈香的人群。但其實父親的形象已經稀薄，像霧中一襲幻影。你記得的是他的聲音與氣味，那些年頭他在舖中翻掀《本草綱目》，低沉的聲音啞啞吟讀書上的文字。幼年的你像獼猴一樣伏在他寬厚的肩上，嗅著攤於膝上的書本飄來各種藥草青澀的香氣。車前、虎耳、七星針、百花蛇舌……你可以透過名字感知它們的氣質和生態。

伯父病發那段日子，你第一次聽聞龍舌莧的名字。大人們合力把伯父鎖進老厝宅尾端的雜物房內，你總在夜裡聽到屋子深處傳來牲畜的哀嚎。由是你害怕鑽出被窩，獨自摸黑到天井解手。你在那些夜裡初嘗失眠之苦，猶且忍受著膀胱滿滿的漲痛，蜷縮在父母溫暖而汗濕的軀體之間，連連哆嗦。心理醫生說，這段回憶是造成你日後失禁的原因。你知道唯有穿過時光，勇敢走進那夜獸的瞳孔裡，你才有望擺脫糾纏多年的惡疾、羞恥與挫傷。而你回到這鎮上，在這國土最北的邊陲；長長一條鐵道蔓延的終站，你仍然每天凌晨醒來，在寂靜的火車站旅館內，收拾被尿液渲染的被單。

以前這鎮滿溢著藥草的味道，泥土中腐植質的氣息，陽光遺留在草葉上的體味。如今你只嗅到滿室抑鬱的尿騷，一如伯父逝世後的雜物房，累積三十六日的屎臭尿騷長年不去。父親在那黏稠的空氣內，枯坐三日，你與母親在虛掩的門外窺探，看見男人的身影在薄光中淡去。

父親比伯父年幼三年，這意味他只餘三年元壽。遺物中有曾祖父的手箋：「初抵南洋，被押入叢林開山闢路，某夜飢從中來，遇一奇獸而宰食，疑觸犯山魈，逢病發手腳痙攣、體內風火、汗水狂飆、幻象雜錯。遍尋巫醫不果，後遇一百歲長者，曰中降頭，又謂此蠱難解，除非覓得神草龍舌，否則世代子孫命不過三十。」

父親在命中最後三年，丟下藥舖的營生，走入山裡尋覓龍舌莧。你看過他晚間把頭埋在櫃檯裡，一邊疾筆抄寫、一邊喃喃自語。翌日晨起時父親早已離去，只有皺成一團的紙張棄於煤油燈四周。你把紙團攤開，有如掰開屍體冰涼僵固的拳頭，看見那裡頭畫一株莖粗葉密的草本植物。龍舌莧，自曾祖父壯年暴斃以來，便成為你家族祕傳的圖騰。

此後，「尋找」遂成為陳家後裔的人生命題。據說前兩代因而流離，祖父七兄弟多隨人民軍流散東西馬密林，藉時代的機緣深入這土地最私密的禁

地，以搜尋那意識中的腥氣。舊箱子內有祖父眾兄弟的來函，每一封信通報其中一人的死訊。

「大哥前日病逝，正逢冬至，離三十誕辰尚有兩日，終大劫難渡。」

「二哥被英軍擄獲，死前受盡折磨，仍堅信只須熬過生辰，惡咒不解自破，惟天命難違，終被射殺。」

「據聞三兄已逝，吾亦不遠矣。」

「四哥自幼出家修行，卻比三位兄長早逝，每當思及，心有感感，卻不知四哥如此安詳離去，幸或不幸。」

「日軍將五哥拖到公市斬首，我也擠身人群，苦於無力營救，滿心愧恨，便整年寢食難安。近日頭痛欲裂，四肢痙攣，目眩神迷。數算日子，明白大限即至。已知今生無望尋得龍舌草，嗚呼哀哉，祈願祖靈佑我後世。」

凌晨時分總有最後一班列車抵站，滾燙的汽笛聲讓旅館的黎明一片溽暑。你在汗濕中再度入眠，夢裡潛游到那無聲的暗中。父親臨終前出門，你確信自己在昏夢中見過他最後一面。彷彿暗裡有人撫摸你的額頭，狠狠將你抱了一下。這事情你沒有告訴家人，或許你的母親與小妹也有過相同但不願分享的經驗，醒來時身上沾染了生草藥的芳香，那髭茬扎人的痛，如隱形的刺青繡在臉頰。你在睡衣的口袋找出一支鑰匙，它印證了身體對訣別的記憶，除此以外，父親再沒有留下其他。

五日後，你與母親站在店舖前等候父親的屍體。那麼小的年紀，你與母親一樣預知了父親的死亡。有那麼一瞬，當你舉頭看見神龕上的紅漆木牌「陳門堂上歷代祖宗」，祖先們俯視你們三人一門孤寡，目光閃爍，像燭火一樣心虛。忽然你覺得自己已經成長，長得可以站在死亡那高高的門檻上，與死神凝神相峙。

那鑰匙，你把它置於父親的靈柩之中。父親的屍身鼓脹著河底的泥腥，有一尾小魚銜著泥塊鯁塞在喉結吞吐的地方。你掰開父親的指掌，歸還鑰匙和一箱子沉重的祕密。那一刻起，你開始丟棄許多記憶，關於圖像的、光影的、動態的，直至你再也記不起父親那彩繪著各式南洋符咒和叢林蠱惑的容貌。

爾後你荒誕地度過了許多乾旱的年歲。城裡獨居的宿舍，養著一隻幾乎

已不諳水性的草龜。許多年不接觸任何同類，你見證牠泥腥盡除，並且漸漸捨棄自己的語言，去適應人類潔癖的溝通。你去翻查《辭海》，龜齡幾何，才稱「老鱉」，且適於入藥為引？儘管你蓄意迴避，但這不語的草龜總是拖曳牠徐緩的腳步，銳利的指爪在地上刮刨出聲音，提醒你有關牠的存在。斗室裡常常點燃薰香，迫得那龜避入灶底；牠在那裡來回爬行，不時睜一雙濕涔涔的眼，窺視你的作息與夢境。

有時候你抱起龜來研究牠的殼紋。龜兒早已熟悉你的動作和體味，也因為歲月茫茫的等待而變得倦怠，再懶得掙扎或迴避。你總覺得這畜牲已有靈性，水紋的眼光透一點飄渺和睿智。是因為灶底的修練嗎，煎藥的灶下連炭火與灰燼也有靈氣。你選用過土人參，根葉乾品二兩，煎水服，味甘性平，治勞傷咳嗽、遺尿或月經不調；蘿芙木乾品一兩煎水，則味苦性寒，有小毒，可治頭痛、失眠、眩暈與癲癇。父親只教你用草藥，可是你常擅作主張，加入果狸、蜥蜴或鱷魚肉為引，有一次還殺了一隻野貓。那貓不請自來，也並非特別惹你厭煩，只是你無法忍受貓以淺薄的智慧戲弄灶底的龜。牠把指爪伸入殼內，並露出邪笑，你難堪牠對其牠生靈和長者的不敬。據說貓肉有毒，你希望藥理可以這樣應效：以貓毒洗滌蘿芙木久積於胃囊與腦神經的毒素。

煎藥的瓦煲也是父親的遺物，你嗅得出來不同年代的草藥氣味。同學們飲過你煎的蛇莓、三白草、雞骨香、火炭母，這些草藥在瓦煲內留下她們母性的平和的體味。父親用藥遠為暴烈，你在欖核蓮和蟛蜞菊極寒極涼的味道中，意會到父親的焦慮與憤恨。母親不懂藥理，故連她也被父親欺瞞過去，以為枕邊的男人對死亡大無畏，心無罣礙故無有恐怖。雖則她也翻閱過男人留下的筆記，但裡頭每一個字都寫得方正，絲毫察覺不到死亡的干擾。那時父親已自知將死，常常把自己反鎖在伯父去世的那間雜物房內。之前母親體貼地替他收拾過一番，而你揹著初生的小妹，站在門外看一間破陋凌亂的房子，終於變為窗明几淨的臥室。帆布床正對書桌，桌上有日曆，日曆旁邊有筆座，筆座過去是一盞煤油燈。

念醫科的時候，你和同學談論安樂死的課題，待爭論的氣氛沉澱下來，你的思潮就會翻騰起這房間的造型來，那是你心目中最理想的安寧病房。五

十燭的燈光構成回憶的基調，混濁而黯淡。白天裡日光偏斜，仍適於綿長跌宕的閱讀或沉思。房內有藥味，但不是消毒藥水，它熏人欲醉，屬於草性的勾引，乾燥，如竹竿中燒來鴉片的煙霧，而非金屬性的嗎啡的注射。你的同學都不能理解，他們雖精於解剖屍體，卻從未觸覺過死亡的體溫，更別說像你的家族，總是等待著三十歲那年的親身體驗，等著與死亡進行一場瘋狂的交媾和繁殖。

伯父留有子嗣，堂兄弟們也都早早開枝散葉，企圖以繁衍的速度來平衡生死間的拔河。你把陸續收到的結婚或彌月請柬扔掉，覺得這樣勤奮地移殖或複製生命，是怎麼可笑和卑微的一種活著。沒有其他人在意龍舌莧這回事，大家甚至有點輕蔑，那些迷信神話和傳說的祖輩們，豈不也都活不到而立之年。只有你這孤僻怪戾的傢伙，把分秒必爭的光陰揮霍在學業上，像別人那樣灌注大量時間去讀書考試，擠上大學，考入醫科。死亡展開龐然巨翅，鵠立在你家族的屋脊上，那攤開來無際的陰影，反而催情似的激起大家的性慾，以及對生殖的強烈欲望。由是你的家族竟而日益壯大，堂兄弟姊妹們聚落各處，與本族或異族通婚生子，交換信仰，調配文化，形成各自的部落。

你回到生身之處，家鄉竟已無人。老厝宅被兩戶印度人家瓜分，男女老幼二十餘人，共飲一口老井。你在舊家門外看那一大票陌生人在屋內笑談，他們吵吵鬧鬧的聲音戛止，用警戒的眼光瞟你，你只好拿著行李往回走，徒步行到火車站，那裡有這鎮上唯一的旅館。

再過兩個月就是你三十歲生日，你意會到這北邊最後一家火車站旅館，也許將有你的安寧病房。多花十塊錢要了走廊盡處的一間小套房，說靜，仍然常有火車抵站與開行的聲音，忽遠又近地驅進你的冥想。近日來翻開眼肚已見斑點，舌床厚厚覆了一層霉綠色的苔癬。一切就跟筆記本上記載的相似，接下來體溫將會升高，眼球或有微絲血管爆裂，心跳異常，支氣管收縮。像伯父的最後三十六日，失眠的情況如舊，頭痛加劇，神智漸迷。

你為自己加重了鎮靜劑的分量，頭痛得厲害時，也用一點安非他命。那龜在旅館房裡找不到牠的老地方，因而常在浴缸與馬桶之間徘徊。你無法對痛楚養成習慣，總是因為承受不住腦部的巨痛而呻吟，或迷失常性，瘋狂地

咒罵天地所有，驚得那龜窩在殼中不住哆嗦，淌淚漣漣。不明白何以父親有這份定力，臨終時猶可將自己從撕裂的肉體和僵固的精神中抽離，以端正的楷書寫下日記：「今日頭痛欲裂，腦中似有千萬浴火螞蝗，一嚙啃一焚燒，灼熱攻心，渾身肌膚劇痛難當／無法靜心禪坐，眼前亂象叢生／一日飲水五升五，猶難熄五臟滾滾之燃燒，難解喉間蠢蠢之飢渴。」

你讀到這裡，馬上感覺全身皮膚起了神經質的痕癢。起初只是眼睛的不適，彷彿病菌從父親的字跡開始感染，視覺成了導體。「千萬浴火螞蝗」六字激起生理反應，癢的感覺從眼珠往周圍擴散，你不自禁地伸手揉一揉眼睛，那癢，便迅速蔓延至身體的每一寸領地，從頭皮到腳掌，又從肌膚入侵內臟。你發狂地在身上各處亂抓，發癢的耳朵竟然聽到體內傳來蟲豸刨食骨頭的聲音，像一家族白蟻共進午餐。

在山中尋覓龍舌莧，你也曾病發過一次。那感覺介於痛與癢之間，軀體似要隨時被看不見的蛆蟲掏空。你在野地上抱膝嚎叫，引來一隻馬來貘，牠靠近來，把細長的舌頭探入你的口腔。那舌頭不知有多長，居然在你的胃壁舐了一圈。你無法動彈，聲帶抖不出顫音，冷汗在毛孔內凝固，感覺自己成了一塊朽木。正欲閉目待死，忽然靈台明淨，浮現素未謀面的曾祖父面容；老人家騎在馬來貘背上，朝你淒然一笑。你記起他的遺書「……遇一奇獸而宰食，疑冒犯山魈……」，兀地一輪燦天白日從樹穹上縱出，刺目耀眼，額頭馬上汗水涔涔。你眨一眨眼，見那貘化為一縷青煙，只剩一截舌頭落下，在荒地上火速蔓生，成一片綠色汪洋，中有黃花朵朵。

《中華生草藥圖》上記有這黃花的資料，為延齡草科的七葉蓮，含有蚤休疔類毒物，會引起噁心、嘔吐、頭痛等效應，嚴重者出現痙攣性抽筋。你對那貘的出現疑幻疑真，總以為是症狀之一。伯父與父親都曾遇上這情形，你翻開那一頁：「夜裡輾轉難眠，推開窗門，乍見大哥立於月光之下。兄長策一異獸，如象如豬，哀哀俯首覓食。我振聲呼喚，竟見月光迸裂，眼前景象如湖面碎開，水花飛濺。定睛一看，月光、兄長、異獸，乃不復見。」

何謂「奇獸」、「異獸」，這字眼在各人的遺書中一再出現。難道是貘嗎，你猜想大陸南來的曾祖父，初遇這產於東南亞的四不像之獸，會有多驚駭。然而父親對貘並不陌生，不該以「異獸」稱呼。你想到龍，又難道是麒

麟，朱雀，玄武。現在你了解為何病者一一精神崩潰，還記得你那在精神病療養院度其餘生的堂兄，怎麼揪住你的衣領一直喊「孽畜」。那堂兄最後攀上醫院最高的一棵青龍木，尖嘯躍下，長眠於他最後的幻想。是不是他也曾見著那一頭說不出名目來的獸，抑或他最後正跟隨那獸離開，馳騁於生命的荒原。

　　旅館中安頓下來，你往山裡走了幾趟。選在凌晨出發，揹著竹簍騎腳踏車朝西去。西郊有龍，父親遺言他曾聞過龍舌莧的腥氣，你弓起背脊，頂著夜寒雨露向前衝。田野路窄，山裡無路，你只好下車行走，不時與林中生物交換眼神，要牠們指引你該走的方向。因為路途難行，採藥一去數日，你回來時已滿腮青髭，疲累得只剩精神狀態。你在地圖上畫滿標記，西邊一帶的山林幾乎已經涉遍，而去日苦短，你的竹簍依然空空如也。你急於蒐集線索，終把父親的筆記本翻破。

　　山裡也不全然孤獨，你遇見過許多採集臭豆和蜂蜜的原住民，他們的茅寮在林中演變成大自然的一部分，像野蕈一樣綻開，又枯萎。在林裡你是一個入侵者，近視眼鏡是文明的標誌，它反射陽光，向森林打起危機訊號。沒有人聽過龍舌莧，他們問你是不是也像其他人一樣，到這裡來尋找壯陽補藥「阿里的手杖」。這山麓坐落在兩國交界，近兩年常有人從泰南邊境下來，挖掘各類樹根。東卡阿里是馬來人的草藥，鎮上的中醫師卻也像馬來巫醫一樣，崇拜它的藥效。你知道全國各處都流傳著以東卡阿里入藥的壯陽藥方，每一帖藥方都稍有差異，再由不同的服用者現身說法，聲名遠比任何中草藥更為顯赫。

　　你苦笑，如今東卡阿里是另一種集體的迷信，像龍舌莧之於你的家族。可是你家族曾經的共同信仰已經式微，堂兄弟們對陽痿的恐懼更甚於死亡。你對這想法感到厭惡，居然有人他媽的用勃起碩大的陽具去象徵生命的堅毅。唯獨你放棄這些，以孑然與純淨的處子之身，去完成龍舌莧賦與你生命的主題。或許你也戀愛，譬如在山中的日子，會迫切地懸念著旅館房間的草龜，想像牠正不斷咀嚼與反芻自身的孤寂。夜裡你夢見自己策龜而行，牠背負你爬行到龍舌莧生長的地方，你在龜背上垂淚，直至夢醒仍說不出道別的話來。

　　山下賣的東卡阿里真假難辨，中藥舖自己泡製東卡阿里藥酒，銷量比虎鞭酒三鞭酒或鹿茸酒都好。鎮上有兩家野味店推出東卡阿里十全大補湯，分別以河鱉和飛鼠為引。你撈起湯的浮渣，辨識出河鱉和飛鼠小巧的指爪，以及湯內各種藥材凌亂的搭配。野味店也代售東卡阿里咖啡粉，燙金包裝紙印有人參專賣公司的標誌。在這一大片對東卡阿里的集體朝拜和皈依中，只有你像一個苦修的行者，從肉慾的熬煉中超脫。

　　為龍舌莧你來此一遭。原住民跟你語言不通，遊刃邊境的採藥人也從未聽聞龍舌莧這名字。你向他們描繪記憶中的山谷，雨後孤獨的虎嘯和浪潮一樣席捲過來的雨蛙鳴叫，西渡茅草地，自有龍舌吐腥。他們搖頭，原住民懵懂，採藥人嘲弄，都說沒見過這麼一個地方。這山區方圓數十里，其實你也都走過了，然而那山谷終究只是一幅淺淺印在意識中的水墨，你總在等待某個契機，等待畫龍點睛，那山谷會從印象中沸騰起來，滿山遍野翻湧著龍舌莧獨特的腥氣。

　　這虔敬的信念自有來處。你沒有告訴那些對龍舌莧失去信仰的人們，你曾經嗅過龍舌莧的氣味，它滲透父親的棺木，充滿了你家老宅。你偷偷掰開父親僵握的拳頭，那裡緊抓住一莖罕見的生草，倒卵形葉子互生於枝上，像數串鞭炮穿過指間的縫隙。腥味濃稠，如肉食獸照面打了一連串飽嗝，中人欲嘔。沒錯那就是龍舌莧，年幼的你深深打了一個寒顫，急急扒開指掌，果然萎頓著一株奇草，乾枯的枝葉仍透一抹油性的光彩，色澤烏黑蠟亮，如毒蛇過江龍的鱗片。是龍舌莧準沒錯，你小心撿起那植物，唯見莖從中斷，顯然被人用力扯裂，卻不見它那具神效的根部，你既驚喜又悲傷，父親果然為尋龍舌莧送命，並非如鄉人所說的，陳家男人難堪惡疾折騰，憤而投河。

　　有那龍舌莧就夠了，從此你的左掌有了清楚的生命線。念醫科是一項龐大的準備工作，你在數學、生物和化學纏作一堆的理論中，整理出哲學的頭緒。你豢養一隻多少年來苦苦待命的草龜，只待龍舌莧出現，它將投身藥煲許你三十歲以後的人生。那死亡的詛咒果真如網一樣疏而不漏，未滿二十九歲你就發現了症狀，頭髮不及花白便已脫落，胃中總是無端湧起一股植物夭折後腐壞酸臭的氣體；寢中汗下如雨，手腳常作間歇性抽搐。夢比夜尿滿溢，醒來懷抱一顆噗通噗通血漉漉的心。

攤開地圖，你對北方山區的地理早已了然於胸。父親之死是主要線索，他的屍體擱淺在林外河口，被發現時屍身腫脹生蛆，估計死去起碼三日。你沿著河流朝北�行，計算著屍體飄流三日的路程。龍舌莧想必長在河畔，或甚至河中，你褪下衣物行囊，與臨時僱用的原住民一起潛入水裡，在河床上尋找新的可能。他們拔起許多奇形怪狀的水底植物，攤在河岸上任你選擇。你喘著氣，水裡的壓力擠逼你病弱的軀體，病菌因而喧嚷。那龍舌莧始終不見，你只嗅得河底生物在水中腐化的氣味，以及在與游魚擦身而過時，碰觸到死亡那潮濕陰冷的軀殼。

如此日復一日，你自覺身體逐日羸弱虛脫，似乎夜裡有夢如獸，舐食你僅剩的體力和精神。以為殘存的生命會在昏睡中被夢騎劫，凌晨時分卻仍舊渾渾噩噩地掙扎爬起，在靜謐的火車站旅館，在山裡的營帳，在原住民荒置的茅寮，等候最後一班火車拉起尖長的汽笛。

你猶不死心，直往河的上游追溯，攀行三天以後，已到了邊境。那天烏雲密集，一層一層醞釀著山雨。領路的原住民對風雨有著與生俱來的敬畏，他們望著怒意開始高漲的河川，發了好一陣子愣。再過去就是別人的國境了，他們一邊搖頭一邊擺手，像一群奴隸畢恭畢敬地央求你讓他們歸去。你加給他們一點酬勞，也不等考慮清楚，便率先躍入咆哮的河中。

河水那麼湍急，讓你無法在河底閒散漫遊。你勉力擺動，水中的怒潮捲起河床的泥沙和沉澱已久的雜物，混蒙你的視覺。你心裡一慌，伸手亂舞，觸手所及卻盡是動物的殘骸，以及明顯的一副巨大的龜殼。這馬上觸動你的惡患，無數舊夢在水底轟隆轟隆翻湧。曾經你御龜而行，那龜馱你尋得傳說中的龍舌莧。你的手腳開始抽痛，腦殼似要從中裂開，那痛楚如鉛，強硬地灌入你的臟腑，使得你的身體不斷加重，鉛球似的墜入河底。

曾經你以為自己將會與父親一樣溺斃，在那沒有視野的河底，你開始哀悼自己，並且心裡默念往生咒。死後你將往哪裡去，會不會也像今生悠忽三十載，為了尋求龍舌莧，成為廣闊宇宙中，一隻縹渺浮蕩的孤魂。恍惚中，一隻沒有形狀和面目的生物游出你的腦海，它欺近你，河水馬上變得烏黑混濁，你連身上的毛孔都嗅覺到牠翕開的嘴巴裡噴出來惡臭的氣息，那味道多麼熟悉，像長年暴食的食肉獸張口打著飽嗝，氣味中揉雜了污血和腐肉的殘

渣。

你醒來，原住民的頭顱圍成一個井口，彷彿你正往深處下墜。他們用力推壓你的肺部，擠出來兩口泥沙和苦水。終於你遇到那頭獸，無形無體，但銜著一嘴巴發腥的綠草。他們聽不明白，以為你迴光返照，被救起來後一直呢呢喃喃，晃蕩的目光像一隻蝙蝠懸掛在高空的樹梢上。你一半的靈魂仍落在河裡，也許幽禁在那碩大的龜殼內，從此又忘記了許多往事，你是誰，怎麼會躺在這裡。

原住民始終聽不明白，他們捏著鼻子，問你手上抓的是什麼，那腥臭，實在逼得人無從遁逃，既暈眩又嘔吐。

妹妹來信告訴你母親在療養中的情形，附上外甥兒慶祝彌月時的照片。母親在照片中親吻孩子粉嫩的臉蛋，她的眼神悲愴，像在惋惜陳家的香火續在外姓人身上。雌性的眼神總是蕩著水光，她們的溫柔與慈悲，讓你分外震慄於死亡的悲壯。你沒有效法父親臨死前賜予深情的擁抱，也不必留下筆記，囑咐後世繼續追尋龍舌神草。到你這一代，死亡變成最孤單最隱私的一件事，它等同個人癖好，與別人毫不相干。那天下午你再次病發，覺得口腔奇癢，竟像伯父第二十八日病危的情況，狂咬房內所有木頭。那床腳損壞得最嚴重，你趴在地上猛啃猛咬，像被捕鼠膠黏在木板上的一隻老鼠；一夜嚙啃，終於門牙鬆脫，流了滿口鮮血。

三十大限前的一個星期，你已經疲弱得不能再走遠路。儘管頻常的痙攣使得四肢不受控制，你仍然每天將自己梳理乾淨，用文明人整潔的儀容，招待已萌去意的生命。頭上的髮絲所剩已無幾，缺了一隻門牙的笑容讓你看來蒼老而滑稽，蜷縮的睡姿駝下你的脊椎骨，還有身體各處被你抓傷的痕跡。現在你聞到了一股死亡的味道發自內裡，這朽壞的軀體已經裹不住你的家族祕密，而你先把這密報給街上的公用電話亭；你對電話另一頭飲泣的妹妹說，你將要追隨父親的步伐，成為你們陳家這房最後一個殉難者。

接下來，因為百無聊賴，你在鎮上流連。這小鎮像褪殼過程中的蟒蛇，大多華人已經棄守，等不著它蛻變。你問了好多路才找到僅剩的一家壽板店。店內無人，你孤身在許多完成和未完成的棺木之間遊走，如在生命將盡未盡之間。記得許多年前父親躺在一錠大元寶似的柳州棺木裡，那棺木透一

股庸俗濃烈的檀香，卻也掩飾不了龍舌莧嗆鼻的惡腥。已經很多年沒看過這種造型傳統的棺木，你踱步到店後，內堂另闢一室，擱著那麼孤伶伶一副。也沒有靈位和香火冥紙，可是滿室不尋常的靜闃卻讓你直覺棺內躺著有誰。這感覺讓你震慄，馬上記起父親遺言「臥病三十天，死亡之形體逐日可見，初見屈腿伏腰以為是獸，後竟挺腰伸爪隱約似人。第三十日子夜五官現形，臉長嘴闊，地額方圓，雖不足十成亦有九分，是也非也，栩栩竟如我之面容。」

　　聽到「死」這個字眼，一直很堅強的妹妹就忍不住潸淚，像是觸動了封藏很多年的傷心往事。不敢相信你終於找到了龍舌莧，它果真有如記載，透奇腥，莖葉有毒。然而妹妹你不知道，龍舌無根，屬水中的寄生科，莖內虛空，能分泌硫質，以吸食水中的微生物維持生命。說時你不期然攤開手掌，龍舌莧的硫質似已滲入肌膚，墨綠一灘遺在掌心。如今掌上殘存餘腥，你覺得已有汁液融入血脈與骨髓，它讓你全身發臭，恨不得也鑽入棺中。

　　多年來你為這一天反覆準備，臨了卻仍有一事教人懸念。父親在筆記本夾層中留有遺書，概略交代身後事。信後另有蠅頭小字，寫「五年前血氣正盛，曾與寡婦馮氏一夜苟合。伊人誕下一兒，1968年10月21日亥時出生，取名觀鴻，為免生事，乃送予康寧壽板店梁家繼後香燈。後人若尋得龍舌莧，勿忘救吾兒觀鴻一房。」

　　你把遺書帶在身上，其實也不抱兄弟相認的希望。按遺書上說的，觀鴻比你年長三年，想必已經在三年前作古。你甚至希望這未曾謀面的大哥死時孑然一身，讓這玄妙邪惡的命運不再另生枝節，就你們這一代了斷。可是那一具龐大的柳州棺木令人怵懼，在其薄如紙的命運之上，這錠元寶似的靈柩宛如雕塑精美的紙鎮，沉甸甸地鎮壓住你臨風欲飛的生命。你從內堂倉皇奔出，因為聽到棺內傳來誰在彈指甲的聲音，便一直不敢回顧。

　　長生店前大樹的樹根上，坐有一長者，睜一雙布滿灰翳的眼睛，童顏鶴髮，年歲模糊。店老闆已經不姓梁了，那是好多年前的事情。老闆娘嫌領養回來的嬰兒膚色黝黑，嘴大唇厚，疑心是外族人的種，加上問卜知道那孩子命帶煞星，輾轉送給另一戶馬來人家。喏，就在西郊途中的馬來甘榜，那孩子身形瘦削靈動，矯若獼猴，先前替人攀樹摘椰子維生，夜裡坐在家門的石

階上自彈自唱；而今建一茅寮專售東卡阿里土方膏藥，賺得盤滿鉢滿，一家十二口養得白皙圓潤，都顯出了貴氣來。

你循著老人家指點的方向，來到西郊鄉下一間浮腳樓。奇怪的是你自忖這路走過好幾趟了，卻從未發現路旁有這馬來住家，而今它出現得無憑無據，像命中一個平白無故的兄長。門沒關上，一個馬來少婦推開窗門，問你是不是來買膏藥。獨家祕製的東卡阿里藥膏一盒五十元，還有女士保顏用的東卡阿里美容霜。你向她打聽老闆的事。今天禮拜五，那男人到回教堂禱告去了。少婦繼續推銷東卡阿里藥膏。睡前在那話兒塗抹均勻，保證一時三刻金槍不倒；你看我老公，三個老婆八個孩子，晚上不來勁怎麼交代過去。說時搗著大嘴嬌笑，眼波如月夜的潮汐，將人整個淹沒。

屋子四壁掛滿了主人家的家族肖像，你依據年代順序仔細地看。泛黃那張有個孩子眉目與你近似，獼猴也似的騎在一個著紗籠穿背心的中年男人胳膊上，陽光褪色，在兩張臉上猶有餘溫與光彩。另一張全家福左上角染了潑墨似的一灘咖啡漬，恰恰為那少年塗染了深褐一層膚色，與十餘人口的一家融為一體。左邊過去連續三張結婚照，新娘子次第年輕，只有那新郎額角線越來越高，兩頰逐漸結了光彩四溢的兩顆渾圓肉團。接下來都是全家福，孩子漸漸增加，照片的色彩擁擠又騰囔，幾乎要擠破相框。有一張是男人捧著東卡阿里巨無霸的全身照，黑眼圈與大肚腩透露他這些年縱慾貪杯的生活。此時他的面貌已經完全脫離了你們家族慣有的瘦臉闊嘴高顴骨，你看到他臃腫的臉上勉強栽下眼睛鼻子，唇厚如魚，齒咧如獸。最後有他在麥加朝聖的照片，下頜抬高，眼裡光芒閃爍，臉上的神情專注而深情，比諸你對龍舌莧的虔敬，猶有過之。

你突然記起什麼，回頭盯著少婦看。遺書上明言觀鴻生於六八年，按說今日已死三年。少婦不解，誰是觀鴻嘛；你說我老公漢姆沙嗎，他才沒你那麼短命，怎麼你們支那人就愛亂咒人。少婦嘴巴嘟得老高。真主阿拉保祐我們，保祐我的男人漢姆沙，賜下東卡阿里養活我們一家。聽好啊支那男人，也許你也是東卡阿里的子孫，你老爸沒有東卡阿里便下不了你這個蛋，現在漢姆沙在替真主做事，他賺來的每一分錢都是真主阿拉的意旨，你們不該眼紅，不該咒人。

　　少婦辭嚴厲色，儘管聲線不高，語音也不激昂，卻不知怎麼招來了她的家人。小小一間屋子忽然有人從四面八方魚貫出現，女人們懷抱著揹負著拉扯著她們的孩子；男的人中垂掛鼻涕，女的眼瞼懸吊淚珠，無不以狐疑的眼神戒備著你。處在他們的圍伺中，你忽然省悟自己原是一個陌生的來客，到這國境的邊陲，在這鐵道無可延伸之處，你終究只是一個背負家族遺書的流浪者，無父無母無親無故；無來由無歸處。尋找哥哥就如尋找龍舌薓一樣，按圖索驥，只為了追尋祖輩埋在叢林某處的寶藏。但你挖掘得越深，越漸看清楚那裡面只有深陷的空洞和虛幻；裡頭深不見底，唯有你對生存的欲望，蚯蚓似的蠢蠢蠕動。

　　三個女人八個孩童的目光，逼得你終於落荒而去。你付錢買了一盒藥膏，深深鞠躬後才離開浮腳樓。也許因為心裡最深的恐懼和希望，你走了以後便不再回頭。那浮腳樓如同迷濛瘴氣裡的幻象，忽然「嘆」一聲冒火，靛藍色烈焰衝天而起，咻咻捲走了你身後的鄉野與山林。

　　一切如夢似幻，好像一場大夢沉睡三十年。你在旅館裡醒來，尿囊裡一泡尿只撒了一半，短褲與床舖已然濕透。草龜在床下昂首看你，失焦的眼神若有所思。你從褲袋裡掏出一小盒藥膏，只有它是實在的，似乎一場野火伸舌燎過，把記憶都燒得煙滅灰飛，剩它是唯一的實體。你旋開蓋子，乳白色藥膏在淡淡的月暈中煥發瑩光，乳白，讓人憶起母親的懷抱，襁褓裡嬰兒的乳香和微笑。

　　你把藥膏塗抹在草龜頭上，牠溫馴地保持靜止的狀態，直到你把一盒藥膏都用完，才發覺那草龜何時變成了一尊碩大的青銅塑像，神話中昂首吐舌的玄武。它那麼古老，青銅已鏽，殼背生苔，只有一抹眼神新鮮潤濕，悲情如昨。

＊　＊　＊

　　兩個月後，新年被一鎮馬來孩童燃放鞭炮的聲音驚走，沒有人知道你仍然守在旅館，終日把玩一撮無根的龍舌薓。偶爾你走在街上，穿入鎮的陰影，靜聽火車挾澎湃的聲浪衝來，駛往沒有去路的前方。小鎮火車站被樹影

籠罩，搭客們撐著浮腫充血的倦眼，一一從火車站步行到回教堂那頭。就某日你看見那人穿過火車站的拱門，他身形佝僂，年輕的臉龐散布歲月的鞭痕。

那人拎著一個無物的旅行袋，徐徐橫過冷清的大街。他朝你走來，濃陰中見那五官層次漸明，闊嘴長臉，地額方圓，竟是你家族獨有的無雙臉譜。你微微愣住，他卻沒有發現你的存在，依然拖著疲憊的步伐踽踽行走，在一瞬間穿越你的身體。

你摀著胸口，隨即回身。彷彿他也曾經回頭，也在一剎那嗅到了龍舌莧妖冶血污的腥氣。你們的目光穿透彼此，熟悉，但說不出來對方的名字。那人似無所覺，繼續走他沒有前方的路。那背影在正午的光紋裡蕩漾，不過瞬間，便已融入。

這樣，視野傾斜，他穿過了一個沒有名分的終站小鎮。

2001 年

一則尋找龍舌莧的寓言道盡了南洋華人離散的文化焦慮，固守華族文化是走向消亡還是創造契機？中國神獸／馬來貘；中華神草（龍舌莧）／馬來神藥（東卡阿里），從對立到消解。一如烏龜交融於龍舌莧，竟化為神獸玄武。

黎紫書（1971–）
本名林寶玲，出生於馬來西亞霹靂怡保。著有短篇小說集《天國之門》、《山瘟》、《出走的樂園》、《野菩薩》、《未完‧待續》；長篇小說《告別的年代》、《流俗地》；微型小說集《微型黎紫書》、《無巧不成書》、《簡寫》、《女王回到城堡》、《餘生——黎紫書微型小說自選集》；散文集《因時光無序》、《暫停鍵》。

拿督拿劍

陳耀威

6002年　　拿督在「馬統」代表大會上一舉「克你死」（馬來短劍），睜眼
　　　　　怒目吼叫，血！血！血！火！火！火！
　　　　　華人很很很不安，心裡非常非常害怕。

7002年　　拿督在馬統代表大會上二舉馬來短劍，拿督的阿爸說，舉馬來短
　　　　　劍不只是為了保護自己，也為了保護朋友。
　　　　　華人害怕，有的害不怕。

8002年　　拿督在大會上三舉馬來短劍，笑著說舉短劍是馬來文化的象徵，
　　　　　叫華人不要害怕。因為一舉是代表保護自己，二舉為保護友人，
　　　　　三舉乃保護動物！

華人果然麻麻地不怕了。

9002年　　拿督繼續高舉馬來劍，每多舉一次，馬來劍象徵保護的範圍就越擴大；從保護平安，保生意，保教育，保古蹟，保文化到護地球（反正每年都要舉。總可以喊出數十種保護項目）。

最新的消息是拿督要穿太空衣搭嫦娥號公共火箭，到月球揮劍。此舉是要向世界人民宣示馬統有信心昂首太空，並可保護宇宙了。

對熱愛平安，生意，教育及文化的華人來說，9002年起就再也不害怕，不只如此，還對拿督產生崇敬與感恩之心。

因為拿督除了高喊口號，還慷慨撥款各項保護工作，更一口氣批准寬頻華小從A校增建A，B，C，D到Z校，成為世界分校最多的華小。

10002年　　拿督百年後，傳承報恩和崇神拜鬼文化的華人把拿督奉為保護神，是為拿督公。

這從中國訂制過來的拿督金身，具有一切馬來文化象徵：穿紗籠，戴宋谷，拿馬來短劍，感念拿督護國佑民有功，拿劍的拿督被塑成和藹慈祥臉。據後來的學者發現，這尊「拿劍拿督」有力證明了華人一路來都不害怕拿督拿劍。

2007年11月21日

身著傳統南洋服飾、頭戴伊斯蘭傳統哈芝帽、手持馬來西亞傳統短劍，這是馬來版的土地神——「拿督公」。不穿唐裝的土地神（拿督公），見證了華人扎根異域的因地制宜，華夷交融，以及多重的族群、政治指涉。

陳耀威（1960–2021）
馬來西亞檳城人，台灣成功大學建築系畢業，曾在台灣從事建築設計，

1996年返馬發展，長期從事文化遺產保存與古蹟修復工作，曾主持檳城潮州會館韓江家廟、本頭公巷福德正神廟、大伯公街海珠嶼大伯公廟、清和社等老建築的修復工程。他勤於田野踏查，深耕檳城文史研究，有「檳城土地公」之美譽（杜忠全語）。曾擔任中國華僑大學建築學院兼任老師。著有《檳城龍山堂邱公司歷史與建築》、《甲必丹鄭景貴的慎之家塾與海記棧》、《掰逆攝影》、《文思古建工程作品集》、《檳榔嶼本頭公巷福德正神廟》、*Penang Shop House– A Handbook of Features and Materials*等。

別再提起

賀淑芳

　　我的大舅父去世的時候，舅母堅持要為他做完法事。二十年以後，我再度見到那個為我舅父打齋的喃嘸佬。[1]他的樣貌衰老得多了，但打齋的方法還是老樣子。他的左腕上掛著一個小雲鑼，手指夾著一對赤板打拍子，右手掛鈴，手上還抓著小鎚子偶爾敲一下雲鑼，偶爾執牛角，吹號招魂。（嗩吶號角響起，我們開始出殯了。）

　　喃嘸佬除下道袍歇息，走過來坐在我身旁休息。他並沒有認出我來，因為二十年前我還是一個孩子。不過他看見了我的舅母之後就馬上認出她來了。他們四目交投，並不交談，彼此像分開重逢後的情人一樣無話可說。我在一旁看得分明。你要相信我的話，我不得不把這個故事在二十年以後才告訴你，因為當年我還是一個小孩，你不會相信一個小孩講的故事。可是現在我長大了。無論如何，這是一個成年人處理他童年回憶的方法。在當時人人熱血沸騰，然而事過境遷以後，幾乎沒有人願意面對過去。回憶會斑駁、甚至會被羞恥感篡改，所以我會盡可能詳細的把當時的情況告訴你，你有權利質疑故事的真實性，至於我，我可以坦然的告訴你，我所說的保證是我所記得的。

　　二十年前，一群顧香火的棺材佬、[2]喃嘸佬和眾家屬面對面分坐在長桌兩邊，外婆巍巍然站立起來發言：「法律抱的是死人的卵葩，就是沒顧到活

1　喃嘸佬：為死者打齋超度的道士，廣東話。
2　棺材佬：喪事從業員的總稱，廣東話。

人的心。」當時，宗教局的代表，即兩個華裔端哈芝[3]坐在長桌的另一端沉默不語。林議員坐在長桌的另一端不停摸著額頭上的一顆痣，看起來既可憐又噁心。

當一個人去世，醫院收回死者的身分證。假如死者的名字後面跟隨著敏阿都拉，當局便知道那是第一代皈依回教的信徒。宗教局代表便會在當地警察和衛生官員的陪同下抵達葬禮現場，和死者的家屬談判。

談判進行時，我和妹妹正在一旁把糖果結上紅繩，旁邊的玻璃罐裡，已經堆滿了結紅繩的糖果。二舅父一拳打在桌面上，杯子一震，咖啡濺到桌上來，舅母的臉煞白。（三年以後，我跟舅父提起這件事，他說：怎麼可能？我記得那時騎機車摔下來受了傷，手痛得不得了，怎麼可能還拍桌子呼呼喝喝的？）

「他不是回教徒。」舅母的聲音顫抖得厲害。「他講過要換名字。我陪他去了註冊局三次。第一次去時是六年前。最後一次去是上個星期，註冊局要他去向回教局申請。」

「只要身分證上的名字沒換，就沒人相信他不是回教徒。即使已經下葬，他們也會把屍體挖出來。太太，你想怎麼辦？」喃嘸佬這麼說。（二十年以後，他說，他怎麼可能插嘴說話？我們是第三者，永遠不會插手於喪家和宗教局之間。）

舅母執意要為舅父打齋，問喃嘸佬是否還可以繼續辦下去。喃嘸佬點點頭。後來他繼續在空棺材前面開壇打齋了兩天。（有嗎？他懷疑的問，屍體都被搶走了幹嘛還要打齋這麼多天？至多一天罷了。）

外面停下一輛警察車，四個警察走進來。端哈芝站起身在額前合掌揚聲問候。記者舉起相機咔嚓咔嚓的拍照。警察走到棺材前面，林議員張開雙臂，要他等一等，他的嘴巴翕合得很快，不停地在說些什麼。舅母號啕大哭。（八年後，當年的林議員即現在的部長在回憶錄裡解釋，死者的意願應該被尊重，他當時努力勸導家屬應該接受事實。）

警察轉頭看著哈芝，哈芝把文件交給律師，律師點點頭。家屬都在搖

3　哈芝：曾經到麥加朝聖歸來的回教徒，馬來話。

頭。有什麼辦法呢。爸爸：誰叫華人這樣貪小便宜，要申請廉價屋呀、德士利申[4]呀，統統以為姓敏阿都拉就好辦事。有什麼冬瓜豆腐，用白布一包就去了。有些人改信了回教，到死都不敢告訴家人。男人每天在外頭，妻子怎知道他在幹什麼。

我的先生不是回教徒。舅母哭著說。（多年來我沒有再聽舅母提起過這件事。舅父留下來的東西一點一點的送走，後來她也搬走了。她不能再住原來的屋子，因為那間屋子屬於舅父的名字，舅父是回教徒，舅母就不能繼承他的遺產，包括那間屋子。她後來就搬到表哥的家裡住了。）

太太，我很抱歉令你這麼傷心。這份宗教局發出的文件是有效的公文，證明死者已經皈依阿拉為唯一的真主。這公文有法律的效力。死者是回教徒一事毋庸質疑。人證、物證都在。妳丈夫的第二妻子沒有來，因為我們認為要她出現在這裡不論對誰都是太大的打擊，但是你們不是回教徒，你們不能辦理一個回教徒的葬禮。屍體必須從棺材裡搬出來，交回給妳丈夫的第二妻子，只有回教徒才可以幫另一個回教徒殮葬。（舅母還曾住過我家一年。那一年她不曾提起過舅父的名字。）

棺材佬正忙著收拾金銀紙燭，一個記者拍了他的一張照片，惹得他火冒三丈。他怒叱記者不如拍他自己的卵葩屁股洞更好。記者連忙向他揮手道歉。（我後來在報紙上找到這張照片，旁邊的描述是：傳統喪禮逐漸沒落　唯有老人獨守長夜　淒淒慘慘戚戚。）

棺材佬說他前一天晚上見鬼。凌晨兩點時他見到一個男子蹲在五號房門前一動也不動。棺材佬彷彿聽見他說他沒有門進去。他說他找不到自己的名字。他踏步向前，他看見自己的腳步穿過男子的影子。他似乎看見男子的影子在消失前做了一個讓他費解的動作。他做了一個抹屁股的動作。他吃了一驚，想收回腳步已經來不及。他彷彿踩了個空，卻發現自己正蹲在廁所的馬桶上大便，一條很大條的糞便擠出來。他穿上褲子走回房間，看見同伴瞪大眼睛看著他。

棺材佬問同伴：「我剛才去了哪裡？」

4　利申：准證，馬來話。

「你不是去屙屎嗎？」

小說家：亡靈似乎有事情想告訴他，但是嘗試了幾次，絕望的發現他們之間似乎沒有對話的可能。假如能夠，每個亡靈都想敘述自己的一生。他們千方百計闖進生者的夢裡，想要被聆聽，像從前在生時一樣，可以展示自己的傷痛和迷亂。但是敘述的話語被生者的種種煩惱和欲望堵住了，終於不得其門而入。所以生者常常不知道事情的真相，迷惑積壓久了，就變成哀傷。（舅母每天在客廳的一角縫製被單或抹腳布，有時哎啞咿啞的逗弄我的外甥女，也就是她的孫女。她一歲的時候，舅母每天餵她吃稀粥，彷彿她用下巴吃東西似的，湯匙老是在她的下巴刮來刮去。她一歲半的時候，舅母又每天跟在她背後走，兩隻手伸長垂下來彷彿人猿。）

棺材佬開棺的時候，喃嘸佬在一邊剛剛說聲要往生者好好安息，好好的去，自由自在，舅母和表哥表姊就大哭起來。我媽媽也哭得肝腸寸斷，至少我爸爸是這麼說的。棺材佬扛起大舅父的屍體，一陣淡淡的異味飄上來。（有點像外甥女叫嗯嗯時的味道。）喃嘸佬的手指扣著赤板，口中咿啞啊啞的唱著，彼到花開見到佛，無邊煩惱海，無量智慧花。去去來來去去來。（以上經文是二十年後的今天我自喃嘸佬的經文書裡抄出來的。）

兩個警察走過來，一個接過了屍體的頭，另一個托腳。冷不防舅母撲過來，把捧頭的那個警察一把推開。後者驚愕的望著她，她的眼淚鼻涕在臉上糊成一片。有人舉起相機對著她的臉拍照，其他記者也忙不迭的按快門。一時間停殮房裡鎂光燈閃爍不停。（十年後，一個記者帶著舊報紙想要專訪她，她看了照片一眼就說：你找其他人吧，我不認識這個人。我沒有空。我很忙。你這個人怎麼這樣蠻不講理？然後她大力的摔上門。）

警察過來扯她，她大聲嗚哇哇地叫。誰也聽不清楚她在叫些什麼，叫聲像許多又粗又短的錘子敲在門上。二舅衝過來撞開警察。另外兩個警察從他的脅下伸出手想架著他離開，二舅忿怒得呵呵嚎叫。外婆奔過來拉著大舅父的手臂。一個哈芝過來抓著大舅父的大腿，另一個警察抓著大舅父的另一隻腳。林議員被推擠在外，可是他卻在努力擠進去，他張開手臂，像一隻跳過雞寮的公雞尋找落腳的地點。我挖了鼻屎塗在他的褲腳上。他抱起我，眼睛閃著淚光讓記者拍照。

　　我假如還是個小孩的話，你一定不會相信我的話。可是我現在長大了，而且正在白紙黑字地寫下來，你最好相信：那具屍體即我的大舅父，他開始大便了。糞便從屍體的下體湧出。到底從褲管湧出來，還是從褲頭湧出來，這點我並不清楚。我只知道隨著警察、哈芝、外婆和舅母的拉扯，糞便先是一團一團、然後一截一截的掉在地上和棺材裡，糞便的味道瀰漫整個殮房。（驗屍醫生受訪時表示：死亡意味著從大腦到全身每個細胞都死亡。大腸或許會因為細菌的代謝過程所發出的氣體而爆破，但是僅有萬分之一的機會會因此而大便。）

　　相機直接表示了它的興趣，有人走得很靠近糞便，在大概不超過一尺的距離拍下那堆糞便。然後有另一個人在稍遠的地方拍那個人如何拍糞便。也有的人站到更後面，拍一個人如何拍四個人爭奪屍體之下四濺的糞便。媽媽看得呆了，一時忘了哭泣。爸爸：你看，這些照片第二天將會出現在報章的頭版，一定比文字更吸引人。（在事件變成新聞的翌日，每個人探索各種解釋的可能，並找到了一些法醫學家、宗教師、社會學家和民俗學家來辯論。在一日之間，它膨脹成一連串驕傲與尊嚴、聖潔與污穢的爭辯。經過三天之後，報館接到一封晦澀的通知信，裡面充滿不明確的警告，暗示他們低調處理此事。因此，在一個星期之內，這則新聞萎縮成地方版的小新聞。在人們的腦袋還來不及接受這個突然陷入虛空的狀態前，報館找到了另一則事件，使前一則事件順利的淡出人們的記憶。）

　　前面的人開始後退。每個人開始往後移，是因為他們見到糞便開始從一截一截，變成像稀粥一樣的半液體物，這種半液體物飛濺的範圍無疑比一截一截的糞便更廣。糞便飛濺在哈芝的手上，也飛濺在喃嘸佬的道袍上、警察的制服上、林議員的皮鞋上、攝影機的鏡頭上、遺孀的衣襬上以及他娘親的腳上，是糞便的降臨使到他們驚醒。（報紙上完全沒有人被糞沾污的照片，刊登這種照片，最好徹底了解誹謗法令的內容。）

　　屍體最後終於大便完畢，並以一個響屁作為結束。當時宗教局告訴家屬，回教徒的糞便必須埋葬在回教徒的墳場裡。舅母憤恨的說，這堆糞便是由兩個信奉道教的女人煮出來的三餐所變成的。爸爸、媽媽、二舅舅和阿姨們都紛紛拍掌，最後宗教局的人同意這堆糞便該由家屬埋葬在原來的墳墓

裡。（我們現在每年還到舅舅的墳墓拜拜和掃墓。小時候我問過媽媽：裡面是不是舅舅的大便？她就大力的拍我的頭，小孩子不要亂講話。不管怎樣，舅母的靈柩送到這裡來了，待會就要把她葬在舅舅的墳墓裡，我很快就知道空棺材裡面是不是有大便了。）

2002 年

宛如荒誕劇的搶屍案在喪禮上演，〈別再提起〉以虛筆實寫馬來西亞華人改宗的時代故事。場面難堪的小說結局，回應的是南洋華族在移民社會難以言盡的困境。

賀淑芳（1970–）
出生於馬來西亞吉打州，留學台灣、新加坡，曾任教國立台北藝術大學。著有短篇小說集《迷宮毯子》、《湖面如鏡》。

黃金格鬥之室

梁靖芬

　　妻把衛生紙一張一張攤開，仔細鋪在馬桶邊沿。馬桶周遭的地面也努力鋪上一些。整好、掃平，才囑我進去方便。

　　我小心翼翼行動，不落成她的把柄，無奈總有那麼幾沫在最後關頭失足，明明每一注都有了歸宿卻還要不安分地彈跳而出。細小如鹽的尿漬因紙質的賣力吸吮，足足放大了好幾倍，不只馬桶前沿有，腳旁地面以為風馬牛不及之處竟然也有，越去瞪視，一顆一顆越不知死活地發脹挑釁。

　　心虛且不容抵賴。妻指著衛生紙上，在她眼中大概已變成方糖大小稜角分明的戳記抗議：你自己看。

　　我當然自己看。只是沒想到平日肉眼監視能安全過關的衛生水平，在妻猶如吸墨紙體質的感官世界裡依然不堪一擊，劣跡無所遁形。我曾想過這世上有種鷹眼的構造，是專門設計出來對付這類善男子的粗心，不，是把所有不在它應該待著的地方的尿跡（僅是尿跡！）化成熒光汁液，一一登記肇事者並記下時間與力度，再祕密送往鷹眼主人處建檔打印，核實資料後建議一種（大半行不通的）姿勢或行為調整方針，讓站尿者沒一頓好過。

　　默默彎身收拾殘局。說到底我懷疑是馬桶構造出了問題。某日聽說，日本松下電工曾設計出一種防止排泄物回濺的馬桶。一些馬桶為了避免糞便玷污便器，內部常積存大量的水，然而水積得太多，排泄物落下就容易回濺弄髒。於是為了找到平衡點，研究者做了不少關於水深與回濺程度的調查，最後得出「水深四公分以下，回濺程度最少」的結論。

　　倘若能有這樣一具馬桶，問題大概就能解決了吧。知道松下的結論以後，每一回沖刷馬桶時我都這樣想。

妻不置可否。

而我總能在妻的不置可否中感受到她隱隱的不屑，以為我又要開始拿舊事搪塞，掩飾技巧的笨拙。妻沒有經歷過無廁所可用的日子，她生命的順遂讓她以為一切本就如此自然，像舉凡屋梁必得封頂，汽車都會備有駕駛盤一樣。

我有。雖極之不願回想，可又實在忘不掉那段與外人共同方便的荒謬與不便的經歷。於是偶爾也抖出來談談。當一場笑話或苦盡甘來什麼似地，和人談談。

* * *

你很難想像那是怎麼一回事，我說。事實上我也不甚了解。只知道從我被告誡不能再隨處大小便開始，那廁所的身世就已經那樣。

它原來建得好好的，鋅片頂、木板牆，中間一剖硬隔成兩半。站在門口正前方打量，左半邊是浴室，浴室一角有磚砌的水缸。缸底缸面都糊了水泥，天色一晚，即使缸不怎麼深也顯得水色有點暗沉。右半邊是廁所。蹲式便盤像巨腿在地面跺了個洞，邊上還有曠日經年的縫，長著一些無法剔清的淡褐色黴斑；以放大鏡視之，必將飽滿肥大如優質水源下成長的怡保豆芽。

蓄水箱往下透了根塑膠管，自己則靠牆靠得有點斜，如廁者拉一拉，隨時有當頭罩下的隱憂。拉索以青紅二色塑料繩捻成一撮懸垂，根部隨意打著不算小的結，斷過幾次便有幾次接駁的痕跡。

廁所左牆鑿了個剛剛好的洞，從隔室透過來一柄 T 字水龍頭，底下擱隻塑料桶，盛滿了水供小解後沖廁。廁紙得自帶，因為誰也不想被人占些不大不小的便宜。

不知當初礙於什麼考量，屋主要把廁所建在房子後頭。準確地說，是房子的後部，穿越廚房，跨過一條小水溝後的院子中。更精準地說，院子裡落了兩戶人家，彼此沒什麼血緣關係，甚至算不上同鄉。租戶是兩家共同的受限身分，因廁所只有一座，於是又成了兩家共同看照的資產。

妻來不及參與那段兩家一廁的時光，於是總問些不痛不癢的問題。比方

說，要是兩家各有一人同時想上洗手間，那要怎麼協調。

我說那不痛不癢，是因為那根本不會是個大問題。你想，即使在同一間屋子裡的同一家人，不也會出現同時想上廁所的時候麼。你在這狀況底怎麼解決的，我們就怎麼解決的。

那又痛又癢的問題是什麼？──妻有時也不那麼好氣。

那就得說到瑪戈特的身上去。

* * *

瑪戈特沐浴時一般沒人敢跟著進去。這話混帳，兩家自然誰也沒有共浴的習慣。即使姆妹太小，小得還夠不著水缸裡的舀水勺而需要瑪戈特替她洗澡，那也不叫跟著進去共浴。

瑪戈特和姆妹，是兩家最親近的關係了。瑪戈特早晨必會洗澡，家裡上學的上學，忙活的忙活，姆妹年紀最小以致醒來便無所事事四處巡查，多在院子裡亂走。她會在一種神奇的生理時鐘感召下知道瑪戈特的沐浴時間，並在瑪戈特往浴室鐵桶兌好熱水後準時現身，讓瑪戈特替她洗澡。

有時候我沒上學，總會見識到姆妹三歲的執拗如何搭配瑪戈特數十年來不變的生活習慣，打破兩家的疏離關係，一起交流。瑪戈特哼歌，哼她自己大概也沒能背下多少詞，所以每回皆有新意的歌。姆妹則打從出生起我就只聽過她的哭與笑，連父母也沒喚過一聲爸爸與媽媽，更遑論稱呼身為他哥哥的我。

母親很早就擔心姆妹聾啞，未滿周歲即不時舉著鈴鐺玩具猛搖以吸引姆妹的注意。姆妹心情好時也願意給一些反應，更多時候卻是耽溺在自己的世界裡玩她的笑她的。有時你以為她心有所動，直盯著眼前玩意伸手欲抓，你遂興奮地越搖越烈、越舉越遠，可一旦讓姆妹看出你在耍猴而根本沒有將玩具獻上的意思，她會即刻果斷地扭頭尋找其他逗樂自己的遊戲。母親往往心虛投降，最後奉上的玩具總差點碰及姆妹的耳輪（可能仍有不甘，始終不想放棄音控的心思），可她不轉頭就是不轉頭。

說不準是不是脾氣倔，有時姆妹也會忽然轉身盯著玩具瞧，瞧後也果斷

地伸手來取。不過多試幾回，終究要發現那是因為視覺的驅使，而非聽覺的誘引。

　　母親久而久之也認了命。包括姆妹與瑪戈特的更親近。

　　瑪戈特一家三口什麼時候存在的，那歷史與我什麼時候開始意識上廁所必須把門關上一樣記憶模糊。每個清晨六點，我未睜眼就聽到瑪戈特的丈夫拉開門閂，踩拉著木屐上廁所的雜音。他擰開水龍頭，我不知道為什麼他就一定要先擰開水龍頭，讓水細細地流入塑料桶，製造出水桶越裝越滿的聲音。那聲音讓我焦慮，也讓我快手快腳爬起，衝進隔壁的浴室打一盆水梳洗。

　　然後是窸窸窣窣折疊報紙之聲音。把「核」這個音拉得很長，再猛地一聲「凸」的棄痰之聲音。水勺與水桶碰撞之聲音。水從水桶裡被舀起來潑灑便盆之聲音。大力拉下蓄水箱繩索，滿缸儲水瞬間傾下之聲音。到最後是瑪戈特的丈夫放開手，水泵自動彈跳回原位之聲音、水流重新進駐灌滿水箱之聲音。

　　雖說是焦慮，但那也是我辨識時間的分寸。姆妹生活中少了聽覺的輔助，在感應時間這一點上並不比我來得遜。後來我逐步成年，才摸索出聾啞姆妹認識這世界並判斷這世界的奇異方式。

　　在我們與瑪戈特一家因為語言不通、習俗不同，即使同住一塊地、同在一個坑上淨身排泄也盡量互不干擾，各自遵循原生習俗過著各自的小日子之餘，姆妹已能怡然自得地半伏在瑪戈特腿上讓瑪戈特洗頭。

　　瑪戈特替姆妹洗澡時從不關門。她衣著完整地只把花色紗籠下襬拉高，對摺後塞在腰間褶縫裡。於是我毫不費力就能想像，全身光潔的姆妹安靜趴上瑪戈特的腿，讓瑪戈特先在她後背潑灑些溫涼的水，然後才輪到長著齊耳短髮的頭顱，手並順勢在姆妹頸背輕輕搓磨個幾下。姆妹服帖如被生母哺乳餵食，叫翻身便起來翻身，搓皂便允許搓皂。水流當頭淋下前，瑪戈特用手輕掃了一下姆妹的額，姆妹即刻意會閉起了眼。

　　沒有人懷疑姆妹對瑪戈特的依賴。這份依賴多少拉近了母親與瑪戈特微笑點頭的機率。可惜姆妹無法背熟並翻唱瑪戈特替她洗澡時哼唱的歌。姆妹即使不聾不啞，也沒法複述瑪戈特不唱歌時喃喃自語的內容。

　　我想像瑪戈特笑，姆妹也咯咯地笑。

　　我想像瑪戈特潑水，姆妹偶爾亦淘氣地躲。

　　我想像，姆妹也曾集中注意力凝視瑪戈特不斷張合的唇，隨即開始模仿那唇的律動企圖發出些聲。瑪戈特點她鼻尖，見她肯努力，就放慢速度一字一頓地講。

　　母親也曾那樣做。她點給姆妹看：花。努力撐大嘴形，然後又指著院子裡水溝邊那頭說：狗。偶爾用疊字：狗狗，或吃飯飯。

　　姆妹的年紀大概無法讓她處理失落、沮喪、悲戚等情緒，一切往往以不耐煩扭身而去來表白。真不舒服了更只有單音節地哭。哭聲甚至不如蓄水箱重新儲水來得響。

　　沒有人知道姆妹怎麼理解瑪戈特那些不同語系的唇。至少姆妹並沒有掉頭不看。儘管她也沒發出過一兩句聲。

　　我曾看見姆妹洗完澡換回原來的衣服卻仍心滿意足地步出浴室的樣子。那刻陽光剛醒，姆妹即已神情愜意得像此生再也沒有值得努力之事。她看起來非常喜歡自己那刻的淨潔、芳香與純粹。然後出掌，動手指撬撥狗的下巴，在院子裡和狗追逐著玩。瑪戈特就在這時關上了門，換她自己好好地洗個澡。

　　水錶裝在我們家圍籬外邊，方便水務局人員每月例行抄錄，而後運算水費。因廁所與浴室占據用水量之大宗，經年留下來的付費方法是平均攤分。其實也還好，兩家合起來不過七人。我們家四，瑪戈特他們家三。

　　只不知什麼時候起，說不上是母親，或瑪戈特開先，兩人忽然都有點避忌替姆妹洗澡這件小事來。

　　清晨，瑪戈特的丈夫依然準時如廁。瑪戈特忙完家務後的洗澡時間卻越來越晚。晚得，有時會與下午回來的我不期而遇。看對方提著換洗衣褲，雙方都有點尷尬，又掩飾著那層尷尬。好幾次門前互相禮讓，到後來我乾脆把時間挪得更晚。瑪戈特起初還會在她廚房的木窗縫隙間張望，似乎想要確定我，或其他人都沒有洗澡之意，才拉開後門踏出，跨過小水溝，步入浴室。

　　這樣的變更，唯一困惑的大概是體內長著顆規矩時鐘的姆妹。不，她看起來也沒有半點困惑的表情，只是循著日常做她早已習慣的事。上午，從瑪

戈特平常應當出現在浴室的那刻，她就開始等待了。狗通常也百無聊賴地陪伏在她身邊。

有時瑪戈特剛好過來，便若無其事地替她梳洗。有時瑪戈特屢等不來，姆妹會在溝渠邊似專心似遊神地蹲坐。坐久，她就通常洗過了。母親重新取回替姆妹洗澡的任務，倘若瑪戈特沒在原來的時間裡出現。母親有時顯然搶著替姆妹沖涼。

母親安安靜靜的，姆妹也安安靜靜的。鏽蝕的鋁製門通常關得好好的，水聲一瓢一瓢嘩啦洩地，沒有聽不懂的哼唱，因為根本無人有興致放歌。

瑪戈特是刻意避開姆妹的，後來我就懂了。她總是躡手躡腳，儘管姆妹根本聽不見。她放慢動作以把家務逐件挪後，顯示忙碌得不再能準時赴約。姆妹下午總有一段也屬習慣的午睡時間，瑪戈特多半就趁那時間寬衣沖涼。

浴室的水缸下方留了孔，孔中塞著一粒裹了舊布的塑膠軟塞。軟塞抵住了水流，卻始終抗不住水壓，舊布於是沒有乾燥的時候，一絲滲透舊布的水線沿著洞孔下方暗自細淌，以致那裡逐日積了條老痕。痕邊綠苔攀附，久不洗刷，便大有往缸底蔓生之勢。老痕的更下方，水絲常年滴落之處慢慢堆疊出一小塊光滑乳白的水垢結晶。大概表面毫無縫隙，苔菌無法插足，遂一直保持著詭異的光潔在幽暗浴室裡嚇人。夜間洗澡，它還倒映著鋅片屋頂垂吊下來的圓燈泡昏黃之暈。

我極受不了外表柔軟雪白如棉花之物其實堅硬如鐵石般的欺騙，如今想起那顆蘑菇頭狀、肥皂大小的經年水垢，四肢頓起雞皮疙瘩，頭殼即刻發麻。同時最害怕腳趾不小心刮到缸底牆面黑綠綠的老繭青苔，指甲縫填滿一彎微生物屍骸的噁心不適。那比牙縫塞了一片老剔不去的菜渣更叫人慌張。於是洗澡時腳趾總小心翼翼縮進藍白拖的版圖裡，努力，避免向下張望，眼神若不直盯著相對乾燥的板牆，就全程放空加快動作，祈求馬上，馬上就清理完事穿衣著褲鎮定出逃。

不像姆妹。姆妹總可以在浴室裡快活許久。

一個下午瑪戈特在浴室洗澡，姆妹徑自溜到浴室旁的出水口抓起正要流入水溝的肥皂泡耍玩。姆妹用雙掌仔細捧起一些，站起而然後大力合掌。噗噗聲中泡沫四下飛濺。姆妹的笑沒有聲音，可我分明隔著房間窗紗見證了她

的笑聲具體而清脆地隨泡沫亂爆。它們一段一段沒心沒肺的飛撲過來，讓我妒忌又滿懷哀傷。

　　廚房裡的母親不久也尋聲而至，她聽到的只是姆妹雙掌拍出的聲響。母親一邊拉走姆妹一邊大聲叱責我怎麼由得姆妹那樣胡來。

　　儘管一隻手臂被人提吊著，姆妹臉上依然持續著她旁若無人的快樂。

　　這也讓我得以想像姆妹在浴室裡的快樂。

　　——難道瑪戈特替姆妹洗澡時哼起的歌，便是為了附和那樣的姆妹？

　　我靈光一閃。就在這時瑪戈特從浴室裡出來，低頭移動的步伐比平日都快，紗籠上的花因擺動得太厲害，每一朵都像多一朵不如少一朵地收起來。

　　有一天姆妹應該等在浴室前的那時刻，誰也沒有看到她的影。瑪戈特亦沒出現。那段日子瑪戈特幾乎都在傍晚，趁陽光將落未落前洗澡。姆妹的固執讓人沒輒，她仍蹲在原來的時間點徘徊等待。有時我真懷疑那不全是為了等待，而是姆妹正在自我鍛鍊，企圖跨越先天的表達局限而與旁人努力溝通。但是據說那天中午的院子異常安靜，比姆妹在時更要安靜。

　　我在課室裡被大手搖醒，剛要洩憤的那刻駭然看清站在眼前的校長，總算硬生生壓下滿腔無從爆破的電光衝擊波，讓它沉入暫無出路的大腸裡。那股氣波一直憋著頂著，以後每回吃撐或腸胃不適，便要令我想起這件往事來。

　　或許是電光衝擊波繼續逞強，那個下午它全力轉化成動能驅使我踩出有生以來最快的速度，騎車衝回家裡。

　　可我就只來得及看到姆妹被水泡得泛白的身體，由浴室前的母親呆呆抱著。姆妹全身軟地沒了個角度。誰也沒有呼天搶地。瑪戈特在一旁同樣呆呆的，穿著整齊而臉色蒼白，根本還沒打算沐浴的樣子。旁邊還有一些（可能聽到之前誰的嚎啕）圍攏過來的鄰居。

＊　＊　＊

　　姆妹的溺斃至今仍是家裡的禁忌。一如當初為什麼會生出一個聾啞小孩般無人願意碰觸。無人質疑，無人責罵，就只是接受。那是一個意外，我

說。妻第一次聽到這段往事時曾大吃一驚，對我敘述語氣之平淡也非常不解（我懷疑還有不滿）。妻用一個母親的角度去質疑：不可能！怎麼可能不哭不喊。

我說我不知道呵。

而那已經是二十幾年的往事了。姆妹的具體印象已退化得厲害。我就只記得住家裡從來的安靜，乃至於自己有時也沒有十足把握，兩家之間偶然的對話是我記憶力時移事往後之白目杜撰，一如姆妹拍破肥皂泡沫喉頭爆出的美好笑聲，還是真的確有其事。

你們難道就沒想過姆妹發生意外的過程，或原因？妻也曾純屬好奇地，央求我提供更多的細節。

所有的細節都指向姆妹自己在浴室玩水，然後失足滑入水缸，進而暈厥溺斃的邏輯。還有便是，那塊我稍稍想起就已噁心不適，表面光潔似無菌攀附實則狠毒如惡性腫瘤的缸壁結晶。誰踩上一腳都要像踩在一塊肥皂上全面失控。姆妹無法開聲吶喊，瑪戈特不在、母親在忙，難道要怪罪那條終日塌著腦袋一輩子渾渾噩噩什麼事也不見關心的老狗？（事實上姆妹死後狗就不知所終。）

還有一回我告訴妻，我看過姆妹憋屎的樣子。同樣是在作業裡偶然抬頭，透過窗紗望向窗外。姆妹站在小院裡先是靜止著不動，後來皺眼眉與鼻翼，臉上有一種不甘的表情。那個下午非常炎熱。姆妹一手拉著褲襠一手握拳，極力壓抑控制著什麼，且就那樣看著隔了網紗在房間裡的我。

還回不過神，便聽到姆妹拉著褲襠仍管不住的幾粒屎，像羊崽排泄似的，嘀嘀嘟嘟沿著她的短褲褲腳掉出來。

真硬啊。那刻我忍不住這樣啼笑皆非地想。

妻小心翼翼（或許為了顧及我的尊嚴）下了這樣的結論：那或許是較量。

我猜她完全想不用那「或許」二字。

妻以她外來者的身分清醒地從源頭抽絲剝繭：癥結在於兩個本沒有什麼血緣關係的家庭共用一間廁所。

她的分析理據只有一條──民生。據說長期的忍耐只能存在於最親密且

有直屬關係的個體之間，尤其涉及排解與疏通的自由，不論是心理情緒抑或生理需求，一旦遭遇外人入侵或無法發自內心地願意妥協，便要升起最原始的爭地奪權之較量。

　　於是問題早就存在於……用水多寡上；在水費的分攤不均上；在誰應該在什麼時候洗澡或如廁上；在明明充滿挫敗與不甘卻不願坦誠溝通上……

　　到後來分用的廁紙是較量，刻意錯開的洗澡時間也是較量。較量還存在於，姆妹選擇誰為她洗澡，與誰比較親近上。

　　所以，你的意思是，母親和瑪戈特的彼此較量害死了姆妹咯？——我的語氣大概好不到哪裡去。

＊　＊　＊

　　距離，你理解嗎，距離。有一天我在購物中心上完廁所後這樣問妻。

　　什麼？——妻有時也不那麼好奇。

　　一般較標準的男廁裡總會有幾具小便斗，靠牆挺肚站成一排，肚皮最隆起之處都被剷空，同樣配有承接解放的重責大任。距離的確定存在於，倘若有三個小便斗，最左邊那個早已有人，後入的那位多半主動移到最右邊那具方便。

　　妻興致不大。

　　我以為自從上回有點不歡而散的民生較量論之後，她至少會好奇，雄性如何劃定自己的權力範圍，或用什麼方式來暗示自己的生存空間有多大。即使某些場所開敞一如小便斗並排的公廁，他們也小心甚至小心眼地抗拒不識相者魯莽闖入；同時拒絕讓自己成為私闖別人範圍的討厭鬼。

　　很長的一段日子我以為，所有雄性都暗暗守著這樣的默契。除非他們刻意想通過，比方說，並排站立小便來展示哥兒們的坦蕩、放棄攻擊，或別有用心的情慾暗示，否則大多不會在選擇小便斗的位置這件事情上粗心大意。

＊　＊　＊

　　辦姆妹喪事的那兩天，我第一次見到父親與瑪戈特的丈夫站在一起的背影。兩人高度相當，前額幾近全禿，且同樣頂著一大坨下塌的肚腩。除了膚色不同，兩人連站姿也幾乎一樣。

　　姆妹的遺體只在家裡待了一日半。姆妹實在太小，所有傳統儀式都壓縮成精簡低調版。母親只有兩個反應：低頭嗚咽，以及失神呆坐。母親徹夜未眠，規勸不聽。瑪戈特偶爾陪伴，偶爾攙扶。儘管聽不懂，我想她神情哀傷的自言自語仍不失為一種切合時宜的慰問與安撫。那兩天我其實非常感激。

　　父親趕在姆妹出殯前到家。無人來得及在姆妹出事的第一時間找到正駕著拖格大卡在聯邦公路上奔波的他。我輾轉聽說，他是在把一櫃子零件送達目的地，再拖著另一批器材回到原廠時，才在同行的告知下驅車趕回；且因為實在太趕，只能空手而歸。

　　但一個長年在外的父親，要在女兒的葬禮上帶回些什麼呢？

　　和瑪戈特的碎碎唸不同，瑪戈特的丈夫什麼也沒說，只靜靜地抽菸。道士呢喃誦經時父親首次與瑪戈特的丈夫在一旁並肩而站。或許那其實不是他們的第一次。或許他們也有曾經會面甚至同坐的時刻，只我印象實在不深。自我懂事以來，這兩個家庭的父親就鮮少以常識裡的權威者形象輪替出現。他們也不是缺席，就只是，比起母親和瑪戈特偶爾的較勁，他們更相敬如賓。沒有智慧上的格鬥，沒有言語上的互相吹噓；甚至有點互相迴避，乃至於誰也不比誰強大、稱職。

　　父親在家裡待了三天，又趕著車子離開了。往後還要回來的，但那也不是三數天後的事。

　　奇怪，那氛圍我倒記得仔細。那三日，瑪戈特一家彷彿不知如何給予更多慰問，體恤的行動表現在屋後的共享空間上。廁所與浴室像純金打造，彼此卻路不拾遺還互相禮讓。父親走後，瑪戈特的丈夫三個早晨都延遲的如廁時間，又調回了我熟悉的節奏與程序──窸窸窣窣折疊報紙之聲音。把「核」這個音拉得很長，再猛地一聲「凸」的棄痰之聲音。水勺與水桶碰撞之聲音。水被舀起來潑灑便器之聲音。大力拉下蓄水箱繩索，滿缸儲水瞬間傾下之聲音。最後是水泵自動彈跳回原位，水流重新灌注之聲音。聽它們全部還原歸位，我起初總錯覺姆妹的喪事只是一場荒謬無聊的夢。

很快，日子又回歸尋常。母親安靜下來也照常洗澡，洗衣時的唰唰聲像長在衣物上的鱗一片片被刮掉，每一刷都比母親吵。

那段日子我的注意力終於悉數投注在瑪戈特的女兒，拉芝蜜身上。

瑪戈特一家三口，拉芝蜜與我的年紀最相近。拉芝蜜比我倆的母親都要羞澀，對我也更冷淡。她的身影其實夾雜在姆妹洗澡的空檔中。在我正拉開鐵門準備上學的巧合中。在午後坐於窗紗下複習終至的瞌睡中。以及當然——在姆妹的葬禮中。可我往往一次只能專心憶述一件事，這是我現在才提起拉芝蜜的原因。

拉芝蜜逗狗，和姆妹對狗的挑釁並不一樣。姆妹頂多跺跺腳，發不出聲也聽不了話，狗被她撩急後警告式的咆哮作用不大。我們家幸運地來了一條不咬人的狗。

拉芝蜜逗同一隻狗，心機比姆妹重得多。

她讓狗待命，讓狗蹲坐；讓狗繞著自己轉圈，衝向自己也看得到的遠處撿拾拖鞋，再用撿到寶的討好姿勢疾奔而回。可那實在是一條懶惰的狗，這把戲無法常耍，耍多了戲碼便要失靈，失靈了即自討沒趣。

偶爾拉芝蜜昂頭，老狗也昂頭。拉芝蜜不理狗，狗也不理拉芝蜜。

拉芝蜜的耍狗棒經常由她的藍白拖充當。握在手上往什麼方向指，狗就呆呆地衝其看。玩多也無聊，拉芝蜜突發奇想地訓練起老狗握握她的手。我笑，隔著片窗紗難以置信地偷偷取笑。訓練什麼都要有誘餌，我就不信，拉芝蜜這樣無賞可賜的逗狗法能奏效。

拉芝蜜經常蹲在廁所的正前方，先伸出自己的手朝老狗說：手。

要不我猜她說的便是：腳。

見狗不理，便又加大了聲量說：來，手。然後卻自己伸手去拉。

汗，汗。她重複重複地說。有時也另加一長串的什麼咒語；反正我聽起來就像咒語。

拉芝蜜放學回來沒事就嘗試。她進門我看她進門，她出去我就看她出去；我看她蹲下站起、蹲下又站起。一段日子了顯然誰也沒有馴服誰。

拉芝蜜不怎麼和姆妹玩，我們也不怎麼說話。拉芝蜜洗澡的時間要比瑪戈特調整後的時間早，幾乎就在她們母女剛洗完，太陽就下山。

　　我記得好幾次，拉芝蜜洗澡的時間總是特別長。有一回她在浴室而我剛好上廁所大便，隱約聽到隔室傳來撕開什麼的聲音。可那聲音壓壓抑抑的，動作長、節奏慢，夾雜著水流不時潑灑地面的嘩啦。然後大概是以報紙包裹什麼的折疊聲吧，每一下窸窣都那麼小心，間中偶有停頓摸索，就更似在期待水降聲波以掩飾室內的動靜。可這樣更惹起我的注意與猜測——這也太像放屁時拉拉桌椅，好磨出一點雜音當掩護的舉動了吧。然而誰都能清楚聽到那忸怩委屈而音質飽滿的一聲「噗」。那窸窸窣窣的折疊聲和她父親翻閱報紙的有點不一樣。

　　我極力掌控括約肌，讓糞便能更溫良地下墜；或盡可能先安排一些，平躺降落在洞口的前方。洞口先墊些紙，還能減少重物擊打水面反彈的回音。有時我乾脆擰開塑膠桶上的水龍頭讓水唰啦地流。這多少能消除我偷聽的羞愧和被偷聽的緊張。

　　我懷疑拉芝蜜一直曉得這種暗自留意隔室聲音的比劃和把戲。拉芝蜜或許亦清楚彼此小心翼翼的原因。我還想，拉芝蜜也沒把握接受或想像，要是那情景互換——我在浴室，她在廁所裡——我們又能有多自然。天知道誰比誰更想要一間鋪滿隔音泡泡棉的無縫密室，做點各自最私密的事。

　　我們總默契十足地仔細錯開完事推門的時刻。

　　拉芝蜜從來不看我。可有一天她忽然訓練成功了。

　　她又半蹲在水溝邊說：來，手。

　　狗那天欣然開竅，在拉芝蜜說到第十六次時忽然彈出那隻曲尺似的左前腳，輕輕點了一下拉芝蜜伸出的右手掌。拉芝蜜很開心啊，並就在那刻轉過頭，朝在窗內窺覷的我炫耀似地笑。左眉還誇張地往上抖了一抖。

　　姆妹居然也幸運地在場，見證了拉芝蜜的成功，以及——或許，還包括我的不知所措。可姆妹只是一如往常地朝狗跺腳，不知在喚狗過來，還是想把牠嚇跑。姆妹幹什麼都像下意識。那一整天都是風。

＊　＊　＊

　　妻對我向她形容的拉芝蜜之笑頗不以為然；對我提起拉芝蜜在浴室處理

衛生棉弄出聲響的那一段，則有點鄙夷。妻的反應讓我深感受挫，搞得我像個不虔誠的教徒好不容易提起勇氣下跪告解，神父就拉開告解座之門擺擺手讓我好自為之。

走前還叫我順便拖一拖地。

為了雪恥我告訴妻，有一天拉芝蜜洗完澡出來掉了換洗的內衣在地上。姆妹撿到了，拎著它直走進我房裡。

那個雨季滿是霉味，刷上灰水的牆手感很粗。合攏四指，以指腹輕輕劃過灰水牆，要是牆面感覺粉質黏膩伴隨卡卡的沙聲，雨不久就要來。撫牆的沙沙聲越響，響得能讓頭皮發麻，那雨便要下得越大。

我正以手探牆，姆妹不知從哪裡學來一套貓科類的做作動作，拎著內衣靠近我。鮮肉色，花樣一時也看不清，只在一瞥間確定那上面繡了些浪。姆妹的指尖那麼小。我毫不猶豫那是誰的，我剛看到它主人洗完澡回到自己的地盤。說實在的，我不知道姆妹為什麼那樣做，後來也沒機會細問查證。姆妹的神情機靈興奮得讓我以為她一直裝聾作啞，而當下便是戳穿謊言的千鈞一刻。

可姆妹抿抿嘴，沒有笑也沒有問，把東西放下即循著原路退出。肉色的浪紋胸衣在我腿上罩出兩座荒誕的滑稽感。沒有，它並沒像電影，或妻所能想到的那種情節，撩撥誰蠢動的慾念。那刻我奇異地表現出某種克制的教養。

妻常說我與周遭保有一層隔。也不是事不關己不勞心，更不是反應慢、不敏感，就只是圈了一層隔。可那隔又不顯得陰險與自閉，僅隱隱透露著趨避與被動；試探力──零，好奇心──零。

她懷疑我頸椎老早蓋有趨吉避凶的印符，一時半刻也說不上此人是狡猾、機警，或魯鈍。

（她第一次這樣說時情緒還好。第二次再說即發了好大的脾氣。那一時半刻說不上來的就明確成「你真冷漠與自私」，變成「毫不在乎我」了。）

見雨將落，我當下決定把衣物掛回浴室去。於是站起來，以潛行者之姿穿過廚房，拉開後門走入小院。光下我那背影無比正直，內衣則收在自己的汗衫裡，穩穩抵在右掌與肚臍眼之間。雨還未落而我目不斜視，動作麻利且

不吁不喘，無便意、無喉頭緊繃，四下竟然也空無一人，連狗都配合演出沒現蹤影。浴室就在前方不遠，我從未有過計算彼此距離之念頭，那刻也不忽然就有，一切平順自然得像挽著自身衣物入室洗澡。除了它們並不一如往常地搭在我結實精壯的肩。

擔心妻認為我仍有猥褻念頭，我盡力形容得莊重又平緩。

我跨溝步入。我警惕著缸壁上蔓長的石藓與苔衣。缸裡映著垂眉沙彌的虔誠倒影。我右手掏出那已被捂得微微發熱的少女文胸，以左手補上慎重捧之。搭在浴室牆面的橫桿時為了自然，我又仔細地擺弄了一會肩帶、罩杯，讓它們一前一後看起來就是隨手垂掛的樣子。半天終於滿意，發現左右肩帶長度過於對稱而位置太過精確，於是又伸手去耐心拉調。可就在這時半掩的浴室薄門被人咿呀拉開。瑪戈特的丈夫抬腿邁入，剛好看到我伸往前方倒扣如碗的十根手指。

他伸前的腿在半空硬生生後縮，整個人像踩著鋼釘似彈退了一大步。

我不知所措。正貧於對峙時他忽然炸了顆響屁。妻聽到這裡，沒有半點同情地大笑了起來。

出自《五行顛簸》（2013）

「黃金格鬥之室」（廁所）是生活中相對極其微小的空間，卻又是無能忽視的所在。一個華族和馬來家族就在這樣的「黃金格鬥之室」交織出語言、文化的隔閡，彼此的謹小慎微流露出的是族群間無法視而不見的間隙。

梁靖芬（1975-）
出生於馬來西亞森美蘭州，2002年赴北京留學，現為《星洲日報》副刊編輯。著有散文集《夢寐以北》；短篇小說集《朗島唱本》、《五行顛簸》、《水顫》等。

天天流血的橡膠樹

王潤華

我的祖父是一棵適應南洋水土的橡膠樹

我的祖父像一棵橡膠樹。跟橡膠樹一樣，他在同一個時候被英國人移植到馬新這土地上，然後發現非常適合在熱帶丘陵地生長。不但往下在土地裡紮了根，還向上結了果。我的父親像第二代的橡膠樹，向熱帶的風雨認同了，因為他是土生土長，不再是被移植、被試種的經濟作物。

小時候，我也像一棵生長在馬來西亞霹靂州近打區的第三代橡膠樹。那個地方，如果你飛機往下望，除了開採錫礦的礦場，四處都是一片波濤洶湧，綠的海洋。近打區是構成橡膠王國一個重要的橡膠種植區。連綿不絕，一望無際的橡膠園就是陸地上綠色的海洋，據說，從南中國海或馬六甲海峽飛回來的小鳥，常常忘記自己在陸地上空，因為底下綠色的橡膠園，跟綠色的海並不易分辨出來。

我出生後不到三個月，整個英屬海峽殖民地（新馬），在微弱的一陣防守槍砲聲中，輕易的淪陷在日本侵略大軍手中，我們全家逃難橡膠園深處，我父親自小受英文教育，又替英國人做事，自然成為日軍殘害的對象。如果沒有那樣一望無際，深入半島的中央山脈的原始森林的橡膠園之掩護，我們全家九個人，實在不容易安全度過那三年零八個月日軍占領的日子。

戰後，我們回到小鎮郊外的舊居。屋前有一條小河，而河的對岸不遠的大平原，就是遼闊的橡膠園。在強烈的太陽下，它總是默默無言的如高大的綠色圍牆。我們這些小孩子，天天抬起頭望著它。暴風雨前萬馬奔騰的聲響一定從橡膠林裡迴響好一陣，雨水才渡河而來。因此大人常常聽見雨水在橡

膠林徘徊時，就趕快把外邊晾曬的衣服收起來。

自有記憶的時候，對面的橡膠園便充滿了神祕性。老虎吃人，日軍殘害百姓，婦人吊頸，鬼的傳說，似乎都是發生在橡膠林裡。

我念小學三年級的那一年，我家門口對岸那一大片橡膠林，突然天天響起電鋸的聲音，樹木傾倒震動了地面。一個星期後，河對岸的天空突然開闊了許多，每天從遙遠經過的火車噴出的黑煙，也居然出現天空中。

不久以後，從大人的談話中，才知道我們已經接到英國殖民地政府的通令，屬於這地區的人家，都要搬到對面的橡林裡。原來那時候的山頂佬（鄉下人對匿藏在深山中的武裝游擊隊的稱呼）暗地裡控制了市鎮以外的鄉村居民。他們白天向老百姓蒐集捐獻和糧食，晚上則進行破壞活動。英軍為了斷絕他們的糧食，於是宣布馬來半島進入緊急狀態，市鎮外都是黑區，限令所有居民，集中移民到政府規定的保護區內。這種集中住宅區叫做新村，四周都以鐵絲網圍起，進出口處二十四小時都有軍警駐守，出入的人都要經過嚴格檢查。

我們新居的前後左右的空曠地帶，還有零零落落未被砍伐的橡膠樹。我的睡房書桌前的窗外，就有兩棵，做功課時，每次抬頭往外看，就看見它傷痕纍纍的樹身。星期天，還可看見割膠工人用膠刀在它身上割一道傷痕，發出沙沙的聲音，接著乳白的血液便洶湧的流出來。

從此，我才知道橡膠樹天天都要挨著刀傷，天天流血……

橡樹身上纍纍的傷痕

橡膠樹的樹身含有一種白色的膠汁，只要將任何部分的樹幹之表皮割破，乳白色的膠汁就往外冒。將這些液體凝結曬乾，就成為極有工業用途的天然膠。據說發現橡膠廣大用途的初期，在原產地巴西，人們用不科學的方法，用力隨意亂割一通，結果許多橡膠樹都抵不住這種傷害而枯死了。

早年新馬通行的割膠法，是採用緋魚骨形割膠法。工人用一把特製的如雕木刻用的有溝形刀嘴的膠刀，在舉手可及的樹幹最上端，一左一右的割兩道小溝，形成一個V字形。在V形的尖端下釘一片鴨嘴形的鐵片，這樣膠汁從新割的傷痕冒出來，匯合起來就形成一條小河流，從左右往下流，最後通

過鴨嘴形的鐵片，滴落裝在底下的瓷杯。每一棵樹每天可蒐集到一杯的膠汁。目前多數割工都採用一捺或一撇的割法，大概因為割兩道或一道流出的膠液差不多一樣。割膠的功夫需要很高明，每天沿著原來的痕跡往下割一次，不能太深，也不能太淺。以割膠工人不科學的分法，第一層是樹皮，第二層是粉紅的肉，第三層是薄如紙的淡青色的水囊。然後再深一層，就是樹骨。割膠的刀只能深及淡青色的那一層。第一層樹皮沒有膠汁，第三層以後的樹幹也不分泌膠液，膠汁只含在第二層的「樹肉」裡。

一個工人，每天大約可割五、六百棵樹。割膠的時候，先把前一天割過的刀痕上凝結的膠汁拔出來，這樣膠絲積少成多，也很值錢。所以工人腰部都掛了一個大布袋，用來放黏在刀痕上的膠絲和凝結在膠杯上的「膠屎」。當一棵樹從上到下都割過一遍，而割過的地方又長出新的表層，便可重新割第二遍。不過所分泌出來的膠液，就大大不如一棵新樹了。如果工人技術不好，深度傷及「樹骨」，橡膠樹不但不能恢復原狀，而且會生長贅瘤般的傷痕。

工作的時間，在膠價高升的時候，有些人凌晨四、五點就騎著腳踏車向漆黑的膠園出發。通常的人，也在六點的左右就開始。他們額頭上都戴著一盞煤油或煤氣燈，盡可能趕在中午前完成工作，因為中午後，熱帶的太陽非常強烈，炎熱乾燥的天氣會影響膠汁從樹身分泌的通暢。沒有人在中午後才開始割膠。下午至凌晨之間，橡膠林就成為鳥獸和爬蟲的天堂了。

橡膠樹和割膠工人都不喜歡雨季。由於橡膠樹枝葉很茂密，一場雨水過後，潮濕的樹身就不能割取膠汁，需一整天的太陽才能曬乾。樹皮潮濕而照舊割取，膠道上被水滲透了，則會生長瘡疤，樹就因此生病受傷了。下雨天，割膠工人就沒工作也沒有收入。以前我母親經營自己的橡膠園的時候，雖然在六、七哩之外，她每天觀察我們膠園那個方向的天色。她的眼睛簡直是一對敏銳的雷達眼，發揮了很高的觀測效果。天色一暗，她知道六、七哩外的膠園正在下雨，而且預測到雨水的大小，準確性很高。有時下午或傍晚，她說膠林那裡下雨了，不過不大，第二天樹身不會濕透。第二天去膠園一看，果然不出所料。經驗豐富的割膠工人，大致都有預測雨水的本能。

除了下雨天，橡膠樹每天都要挨一道刀傷，每天都要流一大杯乳白色的

血液。它固然是最有經濟價值的樹木，但是也是最痛苦的一種樹木。

膠樹帶來炎熱的秋天

橡膠樹不但給老百姓帶來職業，給園主帶來財富，也給新馬的風景帶來金黃色的秋天。這個被移植的秋天，卻比夏天還要炎熱。

南洋各地原生樹木，多數是常綠樹，終年都披著茂盛的大綠葉。橡樹不是新馬的「土族」而是來自南美洲巴西的「移民」。每年一至三月間，天氣乾旱，雨季在年底已遠遠而去了。原來如一片綠色的海洋的橡膠林，慢慢的變成一片金黃色的楓林。淺紅的葉子在微風中颼颼地飄落，最後繁雜的枝椏赤裸裸的曝露在惡毒的太陽底下。除了天氣仍然酷熱，廣大的園林完全像深秋的景色一樣，蕭條寂靜，熱帶綠色的風光完全消失了。

橡葉橢圓形，約四吋多長，每梗三片葉子聯生，所以這種巴西橡膠樹又叫做三葉橡膠樹。嫩葉的青黃色，成長後深綠色。橡葉飄落時，小鳥松鼠都消失了，膠液的分泌也大大減少。家境比較差的割膠工人，這時收入跟著減少。經濟好的小園主，索性在二月間落葉的時節，休息一兩個月，待新葉長出來時再開工。

每年橡樹落葉的時候，我們上學經過的膠園，突然失去了綠蔭，母親就要我們戴上帽子，女學生都撐著陽傘，這時樹林裡疏落的熱帶果樹，如榴槤、紅毛丹、山竹等，仍然披著一身茂密的大綠葉，似乎正在得意的嘲笑可憐的橡樹，以及它們帶來的炎熱的秋天。

橡實爆裂的聲音

大約三、四月間，少量的雨水開始回到赤道邊緣，橡膠樹的枝頭抽了新葉。它由青黃變成深綠色，開了一樹細小如沙粒的黃花，微風中，黃花簌簌地墜落，在空氣清新的園林裡，發出陣陣霉臭味。

不久以後，枝頭便結出一個個如青蘋果一般的橡實。每粒橡實，裡面有三粒乳白色，比蓮子稍大的種籽。這是猴子和松鼠最喜歡的糧食。果子成熟後，外殼由青綠轉變成淡褐色，非常堅硬，松鼠也沒辦法把它咬破。當種籽應該落地生長時，橡實會噼啪一聲，把橡殼爆裂成六片，殼內三粒種籽強有

力的被彈出去，墜落在遙遠的地面。橡實爆裂清脆的聲音，是我青少年時代最難忘的自然界的聲音。上學或回家經過橡膠園，在沉靜中，橡實噼啪一聲爆開，常常把我嚇了一跳，有時破裂的殼或種籽打在頭上或身上，也相當疼痛。悶熱的下午在家午睡，橡實也常常彈落在鋅板的屋頂上，幾聲打在鋅板上的巨響，一定叫人好夢中驚醒，然後聽著圓滑的種籽咕嚕的從屋頂滾下來，最後噠地一聲在屋旁的沙地上。

　　成熟後的種籽，有點像白果的肉，外面有一個橢圓形的堅硬的殼保護著。橢圓形的橡籽，外殼棕色，上有黑斑。小時候，我們最喜歡撿一大把色澤鮮豔，光光滑滑的橡籽，然後比賽誰撿到的橡實最堅硬。我們把兩粒橡實放在兩個掌心中相碰，用力一壓，其中一個便會破裂，運氣好的話，可以撿到一個堅硬無比，所向無敵的橡實。所以橡實爆裂時，我們小孩子，天天都希望自己口袋中，有一粒名傳全校，百戰百勝的橡籽。

橡樹死後成為家家戶戶的燃料

　　橡膠不但給大人帶來經濟，給小孩帶來遊戲，它死後也給家家戶戶的灶底，提供最好的燃料。在油價天天暴漲，能源日日短缺的今天，我更懷念起枯死後的橡膠樹。

　　當膠汁流盡，或者因為割得太深而得了不治之症後，橡樹短期間就枯死了。它的樹幹容易腐朽，如果倒在草叢中一、二個月，天天受到太陽的曝曬，挨受風吹雨打，木柴就開始有蛀蟲。所以它的樹幹不能用作任何用途，不過卻是頂好的燃料。我念中小學的時候，煤氣和電爐還未普遍，馬來亞的鄉村人家，幾乎都是用橡膠樹的木柴作燃料，家家戶戶屋旁或屋後，都可看見一堆堆的橡膠木柴，常常都有人在劈柴。橡膠樹的木質頓脆，輕輕一斧下去，便噼的一聲裂開，然後在太陽下曬幾天就乾透了。

　　我至今還記得很清楚，我家的廚房很闊大，灶頭之下，有寬大的空間以供疊放已劈成一片片的橡膠樹木柴。每次燒水煮飯，先用幾條膠絲弄成一團做火種，點燃以後，上面就架起木柴，很輕易的就燃燒起來。大約七八天後，灶底的木柴燒完，我們就到屋後的柴房搬一批進來。

　　橡膠園的木柴在燃燒時，總是安安靜靜，一點聲息都沒有，雖然容易著

火，卻很耐燒，而且遺留下來的灰燼不多。這種樹木，就是這樣真正為老百姓而生而死。

出自《南洋鄉土集》(1981)

傷痕累累是橡膠樹價值所在的命運！南洋膠林的金黃色地景往往讓人遺忘了它的身世，巴西來的橡膠樹將一生獻給了南洋，宛如這片土地上的華人。

王潤華（1941–）

出生於馬來西亞霹靂州，1962年赴台灣留學，與淡瑩、張錯、林綠、陳慧樺等成立「星座詩社」，後赴美國深造。曾任教新加坡國立大學中文系，現為馬來西亞南方大學學院副院長兼中文系教授。著有詩集《患病的太陽》、《高潮》、《內外集》、《橡膠樹》、《山水詩》、《地球村神話》、《熱帶雨林與殖民地》、《人文山水詩集》；散文集《夜夜在墓影下》、《秋葉行》、《把黑夜帶回家》、《王潤華文集》、《榴槤滋味》、《重返集》；詩文集《南洋鄉土集》等。

北緯五度

鍾怡雯

一

　　我從沒算過命。從前系裡一位同事擅長紫微斗數，家傳三代的算命之術具有精準的爆破力道，那神準和幽微，給算過命的人巨大的衝擊。命運被破解，個性被摸透當然令人震撼，那是老天揣在手心的祕密。人，而且是關係那麼遙遠的人，怎麼憑一張圖就能探得自己的天命？我的同事是好好先生，只要有空，來者不拒。他算過許多學生和同事，獨獨拒絕我。妳不用。我不死心，為什麼為什麼的老是逼問。直到這位聰明的好好先生離職，我始終沒得到正式答案。他總是用各種理由推搪。他不算我的命，而且不肯給理由。我對算命其實沒那麼強烈的好奇，倒是對不算我的命這事很感興趣。為什麼？

　　那是八年前，他還沒離職。現在即使他主動開口，我也不想。這幾年來，我看到命運一點一點現形，失眠的時候，跟家人講電話的時候，處理事情的方式和情緒反應，諸如此類，點點滴滴。現形的命運跟自由有莫大關係。是的，是自由決定了我的命運。決定了，現在的我。我不需要算命，我的命運不要在他人之口說出，我要它在我的眼底現形。

　　高中時離家半年，因為受不了家的管束，受不了油棕園把我當犯人一樣囚禁在無邊無際的綠海，受不了溺斃和窒息之感，遂成為逃家的人。父親在家族裡找不到前例，找不到應對的方式，他最恐懼的，大概是不知道如何給他父親，我的祖父一個合理的交代。說到底，傳統華人家庭長大的男人對叛逆女兒無法可施。女兒竟然這麼難搞，尤其是大姊作的壞榜樣，底下那五個

妹妹是要怎麼教？唯一的兒子怎麼辦？

　　當初我的反抗其實很單純，我嚮往油棕園以外的世界。我不要被綁在家裡。

　　父親不理解他這輩子的痛苦來自祖父有效的教導，聽從，順服，鍾家斯巴達式的家規。祖父的痛苦來自曾祖母的遺傳，如果我當乖女兒，那麼，我的下場就跟父親一樣：他嚮往自由，卻聽從順服祖父，遺傳曾祖母的瘋狂和極端，這些條件的組合成為父親的宿命。唯一一次的叛逆，是離開錫礦湖離開老家南下自立門戶。祖父罵了幾個月，說他沒出息，比不上坐寫字樓的大姑丈，也不如當警察的二姑丈。做粗工哪裡做不都一樣？跑大老遠幹嘛？

　　那年父親二十九歲，祖父藉酒罵人，酒後瘋言其實是內心話，他打從心裡覺得這唯一的兒子沒讀到書沒路用。父親離家是忤逆他。母親為此很不諒解祖父，他看不起妳爸，看死他一輩子不會賺錢，妳大姑丈坐office毋使曬太陽，二姑丈做馬打（警察）威水，轉來就買洋酒給他喝，妳爸沒鐳。哪有阿爸看不起自己仔喔！祖父早就返唐山跟列祖列宗團聚去了，母親說起來還是怒氣沖沖。

　　父親的自由意志可以伸展的空間那麼小，因為他沒讀到書，因為祖父要一個孫子。父親也想要吧，基於養兒防老的安全感，或者無後為大的老觀念。身為獨子的他連生六個女兒還有勇氣再賭一個兒子，以他的薪水和能力，七個小孩實在超出太多太多。我的農曆生日隔天，小弟出生當晚，從醫院回來的父親開懷痛飲。他舉起啤酒杯跟來賀喜的鄰居說，等了十二年，這個兒子。到底在慶幸喜獲姍姍來遲的麟兒，還是如釋重負，冷眼旁觀的我很想知道。

　　反正，應該，不會再有小孩在我們家出生了吧？其實我有點不確定，很怕有賭博紀錄的父親把賭性用在生兒子上，再兩年又妄想多賭出個兒子。那時候我十四歲讀初二了，還有小嬰兒出生可真的冇眼睇。那些八卦鄰居的嘲笑和嘴臉我真是受夠了。還好沒有。母親生小孩生怕了，何況她的身體狀況不允許。整個華人社會都要男生，難道沒女人男人們自個兒能繁殖嗎？堂嬸連生七個女兒，生到後來簡直把產房哭翻。馬來助產婆很疑惑，我們馬來人很喜歡女兒的，多生幾個可以陪父母，兒子整天往外跑，有什麼好？

就是不好。從母親和堂嬸的激烈反應就知道。當年生在鍾家的女兒，尤其不好。

二

從小我就喜歡往外跑，從新村、小島到油棕園，外面的世界永遠比較美。母親說我是野鬼。豈止，我還是孤魂哩，非常喜歡獨處。馬來助產婆說的話不準，女兒也有像我這種愛冶遊的。我筷子握得高，快握到尾端去了，預言日後的遠走高飛。母親說女兒早晚要嫁，反正不住家裡，嫁遠嫁近沒差。筷子握高握低她不在意。高中沒念完我就想離家，跟父親激烈爭吵後把話說絕了，雙方都沒留餘地和退路，不得不走。

還好有那次的重要經驗作指標。離家的好處是，距離產生美感，跟父親沒有短刀相接，再見面時雙方都收斂客氣許多。短暫的離家經驗讓我打定主意，高中畢業之後，無論如何，不管三七二十一，我要走遠。最先想去倫敦。家裡沒人贊成，祖父知道我要喝洋水很光火，罵得昏天暗地。妹仔早晚要嫁人，讀那麼多書做什麼。沒頭腦呀妳，去做工搵點錢，幫吓妳爸養幾個弟妹。罵完我訓父親，祖母沒有例外也被颱風尾掃到。祖父才是一家之主，他是太上皇。

只好作罷。當時連我都不相信倫敦去得成，那麼貴那麼遠，比夢還縹渺。那麼，台灣總可以吧！機票錢不多我自己打工就有了。只買單程，我硬下心腸，打定主意沒錢回家就飄泊異鄉，沒什麼大不了的。父親希望每一個女兒都獨立自主，我們家姊妹從國小就會自己跑銀行，開戶存款或領錢，管理自己的獎學金或紅包。國小三年級我跟妹妹三人坐火車去新加坡找三姑，住了快一個月再安全回到油棕園。六年級再跟兩個妹妹坐八、九個小時的火車北返萬嶺老家看祖母，連祖母都說，妳爸這麼放心啊？小人走按遠他都不怕？大妹國中畢業跟三個同學自助環島旅行，用少少的錢走遠遠的路，父親二話不說就放行。他對小弟比較有意見。女兒當兒子養，兒子當女兒管，不知道小弟有什麼感想？

從小出慣遠門，我不在乎走得更遠。當時對台灣一無所知，一心一意想離家，如果有人提供免費機票，非洲我也去。我的成績文商組全馬排第八，

第一志願填下有公費可領的「吃飯大學」，省吃儉用應該不愁生活。很多年後妹妹才透露，當年我偷偷出國，不知情的祖父把父親罵得慘死。妳爸每天唉長唉短，妳媽也是，妳妹妹快煩死了。小妹提到這事，邊說邊嘆氣，當時她才小學三年級。阿姊妳不記得囉？那天妳要走，只有媽跟我坐bus把妳送到火車站。妳提一個很大很大的皮箱上火車，都沒有跟我們揮手，好像不想回來了。

我不記得。為何小妹記憶如此深刻？為什麼我偏偏忘記離家細節遺失關鍵時刻？我只記得在新加坡樟宜機場上機，那個大皮箱如何提上公車，再坐火車，過新柔長堤，我又是怎麼一個人把它拖到樟宜機場的，這些那些，竟然徹底在我記憶消失。看起來像刻意遺忘。我要再多一點細節。小妹很訝異反問，真的假的，妳一點都不記得？

可見我有多麼想離家。老天爺也希望我走。出國前從沒中過彩票的父親中了馬幣五千元，他給我三千，那是我高中畢業之後，唯一一次伸手要錢。為了自由。父親不知道那三千元對我的象徵意義，那是自由的本錢，日後他跟女兒得以彌補裂縫的代價。若非遠走，我們的摩擦大概會讓彼此體無完膚，老在淌血的傷口會流膿出水，新傷舊傷反反覆覆永遠好不了。最後，成為殘疾。

幸好。

父親把一疊沉沉的馬幣放到我手上的鏡頭，多麼歷史性。我凝視，我低頭，對命運合十。

三

時間和空間拉開距離。因為離開，才得以看清自身的位置，在另一個島，凝視我的半島，凝視家人在我生命的位置。疏離對創作者是好的，疏離是創作的必要條件，從前在馬來西亞視為理所當然的，那語言和人種混雜的世界，此刻都打上層疊的暗影，產生象徵的意義。那個世界自有一種未被馴服的野氣。當我在這個島凝望三千里外的半島，從此刻回首過去，那空間和地理在時間的幽黯長廊裡發生了變化。鏡頭一個接一個在我眼前跑過，我捕捉，我書寫，很怕它們跑遠消失。我終於明白，為何沈從文要離開湘西鳳

凰，才能寫他的《從文自傳》。

有時我只看到時間的摺痕，在摺痕裡看見難以改變的宿命，來自遺傳和血緣。譬如頭瘋，看見了也無濟於事。我們家代代皆有gila之人，馬來文gila指瘋子。瘋狂的基因是鍾家的遺傳，從廣東南來的曾祖母吸鴉片屎，她本來就個性古怪，祖父和父親都得她幾分真傳；我的表叔從青年起便關在「紅毛丹」（瘋人院）關到現在，上回出來後把他老爸鋤死，沒人敢拿自己的命開玩笑再放他出來；三姑在我小學時住過精神療養院。大姑的獨生子，我那長得像混血兒的萬人迷表弟，二十歲出頭便進了精神療養院，十幾年了時好時壞，大姑心疼唯一的兒子，千里迢迢把他送到澳洲醫治。兒子的病沒好轉，反倒是她在六十二歲之齡得了憂鬱症。二姑就更別說了，一家四口簡直被下降頭一般。她三十歲左右出車禍之後精神狀況不穩定，五十歲鬱鬱而終。如今她的兒子也是，唉！

這種隱形的威脅讓人很沒安全感。生命的陰影無所不在，即使逃到天涯海角。我恐懼，可是我得克服它。野大的生命，老大的特質。以前村裡的混混每回跟人吵架吵輸拉不下臉便說，爛命一條，嗗啊？有時我也用這種語氣，你給我試試看？很賭爛。

可是面對時間，賭爛無用。前年我回油棕園和萬嶺新村去，白頭宮女的心情。所有的物都抹上時間的光暈。房子老了，椰子樹、紅毛丹、芒果、酸仔還在，連油棕樹上的蕨類都變少。樹木亦有暮年之人的形色，像祖父祖母大去前那種缺乏潤澤的枯竭之感，我因此知道生命會變輕靈魂會變薄，為了死後便於遊蕩的緣故。

過往之物是時間的廢墟。

油棕園那條唯一的對外道路還是黃泥路，文明的風暴沒有掃進這裡，也沒有掃進萬嶺新村，相反的，它們跟時間背道而馳，一種被遺棄的落後和老舊。萬嶺新村甚至連火車站都拆掉了，因為錫礦開採完畢，村民失去生存的依靠，遂成為跟我一樣的離鄉之人。再沒有誰需要坐火車返家了。

過往的世界遺棄了我，我卻在文字裡重新拾起。World lost，words found，《作家身影》片頭說的。那天離開油棕園時，依然是我極為厭惡的久未下雨的場景，黃塵滾滾。父親的車快速駛離，我的腦海忽然出現一段久

違的旋律，當年校車的馬來司機最愛播的Take me home, Country Road。歌詞裡的Virginia州在哪我不知道，最遠的外國我只到過新加坡。我用油棕園那條水牛洗澡的溪水想像歌手吐出的Shenandoah River，同時聯想起音樂課唱的印尼民謠Bengawan Solo，那梭羅河長什麼樣有沒有兩點麻雀？清晨昏暗天色裡，聽那充滿時間質感的滄桑男聲在唱：dark and dusty, painted on the sky／misty taste of moonshine, teardrop in my eye，看不見的未來哪。遂有一點欲淚的悲涼。

此刻，我的未來已經慢慢成形，我無淚，反而悠悠的想起另外一段歌詞：

I hear her voice in the morning hours she calls me

Radio reminds me of my home far away

And driving down the road I get a feeling

That I should've been home yesterday

彷彿，才昨天，還在北緯五度。

2007 年 7 月 6 日中壢
出自《野半島》（2007）

只有夏天的北緯五度，赤道雨林的燠熱是枳桔層疊混雜的情緒，北緯五度的召喚始自島嶼，在回望的凝視中半島因而綿延成一個接一個的鏡頭。

鍾怡雯（1969–）
出生於馬來西亞霹靂金寶，現為元智大學中語系教授。著有散文集《河宴》、《垂釣睡眠》、《聽說》、《我和我豢養的宇宙》、《飄浮書房》、《野半島》、《陽光如此明媚》、《麻雀樹》等。

海峽

賽痘神晰論（節錄）

米憐（William Milne）

　　在天竺國與周圍之各國，有個女神名叫馬利亞米者。其身為土做的，而於外面飾以金銀與華采紬緞各色各等布。此為痘神，而中國之痘娘娘即是此神，不過名不同而已。凡人家之兒女發痘，或有痘疾流行於何處之時，則人多多往這泥土的神面前，以蕉子及時果而獻與祂，請祂來食。又求祂保祐伊等的好兒好女，不致發痘。或若已發了痘，則求祂早醫愈之，不要令之為短命之夭鬼也。又若佑想這個土做的痘神十分惱何地之人，則其人都建一大醮，抬其神遍行街道。蓋此神雖有腳亦不能自走，若無人抬祂，則祂如太山常居其所，而總不動行也。在口外多國番人每年一次拜這個痘娘娘，乃如下篇所言：

　　本年四月初九日，在嗎啦呷有一種吉林人，唐人名之曰大耳鐶者，聚眾，將伊從前所立一位神像用轎抬出，播鼓搖鈴，又有多人執旗叫喊，迎在街上。其預前二三日，在東街蜗尾曠地內搭一篷廠，迎接此神。又廠前當中豎一大直木，約有丈餘高。其直木頂上放轉輪機關，輪上又放一條橫木，約長有三丈餘。此橫木尾上縛一個花布做的寶蓋，其橫木頭上縛一條大繩索垂地。那神迎到廠內，焚香點燭，又擺設各樣的果，眾皆誦經叫喊。內有一人不穿衣，只穿花褲，裹紅頭，跣足執劍，在神前跳舞。後將此人背脊上，用銀鉤鉤入皮膚，搭上縛數條小繩索，有一人拿住走在廠前預設直木下。……（省略）又有一人，其聲唏唏然，執一木棍，身纏一條索如蛇形，在廠內神前跳舞，似屬邪意也。

　　……（省略）

　　到行諸樣禮畢，有個客人入菩薩帳內去，同裡面之人說話，問曰：「眾位朋友，所供的是何神耶？」伊眾人皆默然，不出聲。獨有個老人前來對

曰：「此為大女菩薩馬利亞米，即痘娘娘也。」客以手指像而問曰：「此物算神麼？」老人答曰：「是也，一大能之神也。」客曰：「此神豈非人手所作之工乎？」老人曰：「著，我們的匠人實在為巧。蓋伊作日用好泥而做成這個像，豈不好看麼？噯呀，大娘娘助我也。」客曰：「此泥物，此昨日做成的神，何能助汝耶？」時眾人怒容看客人，而其老人答曰：「怎麼不能助我呢？我未料有人敢有疑狐論及此大菩薩，為天竺、錫蘭、呱瓦、西藏、暹羅及中國等之儒釋道三教之人，皆自秦漢以至今日所有供者之能幹。」客曰：「我看此物不得動，我今日又有看見人用手抬之，放下在這裡，又汝自己曾說是昨日做的。故此我想其為蠢物而無能也。」老人曰：「其有能無能，我們不曉得，但依古傳是如此。我們的祖宗個個供奉馬利亞米，而至我們，則何敢改伊之俗？就是後來到千代，亦必崇此俗。」客曰：「古人中，有善有惡，有好有醜。又至古人之風俗，有好的，亦有不好的，有能利人，亦有能害人的。其好人、好俗，我等自然該學之，其不好的，我等斷然不可學之，就是祖宗父母之惡，亦斷然該避之。照我看是如此。」……（省略）客又曰：「據我看今世俗之行，拾古人之一端，掩世俗之非，而昧市井之人，固張大其題曰：此古聖賢之規模也。非止謂揚古人之惡，實玷汙古人，罪甚大也。」……（省略）客曰：「若以此錢而周遍呷地各街坊，去尋著鰥寡孤獨與凡飢寒之類者，而賙濟之，豈非更好麼？昊天之大上帝，豈非必保祐你們乎？」傍人曰：「賙濟貧人自然是好事，亦是我們所做者，但供養這個菩薩亦不可廢也。」客曰：「我看你們各位中之大半，自己卻為貧窮，而需人賙濟你。在你眾中，豈非有的天天在街上討錢的，又來我處乞飯的乎？」傍人曰：「不錯。」客曰：「既然是如此，則何由之路而得錢供養馬利亞米及賙濟貧窮者乎？其二事中，豈免得廢一乎？二件事既不得均行，則要細想該行那一件。該供養此不會飢渴、不覺寒冷之土神乎？該賙濟那生活且受飢渴寒冷之貧乏者乎？」傍人相顧而不答也。客曰：「我求汝眾位再三細思之，把兩樣比較。與其事這等無用之土神，為你自己手所作者，何如獨事此昊天之止一上帝，為原造天地萬物而為全世界之主宰者為好乎？」

1822 年

「嗎啦呷」（馬六甲）地區曾有祭拜女神馬利亞米的痘神信仰，馬利亞米女神在中國又稱為痘娘娘。當地人為求免除疾疫之苦，故建大醮以祭拜馬利亞米，相關儀典往往盛大非凡。此文取自在馬六甲刊行的《察世俗每月統記傳》（1815–1822），作為最早的中文近代報刊，米憐記錄了華夷混居的馬來世界裡的儀典與民情風俗，亦從傳教士眼光對痘神信仰提出質疑，展現了面對地方信仰的新思考。

米憐（William Milne，1785–1822）

生於蘇格蘭北部，1809年進入高斯波特神學院深造，並於1812年成為牧師。1812年米憐抵達澳門，隨後卻遭到澳門葡萄牙總督驅逐，遂前往南洋尋覓布道站點，最終於1815年落腳馬六甲，1822年與世長辭。米憐曾創辦《察世俗每月統記傳》與《印中搜聞》等期刊，並著有中文小說〈張遠兩友相論〉等。

左秉隆詩

左秉隆

林立　校註

將抵錫蘭[1]作

水淺知島近，微波生嫩綠。雙塔峙若門，石磯如帶束。雪噴浪花飛，凭闌看不足。莫怪佛肯來，此間真絕俗。

遊廖埠[2]（二首）

祓禊靈衣天氣新，偕朋廖內泛舟行。一山雲際如鞍掛，孤嶼波中似鱷橫（廖有馬鞍山及鱷嶼[3]）。臨水有村皆板屋，賽神無夜不燈明。我來古廟申虔禱，惟願鐵釘嘉樹榮（鐵釘[4]，嶼名。相傳其樹榮枯，為椒蜜盛衰之兆）。

1　錫蘭：此詩創作時間，或應在光緒四年（1878），時左秉隆隨曾紀澤出訪英、法兩國。曾紀澤日記該年十一月十八日載：「舟抵錫蘭島之巴德夾停泊，船面賣玳瑁器及偽寶石者，紛集如蟻，觀之良久，賣物者皆操英語。」

2　廖埠：指丹戎庇能（Tanjung Pinang），在印尼廖內群島（Riau Island）之主島民丹島（Bintan Island），是為廖內群島省首府。該島距新加坡僅四十公里。

3　馬鞍山：民丹島最高峰。鱷嶼：民丹島附近之小島，形如鱷。島上原有十九世紀柔佛蘇丹行宮一座，現已改為回教堂。又有潮人所建天后聖廟，內有道光元年（1821）所刻「玄波風動」一匾。（引自柯木林，〈遊廖內〉，原載《星洲日報》，1976年2月7日）另明・張燮，《東西洋考》卷九：「鱷魚嶼【西是坤身，晝南流而夜北流，再進由第二港入，是丁機宜國。】」

4　鐵釘嶼：張燮，《東西洋考》卷九：「獨石門【出門用單酉針，過鐵釘嶼。】鐵釘嶼【其外水流甚急。用單庚及庚申針，四更，至鱷魚嶼。】」另見卷四。在今印尼林加（Lingga）群島一帶，位於巴孔（Bakung）島西面，或謂即 Galang Baru 島，一說指潘姜（Panjang）島。

朝辭廖嶼上輪舟，一片帆開逐順流。綠樹青山逢處處，和風麗日送悠悠。謾歌雅調驚雲鶴，亂撥鷗絃狎海鷗。乘興不知行遠近，又看漁火照星洲[5]。

華僑有以受侮投訴者，作此示之

世無公理有強權，舌敝張蘇總枉然。外侮頻來緣國弱，中興再造望臣賢。自慙銜石難填海，差信焚香可告天。謾罵輕生徒憤激，何如團體固相聯。

最初刊於《勤勉堂詩鈔》（1959），
又見林立校註《勤勉堂詩鈔》（2021）

先後兩次派駐新加坡的左秉隆，肩負的政治與文化身分，讓晚清時刻的新馬華人對領事角色、中國情感和文化教養有了新的想像。詩裡盡顯星洲地景與風土，然而，亦可見領事受限於英殖民者與華人各方政治勢力的牽絆，其中的難處和窘境，就成了詩裡犬儒式的自嘲。

左秉隆（1850–1924）

生於中國廣州，為清朝直接派駐新加坡的首任領事，曾出使英、法等國，任駐英使館翻譯官。1881年至1891年，任職駐新領事，在當地倡設義塾、組織文社，創辦英語雄辯會等，關懷華僑民生。1907年再度派駐新加坡，三年任滿後辭職，但寓居至1916年才離開。後居於香港和廣州。著有《勤勉堂詩鈔》等。他存世的詩作有二百餘首與新加坡或南洋有關，可視為新馬文學的起點。

5　星洲：據陳育菘《椰蔭館文存》考證，「星洲」一名最早見於此詩，以往論者認為該名始於邱菽園在1898年5月31日刊於《天南新報》一文，題為〈五百石洞天揮塵二則〉。

譯者　林立

現任新加坡國立大學中文系副教授。著有《滄海遺音：民國時期清遺民詞研究》、主編《二十世紀十大家詞選》，校註《勤勉堂詩鈔：清朝駐新加坡首任領事官左秉隆詩全編》及著述多篇關於古典詩詞的中英文論文，目前的研究方向為新加坡華文舊體詩。此外，尚從事古典詩詞創作，擔任全球漢詩總會副會長及新加坡本地詩詞刊物《新洲雅苑》之主編。

以蓮菊桃雜供一瓶作歌

黃遵憲

南斗在北海西流，春非我春秋非秋。
人言今日是新歲，百花爛熳堆案頭。
主人三載蠻夷長，足遍五洲多異想。
且將本領管群花，一瓶海水同供養。
蓮花衣白菊花黃，夭桃側侍添紅妝。
雙花並頭一在手，葉葉相對花相當。
濃如栴檀和眾香，燦如雲錦紛五色；
華如寶衣陳七市，美如瓊漿合天食。
如競笳鼓調箏琶，藩漢龜茲樂一律。
如天雨花花滿身，合仙佛魔同一室。
如招海客通商船，黃白黑種同一國。
一花驚喜初相見，四千餘歲甫識面；
一花自顧還自猜，萬里絕域我能來；
一花退立如局縮，人太孤高我慚俗；
一花傲睨如居居，了更嫵媚非粗疏。
有時背面互猜忌，非我族類心必異；
有時並肩相愛憐，得成眷屬都有緣；
有時低眉若飲泣，偏是同根煎太急！
有時仰首翻躊躇，欲去非種誰能鋤？
有時俯水瞋不語，誰滋他族來逼處；
有時微笑臨春風，來者不拒何不容？

眾花照影影一樣，曾無人相無我相。

傳語天下萬萬花，但是同種均一家。

古言猗儺花無知，聽人位置無差池。

我今安排花願否？拈花笑索花點首。

花不能言我饒舌，花神汝莫生分別。

唐人本自善唐花，或者並使蘭花梅花一齊發。

飆輪來往如電過，不日便可歸支那。

此瓶不乾花不萎，不必少見多怪如橐駝。

地球南北倘倒轉，赤道逼人寒暑變。

爾時五羊仙城化作海上山，亦有四時之花開滿縣。

即今種花術益工，移枝接葉爭天功。

安知蓮不變桃桃不變為菊，回黃轉綠誰能窮？

化工造物先造質，控搏眾質亦多術。

安知奪胎換骨無金丹，

不使此蓮此菊此桃萬億化身合為一？

眾生後果本前因，汝花未必原花身。

動物植物輪迴作生死。安知人不變花花不變為人？

六十四質亦么麼，我身離合無不可。

質有時壞神永存，安知我不變花花不變為我？

千秋萬歲魂有知，此花此我相追隨。

待到汝花將我供瓶時，還願對花一讀今我詩。

黃遵憲駐新加坡期間有大半時間因身染瘧疾，在休養中度過。此詩應是借居當地富豪佘家（應為佘連成家族）養病時，觸目雜花滿樹而有靈感。詩以蓮菊桃李四種不同花種共養一瓶，從使節自身是養花者的視野，狀寫眾花心理和神態，以花喻人，呈現殖民地各種族雜處現象和矛盾。

黃遵憲（1848–1905）

生於中國廣東嘉應，嶺南著名詩人，曾任清朝派駐日本、美國、英國等地的外交官。1891年，接續左秉隆派駐新加坡，出任兼轄檳榔嶼、馬六甲等地總領事。在任期間為保護華僑權益與英殖民政府產生衝突，也在當地創辦圖南社，三年期滿卸任。著有《日本雜事詩》、《日本國志》、《人境廬詩草》等。

居丹將敦島詩

康有為

七月，偕梁鐵君及家人從者居丹將敦島燈塔。島在麻六甲海中，頂有燈塔百尺，照行海船，吾居在塔院頂樓中。**鐵君深得佛理，日談無生，或對坐石上，以相證悟**

燃燈夜夜放光明，打浪朝朝起大聲。碧海蒼天無盡也，教人怎不了無生。
大海蒼蒼一塔高，秋深絕島樹周遭。我來隱几無言語，但見天風與海濤。
北京蛇豕亂縱橫，南海風濤日夜驚。衣帶小臣投萬里，秋來絕島聽潮聲。

七月朔，入丹將敦島，居半月而行，愛其風景，與鐵君臨行回望不忍去。然聯軍鐵艦，日繞島入中國，見之憂驚，示鐵老

丹將敦島住半月，弄水聽潮憶舊蹤。海浪碧藍分五色，天雲樓塔聳高峰。風號萬木驚吟狖，濤涌崩崖嘯臥龍。隱几愁看征艦過，中原一線隔芙蓉。前即芙蓉嶼，可通大陸也。

丹將敦島拾古木甚嶙峋，題詩其上

斷木輪囷棄海濱，波濤飄泊更嶙峋。他時或作木居士，後萬千年尚有神。

1900 年 7 月下旬，康有為從新加坡遷移到馬來亞森美蘭州境內的丹將敦島（Tanjung Tuan）。實際上那並非小島，而是海角上的一座小山，山上

有一座燈塔，在稀無人煙的海邊隱居，孤懸海角一隅，對康有為而言就是絕島。眼前的避地，故國的憂思，記錄了康有為的流離心境。這幾首寫於彼時的詩作，編者權宜以「居丹將敦島」為題。

康有為（1858–1927）

原名祖詒，生於中國廣東南海。戊戌政變後流亡海外，成立保皇會，推動孔教復興運動。1900年應邱菽園之邀由香港至新加坡避難，得到當地華僑和英殖民政府的接濟，後行蹤暴露則北上馬來半島，再於同年八月抵達檳榔嶼，入住總督署近一年半。1901年離開，期間曾重返檳榔嶼多達七次，寫作了大量關於南洋的詩作。著有《萬木草堂詩集》等。

丘逢甲詩

丘逢甲

七洲洋看月放歌　二月十三夜

　　一舟之外天連水，萬里空明月輪起。七洲洋里看月行，數遍春宵古無此。舟行雙輪月只輪，青天碧海無纖塵。茫茫海水鎔作銀，著我飛樓縹緲獨立之吟身。少陵太白看月不到處，今宵都付渡海尋詩人。月輪天有居人在，中間亦有光明海。不知今宵可有南去乘舟人，遙望地球發光彩。地球繞日日一周，日光出地月所收。此時月光照不到，尚有大地西半球。此時月光隨我來南遊，大千界中有此舟，更著此月來當頭。舟中吳謳答越謳，月光夜照花枝幽。中有蠻姬十隊並作天魔舞，東音西音四起聲咿嚘。嫦娥應自怨幽獨，不及人間兒女同無愁。安知人海群龍方血戰，蝸國蚊巢紛告變。月光遍照六大洲，萬怪千奇機械見。剩此同舟胡越猶一家，各抱月華共歡宴。自從中朝海禁開，年年月月泛月有人來。忽然今月屬吾有，此時此地此景真奇哉！吸月屢罄葡萄杯，獨惜南溟島國盡隸他人屬，坐嘆熱帶之下無雄才。人間萬事紛變滅，方見月圓旋月缺。四萬八千修月仙，玉斧長勞竟何說。固知盈虧之理原循環，大地山河終古不改色。即今圓相雖未全，一出已令天下悅。天上之月海底明，上下兩月齊晶瑩。兩月中間一舟走，飛輪碾海脆作玻璃聲。月兮西落而東生，北舟莽莽方南行。天經自縱地緯橫，此時吐吞八極詩方成，天雞喔喔呼潮鳴。自是詩中海權大，萬里南天開海界。月華夜夜供豪吟，月神不怪海神怪。明朝待看海上無數之奇峰，明宵舟泊賓童龍。瀾滄江頭看月去，江花江柳春溶溶。

自題南洋行教圖

莽莽群山海氣青，華風遠被到南溟。萬人圍坐齊傾耳，椰子林中說聖經。

四月朔日，在閒真別墅衍說，聞者以為得未曾有。

二千五百餘年後，浮海居然道可行。獨倚斗南樓上望，春風回處紫瀾生。

斗南樓，門人王生所居。予為署額。

舟過麻六甲　　即滿剌加國

南風吹雨片帆斜，萬疊山青滿剌加。欲問前朝封貢事，更無人說故王家。

碧眼胡兒拜武皇，貢書猶托島中王。直陳藩國流離狀，曾有吾家侍御章。

明武宗時，滿剌加已為西人所占，猶托故王名入貢，族祖御史公道隆，力陳其偽。

荒山中尚有遺民，一死居然與古鄰。贏得蓋棺遮短髮，四方平定鐵崖巾。

閩人流寓在明代，今相傳殮尚以明衣冠。

1900 年 3 月初，丘逢甲應廣東保商局之邀，以聯絡南洋各埠閩粵商民事宜，經香港、西貢、高棉，抵新加坡、馬來半島。海上望月的豐富視覺感官體驗，使得詩的氣象有著更清楚的現代經驗痕跡。此趟南洋旅程，丘逢甲為南洋華人移民社會的孔教運動及興建學堂開了風氣之先。

丘逢甲（1864–1912）

生於台灣府淡水廳銅鑼灣。1895年乙未割台，他倡立台灣民主國，戰敗後內渡廣東，任教於當地書院。1900年他有南洋行，考察僑務，更呼籲華僑士商建孔廟、辦學堂。在他赴南洋前，新加坡《叻報》和《天南新報》早已大量刊載其詩文，因此結交了許多南洋保皇派士紳、文友。著有《柏莊詩草》、《嶺雲海日樓詩鈔》等。

許南英詩

許南英

述懷（客新嘉坡除夕作）

獨客已無家，客中重作客；鮀江已他鄉，他鄉復行役！五月入羊城，酷暑汗流額；嶺南煙瘴地，況是炎威迫。西人重衛生，先事防疹疫；英屬新嘉坡，因之禁海舶。來者尚有人，往者已絕跡。令我心如焚，進退殊躑躅。賴有賢主人，早晚相慰藉；時為駕桐艇，相與醉花席。轉瞬忽新秋，珠江珠露白；泛海七洲洋，船唇浪花拍。水程八日餘，寢饋蛟龍宅。壯哉此行遊，豈曰行蠻貊！入世雖無緣，反躬惟自責：悔不學逢迎，況有孤高癖！倦鳥不知還，毋乃太踽蹐；且勿隨人忙，偷閒過除夕。

送邱山根水部遊歷南洋，兼柬邱菽園

倚裝相見鱷溪濱，避地匆匆共五春！浮海忽生塵外想，問途偏媿過來人。蠻花犵草皆生色，柔佛詩仙恍結因。還是扶輪風雅手，莫傷淪落是遺民！

掉頭入海向南荒，十丈文星作作芒！號令曾驅十萬卒，朗吟直過七洲洋；身經小刦多奇氣，話到中原有熱腸。為告前途東道主，許三宦跡滯仙羊！

出自《窺園留草》（1933）

作為乙未遺民世代，台灣詩人許南英的詩名不小，但仕途坎坷，又擔負
經濟重擔。他為衣食幾番轉徙各個縣城官場，還先後兩度奔走南洋。晚
年遠赴蘇門答臘的棉蘭為僑領張煜南編寫傳記已是六十三歲，卻不幸染
病客死異鄉。詩讓他顛簸生命閃現了文化光彩，卻也見證了時代的更
迭，以及自我面臨的流離喪亂。

許南英（1855–1917）

號蘊白或允白，另有窺園主人、留髮頭陀等字號。生於台灣台南。乙未
割台，他先內渡到廈門、汕頭，再轉往新加坡、曼谷、廖內等地。旅居
新加坡期間，結交當地文人邱菽園，兩人相互唱和。1897年由新加坡返
回中國。1916年受林景仁之薦，前往蘇門答臘棉蘭為林氏岳父張煜南編
輯傳略。著有《窺園留草》、《窺園詞》等。

邱菽園詩

邱菽園

星洲竹枝詞

（編按）本題用閩南語撰寫。

董岸修光十爪齊，強分左右別高低。須知答禮無需左，右手方拈加里雞。

（註）馬來語董岸謂手，加里謂香辣調味。島俗不留爪甲，右掌貴而潔，用五指取食入口。左掌獨賤，每晨如廁，洗滌肛門，惟此是賴，不需紙料也。答禮即英語之惜軒。唐山新客如與人握手，或誤伸其左掌，島人必視為失儀。故遇右手掇餐，五指黏膩時，免去答禮，可無答焉。

（編按）董岸，馬來語Tangan。加里雞，即咖喱雞。惜軒，英語Shake Hand握手。

馬干馬莫聚餐豪，馬里馬寅任樂陶。幸勿酒狂喧馬己，何妨三馬吃同槽？

（註）馬來語馬干，食也。馬莫，醉也。馬里，來也。馬寅，玩耍也。馬己，言語衝突以至惡聲必反也。三馬，相偕也。

（編按）馬干，馬來語Makan。馬莫Mabok。馬里Mali。馬寅Main。馬己Maki。三馬Sama。

1932年《星洲日報》「遊藝場」

選自李慶年，《南洋竹枝詞匯編》（新加坡：今古書畫店，2012）

移植

舊雨椰風外，連岡橡葉青。
相逢盡華商，移植到南溟。
鄉土音無改，人間世幾經。
安閒牛背笛，吹出自家聽。

島上感事四首（之一）

造林增野闢，築壩利車行。
榛莽卅年易，芳菲百里平。
山低無颶患，舟集有潮生。
烽火驚鄉夢，僑民漸學耕。

出自《丘菽園居士詩集》（1949）

邱菽園以馬來語和英語入詩寫作〈星洲竹枝詞〉，透過閩南語腔調模擬「夷語」，藉由朗讀，試圖觸及馬來語的鄉土世界。這是南來文人貼近當地語言的文學戲仿，亦可看作改造漢詩的巧思。他的詩不乏勾勒南洋地理的人文風貌變遷，存世詩作一千餘首，可視為新馬重要的文學遺產。

邱菽園（1874–1941）

原名煒萲，字宣娛，號菽園居士、嘯虹生、星洲寓公等。生於中國福建海澄，父親在南洋經營米糧致富，八歲隨母來新加坡短住，1888年返鄉，鄉試中舉，1896年移居星洲。他積極推動當地的文教活動，創立麗澤、樂群、檀社等文社，廣結文友，曾任《星洲日報》副刊編輯。他創辦《天南新報》，承頂《振南日報》（後易名《振南報》），關注中國的政治局勢，接濟康有為、容閎、梁啟超等人。他是星洲舊體詩壇的領

袖，有「南僑詩宗」之譽。著有《丘菽園居士詩集》、《嘯虹生詩鈔》
《菽園贅談》、《五百石洞天揮麈》等。

和睡佛先生遊棋樟山 四絕原韻（之四）

小文豪

遊山躧屐黛痕侵，僑客覊囚打藥針。
偽託衛生消癘疫，嗤他碧眼假慈心。

1933年4月24日《檳城新城》「詩詞專號」

小文豪
作者生平不詳。

棋樟山

許傑

新加坡的前面，有一座防疫島，中文名字，名為棋樟山。

當我未去南洋的時候，就有一位從南洋回來的友人，告訴我，關於棋樟的厲害。

新加坡是正當赤道之下位於赤道之北，據說，距離赤道，僅僅是九十英哩。至於棋樟山，它的位置是更在新加坡之南，則它的熱度，已可想而知了。

自從馬來半島屬於英國，新加坡被定為自由港之後，英國殖民政府，即以棋樟山為防疫山，大施其硫磺政策。

據說凡是在馬來半島登陸的人，尤其是我們華僑，均須受一次檢查，看你有無各種傳染疾病，然後決定你的可否登陸。這個方法，本來是很好的；但是，到了後來，畢竟是法立弊生，這防疫島的棋樟山，在事實上卻成了一個特種的牢獄。

殖民政府，自然是帝國主義的代表，他們所做的事情，我們華僑，自然是無權過問的。他們歡喜你住在哪裡，你便可以住在哪裡，他們准許你上岸，你便可以上岸；反之，他們要驅逐你出境，你便不得不出境。所以，當華僑們從祖國南渡，到了南洋時，可以上岸與否的命運，仍舊是操在殖民政府之手的。

但是，這也有一個例外，這裡，我請我們先不要忘記了馬來半島是帝國主義的地方，是資本主義已經有了相當的發達的地方。因為是帝國主義，所以凡是有關於帝國主義，即是從帝國主義的國土來，或是從帝國主義的國家郵船來，甚至於做帝國主義的走狗，及與走狗們有關係的人物，譬如做傳教

師等等，那都是很可通容的。不然，你如果是華僑，特別是華僑，又是無知識的工人，又是因為經濟的關係，乘那種如裝載豬奴一般的商船的，那便沒有辦法，請你暫時上棋樟山——防疫島——薰七天八天，或是一月半月的硫磺，同時，也請你烤烤太陽。

　　為了經濟關係，最早的時候，我是主張裝工人模樣坐中國的小商船去的。但是，這個計畫，第一便被那位老南洋的朋友一嚇。他說，那是萬萬使不得，你如果弄得不好，他會請你到一個炎荒的島上，烤太陽，曬人干，薰硫磺，到了那個時候，你本來是沒有長途的海外的經驗，經過了七、八日的海上的顛簸，本來已經同病人鄰近了，於是再加上驟然由溫帶轉到赤道下的氣候的特變，再加上那炎暑及瘴氣的逼人，就是不病的，也要請你大病起來。那時，又是在外國，說話又說不通，身體是既然病起來，另外又沒有辦法，你如果能夠不死在異國，已經是萬幸萬幸了——至於便是這樣狠戾而死，做了客死異國的怨鬼的，更不知有多少？所以，我勸你，無論如何也要多弄幾元錢，坐外國郵船去。

　　我的朋友所說的炎荒的島上，到了後來，我知道就是棋樟山，所以，關於棋樟山的情形，我是在未到南洋以前，已經知道一些了。

　　我曾經有幾次在自己構思，寫以棋樟山為背景，華工的客死為線索，以帝國主義者的殖民政策為穿插，來描寫一篇小說的；並且，我也曾想用新的意識來解釋一切，暗示一些新社會的曙光，及殖民地解放的唯一出路等等，但我終於沒有寫成。

　　在沒有踏上南洋的陸路以前，我是的確有兩種心理在馳驟著，一種，是希望他們把我送到棋樟山去，讓我自己到那裡去實地的，嚐到一點滋味；至於另一種呢，自然是默祝著帝國主義之大開恩典，讓我安然上岸。

　　當我的心裡正在馳驟著兩種不同的心理的時候，我們的輪船，是停在新加坡的海港了。那時，船上的茶房，喊著帶護照上岸，我心裡又怕起來，我自己想，這一次的到了這裡，倘使被他們扣留起來，不許登陸，那是很糟糕的，要不然，就是被他們送到防疫島上去，也是了不得的事。

　　我拿著護照，跟著許多人去受檢驗，總算託了帝國主義者的福庇，他是許我上岸了。回頭我跑到甲板上，假裝著在看四面海景，但內心卻在有意探

視那所謂防疫山的所在。海水是沉碧的，也有許多馬來人的小孩子，在綠波間出沒，希望船上的人丟角子，丟銅板。近岸的一邊，卻看見一大片的鐵屋的貨棧到處都與煤屑路映出同一情調的情景——卻不見所謂椰林，或是膠樹。輪船的背面，在大海當中，我卻看見一個小島，四周有崢嶸的岩石，岩石的隙縫中，卻長滿了蒼翠的各種不知名的植物。我不曉得，是不是就是棋樟山；因為我在疑心著，那個小島是小得太小了，在我們看起來，幾乎是沒有房屋，不能住人；而且，有這樣的蒼翠的林木，也不能談是炎荒的荒島，不過，我終不曉得棋樟山在哪裡，哪裡是棋樟山。

　　因為棋樟山的滋味，不能夠正式的讓我體味得到，於是，我在匆促間，也把棋樟山的小說的構思，無形的擱置起來了。至於想由我自己的經驗，以我自己作中心的，描寫棋樟山的小說，自然也只能丟開了。

　　上了岸以後，因為行李的檢查問題，卻使我第一次領教了帝國主義者所統治下的，殖民地政治的黑幕。原來文明國的面具，便連假都假不完全，還要露出破綻來的。那時我們的行李，被一部運貨汽車駛入了他們查貨的關口，我們中的一位老南洋，便開始用馬來話同他們辦交涉講價錢。我是聽不懂他們所說的話，但看看情形，也曉得一些。我看他們在講價錢，好像我們中國人買小菜時的討價還價一樣，最初是他們板起面孔，一定要查，我們這方面的人，是和顏悅色的說送他一些酒錢；次之，是他們仍舊板起面孔，不肯相讓，而我們這一邊，卻也從軟顏中轉成強硬的面色，好像說你查就查，我一點不愁什麼，不怕麻煩的樣子；再次之，是他們也轉成了和顏悅色的態度，好像說好了好了，拿來拿來，就這樣馬馬虎虎算了吧的樣子，於是我們這一邊的代表便交了幾塊錢給他，他們是接著了錢笑笑，讓我們的車開了出來；但我們這邊的那位代表呢，卻回頭用中國話同我們說話，並且大罵那幾個關口的人員。

　　出乎意料之外的，在我到南洋不久之後；我便聽到一個婦人病死在棋樟山上的消息。

　　本來，在我的構想中，我的客死棋樟山的主人翁，是一個二十八、九的青年。他從前的家境，本來也不大差，他自己曾受過中等教育，而且薄有資

產。只是因為連年的軍閥的混戰，便先後把他自己的田產及房屋，毀棄無餘；後來革命軍興起，他當即投入革命的營陣中，參加實際工作，希求打倒最後的軍閥。不料革命到了中途，忽然驟然停頓；而一切封建時代的遺毒，也正如殺不盡的黴菌一樣，又漸漸的在革命中滋長起來，這時我們的主人翁，漸漸的把這些革命的幻滅的現象，看得悲觀起來，所以在持論方面，便比較得激烈了許多。但是，在一切都在尖銳化的時候，誰容你能徘徊於腐化與惡化之間呢，於是乎，我們的主人翁，便被人目為惡化分子，被擠出革命的營陣了。在這樣情形之下，要他腐化，他又不忍，覺得還有些對自己不住；但是叫他直截了當的，跑上民眾的隊伍，痛痛快快的幹一下呢。又似乎不敢。在無可如何的情形中，他是驟然的被已經得勢了的土豪劣紳放了一枝冷箭，赤化的頭銜是加上了，在軍閥混戰時代所保留下來的僅有的住宅，是被當作反革命的逆產，被焚燒了。他在失望之餘，他幾乎便想自殺。但是，他的生之執著的強度，也不在一般普通人之下，他又沒有決心自殺。正在這個時候，忽然想起了南洋的朋友，於是便有南洋之行。

他之對於南洋，是抱有絕大的希望的。他以為南洋是世外的樂土，又是一處黃金鋪地，俯拾即是的地方，老實說，他是抱著了滿心的希望，希望到了南洋，即刻能發一筆洋財，並且，發了財之後，再安安穩穩的住半生世，他想，只要能夠生活過去，再能夠積幾個錢，革命也可以不用講了。

但是，事實上卻不能夠盡如他的希望進行，當他一進入輪船之後，他便覺得貧富及階級之隔閡，便是在小小的一隻輪船中，也是分得清清楚楚的。而且，輪船中的床位，立足地以及空氣等等，也是脫離不了唯物史觀的支配的，覺得大大的驚異。船行沒有幾日，他因為床位不好，飯菜惡劣，輪船顛簸，以及空氣悶人等種種原因，竟然病了。後來，輪船愈向南行，船裡愈加熱得厲害，而他的病，卻也痛得厲害，這樣餓了六、七日，吐了六、七日，再加上有太陽的酷熱，與人的炭酸氣，汗氣，及各種氣味的薰蒸，薰蒸了六、七日；於是乎他是病得不成人樣了。

船到新加坡，他是已經病得「有命無毛」了；但是，卻因為有病，依據殖民政府的法律，便須將病人移住防疫山。

真正的南洋，還沒有踏到，發洋財的希望，更不知早在何時打消。在病

中，他經歷了許多苦處，發現了許多帝國主義者假面具的漏洞。他是漸漸的覺悟起來。他應該參加中國的革命，再去完成世界的革命。但是，他自己卻是在帝國主義的腐化的舞弊的政治之下，活生生的把性命斷送了。

這是一個故事的大綱，但描寫的時候，我本想專描寫我們的主人翁，從上棋樟山時起到在棋樟山上的中間的一段時間，所經過的情形——而以棋樟山為背景，關於主人翁自己的歷史身世等為回憶的穿插的。而且，在意識方面，我也想暗示一種新的出路，但是，到了後來，我自己是知道失敗了。而且也沒有工夫寫，而且覺得自己來南洋的時間很短，棋樟山的真實的情形，還沒領教過，對於熱帶的特殊的背景的運用，也覺得費力，所以便延擱著沒有抒寫的興致了。

過了幾時，我又曾想用一個老頭子做題材，說那個老頭子的兒子是早在十幾年以前到了南洋的，如今已經有點積蓄，至於老頭子自己呢，卻因為兒子的電召，叫他到南洋享福，所以動身南來。但是，因為記錯了船期，致他的兒子不能按期來接，又因為有了年紀，經不起風波，所以便在船上病起來，於是乎，便被送到棋樟山。

到了棋樟山不久，後來便被太陽曬死了。——我自己想，這裡的太陽，自然是象徵著帝國主義者的權威的。——造成了這樣的一幕悲劇。

這些，都是我的幻象，但我並沒有想到一個女子的酷死的事。

一件灰色而淒慘的事，在一張新加坡出版的報紙上發現了，那是出人意料之外的，它的情節，是的確比我的構思的還要悲慘得多。

說是有一個三十幾歲了的中年女子，因為丈夫南來多年，毫無音信，她母子——兒子有五、六歲的樣子——兩人，最早還可以勉強生活，及到最近數年，因為戰爭數年，工廠倒閉，商業調零，物質騰貴，失業充斥的種種情形，實在不能再來維持，所以決定攜手南來，作尋夫之壯舉。她的計畫，固然在希望尋到親夫；但如果真的尋不著時，她便想為人傭使，終老南洋，只要生活能夠維持，兒子能夠養育成人，就心滿意足了。

但是，她到了南洋，經過檢驗官的檢驗之後，說是有傳染病，不許上岸，便被送到防疫山。她在防疫山上，真的傳染了熱帶的熱病，全身發生了

一些紅疹子死了，而她所要找的丈夫還不曉得在哪裡，她是遺下她的孩子去了。

那張報紙上，還同時登載一張那個女人抱著兒子坐在膝上拍的照片。同時，又附有華民的布告，說是招人領取女屍。在這個布告中，也約略的述說了一些關於問話時的口供，所以我們還知道這位客死的女人，是來萬里尋夫的。

那女人死了之後，當然還有她的兒子活著，但兒子是小孩子，忽然來到異國，忽然做了無母的孩兒，這是何等淒涼的事？至於關於這無母的孩兒的處置，自然是和他的已死的母親一樣登報招領，但不知他自己的親生父親，究竟能不能看到，是不是還在馬來半島，認不認得自己的妻子呢？

關於這一件事情，只要是一位有感情的人，我想，沒有不為之淒然的。

過了不久，有一個故舊學生，忽然從中國南來找我，據他說，他是被他們送上棋樟山，在棋樟山上過了一夜來的。他說，他之被帶到棋樟山，連他自己都莫名其妙；他是新來南洋，一切說話都不懂，問問原因，也是摸不著頭腦。他說，與他一同被送到棋樟山的一共有十幾個人，大家都是莫名其妙。但是，到了後來，他卻用不通的英語，與一個印度巡捕說話，他送他四元中國洋錢，他就被放出來了。至於與他同去的人，他還不曉得是怎樣處置。

我聽了我這位學生的報告，我就把他同我自己上岸時的情形聯想起來，那正是一樣的情形。公開的祕密，半公開的揩油，這大概便是帝國主義殖民政策的德政吧？我在心中想著。但是，棋樟山既然也是這樣的一個地方，那我又要代那位客死的女人叫屈了。如果她那時身邊有錢，她不是可以即時出來嗎，她何至於死在山上呢？呵！資本主義的世界的貧弱者呦，你們的死，是應該的嗎？

　　　　　　　　　　　　　出自《椰子與榴槤》（1931）

棋樟山（聖約翰島）1874年成為中國新客的檢疫中心，僑民入境新馬遭受帝國殖民者非人性之檢疫。小島記錄了華人南洋路上的曾經屈辱，多少人異鄉尋夢卻斷魂！

許傑（1901–1993）

原名許世傑，後改名許傑，生於中國浙江天台。早年曾任教於臺州、寧波、上海等地，1925年加入文學研究會。1928年7月，出任《益羣日報》總主筆，同年八月創辦文藝周刊〈枯島〉，宣傳新文學與革命文學理論。他多次受到英殖民當局警告，1929年被迫辭職返回中國。著有小說集《慘霧》、《飄浮》、《暮春》、《馬戲班》，散文集《椰子與榴槤》等。

林景仁詩

林景仁

戊午十一月十日泊舟斐島

毒暑驕殘臘，炎塵避曉暾。度關估客賤，夾道裸民尊。黃種悲今日，神州惜舊藩。蠻江清百尺，誰喚獨醒魂。

過麻六甲海峽

鸞帆出峽口，狂潮陡黿吼。白鳥背雲飛，青山挾舟走。天塹憑古今，函谷一丸守。紅夷反主客，南州扼其紐。蟠踞雄百年，劫灰冷已久。訪古淚汍瀾，悲吟起秦缶。落霞捲秋濤，如碎珊瑚藪。

摩達山（三首之一）

五嶽分中原，割據互雄猜。此山羞與伍，逃作南方魁。洪荒幾萬載，含德如未孩。焚刊不到處，終古閟炎埃。靈氣積難舒，奇光掩莫開。鬱鬱不自見，空負偉異才。時作風雷吼，似訴沉淪哀。吾家有玉山，墜落亦蒿萊。一萬三千丈，東顧腸九迴。欲效沈炯表，上奏通天臺。乞得夸娥力，並措禹域來。雙峰遞主賓，朝暮相追陪。

出自《林小眉三草》（1992）

林景仁出自板橋名門，林爾嘉的長子。1912 年與印尼棉蘭僑領張耀軒之女張福英成婚，開啟了他的南洋經歷。他居棉蘭時期曾任日里銀行經理，《摩達山漫草》、《天池草》收錄在南洋的詩作，除了摩達山的生活，亦可見當地風土民情的描寫。這是漢詩人最早對印尼及其周邊地域的大量寫作。

林景仁（1893–1940）

字健人、小眉，號蟬窟或蟬窟主人，生於台灣板橋，長於中國廈門。經家族聯姻娶妻印尼棉蘭華僑富商張耀軒的女兒張福英，從1914年起，攜妻往返於廈門和棉蘭，隔年開始長時間定居南洋，期間活躍於棉蘭、新加坡、台灣與中國，直至1923年返回中國，病逝於滿州國。著有詩集《摩達山漫草》、《天池草》、《東寧草》（合稱《林小眉三草》）。

娘惹回憶錄（節錄）

張福英（Queeny Chang）
葉欣　譯

三　氣色紅潤的少年

　　我的思緒胡亂奔騰著。不經意間，母親從鄉下祖母那兒聽來、父親少年時代的故事，悄悄浮上了腦海。

　　我們的祖先源自華中。在旱澇交加、戰禍連綿之下，他們四處漂泊，流浪到了沿海；最後，他們在東岸的廣東省及福建省安頓下來，並被當地居民當成客人對待。

　　在大批離鄉背井的人潮中，有農夫、商人、工匠、軍人，還有一群家族淵源足可追溯至貴族門第的讀書人；這些學子從不曾做過粗活。如果有哪個讀書人能在偶然中考上科舉，便能成為家族的光榮與支柱。有時，為了不讓全家人都餓死病死，為人父母者也會將子女賣給有能力供吃住的人家。

　　父親便是源自這樣的家族。他的雙親和所有親戚一起住在好幾代前、家族發跡時所蓋的大房子裡，每個家庭合用一、兩個房間，各家有各家的廚房。家族唯一共享的地方是祠堂，用以慶祝新年和男嗣誕生之類的場合（慶祝生男的時間是農曆一月十五日，元宵節）。在這樣的環境中，即使最近的血親，也常會為了雞毛小事和嫉妒心爭執鬥毆。父親自幼在這種環境裡長大，十分痛恨此類紛爭；然而，大約從十三歲起，他就常被找去裁決這些家庭糾紛所引起的不和。父親性格正直、智慧過人，因此從來不曾裁決失敗。大家都服從他所下的判斷。

　　祖父擁有一家賣生活必需品的小雜貨店，但這微薄收入養不起有著七子

一女的家庭。因此，父親的哥哥榕軒加入拓荒行列，渡海到了南洋。

　　祖父過世後，父親將店接管下來。但接管小雜貨店的吸引力不夠，留不住他；父親是個注定功成名就的天才，松口鎮什麼也給不了他。因此，他再三請求祖母讓他前往南洋，和哥哥會合。祖母終於點頭，但卻點得不情不願，因為父親是她最鍾愛的兒子。父親向她保證他必飛黃騰達、帶著金銀財寶返鄉，讓她平靜舒適地安享晚年。說完這話，他便將祖母託付給了么弟照顧，決心達成自己的承諾。

　　一天清早，精神奕奕的十八歲少年只帶了縫在棉腰帶中的十銀元，便搭上舢舨，順流而下到了汕頭，而後上了一艘航行於南洋與祖國（中國）間的大型木製戎克船。[1]

　　船上乘客有老有少，目的地與職業也各不相同。但他們卻有一個共同目標──追求財富。有些老前輩已經在新世界各處，如婆羅洲、爪哇、馬來半島，新加坡和蘇門答臘安頓下來；對於自己是如何歷盡艱辛才掙得手中的血汗錢，回到村裡買稻田、蓋晚年定居的房子，他們有許多故事要說，父親也熱切地聽著。他知道，就算在黃金夢的國度，也得刻苦工作才會成功。錢不是長在樹上等人摘的；要想樹結出果實，還得先栽好樹。

　　因此，經過好幾個月的險惡航程，父親在1880年到達了拉布汗；當時，拉布汗是蘇門答臘東岸的重要市鎮，也是連接外面世界的海口之一。他發現榕軒伯父的事業做得很不錯，不只當上了為荷蘭政府服務的華僑領袖，而且官拜雷珍蘭。因為同胞們都樂於幫長官的忙，伯父要把剛從中國來的弟弟介紹給他們並不困難。

　　雜貨店老闆Tjong Sui-fo從見面的那一刻起，就很喜歡父親這個表情坦蕩、臉上寫著正直與勇氣的年輕人。讓他印象最深刻的，是這年輕人散發紅潤光澤的古銅膚色；他說，根據占星學，這可忽視不得，它能招致地位、權力與財富。這一番對未來的分析讓父親笑了出來，並摸了摸那條裝著他全部財產的腰帶；帶中總共十銀元，每枚錢幣上都刻著一條滿清國家鑄幣廠的

1　戎克船（Junk）是航於中國沿海或境內河流的帆船，依尺寸和航行區域不同而有各種型號；一般　　戎克船長約十丈，寬約二丈。參考國立自然科學博物館之自然史教育館網頁，2015年4月24日。

龍。

父親受雇為雜工。因為他懂中文，他既記帳、坐櫃檯，又兼在其間跑腿辦事。月底時，他收的帳每一分錢都交代得清清楚楚、從無例外，令老闆非常滿意。最重要的是，他擅長以和藹態度說服難纏的債務人償還逾期欠款，這項能力頗受讚揚。在這個混合許多種族的社會裡，父親結交了所有國籍的人士：多為皇室東姑[2]的馬來人、阿拉伯人、印度人，以及荷蘭人——父親的最終目的，是在荷蘭人統治的國家獲得成功，因此他認為結識荷蘭人十分重要。他也學了各國人士都會說的馬來語。

Tjong Sui-fo身兼當地監獄的供應商，父親每次送貨到監獄，都會停下來和囚犯聊天。他聽著犯人們述說自身遭遇的不公對待；他們認為加入天地會是極其高尚、忠誠、勇敢之事，但卻只因入會便遭下獄。父親知道加入祕密結社是違法的，因此他雖然體諒他們的心情，卻也深深痛惜同胞的無知。他心想，希望有一天，自己可以有能力幫助他們。

漸漸地，父親贏得了小鎮鎮民的信任與尊敬；華人耆老推薦他當華僑地方長官時，荷蘭政府毫無異議就同意了。父親遂離開他雜貨店的工作崗位，並收到老闆豐厚的酬金。父親從未忘記這位曾經有恩於他的人；即使日後他如Tjong Sui-fo預測、攀上成功的頂峰，他也仍然尊重、敬待這位長者。

父親全心投入了他的新事業。他隨政府前往即將成為東岸新首都的棉蘭，並在一棟鋪著亞答屋頂的木造建築中分配到一間辦公室。很快地，他就升上雷珍蘭之位，而伯父則成了甲必丹。在朋友介紹下，父親和一位檳城女孩結了婚；她是同為南洋華人拓荒者、頗有名氣的周氏家族之女。[3]她為他生了三個孩子，卻不幸在三十二歲英年早逝。

四　張阿輝的雄偉宅第

和母親成親時，父親暫住在伯父家；當時，他正在拆自己原本的木造房

2　即馬來語Tengku，對馬來西亞皇室成員的敬稱。參考Sankaran Ramanathan and Mohd・Hamdan Adnan, Malaysia's 1986 General Election: The Urban-rural Dichotomy.

3　即張耀軒二房，周大君女士。

子，準備改建成雄偉宅第。宅子建成至今已逾七十五年，[4]縱使其輝煌已大不如前，卻依然屹立。

父親和母親從中國回來後不久，母親便生了個兒子，但孩子卻在襁褓中夭折，令母親悲痛萬分。我還記得一個朦朧畫面：嬰兒躺在伯父後院倉庫裡一張桌上，而母親坐在角落哭泣。

隔天，那房間空了。我想見見小弟弟，可照顧我的老阿嬤告訴我，他已經走了——到很遠很遠的地方去，再也不會回來了。我當時大概三歲，但至今不曾淡忘這段記憶。隔年，母親生下了第二個兒子……

我們的新屋落成，搬遷吉日也選定了。雖然我當時才快五歲，卻清楚地記得夜裡、男子們列隊提著無數中國燈籠，照亮從伯父家到我們家的短短距離。伯父與父親領頭、親友跟隨其後，接著則是盛裝打扮的小伯母；她的一身紗籠可巴雅，綴著一顆顆晶光閃爍的鑽石。母親抱著弟弟華龍走在小伯母身側，而在小伯母另一側的是位膚色白皙、身穿寬鬆中式黑綢衣褲，個子頗高的女士。那位女士的頭髮挽到頭頂上、打理成一個狀似毬果的髮型，中間還牢牢插了一根長金簪。她牽著我的手，但我卻納悶她是哪位。我不記得有在伯父家看過她，因此便依其裝扮，猜測她可能是某位剛從中國來的親戚。

在圍牆大門處舉行的儀式，我只看到了一部分，因為大門要等我們抵達後才會開。庭院隔開了房子和馬路，而整棟屋子從寬廣門廊一路到華屋內部，無不燈光璀璨。這真是不可思議的一幕，因為在此之前，我都只識得油燈和蠟燭的差異，從沒見識過電的神奇力量。巨大吊燈從大廳高聳的彩繪天花板垂吊而下、將光輝撒在托著花苞狀枝形大燭台的牆上，耀眼燈光照得我看都看不清楚。屋中的黑檀木家具裝飾著珍珠母，這種家具我在伯父家看過一兩件，但這兒的不僅數量多上許多，而且也打磨得非常漂亮。當時眼中所見，實在難以描繪；一切盡皆華美壯麗，實非筆墨所能形容。

祠堂甚至更為可觀，所有物品，非金即紅。桌椅上鋪著繡有金龍和五彩鳳凰的紅緞；以深色紅木所製，邊緣嵌滿金框的祖先龕安在高處凹室裡，龕

4　張耀軒的豪宅於1895年開工、1900年落成。本書原文編輯Khor Cheang Kee在原文前言中提到，張福英女士在1977年出版本書第一部分，故記為「已逾七十五年」。參考黃向京，〈東南亞華人大宅說前世今生〉。

的中央立著三塊由黑與金兩色構成的牌位，牌位上刻著祖先的姓名與身分。祠堂四角懸著飾有流蘇的巨大中式燈籠，牆上則畫了粉紅牡丹與梅花。

供桌上有兩根巨大紅燭，一位白髮老人將紅燭點燃後，遞了三支線香給伯父；因為伯父是家族中最年長的成員，所以由他來進行喬遷儀式。伯父恭敬地在祖先龕前跪下。大家極其莊重地進行儀式，但我對這些儀式卻不太了解，因此被肅穆氣氛弄得緊張兮兮。忽然，線香和檀香的煙害我猛地一陣噴嚏咳嗽（不過，這也可能是因為我太緊張的關係啦）。在整片莊重的寂靜之中，我這噪音實在可怕，令我驚恐萬分。母親瞪著我；她的眼神好像在命令我安靜，但我越努力想安靜下來，就嗆得越嚴重。幸好，那位高個子女士發現一杯別人留在靠牆小桌上的茶，便拿來給我喝。嗆的感覺是消退了，但我卻臉龐扭曲，眼淚直流；就在這緊要關頭，儀式結束了，我也快樂地獲准離開。

眾人開始團團圍到父親身邊恭喜他，我一不小心，就被擠進了這批蜂擁人潮的手臂和腿之中。作為東道主的伯父領著客人參觀了屋子其他部分，笑聲、驚嘆呼聲不絕於耳。在這一片混亂中，小伯母從群集的男客之間抽身，領著女士們上樓去了。

我極其興奮地爬上鋪了綠地毯的樓梯；這種東西，我還從沒看過呢。和大家一起到樓上後，眼前景象讓我驚奇萬分：綠金兩色構成的天花板上，垂下了大把大把光彩奪目的玻璃花——或者該說，在我看來是玻璃花啦——而且，屋中還有長型沙發和高背扶手椅，這些東西我都不曾見過。一切的一切都是那麼新穎、那麼令人興奮，讓我忍不住每樣都想摸上一摸。我用手指滑過天鵝絨和緞子襯墊，還坐進柔軟的扶手椅，一邊上下彈坐、一邊興高采烈地大呼小叫。我不曉得椅子裡有彈簧。母親惡狠狠擰我耳朵一把，制止了我。當時，一個年約十九的少年就站在附近，他看我一臉氣嘟嘟的，出於保護，便牽起我的手臂。然後，身穿中國服的高個子女士就笑道：「這位是哥哥」，並指著兩個女孩補充，「這兩位是姊姊。」我照她所說的叫了人，接著，母親又要我喊高個子女士「媽媽」。我雖然聽話照辦，但同時也疑惑我為什麼得稱她為媽，而不是像稱呼其他來訪的女士一樣，叫「阿姨」？

哥哥和那兩位姊姊拉著我往前走，而我也再次迷失在周遭的輝煌壯麗之

中。我們四個手牽著手漫步閒逛，小心地走在上了漆的地板上。這兒有好多從未見過的事物，我沒完沒了地問各種問題來煩哥哥，但他卻好像每個問題都知道答案。突然，我們走進了一間大廳；廳中神桌後方，掛著一大幅畫。

「看！」哥哥說：「那位坐在中間，有黑色長鬚的男子是關帝。站在他左邊，有紅色小鬍子和紅髮的是周倉，然後右邊那位年輕英俊的是他兒子，關平。」

我不相信地仰頭盯著他：「你怎麼知道？」

「我老師告訴我的。」他答道：「關帝是象徵俠義與英勇的戰神。」

我弄不懂，一邊克制著不要再問更多問題，一邊畏怯地說：

「那個頭髮和鬍子捲捲、眼睛又大又圓的男子看起來好兇；他一定是在生氣，我們走吧！」

哥哥和姊姊大笑。

我們繼續探索，來到了臥室。床舖一張張都巨大無比，不只配件鍍了金，還掛著飾有緞帶花邊的白蚊帳，看得我驚訝地抽了口氣。

哥哥告訴我，弟弟和我會跟母親一起睡這邊，而他和那兩位姊姊，會跟「媽媽」一起睡在房子的另一邊。所以，他們也會留在這裡囉，我想。他們一定是還沒有自己房子的中國親戚。嗯，我們的房子的確夠大，即使來的人不只他們四位也住得下。

我的小腦袋太過混亂，沒辦法將當晚所見到、學到的都一一記住。我開始覺得非常疲倦、非常想睡；是誰將我送上床的，我已經記不得了。

五　母親離家

我對「媽媽」，哥哥和兩位姊姊的記憶既不疏離，也不模糊。我仍記得我們在大圓桌前一起吃飯，而且哥哥還教我怎麼用筷子。

吃飯時，「媽媽」總是挑較柔嫩的雞肉放進我飯碗，有什麼難得的東西時，我也會分到最大一份。母親和「媽媽」聊天開玩笑時，氣氛也很歡快。我當時好希望「媽媽」和她的兒女能一直和我們待在一起啊。

有時，「媽媽」會帶我一起上床睡覺。她會講宮中仙女、女王和公主的故事給我聽，在故事與故事之間，還讓我吃糖吃到撐。我發現這時光真是一

大享受，於是變得和「媽媽」非常親近；母親一心忙著照顧剛學走路的弟弟、沒空管我，所以我找「媽媽」甚至比找母親還勤。我也很少見到父親；他較晚用餐，而且都在右廂房的私人空間裡自己吃。有時，他要前往位於對街的辦公室時，我會獲准陪他一起走到大門。

哥哥每次搭人力車出門，都一定會帶我去，而且任由我愛坐多久就坐多久。鐵軌那一帶只住著中國人以及在附近工作的人，而我們會穿越鐵軌，去鎮上鬧區四處兜風。

回家途中，我們常會到藥房稍微停一停；店裡有賣中藥藥材和各式各樣中國零嘴，比如糖醃梅乾、杏乾和梨子乾之類。沒得出門的兩位姊姊都知道這件事，所以每當她們聽到人力車的叮鈴聲，總會等在門口，迫不及待地等著卸下我帶回的大包小包，而我也樂於和她們分享。哥哥對我非常好，行為舉止都像親哥哥一樣；當時，我並不曉得他真的就是我同父異母的親兄弟。晚上，他常會帶我去父親的辦公室，接父親回家吃飯。父親會打開一口大保險箱，從裡頭取出一枚銀元給我，然後我們三個就手牽著手，一起回家。

哥哥很保護我、也很和藹親切，但要說陪我玩遊戲，年紀卻大了點。對我來說，他像是古代故事裡的英雄。我和姊姊們玩得比較開心：我們在樓梯跑上跑下、房中溜進溜出地玩捉迷藏。我不曉得我們一起住的時間有多長，大概幾個月或一年吧。但因為某些原因，那段快樂的日子突然就結束了。

事情發生在某一天夜裡。已經睡著的我，突然被喧鬧巨響吵醒；母親隔著供奉關帝廳堂的走廊，正朝著對面的「媽媽」大喊大叫。我不曉得她們在喊什麼，只知道她們交談時，不見平日的友好態度。

「妳敢過來，可會挨我刀子，」我聽見母親威脅道。

「媽媽」的聲音減弱了，但更多的憤怒言詞來來往往，快得我完全聽不懂。她們鐵定是在吵架，我想。可是為什麼呢？

突然，母親衝進弟弟和我睡覺的小房間，我驚恐萬分，從床上坐了起來。母親狂怒地叫我下床，並丟了一件夾克給我，叫我穿在睡衣上頭。接著，為了不吵醒弟弟，母親小心地將他抱起，然後喊了我們年輕的中國丫鬟；可是，那丫鬟卻好像消失了似的，不見蹤影。

母親將我猛地一拽，拉著我走過走廊，爬下後樓梯，我們便從一扇側門

離開了屋子，走向圍牆大門。馬路上杳無人煙，我又困惑又害怕，啜泣起來；母親在我頭上重摑一掌，制止了我。就在這時，一匹小小的巴塔克馬[5]拉著一輛木造小馬車經過。母親招呼了它，講明她想去的地方後，便幫著我爬進那輛形似大桶的車子。

雖然馬車搖搖晃晃、將人推來撞去，我還是很快就睡著了。再次睜眼時，我發覺我們已經到了一幢怪房子前；這房子跟原本的家一點都不像。頂上有一輪明月高照，夜晚感覺起來也就不那麼可怕了。母親抱著弟弟先下車，接著，便聽屋中傳出一陣激動聲音，一扇門隨之打開。幾個人走了出來，有個女人語氣不太友善地嚷：

「喲，喲，在大半夜回家，而且還是僱馬車來的，什麼意思啊。」母親咕噥幾句回答她，然後就有人把我拉出車外，抱進屋內。回過神時發現，我們已經身在一間大廳中，廳內光源是一盞懸在木天花板上的大油燈。

「叫阿婆[6]。」母親吩咐道，並帶我到一位膚色略深，但長得相當好看的中年婦人面前。

「阿婆。」我非常小聲地說。

「嗯，上次看到妳之後，又長大了喔。」

我想不起自己看過她的事，覺得好驚慌。過不久，一個龐大的男性身影出現在門口，顯然十分驚訝地盯著我們。

「這是阿公[7]。」母親說。我退縮了，躲到母親身後，外祖父哈哈大笑。這就是我對我外祖父外祖母，以及他們家的第一個回憶。在這個家，我將度過令人十分難忘的歲月……

隔天早上醒來，我發現自己身處一棟蓋在菸草莊園中央、鋪有亞答屋頂的木屋裡，只覺一頭霧水；這環境，我一點也不認得啊。我試著回想我們怎麼會在這裡，而後，昨夜的畫面便到了腦海裡。母親帶著我們，她的孩子，

5　Batak，來自蘇門答臘的印尼本土馬種之一，混有蒙古馬與阿拉伯馬的血統，為廣受歡迎的騎乘馬。參考 Moira C. Reeve and Sharon Biggs, *The Original Horse Bible: The Definitive Source for All Things Horse*.

6　在粵語中，外婆稱「阿婆」。參考粵語學習網，〈粵語詞彙之指代人物〉，2016年3月28日。

7　粵語中，外公稱「阿公」。參考粵語學習網，〈粵語詞彙之指代人物〉，2016年3月28日。

離家出走了。

六　母親凱旋返家

對五歲小女孩來說，舉凡新事物都是很刺激、很令人振奮的。我喜歡新的生活環境，覺得它非常有趣；找到只比我大幾歲的么舅當玩伴後，尤其如此。

弟弟會搖搖擺擺地跟我們一起行動，而我們有時候，也會把他放進即興做出的車子裡——那是一口放在輪子上、由白山羊拉著走的木箱。但，我們去屋後森林探險時，就會把他託給一位非常寵他的新客[8]挑水工照顧。

我們在一條淺河中釣魚；上鉤的多是小魚小蝦，不過有一次卻釣到一條大鯉魚，就帶了回去給阿姨做成煎魚。我們還追蝴蝶；此外，雖然外祖母禁止，么舅依然會爬上高大的樹，找鳥蛋給我。

除了菸草田不准去，我們要到園中的哪裡都行。整天都在戶外度過，就像空中的小鳥一樣自由！我們幾乎每天都會經過賣甜梅乾跟各種糖果巧克力的店。店裡賣了好多荷蘭餅乾、火腿，香腸甚至罐頭，但這些都只有荷蘭經理和他們的助手才會買。么舅和我只拿糖果，老闆沒法拒絕么舅，因為他是這座莊園的督工的兒子。

「沒關係，拿去吧。」然後老闆會捏捏我的臉，說：「至於妳呢，小姑娘，我會找令尊收錢的。」

有一天，我雙頰緋紅、衣服汗濕地回到家，早上阿姨幫我打理得整整齊齊的頭髮亂糟糟地披在臉上。

「瞧！」阿姨覺得噁心又厭惡，喊道。她已經不只一次對母親抱怨我邋遢了。

「過來！」母親命令道，二話不說，用棕櫚藤[9]抽了我幾下。

「妳要是再繼續像野馬一樣到處亂跑，還弄丟妳的髮夾，下次我就用鐵絲綁妳的頭髮。」她罵道。

8　指剛從中國來的人。

9　棕櫚藤砍下後，用工具將帶刺葉鞘除去，成為表皮光滑的藤條。參考江澤惠，《中國棕櫚藤》。

　　我因為太過開心，所以根本不怎麼在乎挨罵和挨藤。我也並不想念我們寬廣漂亮的家或是「媽媽」、哥哥和姊姊，就好像完全把他們忘了似的。我在開闊、未經開發的鄉間所過的生活既無圍牆、又無欄柵，和住在市區簡直天差地別，使得市區華屋的一切回憶都黯然失色。那自由實在令人振奮，但卻不得不告結束……

　　等到後來，我年紀夠大了，母親才說出她在那個難忘之夜離開大宅、飛馳到鄉下娘家的內情。那天，她們因為「媽媽」在晚餐時說的話而吵架了。母親飯吃一半時，「媽媽」稱她作狗，還丟了根骨頭給她，說：「哪，狗狗，吃啊。」

　　母親立刻起身，甩下碗筷離席。後來在樓上，「媽媽」辯說自己沒有侮辱母親的意思，試圖安撫她，但母親鐵了心不為所動；等父親在會所和伯父吃完晚餐回家，母親已經帶著我和弟弟離開了。

　　我們一到外祖父家，外祖父就捎訊息告訴父親我們在他家，無需擔心。外祖父也向父親保證，一切在隔天都會重回正軌。

　　隔天早上，父親到外祖父的辦公室來，為造成岳父岳母的不便道歉。他是來接我們回去的，但母親卻拒不見面、甚至連和他說話都不肯，令父親大感意外。外祖父很了解自己性格好戰的女兒，便勸父親自行回家，靜待風暴平息。

　　在這之後，外祖父和父親一再彼此協商，但卻毫無結果；母親固執地拒絕和解。父親和外祖父一個是轄有全體華僑的當權者，一個是鐵腕人士、慣於獨力鎮壓數千苦力間的騷亂，可是母親的反抗卻讓他們束手無策，心懷挫敗。

　　母親在好幾個月後，才下最後通牒：除非「媽媽」和她的孩子們返回中國、永不再來，否則她絕不回父親身邊。父親思量再三、又和伯父長談一番，向母親讓了步；一有開往汕頭的船班，「媽媽」，哥哥和兩位姊姊就被送上船去。我就是在那時得知「媽媽」是父親在中國鄉間的妻子李大媽，而哥哥和兩位姊姊則是周二媽和父親生的孩子。

　　他們離開後，父親乘著兩匹白馬拉的蘭道馬車來接我們；這是用來參加蘇丹王宮宴會或官邸宴會之類特殊場合，正式的交通工具。馬車夫穿著正式

制服：滾邊黑大衣、滾邊黑褲、紅腰帶，以及兼具黑紅二色的帥氣帽子。父親的私人保鑣則穿警官制服、胸前掛著勛章，在我們走向馬車時採標準立正姿。

父親和母親並肩而坐，弟弟和我則坐在他們對面。就這樣，我們在極其盛大的排場下回到宅第，伯父與小伯母還等在宅第大廳歡迎我們回家。對母親而言，這是一場勝利；她從那一刻起、直到過世，都是宅子唯一的女主人。

「你該不會以為我願意偷偷摸摸地從後門溜回來吧？我是從後門出去沒錯，但只從前門進來。」母親用依然迴響著驕傲的聲音把話說完。從那時候起，她便憎惡起所有出身鄉下的中國女子了。

我再也沒能見到「媽媽」和哥哥。不過，兩位同父異母的姊姊之後又再一次回到了我的生命裡。

原文 *Memories of Nonya*（1981），
譯本《娘惹回憶錄》（2017）

蘇門答臘棉蘭張家是南洋最著名的家族之一。張福英出身優渥，成長受到華人、娘惹、土著與荷蘭殖民文化影響。她與台灣林家林景仁的婚姻串聯兩地殖民時代兩大家族勢力，極具傳奇性與悲劇性，晚年的回憶錄留下最動人的記錄。

張福英（Queeny Chang，1896–1986）

原名Tjong Foek–yin，生於蘇門答臘棉蘭，父為僑領及富商張耀軒，1912年，張嫁與台灣板橋林家第五代長子林景仁，1920、1930年代，夫婦來往歐洲、南洋與中國。中日戰爭爆發後，林景仁前往滿洲國，張則撤離至香港。張晚年移居新加坡。著有自傳*Memories of a Nonya*（《娘惹回憶錄》），*Ancient Customs and Traditions of China*（《中國古代風俗及習慣》），以及古典詩、寓言故事和短篇小說等。

譯者　葉欣

七年級生，彰化鹿港人。畢業於清華大學外文系、中山大學外文所，現從事英語教學與文字工作。譯有《蛇女蕾米雅》、《娘惹回憶錄》。

印度洋風土畫

艾蕪

一　仰光港上

大金塔隱沒了，江邊的田野中，便起現著一縷縷火葬的濃煙，和著旁邊盤旋的三、四點烏鴉，分明地描在斜陽照著的天空裡。仰光，那個龐大的近代都市，到這裡就完全隱在天末了。一般歸國的南中國人，都現出回鄉的歡喜神情，沒有一個做著黯然惜別的臉色。

一個麻面孔的小伙子，唱完了緬甸的情歌，抓著躺在旁邊的老頭子，一邊搖他的肩膀，一邊快活地說道：

「今天晚上可沒有黑鬼來搖鐵鎖了……愜愜意意地抽菸！唱到他媽的天亮呵！……」

「滾開吧……你又來吵我！」

老頭子張開了鑲著血絲邊的眼睛，翹起嘴唇上的幾根細鬍子，揮動一下他那隻瘦削的手桿。

一上船，看見他們後面，跟著印度巡捕和中國偵探，就知他們是剛從仰光獄中出來，放逐回中國去的。犯了什麼法呢？不知道，而我也不高興問得，因為在1931年左右的南洋，失業和貧窮，就有資格乘不要錢的輪船回本鄉本土去，無須乎什麼罪名的。

麻面的小伙子，大概由於太高興了的緣故吧，將一個剛跑到老頭子身邊要錢買東西吃的小孩抱著，高高舉了起來，做出要把他丟下去那樣的姿勢，同時笑著，嘴裡叫出喃喃不清的緬甸話。

小孩子棕黑的臉，圍著紅條紋的裙子，就像一個小小的緬甸人一樣。他

並不害怕，只是露出牙齒來生氣地罵：

「魁魯德！魁魯德！」[1]

一面用腳板亂踢麻面小伙子的胸口。

麻面小伙子看見胸口上的白斜紋衣襟，給小孩子的腳尖黏上了黑污和痰，就趕忙將他放下，一面找東西去揩，一面連聲地罵，音調上還是帶著喜悅的神情。

「這個小雜種！這個小雜種！」

老頭子對那纏他要錢的小孩子，一面拍著腰上的衣袋，一面搖著手急說：

「擺燦沒西補！擺燦沒西補！」[2]

這是老頭子的第三個孩子。另外還有大的兒子和女兒，卻同他們緬甸籍的媽媽，到甲板上用水沖涼去了。

我們原是坐在船尾上，貪圖那江面上掃來的涼風，和望一望仰光江兩岸點綴著的茅屋人家和椰子樹林的。

「哪一個有紙？」

麻面小伙子一壁用手指牽著胸前的衣襟，一壁這樣地問。他看見周圍沒有人理他，好些人都把視線放在那隨著輪船追逐水花的鷗群上面了，他就故意大聲地，像在惹人注意那樣地叫了起來：

「當真找不出擦的東西麼？……幹你臘伍[3]囉！讓我把這杆旗子扯下來！」

順手就把懸在船尾上邊的外國旗子搖動著。

外國旗子嗬嗬地笑在江風中，毫不為意似的。

大家果然掉過頭來，咧開嘴，有味地打量他。有的人就笑著慫恿：

「試一試吧？老虎屁股難道就摸不得麼？」

意思是要在這清閒的旅途中，多添一些興趣。

有的卻老實地伸出一根指頭警告：

1　緬語，意即狗入的！狗入的！

2　緬語，意即錢沒有！錢沒有！

3　臘伍：似是福建廈門話，意即老母。

「喂，你才出來又想進去麼？」

麻面小伙子立刻變了臉，隨即復原過來，對著眾人將兩手一擺，像演說家在演說似的：

「幹你臟伍囉！坐三年五載怕什麼？犯了法，漢子做事漢子當。他（手指睡著的老頭子）販鴉片菸，活該！……各位，我犯了什麼？我犯了什麼？……莫非踏了他洋鬼子的尾巴了！」

一面說著，一面牽著他那弄污黑了的衣襟，朝通到甲板那面的過道走去，彷彿要逃開眾人的視線一樣。

老頭子聽見在眾人面前說他私販鴉片，很不好意思起來，就惡狠狠地抬起頭來說：「是好漢，就不要走！去把它扯下來！」

別的人就贊成道：「對，老傢伙說得對！」

麻面小伙子並不留下來，只是回過頭狡猾地笑了一下，一邊吐唾沫，一邊擺手說：

「嘿，我才不要那個月經片哩！」

跟著就走下扶梯去了。

一個背靠船欄立著的中年胖商人，摘下了嘴角上的菸支，並非關心卻是認為有趣那麼似的問道：

「他犯了什麼案了？」

老頭子搔搔身上的癢，接著回答：

「鬼曉得！……我在裡面的時候，有人說他進飯館，不開賬……有的又說不是，說是他在街上睏覺，碰著黑鬼子馬達了！……誰曉得到底是怎樣的呢？……」

中年胖商人吐了一口煙圈，現出精明樣子說：

「那怎麼看不出來呢？十麻九怪！……瞧他那樣子嘛。」

將菸支重複銜在嘴角上，眼睛卻打量眾人，看看有沒有誰同意他的話語。

「不錯……看老頭子一臉的菸灰，誰不懂得呢？」

一個坐著瞧望江面的年輕人，樣子像是在商店裡做書記的，禿頭禿腦，就這麼接嘴。他不知道中年胖商人是指麻面小伙子在講的。

老頭子卻有些著急起來，翻起身坐著，一面抓抓腿子，一面漲紅著臉分辯：

「樣子就像犯法麼？不對！不對！我是吃菸（說到這裡年輕人嘻嘻地笑了起來，向中年商人丟眼色），先生們，我卻不販菸哪……那全是人家栽誣我的！」

老頭子好像覺出別人不相信他，就更加大聲地說：

「就拿麻子說嘛，我同他一塊在牢裡，也不見得就壞……外面朋友來看他，就是送一點點心，也要分給大家吃，他從黑鬼那裡買到香菸，總是先向我喊一聲『喂，老傢伙來！』……只是嘴巴多，人太輕浮一點兒……」

中年胖商人見他說的話扯到一邊去，也不愛聽老頭子的嘮叨了，就把菸屁股呼的一聲投下江去，掉轉身依舊閒看他的。

青年人帶著嘲笑的樣兒，立起身來，一面朝著船欄邊走去，一面喃喃地說道：

「嘿嘿，我們又不是法官。」

老頭子還想分辯一點什麼的時候，扶梯上已經冒上來一個四十年紀的緬甸女人，頭髮長長地散在背後，手裡拿著肥皂和一卷濕的裙子。接著又跟上一兒一女，他們和剛才向老頭子要錢的小孩，都是緬甸人的裝束，圍著花布裙子，都在向他們的媽媽一路嚷著緬甸話。老頭子看見他們來了，便仍然睡下，閉著他的眼睛。

這時，閒望江上的人們，便又回望了過去，有的略略詫異地問道：

「噫，烏鬼婆，也回唐山[4]麼？」

「人老了，不跟丈夫跟誰？你肯要麼？」

閒著嘴的人總想打趣。

中年胖商人又重新銜上一支香菸了，大大地吸了一口之後，才擺擺頭說道：

「這個擔子真夠老頭子擔了！空空的一家人回去做什麼呀！妻子兒女又都不懂中國話！……」

4　唐山：華僑稱中國的土話。

「依舊賣鴉片菸呵！還可以捲土重來哪。」

青年人仍舊在嘲弄，同時現出喜滋滋的樣子，大約在得意他乘機拋了一句文了。

「重來！那真不要他的老骨頭了，洋人家的法律，趕走的人──你曉得麼？定什麼罪？」

中年胖商人就一眼望著年輕人，彷彿學校的教員在考問學生，立刻逼著回答一樣。

年輕人做出記不起的樣子，用指尖搔著他的下巴，兩個黑眼珠卻翻向額上，一面遲疑地回答道：

「我聽見說過，是的，說過……」

中年胖商人立刻笑起來了，笑聲非常的洪大，好像是從胸腔喉管傾倒出來那麼似的，大約他對於這位愛拋文、愛嘲弄又好帶研究樣子的青年人，早就感到一些不滿吧。

書記模樣的年輕人，微微惱怒起來，把漲紅的臉掉在一邊，做出漠然不理的神情。

中年胖商人卻故意撩人似的，抓著青年書記的肩頭，莊重地說道：

「無期徒刑，都不知道麼？」

「誰不曉得，只不過一下子記不起來罷了！」

青年翻過臉去，不耐煩地回答著，但別個人卻驚詫地問道：

「這未免太厲害了嘛？」

中年胖商人卻小聲地說，彷彿怕人聽著他的私話似的。

「不厲害一點？那南洋可就不乾淨。」

老頭子躺著，不言語，也不睜眼睛，只是時而在搔搔肚皮，時而又在搔搔腿子，彷彿內心很不安似的。

這時船已出了仰光江口，黃色的江流，雖然還繞在我們的四周，但蔚藍的海水，卻已出現在遠處了。

麻面小伙子從扶梯上走了上來，如同在向眾人報告好消息那麼似的，歡喜地叫道：

「呵呵，看呀，大海呵！」

老頭子給他一叫，就抬起帶怒的臉來，惡狠狠地罵道：

「滾開吧，有什麼值得歡喜的！」

麻面小伙子便噘起嘴巴，做了一下鬼臉罵道：

「我看你簡直想進棺材了，幾個月的小雞巴房子，還沒有住夠麼？……起來看看呀……」

隨即不理老頭子了，便對著大海，唱他的緬甸情歌。

哥呀，你就在林中等我吧，

我不怕爹來也不怕媽。

二　檳榔嶼港中

在印度洋約莫航行了三天，便到檳榔嶼了。

海水已由深藍變成淡綠，而放肆的波浪也轉為規矩的了。

船欄的一邊，現著綴有椰樹的一帶陸地，正浴在陽光燦爛的晨曦裡，那便是馬來半島。另一邊擺著近代巍峨建築的都市，剛從山下薄薄的霧裡露了出來，做著一臉迓人的歡笑，同時隱隱約約的市聲，也和水上的小船一齊渡了過來。

「上岸去呵！上岸去呵！」

麻面小伙子總是非常的高興，正在這麼叫著的時候，便有幾個馬來警察和一個英國人走到船上來了。他們向著麻面的小伙子，用廈門話向引路的船上職員道：

「就是他麼？還有呢？」

手裡響著喀里卡啦的手銬。

「是的，還有那個老頭子。」

船上職員也用廈門話回答，手指著呆呆坐著的老頭子，一面又把握在另一隻手裡的文書遞了過去。一個矮小的馬來警察，就接著送給英國人翻看。

「怎麼又要抓去麼？幹你臘伍囉！」

麻面小伙子，彷彿神經上突然受了打擊那麼似的，一下子變了臉色，急煎煎地叫了起來。

「這倒好些，巴幸不得這樣！」

老頭子坐著不動，翹著含有嘲弄意味的嘴唇，冷冷靜靜地說話。

另一個蠻壯的馬來警察，就用腳踢老頭子說：

「起來！」

便把他拖來和麻面小伙子站在一塊。英國人一面看文書上的相片，一面端詳兩個人的面孔，點了名便去了，只剩一個蠻壯的和一個矮小的馬來警察守著。

麻面小伙子曉得是怎樣一回事了，這才鬆了一口氣，恢復了好心情，笑嘻嘻地說道：

「我還認成他要選女婿嘞！」

老頭子陰鬱地笑了起來，向麻面小伙子嘲弄道：

「千選萬選，哪會選你麻子眼！」

「老傢伙，你的女兒還年輕啦！我倒不——」

麻面小伙子剛說到這裡，看見兩個普通打扮的廣東女人，從扶梯上笑著走了上來，響著腳上穿的皮拖鞋，就一下子呆著不說下去了。

中年胖商人正在旁邊咕嚕著：

「還窮開心哩，這下子連檳榔嶼也不准來了，人呵就是——」

他也因為看見女人上來，立刻把話突然停止了，伸出指頭掄一掄同他講話的人，低聲地說道：

「不正經的貨呵！你曉得麼？」

馬來警察伸出腿子故意擋著她們的路，說著胡調的話語。女人掀開他們，走到眾人的面前，現出小心的樣子說：

「有衣補麼？有襪子補麼？」

同時從懷裡摸出針線來。年長的一個就走到中年胖商人的面前，拉起他胸前的衣襟，說道：

「補一補吧，這個紐口破得太大了！」

中年胖商人用手一攔，斜起眼睛說道：

「不要鬧！」

年輕的一個女人就拉年長的一把，笑道：

「算了，讓他的老婆去補吧！」

年長的也和著笑起來了。

馬來警察矮的一個，扯起他的褲襠，走到她們的面前笑著喊道：

「來補一補！」

「呸！」

兩個女人都一齊吐一下唾沫，掉過頭走開。

「補呀，怎麼不補呀！」

中年胖商人搭嘴揶揄，接著笑了起來。

麻面小伙子虎著臉，一聲不響地只用發怒的眼鋒向馬來警察掃過，隨即在中年胖商人的臉上停一會。

這時有賣零食的小販走了上來，大聲地叫賣。

中年胖商人拍拍同他講話的那位對手。

「走，去吃蚌蛤呵，檳榔嶼的蚌蛤真好！」

麻面小伙子對著中年胖商人走去的背影，吐了一大口唾沫。

老頭子向他做做手勢。

「算了！算了！」

被小販叫賣聲騷動了的小孩，一面用手揉搓他圍在身上的裙子，一面鼓嘟著嘴巴，纏著老頭子要錢。

麻面小伙子就對小孩招手道：

「擺燦，地馬洗德。」[5]

隨即丟了兩個銅板給他。

一個賣包子的小販接著小孩的銅板，放在手掌裡看了一看，就退還來說：

「這裡不用這個。」

小孩子茫然不懂地接著銅板，望著走了的小販背影，便一下子哭了起來。

蠻壯的一個馬來警察，便走來輕輕拍著小孩的頭，一面說著誰也不懂的

5　緬語，意即錢，這裡有。

馬來話，一面拿著小孩的銅板審視，不知是同情小孩還是中意了上面英王愛德華第五的像呢，就從他的褲袋裡取出兩個海峽殖民地的銅板來，換給小孩子。

海港上拂著溫暖的風，陽光熱辣辣地曬上船尾來。

三　巴生港中

早上剛剛醒來的時候，便聞著陸地上那種樹葉和泥草混合的氣味，趕緊爬起來看，原是我們的船已經駛進海港了，兩岸睡在晨光下面的熱帶林子，都浸上了淡綠微黃的潮水，彷彿就是長在水中一樣。林中的樹木，並不高大，全是矮矮的，但卻茂密得很。看來像獵狗之類也不容易鑽進去似的，——景致全顯得新鮮而荒野，而且港中不曾點綴有指示航路的標記，小船也沒有來往的，幾乎使人疑心船是航到一處無人居住的大陸了。

緬甸女人坐在船板上梳著頭，一面用手推推還在入睡的老頭子，問是到了什麼地方。

老頭子用手肘半支起了身子，一面揉著模糊不清的眼睛向岸上望去，一面混用著廈門話和緬甸話喃喃自語道：

「石叻坡……莫褐補……莫褐補……」[6]

一個廣東水手正在收拾吊在船尾上計算海哩的長索子，一面使著台山人的口音回答著什麼人的問話。

「……是昨天打來的電哪……不然就該到新加坡囉，丟亢媽個害！[7]……」

這時麻面小伙子拿著濕漉漉的面巾，甲板上走了上來，對著老頭子睞了一下怪樣的眼色，做出恐嚇的神情說：

「糟了！老頭子，糟了！」

老頭子本要打聽關於什麼電的消息的，給麻面小伙子這麼突如其來的一嚇，便詫異地問道：

6　緬語，意即新加坡……不是……不是……

7　廣東台山話，意即入他媽的。

「甚米事？」

「甚米事？……自家的事自家心裡明白。」

麻面小伙子做出搗鬼似的樣子，歪了一下嘴巴。隨即很敏捷地轉過身去，將面巾揪了一把，然後張開，放在一捲包袱上面，鼻裡哼著快意的聲音。

老頭子一面坐起來扣衣鈕，一面就惡意地回答道：

「有我麼……那也跑不掉你！」

麻面小伙子風快地轉過身來將兩隻手捏緊，舉在胸膛上搖晃一下，說道：

「我麼？……兩個拳頭一隻嘴巴！……怕什米？」

中年胖商人敞著未扣鈕子的白短衣，挺著肥厚的胸膛走了上來，看見麻面小伙子這麼怪神氣的，就皺一皺額頭皮，跟著像得意自己先知道了那麼似的，高聲說道：

「各位，你們知道麼？船為什麼向這裡開？」

對著大家的面孔，滿意地望了一通之後，把背靠在船欄邊上，才接說下去：

「昨天頭二等艙那面的朋友說，船開到這邊來，是為了犯人的事情，昨天馬來聯邦政府還特特打電報給檳城的政府哩！」

他說到犯人兩字的時候，眼光便向老頭子和麻面小伙子掃視了一下，說完了，又特對老頭子尖聲問道：

「老頭子，我問你囉，你在吉隆坡犯過案麼？」

老頭子的瘦臉上，微微紅漲起來，慍然地反問道：

「怪了！我犯過什麼案？」

麻面小伙子將嘴巴朝老頭子一遞，瞇細著眼睛，嘲弄道：

「你扯謊！你沒犯過麼？……哼，我還親眼看見哩！」

老頭子大發火了，將巴掌往身邊一拍，罵道：

「滾你媽的蛋，你親眼看見過甚米？」

麻面小伙子一味嬉皮笑臉地。

「嘿嘿，你不要賴！……我親眼看見的，你在吉隆坡街上，一腳踏斷了

紅毛鬼的尾巴！」

眾人笑起來了。

老頭子將頭轉到岸上時時移動著的林子去，一面卻舉手往背後一揮，狠狠地叱責道：

「滾開！不要在我面前放屁！」

中年胖商人現出像受了侮辱那樣的臉色，向著大家說道：

「……怪不得一般的官府都要用刑……紅毛人的皮鞭，那是有名的，打起來，嘿，真要話說！……其實也就怪不得……他不肯說實話，那怎麼辦呀？請問，你家是做官的……」

樣子文雅的青年，在依著船欄欣賞風景的，聽到這裡，就掉回臉來，笑嘻嘻地接嘴道：

「所以，君子貴乎義，小人則尚乎刑哪！」

一面現著高興的神氣，得意自家又乘機拋了一句文了。

中年胖商人不理睬那位青年，只是挺一挺眉毛，仍舊說他的。

「……說不定是這樣的，這邊的案子，要在這邊坐幾個月牢，才又趕回去……那特特打電做什麼呢……」

麻面小伙子嚓著嘴巴做出驕傲的臉子，自言自語地說道：

「那就更好了，正愁著回唐山沒飯吃哩。」

隨即用手拉一下老頭子的肩頭。

「老頭子，你倒好了！可惜我連吉隆坡還沒到過哩。」

老頭子不理他的，只在用緬甸話回他女人的話：

「瑞德宮，地馬沒西補。」[8]

麻面小伙子盯了中年胖商人一眼，現出狡猾的樣子，嘆了一口氣。

「唉，看著現成的老太爺也做不成了！」

旁邊的人接嘴打趣道：

「那容易，只要你肯在這裡再惹一點禍！」

「好，我就找個人來打架吧！」

8　意即金塔，這裡沒有。

　　麻面小伙子原是蹲著的，說著說著，就一面站了起來，伸展著兩隻咯咯發響的手臂，一面斜起眼睛，向中年胖商人瞟了一眼，走到正在船欄邊玩著的小孩大聲喊著：

　　「我要打你這可惡的小胖子！」

　　這時船已開攏岸邊了。船尾下的輪子，發著撥水的洪大聲音。岸上的華人街屋完全顯了出來，正沐浴在明朗朗的早上的陽光裡面。

　　甲板上吹拂著馬來亞的晨風。

　　一會，岸上駛到一列馬來聯邦的火車，走下來好些提槍的紅毛兵，閃著亮晃晃的刺刀，將碼頭上的交通立刻截止了。

　　中年胖商人瞟麻面小伙子一下之後，便向眾人睞一睞眼睛說道：

　　「唔！我們走開吧！」

　　麻面小伙子竭力做出不驚慌的樣兒，故意伸長頸子，現著要仔細瞧那貨車的神情，鄙夷地說：

　　「大砲哩？大砲哩？……怎麼不拉出大砲來哩？」

　　老頭子陰沉著臉，沒有一點驚擾的氣色，只是靜靜地吩咐他的緬甸女人和孩子，收拾帶在身邊的東西。

　　貨車的幾道門忽然一齊打開，潮水似的湧出人來了，有的提著包袱，有的夾著舖蓋卷。他們衣衫很髒，樣子極狼狽，彷彿逃難的貧民一樣。紅毛兵清點了人數之後，就一個不剩地押上船來。

　　麻面小伙子知道這是怎麼一回事了，便高興地抓著上來的人問道：

　　「老哥，你們犯的什麼案呀？」

　　「什麼案？丟那媽！就是犯了沒工作的案哪！」

　　答話的人，半似滑稽半似氣憤地回答，一面把夾在脇下的包袱，像拋掉那麼似的，丟在腳下。

　　老頭子卻不愛問的，只是頹唐地倒身睡了下去，臉上現出無可奈何的神情。

　　我記起1930年的夏天了，也是這麼一個熱帶的早晨，獨個兒坐在吉隆坡的車站上，等候著去新加坡的快車，也曾遇見好些押送歸國的失業工人，那狼狽的樣子，髒汙的衣衫，和響著「丟那媽」的廣東口音，正同現在看見的

一般無二，不過人數還沒這麼多哩。

四　新加坡港中

船到新加坡的碼頭，旅客們都得自由登上岸去買東西，或者遊玩一下附近的好地方。只有那些遣送回國的失業工人和幾個驅逐出境的囚徒，卻還仍舊留在船上，給當地派來的警察監視著。

在艙底睡醒了的麻面小伙子，一見船停，便鑽上甲板來，看見街市樓屋和遠處長著椰子的園林，都在熱辣辣的太陽裡面，彷彿發光似的露了出來，便揚起兩手，快快活活地喊道：

「呵呵，新加坡囉！」

依他的老脾氣，手本來還要揮幾下的，不料忽然看見穿著制服傲然站著的馬來警察，正在船欄邊上對他盯著的時候，便輕輕地落了下來，怔著不開腔了。

恰好這時，中年胖商人正將洋傘撐起，向通到碼頭的扶梯走去，看見這情形，便偏起腦袋，心裡愉快似的望了一下，隨即向那一路上常愛拋文的青年，故意高聲說道：

「走，上岸去，不看看麼？你才怪了，要停大半天，悶在這裡坐牢！」

那青年原是靠著船欄瞭望岸上的，聽見這麼叫他，便尾著去了。走到搬運著米口袋和椰子的碼頭上，中年胖商人還掉回頭來，向船上面飛了一眼，帶著揶揄人似的臉色。

麻面小伙子向下面作聲地吐了一口痰，立刻掉了回來，現出不屑於的神情。

那邊，老頭子用舊毛氈包著腳桿，斜斜地坐著，對他身邊的緬甸女人和孩子，用熟悉一切的眼色，把一些巍峨的建築、鐘樓和升旗山，像介紹老朋友們似的指點著。他是早些年曾在新加坡做過生意的。

他們的旁邊，擺著剛剛挑上船來賣的麵擔和蚌蛤擔，一些未曾上岸的客人，便圍著買吃，光景顯得很熱鬧。

麻面小伙子便走了過去，作古正經地喊道：

「老頭子，我請客。」

老頭子放下了他那隻指點著岸上景色的手，順便就用來搔一搔腰桿，一面帶著不相信的眼色，這麼問著：

「真的？」

「你不餓麼？……誰來詆你？」

麻面小伙子認真地說了之後，還吞嚥一大口唾液。

老頭子本來早就給旁邊吃零食的氛圍擾動了，看見麻面小伙子似乎不像開玩笑，便望了一下熱氣上升的蚌蛤擔子，舔一舔嘴唇皮，說道：

「好，不要請別的，就來幾碗蚌蛤吧。」

順手又給他的小孩子，揩了一下鼻涕。

「牙牙伍[9]囉，蚌蛤有什米吃頭？……我要請，就要請好的。走！」

麻面小伙子將手一揚，作勢要叫老頭子站起來。

老頭子一面在爬翻著，一面朝四下打量，翹起嘴上的兩撮鬍子，問道：

「你在說天話，這裡會有什米好東西？」

「扯，哪個說這裡？」麻面小伙子看見老頭子信進去了，就趕忙忍笑，「人家請你上岸去逛牛車水，吃南天大酒樓哪！」

老頭子看見那邊有警察守著，就想起這又上他的當了，便紅著臉，罵他一句醜話。

麻面小伙子，好像還沒有打鬧夠的光景，就對老頭子挺一挺腰桿，拍拍衣袋，喊道：

「怎麼？請不起麼？……這裡有的是錢哪！」

老頭子現出苦笑的樣子，一面搔抓著頭說道：

「媽的，這裡落得你說漂亮話，到廈門街上，那便試試看。」

他的緬甸女人雖不懂中國話，但這時已從兩人表情上明白他們打鬧玩的是什麼了，便向兩個圍著花紗縵的孩子，擠一下眼色，朝麻面小伙子那裡遞一遞嘴。兩個孩子一路上都愛同麻面小伙子打打玩玩的，便立刻跑去，一前一後地抓他的衣袋子，搶他的錢。

剛好這時忽然有許多人都一齊擠向船欄（臨海面的一邊）伸長頸子向下

9　牙牙伍：意思跟呱呱叫相反。

面望去，麻面小伙子一面用左手按著衣袋，一面伸起右手揮著喊道：「呵，呵，那裡，什米？什米？去看呀。」才脫了身子。

「吝嗇的傢伙！」

老頭子不滿意地罵了一聲，也最後擠著去看了。

原來是挨船邊的海面上，有三、四個馬來人，身上穿著游泳用的衣衫，赤著膀子，各駕一隻很小的艇，在向頭二等艙邊站的白人搭客，仰著微笑和祈求的臉子。有一個卻正從淡綠的海水裡鑽了出來，將拾著一點東西的手，高高地舉出水面，做出顯示的光景，隨即又把手往耳邊一放，對頭二等艙行了一個感謝的舉手禮。一會，頭二等艙的白人搭客，便朝海裡丟了一個白亮亮的小東西下去。馬上，兩三個划艇的人，就丟了槳，魚也似的鑽下水去搶。

「這是在幹什米哪？」

老頭子竭力睜大眼睛望著，一邊用手肘碰一碰旁邊的人，這麼地問。那人拿手揩了一下額上的汗珠，一面回頭來答道：

「幹什米？……人家紅毛丟銀角子，馬來鬼在搶呀！」

麻面小伙子就打趣道：

「老頭子，怎麼不去搶呀，叫你這兩個小鬼！」

老頭子看見頭二等艙那面，一會就有好些個銀角子丟下海去，便也向麻面小伙子揶揄道：

「吝嗇鬼，像你麼？……你看人家多大方哪！」

「呸，那是大方麼？……那是有幾個造孽錢，在尋開心呀！」

麻面小伙子把揩一下臉的汗手，重重地拍著船欄杆，帶著生氣的認真的樣子。

「呵，丟下一塊大洋哪！」

旁邊還有幾個人像在吃驚，又像在羨慕似的，一齊叫了起來。

老頭子，也彷彿立刻失去了詼諧的心情，現出莊嚴的面孔，咬著牙齒低聲獨自說道：

「哼，這些東西呵！……」

但從頭二等艙那面透過來的聲音，卻是：

「Very good！」（「很好！」）

看海面上，正是一個水淋淋的頭，和一隻擎著大洋的膀子，現了出來。

同時，甲板這面上，也在人叢中爆吼出一個混著痰的聲音；

「好！」

麻面小伙子回過頭來一看，原來這聲音的主人，就正是剛從碼頭回來的中年胖商人。側邊還立著那位常常拋文的青年，現出羨慕馬來人的神情，搖頭擺腦，像詠嘆似的說道：

「咳，誰說『勤有功，戲無益』呢？」

中年胖商人大約給這遊戲深深感動了，連忙用帕子擦一擦臉，就伸手朝衣袋裡摸出一個銅板，向附近這邊一個划艇的馬來人那裡丟去。那位馬來人立刻對丟去的東西，很迅速地瞥了一下，像馬上就明白那是銅圓似的，便翻過臉來，輕蔑地搖一搖手，就划起走了。

「媽的！那不是錢？」中年胖商人紅了臉不滿意地說。

「人家哪要你銅的，白亮亮的，才看得起哪！」人叢中有誰在譏諷地說著。

麻面小伙子滿心稱意地大笑起來。

中年胖商人不服氣似的，低著滿是汗珠的額頭，竭力搜尋他的衣袋子。

麻面小伙子故意向海面的馬來人高聲喊道：

「黑鬼，不要看不起人，咱們銀的就要來了！」

中年胖商人解開他的衣衫，拉著袋子，邊看邊找，又氣又急地說道：

「媽的！哪裡去了，剛才……」

愛拋文的青年，站在旁邊，做出幫他尋覓的樣子，問道：

「你到底找什麼？」

「那個……那個……假角子！」

「嗨，你剛才不是買香菸混去用了麼？」

忽然那面起著喝彩的聲音，大家立刻偏著頭望去，中年胖商人就乘機躲進艙下去了。

1936 年上海

出自《海島上》(1939)

1925年艾蕪離開四川老家遠行，不是隨俗北上，而是南行，首開五四之後「南方寫作」先河。從緬甸到馬來半島，從印度洋到南中國海，他描述南洋華人眾生百態，辛辣悲憫兼而有之。

艾蕪（1904–1992）

原名湯道耕，生於中國四川新都。1925年因為反家鄉傳統制度離家遠行，漂泊至雲南、緬甸等地。1930年因參加當地抗英殖民的共產活動被捕，隔年被遣返中國。艾蕪根據漂泊東南亞等地的經歷見聞，著《南行記》、《南行記續篇》、《南行記新篇》、《漂泊雜記》等作，在現代文學獨樹一格。

潘受詩

潘受

避寇印度洋舟中五首（之二） 以下辛巳

1942年2月6日深夜，余蒼黃挈眷登法國郵船腓力盧梭號出新嘉坡圍城，同行多英軍眷婦孺，翌晨始見前後左右有英戰艦出沒護航。途中七鳴空襲警報，三鳴潛襲警報，救生衣常不離身，聞遠處曾有一敵機遭護航艦擊落，亦有他船遭敵機炸沉。為避敵追襲，船紆迴於印度洋風濤中者旬餘日，然後漸脫危險地區。

邀得群龍出海都，長風未覺一舟孤。舉家寇外方亡命，何處人間不畏途。曾借溫犀窺水怪，偶憑羿矢射陽烏。零丁惶恐經過遍，笑撫頭顱尚故吾。

文天祥詩：「惶恐灘頭說惶恐，零丁洋裡歎零丁。」

吾家安仁秋興賦云：「余春秋三十有二，始見二毛。」今余年與安仁當時同，而身丁曠古未有之浩劫，寰宇佳兵，殺機滿前，天海茫茫，抑不知此舟載余至於何地。值生朝，爾彬復買酒為余壽，癡兒憨女，爭相舉杯，愈覺百感之交集矣！

未死真從死裡逃，直將餘命寄滔滔。楊朱歧路千行淚，潘岳當年二色毛。空歎驚心風鶴急，難隨化翼海鯤高。愁邊何用杯相勸，一種憨癡憫汝曹。

榴槤

犯瘴衝炎角長雄，真成王者果林中。何妨魏武形骸陋，差與桓溫氣味

同。滄海爭誇餐巨棗，美人笑擘損春蔥。紛紛典盡都縵日，抵死留連尚諱窮。

　　桓溫嘗曰：「丈夫不能留芳百世，亦當遺臭萬年。」黃遵憲詩「都縵都典盡，三日口留香」，謂榴槤也。

出自《海外廬詩》（1985）

潘受（1911–1999）

原名潘國渠，生於中國福建南安，著名詩人和書法家。1930年南渡新加坡，初任《叻報》編輯。1934年起，先後任教於崇正學校、華僑中學、道南學校、麻坡中化中學。1955年，南洋大學校長林語堂離職，他出任祕書長長達五年。1958年因為協助成立南洋大學而被褫奪公民權，直至1983年發還。著有舊體詩集《海外廬詩》、《雲南園詩集》、《潘受詩選》等。

亂離雜詩

郁達夫

其十一

千里馳驅自覺痴，苦無靈藥[1]慰相思。

歸來海角求凰[2]日，卻似隆中抱膝[3]時。

一死何難仇未復，[4]百身可贖我奚辭？[5]

會當立馬扶桑頂，[6]掃穴犁庭[7]再誓師。

1　靈藥：仙藥。唐・李商隱，〈嫦娥〉：「嫦娥應悔偷靈藥，碧海青天夜夜心。」

2　求凰：指男子求偶。漢・司馬遷，《史記・司馬相如列傳》：「是時，卓王孫有女文君新寡，好音，故相如繆與令相重，而以琴心挑之。」唐・司馬貞，《史記索隱》：「其詩曰『鳳兮鳳兮歸故鄉，遊遨四海求其凰，有一艷女在此堂，室邇人遐毒我腸，何由交接為鴛鴦』也。又曰『鳳兮鳳兮從皇栖，得託子尾永為妃。交情通體必和諧，中夜相從別有誰。』」

3　隆中抱膝：東漢末諸葛亮隱居於隆中，常抱膝長嘯。晉・陳壽，《三國志・蜀志・諸葛亮傳》：「亮躬耕隴畝，好為《梁父吟》。」裴松之註，引「三國・魏・魚豢，《魏略》：『每晨夕從容，常抱膝長嘯。』」宋・朱熹，《伏讀二劉公瑞岩留題感事興懷》：「誰將健筆寫崖陰，想見當年抱膝吟。」「抱膝吟」喻指高士詠懷，此處郁氏用「抱膝時」借指避難潛居。

4　仇未復：郁氏母、兄均死於日寇之手，自身又被迫流亡天涯，可謂國仇、家恨都未報。

5　「百身」句：《詩經・秦風・黃鳥》：「如可贖兮，人百其身。」為國獻身，死得其所。郁氏自喻他若能贖救萬千國人，不惜犧牲自己生命。

6　「會當」句：會當，該當。唐・杜甫，〈望岳〉詩：「會當凌絕頂，一覽眾山小。」扶桑，指日本。

7　掃穴犁庭：掃蕩其居處，犁平其庭院。喻徹底摧毀日寇。《漢書・匈奴傳下》：「固已犁其庭，掃其間，郡縣而置之。」清・王夫之，《宋論・高宗》：「即不能犁庭掃穴，以靖中原，亦何至日蹙月削，以迄於亡哉？」

其十二

草木風聲[8]勢未安，孤舟惶恐再經灘。[9]
地名末旦[10]埋蹤易，楫指中流[11]轉道難。
天意似將頒大任，[12]微軀何厭忍飢寒。
長歌正氣[13]重來讀，我比前賢路已寬。[14]

出自中山大學中文系主編，林崗、姚達兌編註，
《現代十家舊體詩精萃》（廣州：花城出版社，2011）

1942 年 2 月日軍臨城，郁達夫偕同友人撤離星洲往印尼蘇門答臘展開逃
亡之旅。寫於彼時的十二首〈亂離雜詩〉，呈現了局勢不定，風聲鶴唳，
慌亂逃亡多處的驚惶心境，卻也慷慨激越表現了抗敵意志與氣勢。詩的
魅力在異域亂離的情境裡散發出生命光輝。

8　草木風聲：即「風聲鶴唳，草木皆兵。」「草木」典出於《晉書・苻堅載記》：「堅與苻融登城而
　　望王師，見部陣齊整，將士精銳；又北望八公山上草森皆類人形，顧謂融曰：『此亦勁敵也，何
　　謂少乎？』憮然有懼色。」「風聲」典出於《晉書・謝玄傳》：「堅眾奔潰，自相蹈藉投水。死者
　　不可勝計，淝水為之不流。余眾棄甲宵遁，聞風聲鶴唳，皆以為王師已至，草行露宿，重以飢
　　凍，死者十七八。」

9　「孤舟」句：宋・文天祥〈過零丁洋〉：「惶恐灘頭說惶恐，零丁洋裡歎零丁。」郁氏此時舟行途
　　中，有類於文天祥憂國之思。

10　末旦：為詩人中途停舟處，在蘇門答臘島中部。

11　楫指中流：亦作「中流擊楫」。《晉書・祖逖傳》：「（逖）中流擊楫而誓曰：『祖逖不能清中原而
　　復濟者，有如大江！』」此處喻有志驅除日寇，復興中華。宋・文天祥，〈賀趙侍郎月山啟〉：
　　「慨然有神州陸沉之嘆，發而為中流擊楫之歌。」

12　「天意」句：《孟子・告子下》：「故天將降大任於斯人也，必先苦其心志，勞其筋骨，餓其體
　　膚，空乏其身，行拂亂其所為，所以動心忍性，曾益其所不能。」

13　長歌正氣：文天祥被元兵捕獲後，於獄中作〈正氣歌〉。此處以文天祥為榜樣自我鼓勵。

14　「我比」句：文天祥作〈正氣歌〉時已被拘於元軍牢中，處境殊為惡劣。此時郁氏流亡蘇門答
　　臘，易姓埋名，樸素比較之下，當然比前人「路已寬」。

郁達夫（1896–1945）

原名郁文，字達夫，生於中國浙江省富陽縣。曾赴日本留學，「創造社」成員。1938年到新加坡主編《星洲日報》、《星洲晚報》、《星光畫報》等文藝副刊和文藝版。他在星洲期間多發表抗日政論，亦寫作舊體詩和散文。新加坡失守後逃亡至印尼蘇門答臘巴爺公務（Payakumbuh）小鎮。1945年日本戰敗前夕失蹤。著有《郁達夫南洋隨筆》、《郁達夫詩詞鈔》、《郁達夫抗戰論文集》、《郁達夫海外文集》等。

死在南方

黃錦樹

　　每到一個地方，我都會遺落一些東西：指甲、毛髮、體液──心靈和肉體。在不斷的旅行中，不知不覺我已吋吋的老去。我終將因為損耗過度而衰疲的死去罷。

──郁達夫，〈旅人〉[1]

　　行囊裡還有什麼？一本詩韻，一壺劣酒。

──郁達夫，殘稿[2]

　　小船在茫茫的夜裡航向蒼茫。逃難中的景致總是最美的（人情和酒亦然），真正的詩人總是面對著死神寫詩。終極的美總帶著血的色澤，和死的荒頹。

──郁達夫，殘稿[3]

　　砲聲在耳際，火光在島的對岸煌煌燒起。視野中的土地都落入了敵手。逃亡的船上盡皆沉默，懷著古中國的憂鬱，我們飄向未名的前方。是誰在黑暗中飲泣？是誰在低聲吟哼著哀歌？

1　為免原稿遺落喪失，我先用一本八開的資料簿把它依序裝起來，並且貼上頁碼，簡稱《殘稿》，
　　若有原題則在引文後註明，不然則逕稱「殘稿」。頁12。

2　頁2。

3　頁6。

——郁達夫，〈沒落〉[4]

怡人的小鎮，滿河的浮屍。

——郁達夫，殘稿[5]

余年已五十四，即今死去，亦享中壽。亂世存身，談何容易。天有不測風雲，念中每作遺言，以防萬一。

小說久矣不作。偶有所得，輒草草記之，置諸篋內，終無有成篇者。存之惟恐招禍，棄之又覺可惜。故藏之荒山，待有緣人以發吾塚……

——郁達夫，〈遺囑〉[6]

　　如果你是郁達夫的忠實讀者或者郁達夫研究專家，見了上面這些引文你必然會感到驚詫錯愕——那就對了，因為這些文字在成為我的引文之前，不曾以任何形式、在任何報章雜誌上發表過。換言之，它原初的發表形式便是引文。不必奇怪，因為任何以「遺著」的面貌發表的作品都可能遭遇這種命運。

　　源於論述的需要和我對引文的特殊癖好，在後文中我還會大量引用那批手稿中的字句。在這裡還必須稍稍說明的是，為什麼不直接把手稿公諸於世呢——那樣豈不是「竊占」嗎？我當然有我的苦衷，那和我處境（所處的社會環境）、手稿的出現過程、對於「發表」的特殊觀念等等都有密切的關聯，後頭再詳細說明。

　　撰寫本文的遠因是：我對於郁達夫死於1945年9月17日的舊說法[7]一直存疑，也十分不滿意。近因則是受到（所謂）日本學者的刺激。

　　郁達夫死亡的消息最早披露於1945年10月5日，據胡愈之說，1945年8月29日晚上：

4　頁5。

5　頁13。

6　頁1。

7　指一般廣被接受的說法，尤其是王潤華編的《郁達夫卷》（洪範，1984）。

八點鐘以後，有一個人在叩門，郁達夫走到門口，和那人講了幾句話，達夫回到客廳裡，向大家說，有些事情，要出去一會就回來，他和那人出了門，從此達夫就不回來了。[8]

第二天，郁達夫在當地的妻子為他生下遺腹女，距他的死亡時間也許不超過二十四小時。當時所有的目擊者也都沒料到他就此失蹤，甚至連屍骨也找不到。因此，死亡（或失蹤）的消息發布之後，他的遠親近友、論敵或讀者或疑或信（竟是疑者居多），議論紛紛。今日我們膽敢說他「死」了，乃是因為我們推斷他絕活不到今日。可是在當時，誰都還存著一絲盼望，因為從失蹤到死亡到底還需要一些附加條件加以證成，時間自然是這許多條件之一。

胡愈之的文章發表之後，很長的一段時間裡，大家都還在等待「奇蹟」出現：郁達夫以劫後餘生的姿態歸來。可惜到了1970年，日本大阪市立大學研究所一位叫做鈴木正夫的（多事的）研究生搞了一份〈郁達夫的流亡和失蹤——原蘇門答臘在住邦人的證言〉[9]企圖徹徹底底粉碎世人的想望。他透過當初和郁達夫過從甚密的一些日本人的匿名證言，織出一幅日本人眼中郁達夫的晚年形象，並且宣稱已接觸到參與「處決」郁達夫的老倭寇，可是為了保護他老人家而姑隱其名，稍匿其事。站在學術和人道的立場，想來也是可以諒解的吧。在廣大讀者心目中，鈴木的〈證言〉無疑是象徵層次上的「殺死」郁達夫，可是由於他在資料上留了一手，所以也還算是留下一點「轉圜」的空間罷。

十多年後的今天，又有一位日本人（又是日本人！）——九州大學東亞史教授版本卅一郎在最近一期《九州學刊》（第九十一期）上發表了一篇〈郁達夫の死後〉，宣稱他掌握了郁達夫失蹤後還活著的證據——主要是兩頁手稿——和環繞著手稿的繁瑣考證。這篇文章給我的打擊頗大，如果我再

8　同前引書，頁48。

9　同前引書。

不寫，真的什麼都會給人寫光（尤其是小日本鬼子）。可是個人學術訓練實在太差，恐怕會把論文寫成小說（相反的事情我也幹過），不過，是再也不能沉默了。

版本氏的「考證」受到學界的強烈置疑，尤其是鈴木，更是殺氣騰騰，因為版本氏的姿態對他而言是極大的羞辱。可是那兩張手稿經過鑑定，卻說是「真的」──不論就筆跡，還是紙張。問題在於內容。

一張只有幾行字，頗無關痛癢。

翁則生掉頭上了火車。就在他身體即將沒入車廂的剎那，突然一聲槍響，只見他四肢一張，背上一嗒紅濕，人便往後折倒。空氣中瀰漫著火藥味，我卻聞到了一股淡淡的遲桂花香。[10]

據論者指出，這段引文演繹自郁達夫的名作〈遲桂花〉，那是完整的篇章，作者斷沒有妄加續貂之理，很可能是有心人故意偽造的。但話又說回來，殘稿上下左右都沒有標名題目，不一定得視為〈遲〉文的變衍，也可能是全新的構思。

另一張則很關鍵──

燠熱的夜晚，屋裡的日光燈頗為昏暗，木門無力的張閉，靠牆的長凳子上各自坐著兩位客人，穿著短褲，白汗衫，一臉愁苦，無言的抽著菸。門帘開處，年輕婦人下身圍著紗籠，坐在地板上掩面啜泣，懷中還抱著個滿臉皺紋的嬰兒。

第七天了，男人還沒有回來。

每個人都在回想那天晚上叩門的人隱沒在黑暗中的那張臉。依稀是個印尼人，樣貌尋常得令你無法追憶。事後他們幾乎找遍了附近所有村落的每一戶人家，而那一張過於尋常的臉竟也離奇的消失了。

武吉丁宜憲兵隊警務班的憲兵也加入了搜尋的行列，找遍了整個巴爺公

10　同註1，頁18。

務。甚至後來,當他們做最壞的打算時,也特別留心附近所有可疑的新開掘的地,所有的新墳,所有最近的死者。一直到他們離去,仍一無所獲。

可是,沒有人知道,就在大家都沉浸在他的失蹤以及終不免凶多吉少的哀傷氣氛中時,他卻悄悄的回來了。那一晚沒有月光,狗也許還認得他,所以沒吠。只有鄰家的鸚鵡,許是有感而發唸了一句他教過的德文──Zeitgeist──發音不是很準確,聽來如「災該」。

他也沒糾正,只是像幽靈那樣遠遠的窺視一盞盞屋宇下的燈光,甚至也沒有嘆息,只是十分專注的,企圖牢記每一個過去不曾留意的細節。遠遠的,單憑簡單的輪廓他就可以輕易的判斷那人是誰,就像是閱讀自己往昔書寫的字句。

有一回,他差一點踩著了一個破洋鐵罐,身子一晃,又險險踏入一汪積水。他稍微定一定神,抬頭看一看無比燦爛的滿天繁星,就像是看到了戰爭中苟存性命的百姓在獲悉戰爭結束時那悲喜交集的帶淚的眼。每家每戶他都看到那樣的淚光。

他在自己的家門外站了最久,在香蕉樹的掩護下仔細的,以最最溫柔的目光愛撫那哭腫了雙眼的妻子懷中的初生嬰兒。和他那雖不美麗也沒受過多少教育但卻年輕且堪稱賢慧的第三任妻子,他的「Bodoh」。她的年輕是他的愧疚。他們的結合純粹是因為戰爭,她的丈夫是他的另一個名字(雖則是同一具肉身),那名字也是因為戰爭的需要而權宜存在的。如今,戰爭既然已經結束,他也就沒有留下的理由了;他必得悄悄的離去,可是卻必須安排一個足以說服世人的結局(如任何一篇結構完整的小說,總是容不得太惱人的突兀),所以他最終還是狠下心腸,甚至來不及為自己的戰爭孤兒命名。

他就那樣飄然走了,以夜的堅決。[11]

版本以他歷史學的訓練,堅持寫實之必然,而文學評論家卻認為文學容許各種可能的虛構──尤其是小說。即使證明了出自郁達夫的手筆都不能藉

11　同註1,頁25。

以證明什麼，更何況是沒法證明。這樣的爭論意義不大。[12]

在多方夾攻之下，版本氏宣稱他的資料得自田野，進一步的說明則含糊其辭。[13]他只承認他到過印尼蘇門答臘郁達夫晚年的家鄉。其他的都是謎。是的，都是謎。

然而，所有的謎都應該會有合理的答案。

關於前面那段引文，其實早在1945年10月差勁的詩人郁達夫的好友郭鼎堂便在《宇宙風》上發表了一篇題為〈詩人的死和小說家的死〉，從創作的角度論述了徐志摩和郁達夫的死——作為浪漫詩人的徐志摩，雨夜墜機無疑充滿詩意，且是他的美學觀的壯烈實踐；而對於小說家郁達夫，「失蹤」卻可能是最好的死亡方式——充滿懸疑、未知、可能性——尤其在戰爭之中，毋寧更深化了以敘述為主體的小說美學。兩種死亡，兩種不同的美學實踐。由是觀之，是郭氏說中了，還是後人規模其意以偽造之？是誰在為郁達夫未了的結局「續書」？

對我來說，上述的「謎」卻有生活經驗的依據。因為我從小就住在巴爺公務（Pajakumbuh）。

郁達夫傳聞死亡的異鄉正是我的家鄉。雖然我們並不情願，故鄉的名字因他的失蹤而進入中國現代文學史，在所有郁達夫的研究中占有一錐之地。美麗的家鄉被渲染成恐怖的荒城。

對我們而言，趙廉比郁達夫親切。趙老闆失蹤之後大夥尋找的卻是失蹤的郁達夫。郁達夫是一個沉重的象徵。進入文學之門之後，我才逐漸認識到這一點。他不是一個大師，以他的學養、才氣和閱歷，不見得沒有條件成為大師；尤其在這藝文荒瘠的南方，和那群認識幾個簡體字就沾沾自喜、吠影吠聲的文化文盲比起來，他儼然已是一個Master了。

自卑如我者，原不敢輕易成文，以免有辱先賢。卻無法忍受小日本在凌辱踐踏我的故鄉——迫使郁達夫「消失」之餘，還拿他來搞學術買賣。然而我所能奉獻的，也只有記憶和原將埋土的引文罷了。（唉唉！）

12　詳參狗本見雄編《關於〈郁達夫の死後〉論爭集》（岩波書店，1992）中的各篇文章。

13　見版本接受媒體記者的訪問稿，同前引書，〈附錄〉I。

郁達夫自新加坡逃亡之後，先抵斯拉班讓（Slatpandjang），後來被遣送往孟加麗島（Bengalis Island），又轉赴巴東島（Padang Island）再轉往彭鶴齡，最後才抵達距北干峇魯（Pekan Baru）一百五十公里遙的巴爺公務，米南加保的一個令人眷戀的小鎮。對流亡文人而言，那卻是個「異國淪陷的小鎮」（金丁，〈記郁達夫〉，頁27）。

當年的同行者（汪）金丁在垂老之年不勝感慨的吁出一串「如果」、「不曾」、「也許」和「不幸」──他說：

如果從北干去巴爺公務（Pajakumbuh）的路上，不曾遇到那迎面駛來的軍車，如果達夫搭乘的長途車裡，有哪個印尼人會聽講幾句簡單的日本話，告訴那些攔車問路的占領軍，去北干應當怎樣走，那麼達夫日後的生活裡，也許根本不會出現什麼傳奇式的遭遇，甚至最後慘遭殺害吧？不幸，司機和乘客們都以為日本人是要攔路劫走車輛，大家紛紛逃散，只剩下達夫在給問路者指點去向。（金丁，〈記郁達夫〉，頁24）

在逃亡途中一個難以預料的插曲──日本鬼子以日本話問路──卻決定了郁達夫見於記載的最後流亡生涯。因為沒有人聽懂侵略者的話語，鬼子的集體前科讓聽者自然的把他們的語言譯解為殺戮前的哨聲，而紛紛走避，只留下曾經留學東瀛多年、長年沉淪於大和感傷美學、有能力書寫典雅日文的郁文。只有他聽出鬼子是在問路。

他為他們指點去向，卻顯露了自己的與眾不同。甚至可以說，為鬼子「指路」的同時他也為自己指出了一條相反的路。一條永遠回不了家的路。

此後多重化身的生涯裡，他既是當地華人眼中的間諜，又是救星；是鬼子眼中的翻譯、朋友，又是深不可測的博學之士；是酒廠老闆，何麗有的丈夫……在不同的人眼中他有不同的身分，在他們差異的回憶中，交織出一篇繁複的現代小說。

我的補充性質的後現代敘事，由於飽受回憶的浸泡，無可避免的必須羼雜私人微不足道的生活敘述，以安插引文與傳聞。

* * *

　　我家住在郊區，鄰近森林。這樣的地理位置其實也是一個貧窮的位置，尤其在戰時。從家裡往巴爺公務，要走上約莫兩里的荒草掩蔽的山路。所以鎮上發生的許多事，傳到我們這兒，常已是經過眾口增益的「傳說」了。

　　在戰爭的初期，突然有一群長相和說話口音都和我們不同的華人陸續的湧入鎮內，他們既像「新客」，又似乎不像。父執輩們逕稱之為「唐人」或中國人，他們可以輕易的從人群中被辨認出來，就如同在雞群中辨識出鴨子。

　　「他們來自中國，」父親說，「都是讀過很多書的人。」

　　其時化名趙廉的郁達夫因為「問路事件」而備受矚目。

　　甚至可以說，我們都只知有趙廉，不知有郁達夫。即使是在「真相」披露之後的許多年裡，我們這些勉強和歷史沾上邊的人也都習慣稱他為「趙老闆」，那是我們回憶中可以驗證的；反之，一提到「郁達夫」，事情儘管發生在周遭，也充滿傳奇色彩。五四浪漫文人郁達夫對我們而言永遠是遙不可及的。

　　很多日本槍口下活過來的人，後來都成為「趙廉傳奇」的當然散播者。他們在死亡的邊緣看著那人在替日人做翻譯。之後的往來互動中，他們一直擔心自己的華語發音老是「不準」；更糟的是，趙老闆的「啥咪碗糕」中國話竟是和日本話一樣難懂，一樣「聽行」。他們只是從他那長期煙燻過度、因耽酒而混濁的雙瞳中讀出一些訊息；從他焦黃的牙板和深陷的雙頰中聞到一股讀書人的親善味。作為生還者和倖存者，在往後的一些年裡，他們為捍衛他的形象付出了巨大的心力，他們把個人經歷轉換成家族和公眾的記憶；他們甚至認為趙老闆是代替了那些必死而未死的倖存者死去。我的一位父執輩便是那樣的倖存者，他是當時這一帶一支祕密游擊隊的祕密成員。

　　於是我的童年記憶裡便充滿著「趙廉」的身影和氣味，一如所有這附近的同齡孩子。

　　在他失蹤之前，我一共只見過他兩次，都是在鎮上。遠遠的看上一眼——看他和日本人打哈哈，抽著很濃的菸，以致臉孔也看不太清楚。

都是在陽光很亮的中午，從雜貨店辦貨回家途中。他的米色上衣格外的耀眼。

在他失蹤的那個夜晚，有人看見他出現在往我家的那一條荒涼的路上——但也說不清，因為那是一個沒有月亮的晚上，這條路又一貫的黑暗如鬼域，任誰也瞧不清楚他人的臉孔。然而，這樣的傳聞卻把郁達夫的失蹤向指定的荒涼延伸。許多人走訪過那疑似的目擊者，一遍又一遍的聽他複述那早已被轉譯為多國語言的疑似證言。忠厚老實而又貧窮的印尼農民（從來沒有人過問他的名字），在不斷的複述中漸漸老去。生活雖未見改善，卻似獲得某種信仰而笑口常開，經常在我們面前講述那晚的事，附帶描摹所有登門拜訪者的姿態，和他們來自的國度。鈴木來過，版本也來過。

如果那叫阿桑的印尼農民的亞答屋是這事件的邊界，那我們家便在邊界之外。

在邊界之外——林旭像尋訪多年不見的友人那樣踏入了荒涼的郊野，遠方有幾聲狗吠，夜霧低垂。他再度來到那一叢香蕉樹前，在高挺如喬木的香蕉樹下長嘆連連。

這裡地勢略高些，遠方沒有燈火。

他轉身——就在他轉身之際，一點藍色螢光準確而徐緩的從他心臟部位穿過，毫無窒礙的，並且剎那間似乎獲得燃料的補充而炸亮——他臉上沒有痛苦的神色，只是鈕釦突然紛紛墜落，掉了一地。

——郁達夫，〈遲暮〉[14]

余均在雨聲瀟瀟中再度來到陳金鳳的墓前，帶著滿懷的挫敗和鬱悶，垂著肩膀像一隻鬥敗的公雞。也沒打傘，任雨點簌簌灑下。午後的光景，墓園是一個閒人也沒有。他蒼白而薄削的雙唇微微的顫抖，像在喃喃的訴說些什麼，嘩嘩的雨聲卻無情的掩蓋了一切。

四周白茫茫一片，余均以同一個姿勢也不知道站了多久。墓碑上嵌著的

---

14 《殘稿》，頁50。

少女相片，她很年輕，看不出會短命的樣子。余均蕭然伸出枯瘦的雙手抖顫著撫摸相中人白皙的臉龐，眼淚混和著雨水潸然而下，哽咽道：

「他們都說我沒用，我也不想在這裡待下去了——這裡一群凡夫俗子、庸脂俗粉，還充什麼上等人！金鳳，我決定去南洋，那裡雖然是蠻荒，想必也還有用得著我的地方！我這一去說不定永遠再也回不來了……」（塗改處率依原稿）

——郁達夫，〈沒落〉[15]

為了避免驚動村人，他們沒有用槍。這樣，砍頭就是唯一的選擇了。美學考量，他們在他嘴裡塞了一粒雞蛋大小的青色的番石榴，以免叫聲破壞了夜的寧靜，以及戰爭結束後專屬於和平的祥和氛圍。以戰敗者特有的文化涵養把這祕密處決搬演成一次高貴且壯烈的戲劇演出。余均突然笑了，但誰也看不出，因為嘴裡的番石榴把他的嘴巴撐得超過了一般人發笑時嘴巴能張度的極限。就在他笑得很痛苦的剎那，一隻冰冷的手把他的頭往下一壓，讓他凝視自己跪著的雙膝。接著脖子一輕，他感到自己的頭急速下墜，在雙眼即將碰著地面的瞬間，為免讓沙子跑進眼眶，他毫不猶豫的閉上了雙目。

——郁達夫，〈沒落〉[16]

沒落、衰敗、恐懼、死亡等等是這些殘片共同的母題。值得特別注意的是，郁達夫南下前的一些小說中的主人翁，被選擇性的加以處決。以片段來處決作品的已完成，這又意味著什麼呢？

這些斷片都不註明年代。誰也不知道是寫於他生前還是死後。如果是前者，那這些斷片便是「預知死亡紀事」？如果是後者——不可能的可能——

他做夢也沒想到，握筆的手竟也會有握劊子手的刀的一天，他不禁掌心發冷，身體一陣冷顫。他覺得那把武士刀很重，並且太長。夜太黑，又太冷。

---

15 《殘稿》，頁45。
16 《殘稿》，頁46。

那印尼人毫無表情的跪著，雙眼給蒙上白布，雙手反綁。脖子伸長，似乎也早已疲疲了。兩個日本憲兵站在一旁，扯一扯他的衣角，用日語道：「動手吧！」他的兩眼發直，緩緩的、高高的舉起武士刀——仍在發抖——似乎握不住了——放下，掌心在衣襟上擦一擦，復高舉武士刀——終於揮了下去，「磔」的一聲，身首分離。

他愕愕的垂著肩站在一旁，全身都濕透了。好似大病一場。日本憲兵拿走他手上的武士刀，把屍體推進挖好的坑裡，三兩下埋好，拍拍他的肩膀說：「別忘了先前的承諾。」雙雙回到汽車上去：開車走了。

他一個人留在那兒，失了魂似的，對著那一灘血跡發呆。車子遠去，直到完全沒了蹤影，他還留在原地。

這是怎麼一回事。

當那印尼人奉命把他叫出來時，他大概也沒料到死的會是自己。他已在他們的內部共識裡被判了死刑，並且予以祕密處決。執行者卻是他的朋友。於是，交易便產生了：以他的消失為代價來換取死亡。而那印尼人，在保密的原則下，是非死不可的。於是他便成了附帶條件中的劊子手，以取得共謀的身分。帶著罪惡與承諾，他必須永遠在人間消失。以一種死亡來換取另一種死亡。

——郁達夫，〈最後〉[17]

殘稿提供了一個可能的「死後」，儘管那是十分接近小說布局上的一種配置。如果那樣，他便是雖死而未亡。也就因為他是小說家，我們才敢那樣說。戰爭的結束也結束了他的偽裝，「趙廉」理所當然「不在」了。

說到這裡，我必須再做經驗上的補充。

那年，在大家都接受他「已死亡」這樣的信念，並且也放棄了任何徒勞無功的搜索之後——他的遺腹女已三歲——在一個偶然的機緣裡，我卻發現了一些不為人知的祕密。

除了幾個印尼人之外，我們沒有鄰居。於是，我家後面那片神祕的荒

原，便是我無聊時獨自探險的區域。我常一個人把著一根竹子，在撥弄中隱入那荒草與灌木叢中，在高高低低的土丘之間任意行走。尤其在遭到家人的責罰之後，那裡便是唯一的去處。

那一天，不知怎麼的，忘了父母的告誡，我毫不知節制的直往深處走。一直到天漸漸黑了，我才感到害怕。我已摘滿一袋野果和一袋野蕈，便想在天暗摸不著路之前趕緊回去。一轉身，才發現左邊草叢裡趴伏著一條毛色全黑（堪稱「上補」）的狗，把我嚇得一跳，以為是頭豹子，呆立了好一會。牠一直沒動，只睜著雙眼骨碌碌的直瞅著我，直給瞧得心裡毛颼颼的。「怎麼會有狗？」那時我的直覺反應是目光往四方一掃。有狗必有主人。印尼人向不愛養狗。這隻狗沒有野狗那股兇悍之氣，而且野狗不會自己待在山裡，必然往人多的地方謀食去。彷彿有一盞燈火在十丈外，西向，隨即機警的熄了。

我無心追究，繞過那隻狗，趔趄著離去。到家時天已全黑，家人的臉色都很難看──父親隨後回來，迎面便是一巴掌，原來他找我去了，大概走岔了方向。為此我被禁足了好一些時日。但我決定再次尋訪。

這次我出發得更早，當然也走得更深入。我找到一個陳舊的防空洞。當我正往內舉步時，突然瞥見屁股後方有人影一閃，趕緊回頭，卻只見樹葉一陣搖晃，沙沙的腳步聲快速遠去。我快步跟上。走了沒幾步，那隻黑狗又鬼魅一樣的突然出現，攔在前頭，這回不像上次那樣客氣，露齒而狺有聲。我只好打退堂鼓。來到防空洞口，往內跨了一步，卻聞到一股惡臭──一灘屎，還在冒煙。捏鼻一看，是人糞沒錯，只是素了些，綴滿玉蜀黍和番石榴籽顆粒。

我跨過那堆糞便，直往裡頭走。在光線止步之處我停下，只瞧見一些舊報紙、成堆的蠟燭頭，和幾件骯髒的破衣服，確實是有人，但會是誰呢？據說戰敗後有些日本兵躲入森林堅決不肯出來投降，莫非是他們？就是不知道為什麼我腦中卻浮現「趙老闆」三個音響形象。一個直覺是：不管那是誰，老巢既已給人發現，他就不可能再留下──那堆糞便便是他的告別了，一個具體的句點。另一個直覺是：有人從某個不明的方向窺視我，所以我必須盡速離去。後面一個念頭令我心生恐懼，而記起父母嚇孩子時慣用的說詞──

「被陌生人抓去」——而拔腿就跑。

　　我不知道摔倒了幾次。是跑出去了，手臂、臉上卻給野草芭藤割出不少創痕。也不知道為什麼會持續的害怕到那個地步，而噩夢連連，夢裡都是堆堆冒煙的人糞，沒有腳而在草上飛快滑行的我的追捕者，臉孔模糊，一忽兒是印尼人，一忽兒是趙廉。發了兩天高燒，父母一直弄不懂我為什麼在昏迷中頻頻呼喚「趙老闆」，而懷疑是犯了沖——

　　以後的歲月裡生命輾轉流徙，求學而後從商，由於和本文無關，毋需細表。間中一些政治事件的干擾（許多華人在動亂中被殺，數十萬人被遣送回中國，更多的淪為國境之內沒有國民身分的寄居者），使我離家竟達三十年之久。在那次事件中，趙老闆的妻子也在被遣送之列——那是最動人的場面——送行的人擠滿了碼頭，送金條的送金條、送禮品的送禮品，更多的人是為了送走一段歷史負債——他們都受過「趙廉」的恩惠，而他的遺族之離去，就意味著回報的機會永遠不會再有。在他們的離去中，有關趙廉／郁達夫（此時二者已無法分割）的群體記憶驀然被喚回，被諸多的口以類似的口吻重述。遺族的終於離去，間接的也就宣判了趙廉的死亡：再也沒有人期待他回來。奇怪的是，他的「幽靈」似乎也在那一時刻起獲得解放——他竟然「回來」了。

　　他曾經化身撿破爛的老人。雖然已經很老且已不易辨識，並且數十年來一直出沒於附近的幾個鄉鎮。他矢口否認，但是人們還是輕易的認出了他，譬如從他身上那股熟悉的菸味。然而他獲得的莫名尊寵很快就被取代；就菸味而言，人們發現那賣香菸的小販其實比他更有資格。爭議從此開始，可疑的對象愈來愈多，這才凸顯了真正的問題：在他的遺族離去的剎那，他們才發現他們是多麼的需要他。

　　對我來說，最真實的證言來自於一個賣冰淇淋的小販。他常騎著腳踏車一個鄉鎮一個鄉鎮的巡迴按車鈴叫賣。在一個倒楣的雨天，他路過一個因華人被迫遷離而荒棄的村子，在微雨中他忽然瞧見前方路旁一間小屋門口有人向他招手，一時間他只覺得有點面熟，雙腳稍稍用力踩踏，單車便在風中向前滑去。漸漸接近，那人穿著花格子睡衣長褲，雙頰陷得很深，踩著木屐。那人點了一客巧克力甜筒，便邀他到屋裡避雨去，給他遞過菸。他想，這人

大概是因為孤單吧……。那人用生澀的印尼話和他聊起來，閒閒的，接一句，斷一句：

「從哪裡來？」

「巴爺公務。」

「嗯。」

他眯著眼，看著簾下的雨。

「這裡的華人都走了。」

「政府的規定，我們也……」

「都走了。」那人以低沉的語調重複。

據他的描述，那人長得確實很像「郁達夫」，只是不知怎的，坐在他身邊老覺得冷冷的——也許因為下雨，與及他們同樣陰涼的心情罷。

後來又聽人說——又是雨天——看到一個長得很像「端」（Tuan）的人在香蕉樹下避雨，臉上沒有笑容，好像有重重心事。

彷彿，在華人大批離去之後，他帶著未明的心事悄悄的回來了——

白天下過雨，那涼意貫徹了小鎮的夜。入夜以後小鎮在聲聲蛙鳴中早早的睡去了。霧很濃，濃得像一場千秋大夢。家家戶戶都熄了燈，好似永遠都不願醒來了。在如斯寧靜的夜裡，連狗兒也失卻了應有的警覺。他就在這時候悄悄的歸來。

趿拉著木屐在窟窿著汪汪積水的路上緩緩移動，鞋根啪嗒啪嗒價響。他穿著條紋的睡衣褲，是以像是夢遊者——或許更像是個遊魂。他那迷茫的目光吃力的掃過那些空洞冷寂的房屋，抖動的唇彷彿在訴說些什麼。

——郁達夫，殘稿[18]

文樸輕輕推開小木屋大門，裡頭很暗，他摸索著點起一根蠟燭。蠟燭是燒剩的半截，沾滿灰塵，火柴盒裡頭也只剩下三根火柴，試了一會才點上。

家具全被搬走了，只留下一個牛奶箱，上面放著的那塊木板也沒了，倒

18　頁7。

是原子筆還留下幾根——可惜都是枯竭的。書本雜誌胡亂的散了一地，積了厚厚的塵。他一舉一動都十分小心，以免騷擾了那些高結著網的蜘蛛們，牠們現在是這裡的主人了。最後，他的目光落在窗台下一把橫躺的油紙傘上。伸手把它撿起來。傘骨斷了好幾根。他拎著轉身走了，費勁的把生澀的大門帶上。

——郁達夫，〈末了〉[19]

　　他以不斷的歸來做最決絕的離去。所以，我也把一些俗務拋開，回到那個荒蕪的地帶。

　　那地方比我想像中還難找。這回我帶了一把刀，依記憶指示的路徑，迂迴的找去。那地方一如往昔的未開發，一如往昔的荒涼。我以長刀劈開一條路徑，在上坡下坡之間尋找那洞穴。

　　久久，我近乎迷失。

　　漫無目的的走，一直到看見一排瘦削的香蕉樹在茅草中陳列，才算發現了轉機。那些香蕉樹密密的挨擠，像極了一扇原始的門。我劈斷幾莖攔路的香蕉樹，記憶中的洞窖便在後頭。我點了火把，彎腰進入。走了十來步，在一個轉彎處發現一攤骨頭，勉強可以分辨出是一個人和一條狗——但也不一定——或許是兩隻狗，或者兩個人。是這裡了。

　　骨頭的排列似乎在暗示什麼。在洞裡找一個現成的坑，堆上一些石頭，把兩副遺骸草草埋葬。洞裡除了一些酒瓶、鋁罐、破布之外，就是住著數十隻沉默的蝙蝠。我企圖找到一些什麼，但我什麼都沒找到。我發了一陣子呆。驀然肚子一陣激痛，跑到外頭胡亂撕扯下幾片枯乾的香蕉葉，就地蹲下辦起「急事」來。在一陣精神鬆歇當中，突然記起那堆很素的人糞。據判斷，那方位就在我正前方一英呎左右。我便一心二用，以刀尖掘地。挖了好一會，還真的碰見了一塊硬實的事物——不是石頭。撥開泥土石塊，也看不出是什麼。趕緊擦了屁股，全力打橫挖開，好一會才捧出一團一、二公斤重的東西，一尺長半尺寬厚。到陽光下呼吸新鮮空氣，一面估量著。

刀子在那表面刮一刮，刮出一層層白色片狀物，觸火即熔，約莫是蠟。使勁敲也敲不破，只好抱回老家去。隱祕的，為它挖了幾個小孔，裝上大大小小數十根燭芯，在夜裡點燃。雖然年深久遠，也羼了些雜質，還是很耐燒，只是偶爾曾泛出幽幽的綠火。燭淚漣漣淌下，我拿了個鋁盆盛著。

獨自一人看守，一共燒了三個晚上，才露出它的內核。深褐色，看得出外頭裡的是桐油紙——油紙傘的傘面。換另一面又燒。三天，表層才大致去盡，剩下的用刮的。去除乾淨後，是一個不大的包裹，很輕。

打開看看，是一些寫著字的紙張，每一張紙的大小都不一樣，有的是報紙的一角、廢紙皮、書的內頁、撕下的信封、帳簿內頁、衛生紙、日本時代的鈔票、糖果屑、香蕉葉、榴槤皮……筆跡或墨或炭或原子筆或粉筆或油污……。沒有一張是有署名的，但那筆跡，卻和我父親手上保存的一紙趙／郁親筆寫的買酒批示十分近似，細細讀下去，那人便在細雨的夜晚悄悄的回來了。

在有風的午夜，他落寞的身影順著風向化身為孤獨的螢，勉強映照出沒身之地最後的荒涼。我搜羅了他生前死後出版的各種著作——他的，及關於他的——堆積在蜘蛛盤絲的屋角，深宵偶然醒來，熒熒磷火守護著殘涼故紙。

瘋狂的擬仿他的字跡，無意識的讓自己成為亡靈最後的化身。深入他著作之中的生平和著作之外的生平，當風格熟悉至可以輕易的複製，我彷彿讀出了許多篇章的未盡之意，逝者的未竟之志竟爾寄託在大自然的周始循環和記憶的渾濁沉澱之中。

一根蠟燭燃盡了，又一根。滿桌的燭淚、菸蒂、蚊屍、紙片、揉成一團的稿紙、攤開的舊書……。我失神的放逐想像，夢遊在亡靈巡遊之地。

在一個無風的夜晚，面對著一顆逗號苦苦思索，在淊淊的汗水中，猛然尋回失落的自己。

次日，當我憂鬱的再度回到那裡，企圖找到更多的殘跡，卻發現之前埋下的枯骨已杳無蹤跡，記憶中的埋骨之地青草披覆，也不見有挖掘的跡象。在惶惑中四下搜尋，也找遍了附近的山洞。一無所獲。原先的蠟製品也找不到原先的出處。這是怎麼回事？

肚痛依然，且痛快的拉了坨野屎。衣袋裡有幾張紙，用以練習模仿郁的

筆跡,剛好用於擦屁股。

繼續尋找。

在一個轉角處,我突然聞到一股熟悉的菸味,聽到腳步聲,我趕緊躲在香蕉叢後。

「八格野鹿!」

一聲怪叫。一個小日本戴著頂鴨舌帽,約莫三十來歲,左腳高舉,身後跟著兩個印尼人。

「這裡怎麼會有人的大便?」他問印尼人。「而且還在冒煙!」

鬼子表情古怪的深思著,支頤,抓腮,拍額,然後突然露出笑容——好像踩到了黃金。只見他俯身,拈起幾團皺而泛黃的紙,顧不得印尼人捏著鼻子把頭轉開,隨即展讀——「是這個了!是這個了!」

鬼子大聲歡呼。

我不敢確定那鬼子是不是版本氏。對我而言,只是頗為愧歉——沒有更多的篇幅來容納剩下的引文,也在構思著該把那些引文置入怎麼樣的上下文中,以還原它本體的存有。

1992 年 2 月於雅加達

1994 年 10 月《幼獅文藝》第 490 期

出自《烏暗暝》(1997)

這是對郁達夫於 1945 年在蘇門答臘失蹤的後設寫作,仿照口述歷史腔調,重建了逃難中化名為趙廉的郁達夫可能出沒於戰後防空洞的現場。小說以一連串重新發現的殘稿斷片,意有所指敷衍郁達夫的未死傳奇。這是對郁達夫的在地想像,亦可視為馬華文學的一道內在流亡風景。

黃錦樹(1967–)

出生於馬來西亞柔佛州居鑾,1986 年到台灣留學,現為國立暨南國際大

學中文系教授。他是馬華小說家，亦是馬華文學的重要研究者。著有短篇小說集《夢與豬與黎明》、《烏暗暝》、《由島至島》（新版為《刻背》）、《土與火》、《南洋人民共和國備忘錄》、《猶見扶餘》、《魚》、《雨》、《民國的慢船》、《大象死去的河邊》；散文集《焚燒》、《火笑了》、《時差的贈禮》等。

印尼散記（節錄）

巴人

任生及其周圍的一群

一

在有一次旅行裡，我讚嘆過我們這民族的堅強性格。這性格，像一粒松子，即使落在岩縫裡，它還是要吸住土壤，抽出芽來，生根下去，擴大土壤，長大了，蒼茂起來！

我因之說，我們民族，是著地生根的民族。

一個老南洋也許習慣了，不會覺得；但一個很偶然的機會，流落在南洋的我，卻不得不驚奇這一現象：為什麼在別一民族土地上，有到處生根的我們民族的同胞？不論你在荒江冷灣之間，不論你在深山大澤之中，你總可以碰到這天外飄來的種子，我們民族同胞，在那裡卓然生長著。

1942年3月底，我們流亡在蘇門答臘省遼州的一個小島上。這小島的縣治市區，叫做薩拉班讓，印尼語裡這名字的意思就是「長海峽」，因為這小島是遮攬在孟加麗斯海外，一條長長的海峽的一邊。這時候，距星洲淪陷將有一個多月了，蘇門答臘省治棉蘭，聽說已有日軍登陸了。一個知道我姓名的朋友通知我：住在薩拉班讓市區裡不大好，應該找一個山芭[1]吧。我和老丫（一個詩人）做了幾次詳談，要求他跟我們同住。我們既不會說福建話，又不會說廣東話；平時是被這裡華僑叫做普通人的，因為我們說的是普通

1　小鄉村。

話。普通人在南洋華僑社會中是一種新奇人物。沒有一個同僑，敢於收留我們。你要假充戚屬，藉以避免日軍上陸後可能襲來的不幸嗎？但你不能和主人說同樣的話，怎麼辦？老丫本在福建同鄉家寄居，房東即使知道他是一個文人，卻也無所謂的。而我們住到山芭去，如果沒有他做通譯，那將無法生活了。

　　我們在市區住了將近一月，和我們同住的是一退職的暗探。他是廣東客家人，名叫鄭包超。一個高大個子，心地爽直，自說已經耳聾了的，將近五十歲的男子。他同意我們這意見，並說要為我們代找山芭。「大家是中國人，說不到幫忙。」當我們感謝他的盛意後，他這麼說。

　　一天，我和老丫跟著他去找一個山芭。那裡他有熟人。這地方，當地人叫做「松芽生比」（狹河）的，它在亞里附近，一個河灣的盡頭。這亞里，也算是一個小市鎮，距薩拉班讓有四個鐘頭的舢板路程。但到松芽生比還要更遠些。

　　我們僱了一隻舢板出發。包超和劃子都說知道那條河灣。船划到亞裡，岔入直落港。不大的港面，兩邊都為一、二人高的叢生的馬膠樹所遮住了。一邊的河岸，是薩拉班讓這部分的延長。另一邊卻是屬於直落島的起點了。我們就要在薩拉班讓這一邊，要找一個馬膠樹叢生著的河岸的缺口，撐船過去。船一進直落港口，那劃子就計數一個個划過的缺口，說是第七個缺口進去，就是那松芽生比河灣了。但他說，記憶有點模糊了，確不定。包超順著說：「是的，第七個缺口進去就行。」

　　進了缺口，河流越來越狹；兩岸依然是一、二人高的馬膠樹。沒有雞鳴狗吠聲，也不見半個人影，荒涼、冷寂統治這世界。划了二、三十分鐘，還找不到被包超認為是那個山芭的地方。而舢板卻已經擱在淺灘沙漬上了。

　　劃子和包超都說找錯了路，但叫人感到局促的，卻沒有一個可以問路的當地人，連一座屋子的影子也找不到。

　　包超催促我和老丫上了岸。一片雜草怒生，荊棘交加的地面，椰樹林也望不見。按照這裡人尋路的習慣，凡有椰林之處，也為鄉村所在之地。而我們竟望不見椰林，這是如何失望的事呵。但包超說，「不要緊，我知道方向，跟我來。」他吩咐劃子，把舢板開回亞里海口等著我們。我們便探險前

進了。

踏著沙漬與草根交錯的土地，從這裡一堆，那裡一片的茅草縫中穿過去。有時陷在一個窪地裡，連拔腳也困難。一望都是這樣青灰色的茫茫的草原。我們約莫走了二十分鐘，突然在一些樹林之間，浮出一間極小的亞答屋（用亞搭葉蓋的小屋子，比中國茅屋還簡單）。這在我們看來，好像中國舊小說中所描寫的，那狐狸幻化出來的屋子一樣。不，更確當說，它是為了我們從地底突然鑽出來的。

那竟是我們民族同胞的一所住宅。我呆住了！

幾乎是十哩周圍望不到人煙，而他，這小亞答屋主人，竟從海外飄來吸住這土壤，站住了，生活下來。這種堅強不屈的精神，不是具有我們這民族性格的傳統嗎？

小亞答屋總共不到四丈見方。廚房，臥室，農具間，都併在一起，養著雞，大概是有一個女人的，但沒有看到孩子，一個瘦脊然而骨挺的，和善然而陰沉的男子招呼著我們。他認識包超。我們已走得滿身大汗。大荒原為熱帶海邊太陽所暴曬蒸發，黴爛氣息更濃重了。它塞住了我們呼吸。我們立刻鑽入他屋子，坐在破凳床板上，休息起來。

主人深愧沒有什麼可以招待我們，屋內屋外進出著，顯得非常窘迫。終於，他拿來了兩只綠色的椰果。他說：「這裡全是紅水，生水是不好喝的。茶水也沒有。喝些椰水涼涼身吧。」

椰子，這是南洋的一種特殊物產。打開緊包密裹的寸把厚的外皮，就有顆圓珠似的鋼一樣的果核，核裡有一、二分厚的白色果仁，中間天生一孔椰水。喝著，生冷的，比冰還冷，略有鮮味。我第一次喝這水。在後來我才知道華僑社會裡，老年人不喝這水。說它太涼了，傷身體。而在日本占領南洋期間，卻又宣傳這水經過化驗，可以代替接血的血液，治療傷兵呢。

從這同僑口中，我們知道要找的那個山芭的所在處。我們不久又出發「探險」了。這同僑並不驚駭我們的到來，也沒有那種寡居孤處的人一旦欣逢同僑的高興表情。他一切都是淡然的。但當我們臨行時，他卻抓住一隻黃毛母雞，送給包超。他顫著聲音，吞吞吐吐，說道：「這一點……這一點……」蒼黃色臉上，浮出了乾燥的、笑不出來似的笑紋。

　　我們幾乎又走了半個鐘頭，一路都是爛泥巴，連怒生的雜草也少見了。一條荒江爛河，又隔絕了我們的去路，但有獨木結成的二十多丈長的破木橋。這木橋，是那樣破敗，橋腳全是七叉八叉的細木柱子，搭成個半月形。人在那上面走去。它就搖動了。而兩旁又沒有扶欄。這真叫我們像走木索似的，我搖搖欲墜，走在那上面，聽那朽木索索作響，似在控訴：這荒江的淒寂與衰敗，人跡的稀少。我想人類在這種地區出現，是會被看作山妖水怪的吧。

　　在不遠的泥沼堆上，我們看到一座黑板木屋。接著又聽到蒼涼的狗聲了。我們這三個陌生人的出現，似乎驚動了他們和平的生活。木屋前，站著兩個婦人和青年男女，兩隻黑狗迎著我們叫來。他們喚出「祖國的鄉音」，要阻止黑狗的逞凶。打先鋒的包超已被其中一個婦人所招呼了。我以為到了目的地，但包超隨便和他們說上一兩句，不待站下，轉過屋橫頭，跨上一條隔有小澗的泥路而去了。我們緊跟在後，這一家人用驚奇的眼光送著我們。

　　一塊樹膠園展在我們面前。包超說，「到了。」穿過樹膠園中的小路。路旁有一條二、三尺闊的小澗，流著血一樣的紅水。在樹膠園正中，有一所頗為齊整的白木板屋。包超引導我們到那屋子前面，在五尺闊的走廊上坐定了。

　　「任生在家嗎？」一個中等身材的年輕婦人，領著個四、五歲的孩子出來，包超這麼問著。

　　「在田頭，俺找人去叫。」女人答應著。

　　一個曲背的小老人，在屋前林子路上踱著過來了。這老人，抱著個周歲孩子，踏著唱著，自有他人生的樂趣；看來他老生命已和臂抱裡的小生命合成一個了。他似乎並沒有在較遠地方發現我們，所以一近屋子，便吃驚地瞪開兩眼，叫一聲：「哦！客人！」

　　「爸，孩子給我，你去叫他來，包超先生來家呢。」

　　那年輕婦人從小老人手裡接過孩子來，就把孩子在她斜披肩上的大布條中裹住了。孩子跨著她腰骨，騎著；靜靜的，也知道用驚奇的小眼睛來看我們哩。

　　「不忙，我們還要在附近看看。」

　　小老人向樹膠林的小徑走去的時候，包超這麼說。女人進屋子裡面去了。老丫對這屋子四周看度了一下。我也進這屋子中間。這是前廳，左右有二個廂房。再從扁門進去，是後廳，左右也有二個廂房。廚房緊接在這後廳的披檐下，相當闊大。老丫對我說：「山芭裡有這樣房子，是數一數二的了。」

　　女人招呼我們先沖涼。我們被引到那跨在小澗上橫築就的小亞答棚中間。血紅的溪水在板下流著。一張破麻袋作了這洗澡房的門。人從溪裡打起水來，潑在身上，又流下溪去。這比住在薩拉班讓從井中打取黃色的鹹水沖涼要不知舒服多少了。

　　包超領我們到另一個農家。距任生家約莫有四分之一公里，在樹膠園的另一角，這農家是種菜的。檳榔樹構成的屋子，狹狹的二間，左手一間後面隔出一塊地方，作他們臥房。右手一間是廚灶。我們到那裡時，屋裡沒有人，包超叫喚著，才聽到不遠的小亞答屋裡，有個光著上身沖涼的女人，輕輕答應著。不久，她穿好紗籠出來。包超說：「她是馬來婆。」我看去，她沒有一般馬來女人黑的皮膚。身材苗條又苦壯，臉盤長圓，柔白。她有兩眼如夢似的瞧人的馬來女人風情。「她是串種，爸中國人，娘馬來人，福建話，比你說得好。」包超又增添說。

　　主人是一個矮小的瘦男子，青白長方形的臉，有一份秀氣，顯一分衰老。包超說，他叫阿坤。當阿坤走來時，包超問道：「有什麼小菜嗎？」

　　阿坤搖搖頭。「困難得很，這年頭，土地也不長東西了。只有些帝混（黃瓜）和苦瓜。」阿坤說話迂緩，像有喘氣病。他引我們到他的菜園去。一片黑土，二畦韭菜，三、五畦黃瓜和苦瓜。「苦瓜就是容易生蟲，雨水多，我剛在包紙。不用紙包它，它不會長大，也要爛的。你們城裡人吃苦瓜，可不知道我們要花上多少心血哩。」阿坤一說話就顯出他一份狡點與智慧。

　　包超願意買下他黃瓜和苦瓜，阿坤答應著，但似乎有點為難。「這暗探別拿貨不出錢，他來了一趟，倒不甘空手，還要弄東西去市上賣。」我猜阿坤心裡在這麼說。我們又從另一路繞出去，到了一處豬廄。這豬廄，相當巨大。有七、八丈長，四、五丈闊，沿溪溝建築著。豬廄一端有一個大灶壇，

顯然是燒煮豬吃的。一排上有四、五個圍欄。下面鋪著檳榔樹剖成的地板，留有小縫，經過用溪水洗掃後，那豬水豬糞便會流到地板下污水池去的。但現在，豬仔並不多，總共不上十條。

「任生家，本來也是個小頭家[2]呢。」

包超意思是說，這豬廏就是任生家的，你可以回想到他們的氣度。

我們重回到那白木屋，恰巧主人任生背著把鋤頭，從林間回來了。

「坐呀！」任生有副方板形的略凹的臉子，一臉的陰沉，生冷，他淡淡地這麼招呼一句。

他緩緩地把鋤頭放下，和我們坐上長板凳，交起腿，抽起菸來了。包超對他商量似的說明來意。沒說上幾句，他立刻表示道：「好的。你們進裡面看看，那裡有二間空著。」他把我們引到前廳右廂房。「這本來是我弟弟住的，」他說。又引我們到左廂房，有一張床鋪。「這是我阿叔現在住的，」他又說。接著又把我們引到後廳左廂房，打開門說道：「這裡堆著雜七夾八的東西，要空出來，也可以。」只有後廳右廂房，沒有提起，想來是他的臥室了。

包超告訴他，要來呢，就有三個人，分兩間住。

「可以，可以！反正都空著。」他快速地作答。老丫問他要多少租價，他又說，「這山芭裡屋子，值什麼？大家是中國人，又是逃難的。住得好，隨便送幾個，就是不送也不要緊。我這些屋子總歸是空著的。」

這看來總像生誰的氣的凹臉的主人，卻有一份不能用言語表現的熱情。我在他身上，彷彿聞到了那不辭自身憔悴終古餵養我們的土地的那份溫情。

不上一個鐘頭，女人已做好午餐。一桌上都是粗花大碗，平常蔬菜外，有一大盤蔥燒雞子，看來是現殺現做的。我們大家都有點餓了。這蔥的香味和細嫩的雞肉，似乎是我一生沒有嚐到過的好味道。

傍晚時候，我們動身回返亞里。去那裡有一條陸路，我們由任生叫來的一個青年引著路，他為包超挑了一擔蔬菜。我們走了四十分鐘長路，在漆黑的時候，到達亞里。在月上中天的時候，我們的舢板才回到薩拉班讓。

2　頭家：老闆的意思。

　　我們就這樣決定了：在四月初就搬到那裡去。為了隱居避難，卻不料我竟因之掘發了人類的礦藏。住居在那裡的民族同胞，肩負著黑煤似的命運，卻也燃發著黑煤似的生命的光焰。

二

　　搬去松芽生比居住，是一個風平浪靜的繁星之夜。這一夜晚，情景是叫人難忘的。引導我們的，換了包超的太太。這女人是一個勤謹的女子，丈夫即使在衙門任職，自己還是靠洗衣補足家庭生活費用。農家出生，混有印尼人血統，如果讓她穿上紗籠，你將不會相信她竟說得那麼好的中國的客話。她勤謹、敏捷，管理家務極為精明，有中國主婦的潑辣與幹練。她作了我們的引導人。

　　午夜十一時開船。舢板行在靜寂的江面上，點點的繁星閃爍空中；蒼茫的太空，與海面混成一片迷濛。它以清涼的薄紗似的夜氣，包圍著我們。舢板鳴鳴鼓水而進。我和老丫坐在船頭，包超嫂和小劉坐在中艙，沒有篷，我們感到像浸在水裡似的爽人的舒服。

　　船行中，大家保持著長時間沉默，儘管沒有瞌睡的意思。有時老丫指著天上的星，說那是北斗星，這面是斗位，那邊是斗柄。我可沒有絲毫天文常識，凝然望著，想以一對小眼睛去擒住所有天上的繁星。

　　偶然也談起距離這裡僅有一日小汽船航程的星洲淪陷故事。自然都是些道路謠傳。我曾為紀念一個革命者的死去，寫下一首律詩。這時我便將它背誦給老丫聽。他說：

　　「末聯『斯人不在天無色，椰雨蕉風泣海濱』，雖然情調不錯，但終不如頭聯『殺身何取乎仁義，流血只應為寡貧』更來得真切。」

　　我們是脫離鬥爭，猶恐遭日軍可能的屠殺隱匿到山芭去的。但在海上扁舟漂蕩之際，卻追悼起遠方的朋友來了。這真是我生命的諷刺。而在日後一段時間裡，卻又聽到我所追悼的革命者，做了日軍的特務。人類感情的濫用的事，常常如此。

　　船到任生家門前不遠的河灣缺口，正是東方發白的時候。包超嫂真是個熟稔航路的人，一點也沒有引錯路。

「但我也只來過一次。」她這麼說，「那是任生弟弟討老婆時候我來這裡吃酒的。」我們的女引導人就有那記性，她真不愧是一個土地的女兒。

船在兩岸伸手可攀的馬膠樹仄弄中撐進去。兩岸雞聲，清幽地長鳴著，給荒江添了一份活氣。我感到這情景真有點像〈桃花源記〉中所說的：「桃源在望，避秦有地。」詩人總永遠是個弱者。

我們也問起包超嫂，他們是否和任生家有親戚關係。

「不是的，」她彷彿為自己的精明而顯得有些驕傲似的說，「包超是客屬公會的會長。任生也是客家人，但是廣西客。我們就是這樣一點關係。但任生老婆是個心直口快好女人，可惜您劉先生不會說客話。」

這女人非常爽氣。船靠河灣時，她獨自就上岸去了，叫來任生家工人，把我們行李搬上，又把她自己二袋白米，寄存在任生家裡。

「誰知道日本人呢，我們也許會搬到這裡來往的。」她說著就把二袋米安放在指定給我們住的房子裡。「這屋子，以前是任生弟弟住的新房，床舖還是簇新的，現在讓你們來住了，很好的。我吃了飯，就要轉回去，家裡少不了人。包超這大男子，是不中用的。你們缺什麼，可以託任生捎信來，我會跟你們買的。」

熱情而又潑辣，她這麼對我們說了一大串。早飯後，她便匆匆趕原船回去了。

我們的住屋，就在前廳左右兩廂。老丫和任生的叔父同住。前廳後壁上掛著大伯公像，[3]香案接著條方桌。

「你們平常可以在這屋子坐坐，看書。吃飯在後面，灶頭公用，只要排定時間來，這就行了。你們吃三餐，還是二餐？早餐喝杯咖啡，那就上午十點鐘、下午四點你們煮飯。我們照例是八點、十二點、六點吃三餐的。要做工呀！」

任生和他妻子坐在前廳，跟我們這樣地安排生活程序。這看來是個生活很刻板的人家。我們也覺得凡事開頭說清楚，也許能夠處得更好點。我們商

3　為南洋華僑農家普通供奉的神像。

議到房租、柴火和用水等費用，決定每月給他十五盾[4]算作這一切的酬謝。

「無所謂的。」任生說，「不論多少都可以。有一點，兩撇清，那也是好的。日子長呢，將來做個朋友。現在年荒馬亂的，好歹在這裡躲一躲就是了。」

第一個晚上，我們三個人圍桌而坐；任生飯後也來閒談，他坐在靠壁的長凳上。大家扯起自己的經歷。老丫告訴任生：他自己是在新加坡開小店，做生意的。我是上海人，書店伙計。因為怕飛機轟炸，早已逃來薩拉班讓。現在聽說新加坡店面給砲火毀了，回去不得，索性來山芭住一時，看平靜一點以後再說。……這一切自然是我們預先捏造的門面話。在這世界裡，說謊卻也是人類必要的手段了。

任生還問起我們的姓名。我們恐怕自己漏口，所以改名不改姓；但告訴他同音異字的姓。這以後，任生也跟著我們一樣稱呼，叫丫君叫老丫，叫我叫老黃。只有對小劉，始終叫劉先生。

這以後，飯後坐談成為日常的功課，我們也開始清楚任生家庭情形和身世。

這一家，這時一共有六口人吃飯，一個小的還抱在懷裡。除任生家和他妻子外，一位是任生的叔父；一家人全叫他阿叔，他連自己怕也記不起本來的名字了。有一天，我們問他名字，他就說，「我是阿叔。」他是一個四十多歲的男子。但蒼老得像老樹上的枯藤，那樣黑瘦，然而又那樣堅韌。在他的人生關係上，怕也像枯藤一樣。他沒有父母、兄弟和妻子，孤零零一個。臉子有如蟾蜍，皺紋密布，兩眼已經爛得快黑了。據他自己說，在任生父親時代，就隻身來投靠了，算到現在也有十來個年頭。不算是任生工人，寄住著，吃一口飯，為任生菜園裡做些輕工。他不論白天和黑夜，都很少講話；這倒不一定是對我們生疏，便對任生一家，也無不同。有空時，他就蜷縮在床上，抽著老菸。晚上睡著時，就只是打鼾。這鼾聲倒頗為壯大。我們對房而睡，中隔前廳，常常可以聽到他的鼾聲如雷。他和老丫演說似的夢話，彷彿要賽個你高我低。我想：這怕是這兩人生活的反映。一個是垂老的勞動農

4　荷幣單位。

民的倦怠，一個是身體衰弱的詩人幻想的奔放，這就織成大鼾聲與長夢話交奏的夜曲了。在以後日子裡，我們曾好幾次探問過他生活經歷。他不但不知怎樣回答，而且覺得我問得奇突。生活？就是做工，吃飯，抽菸，睡覺。活在所謂現實的人世，卻不比寺院中和尚更多些複雜。一生來，沒冒險的風趣，更沒有女人的糾紛。他的生活是一曲沒音沒字的歌。誰能聽出這歌聲？誰也不知道他生活的情節。他只說：「在家鄉，一向跟人家做工。後來，沒工做了。聽說任生爸在這裡得發，就來投靠他了。」他簡直不知道人除做工外，還有其他生活。一種煤炭一樣的人生，除掉黑色以外，誰能尋出別的彩色？工作是生命的延續，而工作又枯藤似的繞住人。樹木有枝葉蔽著它，看來好繁榮，枯藤彷彿沾一份光，一旦樹木倒掉，枯藤也萎於糞土，找不到它的存在了——這就是阿叔。

　　另外一位是任生的工人。一樣是寄住，吃一口飯做些工；工作是簡單的打柴和挑水。人不高，卻還壯實，一副臉子，就像我們古老畫幅上看到過的龍頭。大頭，闊額，方顴，大鼻、闊嘴，紫銅色臉面；額角左右隆起，龍角一樣的；兩顴骨高張，鼻隆隼，這五個高點，聳起成五嶽朝天樣相。他平常很少和人接近，工作一完了，自有他漫遊的天地。他也很少在屋子裡就住。但他並非是感情內涵，不願說話的人。他偶然談起來，能哩哩嚕嚕說上一大串；但很少人能聽懂話語的音節，如同江河流瀉，沒有個間隔，也沒有高低，顯不出清楚的字音。老Y說：大概他自己也未必聽得懂他自己說的。在他是，或者跟隨自己心意的波動，放些聲音出來，就算是語言了。他三十左右年紀。在他一家人裡面，是被叫做阿龍的。

　　除這二位可敬的人物外，寄食在任生家的，還有一個小老人。就是第一次，我們看到他抱小外孫的任生的岳父，一個很潔淨而又拘謹的老人。除抱外孫時唱唱歌外，就不曾聽他說過什麼話。他在這家庭裡擔任餵豬工作。

　　是這樣的一個家庭的集合：每一個人是一架機器上的機件。而這架機器已經朽老了。每個人除喘氣外，就很少出聲的。而各人工作的分擔，又都極為輕易，各做各的，互不侵犯，這使他們更無發聲的必要。任生是一家之主，卻不是機器的引擎，他對各個工作者，既不監督，也不催促。他自己忙著自己的一份：種白菜，製鹹菜，釀私酒；用自備的舢板，載到薩拉班讓去

出賣。這一切，都在告訴我們：任生家是在喘息中衰敗下去了。

　　初到幾天，我們愛在屋子附近走動。山芭各處的遺跡，留下過去曾經繁榮過的形貌。屋後方和右方，是一大塊橡膠園，有四、五荷畝闊大。左方直斜到生芭，是一塊兩荷畝大的檳榔園。屋前也疏疏的種著檳榔樹，直接到半哩外的河灣盡頭。但這一切，已經不是任生的財產。路口，大樹上釘著塊招牌，寫明薩拉班讓一位同僑的頭家的名字。留下的，是一所我們共住的屋子，一丘新開的生芭，現在種著蔬菜的，和在屋子前左方老遠的豬廄附近，另一條河灣的高坡上，保留著象徵存在的一所廠屋。據任生說，這是他們的碩莪[5]廠遺跡。它是完全破敗了，大半角已經傾倒，一間未倒的小房間，現在堆積著餵豬的鹹魚。破廠基前面過道上，有一架破殘的絞碩莪的機器。也許是我們都有些頹廢詩人的靈感，竟愛上這荒墩破屋了，每天晚後，總要到這裡來坐談一回。

　　這土墩，自有它的詩情，前臨潮水漲落的河灣，碇泊著任生的舢板和舴艇，而血紅的溪流又從這裡曾經有過水閘的高處奔瀉而下。我們坐在那裡，既可聽溪水鏗鏘的流聲，還可遠望一片晚霞，照映蒼黃的荒原。霞光是那樣錦繡奪目，變幻無窮。荒原是那樣迎風顫慄，淒切哀歌。如果這一晚，我們大家喝了點酒，那麼，東北流亡曲的歌聲，又在敗草叢中，檳榔樹頂飛揚了。這真是無聊的感傷，多餘的生命出現在像蚯蚓似的生活著的任生的土地上呵！而在任生聽來，是否會說，我們是在為他那衰敗的家庭，而唱出了招魂之曲呢？

　　這自然是像我這樣人的一種想像；在任生是充滿有事務主義性質，不抱非分的幻想，更與祖國、政治無關。他習常做些瑣碎工作，偶然抽些大菸來興奮自己的疲勞罷了。家業從父子兩臂中豎起，但也在父子兩臂中倒下。這是一種自然的規律，不能反抗的命運，而此後的日子，機械地掙扎下去，就是他人生的義務了。

　　關於任生父子在這塊土地上創建家業的經過，在我四個月居住日子裡，

5　西谷米。

漸漸明白了一個大概。我就先來做一次速寫吧。

　　據說，任生父親，是一個體格強壯，魁梧，精力飽滿的農人。人們常常讚美他：一條臂膀可以擎住半個天。兩條腿子用力踏，地面就會開裂，情願貢獻它一切富藏。也因為他有這份精力，增強了他一種頑強的自信。他自信在這天地間，他可以獨往獨來，任從自己的歡喜做去。顯然的，命運並不能如他的願。在祖國廣西，他英雄無用武之地。他常把自己比做一匹螞蝗，如果他一旦有像人腿肚樣肥的土地，他是敢於一口吸住不放，非把地中所有的血吸盡不可的。人們總說，華僑流南洋，無非為的找吃的；這話不錯。但有不少人，在靈魂深處，卻要一塊土地。這不是中國人口太多，土地太小，而是土地不屬於像任生父親那樣的人所有。他曾在自己故鄉，憑自己力量，活過三十七、八年。但生活毫無起色，二個孩子卻大了。有了長大的孩子，就多了一份過剩力量。他原有土地，本夠耗費自己力量一半。另一半力量，他有些年耗費在租來的土地上，有些年又耗費在別人招僱的工作上。他有多方面工作能力，不僅一切農事，都一手來得；他還能做粗糙的木工，做房子和家庭日用品。但這塊中國土壤不讓他生命之樹萌發滋長。而二份勞動人手的多餘，又成為他苦重的負擔。他常聽到鄉人傳播說，在南洋，有廣大的生活出路。他一夜間，發了一個雄心，他籌募了一些盤費，去到新加坡。他起初寄宿在一個同鄉家裡，做閒工。吃住憑著主人，做工不算錢。這是華僑社會中一種特殊制度。借用印尼語專門名詞，叫做「攏幫」（Lompang）。凡是中國到來的新客，總會有同鄉收容你，給你住和吃，但得為他做不固定的幫工，直等你有了工作為止。這自然是鄉情恩賜，但吸去了你無償的勞動。任生父親寄宿在他同鄉一處小樹膠園裡。此人在新加坡也有一家商店。他在樹膠園做幫工時候，約略明白馬來亞華僑購買土地情況。但地價高，缺少資本的人，總到對面海峽荷屬遼島境內去。在那裡，土地不能自由購買；但可從當地村長那裡租到。人少土地多；租價並不過高；沒有爭奪土地的危險。在那裡，正有不少華僑開板廊，租下古樹叢生的地頭。砍倒來，剖板，或削成木頭，運出海去。還有開碩莪廠的。碩莪野生在海邊，砍下搓成屑，用水淘洗，沉澱，便成為好粉料，這就是「西谷」米的製粉。這些工程，都不需大本錢。勞力就是本錢。問題看你如何組織勞動力。他知道這一切，覺得自己

有用武之地了。他和同鄉商定，借筆小本錢。那同鄉原在薩拉班讓也有一家土產店；專收當地土產，運到新加波來發賣的。他在任生父親算盤上，加上自己的算子，同意幫助他。「你要本錢呢，就在那土產店支著吧。」這同鄉說。任生父親去到那裡探險了。這就選定松芽生比這塊土地。他捎信回老家，要任生全家到南洋：「鄉下土地房屋賣了吧，有份本錢，好在這裡押一注賭！我不稀罕老家，唐山不是人住的，這裡容易弄到土地哩。」他在信裡寫下這意思。但生活的命運，在祖國和這裡，有個共同點，他可不曾看得清。在祖國，他是自耕農又是雇農，一身而兩任。在這裡，就算土地租下來，在一定的十五年內算是你自己的。但這筆租金裡，卻有另外的一份：同鄉的借貸。他如同在「兩合」公司下，自己來下手耕種。他沒有想到年運不濟時，這一份無形的借金，卻能侵吞他有形的土地。這是一九二五年的事。任生十七歲，弟弟十五歲，還有一個老娘，一同到這塊新國土來了。任生父親也看出這裡種地的，不為打算自己吃，只打算出息，好在市場上掙些活錢來。在這裡，官家也不要人種稻糧；種樹膠、檳榔或者什麼出口貨，才合官家意思。事實上，官家有他好本領，米從暹羅、緬甸來，價格低廉，犯不著這裡少數人力去耕種。官家國度雖不同，利益卻可同打在一面算盤上：壓低暹羅、緬甸、越南種稻農民的生活，生活得比奴隸還不如，就有大米糧出口；這裡的人有賤米可吃，自然敢於把勞力犧牲在出口貨種植上。官家這樣做，既可分潤暹羅、越南、緬甸農民一份血汗，米進口，又可抽稅；有人種輸出品，國際市場可套取外匯，這不但兩得其利，而且是三面並進了。任生父親自然也依照這樣生活方式活下來。他種些蔬菜，供自己食用；搭茅屋，供自己住；燒新芭，墾荒土，種樹膠和檳榔。他日常生活費用的流轉，靠樹膠和檳榔是不濟事的。他就另分人手，製造碩莪，養豬；開始用手工製造碩莪，現做現賣，自己也偶然吃一點；碩莪渣，好餵豬。歷年賠貼些小本，把生活挨過，一個希望的王國全寄在樹膠和檳榔上。他以為這些東西收成了，子孫衣食，便有著落。但這一份歷年賠貼的小本，還須向同鄉商號支借。等到樹膠檳榔好收成，任生家外表興盛了，任生父親又把碩莪廠擴大，引進了機器；人手不夠，任生父親寫信去老家，投靠他的除阿叔外，還有多人。都是淨光身漢子，這正好。大家混著吃和做，算做一家人。他還僱上個阿根幫

碩莪廠做工。幾年前，他又造了這一所新房子，但也不費大本錢。從新加坡，邀來同鄉做木匠，畫樣，設計。任生父親和任生都幫著剖板，削柱，打椿，平地基。這木匠就是任生岳父，那個小老人。真是財來運轉，在這一次砌新屋中，任生父親和木匠兩個老人談上了，就結成了兒女親家。

　　任生父親覺得自己有兩份用不盡的財富，這便是自己一家人力氣和有生之日的時間。他在樹膠檳榔種上後，時間勻出來了，就來磨碩莪。他到樹膠檳榔好收成了，就請故鄉閒置的勞力，來補缺，磨碩莪，自己收割樹膠和檳榔。收割樹膠檳榔後，有剩餘時間，他叫同鄉木匠來建造房子。這二份財富，交互使用，說他是完全為子孫立業，也不是；他還有一份工作中享樂的意義。將勞力和時間，適當地結合起來，人有活動天地了，這就是他的享樂。在他是，沒工做，便不算是人。他常說：「做人閒不得，一閒就會病。還不如死掉好。」

　　但有兩種命運壓著他，他並不知道。資本的移行，就像一個中年人，頭髮從花白變為灰白一般。開頭幾年上，借小本，補生活的小缺口，但由少積多，再合上當初租錢一份借金，分量就重了。等到樹膠好收割了，市價並不見得好，只好把他勞力的成果賤賣了。幸而，在老遠的國度裡，出了一個大魔王，要屠殺世界人類，戰爭展開了。膠價上漲，這才救了他。在一九三四年前後，這雖是世界經濟長期蕭條時期，但他的出產品，卻有相當的出路；他馬上感到手頭有點活動了。他幾年內討進二房媳婦，也解除了大部分債務的束縛。三種生產品，再加上豬的出息：在一個不打算在金錢上享樂自己的他，確實覺得自己一身輕，工作也更起勁了。可是一九三九年，希特勒給他一下悶棍。希特勒悶棍打在波蘭人民身上，卻痛在他脊梁上。首先是檳榔沒銷路。據任生說，檳榔暢銷德國的；當染色材料最好。現在「此路不通」！其次碩莪也滯銷。樹膠還有美國人大量收買。但新加坡西人樹膠公會控制了價錢。像他那麼一點點生產品，大都經過土產商好幾手，拋給他的價值，已經不多了；這一來，可叫他受不住。而且，兩個兒子結婚時，又背上一些新債務，從城市頭家借錢來，早把自己未來出產品作抵押，卻偏逢抵押品不值錢。這樣，情形就像瀑布下瀉，再也阻不住；檳榔不採摘，任它自己下地；碩莪停了磨，廠屋也倒了。樹膠園抵押去一大半；只有屋後一小塊，還留給

自己，繫住個希望。而更不幸的是，1941年4月間小兒子──任生的弟弟，
又自己把自己砍死了！這老人家開始嘆息：流年不利，命運不好，地理風水
完結了。但他依然相信：自己力量還能打得出一個新天地。他要重新再開
頭。他在那年下半年，到薩拉班讓的正後面，另一邊海岸相近處，叫做黃泥
崗的那地方，開闢新芭去了。他和任生分了家，他帶了自己老女人和寡媳
婦；外加二個攏幫同鄉工人。而任生便做了這山芭的主人。任生在這些年
來，好像看到一種力量，威脅著他們生活：不論怎樣少吃儉用，勤工儉作，
還是打退不了這力量的壓迫。你說它就是命運，他也承認是的，但如果你不
做什麼大工作，有時還抽抽鴉片，散散心，提提神，那份壓迫他的力量，也
不見得更厲害。這叫他發現一個生活的規律：愛做不做做一點，半死不活拖
下去，倒有點喘氣的機會。幾年前，他就跟包超有聯絡，做私酒出賣，混得
一口飯吃。而這工作又多輕便簡易。這便使他什麼也不管，連養豬也只裝個
樣子。父親分出去，另打新天地，對他倒是更自由也更自在了。

　　這一切過程，就是展在我們眼前任生家那份荒涼的原因，任生家興敗的
簡史。

　　「人是不必活得太認真的。」有一次，任生對我這麼說：「像阿高，那
傢伙，一個錢要爭得眼紅。別說他用石棺材也裝不去，就是說在他自己這一
生，不會有挨苦叫窮的日子，我可不相信。錢，這東西，你說它沒有腳，它
可最愛串門子。自然咯，市鎮上，大城市裡，門面總比咱們住山芭的好得
多。錢，這怪東西，是愛熱鬧的，總要串門子串到洋樓大廈去。我爹想不
清，以為土地裡會掘出黃金，沒有的事。我覺得，錢既然有腳會跑路，我就
想出一個方法來：半路裡，一碰上它，就捉住它，放進袋裡。但它會遁走
的，不好多留住，趕快派用場，讓它走路，去串門子吧。我也使用過它了。
有人說，我家是我抽大菸抽敗的，我不相信。我不抽大菸，我家不見得就會
再興盛。我是有錢就抽，沒錢就不抽。地產押出去，是因為它不得不押出
去。這能怪我什麼呢？」

　　這是他的人生觀。是從他生活經驗中得來，而這又轉變為他生活方式的
一種注解；剖開這話的核心，有一份比椰水還冷的冰冷味。

三

　　我們也得安排自己的生活。坐食，用空閒時間，消磨自己的精神，這總不是一回事啊。

　　在來松芽生比前，老丫跟我們建議：自己來開個菜園。聽說有一塊當地人要出租的黃梨園，半荷畝大；地方座落在薩拉班讓對面文島上；老丫原住同鄉家的後山芭。我們計算：黃梨二次收穫後，也許可以回到新加坡去了。那時候，還可轉租給別人，倒也是一樁不虧本的生意。我們曾經到那裡去看過。半荷畝土地自然很夠我們用力了。園地四面是生芭，荒涼而陰森，黃梨也在自生自滅中，不上百株。屋子還像樣，高朗而玲瓏。但當我們一腳踏上它的地板，小劉整條左腿便陷進板裡去了，腿子就擦得跟松樹皮一樣，滿腿血痕斑斑。這是一個破屋廢園，荒涼淒寂的地方，我們放棄了開芭計畫。

　　但我們並沒有放棄力耕而食的風雅想頭。在找到任生家後，我們就想在那裡揀一塊土地，種植少許蔬菜。老丫早已在去直落島訪友的時候，買來兩把德國斧頭。這斧頭成為老丫的珍品，用紙頭包紮得非常好，夾在皮箱衣服裡。

　　「土地是有的。只是您先生，怎麼做得了工？」當我們和任生談起時，他冷冷地說。

　　我們沒理會任生這種鄙夷的態度。首先從任生雜具間，拿來兩把大鋤頭，來削屋前一塊地上的雜草。僅僅削上十鋤，我們便喘氣流汗了，連鋤頭也拿不動了。於是各自埋怨鋤頭太重，打鐵匠沒有算到像我們這種人所能用的鋤頭，真是該死的傢伙。

初刊《任生及其周圍的一群》（1950），
又見《印尼散記》（1984）

　　印尼人口高達二億八千萬，華人占總人口數不到3%，仍約1200–1500萬人，為東南亞最大華裔社群。印尼華人文化屢遭摧殘，唯宗族脈絡與信

仰價值仍然不輟。太平洋戰爭時期王任叔避難印尼小島，接觸華人庶民
墾殖生活，所記極其生動，海外生計之艱亦可見一斑。

巴人（1901–1972）

本名王任叔，生於中國浙江省寧波。1941年赴新加坡，並在南洋華僑師
範執教，與胡愈之、郁達夫等領導華文社群。1942年2月星洲淪陷，王避
難印尼蘇門答臘，日本投降後，參加蘇島華僑民主同盟，1950年任中華
人民共和國駐印尼特命全權大使。著有《印尼散記》、《印度尼西亞古
代史》、《印度尼西亞近代史》，及《爪哇現代史》、《荷屬東印度
史》等譯作。

逃亡

威北華

一

日軍還未在蘇島登陸，島上已呈全面紛亂到不能補救的地步，謠言變成了最可怕，最有力的武器。在市上，到處都可聽到各種各樣奇怪荒誕的故事，一些誇大日軍作戰的故事。市上盛傳日軍上岸後人民生活將得到大大改善，從東京和大阪運來的布，將以現行市價的十分一的價格售出。從暹羅和安南運來的白米，每斤只售一毛錢。民以食為天。聽到了這消息，的確有人希望日軍趕快開到，打破了沉悶了好久的僵局。他們夢想著一個荒唐的醉生夢死的黃金夢。他們妄想著生活會過得更舒服，將來會變得像天堂那麼美麗。

那時候，我正在棉蘭。

棉蘭也變成了謠言最熾的荒唐都市。本來談不到什麼鬥爭意識的守軍，竟連起碼的形式上的鬥志也瓦解了。在棉蘭的建築得很漂亮的馬路，敵人的兇惡影蹤尚未出現，而軍心已經渙散了。在對岸的馬來亞半島，烽火才燒著了半個島，而敵軍大捷的惡耗便像一條毒蟒猛竄過來，把善良人的心坎攪得惶惶不可終日，尤其是風聲鶴唳的華僑社會，更充滿了驚惶憂愁的情緒，有錢人老早已疏散到郊外去。商店都添築了堅強的圍牆，以防青黃不接時發生的暴徒搶劫，家家戶戶都置有槍矛及其他簡陋的武裝設備。女孩子們都把黑油油的可愛的長髮剪短了，企圖喬裝為男人。

我回到棉蘭，就碰到了幾個《新路》的築路人。想起了《新路》，我就會感慨萬分。《新路》是戰前棉蘭的一個最優秀的文藝副刊。我們在搞《新

路》的時候，對將來的希望是相當巨大的。我們總是希望在蘇島的荒原踐踏出一條康莊大道來。我們真箇希望成為七洲洋上一個時代的號角。我們總是要走在時代的前頭。在最險惡的時辰，我們便擠在一起，靠自己發出來的熱以求溫暖。

二

時代的暴風雨要起了。我們都集合在老高的家裡，還是很天真地在談計畫，在商榷我們應該做的事情。

老高是賣魚郎，但這卻沒有阻止他的學習的欲望。他沒有錢，但卻總是想辦法弄出一點錢來買書看。我們在埋頭苦幹，在搞起《新路》的當兒，卻是他提出了搞話劇運動的主張。我們在埋頭讀哲學理論，他看見烽煙蔓延在祖國的可愛山河，卻最先溜回去。在他寄給我們的信中，讓我們知道了他選抉了一條更堅強的道路，學習，戰鬥，打游擊。我們都曾羨慕他的具體表現。但是，南中國戰區的官吏的腐敗、黑暗、貪汙，以及祕密私通日軍的卑劣行為迫使他走回南洋來。

日章旗在檳城市政府大廈升起的那天，棉蘭的守軍已走個精光了。我從來沒有看過一支那麼懦弱的軍隊。

那晚，我們在老高的家裡吃飯。飯後，我們討論逃亡的問題。老高與老放已穿上了大成藍粗布製成的工人服裝。據玲子的解釋，這就是特別為流浪而製的衣服。流浪也需要特製的衣服麼？這在我心中倒是一個大疑問。

老高說：「我們就環繞著新市場走一趟吧。」

我們便列隊環繞新市場走一趟。

老放說：「四個人一排地走吧。」

我們真的四個人一排地，踏著整齊的步伐在走。

忽然老放把他的手杖拉成二段，裡頭原來是一把鋒利無比的劍。他揮舞著劍，唱起〈逃亡三部曲〉的一段來，我們也興奮地跟著唱——

流浪！逃亡

逃亡！流浪。

我們的祖國已整個在動蕩

我們已無處流浪已無處逃亡。

柏油路像一條死了的蛇，靜悄悄地，只有我們的健強的足步聲在響。

三

只有六個工兵，滿身腥臭的污泥味，踏著腳踏車沿著惹蘭拉也（王宮路）和惹蘭夜巴黎開進棉蘭來了。

六個工兵，沒有武裝，也不見帶有武器，就把腥紅的日章旗插在中央市場的中心。這就是我們日常聽到的堅壁清野，作戰到底的諾言的兌現麼？日軍不費一卒一彈便取得了蘇島的首邑，這樣的一個可悲又可笑的文明戲的收場，裡面卻不知混滲了多少血淚傷心事。印度尼西亞的苦難又進了一個新階段，新的黑暗時代的序幕就此揭開了。

可是，我們是不可能知道這一個出人意外的第一幕實情的。我們這群驚弓之鳥，老早已飛進百里外森林中築了一個新的安全窠。我們希望走得遠了，日軍便找不到我們。因此，我們自然也聽不到關於敵騎已踏踐到何方，或在做什麼勾當的消息了。

在逃亡的道路上，我們是不孤獨的。單單在我們這一區，就有十來間亞答屋子。在南面山背後，也有十來間正在建造的亞答屋呢。開始，我們倒不大注意別人的事情。我們都是在各懷鬼胎地，忠實執行著自私的「莫管他人瓦上霜」的策略。但是，在事實上這策略是行不通的。大家既然都在避難，未免會對旁人親熱起來。你不想接近人，別人卻要接近你，這是免不掉的。日軍迫近了，更多難民湧進來了。這使我們不得不像別人一樣盡量容納沒有住屋的逃亡人家。這是一個人道問題，我們不能不暫時拋棄了自私的狹隘觀念，把我們的窠公開出來作收容所。

這時候，屋中的牆壁是不再存在的。在我們的屋子裡，一個一個長方形的蚊帳便把大廳隔開成為六間小房間。兩間小房便讓給兩個大家庭居住。

就在這時候，在我們中間，竟捲起了一場小風暴。

四

在還未敘述這風暴之前，我要先講一講我們自己了。

關於老高，我也不想再多言。他雖然是個魚販，但他也是個很好的劇人：能編，能演，能導。老放是個音樂家，閒時哼哼動聽的小調，高興起來便在拚命作曲，或是在晚上拉他的小提琴到黎明。老方本來是棉蘭火車總站的工人，因此，他很適宜搞沉重吃力的藝術工作，他是個雕刻石像的能手。小劉是個詩人，他總是在努力埋頭寫他的冗長史詩。他計畫把它定題為：〈我是牛，我在尋求春天。〉，這的確是個題目太過奇突的詩。還有，就是我自己；有時作畫，有時在寫小說。

老放生來挺漂亮，熱情，衝動，我們愛叫他作花花公子。老高不但姓高，個子也很高，是我們校中的籃球隊的中鋒，動作緩慢而穩健，下象棋總是高人一籌，真是一個能遠視的巨人。小劉是一頭小牛，聲音是低沉而有力的。他特別愛好小夜曲的音樂，是個宿命論者。有時他憂愁起來，毅然建起了一道牆把自己封鎖在沉默底堡裡頭。在他的心坎中，他偷藏著一個多麼渴望著愛情的滋潤的念頭。還有我，因為生來又胖又醜，掛上了一副破舊眼鏡，活像一頭野豬，又像一艘船。他們就替我起了個綽號，把我喊作「破冰船」。

五

關於我們的小風暴，整個事件倒有點神祕。

在一個天氣晴朗的秋天的黃昏，夢娜就像晴天一聲雷劈進了我們的茅廬來。

當夢娜在我們的避難的小園地中出現，我們立即意識到這孤單單地在流浪底鋪道上獨步的女孩子不會是個弱者。她的嫣笑的臉上，見不到有害羞或害怕的痕跡。她不假思索地直奔向我們的屋子，便對站在門口的老放說，「我也是在逃亡的難民。我可以在這裡住下，暫時避一避已經迫近了的兵亂麼？」

「好哇。」老放沒有先徵求還在田間工作的我們的意見，就讓她住下來

了。

這是一個大善舉，我們也不能非議他。可是，他把我們的另一個蚊帳讓給她。使我們五人都得擠在僅存的一套蚊帳裡，這使我們叫苦連天不止。

嚴格地說，夢娜雖然不美，也有她的嫵媚處。我們很快便把她當作我們的太陽。她給我們帶來了太多的喜悅和陽光。

老方最先看上了她的充滿曲線美的苗條身材。經過了好幾次的苦苦哀求，她終於答應為他的模特兒。我們從來沒有見過一個那麼拚命工作的人。他真的一天在做十六小時的工，要為夢娜的美麗的頭造像。

在平日，夢娜是習慣於沉默的。她的緘默是有生命的，有光亮的，是美麗的。她的靜默的嫻雅比較一首朗誦詩更動人。但這並不是說她只適宜作供人看玩的花瓶。她不顧我們的一致抗議，竟擔起了主婦的任務來。她替我們洗衣，燒飯，及包辦了我們的「家」的瑣事。我們在田中插秧插得腰酸，只要看到她站在夾竹桃樹下向我們揚起手微笑，我們身上的疲倦便消失了。我們很快便發覺她已是我們所熱愛的繆斯。我們的勞動，流汗，吃苦，創作，都是為了她，都是獻給了她。

這種快樂是短促的。不久，我們發現大家都愛上了她。這是一場可怕的小風暴，充滿了嫉妒，競賽，猜忌，鬥爭的成分。我們不能因為夢娜而把五年來建築《新路》時期中所產生的同志愛毀滅了。於是我先掛出了免戰牌，先開一個商討全面解決方針的和談會議。

會議決定了用建設性的和平鬥爭去爭取她。我們每個人都要在月圓之前拿出一件作品來獻給她，由她決定取捨。於是老放在大力作曲。他公開說，他要寫出一首無言的短歌送給夢娜。老高在起草一部喜劇。他說，也許是三幕，也許是五幕，但卻是以愛情的角逐為主題。我麼？我正在與老方的石像比賽。我在描夢娜站在海邊的姿態。我一點也不吝嗇地用藍色在作我的構圖的基礎。我總是感覺有點心不在焉的苦悶在磨折我，使我不能在帆布上好好表現我對夢娜的情感。我總是在煩惱，要不然就是衝動。在晚上，因為我睡的位置最靠近她，使我在好幾個晚上失眠了。聽到她的輾轉聲音，嗅到她的秀髮的幽香，聽到她的囈語，我睡不著了。我的心在昂進地跳動，我老是看見她站在夾竹桃樹下的倩影。

　　還是小劉的態度最鎮定，有時看見他和夢娜到河邊去玩耍，有時也見到他拿起筆來在寫作。但沒有人知道他在寫什麼，他也沒有透露他所寫的是什麼，也許這就是一個詩人所以成為詩人的緣故。

六

　　月圓了。

　　老方最先揭開了蓋在石像上的黑布。我們也許深深地嫉妒他，但也得坦白承認這是件登峰造極的優秀傑作。石像那雙汪汪傳情的媚眼，那微笑的櫻唇，那插在鬢上一朵朵夾竹桃的紅花，那白皙光彩的玉肌，這就是愛神的再生像。老方對夢娜卻很冷淡，只見他在親愛地撫摩著石像，我們為了老友在藝術上的成就而感覺快活，我們也為了老方已放棄了對夢娜的追求而暗中歡喜。

　　老放拿出了他的小提琴和樂譜，我們都很緊張地在等待。從提琴發出來的第一段樂曲，竟如決堤衝出來的春天的山洪，那萬馬奔騰的激流，連堅強的夢娜都感覺有點受不住。樂曲的第二段卻充滿心碎了的哀調，低沉地呻吟，哀訴著單思的痛苦。夢娜聽了只在流淚。最後一段可又不同了。我們被帶進了一個不同的國度，只聽到粗厲的人群在吶喊聲，野蠻的求愛的旋律。在平原上燃起了燎原的春情烈火。從老放的靈感迸發出來激動的熱情倒使夢娜感覺害怕。

　　我對談情說愛這一門玩意兒一向是不行的。我要坦白承認，我對每個過路的少女都愛戀過，不論她是賣花或是賣唱的；不論她在廚房還是在戰場。可是我的愛戀僅止於在沉默中偷偷地思慕和單戀。因此，我的當然失敗帶給我的只有悲哀。寫情書嗎？我不曾起草過一封。寫情詩嗎？不懂。就是為夢娜而寫的肖像，我在過去積累起來的悲哀深刻地影響著我的作畫情緒，使我用了太多的感傷顏色。夢娜被我畫成一位憂鬱感的女人。我沒有希望她會看了感動而流淚。其實，倒是我自己在流著淚，我意識到這次的愛情嘗試又失敗了。

　　老高的劇本寫來倒很有力，內容既香豔，又有趣。老方替他把台詞逐句讀給我們聽，引得夢娜在連續發笑，我們以為他一定是獨占花魁的幸運兒

了。只有我們那頭小牛，躲在角落裡發愁。樣子是酸溜溜，連一點笑容都沒有。

「來呀，拿出你的作品來呀。」老放把小劉拉了出來，我們的視線都集中在他的害羞臉上。

「我沒有……」聲音小得像蒼蠅。

「來呀！來呀！」愛胡鬧的老高在嚷，活像他寫的鬧劇中人物，在搖首，在頓足，在招手。

「沒有，沒有……」聲音更小了，像小螞蟻。

「有的，他有一首詩。」夢娜忽然當起他的發言人來了。

「我，我——」小劉終於從懷中拿出一葉詩箋來。

題目是〈向日葵〉。形式是莎士比亞最愛寫的「十四行詩」。本質只是純情底傾訴。但是，用小劉年輕聲音朗誦來，卻是多麼生動可愛。這首詩有點像一瓶香檳酒，使我們很快就陶醉了。全詩只有十四行，不到二百個字，但卻把愛情的真諦充分表現出來。每行句子，每個字眼，都像一顆一顆金鋼鑽一般：光亮，堅實，十全十美。我看《西廂記》的描寫也沒有那麼香甜美妙。這首詩有艾青的清秀，拜倫的豪放，臧克家的謹慎，普式庚的熱情。

當小劉停止之後，我們沉默了好久，講不出一句話來。還是老方最先打破了沉默，「祝福你，小劉。這的確是一首好詩。你是我們的桂冠詩人。」

小劉望著夢娜，兩個人突然朗聲笑起來。小劉把手挽著女的細腰，她在臉紅。

「謝謝你們的過獎，」小劉說，還把臉偎著她的臉，「可是，這詩不是我寫的，是她寫給我的。」

我不必再描寫我們當時的感情，相信大家也能想像這風暴是怎樣平下來的。那天晚上，我總是夢見一頭公牛和一頭母牛在我的田園中亂衝，我整夜總是聽到牛鳴的聲音。

出自《流星》(1955)

威北華是南洋文學的傳奇。少年漂泊的遭遇，游擊戰爭的經驗、印尼殖民現代主義的浸潤，左翼革命的理想形成他獨特的視野和風格。1940年代印尼棉蘭危機四伏，一群逃亡者卻將他們的生命演繹成具有淡淡荒謬色彩的青春之歌。

威北華（1923–1961）

原名李學敏，生於馬來西亞怡保。另有筆名魯白野等。從小四處漂泊，日據時期在棉蘭、雅加達一帶流亡，參加印尼獨立戰爭。1948年定居新加坡。著有短篇小說集《流星》；散文集《春耕》、《印度印象》、《獅城散記》、《馬來散記》；合集《黎明前的行腳》等。

峇峇

杜運燮

　　照目下一般的習慣，華人常以「僑生」為「峇峇」的同義字，英國人也把它簡釋為「Straits-born Chinese」（Straits即Straits Settlement的簡稱，過去新加坡、檳城、馬六甲三地合稱為「海峽殖民地」）。就筆者所見的中文書籍中，解釋得比較詳細的要算張禮千先生《馬六甲史》中的一條小註：「Baba」一字有數解：稱生於歐洲各國殖民地之歐洲人，及由歐洲人在殖民地中所生之土人一也；對葡萄牙人之尊稱二也；稱生長於殖民地之歐洲人、歐亞混種人及華人之男性，以別於生長於歐洲或中國者三也；專稱生於海峽殖民地之男性華人四也。今則吾僑之富家子弟，其出生於斯土者，概稱Baba，通常譯為「土生」或「僑生」，實則義為公子。

　　其實，這種解釋仍嫌不夠完全。

　　在馬來半島，嚴格講來，「峇峇」一詞並不適用於專受華文教育的「土生」華人，也不適用於雖生於馬來半島而卻未有機會受教育，並尚有眷屬在中國的勞工階級。換言之，典型的峇峇應該是：他的父母已在馬來半島很久，兩代或五、六代，與中國的關係幾已斷絕，自幼受英文教育，在家講馬來語或英語多過原有的粵閩方言，或甚至完全不能講中國方言，母親和妻子穿娘惹裝（格峇雅和紗籠），吃飯不用筷子，而用手或半西式（用叉匙與盤而無刀），職業是政府公務員、洋行職員或經商。如一定要用一句簡單的話來概括，那就倒不如稱為「歐化的馬來化華人」更為恰當些。

　　峇峇中最初原有福建、廣東籍之分，後因福建人在成家立業、年老回中國之後，仍將其子女和財產留在新、馬的較多，數目上福建峇峇就占多數，久而久之，廣東籍峇峇也就漸被同化，而合成為一個「同類的社群」了。

　　關於峇峇這個名詞的來源，有過不同的說法。去年（1949）新加坡英文《海峽時報》上曾有人提起「峇峇」名字的由來，後有一檳城峇峇答覆，他所聽到的說法是這樣：數百年前，有一批華人來到馬來半島，終於定居在檳城附近的一小「甘榜」（村）中。其中一人認識了一個爪哇血統的馬來女人。他們由相好而同居，並生了一個男孩。那馬來女人問其丈夫要叫什麼名，丈夫說隨便什麼都可以。那馬來母親便喊他為「峇格吉」（Ba kechil）「格吉」為馬來語「小」的意思，譯為華語似「小娃娃」。過不久，父親因為「峇格吉」太不順口，便縮短為「峇吉」。「峇吉」長大之後，鄰人們覺得再喊他「小娃娃」，不大恰當，遂改為「峇峇」。據說自那時以後，凡是有馬來血統或馬來化的華人都被喊為峇峇了。

　　另一種說法則認為峇峇一詞來自印度語（Hindustani）。據說「Baba」與另一馬來名詞「Bai」都來自印度語的「Bhai」，其義為「兄弟」，印度孟加拉省及北印度的人民均普通用以互稱，以示親熱尊敬。當「Bhai」被馬來語採用而成為「Bai」之後，自然而然照馬來語的習慣一變而為「Baibai」再變而成「Baba」了。

　　另外還有人根據1838年的《烏爾都語英語辭典》（"*The Dictionary in Oordoo and English*" by J. T. Thompon）裡面「Baba」條的解釋為「Father, sire, sir, child」故認為峇峇一詞來自印度話。

　　在新加坡當過多年律師，並為《華人的風俗習慣》（*Manners and Customs of the Chinese*）一書著者的渥根（J. D. Vaughan）亦稱：Baba一詞原系印度孟加拉省的土著用以稱呼歐洲人兒童者，後來大概是因在檳榔嶼的印度罪犯用以稱呼華人兒童，而廣被採用。

　　從馬來語中含有大量印度語，以及印度文化給予馬來半島早期歷史的影響方面看來，峇峇一詞來自印度語的說法當較可信。

　　至於到底是哪一位讀書人，竟會想得出用這麼一個只有在康熙字典中才能找得到的怪字「峇峇」，則更無從查考了。

　　中國人與馬來半島的關係本來極早，《梁書》中就曾提到現今馬來西亞北部的「狼牙修」。許多歷史學家並認為中國人在史前即曾來過馬來半島了。不過華人大批移入馬來半島，則在英人控制馬來半島、開始大掘錫礦廣

種樹膠的十九世紀末。他們多半是以「賣豬仔」或「准豬仔」的方式來的。
這些老實的農民當了幾年（不一定都是三、五年，也有的因染上菸癮，還不
了債，畢生做豬仔的）豬仔後，就出去自由謀生。多半克勤克儉，省吃省
穿，經過數年或十數年的勞動，積蓄一筆小款，而變為小商店主人或小橡膠
園主。這時他的年紀大約有三十來歲了，於是就回國娶妻帶來南洋（也有託
人娶了帶來成婚的）。運氣好的，就此安定下來，兒女有了受教育的機會。
但也有不回國結婚的，娶了土生的華人或混種女子，在當地成家。他們離家
日久，子女更未見過中國，一年復一年，終於幾乎與中國斷絕關係，且因受
殖民地教育的關係，也漸漸對中國冷淡下來。加以又看到中國連年戰亂，中
國來的都是窮光蛋，同時自己吃了「紅毛頭路」，經濟情形較佳爬上小資產
階級後，就開始輕視起不洋化的「唐山阿叔」了。

　　這就是「峇峇」社群的形成來歷和過程。

　　在外形上，峇峇與非峇峇的普通人並無不同處。習慣上，他們也仍保持
著燒香拜祖先，拜神（多為「大伯公」），過農曆年（門前懸著一塊紅布）
的舊習。運動則特喜羽球（曾獲全球羽球冠軍的黃炳順就是新加坡的峇
峇）、足球，以及馬來人所玩的藤球（Sepak Raga）。一部分峇峇且改用手
抓飯吃，語言也換了講馬來語和英語，雖也有保持著講原有閩粵方言的，但
也都「馬來化」，變了音。服裝倒並未馬來化，只是換著「西裝」而已。

　　關於峇峇的性格，據宋旺相《新加坡華人百年史》中所引1914年英半官
方《海峽時報》發表〈峇峇的性格與傾向〉一文中有這樣的評論：

　　　關於他們的守法、自制和可靠，或盡可歸因於其民族性……至於他們對
　　地方當局及外國雇主的忠實，較少犯罪傾向而能自重，可能系因其氣候、教
　　育、經濟環境的改良……最近中國政局的變動，對於這一批勤勞、現實、穩
　　健的人民並無多大影響。他們的相當同情革命黨的目標和計畫自易了解，但
　　他們之不至於受一批黨人所號召而自動犧牲其個人安全，損害其物質權益，
　　也是預料可及。……

　　在體力的耐勞程度方面，僑生可能不及中國出生的華人的堅忍耐勞，所
以他們一般並不從事苦力、技術工人或小販等工作。他們多業譯員、書記，

或中間人。故在膠園、礦場中，以及雇用甚多不熟練華工的地方即少不了他們。在碼頭或輪船上，他們業倉庫管理員、貨物管理員。看他們那種沉靜，泰然自若，敏捷而不倦的樣子，在檢查混淆繁雜的貨包和號碼而絲毫不誤，使人感到雖然他們在膂力方面不能如其國內同胞一樣發展，然仍完整地保持著其民族的銳敏知覺。……

在風俗習慣、精神特點及宗教信仰方面，他們與中國出生的華人並無分別。……他們在居宅衣著方面，比其鄰居略較清潔，也許也較喜歡享樂和表面的炫耀。對於戶外運動，他們無拘無束地參加英國人的運動遊戲。他們慷慨地捐助各種慈善公益事業。拿起了酒杯，他們也許要較吵鬧些，較喜爭辯而較不莊重；他們相互之間也許較粗魯而不大溫順；也許他們在表示意見方面較為獨立。但是，在這些所有的表面行為之下，我們可以容易地看到那同樣的兄弟愛的民主精神，對於老者和學識的尊敬，對於中國祖先崇拜禮節所需要的物品與義務的服從。……

在教育方面，他們已經勇敢地脫離其鄰人的舊法了。為了適應目前生活環境，保持其既得財富，並建立其將來有系統文化的鞏固基礎，他們寧願讓他們的子女去受良好的英文教育……曾經有好多次，他們要求接受技術教育和較高級教育，但一般講來，他們還是滿足於獲得一種良好實用的商業訓練……但他們也不會忘記鼓勵幼輩學習適量的中文。

這是英國人的看法，而峇峇宋旺相在其史書中特予引錄，雖未加評論，看來也很表示贊同。

峇峇的語言雖說是以英語與馬來語為主，但講得更正確些，其英語應是（一）馬來腔調的英語，（二）美國俚語，（三）馬來語三種語言的混雜語言。所謂馬來腔調的英語是指其腔調近馬來語（最後一個音節略高），以及應用許多馬來語尾，如「kah, lah」，及最奇怪的來源不明的「man」等。所謂美國俚語當然是因美國好萊塢電影、連環圖畫（所謂comics）、偵探小說、奇情小說等在馬來半島各地氾濫的結果。至於英語中夾入馬來語彙，那多半是因其教育程度有限，有許多意思僅能用馬來語來表達。還有，其感嘆詞除英語的「I say」等之外，亦多用馬來語的「Allah mak」，「Chelaka」， 「mati-lah」等。這問題，最近英文報上也有峇峇提出討論，並舉有典型例子，好在很短，不妨抄在下面，以見一斑：

地點：電影院前。

甲：I say（英），tickets（英）sudah dapat kah（馬）?

中譯：喂，票買了嗎？

乙：Yes（英）Iah（馬）. Don't know why you want to see this（英）lousy（美俚語）picture for（英）ta guna lah（馬）.

中譯：買了。不知道你為什麼要看這麼糟的片子。沒用啦。

甲：What do you know, man? Ah Hock saw it last night, He said it's a（英）swell（美俚語）show.

中譯：你懂得什麼？阿福昨晚看過，他說這片子呱呱叫。

乙：Allahmak（馬）Why, you listen to that chap kah? He knows nuts about films, man,（英）Chilaka（馬）if you didn't blanja（馬）. I won't have come, tidur（馬）also better（英）.

中譯：天哪，你聽那個傢伙的話！他對電影懂得什麼？嘖，假如不是你請客，我就不會來了——睡覺還要好些。

1950 年

出自《熱帶風光》(1951)

峇峇，土生華人或海峽華人，泛指早期中國移民和東南亞原住民通婚後的男性混血後裔。女性稱為娘惹。這一族群因血緣、文化混同過程，形成獨特的生活形態與社會關係。杜運燮此文作於1950年，適值他決定自身歸屬時刻，因此另具意義。

杜運燮（1918–2002）

出生於馬來西亞霹靂州實兆遠，三〇年代赴福州讀書，後畢業於昆明西

南聯合大學外文系，為「九葉詩派」成員之一。曾任中國遠征軍隨行翻譯到印度、緬甸，1947–1950年南下新加坡的南洋女中和華僑中學任教，期間以吳進為筆名出版散文集《熱帶風光》。杜1950年赴香港擔任編輯，後至北京任職新華社編譯。杜與新馬文學淵源頗深，曾於1984年在新加坡出版詩集《南音集》、1993年在故鄉霹靂州出版詩集《你是我愛的第一個》。另有個人詩集《詩四十首》等多部。

進退維谷

韓素音

林曼菲、莊喬茗　譯

　　「妳會習慣的，」貝茜恩說道：「妳會慢慢兒習慣馬來亞的，我親愛的姑娘兒。」她的捲舌音是模仿在蘇高斯大學就讀時的當地口音。貝茜恩醫生是身材高挑的歐印混種人，身披淡色喬其紗紗麗，脖子上掛了副聽診器，一雙棕色明眸、濃密睫毛，流露出貴族氣質，這樣的五官，正適合出現在《生活雜誌》封面，配上「摩登亞洲女性」的標題。

　　這是我來婦幼科接替貝茜恩的女醫官職位第一週，她馬上要調回吉隆坡了。僅僅一週，我心裡頭的氣惱、怨恨、憤怒就像在女巫坩堝中沸騰、翻滾、嘶哮的熊熊烈火。貝茜恩若無其事地告訴我，「馬來亞就是這樣的。」

　　「大家剛開始都跟妳一樣，」她重複說道。這裡的「大家」指的是和我一樣新招進部隊的醫生。「過了幾個月他們就習慣了，馬來亞就是這樣的。在馬來亞，一切都需要花上很長很長的時間，事情有時辦得出來，但通常不會，妳越急躁就越崩潰。我也崩潰過，之前被派去的吉隆坡醫院其實是軍營，現在又要回那鬼地方。」她笑了，笑聲高亢，洋溢熱情與善意，一邊不停地轉動聽診器的一端。貝茜恩以笑聲嘲弄她自己，以及混亂、設備簡陋、診間擁擠的周遭環境。記得上班第一天，發現醫院有一半病房是關閉的，令我大吃一驚，那時貝茜恩也是這樣笑的，「因為護士人手不足。」她說道：

　　「我親愛的姑娘兒，看看這候診室，妳不覺得一棟耗資百萬、如此宏偉的建築，既然有八十碼長，五碼寬的走廊，就應該有間像樣點的婦幼候診室嗎？哼，當然不會有，在這個國家，婦女根本不重要。分給我們這間小房間，每天一百多號人為了找我看病拚命往裡擠；不過，從明天開始就換妳

了。」

「這就是為什麼我叫這裡白色的墳墓。」說完她又一如往常地笑了：「其實還有比這更糟的地方。不能怪醫生……，我們都很努力工作，但卻受夠了跟效率低到近乎癱瘓的官僚體系抗爭。事事都讓人消沉，最後只好放棄。要怪就只能怪緊急狀態。經費短缺，沒有錢什麼事都辦不成。」

「什麼辦不成的事都用緊急狀態當藉口，這我早就厭倦了。」我回答道。「因為緊急狀態，什麼本末倒置的事都做出來了。這個國家的問題不只出在緊急狀態。在北馬有個小鎮，要等上九個月跟花幾千塊錢賄賂官員才能拿到羅厘駕照；有家我去過的醫院，護理人員要等三、五個月才領到第一個月的薪水，只好去跟放款的人借錢過日子；我聽說有間州立醫院，護士過去兩年來都沒有調薪。這些事情都不能怪緊急狀態啊。毛病出在官僚以及貪汙腐敗，而不是森林裡的恐怖分子。」

「我們這裡有一個專門用語，」貝茜恩說：「叫做『低打罷學』。[1]這是馬來話裡最重要的詞彙，你越早領悟它的精神，越快習慣這裡的生活。『低打罷』，意思是『不要緊的』。是法文『我不在乎』跟西班牙文『明天』的複合詞，也有『上帝的旨意』的意味。『低打罷』，你做得越少，越不會讓同事的『低打罷學』現形，就越容易升官。什麼都不做，就不會犯錯。我以前總愛據理力爭、工作過勞、憂心過度，直到院長一句話點醒我：『年輕的女士啊，妳認真過頭了。』後來我就盡量以低打罷學處世了。」

但我知道貝茜恩絕不會向怠惰低頭，對「低打罷學」視若無睹，而是直白地戳破、撕開虛偽的假象；衝撞某些政府部門中對方便做事或保有職位至關緊要的隱密人事網絡，揭穿那些拉攏、關說、裙帶關係；凌晨兩點起來巡視嬰兒餵奶情形。……貝茜恩是個好醫生，但我不知道在這種處境她還能撐多久。

「低打罷啦，醫生。」醫院護士多樂美說，她眼睛大大，眼神悲傷。多樂美是淡米爾人，當過許多在門診值班的醫護人員的幫手，其中包含英國

1　譯註：低打罷學，原文為作者自創的 "Tidapathy"，為馬來文 "tidak apa" 的混成詞，意思是「沒什麼」、「不要緊的」、「沒關係的」。

人、華人、印度人、歐亞混種人，偶爾也有個馬來人。她已經在政府部門服務了二十三年，因為護士人手不足，本來已經退休，她又重新投入醫療工作。在日本占領時期，她種過木薯，挖過芋頭，走好幾哩路去買那麼一點黑市米，她也縫過麻布袋、當過割草工人。她生了八個孩子，另外還領養了四個。哪怕遇到上百名病人發瘋尖叫，她也能保持沉著冷靜，但面對英國女護理長，她卻支支吾吾、不知所措。這位護理長常常在十點的時候大搖大擺地走進門診部，大聲斥責多樂美、看了醫生幾眼、清點注射器數量、命令清潔阿嬤打掃病人腳下地板。接著，她會掃一眼牆上的圓形掛鐘（比正常時間走得快），然後前往下一站：長官專設門診、男性門診、產前診所……，醫院這麼大，看護人手不足，無法整間巡視完。

「低打罷啦，醫生。」醫院護士多樂美說，這個詞從她嘴裡說出來的安慰效果真強大。「醫生性子不能太急啦。這種天氣很容易上火，生氣對身體可不好。我們應該要有跟男醫生一樣大間的候診室，但有什麼辦法呢？很多醫生都要一直寫很多很多信給衛生部才能分到的啦。但是醫生妳看，那些病人已經很高興了啦。只要有女醫生可看她們就很高興了。男醫生她們可不喜歡給看病。妳來這裡之前，我們的醫生是可憐的桑德里山醫生，他是好醫生吶，不過病人就是不給他檢查，他能怎麼辦呢？只好每次都靠猜測看病。」

「有一次，桑德里山醫生推斷一位馬來女孩患的是心臟病，要替她檢查，卻被控告說那是失當的不法行為。」貝茜恩告訴我說。

「不管怎樣，醫生們現在必須喝點咖啡了。」多樂美看了看時鐘，吩咐我道：「查房後先來杯咖啡再去看診吧，不然會吃不消的。這地方不健康。」她對我說。多樂美將這些顯而易見的事情講得這般精準，讓人不禁要驚嘆道：「說得真對！」

「白喉病患坐在那裡咳個不停，得了肺結核的老太太往地上吐痰，嬰兒則同時上吐又下瀉。我常得提醒阿金，那個打掃阿嬤，拖地水裡一定要多放點來舒消毒劑，但阿金懶散粗心，老是忘記。阿金！阿金！」她突然用馬來語喊道：「快去沖咖啡給醫生！」

這個時候，出現一個穿著卡其制服的矮胖女警察，肩上別著銀色與黑色徽章，一頭鬈髮上端正地戴著貝雷帽，她推開人群向前進。只見眾人坐著、

站著、蹲著，甚至還有人躺在候診室髒亂的地板上，到處都是腐爛的香蕉皮、吃剩一半的橘子、蘇打餅乾碎屑，融化的巧克力、嘔吐物以及排泄物。這些髒汙物阿金阿嬤本該在中午之前清理乾淨，並且用來舒消毒的。阿金也患了肺結核，五個孩子夭折了，她被分配到門診部當護理員，根據醫院法規章程的說法，那裡工作輕鬆。

女警粗魯地用胳膊推開眾人，大步往前走，全然不顧身後的忿忿不滿。權力就是特權。緊跟在後面的是阿眉與方婕，她懷裡抱著在拘留營出生的三個月大嬰兒。一進入小小的問診室，女警馬上立正敬禮。多樂美通常會把病人請出去等，但她不一樣，她是警察。多樂美把門關上，用全身的力量抵著門，防止候診病患再次把門擠飛。

「這個犯人說她手臂不對勁。」女警用英文說，把阿眉往前推。

「她的手臂沒有什麼問題。」貝茜恩說：「我之前就替她看過了，那時候我也是這樣告訴她的。手臂上只是一些咬痕，可能是水蛭或蚊子咬的，不然就是被森林裡別的什麼咬的。」

我看了阿眉一眼，心裡還是這麼想，「她長得真好看，笑容那麼溫柔。」

貝茜恩用她蹩腳的馬來話對阿眉說：「我再開點藥膏給妳塗在手臂上。」

「那個藥膏有怪味，我聞了會頭暈。」阿眉用福建話跟女警說。女警的名字叫葉羅詩，她通曉六種華人方言、馬來話、還有馬來亞英語。她把阿眉的話翻譯成英語：「她說藥膏讓她聞了不舒服，醫生。」

「我覺得她可能需要特別一點的藥，有香水味的那種。」貝茜恩語帶嘲諷說道，「那姑娘兒在挑戰我的底線。」

多樂美接過話來，把剛剛貝茜恩所說的翻成簡單的馬來話給阿眉聽：「醫生說不可以的，不要做這樣嵩甫[2]的女孩。」

阿眉其實通曉馬來話，卻不屑表現出來，只是淡淡地笑著。

「還有這個小嬰兒，醫生也看看吧。」羅詩說，用胳臂把阿眉拽到身

2　譯註：嵩甫，馬來話"sombong"，「傲慢」的意思，多樂美其實是說阿眉「死腦筋」。

後，又猛地將方婕往前推。

「煞激。」[3]方婕笑得很開心，碎花短上衣遮不住她圓滾滾的肚子，身體因為憋笑而微微顫抖。她很有禮貌地對著我們咧嘴而笑，露出四顆鑲邊鍍金黃銅門牙。每顆牙齒閃閃發光的金框中有個心形窗口，露出牙齒本身的顏色。愛心和菱形是馬來亞華人口中最常見的造型，不過，我也曾在診視一位馬來人特警時，在他口中看過一個黑桃形。

「煞激，很不舒服。」方婕重複說，咯咯的笑聲中充滿了悲哀。嬰兒的臉乾癟又皺巴巴的，眼睛張得很大但呆滯無神。

「哈哈，」葉羅詩笑了，一張盤子大臉搭配著鈕扣眼，五官就和制服一樣整齊，簡直就是倫敦警察的馬來亞分身。「昨天有個紅毛鬼佬記者來拘留所採訪，方婕跟他講：『煞激，煞激。』那個紅毛鬼佬還以為她跟他講自己的名字。『這個名字真好聽，煞激。』他跟她說。」葉羅詩邊說邊拍著大腿大笑。

阿金一陣爆笑，把女警的話翻成馬來話給多樂美聽。原來羅詩覺得貝茜恩會對「紅毛鬼佬」這個稱呼反感，最近大家都這麼喊歐洲人，因此刻意講廣東話。

「笑，笑，」貝茜恩在給嬰兒看診，不滿全寫在臉上，「你們華人就是喜歡笑。這種陋習很無禮。我們印度人會哭泣（貝茜恩屬於戰後寧願說自己是純亞洲人的歐亞混種人），我們會為他人的不幸哀傷落淚，這才是人之常情。來，抱妳的孩子，我得寫申請表。」

方婕接過孩子，幫他套上衣服，繫腹帶，戴羊毛帽，穿羊毛襪，最後裹了一條拼布毛毯。嬰兒開始收縮，他被緊緊地纏在她寬厚的胸脯上，頓時顯得特別嬌小。嬰兒的脖子上掛著一個小十字架，是位天主教神父送的禮物；還有用鑲銀虎爪；一小捆羽毛、銀鎖；別的宗教的護身符與避邪物。小嬰兒左手腕還繫著一根黃線。方婕為了祈求保祐孩子平安健康，行了多少見不得光的賄賂，多少次低聲下氣的懇求，經過多少次女獄史和獄警的手，這些護身符最終才到達孩子身上。但孩子還是病了，非常煞激，病得很重。

3　煞激：馬來話"sakit"，「痛」、「不舒服」或「生病」的意思。

　　「笑，笑，」貝茜恩重複道，一手拿著電話聽筒，通知住院部準備病房給嬰兒，否則護理長很可能會把他跟寫著「無空床」的紙條一塊送回來。這是繁瑣的流程。「我的未婚夫（他在刑事偵察部工作）上週起訴了一群資助匪徒的人，他們是尋常的割膠工人，開著羅厘去膠林時因為天雨路滑，加上車速太急，在轉彎處打滑，車上的膠工頓時東歪西倒，嗖嗖一聲，大米紛紛從他們的頭巾、口袋、襯衫、腰帶、短衫間掉了出來，他們身上塞滿大米要帶給森林裡的人。『從來沒看過這種怪事，』我未婚夫說：『那些割膠工人急忙站起來大笑，笑得前仰後合，假裝看不見散落一地的大米，假裝不知道米是哪裡來的。』

　　「我未婚夫代表訴訟方出席開庭，被告席上有一個女孩，應該是民運分子，十七歲左右，她忍不住大笑起來。法官大發雷霆，拍著桌子大聲質問：『什麼事這麼好笑？妳犯了重罪還這麼無禮。告訴大家妳在笑什麼？』傳譯員被法官的憤怒嚇壞了，說道：『快說，妳到底在笑什麼，否則從重處罰。』女孩還在咯咯地笑，她指著法官說：『因為，他的大鼻子好好笑。』但法官沒有因此而加重處罰，她跟其他罪犯一樣被判刑三年。」

　　「是個心地善良的人啦，班克斯法官。」多樂美衷心地說，「他清楚小女孩的脾性，他自己也有女兒。」

　　那扇沒人看的門猛地打開（多樂美走開去收咖啡杯），一個全身赤裸的淡米爾女工，手膝著地爬進診室，她滿頭灰髮，嘴唇因長期食用太多石灰的檳榔而潰爛，口水從嘴角漏到下巴，臉上遍布青紫厚痂，身上沾滿蒜油和牛糞，在尖叫聲中匍匐前行。多樂美和阿金立刻撲向她，把她推出門外，趕緊關上門。

　　「神經病，這個人。」多樂美隨口說道。我已經蒙她照顧了。她握住我的手。那是一雙迷人的手，色澤黝黑，留著淡粉色的光澤指甲；那是美麗健康的南印度膚色，柔軟，皺紋細緻，就像降落傘的絲綢。

　　「不要跟我說沒有空床，」貝茜恩對電話大吼，「嬰兒馬上要過去……那行，把那個女孩連床墊一起放在地上……我才不管她是不是英國顧問的花匠頭手的侄女……」

　　方婕意識到嬰兒要住院的瞬間，壓抑已久的淚水伴隨著哀嚎一瀉而下，

笑聲全然消失，她緊緊抱著嬰兒不放。孩子離開母親懷抱的話會受驚嚇死，要麼讓她也一起住院，要麼給孩子打一針，再讓她把孩子帶回拘留營照顧。羅詩故意用福建話、潮州話、廣東話和馬來話勸方婕不要犯傻（羅詩明顯是在炫耀）。方婕一味的搖頭，滿臉淚水，忽然間搬出丈夫亡靈來。「他死後大家都在害我、誣陷我，把我關在牢裡關了好幾個月……我又沒做過什麼錯事……」

「沒做過什麼錯事！」羅詩大聲喊道，不過她的咆哮不是在發脾氣，「那這孩子哪來的？妳說！」

「我們人民活在水深火熱之中，」方婕嚎啕大哭，「我們夾在兩股恐怖勢力中間，一面是警察，一面是裡邊的人，我不想活了。」

「閉嘴，」女警葉羅詩說：「別瞎扯這些讓祖先蒙羞的空話。妳真的要我們相信，妳那麼聰明找個別的男人來替妳森林裡的老公幹那回事？」話裡習慣地夾雜了沒有惡意的髒話：「跟匪徒廝混，這就是妳坐牢的原因，就算他是妳丈夫也一樣。」

清潔阿嬤阿金聽了捧腹大笑，翻成馬來話給多樂美聽，多樂美突然臉色一沉，悲從中來，就像她有時突然心情大好一樣。方婕從滿臉淚水中擠出笑容，深情、熱切地望著孩子，那是她森林男人的兒子，然後跟著多樂美離開診室往病房去。羅詩整理好服裝儀容，向我們敬了禮之後，也跟著她們走了出去，完全忘記了另一名犯人阿眉還在，於是我只好幫忙照看。

這時，貝茜恩在阿金的幫助下開始檢查別的病人，以分辨哪些是真正患者，哪些為了拿藥而裝病，哪些只是為了張請病假用的就醫證明。阿眉站在角落裡，用標準的華語和我聊天。和所有的馬來亞華人一樣，阿眉會說至少三種方言和標準的華語，因為她在華文學校讀過兩年，之後就進去森林。

「我和方婕很熟。」她說，充滿稚氣的臉龐朝我貼近。「那確實是她丈夫的孩子，她丈夫是裡邊的人。她讓那些人在她的小木屋過夜……，她還提供他們食物。他們北上時，通訊員會在那裡休息。方婕不承認孩子是那個森林裡的男人的，擔心紅毛鬼會利用她，強迫她寫信給那男人，設下陷阱抓他。所以她跟紅毛鬼說孩子是一個旅行業務員的。當然，每個人都知道她在說謊，除了紅毛鬼以外。沒問我之前他們是不知道的。」

「妳告訴我這個做什麼？」我問道。

阿眉沒有回答，似乎沒有聽到。我不想讓她心生戒備，所以沒有追問下去。葉羅詩帶著方婕回來了。一個淡米爾司機開著黑色警車，載著三人離開。

* * *

夜色倏忽降臨。光明世界一瞬間就跨入黑暗世界了。黑夜如同暗門猛地闔上，隔絕了日落時分豔麗的萬象。天邊橘紫色的雲朵有如烈焰，與湖澤閃爍的倒影交疊向酡紅的天空延伸，靛色山巒綿延不絕環繞天幕。頃刻間，餘暉從百葉窗落下，消失在眼簾中，遁入濃密的夜色，不見緩緩低垂夜幕與冉冉升起的黃昏星。片刻之後，群星就會閃耀，月亮也會出現，但在夜晚真正來臨之前，只見一片闃靜深邃的夜色籠罩著馬來亞。

醫院在白天已無比巨大了，在夜間，它更宏偉地佇立在茫茫夜色中，彷彿座落在失衡幻境中。所有公共建築都蓋得異常龐大，彷彿有巨人要在裡面工作。從瓷磚走廊的一頭到另一頭，我的腳步聲在耳際響起，死寂、毫無生氣，沒有半點迴音，所有的迴音都被這棟石頭、磚塊與水泥堆積起來的巨大建築吞噬、扼殺了。深夜，在這條長廊上，我被恐懼淹沒。害怕永遠走不到盡頭；我來回走著，感到十分虛幻，人生似乎失去了意義，彷彿活著，歸根結底，不外是在夜色覆蓋的長廊上踱步，在無窮無盡的漆黑溝壑中行走。

或許這就是貝茜恩口中的馬來亞。在我看來，所有事情都因循守舊、雜亂無章、失度不當、枯燥無味又詭譎怪誕，所以才給人一種不真實的感覺。我不該妄想追根究底，或是從這當中摸清背後的意義，因為如同走廊上的腳步聲，任何事件都激不起迴音、任何行為都漠不關心，任何解釋都是空話；這裡只有對繁榮反覆的狂熱，那是成長的原始本質，也是我深深領會的暴力，而我不該賦予它任何定義，因為目下它毫無意義。這就是馬來亞，除了混沌之外，一切都尚未成形。

走廊的盡頭是病房，這裡被黑暗無情地簇擁著，T字型病房兩端零零散散地掛著幾盞燈泡，但燈光晦暗。病房兩端各長八十碼，寬十碼。在每端兩

側，在手電筒的照射下，可以看見一張張灰色病床上或堆滿雜物，或無人占用，但紊亂不堪。兩端病房交叉處有一張大工作檯，夜班護士的座位就在那裡，一盞檯燈彎彎地照亮桌前，她伏案寫個不停，永遠寫不完的夜間值班報告。

夜班護士的工作量總是超過負荷，其他的護士也一樣操勞過度。一位護士要照顧一百二十床病患，跑上跑下看護他們，根本無法同時兼顧左右兩側。當她在一側病房忙的時候，另一側的動靜是完全無法注意到的。眼不見，耳朵就聽不到。得要有一位大漢的嘶喊，或一位壯丁的喧囂她才聽得到，然後在昏暗燈光中踩著光滑的瓷磚跑向另一側。病人打針時間到了，她就得趕緊跑到二十碼外到放推車的房間，急急忙忙地推著嘎嘎作響的推車衝向病床，最後再回到值班區。我看見她抬起頭，眼光因桌燈光亮刺眼而模糊，她向那三條灰暗的甬道望去。她沒有認出我，也聽不到我的腳步聲，直到我離她二十碼左右。突然間，我看見一身制服的她，被某種怪異、無形的力量拉扯，把她的身影扭曲拉長，變成一個籠罩整個空間的十字形，她雙腳張開各向通道一端，手指尖碰到兩側的門，頭還俯伏在彎彎的、明亮的桌燈下。她終於發現我來了，盯著我然後笑了。「晚上好，醫生。」她輕快的說道，馬來亞腔英語總是把重音放在「晚上」這個雙音節英文字的第二個音節。「有什麼事嗎？」她的明媚驅了原本像蛛網一般纏繞在四周的恐怖黑暗，但不是每次我來巡房時都有此待遇。

醫院到了晚上一片眾聲喧譁。在四堵單調、絲毫沒有迴音的黑暗厚牆之內，瀰漫著無形的怨言，病患輕聲的喧鬧，有人說話、吼叫，有人發笑、嘆氣，也有人啜泣、吹口哨和唱歌。一旦夜幕降臨，這些喧囂，甚至是孩童驚聲尖叫的噪音也全都融為一塊，化成一縷語不成言、毫無意義的聲浪，在這棟建築物四處滲流又漂浮空中，上下縈繞，像潮水般起伏拍打沙岸，莫測難見。

躺臥在這裡的都是夾在新舊兩種魔法中間的亞洲人。西醫在白天可能是比較強大的法術，尤其在更古老的巫術失效時它便派上用場，但到了夜晚就失靈了，於是古老的魔法再次占上風。萬能的草根樹根和沾血的獸爪嘲笑著新祕教在白天用的注射器。在白晝，注射針筒配合聖靈符咒會擊敗在月光下

吸血的女巫。而㜺䰢與撒旦，[4]即惡魔與魔鬼，在白天被身穿白袍的魔法師藉由畫符般的魔術處方，揮著新術士的魔杖與聽診器綏靖，但到了晚上，法力就變強了，在黑暗中燃起熊熊怒火。白天禁錮在床的病患到了晚上便起身走動；有的不忌口吃著親人捎來的辣物；有的開盤賭博；有人私下交易；也有人往身上塗抹中藥或巫醫藥草商販售的藥膏。我還碰見兩個錫克人在做那不可告人的勾當，我感覺自己是個間諜、沒有權威可言。他們滿臉大鬍子對著我，幽靈般的雙眼掃向我，迫使我繼續前進，略過他們，走了出去。

從一間病房到另一間病房，石頭樓梯上上下下，聲波追趕著我。話語，話語，話語，各種字句加在一起，形成低柔但不和諧的聲音，單調而源源不斷地響著。這些話語攬括了所有馬來亞人說的方言和語言。這個國家所發生的事，不就是源自對彼此的誤解，而這誤解有多少是因為不懂彼此的語言及習俗，以致產生盲點、缺乏包容力，不通人情？我開始感到憂心忡忡，在馬來亞發生的事像是一齣錯中有錯的喜劇，統治者與人民之間充滿隔閡；一百位統治者裡找不出一位能誇耀自己通曉人民的語言。有的會說但說得很糟糕，即便如此，人數還是少之又少，以致產生更多新的誤解。

馬來人，華人，印度人，英國人（我必須把後者算進去，雖然他們堅持不屬於馬來亞，而不把這片土地當效忠對象）；馬來人，華人，印度人，三個詞彙，三種籠統概括說法，根據這樣的論述計畫打造一個新的國族，創建一個叫做「馬來亞」的國家，一種將會稱為「馬來亞人」的新民族（在國外常有人將「馬來亞人」跟「馬來人」搞混，「馬來人」是當地三大民族之一）。

「馬來人」一詞代表爪哇人、蘇門答臘人和印尼人、米南加保人、來自其他東印度群島的人，還有阿拉伯人，以及和受阿拉伯教育的穆斯林，還有土生土長的馬來人。華人包括來自中國南方省份的五、六種族群，儘管他們的外貌與性情看起來都是同根同源的華人，卻分為潮州人、福建人、客家人、廣東人、海南人及其他更小族群的方言群。印度人則包含淡米爾人、旁遮普人、錫克人、普什圖人、孟加拉人等族群。醫院裡每一間病房都至少要

4　譯註：㜺䰢與撒旦，馬來話 "polong dan shaitan"，「惡魔與魔鬼」的意思。

提供三種以上的食物。病房裡的護士除了看護之外，還得充當翻譯，而要是自己譯不來，就會找個勤務員或打掃阿嬤來代勞，任由這些目不識丁的亞洲人譯得不信不達或天花亂墜地編故事。幾乎沒有醫生有本事和所有病人溝通，因為馬來亞的大學教育注重的是優秀英文能力，結果斷了醫生學習當地通行語言之路。因此一到晚上，病人在黑夜中用他們最熟悉的語言，坦露那些不足為醫生護士道的心事時，我開始理解任人支配者的那種恐懼、困惑以及閃爍其詞的必要，因為苟非借助通譯，他們無法跟那些擺布他們命運的人溝通。

在翻譯的過程中，出現了多少走樣、偏差、過濾、曲解、扭曲；而在不諳英文的貧民的事情上達統治者耳中之前，又要歷經多少要脅和賄賂？即便故事已經變樣，甚至面目全非。話說回來，這些統治者還不就是從他們本身族群裡頭精挑細選出來的，只因為他們懂英文。

醫院裡的夜如此深邃，我在走廊上踱步，一邊聽窮人們在交談，其中有馬來人、印度人、華人，一邊心想，在這座再集合的巴別塔，是否可能出現新的秩序。

* * *

在醫院的看守病房裡，一名年輕的恐怖分子奄奄一息，值班護理人員是個長相英俊的馬來人，嗓音與氣質平和優雅，令人對他的同族心生好感。他說：「他快掛了，醫生。快要『芒怖死』了啦。」[5]「芒怖死」是死亡的意思，不過通常指的是牲畜之死。

我見過這名恐怖分子送來時的樣子，他被綁在擔架上。一輛裝甲車停在醫院後門，車尾漆著一枚軍徽，士兵從車後方縱身躍下。一名年輕的英國中士穿著被汗浸濕發臭的野戰部隊制服，泛紅的臉頰因疲勞而浮腫，手上仍握著槍，不停地揮舞，就像他才剛使用過一樣。「慢點，兄弟，慢點，別撞著了。」他喊道，擔架邊被放了下來。擔架上的男人年紀較大，他面色臘黃、

5　譯註：芒怖死，馬來話"mampus"，「死掉」的意思，多指其他動物的死亡。

兩眼猩紅，一條腿纏滿紗布，傷口還在不斷滲血，鮮血蔓延開來染紅了繃帶。還有一個男孩腹部中槍痛苦地哀嚎，幾乎快失去意識。

「這些人是在土達附近逮到的。」麻醉醫生黃先生看著我解釋道。他是檳城的華人，曾在日本占領時期參加地下抗日活動。「土達現在變成了移殖華人的新村，村子周圍圍著鐵絲網。那裡是個黑區。」

當然，這裡很多地方都是過去抗日戰爭時的據點，曾因各種英勇事蹟而廣為人知，在當今動亂時局卻落得黑區臭名。比如查普曼的書[6]（黃醫生對此書極度狂熱）裡提到的丹絨馬林、古來、拉美士、永平、還有土達，都變成了黑區。他知道有座村莊曾兩度被夷為平地。一次是被日本人，去年是英國人。第一次在森林游擊隊的警告之下，許多人躲進森林保住一命，那些沒能逃走的全被日本人殺了。第二次英國人在日落時包圍了整個村莊，所有村民在短短的六個小時內被押上卡車載走，英國人宰了所有的豬隻，糟蹋了莊稼，最後一把火燒光了整個村莊。「那是集體懲罰啊。」黃醫生呵呵笑道，臉上突然露出笑容，華人習慣這樣隱藏自己的種種感情。修養到家的人懂得用笑當面具，來掩飾疲憊時的呵欠、痛苦時要咬緊牙關，或忿怒時下巴緊收。

我們在說話的時候，急診室呼叫黃醫生。那名年輕的恐怖分子需要動手術急救。「把他救活後再吊死他。何必浪費時間。」貝茜恩說出了她的想法。

那名年輕人近乎垂死，另一個年紀較大的很難搞。「他連止痛針都不願意打，醫生。」我們經過他的門上有粗粗的鐵欄杆的隔監病房時，他頭部靠著枕頭躺在床上，門外有馬來警察看守。他看著我們，滿臉鄙夷。

我們來到年輕人床前，他身旁守著一名和他同樣年輕的馬來馬打。[7]葡萄糖輸液袋已經空了，我多此一舉地按按他微弱顫動的脈搏。他臉上光滑，五官端正，前額黑髮瀏海濃密，身形和所有年輕華人一樣高挑精瘦、相當清秀，跟一般馬來人的美不同，馬來人少了華人青年的骨感結實，卻有另一種

6　譯註：查普曼的書，指的是 F. Spencer Chapman 1948 年的名著 *The Jungle is Neutral: A Soldier's Two-Year Escape from the Japanese Army*。

7　譯註：馬打，馬來話"mata-mata"，「警察」的意思。

圓潤的肉感美。

我們看著他，聽他微弱的呼吸時，他睜開眼睛與我對視。

「醫生。」他說。

「嗨，怎麼了嗎？」

他說話雖帶有廣東腔，但卻是一口標準的華語，可能是因為我說的是華語，也可能是因為森林裡的人不管哪個族群，都會說標準的華語。

「我很開心能見到華人醫生。今早來看我的那個印度人，根本就是吉靈鬼。」[8]

「醫生都是一樣的。」

「我以前也想當醫生，但我的家人全死在日本鬼子手上。一位叔叔救了我，把我帶進森林，一待就是四年。」

「你這次為什麼又要回去？」

他的聲音非常虛弱，呼吸也越來越吃力，不斷地停下來喘氣。

「日本人走了，就換英國人來。他們說我年齡太大，不能再去上學，除了一輩子當苦力，我根本沒有其他的選擇。我的朋友都在裡邊。他們出來了又回去，因為沒有其他出路。我也別無他路，只有回去裡邊。」

我不知道該如何回答。他說著其他同齡人說過的話：「森林的小孩沒有未來可言，除了重投森林的懷抱。」

「只要把英國人趕走，我們就能重返自由，我就能當醫生了。」他說。

「但是殺人放火是不對的，你懂嗎？」

他沒有回答，等他再次開口，卻扯開了話題。

「返回裡邊那天，我們一行有四位同志。我們在新加坡坐計程車，我們坐計程車到新山。一路上都在唱歌，司機是我們的人。」

「我記得我們很早就到了約好的見面地點。接我們的人還沒來，所以去動物園逛了一個小時。」

「園裡的猴子、老虎、獅子、大象、鸚鵡、孔雀，還有鱷魚都被關在鐵籠裡。只有人是自由的。我覺得自己也是被囚禁在鐵絲網內，像動物一樣。

8　譯註：吉靈鬼（Kling devil），稱呼印度人的貶義詞。

但現在我離自由那麼近了。我想，等新山解放之後，我要再回到那座動物園，打開所有的籠門。」

「老兄，那你到裡邊之後呢？你得到你渴望的自由了嗎？你離當醫生的夢想更近了嗎？」

沒有任何回答，他的瞳孔突然放大，一副昏昏欲睡的模樣。沒過多久，他停止了呼吸。「芒怖死了。」護理人員說。在旁看守的警察臉上閃過一絲滿意的微笑。

我們留下那名死去的年輕恐怖分子，離開的路上經過那位性命垂危的死硬派。他又盯著我們，臉上還是那副鄙夷的樣子。

註：本文譯自韓素音（Han Suyin，亦署漢素音）1956 年出版的《餐風飲露》（*And the Rain My Drink*）中的第二章 "A Shallow Dark Ravine"。本書由李星可中譯（1957 年新加坡青年書局出版），此章譯為〈幽冥的世界〉。這裡的譯文由林曼菲與莊喬茗合譯，經張錦忠修訂。除註三外，註釋為譯者所加。

韓素音是冷戰期間最著名的華裔英語作家。1952–1964 年居於馬來半島及新加坡，見證英國殖民勢力式微，「緊急狀態」，以及之後的社會動盪。《餐風飲露》（*And the Rain My Drink*）記敘種族糾結、左翼崛起、文化雜糅現象，真切動人。韓同情共產政權，曾多次到訪中國，報導風靡一時。

韓素音（1916–2012）

原名周光瑚（Rosalie Matilda Chou），父親為中國人，母親比利時人。生於中國河南，長於北京，曾留學比利時。1952年，她移居馬來半島柔佛州新山。她在馬來亞聯邦和新加坡行醫期間創作了多部小說，積極推動翻譯工作，甚至參與新加坡南洋大學的創立。1964年後移居印度和瑞士

洛桑。小說如《餐風飲露》、《瑰寶》（*A Many–Splendoured Thing*）等廣受歡迎。

譯者　林曼菲

來自台灣宜蘭冬山，出生於中國湖北省某個小縣市，目前就讀中山大學外文系。

譯者　莊喬茗

出生於台灣台中豐原，成長於中國上海，目前就讀中山大學外文系。

修訂　張錦忠

1956年生於馬來亞，1981年來台，畢業於台灣師範大學英語系、台灣大學外國文學博士，現為國立中山大學外文系教授。學術著作包括《南洋論述：馬華文學與文化屬性》、《時光如此遙遠：張錦忠隨筆馬華文學》、《馬來西亞華語語系文學》、《查爾斯河畔的雁聲：隨筆馬華文學二集》等多種，並主編多部論文集及小說選。另著有短篇小說集與詩集。

季風史 | Monsoon History

林玉玲（Shirley Geok-lin Lim）

張錦忠　譯

空氣潮濕，滲透

草席，裊裊

如煙之魅影。

有如肥白蛞蝓捲攏

在木桐之間，

或如蠹魚穿鑽

於學校課本

潮濕的亞麻布書封，或如

蜈蚣般靜靜地走過，

空氣四處遊走

一百隻腳開步走

充滿熱帶水氣的

強光。

再一次我們被雲朵

與捲湧過來的黑暗征服。

小蝸牛現身

羞澀的觸角相碰撞

在牽牛花的

藤蔓之間。

　　　　　喝著美祿
娘惹與峇峇閒坐家中。
遙想四十年前舊事。
圍著紗籠他們細數
摺給亡者的錫箔冥紙。
客廳總掛著
祖先的畫像。

讀丁尼生詩，下午
六點鐘，身穿睡衣。
聆聽傾盆
大雨：雨聲答答
蚊蚋、黑蜘蛛飛舞
蛾群在房間漫飛
那裡白蟻卵丘高築而蟻后疾行
在炎熱中。我們洗腳
準備上床，看著母親卸下
蛇長黑髮，解開
腰間的銀網，
等待父親的腳步
踏過沙灘當漁夫
在季風後從海峽歸來。

空氣凝止，寂靜
如班頓裡搖曳睡著的人
為馬六甲所護佑。
遙想四十年以前，
娘惹初嫁峇峇家。

　　　　　　　　　　　1994 年

南洋之所以吸引大量華人移民，與氣候因素息息相關；十一到四月的東北季風、五到十月的西南季風循環吹拂，啟動這一地區的航海活動以及貿易網絡，以及文明與人種的往來，是為「風下之地」。

林玉玲（Lim, Shirley Geok–Lin，1944–）

生於英屬馬六甲，1969年赴美深造。曾先後在紐約、新加坡、香港、美國聖塔芭芭拉加大任教。 她以英文創作，代表作有詩集 *Crossing the Peninsula and Other Poems*、*Monsoon History: Selected Poems*；自傳《月白的臉：一位亞裔美國人的家園回憶錄》（*Among the White Moon Faces: An Asian–American Memoir of Homelands*）曾獲1997年美國圖書獎。

譯者　張錦忠

1956年生於馬來亞，1981年來台，畢業於台灣師範大學英語系、台灣大學外國文學博士，現為國立中山大學外文系教授。學術著作包括《南洋論述：馬華文學與文化屬性》、《時光如此遙遠：張錦忠隨筆馬華文學》、《馬來西亞華語語系文學》、《查爾斯河畔的雁聲：隨筆馬華文學二集》等多種，並主編多部論文集及小說選。另著有短篇小說集與詩集。

喬治市巡禮

杜忠全

　　有客遠從國外來，我們從機場把遠來客接了推上車，就直接把車子開進城裡了。一場瓢潑大雨剛下過，現在還飄著小雨，雨滴點點灑灑地打在車子的擋風鏡上。當空的驕陽早叫厚重的雲層給擋在後頭了，這赤道邊緣的小島，現在暑氣全消，變成清秋天氣了。我們的車子從柑仔園路直開過去，經過了檳榔路，又隨興地在喬治市四處兜行著。老城的街頭景致不斷地在車子兩旁飛馳而過，遠來客好奇地盯著車窗外，看著那些一路迎面而來，然後又向後方快速退去的店家招牌，看著那些從殖民地時代就歷經了無數風吹雨灑，而今依然生根在老土地上的斑剝老建築，說：「看來怎麼都跟我們那裡好相像啊，一點兒都沒有出國的感覺嘛！」

　　哈，我們才不過在這老城裡的幾條主要幹道上兜了幾圈，來客就已得到這樣的第一印象了，於是不由地想起了幾年前的自己。那時第一次離開自己的這一座城，去到那遠在北方的他們的城時，同樣是坐在從機場開往城裡的車子上。車子在高速公路上飛馳，然後一拐彎就插進了車水馬龍裡。啊，進城了，有人說。自己於是禁不住好奇地望向車窗外，眼前攤開的，就是那傳說中的陌生城市了。自己盯著不斷流過眼前的一道道街景，看著看著，在車陣與人流穿梭不停的建築行列中，心底卻不由生起了一種似乎再熟悉不過的感覺，忍不住地推了推同行的伙伴，有一點興奮地對他說：「你看你看，這不就像我們的車水路或喬治市的哪一條街道嗎？」身邊那也是第一次離家遠遊的伙伴，想來也正在墮入一種乍看他鄉似故鄉的迷惘當中吧，聽我這麼一說了，隨即猛點著頭，表達了他強烈的認同……

　　「其實啊，中國東南沿海的城鎮，大致上都是這種風格的建築設計

的。」來客沿途一邊看著我們的城市，一邊對陪同的我們這麼說：「從外觀看起來，你們的這一座城市，真是太像我們那邊的了！」

是這樣的，我們的祖先當年從中國原鄉那裡渡海南來，經過一長程險惡的水路顛簸之後，他們落腳在這裡。站在這一片土地上，北望萬水千山是無盡的煙雲渺茫，抬頭仰望則是赤道驕陽照臨汗水鹹鹹的拓荒生活。在這裡，遙遙唐山，渺渺原鄉，那些熟悉的故園景物，都只有留待午夜夢迴時刻，才會短暫地浮現了。於是，在現實生根的這一片土地上，他們便仿照夢裡故園的樣子，重新打造出這樣的一座島城來，讓漂泊在外的鄉心有所依託？

從印度洋湧湧而來的海潮拍擊著島城的邊岸，而南來的一輩，他們心潮湧湧都向著渺渺唐山。為著他們自己的鄉心殷切，也為著後代將要在這裡傳延不息的子子孫孫，他們胼手胝足地開創了這裡的新生活，然後把一縷縷的鄉思，築造成一座他們的域外新城，我們的故鄉……

想起不久前，一次興起邀約了幾個友伴一道往山上走去，花了一個多小時的時間，我們攀爬到山背後的一個樸實小鎮。把蜿蜒穿梭的山路走完之後，一夥人直往市集走去，一邊讓目光漫無目的地在許多已然熟悉的老門牆之間溜轉。遊目四顧之間，一所老房子大門外的門聯大剌剌地映入眼簾來，並且深深吸住了自己的目光。趨前去看，只見一副漆成暗紅色的聯板直掛在兩扇雕花大門旁，上面寫著工整不紊的兩行大字：

文史所流傳皆是心繫故國；
山川雖修阻仍然想望家鄉。

這兩行字深深地凹刻在聯板上，而且還很慎重貼地上了一層金粉，雖經歲月之流在漫長的時間裡不停地沖刷，但絲毫沒將它們給磨滅。雖然那是第一次注意到這一副門聯，但由於打從小時候就有一搭沒一搭地聽著家裡的大人們談話，自己看了當然曉得，這是屬哪個姓氏哪個房頭的堂聯了。但是，看了這一副聯，當時還是不免有一些錯愕。對自己來說，這應該是一頁久遠以前已經翻去閣起的書頁了，卻原來它還一直攤開在時空中。驀地站到這門聯的跟前來，自己竟有一種時空錯位的感覺，甚至懷疑這山背小鎮的時間是

否不曾跟著地球轉動，而專門典藏先輩們的重重心事的！

　　直到後來才發現，類似這樣地懸掛著舊門聯的老房子，原來在我們的老城裡四處都是。往往總是不經意地走過，然後一回頭才驀地發現，原來它們一直都在；大街上擁擠的車流和匆忙的腳步，顯然並不曾喚醒那些沉睡在老門窗裡頭的時間。二百多年來，時間儘管遷流不住，但在老城裡，在某些門牆之內，卻彷彿仍然徘徊著泛黃的舊時光。時間走過我們的城市，總有一些流連不去的，讓這一個城市裡同時存在著多重的時間！

　　於是，來客很感慨地說：「如果要說中式風味的老房子，你們這兒保存得比我們那裡還來得多哩！」夜色慢慢地向老城籠罩下來了，斑剝的老門牆、披著綠苔的舊屋瓦，都漸漸消失在視線中了。經過在城裡四處兜行了一大圈之後，來客猶興致勃勃地說：「像這樣的老房子，在我們那裡，通常一座城市就只得那麼一條街，簡直就是寶了！哪像你們這裡，整座城到處都是，」研究都市行政而初次來訪的遠來客繼續激動地說：「那真的是不得了啊！」

　　可是，我們只是讓他坐著車子在老街區裡，在許多透發著老氣息的房子面前呼嘯而過。隔著車窗隔著點點灑灑的雨，他其實看不到，城裡有不少的老屋子已經空置了許多時日。入夜以後，門窗內不再亮起燈光的老房子，究竟是要面臨拆建還是自然坍塌，沒有人知道！

2003 年 6 月 28 日

出自《我的老檳城》（2010）

　　檳城首府喬治市，1786 年英國船長法蘭西斯·萊特（Francis Light）以英國喬治三世命名屯墾的東北角。馬來、中國、印度、歐洲文化薈萃於此，一座混血的城市。

杜忠全（1969–）

出生於馬來西亞檳城，曾留學台灣中國文化大學，現為馬來西亞拉曼大

學中文系助理教授兼金寶校區系主任。他長期投入檳城地誌書寫、民間
歌謠蒐集，著有《老檳城·老生活》、《老檳城路誌銘：路名的故
事》、《島城的那些事兒》、《我的老檳城》、《老檳城·老童謠：口
傳文化遺產》、《戀念檳榔嶼》、《老檳城的娛樂風華》、《山水檳
城》、《喬治市卷帙》等。

腿

陳志鴻

　　叩叩敲門兩聲者進來，走路動作尚未適應快速發育的腿，笨拙，怯怯然。一站，又似乎受腿之累，孤苦伶仃在世般惹人憐。當時，先生還問腿的主人高度，但聽一副剛經換嗓的聲音答馬來文，172cm。語畢，腿之主人低望半隱桌下的大腿，人中汗珠可數。先生同時瞥了一下自己同樣半隱桌底的腿，比男孩還緊張呢，對方怎麼會清楚一二。

　　都怪男孩莽撞，先時聽了一句請進，進來拉開桌前椅一坐，腿塞桌底時卻是一個不慎，跟先生早擱那兒的腿硬碰了一下，而石破天驚。一老一少兩雙腿各自彈開，形成了接下來半小時需要努力維持的距離。然而，都太遲太遲了，先生膝蓋所接收的那一碰猶如洪鐘，在腦際再三迴蕩。男孩坐是坐下了那張木面鐵椅，先生某個部位卻是奇異地站挺，頂住了桌底，久久才告平息。先生隱忍著尖痛，臉帶笑，不忘順應男孩的語言能力，以馬來文繼續說，（故意略掉主詞「你」字）腿還會再長。男孩笑，唇上薄下厚，下唇時時充血著：是的，完美的口腔，完美的入口。

　　桌面下兩匹馬給狠狠勒住不前，衝勁猶十足，老的那匹時時更有脫韁之危。然而，腿之長度，需待男孩在自己眼下躺臥身子，才能真正評估。當時（認識了男孩一個月後），先生要男孩週末上他家看畫冊，進一步教學。所謂「他家」，是跟華人租下的一房而已。幸好進了庭院前的籬門，小徑即分兩頭，一頭斜去，可以走向另外搭建的旁屋，裡邊有他的小房；另一頭筆直通正屋，老遠即見神龕前垂有蓮花燈一盞，供奉南海觀世音。不由正屋入他房，那就方便多，時時帶不同的穿短褲小男孩回來，到底可疑。

　　坐正屋簷下圈椅的先生，眼見男孩自炎熱三月來後，每一回急衝衝走向

他，復又快腳一起走，似乎同樣有意避開任何人，相當配合他整個計謀，他每每帶淚感激。不想，臨至中年還能享此福分。可見男孩乃時時默許著他饗用自己青春的肉身，始終等他這個經驗豐富的老師（也是「老手」）啟示而已。壞，真壞，不全然純情——現在的男孩什麼都懂，精靈得很，偏還裝著不懂，就等他這個半老之人先主動出擊，當壞人罪人兇手之類，十年之後就在外頭聲淚俱下稱「受害者」扮可憐，以博取廣大社會群眾氾濫的同情，真是。哪來這許多幼苗受害者！一見他這個四十二歲的人，男孩還不是依了自己當初的要求（先生要學生都稱他「哥哥」），嬌滴滴叫一聲「愛力克哥哥」。天知道，那小傢伙究竟懂不懂馬來文「哥哥」一詞另有「丈夫」的意思？有時聽那小傢伙竟是「丈夫」、「丈夫」那樣喚他，要命。

等男孩乘四十分鐘巴士自喬治市中心戰前老房子遠道而來，先生還是先翻英文《星報》，且受微微晨風吹經，觀落葉之數墜；有時，外加一份《新海峽時報》。庭院盡是木瓜楊桃之類，結實了，還裹上報紙，時見小雀二三前來吱叫出回聲。男孩必來回味，先生放心得很，一行又一行順讀新聞下去。有時也不免省起指甲過長，且趁男孩未來，十指先剪它一圈才好。為對方著想，先生尤其留意食指中指，剪後銼平之良久，又試刮指心，不痛。完美的指甲，正好配合完美的入口。

有那麼一回，先生等，等到小男孩穿一件超短電光藍運動褲，還開衩呢，就迫不及待擱下報紙自圈椅上站起，走前迎他雙雙入房去。男孩總是話不多，大概也是緊張後事如何，拿了他一個枕頭（也不嫌老師的一切不常換洗），趴下了身子，腿長長地往後伸去，交疊成一副魚尾，等捕魚的人背後下網。先生也屏息跟著疊手當枕，趴下男孩左右，說，你看塞尚畫的靜物，兩邊的桌布高低畫得不一樣，我們人左右兩隻眼睛個別看東西時，有個高低，合起來就平衡了……。事前，禮貌上終究說些話，說著說著，先生發現自己雙唇抖如枯葉，說不下去了。分析再偉大的畫作，再合理，這時也變說傻話，男孩又是半聲不響，似乎專等人——他——下手。回回如此。然後，統統靜了下來，先生由著男孩自翻自的畫冊，站了起來，或坐一旁呆望那一線起伏的背影、寸毛不長的大腿之背、發亮的小腿肚（在說著世上只有他一人能聽懂的語言），要他的手過去親自領受一雙腿之橫陳，之創造。腿，萬

歲之腿，用手歌頌！

　　先生明白自己委實老了，只因為那一雙猶可再抽長的腿太年輕，自己只不過是葉慈詩中的河邊老人，望水之流經，望水映出一頭蘆葦花色的鬢髮。他還要看清，手伸了過去，不懂別人腿熱還是自己手熱，他遲疑止住了。他清楚自己要比男孩本身更懂一雙腿的價值，手抖著，又搭落下去，盡是等他接觸的皮肉。只有抓住了腿，才可以免除抖意。美，而且短暫的纖腿啊，將由毛腿取而代之！把握男孩雙腿，把握勢必流逝的時光。唉，時間，總要引起先生深嘆。男孩那一雙腿說話了，從併攏隙縫之間透出一絲絲默許的訊息，翻畫頁聲全休，等，就等他而已。

　　先生之手原是紫褐色，毛髮又密（加深了顏色），搭眼前人腿上：腿益白，先生手益黑；年輕的腿益年輕，年老的手益老，處處對比。常常，先生心裡會唱出一首首震動穹頂的聖歌，欲望就會長出了高飛的翅膀。男孩整體偏瘦，記得面試時穿校服，還內附一件背心箍得身子竹瘦，肩削臀小，脖子完全像莫迪利尼筆下的畫像那樣細長，似乎給一隻無形的手高提上去，是窒息之美。先生隔著猶帶粉筆灰的桌面當場問，會游泳嗎？男孩搖頭，額上鬱然多打了幾個鉤，是亂髮。先生忘了尚未答應收對方為生，即說，以後我可以教你。男孩面露喜色，以為事成就好。

　　游泳當天（收生、拜訪家長不久後），陪男孩上大學的泳池是不行的，耳目眾多，泳技只宜一對一密授。還是開車兩公里以外人煙稀處的沙灘為妙，至少，城中人鮮知一大段林間小路之後，竟是藏有一片堪稱洞天福地的沙灘，容得下身體初會的兩人。也不由得男孩不亦步亦趨，入林就要迷失，得有他這麼一個老嚮導領著穿梭一棵棵面貌難分的高樹，開一條隨即草掩的路。下水前，先生遞一條（其實）無數男孩穿過的泳褲給腿的主人，好套上紗籠內換。各背對方換好泳裝，是先禮後兵。不曾下水的男孩到底畏懼不前，一聲聲督促他下水的命令自後傳來，他風中抖著，那一雙腿不是煙囪，是煙囪上的煙了。施令者只管站在原地望腿讚嘆，心想：泳褲該短些，再短些。男孩見小浪一波波來，始終不敢涉水前去，先生闊步走前，牽他的手雙雙走投大海之中，由著水慢慢上達胸口，及肩。浪再襲，男孩（人輕）站不穩，先生手一伸扶住了他的細腰，借重水力，進而將一雙腿橫抱自己胸前

（英雄救美之姿）。照例得學浮水，先生手榨男孩的腰，反之，要男孩用雙腿夾好他的粗腰跟胯下，雙手重複「折向胸口，劃出去」兩個動作。先生原是反對用削筆器，素來拿刀片就垃圾桶將一根6B鉛筆削成半鈍，力求白紙上的素描線條能見粗獷。然而，跟男孩一塊，不論何時何地，他不斷想像自己化身為一根鉛筆，入削筆器之口，轉了一圈圈，越削越尖銳……一陣光劃破腦際，站海中的先生也要站不住了，泳褲濕更濕。

　　男孩似乎害怕驚動自己（是的，自己），以及任何人，從來一聲不響，相當合作。當然，先生清楚一個初嘗此道者帶有罪惡感，樂壞了也不會開口承認樂之有。先生含笑一抹，畢竟，自己也曾是個過來人，也找對了人。有別其他孩子的父母看得緊，這孩子呢，他登門造訪，迎接他的，是個四十來歲的肥胖婦人，原是說福建話的，客氣得很，馬來話勉強可以應對，還手斟黑咖啡遞給他，連稱他「老師」。戰前老房子內頻頻有人出入（顯然是個大家庭），那婦人逢人介紹「是孩子的老師」。「老師」二字，始終以馬來文強調，要他明白指他，也不忘笑著說，是禮節（他總是頭低有愧，又似乎擔心有慧眼者識破面目），不像那些受英文教育華人家庭，份屬中產階級的夫婦倆一臉殷勤接待他入門坐沙發上，口頭上禮數十足，眼睛說的卻是另一套。不久，這些人乾脆不開車送自己「溫室的小花」上他一週一次的星期五繪畫課，那些孩子大概至死都不明白自己為何自大學當局舉辦的「兒童繪畫訓練班」退出。只有他懂，父母比孩子的心眼更可惡，看穿他，不為他大學講師的身分所惑，媽的。他分明朝夕提醒過深目高鼻的鏡中人，人前說話要慢條斯理，上郵政局必須彬彬有禮（前道午安後道謝），怎麼就這樣給識破了？原是容納十人的繪畫計畫，人漸少。然而，大學當局交由他一手負責，從不過問每年入學人數，民間各源流的中學（只限男校，大學當局嚴防他接觸女中學生，笑話）可以無限供應新貨。只需到校會一會正副校長，要美術老師力薦數個有繪畫天分的小男孩，他應試一下，就可以根據過往的經驗決定哪個可以充當學生兼後宮佳麗（那無關誘導呵，本質如此）。市場上貨源永遠充足，一個又一個鮮濇的肉體憑空生生不絕，手一伸，捕不完。至少，又一蝶落網了。

　　還記得，男孩當母親面前順勢說老師要教他游泳，為人母者當即含笑答

應。事情恐怕沒那麼簡單（先生後來省悟），男孩一開始似乎清楚他為人師表的目的，從母親那邊獲得許可後，還特別看了先生一眼，那是示意：大家可以一起瞞過眼前可憐的婦人。男孩難得靠話示意（屢見他用眼，用身），除了華語，英文差，說起馬來文也不見流利得很，倒有一種牙牙學語的稚趣，聽得他心癢癢。易言之，男孩一用馬來文說話，除了凸顯華人身分，年齡又變小了許多許多，小可愛一個。有時，繪畫班翌日（即星期六）午後，男孩會無端出現在美術系辦公大樓的石階上，坐對一草地的雕塑品。常有出入的同事推開他半掩的辦公室門，朝內喊一句，你穿短褲的學生又來了。男孩也許可以悄然直登他的辦公室，但不，他清楚這男孩要鬧得人盡皆知。先生領了男孩入室，安他在一張黑皮椅上，再搬一疊畫冊，說電話來不必接，他外出一會再回頭（跟同事一塊在校園內喝下午茶），不過為了餓一餓男孩。男孩得逗一次（即蒙他收容），就很有自覺在扮無家可歸的男孩惹人憐，多次電話都不打，獨乘巴士遠來求索。問他為何來，男孩老說無處可去，父母當小販忙，三更半夜才回來，暗示他留自己多久都沒關係。先生比誰都清楚，是體內那股無處可去的利比多將男孩牽引到此，供他這位老手驅出。他的大智慧懂這小傢伙又要什麼了。

　　先生愛故作神祕，將男孩私藏，餓他當熬他，再當一份夜宵，無人之際慢慢搬出享用。月升樓空以後，領男孩進更廣闊的會議室（平日上課處），解開兩端窗簾的繫帶，拉攏，好擋住夜遊者諸如電單車騎士自外透經落地長窗望進來（然而，終究有路燈一柱朝這裡偷窺）。搬下一張又一張藤椅上的坐墊鋪地，男孩站遠遠一角拿起一副石灰膏骷髏的手骨掂在手心把玩，留背影等人趨前。多少年後先生是要記得自己一步步走向男孩，將那一隻白色手骨自男孩手心拿下，歸還給骷髏，由著它重重垂落。最後，先生手所觸及的，已是滾燙爛熟的軀體。男孩由著他背後環抱過來，將一層層「保鮮紙」解開，從不正眼相對。常常，還需等到緊要時，男孩不忘套出先生的一番身世，好再繼續下去，問題分期付款似的提出。自認老邁的先生，疏於運動而腆小腹，不想還得一個男孩真心青睞，暗中帶淚用手上下雕塑眼前人。先生語語交代自己祖先源自印度，自幼喪父，母親一手撫養成人，曾經主持電視兒童節目（男孩點頭自己有印象），任職中學美術教師；母親去世以後，自

我放逐兩年，曾周遊多國。事後，先生有時不忘開錢包，慷慨拿出十元紅鈔遞過來。男孩拒收，還是給他以「給你買顏料」一再說服了。只有先生清楚，青春其實可以漫天開價，開更高的價。

男孩也有自私之時，一炮之後，忙忙起身穿回自己的衣物，示意要先生送他回家。而仍中著魔的先生，按住怒氣陪他深夜裡走一陣下坡路，經泳池館而不忘同望一眼亮燈的湛藍泳池，再下大學正門車站招工廠夜巴，任由男孩獨登歸途。也許，可以送他回家，但大可不必了，算是報復男孩失責。常常，先生是要後悔自己的舉動，落寞一人步回上坡路，覺得自己已經變成很老很老的人，像敗將自遠方戰場歸鄉。先生在系前那一條山路停車場上領車，坐進自己那輛白色甲蟲車，久久沒有開動引擎，感受了一陣窒息以至不能自已，再徐徐轉下旁邊窗口透一二分氣。果真開車送男孩回去又如何？最近，男孩不過要他送至街頭為止，自願走一程，似乎不願意別人見他跟錫克族老男人一塊出入，那不如不送。今晚，可憎的自私進一步發展，那不負責任的小傢伙突然暗中坐直了身體，還掉淚對他說，我們不可以再繼續這樣下去，這是男跟女的行為。天啊，開什麼玩笑，一個月前還沒有拿到結業文憑之前他會說這話?!先生後悔了，早知道上回開夜車到島上西北部某處沙灘，他應該狠狠幹他一場，再拿出車後製畫框的備用鋸子鋸那小傢伙的腿，殺了他，不就一輩子膝下有這小鬼作伴？虧男孩走運，那晚先生耳聞不遠處暗中有嬉笑聲傳來，又開車折返鬧市，一句話都沒說，一件事都不曾辦到。單方面的殉情計畫一旦不成，竟是永遠錯過，生活下去就是要面對無窮無盡的變化，天啊。先生要求靜止。

可憐，男孩是怕了自己初炙的欲望，先生則懷抱同理心冒險上男孩家，總聽婦人從樓下喊上去「你的老師來找你」，聽沒回應。婦人抬著身體走上樓去，再下來支支吾吾交代說孩子睡覺了。躲吧，先生也不忍拆穿一個小男孩乃跟自己玩捉迷藏，他會來了再來。先生忍辱在別人除夕闔家吃團圓飯時，以一個非我族類的身分當眾登門，心想那小鬼一定在，不得不面對他。是的，見了男孩也不過重演更狠的決裂而已，男孩不邀他進來，倒是一人先跨出了自家的門檻，等他隨後跟來，一起站街心對他這個老人說，來找我，我有了女朋友（暗示你我從此各屬兩端）。先生要笑要嘆，卻為對方的尊嚴

勉強止住，心底這樣呼喊，幹嘛在做徒勞的嘗試，我的寶貝。

　　先生掉淚開車，為男孩開始毀壞自己而不自知深深惋惜著，淚是為對方掉的，對方又不清楚，老淚自然紛紛滾落。最後，一人車停舊關仔角，走經售泡泡者，一天都是破滅；走經堤上一個個垂釣者，盡是面孔看不到的背影；走到British Council堤段無人處，坐石椅上面海記起了許多日子乃跟男孩在此無語坐上許久許久。先生用雙手捂住了自己龐大的臉孔，海風猶一陣陣透經指縫來襲，他想到了可怕的未來：男孩有一天果真懂得回味，再回頭找他，那該怎麼辦？別來，千萬別來，那時他自己會更老更老了，男孩也應該不再年少，回憶實在經不起再見的破壞。別來，別回來，先生要一個人慢慢獨老下去，等敲釘聲自外響起。

2005 年 3 月初稿

出自《腿》（2006）

中年錫克族教授與華族男孩間情慾背後的種族、身分、階級交纏的任性與不安，一如「島」的「節字縮句」指涉，將同屬檳城的威省大山腳包括在外，於是檳城人的故事只屬於檳島。稱「此」或「彼」，彼此曖昧糾纏，未嘗或已！

陳志鴻（1976–）
出生於馬來西亞檳城，曾赴韓國慶熙大學短暫研修，曾於多所大專中文系與媒體系兼課。著有短篇小說集《腿》、《幸福樓》。

漂泊的語言

王安憶

　　1991年6月，參加新加坡《聯合早報》第五屆文藝營，其中有一個活動是與新加坡文學青年聯誼，我們這些來自港、台、中國大陸及海外，為「金獅獎」來作評委的華人作家，被分作幾個小組，分別去和青年們見面。

　　我和台灣的朱天心一組。我們這組的兩位主持人富有想像力地將這見面會設計成一個遊戲。後來才知道，主持人之一就是我們所評選出的散文一等獎獲得者，他的散文題目叫〈迷路的地圖〉。他還和其他四位青年集資辦了一個華文文學刊物，是這島國的華文文學積極分子。這遊戲共有三個項目，第一個項目是大家包括我和朱天心站成圈，依次大聲地喊出自己名字，使彼此熟識；第二項是連句遊戲，第三項是編故事，由我和朱天心擔任點評。

　　連句遊戲是由一個人起句，起句這一句當是簡單而主、謂、賓俱全的句子，然後再一個人一個人地接下去加進定語、狀語、形容詞等句子成分。這種遊戲對於正學習現代漢語的人來說，確是一種有趣味的鍛鍊，然而，像我們這樣並非以語法規則而僅憑語言習慣說話的人，要了解這一項遊戲的內容卻是需要費些口舌的。總之，主持人為向我和朱天心解釋這遊戲花了不少時間。青年們都耐心地等待著。然後，遊戲終於開場了。

　　第一句由一個女孩起句，她說：「我找不到我的腰圍。」這句話使我困惑不已，可我看在場的人顯然只有我一個人在困惑，連台灣的朱天心都明白得很，於是也不好意思提出疑問浪費大家的時間。我猜想這話的意思大約是指發福，沒有腰身了。而這語言的方式究竟來自何處？英語？廣東話？不管怎麼，我們連句遊戲的第一個回合就從這一句「我找不到我的腰圍」開了頭，接句的人想了半天才遲疑地說道：「我怎麼也找不到我的腰圍。」第三

個人苦思冥想許久「怎麼也」接不下去。我暗自慶幸還輪不到我。否則一定要大出洋相。第四個人說：「我怎麼也找不到我的腰圍，我媽媽在我身上找到了她的腰圍。」這一句立即被其他所有人否決了。說這並不是在原來的句子裡豐富成分，而是綴加一句，成了一個段落。但大家也一致認為這一次起句起得不怎麼樣，建議從頭來起。

於是第二個起句來了：「早上我喝了一杯咖啡。」這一回進行得比較順利，直到「早上下雨，我和不很英俊的XXX在鋪滿凋謝的玫瑰花的床上很勉強地喝了一杯很難喝的咖啡」為止。第三個連句最成功，一直從「我坐在了地板上」洋洋灑灑連到「不知為什麼我和小狗的媽媽竟然約好假裝鬱悶地卻不失莊嚴地坐在了冷硬的地板上看以往從來不看的電視節目」，這個遊戲才告結束，然後開始第三項編故事節目。

青年們這樣踴躍地前來與我們會面是我始料未及的，他們眼睛裡閃爍著熱切的光芒，被輪到連句的時候，他們神色莊嚴，態度認真，絞盡腦汁地思考。平心而論，他們連成的句子都不怎麼樣，表達勉強。我發現他們漢語詞彙貧乏，且被語法捆住了手腳，漢語對於他們已經相當隔膜，然而他們還都懷有強烈的好奇心。像他們這一代的孩子，大都受英語教育，不會說漢語；他們的父母，會說廣東話或閩南話，勉強會說一點普通話，再加上一些英語，再上一代，他們的祖父母，則只會廣東話或閩南話了。這便是新加坡的語言面貌。

提倡華語是近年新加坡的一項國策。在世界貿易中心舉辦的文藝營開幕式上，一位王鼎昌副總理專門到會，表示出對華文文化活動的重視，他還就華語的推行發表了長篇的講話。他說到提倡講華語不應脫離現實語言環境，否則反會阻礙華語的推廣。他舉了一個例子，「我乘坐巴士去巴剎買菜」。「巴士」是英語，公共汽車的意思；「巴剎」是外來語，市場的意思。這一句話人人能懂，也能順暢，如若要責備求全，說：「我乘坐公共汽車去市場買菜。」反而沒人明白了。他的意思是推行華語應本著實事求是一步一趨的精神，心急喝不了熱稀飯。

原本是好心，結果卻引起《聯合早報》等華人報界的反感，認為王副總理非但不力主華語的純正，反而鼓勵與縱容它繼續混雜下去，所以在第二

天，說對他的話做了低調處理，不放頭版。

貿易中心一邊是我們文藝營的報告會，另一邊是大型華文書市，觀者如雲，麥克風裡播放著華語的錄音帶，一個大人帶著一個孩子，一句跟一句地讀：「床前明月光，疑是地上霜。」孩子稚嫩的聲音，聽起來有一種揪心的感覺。

這就好像是一個華語的節日似的，在節日之後的漫長日子裡，人們依然使用英語辦公，外交，讀書，開會，英語是這社會裡實用性的語言，這是融入國際大家庭的需要。近年的提倡華語，卻又給孩子們出了難題，華文於他們已成為極困難的課程，他們視華文為古怪的費解的東西。有一些家庭，為免去這額外的麻煩，便早早送孩子去英語國家受教育，拿了文憑再回來。無論怎樣人們都相信這個社會的實用語言依然是英語，即便是大力開展華語運動的今天，政府將英語作為官方的、工作的、科技的語言這口徑依然不變，華語，則代表著文化的傳統。

新加坡完成了它的國家獨立、國際地位和現代化經濟計畫之後，自然就到了想起它文化傳統的時候。在英語所代表的民主文化與漢語背後的儒教文化中間，對於新加坡的政體來說，不言而喻是漢語文化更為安全與穩定。在我們的報告會上，就有一個觀眾，向我遞上一個信封，內有他的一篇文章，題目為「英文無法灌輸亞洲價值觀」。於是我想，政府選擇這一種語言文化背景，是經過了深思熟慮的。如同在獨立的六〇年代之後，為防止華人社會對中國傾向而間離國家的凝聚力，而對華語採取壓抑態度，例如在一九八〇年關閉了唯一一所華文大學，南洋大學。

提起南洋大學，許多人都會熱淚盈眶。五〇年代，人們自願集資創辦學校的情景如在眼前，幾乎每個華人都獻出了自己或多或少的積攢，連煙花女子也參加了捐款行列。

《聯合早報》積極籌備文藝營的一夥同仁們，大都是南洋大學的校友，這是新加坡社會最高程度的華語教育。這些畢業生的理想與生計，從此便和華語聯繫在了一起。當他們在接受這語言的同時，也接受了這語言背後的文化、歷史、傳統，這使他們建立一種民族的觀念，這觀念在某些程度上超越了國家的觀念。於是，他們在新加坡這個以華人為主的獨立的社會裡，情感

時時受到衝擊與傷害，他們無一不感到刻骨銘心的孤獨，他們或多或少帶有邊緣人的表情。如同著名新加坡畫家，也是南洋大學校友的陳瑞獻所說，他們是一群「吉卜賽人」。「吉卜賽人」這名字真是起得好極了，妙極了，也傷心極了。然而，與一個國家的獨立富強相比較，幾個人的傷懷又算得上什麼呢？新加坡這個國家是個奇異的國家，它的每一步發展都不是根據自然的進程；而是根據理性的選擇。

英國人萊佛士1819年的登陸是第一次選擇，猶如地球的第一次推動，然後選擇的歷史便開始了。在國家博物館裡，我看見華人、馬來人、印度人帶到這荒涼島嶼上來的各自的半生不熟一鱗半爪的文明，有漁具、炊具、製陶術、一些婚俗，記憶最深刻的是一張鴉片菸榻。我想，那時候一定語言混雜，風俗各異，說什麼的都有。人們在新加坡河的兩岸搭起芭蕉葉頂的棚屋，組成以人種與籍貫為劃分的部落群體，將社會發展的一千年歷史濃縮到近代一百年內。

這是一個以人類主觀意志為力量的再造的理性社會，從萊佛士開始，便進行了一系列的歸宿與前途、語言和文化、經濟與政治、體制與宗教的適時適地的衡量選擇，於是，一個後天的人為社會形成了。在報社特地組織的一個關於華語問題的座談會上，我發表了自以為從理性出發的看法。

我說：新加坡的問題並不是說不說華語的問題，而是它必須要有一個完整的語言的問題。這語言應當不僅是工作的、科技的、實用性功能的語言，還是文化的、情感的語言。所以，假如它能夠將英語掌握得如同英語社會那麼純熟與精深，就不必非要說漢語。我為新加坡的擔心是在於它沒有一個徹底的純粹的語言。

這說法顯然傷了在座朋友的心。有一位張曦娜小姐，她是上一屆金獅獎小說二等獎獲得者，這一屆的小說一等獎獲得者。報社同仁參加本社的評獎，在社會上引起不少輿論，但假如沒有這些同仁參賽，我恐怕金獅獎的水準就更難保證，因他們畢竟是掌握漢語較為純熟的寫作者。張曦娜聽了我的發言，難過地低下頭，喃喃地說道：你們不知道我們的心！來自歐洲的台灣女作家龍應台則舉出瑞士語作家成功的例子，來說明弱勢語言並不一定代表文化藝術的弱勢，這說法顯然也不能解釋新加坡朋友們的胸中情結。這次座

談，似乎並沒有達到互相理解，反有些隔膜了。我們大約給人們留下了站著說話不腰疼的感覺。我們站在他們所處的邊緣文化的中心位置，身處安全，完全不能了然他們的惶恐與喪失。

當我們在新加坡的日子裡，《聯合早報》曾發表了整整半版南大校友關於是否轉成南洋理工大學校友問題的討論。南洋理工大學是創立在昔日南洋大學的校園內，或許是為了爭取南大畢業生支持理工大學基金，抑或也是為南洋大學畢業生提供一個精神的歸宿之地，因此就提出理工大學與南洋大學的繼承關係，建議南大校友身分轉變為理大校友。

這個提法遭到南大校友的反對，他們幾乎一致地表示無法對理大認同。報紙採訪了十多名歷屆畢業生，他們認為南大和理大是兩所大學，南大畢業生轉為理大校友的問題實際上並不存在。至於提到對理大基金的捐獻，「也只是以一名普通公民的身分對國家的教育做出貢獻罷了。」其中也有表示贊成的，但他們表明前提必須是延續前南洋大學的傳統，並且至少把校名簡稱為「南大」。一位名叫蔡錦淞的南大畢業生說：「如果南洋理工要南大畢業生把它視為他們的母校，就必須把它的歷史和整個南大歷史結合起來……這段歷史包括了千千萬萬前輩的血汗。」

蔡錦淞是目前華人社會很活躍的年輕一代領袖，1969年畢業。他所強調的歷史是什麼呢？又還有多少人記得呢？新加坡的社會已經今非昔比，經濟發達，有多少人願意回憶往事？這個社會面臨著緊張的生存問題，它的地理位置和宗族情況使它就像一個孤兒。孩子們說著日益純熟的英語，考試以「劍橋」標準為衡量，他們從小就為參加到先進世界的協作中去努力爭取。

這個從一無所有白手起家的國度，樣樣事情要靠從頭來起，在強者如林的國家中立足而不被拋棄占據了它的所有注意。它參與國際社會的聯手並存的經濟生活中去，是以犧牲民族淵源的回憶為代價的。能體會到這種損失的其實只有知識分子的浪漫情結，他們面對這個經濟發達國家裡的文化情景，確是十分的傷懷。畫家陳瑞獻的「吉卜賽人」說是在這次關於南大理大關係的討論中產生的，他說：「南大和理大是兩回事，彼此毫無淵源。南大畢業生都是學術上的吉卜賽人，請讓這些吉卜賽人好好地過日子，不要再騷擾他們了！」最後這一句話簡直痛徹心肺。新加坡是個沒有乞丐和流浪漢的國

家，人人有家可歸，社會秩序井然，這些吉卜賽人只能在精神上漫遊，華語是流浪地，南大是流浪地上的堡壘。

這就是我在新加坡這個華人占人口比例百分之七十的國家裡，所看到的華語的景觀，年輕的完全受英語教育的一代對它有隔膜與好奇的心情，政府現在希望於它來復興儒教思想，以穩定國家的意識形態；而對於知識分子，華語則是一個文化情結，他們悲哀地看到這個社會不可挽回地走入文化的斷裂層，心痛如絞。但無論如何，漢語和他們的現實生存已沒有什麼關係，它至多只為人們的情感發生聯繫。至於政府提倡華語的用心，也不過是出於防微杜漸的遠慮，事實上，西方思想動搖新加坡的社會意識也並非是一件易事。我們在這個國家裡看見的驚人的秩序，證明它在軌道上的運行已成為一個科學的事實。這個以華人為主的國家裡，華人的政治經濟地位已不可動搖，只是近年來華人生育率的下降給人口優勢帶來幾分危機，但這也不礙事，政府已通過免稅的法律來鼓勵華人生育。

人們說什麼樣的語言於他們的生存位置都沒有影響，這大約便是我們所看見的，這個華人國家裡，華人安之若素地說著別民族的語言情景的原委，這與後來我們在馬來西亞見到的景象成為鮮明的對照。馬來西亞的華語，用女作家朵拉的話來說，就是，「那是我們的命！」

記得在文藝營開幕前夕的一個歡迎晚宴上，來自馬來西亞的作家小黑、朵拉夫婦提起在第一屆文藝營上即興創作的一支營歌，現在在馬來西亞華人中間非常流行。這支歌的詞曲作者都是南洋大學的畢業生。歌的名字叫做〈傳燈〉。小黑夫婦要求再聽一遍〈傳燈〉。但兩位作者（張泛、杜南發）卻有些淡忘，回憶了半天，才漸漸在小黑的提示下想起了詞曲。他們說，這歌唱過了便忘了，而小黑說，在馬來西亞，幾乎人人會唱。

在馬來西亞華文報《星洲日報》舉辦的第一屆「花蹤」文學獎的閉幕式上，最後暗了燈，每人手擎一枝蠟燭流著眼淚唱這支歌，場面十分激動。這歌是關於一條河和一盞燈，河永遠流下去，燈總是點燃的，河象徵歷史，燈則是血緣的香火。在我們去到馬來西亞進行巡迴演講的路程中，這手擎蠟燭唱著〈傳燈〉的景象總是在我眼前閃爍，成為一個巨大的哀傷的背景。人們說，〈傳燈〉這首歌是小曼帶到馬來西亞去的。小曼是誰呢？

　　後來，我和莫言結束了文藝營的活動，朋友開車將我們從柔佛海堤送到馬來西亞最南端的城市新山入境。過關的時候，有名華裔的海關人員檢查我們行李，問我們有沒有共產黨宣傳品，然後就好奇地問我們這兩個年輕的中國人是幹什麼的，我們說是作家，他立即笑了，說他讀過老舍，中學教科書上有他的小說。他打量著我們又說：老舍是過去的一代了，你們是新的一代。他親切地微笑著目送我們過境，往新山駛去。在這天傍晚時分，汽車駛進吉隆坡，竟看見一座綠色琉璃瓦的老舍茶館。我們一進入馬來西亞，便迎面感受到一股熟悉的中華文化的氣氛，真是出我們意外，這與我們剛剛離開的新加坡顯然迥然相異。兩天以後，我們便在這座老舍茶館裡舉行了第一場文學演講。

　　臨去馬來西亞，就有新加坡的朋友說，想看看昔日的新加坡嗎？那就到馬來西亞去看看吧！新山是我們第一個印象，那店舖擠擠的窄街，有些像香港九龍或者廣州的一些老街，招牌上寫著大大的中文和小小的馬來文。那些前來迎接我們的《星洲日報》新山分社的同仁們帶有濃厚的鄉土氣息，似乎剛從南部中國的山地裡丟下犁耙匆匆趕來似的，使得送我們過境的新加坡朋友潘正鐳格外顯得都市化和國際化。

　　他們的華語帶有一種特別的異樣的音節，抑揚著，歌唱似的。他們就像真正的農人一樣不善言辭，且待人篤誠。從此，我們走到什麼地方，就被那裡的這樣質樸篤誠，說著歌唱般的華語的馬來西亞華人所包圍。他們看見我們的心情，就好像看到娘家來人了，他們爭先恐後地搶著與我們說話，提出種種問題，再等待我們回答。說實在，我們被他們累得不行，他們還非常陶醉聽我們演講，聽我們演講的有許多人並非對文學感興趣，而是對華語的熱誠。我們的口音、用詞、說話的節奏、語法習慣、方言以及流行語，使他們很興奮。

　　當我們在新山做演講時，有一位立志於相聲藝術的先生從頭至尾陪伴我們，款待我們，為我們張羅這，張羅那，當我們演講時，他那樣醉心地聽著。他對我們說：聽你們說話，真是愉快，好像詞彙就在嘴邊，張嘴就出來了，那麼豐富、貼切，且又風趣盎然，這實在是一種享受。其實我和莫言的普通話都不標準，他是膠東口音，我是上海口音，但大約我們都有一股「大

陸腔」吧，這使人感覺是華語的正傳。他所以熱愛相聲就是著迷於華語，他認為相聲是華語的藝術，這也是馬來西亞華人特別癡迷相聲的原因。他正著手辦理邀請我們的相聲大師馬季講學的事項。

這便是我們在馬來西亞看到的華語的景象，這是一幅熱情洋溢的景象。還使我驚訝的是，在馬來西亞華人社會裡華語的普及程度，孩子們都會說流利的標準的華語。即便是在他們必須學習馬來語，又必須學習英語這樣繁重的語言負擔底下，大人們全都一致無二，毫不猶豫地送他們去華校學習沒有實際用途的華語。他們以極不理解的口吻談到新加坡的華人：政府提倡學習華語了，竟然還拒絕學習，要將孩子送去國外。而在馬來西亞，華校屢遭排斥與為難，華校的學生將負擔更多的學期與課程，華人受到政治與經濟的壓迫與排擠，他們的文化也遭到歧視，可就是在這樣的重壓底下，華人卻也不會放棄他們的語言，這語言是他們的命根子。

在我們一路巡迴演講過程中，邀請我們的中華文化協會派了一位駱先生陪同我們。文化協會是馬華背景下的民間組織，這位駱先生則是馬華三十多年黨齡的老黨員，主要負責宣傳組織工作。他說演說是他的特長，他幾乎走遍馬來西亞的所有鄉村，去為馬華黨爭取選票。他的最大遺憾是文化教育不足，不會說馬來語和英語。他是一個勞工的後代。多年前，他的祖父賣豬仔去到馬來亞，經年杳無音信。然後祖母帶著他的父親出洋來尋找，卻再沒有找到也回不去了。這便是駱先生家的出洋史。由於他缺乏良好的教育，因此無法參加競選，這使他作為一個政治家的前途變得很有限。

馬華黨是唯一進入執政的華人黨，但在最近一次選舉中，卻只得到華人百分之二十的票數，反對黨則大受華人擁護。在吉隆坡的一次晚宴上，在座有一位反對黨成員。我們原是想使氣氛活躍一些，拓展一下話題，便向這位反對黨成員提出問題。不料餐桌上立即瀰漫起火藥味，簡直有些劍拔弩張。反對黨極其激烈地指責馬華沒有代表馬來西亞五百多萬華人的利益，在應當說話的時候卻世故地沉默了。而馬華卻也有自己的苦衷，在政府各黨派的總共一百七十票中，馬華只有十八票，聲音很弱。很多事情，都得悠著點，慢慢來。在他們這種困難處境下，非常需要華人社會的支持，可卻得不到理解。而駱先生的觀點似乎更為中立一些，他認為華人的某些要求過分了。他

走過馬來西亞偏僻的鄉村，親眼目睹了馬來民族的貧困狀況，他說這個社會真正在底層的還是馬來民族，華人應當讓一些利益。

自從六〇年代末期發生的華人與馬來人種族衝突流血事件，馬來西亞實施了二十年的新經濟政策，對華人的經濟給予多種限制，而對馬來人的經濟則給予激勵。比如說，如果華人要註冊開業，必須要有馬來人的參股比例。然而，這其實也滋養了馬來人的惰性，往往有馬來人只是名義上的參股，事實上並無資金投入也不參加經營，還能從華人業主那裡支取參股的報酬。當初華人們帶著較為成熟的文明踏上這塊未開墾的土地，灑下了他們建設的血汗，也給還生活在酋長制度下的馬來人帶來了被奴役的命運。這使馬來人在資本與能力方面，都處在弱於華人的位置上。如今無論是馬華還是反對黨，或者無黨無派的華人，都在後悔與檢討一樁事，那就是當他們最初踏上這塊土地的時候，只顧掙錢發財，卻沒有立足的觀念，對政治毫不關心，結果被馬來人掌握了政權。

我想，那時候，華人乘著貨船登上這塊四季如春、植物茂盛的土地，他們也許不會想到，他們的子孫後代，會與這塊土地發生性命攸關的聯繫。他們對這土地沒有建立絲毫的認同感，卻將這認同的命題交給了後代，而時機不再。當他們在這裡繁衍生息，安家立業，他們生在這裡，長在這裡，他們情義綿綿，他們生出了認同的渴望，而這國家已經是別人的了。於是，我感覺到，當這些華人堅持說著他們民族的語言，堅守著作為他們歷史象徵的寺廟祭壇的時候，其實是保持了一個悲壯的退守的姿態。馬來社會不接納他們，將他們看成後娘養的，那他們到哪裡去呢？他們只得抓住他們的民族作為後盾。

馬來西亞的華人是那樣堅守著根源的觀念，到處都有華人的寺廟，且香火鼎盛。我們在怡保的演講會，是在斗母宮禮堂舉行的。斗母宮供的是九天皇。它的建築簡單乏味，一無風格可言，鋪著馬賽克作地，顯得不倫不類。中間是九天皇，左側是註生娘娘，右側是城隍爺爺。演講會開始前，我去大殿走了走。天還沒黑，四周環繞著黛色的山巒，使我想起同是錫都的中國雲南的小城個舊。這時，有一個青年走進了大殿，他黑黑的皮膚，身體粗壯，戴著眼鏡，我想他是個做小生意的，大排檔裡開個小舖之類的吧。他趷拉著

拖鞋，徑直走到城隍爺爺跟前，雙膝著地，跪拜了一會見，然後站起身走了。大殿裡頓時有了一股親切的氣息，那是一種類似「家」的氣息，在清涼的暮氣中滋生出絲絲暖意。

檳城的觀音寺就臨著擁擠嘈雜的街道，在令人目眩的烈日下，一爐香燭煙火熊熊地燃燒，遍地是燃著餘燼的香煙紙和經紙，隨了風徐徐地移動著。火星在這熱帶的陽光下慘白著，漸漸熄滅，新的火星又來了。香菸在蒸騰的潮熱霧氣中轉眼便被吞沒，但新的煙也來了。

在新山，小曼太太帶我們去看了一座古廟，那是在清代由五家會館集資修建的。在最近的市政規畫中，政府將它劃入土地徵用的範圍內，要平廟建築高樓。小曼和他的朋友們，從繁忙的商務中騰出身來，積極聯絡華人社會，四處呼籲，要求政府規畫繞道而行，保留此廟。他們幾經絕望又奮起，一直上書政府上層，而最終保留了下來。那廟是極小極破舊的一座，光線暗暗的，油漆剝落的供案上方，懸掛著暗淡的黃色的布幔，端坐著腐朽佛像，門楣上寫有四個字：眾星拱北。這四個字看上去令人落淚。小曼太太對我說：「這廟我們一定要保存好，這是我們華人來到此地開島創業歷史的證明。」

華人們乘著船，經過海上的風浪顛簸，九曲十八折地來到荒涼的島上，唱著歌兒種植橡膠園，是一番什麼樣的情景？他們和這島再也離不開了，這就是他們的家園啊！我從小曼太太的話裡忽然領悟了另一層不僅是退守民族後盾，還是進取國家地位的含義，這含義是一個積極的執著的認同。我不由想，這大約就是馬來西亞華人的希望所在。民族是我們情感的源泉，而國家卻是我們生存於這危機四伏的世界上的保障，它是現實的家園。沒有國家，我們誰也不行。

我記得馬來西亞華人作家小黑在文藝營的演講題目是「告別憂患八十，擁抱二〇二〇」。他說，在八〇年代末，終於結束了為提高馬來人經濟地位，而不惜以延緩發展為代價地壓抑華人經濟社會的「新經濟政策」。正當人們疑慮重重，不知往何處去的時候，國家推出1990年觀光年，要開發旅遊業，拉開了一個開放的序幕。

1991年3月2日，首相發表2020年宣言，立志三十年成為工業強國。小黑

感到鼓舞的是，這必須使政府重新考慮和正視華人的位置。因為在馬來西亞，華人掌握著經濟命脈，大量的資本為華人所有。他說，目前已經有一萬二千多名馬來孩子在華校讀書，學習華文，他期待著華文會成為馬來西亞被承認的語種。小黑的發言裡，流露出國家的認同意識，馬來西亞息息相關的命運感滲透在字裡行間。

當我們乘車行駛在馬來西亞從南到北，又從北到南的鄉間，道路沿線幾乎都在建築高速公路，壓路機轟隆隆地響著，這給這國家帶來一幅躍然起飛的面貌。據說，馬來西亞將要實行馬來語、英語、華語三個語種標誌路牌。我不知道華語會不會隨著華人地位上升而成為馬來西亞的主要語種；我也不知道當馬來西亞的華人想當然成為國家的主人之後，是否還會那麼在意語言這種族的標誌；他們會不會在民族融合中消亡了自己的語言，就像泰國那樣；他們還會不會為融合於國際家庭，而選擇英語這國際語言，像新加坡那樣。我不知道華語的命運在馬來西亞將是如何，一切都不好估計。

現在，我應當提到小曼了。小曼就是將〈傳燈〉這首歌從新加坡帶來馬來西亞的那個人。他在日本公司服務，奔忙於馬來西亞和日本之間。除此之外，他的所有時間都投入了華人社會的活動，是個積極的社會活動分子，許多文化交流工作是由他和他的伙伴們發起進行。他家在新山，已與新加坡為鄰，於是他開著車，從狹長的柔佛海堤來來回回，將消息傳來傳去。我們在新加坡的時候，常常聽人們說，小曼來了；或者，小曼走了。

當我們來到新山演講的時候，他們新創辦的音樂學院正當落成開學。這音樂學院主要培養音樂師資人才，帶有進修的性質。但小曼說，還是為了有個地方，人們可以常來坐坐，聊聊，談些關於文化和藝術的事情。那天我們就在音樂學院舉行演講。演講會結束，已近深夜，而小曼和他的朋友們卻還樂不思蜀地坐在廳內，也並不說什麼，就只這麼安靜而喜悅地坐著，孩子們奔跑在腳下做遊戲。當小曼實在無術分身忙不過來時，小曼太太便來奔走。有一天，小曼太太坐在車裡，望著小曼下車走去的背影，忽然說：這個老公不錯，在東京會打電話回來說：我很想你呀！

當那最後的離別新山的夜晚，其實已是第二日的凌晨，小曼開車送我們回飯店，穿過人妖出沒的街頭，忽然車頭一轉，向著柔佛海堤駛去，他說：

你們要走了，再去看看海吧！在那濃霧瀰漫的靜夜裡，汽車無聲地滑行，海浪拍打著堤岸。他說：我要寫一首詩，關於一口皮箱。這口皮箱是我父親當年從唐山下南洋時帶來的，裡面裝著唐山的東西。

　　我想，像小曼這樣情深義長的人，他能夠輕易地同馬來西亞社會認同嗎？當馬來西亞最後真正認同了華人，又為華人真正認同，國家利益高於一切的時候，他將如何安置他的民族情懷。他的那口父親的舊皮箱呢？他會不會成為又一個「吉卜賽人」？靜夜中駕著車，在柔佛海堤寂寞而行的小曼，是我腦海中拂不動的景象。

出自《漂泊的語言》（1996）

王安憶是當代中國知名作家，她的父親王嘯平生於殖民時代新加坡，1940 年回到中國參加抗戰革命。半個世紀後王來到馬來半島，體會在東南亞各色語言的大海裡，父輩尋找華語航道的遭遇，以及當代華人認同的選擇。

王安憶（1954–）
生於中國江蘇南京，其父為新加坡歸僑作家王嘯平。著有《憂傷的年代》、《叔叔的故事》、《紀實與虛構》、《長恨歌》、《考工記》、《一把刀，千个字》多部作品。

海洋

三寶壟[1]

王大海

　　三寶壟，吧國所屬之區，為形勝也。地方寥闊，物產繁多，賈帆湊集貿易之處。甲於東南諸洲，北膠浪[2]、脅森[3]其左右翼也。嘮呻哞[4]其倉廩也。提墦[5]、二胞綹[6]其門戶也。其所領轄上下數千里，田土肥沃，人民殷富，為諸邦之冠。至其天氣清涼，勝於吧國。人少疾病之憂。糧食平易，廉於各處。世無飢苦之患。風俗質樸，道不拾遺；法度嚴峻，夜戶不閉。其所鎮之和蘭職名鵝蠻律[7]，又有杯突[8]、大寫[9]、財副[10]、新蟯咻嗹[11]等屬以分管各司其事，

1　三寶壟：今仍沿用此名，譯名為 Semarang，為印尼中爪哇省首府，亦濱爪哇海的重要港口。

2　北膠浪：即今印尼中爪哇省北岸的北加浪岸（Pekalongan）。

3　脅森：即今印尼爪哇島北岸的港口拉森（Lasem），位於南望（Rembang）東北。

4　嘮呻哞：亦作囉呻哞，當在今印尼北加浪岸與八馬蘭（Pemalang）之間。

5　堤墦：英譯本作 Tese，當在三寶壟附近，或即古突士（Kudus）。

6　二胞綹：十六世紀時爪哇重要伊斯蘭王國淡目（Demak）的都會，即今印尼爪哇島中部北端的札巴拉（Djapara）。英譯本作 Japara。

7　鵝蠻律：英譯本作 Governor，荷語作 Gouverneur。「鵝蠻律」為其音譯，指總督（Gouverneur-generaal）之下的行政長官，亦可指省長或州長。

8　杯突：英譯本作 Factor，荷語作 Factoor（亦作 Factor），意為「採購代表」。自十六世紀起，葡、西、荷、英等國相繼在東方各地設立商館或商站，中國稱之為「土庫」（馬來語 toko 的音譯）。荷語作 Factoorij。主持此種商站者即 Factoor，實際上是荷蘭殖民當局派駐各地的代表。

9　大寫：英譯本作 Secretary，則為祕書之意。過去外國人在中國開設的大商行中，均有「大寫」，作為「大班」（經理）的助手，政府機關中的「大寫」，殆即幫辦。

10　財副：英譯本作 Cashier，即掌出納的財務。南洋華僑商店中亦有「財副」，即協助「頭家」（老闆）管帳的人。

11　新蟯咻嗹：英譯本作 Commissary，荷語為 Commissaris，應為地方警監之類。

不相混雜也。凡推舉華人為甲必丹[12]者，必申詳其祖家，甲必丹擇吉招集親友門客及鄉里之投契者數十人，至期和蘭一人捧字而來，甲必丹及諸人出門迎接。和蘭之人入門，止於庭中，露立開字捧讀，上指天、下指地云：此人俊秀聰明，事理通曉，推為甲必丹，汝等鄉耆以為何如？諸人齊應曰：甚美甚善。和蘭俱與諸人握手為禮畢，諸人退，方與甲必丹攜手升階至堂中，繾綣敘賓主禮，其籠絡人皆如此類也。吧中甲必丹之權分而利不專。三寶壟甲必丹之權專而利攸歸。煮海為鹽，丈田為租，皆甲必丹所有也。[13]所以得膺其職者則富逾百萬矣。風俗重華人贅婿。吧產不屑也。蠟燭壹雙，即可以為聘，便宜可愛也。婢僕百十人，各執一事，其所責專也。主僕之分甚嚴，見則屈膝，尊事上之禮也。妻曰㜑。[14]人多懼內，家事必由主裁，婢妾必由管束，防閑謹密，其鋒不可犯也。至於有命者，則又怡怡和悅矣。夫婦攜手而行，並肩而坐，甚至攬臂狎抱，風俗如斯，不知顧忌。婢妾持傘障日，羽葆扇風，執帨捧盒，而服事於左右者，舉國皆然，無足怪也。西洋惟食與臥最重，雖有急事，不即通報，俟其食畢臥起，方敢言及。禮拜寺樓極高。鐘聲四處皆聞，日夜敲打，子午為一點鐘，至十二點而止，午後為二點鐘，則家家閉戶而臥，路無行人，是一日如兩日，一世如兩世矣。余謂西洋為極樂之地，然必須家無父母，終鮮兄弟，無內顧之憂者，方可終為極樂之人。中華之樂，蓋有禮義廉恥以相維，不能極其欲也。西洋之樂，則不知禮義廉恥為何物，而窮奢極慾，以自快其身而已矣。

12　甲必丹：荷文kapitein、英文captain的音譯，意為頭領或首領。華人簡稱「甲大」或「甲」。形式上由僑居華人推選，但須經荷蘭總督同意，並上報荷蘭本國政府批准。甲必丹是代表殖民當局對華人進行管理的華人頭面人物。巴達維亞的甲必丹始設於1619年，一說1620年。

13　煮海為鹽，丈田為租，皆甲必丹所有也：按甲必丹雖不領取荷蘭殖民當局的薪俸，但殖民政府許以很多特權，除「煮海為鹽，丈田為租」外，還「把從中國人收到的賭博捐分給他一份，給他以徵收秤量稅的權利，凡在海關署將產品過磅時就得納這種稅；1633年又給以鑄造鉛幣以供本地人使用的專利權」；此外「他也是公司（東印度公司）的物資供應者和工程承包者」等等。在安汶的華人甲必丹還兼任港務官（Shahbandar），管理關卡事務，所以富裕華人視甲必丹為肥缺，甚至以賄賂的手段謀取。

14　㜑：英譯本作Niai，即馬來語的Nyai，或「太太」。「㜑」殆為其音譯。據《開吧歷代史記》，順治六年（1649年），顏二觀之妻顏二㜑實受甲必丹大之職。顏二妻即顏二夫人，俗稱顏二奶。

讀是記，光景華美，風俗便易，天氣不寒，百花時開，飄飄欲仙，令人神往。然必家無父母，終鮮兄弟，方可作極樂之人。聞王君碧卿在三寶瓏贅於甲必丹家，衣食麗都，侍婢數十，不敢終為極樂之人者，蓋王君家有老母，但作南柯一夢，拂袖而歸，猶棄敝屣。甘桑梓之藜藿，依然舌耕度日，是其一念之孝，乃自述其胸臆耳，非三寶瓏之紀略也。

甲寅仲夏東皋愚弟林有孚拜識

　　編按：此文註解均節錄自王大海著，姚楠、吳琅璇校註，《海島逸誌》（香港：香港學津書店，1992）。

《海島逸誌》是十八世紀末中國人長期旅居爪哇島的遊歷筆記，對島國風土有細緻又別具趣味的記錄。荷蘭於1619年征服雅加達，改名為巴達維亞。書中所述的「三寶瓏」為「吧國」（巴達維亞，今雅加達）所屬之區，當地物產豐饒、人民安富，而在政治上，「和蘭」殖民當局會分權讓利予甲必丹。作者記述了殖民者如何推舉華人為甲必丹的過程，以及華人甲必丹如何因此而致富，藉此申論了「中華」與「西洋」在生活習慣上的差異。這也是一種華夷風土觀的展示。

王大海

字碧卿，號柳谷，中國福建龍溪人。乾隆四十八年（1783）隨商船泛海至爪哇島，居住在吧國，後居三寶瓏（Semarang）、北膠浪（Pekalongan）等地，入贅於華人甲必丹家，擔任塾師。他在爪哇居住將近十年，衣食麗都，侍婢數十，最終以家有老母，在乾隆五十七年（1792）拂袖而歸，回鄉教書度日。著有《海島逸誌》（1791），記錄爪哇及周邊海域島嶼的種種見聞。

南海各小島（節錄）

郭實臘（Karl Friedrich August Gützlaff）

　　南洋島之沿海，蕪來由族[1]居住。身體弱矮，面宗，髮黎甚長，頭纏布，腳赤，腰圍紋布，穿裩。各人帶短刀，不獨以自禦，乃若惹怒，刺人殊屬凶心矣。時時吃檳榔遊逛，並不務工。所甚好者，駕船捕魚，為海賊，該族一齊奉回回之教門，如往該教聖人葬之處燒香，取大聲名，及庶民恭仰其人也。內地居民不同，然有宗、黑面二類之殊異：黑面者寓山穴叢林，如中國貓子，為其原土人。土人之智量有限，是以中國人乘機取利，其富貴之商賈不勝數，以所產物經商，而賣四方之物件。自閩粵到南洋之際，其囊資如洗，單衫單褲，係乃所獲財帛，其大半未有船租，故必求人借之，連月作工，以繳還之也。如有親戚相助持扶，利達容易不難，不然周有辛苦也。口腹之需若乏，一簞食只吃生菓；即染痢疾，而所死者，十分之三也。廣州府與嘉應州人為工，潮州府人為農，福建人為商，甚相興。最獲財之客乃厦門、漳州之商也。其大半留住不歸，但各正經之人，每年一次寄信包銀，以補親戚之用也。歸時帶同充箱，一到古（故）鄉，盡皆耗費，就返棹尋蠅頭之微利矣。

　　至於出外國之人，多係內地之棍徒，不得不離家庭以往遐方絕域矣。但不帶同婦女，與土女結親生子矣。改惡遷善，自拔於流俗而自新者鮮矣！遍地吃鴉片、賭錢，忍心害理，澆風日熾矣。

　　至西國之人荷蘭操權尤廣，辦國政之法乃古時之制度，並不隨時通變，惟欲裕國家而充庫也，若如此心願滿矣。此國之商賈少矣，皆屬文武，與土

1　蕪來由族：Melayu，馬來人。

人往來，溫良不驕矣。是班牙國人好逸，避勞力務。土人俱崇天主教，有大
權者，乃僧也。其商賈甚少，並不出其本屬之島也。英人惟據三島，以通商
為重，故開港免餉，以招四方之商賈來也。因慕大利，是以著仁義，開學傳
道，但與土人無往來之理也。

出自《萬國地理全集》（1839）

在呂宋以南的海洋上，散布著許多島嶼。傳教士郭實臘在十九世紀編譯
《萬國地理全集》（1839），觀察各島的地理位置、環境物產、居民風俗與
統治歷史。尤其聚焦於馬來世界的民族印象，對「馬來人」、「內地居
民」以及「中國人」有細緻觀察和分論，亦敘及了「西國之人」在當地的
作為。這是郭實臘遊歷南洋，踏足中國傳教後編譯而成豐富的世界史地
新知。

郭實臘（Karl Friedrich August Gützlaff，1803–1851）
出生於普魯士，1823年加入荷蘭傳教會。1827年郭實臘抵達巴達維亞、
新加坡、暹羅等地宣教。但為了向占世上人口三分之一的中國人傳教，
1829年他脫離荷蘭傳教會，並於1831年前往澳門。郭實臘對在中國的傳
教事業影響甚深，此外著有《是非論略》、《制國之用大略》等經貿相
關的書刊，並編譯《萬國地理全集》。

割柸[1]白扇詩

佚名

一把白扇遮牡丹，搭船遠行去番邦，[2]
也有退悔行錯路，不合水土苦萬般。
二把白扇遮雪梨，割柸這代[3]怎麼梨，
日日起早三四點，右手掏刀左掏火，
割好柸碗套上去，膠汁就從皮裡梨。
三把白扇遮高山，人人退悔去番邦，
發毒病痛成對山，[4]也有回頭轉唐山。[5]
若凡病症毛醫治，死了只好送棺山。
四把白扇遮龍頭，夫妻起早毛梳頭，
空心空腹出去割，割到正午日當頭。
五把白扇遮芙蓉，都講南洋拾著銀，[6]
天下飯碗一樣大，唐山新客多愁容，
工作辛苦勉強過，也有富的也有窮。
六把白扇圓又圓，也有南來十上年，[7]

1　編按：樹柸，樹膠或橡膠。割柸，指割膠。
2　番邦：番邊地，指南洋。
3　這代：這事情。
4　成對山：很多。
5　唐山：中國。
6　拾著銀：指好賺錢。
7　十上年：十餘年。

甘苦勤儉淡淡過，[8]唐山新客多苦嫌。

七把白扇遮八仙，聽說南洋好趁錢，

夫婦不和只好離，可恨紅毛[9]沒良心。

八把白扇遮八仙，聽說南洋好趁錢，

搬前搬後毛處作，可像乞食問碎錢。

都講南洋好趁錢，到單[10]沒賺半其錢，

都想南洋快活仙，相爭頭路[11]鬧反天。

九把白扇遮香緣，千里汪汪對海洋，

若想全家齊齊去，最好一隻先出洋。

十把白扇十完全，膠價常變起落傳。

一工那賺一滴仔，[12]來了南洋毛十全，

兄弟在唐勤耕作，千萬莫想去南洋，

離別妻子爺共娘，[13]只是光景好淒涼，

免得掛念大細人，南洋好呆講不完。

樹柶落價摸毛門，[14]油鹽醬醋食完全，

回國買單[15]搭船轉，照顧妻子爺共娘。

本歌謠由劉子政於馬來西亞砂拉越詩巫采錄、編註

選自《福州音南洋詩・民間歌謠》

（詩巫：砂拉越華族文化協會，1996）

8　淡淡過：過得去。

9　紅毛：外國白種人。

10　到單：到現在。

11　頭路：職業。

12　一滴仔：一點點。

13　爺共娘：父母。

14　編按：無著落。

15　買單：買船票。

中國閩粵兩省下南洋的華人，離散與落腳異鄉的生活經驗，往往化為過番歌和方言歌謠傳唱。福州籍祖輩留下的〈割桅白扇詩〉，生動歌詠赴砂拉越開墾，割膠勞作的歷史現場。其中的辛酸、鄉愁和悔恨，伴隨著橡膠價格的起落，投映了華人移民的艱苦。這可視為砂華文學史最初的文學型態之一。

劉子政（1931–2002）

原名恭煌，生於中國福建閩清縣四都前山洋村，六歲隨父母南來砂拉越詩巫。他擔任中正中學文史教員期間，投入砂拉越文史研究。1960年代轉行從商，仍勤於著述，出版《詩巫劫後追記》、《福州音南洋詩·民間歌謠》、《黃乃裳與新福州》等文史專著二十餘種。

妹送親哥去過番

佚名

妹送親哥出外洋，路上歹人愛提防。
在家之時千日好，出門單身苦難當。

妹送親哥到西陽，郎就痛心妹痛腸。
他日中秋月圓日，兩人望月各一方。

送哥送到丙村圩，暗暗伸手牽郎衣。
低言細語同郎講，三年兩載你愛歸。

送哥送到觀音宮，觀音娘娘帶笑容。
燒香點燭拜三拜，保祐偓[1]郎愛順風。

送哥送到蓬辣灘，險灘行船係艱難。
石角尖尖水又急，幾多掛念妹心間。

妹送親哥到三河，十分難捨偓親哥。
若問妹子心頭苦，淚花還比浪花多。

妹送親哥到府城，湘子橋下得人驚。

1　編按：客家話發音 ngai，「我」字的古代發音。

又有關官惡過鬼，嚇得滿船面夾青。

妹送親哥到汕頭，一看大海妹心愁。
大海茫茫有止境，妹想親哥無盡頭。

妹送親哥到碼頭，腳踏火船浮對浮。
火船開走容易轉，佢郎一去難回頭。

妹送親哥上火船，汽笛一響割心肝。
下番係有水客轉，搭銀搭信報平安。

出自羅可群，《廣東客家文學史》（廣州：廣東人民出版社，2000）

粵東客家山歌裡，不乏移民經驗的刻畫。這些為下南洋的「新客」送別的場景，路途遙迢，一程又一程，歌詠的盡是牽掛不捨，去途凶險莫測。這些流傳於原籍僑鄉和南洋的口傳文學，靈動活潑，過番已是華人移民史內嵌的生活經歷與情感記憶。

架厘飯

笑罕

架厘飯，撈起在盤間，愁人睇見不覺頓開顏！今日廿世紀風潮如此浩漫，豈敢話食餐洋菜咁就解卻了心煩。但係我別有一種感情生在眼裡，等我與君談嚇願你地莫當為閒！都只為天演競爭真正係可歎，白憂黃禍久已播在人寰。或者世界將來如此飯，我地黃人勢大不久就會把佢個的白種淘刪。唔信你睇嚇熱氣蒸騰堆滿白燦，結成團體積如山，一落架厘將佢攪反，欲想變翻原色咁就十二分難，故此我睹物思人增浩歎！唉，心想爛，前程何可恨，但願我地同胞齊發奮呀，怕乜佢白種咁摧殘！

1904年1月20日
新加坡《天南新報》

粵謳是十九世紀嶺南地區興盛的民間說唱文體，這種歌謠形式隨著文化人的遷徙，在二十世紀上半葉成為新馬報刊頗具活力的粵語書寫，流行於新馬廣府人社群。〈架厘飯〉調動南洋咖哩的在地飲食符號，討論的卻是黃種人跟白種人在這片土地上的種族糾葛。作者身分不明，但從日常飲食調動族群想像，訴諸華人移民群體的召喚，揭示了殖民地華人底層移民的生存壓力。

笑罕
作者身分不詳。

漢麗寶（節錄）

白垚

第二幕　滿剌加

時間和地點

第一幕後的第三天。馬六甲城中的王樓，一個月明星朗的初夜。

人物

蘇丹芒速沙（劇中稱蘇丹）

狄　普

李　雷

沙默剌

闍延納

寶公主

微　波

雙　鈴

馬六甲大臣六人至十人

馬六甲官婦六人至十人

波流陸軍士四人

明軍士和宮女各四人

　　南方的花夜，花夜的南方，馬六甲城中的王樓，在園林錦繡中的水殿一角，馬六甲河的淨淙流水，繞過水殿，流入潮聲如唱、波濤萬頃的海洋。

　　舞台上，暮色已合，銀色的波光中猶可見移動的帆。舞台左面是一角花池，正蕩出蘭芷的芬芳，花池左前方，是一條綠茵草徑，可通花園。花池右後側是一排花架，架旁斜對舞台口的是一度攀滿紫藤花的拱門，拱門外是紅色欄杆。舞台右面是一度迴廊，通過去是盛宴待開的餐樓，迴廊中燈飾已亮，在夜空中如流火輾轉。

　　舞台正中的後半，有一短闊平台，平台上設王座，加以玲瓏的王蓋，王座左右各有一矮長茶案，王座後是弧形嵌窗，可見天幕上的明月，海上的銀波如練。

　　幕啟，台上歡樂滿堂，蘇丹芒速沙衣金黃，冠同色頭巾，佩短劍，與各部大臣官婦及來賓們正高歌歡唱：〈邦國頌〉，歌聲驚長空雲夢，醒滿天星斗。

邦國頌

（合唱曲，男高音領唱）

呵，滿剌加的波浪，
閃耀著銀色的月明，
呵，這生我育我的土地，
我怎能說出我對你的戀情。

今天，今天，我歡樂高歌，
歌你的光榮，歌你的強盛，
為你，為你，我為你而生，
生為你子民，生而何光榮。

來，來，慷慨高歌，
歌出熱愛，歌出激情，

熱愛著你呵，以我們的生命，

我們要使你永遠富強興盛。

歌畢，蘇丹與眾人俱顧盼自豪，神采飛揚。外呼大明使臣到賀，明欽使狄普及李雷從左邊拱門上，軍士四人及宮女四人，各捧金銀寶盒隨上，狄普及李雷俱趨蘇丹座前。拱手半跪為禮，明軍士及宮女皆頂禮而跪。

狄　普：大明欽使狄普，謹代明主以金銀玉帛為殿下壽。

蘇　丹：明使遠道辛勞，請免大禮，今日為我三十歲宴，禮節從簡。

狄　普：謝殿下，（起立，回顧）敢問殿下，為何不見漢都亞將軍[1]在，上次臣使貴國，蒙將軍厚待，迄未言謝。

蘇　丹：漢都亞將軍已新授海軍都督[2]，封邑在雙溪洛渚[3]，正在海邊督防。

狄　普：臣聞敦普泰言，孟加錫島的波流陸人，常擾貴國，滋生事端，臣謹代明主致關懷之意。

蘇　丹：年來波流陸王，時以追擊武傑士人為名，犯我海疆，談談戰戰，迄未了結。

狄　普：此次臣奉明主御命，除護公主西來和親外，亦出使西洋諸國，可有臣使效命之處？

蘇　丹：蘇丹不懼戰，然戰事傷民，貴使美意至為銘感，然不必遠行，波流陸和使與王子亦在此處，日內當可聚談。

外呼波流陸國使者及王子到，二人二上，四隨從手捧銀盒，從拱門上。

沙默剌：波流陸王子及使臣闇延納，謹代敝國臣民為蘇丹壽。

1　漢都亞：巫語羅馬拼音 Hang Tuah 的音譯，《馬來紀年》對他有很詳細的描寫，是馬來歷史上的民族英雄，也是馬來文學上的傳奇人物。現在馬六甲有一座紀念館紀念他。

2　水軍都督：巫語羅馬拼音 Lacsamana（或作 Laksamana）的意譯，在官職上是統轄一切水軍，負責國防。

3　雙溪洛渚：巫語羅馬拼音 Sungai Raya 的音譯，即今峇株巴轄（Batu Pahat）。

蘇　丹：謝王子及貴使，請免大禮，今日宴會，巧蒙王子與明使到賀，盛會
　　　　難逢，請進內庭用膳。

狄　普：（拱手回向眾人）請眾歌為蘇丹壽。

　　　　狄普領唱：〈祝壽歌〉，台上除蘇丹外，眾皆和唱。

祝壽歌

（合唱曲，男中音領唱）

比南山兮齊北斗，
康且健兮壽無疆，
治西洋兮以仁義，
如星月兮比朝陽。

　　　歌畢，蘇丹率眾經迴廊入內庭，一明宮女遺手帕下，沙默剌及闍延納重
入私語，明宮女隨覓手帕上，見兩人鬼祟私語，急躲回廊柱後。

沙默剌：為什麼麗寶公主還不露面？你會不會弄錯了？

闍延納：這，這……我也不清楚。

沙默剌：（王子臉孔）你這個老混蛋，你是怎麼打聽的？你剛才不是還說，
　　　　麗寶公主今晚一定要覲見蘇丹芒速沙嗎？怎麼現在又說不清楚？
　　　　（瞪目，稍頓）那麼，今晚的計畫豈不是壞了。

闍延納：（心生一計）王子，這件事是急不來的，我……我……

沙默剌：（不耐煩）你怎麼啦？

闍延納：（吞吞吐吐）我，我聽說中原禮儀，婦女不赴筵席，說不定麗寶公
　　　　主宴後才來，我們還有機會呀。

沙默剌：（懷疑，權且相信）要是宴後也不來，我就找你算帳，你再囑咐武
　　　　士們，如果麗寶公主來到，緊記我抹頸（作勢）為號，哼，（胸有
　　　　成竹，近乎自語）麗寶公主不在我手，則明軍不退，明軍不退，則

占滿剌加難矣。

閣延納：（討好）王子說的是。

沙默剌：（如有所悟）唔，傳聞中原多佳麗，唔，（稍作沉思）你們千萬不
　　　　要傷害麗寶公主，要活的，不要死的，也不能傷。

閣延納：難道王子你⋯⋯（領悟）⋯⋯哈⋯⋯哈⋯⋯哈。

沙默剌：（拍閣延納肩膀，縱情得意大笑）哈⋯⋯哈⋯⋯哈。

　　沙默剌在狂笑中唱：〈蛤蟆歌〉。

蛤蟆歌

（男低音獨唱曲）

　　我這個沙默剌，

　　天不怕時地不怕，

　　相貌也不差，

　　一旦父親死去了，

　　我就是頂呱呱。

　　聽說那個美人兒，

　　沉魚又落雁，

　　閉月又羞花，

　　她配我，我配她，

　　我是公時她是婆，

　　相配起來也不差。

　　哈，哈，哈。

　　沙默剌與閣延納二人，在笑聲中從迴廊入內庭，稍為冷場，宮女已從內
庭找李雷出，邊說邊上。

宮　女：李將軍，這怎麼辦？

李　雷：（鎮定）你立刻通知狄大人，請他在此觀變，我即往謁公主。

　　宮女入內庭，李雷從拱門下，台上有一陣子的冷場，旋即傳來寶公主的歌聲，寶公主與微波、雙鈴從花池旁的綠茵草徑上，寶公主由內唱：〈團圓月〉，邊唱邊上。

團圓月

（詠嘆調，女高音獨唱曲）

潮湧江城，
濤聲明滅，
看風入平涯，
浪花如雪，
對此江山，
勝絕愁應絕。
安得蟾光一度，
團圓未缺。
收將羈愁旅恨，
盡付清風明月。

　　寶公主唱畢，神態開朗，已不如第一幕抑鬱。

雙　鈴：（沒話找話）公主呀，這個地方真不錯，銅瓦，錫磚，玻璃牆，[4]
　　　　真有意思，我就猜想呀，白天一定熱得很。

4　蘇丹芒速沙時代是滿剌加王朝的黃金時代，富強興盛。《馬來紀年》對芒速沙所建的王宮，有十分詳細的描寫：「王宮幾分二十七落，每落三尋闊，木柱都有兩臂合抱之大。屋頂凡七層，都有嵌窗和伸展的檐，正面有弧形的窗子，兩翼相交，雕工精巧，鍍上流金，尖頂為紅玻璃造成，裝著大不同的飾物。」王宮在1460年建成，後因觸雷電而焚於火，無遺跡可考。

微　波：（半抬槓）不用猜，現在也夠熱了。

雙　鈴：（不屑）誰問你呀，問你，你什麼都不知道。

微　波：你就是包打聽，什麼都知道。

雙　鈴：（自得其樂）好說，今天我倒問了軍士們，他們說呀，城中有一條
　　　　河，河上有一座橋，橋旁有些中原舖子，賣什麼都有，他們又說，
　　　　沉香和片腦便宜得很哩，你喜歡香料，[5]這一下可樂了。

微　波：留著你自己去買吧。

雙　鈴：他們還說，鄭公公在第四次西來時，還在這裡掘了一口大水井，井
　　　　水清冽得很，他們叫這口井作三保井[6]。

微　波：（取笑地）包打聽呀包打聽，打聽出這裡的男人怎麼樣了沒有呀。

雙　鈴：你怎麼嘴裡那麼骯髒。

寶公主：算了，別吵嘴了。（稍停）怎麼不見狄大人他們呢？

微　波：都是她（指雙鈴），偏要帶我們亂闖亂轉，耽誤了時間。

　　　　李雷匆忙由拱門上，見公主，下跪為禮，神態有點緊張。

李　雷：公主，臣有事稟告。

寶公主：（詫異，但泰然）李將軍何事慌張？

李　雷：（起立）臣聞……

　　　　李雷正要說明，蘇丹芒速沙已與眾人由內庭出，李雷和寶公主、微波、
雙鈴只好回立一旁。

　　　　蘇丹由內領唱：〈御風歌〉。

5　據馬歡著《瀛槎勝覽》記載：「有一大溪，河水下流，從王居前過，東入海。王于河上建立木
　　橋，上造橋亭二十餘，諸物買賣，皆從其上……土產黃速香、烏木、打麻兒香、花錫之類。」

6　三保井：井仍在馬六甲中國山下的三保廟前，華人社會傳說為鄭和開掘，《馬來紀年》則說是漢
　　麗寶定居中國山時所開掘，稱「王井」。

御風歌

（合唱曲，男高音領唱）

　　今宵花上的露珠，
　　就是明朝杯中的瓊漿，
　　倘若你化入這水珠如夢，
　　呵，一切如此逍遙。

　　莫為人生問題播弄，
　　明朝憂慮盡付東風，
　　莫說今天不如昨日，
　　明朝的花樹仍葉綠花紅。
　　與其爭論人生苦樂，
　　何如今宵凌虛御風。
　　呵，呵，
　　凌虛御風，凌虛御風。

　　蘇丹與眾唱畢，寶公主與李雷、微波、雙鈴下跪。

李　　雷：臣使謹伴大明當今成化皇帝御妹，麗寶長公主拜見蘇丹殿下。
寶公主：臣妾麗寶拜見蘇丹殿下。
蘇　　丹：公主遠來，海上辛勞，應事休息。
寶公主：請恕臣妾來遲。
蘇　　丹：公主請起。

　　寶公主、李雷、微波、雙鈴等起。

　　蘇丹賜寶公主及沙默剌左右坐，自趨王座，餘皆旁立。

閣延納：（意猶未盡地對狄普）剛才聆狄大人雅教，得聞中原上國文物鼎
　　　　盛，不知剛才所說王道之治，可否再聞一二。

狄　普：（正容，滔滔不絕）自堯舜以降，歷代帝王加民以禮儀，教民以仁
　　　　義，俱蹈大道，萬民熙熙，此古之聖賢以教化者也。今上英明，秉
　　　　承大統，奉聖人之道，以德服人，德不孤，必有鄰。垂拱而治，四
　　　　海皆平。

閣延納：（有意詰難）以貴使所言，中原上國，以德服人，不知公主西來，
　　　　遠適海荒，又作何解呢？

　　　狄普正欲辨言，但寶公主已先說出。

寶公主：（從容大方）通婚構好，協和兩邦，昔者漢代昭君和匈奴，唐代文
　　　　成適吐蕃，古有明例，尊使何期期以為不可乎？

閣延納：（出手意外）然則……明軍五百……？

蘇　丹：（有意化解）今宵盛會，毋談政事，倒不如賞歌觀舞，以消良夜。

　　　蘇丹正欲示意廷官召歌舞，李雷與狄普低語，狄共趨蘇丹前，拱手為
禮。

狄　普：恭逢殿下雅興，願獻中原歌舞為殿下壽。

蘇　丹：（領首同意。）

狄　普：李將軍，請授劍雙鈴，一獻劍舞何如？

　　　狄普說畢，繼以目示意，李雷會意，即授劍雙鈴，趁機低語，雙鈴乍
驚，繼以目示意已領會，轉鎮定，趨蘇丹前，下跪為禮。

雙　鈴：大明麗寶長公主侍婢，小女子雙鈴，願請與明軍四人，獻劍舞為殿
　　　　下壽。

　　蘇丹領首同意，眾人皆迴避兩側，空下台中待舞，在李雷及明使眾人的雄壯歌聲中，四明軍先後占舞台一角，如布陣，如辟壘，雙鈴中舞，李雷領唱：〈舞劍曲〉。[7]

舞劍曲

（合唱曲，男中音領唱）

一舞劍器動四方，
天地為之久低昂，
耀如羿射九日落，
矯如群帝驂龍翔，
來如閃電收震怒，
去如江海凝清光。

　　雙鈴舞至沙默剌前，乍滾劍花，〈舞劍曲〉歌聲與音樂乍停，萬聲俱寂，只餘雙鈴劍風虎虎，眾摒息而視，有水靜河飛之勢。約半晌，突然一聲大鈸，轟然而鳴，劍鋒隨鈸聲掠過沙默剌頸際，沙默剌大驚，急以手護頸，其身後四隨從誤其意，躍出攫寶公主，雙鈴一劍橫出，與明軍四人分別刺殺其中三人，餘一人獲寶公主，李雷欲護寶公主，惜劍已授雙鈴，無法迫近。其時，闍延納手執利刃，躍前直迫寶公主，以刃鋒抵寶公主頸際。

闍延納：（對雙鈴及四明軍）住手，我們不欲傷害公主，但請明軍速退。

　　眾驚訝，有一陣子恐怖的冷場。

寶公主：（急中生智，大聲對微波呼叫）公主快逃，公主快逃。

7　錄自杜甫作〈觀公孫大娘弟子舞劍器行〉前數句。

微　波：（初錯愕，旋即會意，轉身就跑。）

閣延納：（驚愕）什麼？誰是公主？

　　在驚愕間，閣延納見微波驚走，轉撲微波，旁為雙鈴橫劍所刺殺，餘一隨從，見四人已死，急跪下求饒，沙默刺已為四明軍脅持住，但仍怙惡不悛，強作鎮定，然雙膝已發抖。

狄　普：（拱手向蘇丹）殿下，他們此來，志在公主，幸吉人天相，陰謀敗露，功敗垂成。

蘇　丹：（不怒而威，對沙默刺）你我兩國雖有爭執，為何傷及公主，要活著回去，說實話。

沙默刺：（見有生機，態度轉軟，推諉，指向閣延納屍體）是他，是他該死，他說我們可趁今宵宴會，挾公主以退明軍，明軍退，此地乏援，滿刺加即可一舉而下。以上所說，句句是真話，只怪他（再指向閣延納屍體），他該死。

蘇　丹：（威嚴有加）那麼你呢？

沙默刺：（惶恐）我，呵，我也該死，請饒命，我也該死（自打嘴巴數下，又叩頭如搗蒜）。

蘇　丹：（用手示意拖出。）

沙默刺：（見狀大驚，痛哭流涕，不斷叩頭）蘇丹，蘇丹，請饒命，你說過，只要我說實話，便放我回去的。（又轉身向寶公主）公主，我該死，我冒犯了你，你打我吧，打吧（再叩頭）。

寶公主：（恭謹地對蘇丹）請恕臣妾進言，古人云，為人君者，應言而有信。

蘇　丹：（對沙默刺，一字一字地）回去，滿刺加不懼戰，戰，亦可。

狄　普：蘇丹非不能戰，然戰事傷民，回去告訴你的王，和為貴，夫兵凶戰危，人之所患。願息干戈，以安蒼生，此亦大明皇帝之所盼也。

沙默刺：是，是（在連聲稱是中，抱頭滾地出，隨從一人亦退）。

蘇　丹：（用手示意將四具屍體搬走後）公主受驚了。

寶公主：託殿下洪福。

蘇　丹：（對各部大臣）傳令漢都亞將軍加緊海防，（對狄普）明軍五百，
　　　　保護公主及五百使女，定居鳳凰山，鳳凰山今起改名中國山，[8]以
　　　　志公主西來。

寶公主：謝殿下（行禮）。

蘇　丹：（用手扶起公主，對眾人）來，讓我們為公主西來而歡唱。

　　　　蘇丹與寶公主領唱：〈遠方來到的女郎〉，眾和唱。

遠方來到的女郎

（男女高音領混聲合唱）

蘇　丹：歡迎你，歡迎你，
　　　　遠方來到的高貴女郎，
　　　　你東方的色彩，
　　　　華美了這裡的山色水光。

寶公主：謝謝你，謝謝你，
　　　　你們熱烈的感情，
　　　　溫暖了我的心房，
　　　　不再生疏，不再彷徨，
　　　　也不再留戀舊日的時光。

蘇　丹：不再留戀舊日的時光。
　　　　這裡有：新的土地，
　　　　這裡有：新的希望，
　　　　還有我，永遠伴在你身旁。

8　中國山：《馬來紀年》記載「王便指定一座沒有城堡的山給她們居住，因此，那山得名為中國山
　　（Den China），此山今仍在馬六甲近郊，只是一個小山坡，坡上墳塋累累，已無遺跡可考」。

寶公主：有你伴在我身旁，
　　　　我的內心快樂明朗，
　　　　我已把生命交給你，
　　　　你的希望就是我的希望。

眾　人：希望，希望，
　　　　我們有共同的希望，
　　　　兩族結合，歡處一堂，
　　　　我們的生活，
　　　　美滿，幸福，輝煌。

幕在歌聲中徐徐而閉。

第二幕完

1966年8月完稿，2006年修訂

鄭和下西洋後，大明漢麗寶公主嫁與馬來半島滿剌加蘇丹，傳為美談。漢麗寶不載於中國史料，而見於《馬來紀年》，是東南亞有關中國傳奇最浪漫者之一。如此華麗的故事所傳遞的女性與航海、異域和外交的訊息，引人深思。相傳漢麗寶皈依伊斯蘭教，如今娘惹族群每每附會為其後代。

白垚（1934–2015）

原名劉國堅，另有筆名劉戈。生於中國廣東東莞，在廣州、香港、台灣等地接受教育，後至新加坡、馬來亞，執編《學生周報》與《蕉風月刊》長達二十四年，直至1981年移民美國。《漢麗寶》為他首部創作的歌劇劇本，其構思於1963年，取材自十六世紀《馬來紀年》中漢麗寶公

主遠嫁滿剌加蘇丹的事蹟，完成於1966年。經作曲家陳洛漢譜成樂章後，劇本於1970年刊登於二〇七期的《蕉風》文學雜誌，並於隔年製作和演出，得到眾多迴響。此劇本成為馬來西亞官方表現種族和諧共處的象徵符號。著有《縷雲起於綠草：散文、詩、歌劇文本》、自傳體小說《縷雲前書》等。

鄭和的後代

郭寶崑

一

　　最近我經常做夢；做夢已經成為我生活中最重要的東西了。

　　孤獨的一個人做夢，在夢裡遊蕩，在夢裡漂泊，朝向不知走向哪裡的方向漂泊。

　　我這孤獨，並非死氣沉沉、毫無生氣的；它含有一股力量，它含有一股強大的生機。因為，我總覺得周圍有一個龐大無比的空間；若有若無、若即若離；又像在誘惑你，又像在恐嚇你；它好像在咫尺之外，又好像是遠不可即。

　　這種捉摸不定的感覺，叫我害怕，然而它又不是那種叫人寒慄的害怕；這害怕，更像是一種迷茫，一種不知所措的茫然。所以，我就很想出發，很想走開，很想離開這個令人發狂的地方，儘管我根本搞不清自己到底要去什麼地方。不過，我每天，我每天都渴望著進入那一場又一場的夢幻。

　　當年，他是不是也是這樣的？當他漂泊在一望無際的汪洋大海上，在茫茫的黑夜裡，在混沌的天罩下，注視著遠處若隱若現的地平線，感覺著四周無邊無盡的空間，他能忘卻自己一生的淒涼遭遇、忘卻自己被加予的種種無以復加的非人待遇嗎？

　　在我的夢裡，日子不再全是歡樂，不再全是熱望；相反的，在我近來這些夢裡，生活顯得更加平凡、更加真實了。

　　做夢的時候，我孤身一人，才真正看到了我自己，看進了我自己，看透了我自己。然而，當我一層一層鑽進我的自我、一步一步浸入我的孤獨的時

候，我卻又覺得自己在一步一步的靠近他；我越來越覺得自己跟六百年前的
這位傳奇人物，跟這位累經折磨、終生殘缺的男人是休戚相關、一脈相承
的！

沒錯，每天晚上，通過我自己的茫然若失，通過我自己的不知所措，我
越來越能體會到他的痛苦，越來越能感受到我對他的崇敬，和我對他的猜
疑。然而，我越是這樣，我越是白天嚮往他、晚上挑逗他，我越是覺得自己
確確實實跟他是休戚相關、一脈相承的，以至於我越來越是堅決地認為：我
根本就是這位太監大帥的後代！

二

中華使者承天命　　遠赴西洋送佳音
迎來怒海千重浪　　周遊列國報皇恩
一州過了又一港　　黃人鄰國有黑人
高山綠野清流水　　飛禽走獸奇又新
國國物產競豐裕　　處處民情醉人心
人人仰望神州帝　　獻上厚禮表真忱
域外世界新鮮事　　皇天后土少聽聞
只恨天下如此大　　竟然處處有奄人

三

北京的故宮，據說一共有九百九十九個房間；大大小小，不多不少，一
共九百九十九個。在這九百九十九個房間裡，有一個特別古怪。在很久以
前，這個房間裡裝的全都是寶貝。不是什麼金銀財寶之類的普通寶貝，而是
太監們被割下來的那些寶貝。對了，就是那些硬被割了下來、用油炸過、已
經風乾的太監們的寶貝。更加不可思議的是：據說這些寶貝並不是放在那個
房間的櫃子裡、櫥子裡或是架子上、格子上，而是吊在半空中。誒，不錯，
吊在半空中，用繩子把裝在盒子裡的一個一個的寶貝用繩子吊在這個奇特房
間的半空中。

據說，小太監們剛進宮的時候，地位最低，因此他們的寶貝也都吊得最

低，幾乎靠著地面了。以後，隨著他們地位的晉升，他們的寶貝盒子在這個房間裡的地位也就隨著升高，越升越高，越升越高。

不過據說啊，每次晉升，太監們都要把自己的寶貝拿出來，呈給上官檢驗。這聽起來很古怪，說穿了其實也蠻有道理，它就跟我們一樣，每次要升級或調職，往往要再翻出我們的文憑、證書，甚至推薦書，讓我們上頭管事的驗證一番。就是那麼回事。其實，太監們的手續還是比較簡單的，只要驗驗寶貝就可以了，因為那是他們的唯一合法證件。

再說回來，太監們越升越高，從所謂的小火、手巾、烏木牌、聽事、典差、泰隨、長隨、典簿，他們的寶貝盒子一直上升，越吊越高，再經過監丞、少監到了太監，那應該是幾乎碰到屋頂了。像鄭和、劉瑾、魏忠賢、安德海、李蓮英這些人，他們的盒子必然是吊到那麼高了。

您想想看，成千上萬個裝著寶貝的盒子，用繩子以不同的高度吊滿了皇宮裡一整個大房間，這是多麼壯觀的場面啊！您要知道，在明清時代的皇宮裡，太監最多，人數據說不下五萬，甚至有記載說太監最興盛的時期人數竟然高達十萬！這可不簡單啊，別說五萬十萬，即使一萬人也夠驚人的了……您想想吧，一萬個寶貝，裝在精緻的盒子裡，好像風鈴花燈一樣吊滿一廳堂，多有氣派！……您說，這像不像一個錯綜複雜的龐大網絡啊？

老實說，這倒真像我們公司裡的組織網絡圖表。哪，最上面的是董事主席、董事經理、總經理、各部門經理、主任、高級行政、行政、祕書、書記……直到下面各級的小職員、跑腿等等。從屋頂到地面，咱們的網絡其實也差不多是這個樣子的。當然，不同的是，咱們不用把自己的寶貝拿去裝盒子吊起來。只要把文憑證書交上去就行了。而且，現在人家最多把我們叫做「寶」，不會叫我們「寶貝」。

其實，您再進一步想想，我們部門、我們學校還不都是……誒，我看可以了，大家可以舉一反三，我們就這裡打住吧。

四

哎呀！哎呀哎呀哎呀！……報告！我有一個發現，可能是一個重大的學術發現！……哪，是這樣的：或許大家都知道，太監一旦死了，他的家人，

或是他的同僚，必須負起一項責無旁貸的義務。那就是：他們一定要把他的寶貝找出來，物歸原主、寶歸原處，讓死者得以全身安葬。這是一件非常非常重要的事情，親友同僚們一定要確保他那經已切離身體有六、七十年的寶貝，必須完完整整準準確確歸回原位。為什麼呢？因為據說他們都深信：如果他們不把寶貝完完整整準準確確歸回原位，那麼，來生來世他們就不能再做回一個堂堂正正的男人啦！幹不好，那可要成為一個叫人斷子絕孫的大事啊！

聯繫這個問題，我突然想到一個記載。有的史書上說，鄭和半輩子在海上闖蕩，周遊列國，最後竟然在第七次下西洋的途中死於印度的古里國。如果這是真的，那麼，這位偉大的航海家、外交家、軍事家最終竟然不能全身安葬，這件千古遺憾的事蹟，恐怕還沒有學者發現呢，而今我卻發現啦！

這話怎麼說，就因為鄭和太監死在異鄉或者海上？就憑這一點根據？

還不夠嗎？難道你認為他們會把寶貝也拿上船一起下西洋？

為什麼不可能？

誒，拜託你啦！跟鄭和太監一起下西洋的大中小太監可能多至幾十上百，你說他們可能都把自己的寶貝拿上船一起下西洋嗎？——「誒，讓開讓開！讓各位太監提寶上船！」然後他們一個一個提著自己的寶貝盒子畢恭畢敬的上船，進入那個特闢的房間，再按照地位高低一個盒子一個盒子地吊掛起來？當艦隊在波濤洶湧的大海裡飄晃不定的時候，那些吊在半空中的盒子不是要飛來飛去，你碰我撞了嗎？

為什麼不可能？鄭和下西洋的艦隊雖然比哥倫布橫越大西洋的艦隊早了將近九十年，他可是帶了六、七十條艦船，總共動員將近三萬人，有官、有兵、有木匠、有鐵匠、有裁縫、有廚子、有航船的、打仗的、有做通譯的、記錄的、有專門管送禮的、還有專門管收禮的，這麼多人住在船上，需要多麼多的房間啊！難道在那麼多的船上，在那麼多的倉房之中，不可能在某一條船上騰出某一個房間來，專門收藏太監們的寶貝嗎？

理論上當然可能，但實際上未必有過。你要知道，太監雖然是最低賤的奴才，他們的頭頭卻往往是一人之下萬人之上的要人，地位高如丞相、貴若王公；因此他們的寶貝也必然屬於奇珍異寶、機密文件，屬於國家保護財

產，絕對不能隨便移動，又怎麼可以把幾十上百的寶貝弄到鄭和的船上去呢？所以我說，聲名赫赫、豐功偉績的三寶太監，真的可能落得個未得全身而葬啊！——這就是我的偉大學術發現！

你這話也不是完全沒有道理。而且現在照我們看來，他們的寶貝沒有帶上船也太可惜了。要不然，你想，如果當年西洋艦隊帶了大批太監浩浩蕩蕩來到我們龍牙門新加坡，把全部寶貝一起帶上岸，再住上一段時間，那麼，寶島的稱號，可能要封給我們新加坡了……

如果鄭和真的死在國外，那也真是太可憐了。那麼英才蓋世、叱吒風雲的千古人物，竟然可能死後都不能全身而葬，真是太太遺憾了。嗨，為了後代著想，也許砍掉上面的要比割掉下面的還叫人甘心一點。

五

當太監是我自己的選擇。其實，也沒有多少選擇。我們是鄉下人，不認識字，也沒有官場的關係，家裡人多地貧，有時候連飯都吃不飽，前途看不見一絲一毫的希望。有一天，我聽人說起做太監會怎麼樣又怎麼樣，我就想，也許這是我們家唯一的活路。

我想過，我對祖宗也能交代了，因為我哥哥已經娶親生了兩個兒子，祖宗的煙火繼承有人，我斷了根，家裡並不會絕後。

要辦我的事的那一天，我爹一大早就把自己灌醉了。他一邊喝酒一邊哭，罵自己窩囊廢、沒出息，好幹不幹偏偏要閹了自己的兒子；那可是人神都不容的缺德事啊！

我自己反而心裡很平靜。我說：「來吧，爹，您動手吧。」說著，我就把被子掀開，向後躺下，露出自己的下體向著我爹。

我爹慢慢地走過來，眼淚滿臉直流。他咬著牙、握著拳問我：「福祥，你不後悔？」

我說：「爹，我不後悔。」

爹又問我：「福祥，你不後悔？」

我又說：「爹，我不後悔。」

爹還不肯動手，他哭著抖著又再大聲問我：「福祥，你真的不後悔？」

好像我不說後悔他就不甘心，一定要聽我說後悔。

這時候我也發抖了，可我還是裝著平靜的跟爹說：「爹，您動手吧，我絕不後悔。」說完了，我就扭過頭去，再也不敢看我爹的臉了。

隨後我就聽見我爹呼呼的喘大氣，突然大叫一聲，衝到我床前，猛然抓起我的下體，我身體一緊張，突然感到一股從來沒有過的劇痛，不由自主驚叫了起來，然後我就什麼都不知道了……

也不知道過了多久，我隱隱約約聽見有人在說話，身子一動，下身痛極了。這時我才開始聽清楚，好像大家在交頭接耳恭喜我爹恭喜我，說我有希望了，說我小便一出來就肯定可以活了。這我才開始清醒過來，也記起了人們常說的，切了下身會即刻昏迷幾天，直到第一泡尿尿出來，這人才算有救了。

我使盡力氣睜開眼睛，只是我爹就站在床前，手裡捧著一個很精緻的盒子。他見我開了眼，就慢慢地把盒子打開，裡頭滿是曬乾了的米糠；他從米糠下面挖出了一個小小的油紙包，把它打開，裡頭包著的是……不用說了，那就是我爹親手切下來的我的下體，我的寶貝。

就在那一刹那，當我看到了那一條油炸過的肉莖，我才真正感覺到事情確實已經發生了。從那一天開始，我就得全心全意保住這個寶貝，因為這件其貌不揚的小東西，將是我一生中最最重要的護身符、身分證；這件寶貝將是我死心塌地的忠於皇上、一生為奴替他服務的證據。他不但是我進入宮廷的敲門磚，也將是我一輩子要晉級升遷，當官致富的唯一法寶。我當太監的生涯，從此開始啦。

當然了。鄭和本人並沒有這樣選擇，他是小時候硬被軍隊掠奪之後強加閹割的，然後由將官獻給了日後當上永樂皇帝的王子朱棣，以滿足皇族宮廷內的需求。

太監這東西倒是東西方文化平起平坐、不分上下的。而且奇怪的是，不分東西、不分民族、不分國家，太監自古以來都是為了帝王的私事、房事而生存的：吃、喝、拉、撒、睡，全由太監掌管。特別是睡：睡的房間、睡的衣著、睡的床具、睡的陪伴，以及那千百名後宮佳麗的吃、喝、拉、撒、睡……當然，太監也負責別的宮廷事務，比如管文房四寶的，管祭祀禮拜

的，管修葺建築的；有些太監才學過人、際遇非凡，還可能學到武功文才，甚至提兵打仗、出使外國，領導世界級的龐大艦隊越洋開拓國際外交、疏通國家貿易──諸如太監大元帥鄭和。

六

聖旨到！

奴才鄭和接旨。我皇洪福，萬歲萬歲萬萬歲！

朕奉天命，君臨天下，歷經數載武功，南征北討，威德兼施，大業已奠，國泰民安。朕一體上蒼之心，施恩布德；凡日月所照之疆域，凡霜露所濡之土地，無論貴賤，無論老少，皆欲使之遂其勝業，不致失所。如今王威經已深入民心，百業亦已蒸蒸日上，朕遂欲遣派使節，遠通西洋；近則平定沿海盜賊，遠則宣揚中華德威，昭顯夷邦，教化蠻荒。

據此，朕旨令內官監鄭和充任出訪西洋特使。爾等抵順天道，恪守朕言，循理安分，勿得違越；不可欺寡，不可凌弱，庶幾共享太平之福，不得有誤。欽此！

奴才鄭和惶恐受命，萬歲萬歲萬萬歲！

太監輔官王景宏聽命！

如今命你出任西洋艦隊輔官，馬上著手運籌，組成下西洋的領導核心，物色適當的文官武將，包括翻譯官、錄事官，並即刻命令他們開始蒐集西洋各地的國情民情資料。

龍江船塢總統領聽命！

如今命你招募艦船，編集西洋艦隊，若船隻不足，即日籌集資源，開始造船工程。我皇氣度恢宏，我軍士氣如虹，此行非同一般，艦隊將直達印度古里，遙顧麥克天方。西洋遼闊無垠、波濤洶湧無比，往返可能費時兩載，如此重大的責任，無六十隻堅實的艦船，非四十丈巨型的寶船，難以承當！

浙江守備聽命！

即日開始蒐集糧食、囤積食水、集合馬匹、訂購衣裝，備齊各種兵器武裝、各種日用雜項，限你三個月內辦好一切，足以支持西洋艦隊兩年漂流海上！

眾位各監太監，眾位文武將官，眾位各崗各業隊員：我皇德威蓋世，我國富甲天下；此番出使西洋，任重道遠；艦隊將過訪占卑、馬六甲，途經巨港，遠達柯枝、古里，甚至天方麥克。為了我皇德威，我們只許成功不許失敗。

諸位聽命：一切籌備工作必須在永樂三年六月初一之前全部完成，艦隊鐵訂於六月十五從劉家港出海，啟程向西洋進發。違令者按軍法處治！

七

第一次下西洋──1405年

第二次下西洋──1407年

第三次下西洋──1409年

第四次下西洋──1413年

第五次下西洋──1417年

第六次下西洋──1421年

第七次下西洋──1431年

前後三十年，鄭和的龐大明朝艦隊先後訪問了：

占城、暹羅、彭亨、吉蘭丹、勃爾尼、阿魯、南勃利、爪哇、舊港、蘇門答剌、滿剌加、南巫里、加異勒、小葛蘭、甘巴里、西洋瑣里、阿拔把丹、南剌利、那姑爾、黎代、榜葛剌、錫蘭、柯枝、古里、馬爾代夫、忽魯謨斯、溜山、沙裡灣泥、剌撒、阿丹、天方、祖法爾、木骨都束、麻林、布剌瓦、赤坎……等將近四十個國家和地區。

八

昨晚我做了一個陰沉沉的夢。天上罩著濃密濃密的雲，不是黑黑的，不是灰灰的，看上去只見一團糾纏混沌，像是一鍋煮焦了的糨糊。

我的四周響聲不絕，鬧哄哄地逼壓著我，好像關在蒸氣浴裡的熱氣團裡。我也弄不清那些聲音是什麼聲音；一下子像是速度不穩定的留聲機唱著交響樂，一下子又像千百頭野獸在嚎叫，都是兇巴巴衝著我來的。

　　終於，我弄清楚了，我是在船上。那船很大，掛著很多張帆。可是左右前後什麼人也沒有，就我一個人在這隻巨大的船上，漫無目的地漂泊在大海上。海面上異常平靜，一望無際；細看之下，又感到平靜中隱含著一股令人心悸的殺氣。因為控制室裡空無一人，船在無向的漂浮。我心裡一陣驚慌，幾乎不能自已。這是怎麼回事？船在漂向哪裡？我急忙四周張望，希望能找到一個門，或是一個洞；希望能弄清楚到底它在向哪裡走，到底控制室在哪裡。可是我怎麼找都找不到；上也沒有門，下也沒有門；船照樣無定向的漂著，我心裡越來越感到慌張。

　　突然，我好像明白了。對了！我一定是像科幻小說裡說的那樣，時光倒流，讓我回到了前生前世。六百年前，我的前身就是明朝的太監大帥鄭和。一想到這裡，我就意氣風發，精神百倍了。怎麼能不會呢？如果你發現自己竟然是六百年前在哥倫布抵達新大陸之前幾乎九十年，就航行抵達非洲東岸一帶的偉大航海家鄭和，你能不興奮？你能不自豪嗎？

　　可是，我還沒有真正興奮起來，突然又被另一個念頭占據了。那是一個極其可怕的念頭：喂，如果我是鄭和，那我不就是太監了？如果我是太監，那我……？哎呀我的天啊！我不由自主的伸手向下摸。哎呀我的天啊！是真的！是真的！什麼都沒有了！我什麼東西都沒有了！我嚇得跳了起來，喊了起來。我醒了。

　　醒了之後，我定了定神，緊張萬分的再伸手向下摸……哎呀我的天啊！還在，一切都還在。謝天謝地，謝天謝地，這時候我多麼高興我並不是鄭和啊，不管他是多麼偉大的航海家、軍事家、政治家！

九

　　有時候我懷疑自己對於這位老太監到底了解多少。在所有著名的太監之中，只有鄭和為官正正直直，名譽一直都是清清白白的。永樂皇帝死後不久，明朝就關起了中國沿海的門戶，為了杜絕出海的活動，連鄭和的航海檔案資料都放火燒了，使到我們今天對於他的身世還是感到一團迷惑，特別是他青少年時代的生活。

　　我們知道鄭和從小就在北平三太子燕王朱棣的府上當差。他忠心耿耿，

燕王待他也不壞，讓他學文學武，練就了一身武藝、滿腹文才。後來燕王造反篡位，智勇雙全的鄭和捨身護駕，立下了赫赫的戰功，得到永樂皇帝讚賞，從此平步青雲、步步高升。後來當永樂要精選一位傑出統帥遠征西洋的時候，馬上想到了鄭和。從1405年起，鄭和就一直奔波於汪洋大海上，前後有三十年之久。有人說，永樂派兵七下西洋，名義上說是揚顯中華德威，實際上是在搜查前任皇帝朱允文的下落。因為，當燕王的叛軍攻進南京的皇宮裡去的時候，朱允文已經被燒成一堆黑炭了。儘管種種證明說那就是前帝，可是生性好疑的朱棣一直懷疑那是一具替身，而真正的朱允文其實早已經逃跑了。因此除了在大陸上幾十年不斷尋索之外，他也一而再、再而三地遠赴西洋，明察暗訪朱帝的行蹤。按照這種說法，鄭和七下西洋真正的目的其實是去搜尋朱允文。

有一篇野史說：建文皇帝朱允文確實是沒有死，宮裡燒成黑炭的原來是他的一名忠實隨從，而朱允文自己則由暗道逃生，輾轉躲到江南一帶去，在寺院裡隱居偷生。據說，有一次當鄭和經過泉州到一間廟裡上香的時候，建文皇帝竟然大膽現身，請鄭和動用艦隊的實力幫他復位。

據說，鄭和聽了之後，惶恐的跪在地上，哭著向建文皇帝哀求：「求求您皇上，別再叫我涉入這些宮廷鬥爭了。皇上明鑒，我從來不屬於任何一個集團，不屬於任何一個社黨，不屬於任何的一個圈子。我甚至連漢人都不是啊，皇上！我不過是一個化外野人，一個半世漂流的奴才，一個見人就躬身伺候的僕人。阿拉保祐，我能多活一天，我就無限感激一天。我是每一位皇上的奴才，我是每一位文官武將的奴才……求求您，赦免了我這個低賤的奴才，別讓我再涉入皇族宮廷的鬥爭吧！」

據說，鄭和不但為官正直忠耿，做人也深明大義大禮。他冒著殺頭的危險，不但沒有捉拿建文帝，過後也從來沒有向永樂皇帝密告建文皇帝的行蹤。

十

為了保住上頭的東西
我願犧牲下頭的東西

為了保持自己的信仰
我要皈依別人的信仰

為了取悅我的主子
我要消滅他的敵人
為了保證他的尋歡作樂
必須除掉我的尋歡器官

阿拉諒解我的苦難
菩薩憐憫我的靈魂
天妃保祐我的艦隊
西行完成我的生命

憑我自己，我能比得上任何人
給我自由，我能攀上一切高峰
可是一旦我被「淨身」，終生只有一個念頭
苟延殘喘，主人的意思我得唯命是從。

十一

　　啊，多麼美麗的早晨啊！豬年元旦，皇宮內張燈結綵，一片歌舞昇平的景象。鄭和跟幾位皇帝的近身太監一大早就趕來向皇上請安了。

　　「我皇洪福，天下泰安；新春祥瑞，龍體健康。奴才們恭祝皇上萬歲萬歲萬萬歲！」

　　「好，有賞，都有賞……誒？怎麼有人騎馬上殿啊？」

　　太監們大吃一驚。誰那麼大膽，竟敢在內宮裡皇上老子的面前騎馬？他們趕快四處張望，馬上要把那犯了大忌的奴才抓下去。可是，看來看去，誰也看不到騎馬的。這時候永樂皇帝朱棣笑了，他看看鄭和哈哈地笑個不停。

　　鄭和是個絕頂聰明的人，他一見皇上看著他笑，馬上就明白了。這一明白可也就叫他心驚膽顫，即刻匍匐在地上驚恐地說道：「皇上開恩，奴才該

死，奴才這就退下去。皇上開恩！皇上開恩！」這時候，其他的太監也都明白過來了，全都齊聲為他求情：「皇上開恩，皇上開恩啊！」

這到底是怎麼回事呢？原來啊，這是永樂三年元旦，那時候鄭和的名字還叫原來的馬和。馬和雖然是回民，可是他從小跟著漢人生活，他知道漢人民間有句諺語：「馬不登殿，否則將有兵災」，因為只有造反的士兵打到皇宮裡去，才會有馬匹登殿的事情，不然，平時誰敢在皇宮裡騎馬呢？所以馬和深怕皇上顧忌，巴不得馬上飛出宮殿。

「把文房四寶給我拿來！」永樂皇帝這命令一下，太監們更加害怕了。他們心想：這下子可完了，鄭和可真是完了，皇上要親自下詔定鄭和的死罪了！可是他們既不敢問，也不敢不從，急急忙忙把墨硯紙筆捧到朱棣面前，並且趕快磨好墨，展開紙，把筆獻上。

朱棣凝神向著鄭和看了一眼，抄起一管最大號的狼毫，大筆一揮，竟然寫了一個「鄭」字。

「朕賜你姓鄭，以後就叫鄭和吧。你跟著朕都快二十年了。你能文能武，忠心耿耿，在朕打天下的時候，曾屢立奇功，朕早就想賞賜你點什麼了。哈哈哈！」

朱棣走了。其他太監們向他恭維了一番也走了。鄭和，還是馬和，還是鄭和……呆呆的站在宮殿的大門口，不知道應該高興還是應該悲傷。

「我十二歲在雲南被漢軍俘虜，離開了族人，離開了家鄉。他們抓了我，他們閹了我，他們留了我，他們養了我，他們教了我，他們用了我……阿拉啊，您永遠是至高無上的；佛陀啊，感激您慈悲為懷；天妃啊，虧得您處處保祐……唉，天意果真是如此嗎？要生，我就得先死一遍？要立足於天地之間，我就得一輩子漂泊於天水之間嗎？」

十二

古往今來，令男人「淨身」的方法，五花八門、層出不窮。有的，絕對徹底；有的，局部消失；有的，表裡不一。如果他生在古代的歐羅巴，鄭和的痛苦也許沒有那麼嚴峻。據說，羅馬的貴婦們，最喜歡給他們的男奴辦這種手續：

拿一根銀針
一根精緻消毒的銀針
輕輕的，扎進睪丸
狠狠的，扎進睪丸
一針接一針，一針接一針
直到生殖的功能永離了他的童子身

再拿一隻銀匙
再拿一隻精緻的銀匙
細心的，為他進補
誠心的，為他進補
一匙接一匙，一匙接一匙
叫他充滿無害的青春氣息

扎針的痛苦，是暫時的挨受
內裡的死亡，有恆久的價值
留下來的一切，照樣能給主人提供快感
免除了生殖，就不用擔心有孽障的延續

十三

　　一大清早，天還沒亮，這些漂洋越海四處探訪的中華使者們，已經梳洗更衣完畢，備好了禮品、搬起了貨物，準備向他們期待已久的交易會出發。有綾羅綢緞，有雕花瓷器，有珍珠瑪瑙，有寶石玉器。大太監帶領著小太監，大將軍率領著小兵士，從大船到小艇，從平底到扁舟，浩浩蕩蕩的貨櫃、人群湧向人頭攢動的口岸。

　　海港裡，大王和各級首領早已經潔身整裝，出迎候客。做買賣的、放債的、抬貨的、耍功夫的、看熱鬧的、男的、女的、老的、少的，全都來了。人馬牛車擠滿了街市，奴隸侍從環繞著主人。那些高貴的富強的，都塗上了用牛糞烤乾了碾成的白粉，臉上、手上、腿上、背上，還有兩股之間也細心

的塗抹。

他們捧著棉做的、木做的、藤做的、麻做的、草做的、石做的、土做的、銅做的、鐵做的、金做的、銀做的，有會飛的、有會爬的、有會游的、有會跳的、有有翅膀的、有沒翅膀的，這一切，跟船上運來的一切一樣，早已經評好質地、訂好價錢，只待公平交易了。

晨光乍現，鄭和的大隊已經遙遙在望，不一會兒，水上的、岸上的、出迎的、探訪的，全都匯聚在港灣岸邊的廣場上：清真的、拜佛的、信天妃的、拜牛神的、一下子就混雜得難分你我了。

交易會還沒有正式完結，聯歡會已經迫不及待地開始。歌舞之聲震耳欲聾，千種百樣的吃的、喝的、玩的、鬧的，一桌一桌、一組一組、一批一批、一隊一隊，都來了。

雜耍和馬戲叫客人們大開眼界；有綠毛紅眼的山羊翻筋斗，有夜裡會變人形的黑老虎跳火圈，有群舞的小雞玲瓏得像貝殼，有兇巴巴的野牛專門逐追藍色，有長脖子的麒麟後人叫做長頸鹿，還有一排排的鱷魚列隊進行爬山比賽。

到了聯歡尾聲，鄭和跟大王交換了禮品。客人送的金銀瓷器精緻鮮豔，在落日餘暉裡光芒閃耀；主人送的奇珍異獸怪之又怪，令太監官兵們驚嘆稱奇。當客船順著潮水駛出了港灣，岸上岸外的歌聲還斷斷續續的遙相傳送。

一個被掠走的孤兒，一個被摧殘的太監，居然能當上大明皇帝的使者，七下西洋、八方和番，豐功偉績永世流傳，這太不平凡了……酸楚的情緒和驕傲的感覺交迭浮現，叫太監大帥的複雜激情久久不能平靜，一連幾天都不能安眠。

十四

前後將近三十年，鄭和長期游弋在南洋和西洋。他漂泊在異鄉何止十萬里，有一萬多個日子沒靠過家鄉的岸邊。沒有了頂上的天庭，遠離開王權的主宰，自由漂游的孤兒大帥，是否曾經遇見過近乎他理想的世外桃源呢？民間曾經有過這樣的傳說：

也不知道是哪一次西行，他們的艦隊剛進入印度洋就遇到了暴風雨，四

十丈的寶船都禁不住翻騰；風帆扯了，桅杆折了，寶船看來隨時要翻。有人喊道：把船上的物品扔下海！身上的衣服、頭上的冠冕也別留下；聽說從前淡馬錫的王子海上遇難就是這樣自救的。扔下去！把一切都扔到海裡去！……可是，儘管大家一切方法都用盡了，風暴的銳勢絲毫不減。

平時穩若磐石的三寶太監這時候心裡也慌了。他雙手伸展在胸前默默祈禱：「阿拉至高無上，我佛慈悲為懷，天妃保祐航海人啊！……」不一會兒，暴風雨過去了，一陣香風吹來，桅杆上隱隱然站著一位長髮飄飄的少女，橫笛吹著奇妙的音樂，把先前的恐懼氣氛全部一掃而光。然後，她一轉身就不見了。後人說，那是阿拉跟佛祖請天妃來為三寶太監清路消災的奇蹟。隨後，艦隊再航行了沒多遠，他們就看見了一個前人航程中從來沒有記錄過的小島。

「喂！喂！島上的好人們啊，這叫什麼地方？我們這是到了哪裡了？」

「喂，客人們啊，這是佛祖踩過的地方，這是佛祖睡過覺、洗過澡的地方。這是世上的寶島，是佛祖滴了一滴眼淚變成的寶島。」

鄭和和他的隨從們一聽，太高興了。「難道你們這裡就是傳說中的快樂島嗎？難道你們這裡就是人們和睦相處、甜苦相共的世外桃源麼？」

「我們這裡是阿當和他的兄弟盤古開山造海的地方，我們都是阿當盤古的子孫。不過我們既不叫快樂島，也不叫世外桃源。」

不論怎麼說，三寶太監發現這個地方確實與眾不同。人們奉公守法，上下赤誠相待。叫他最感動的是島上那位護國神老王的事蹟。據說，老王在位三十餘年，公正廉明、深得民心。當他退位的時候，他下令禁止一切皇親國戚繼承王位。退位之後，他放棄了一切榮華富貴，單身遁入山林，獨自潛修思過，暴露己身於山風日月、禽鳥魚蟲之間，以老邁的軀體回報自然、回歸自然。但是奇蹟發生了。由於他一世英明公正、待人處事仁慈慷慨，山林裡的禽鳥魚蟲不但不侵犯他，反而從四面八方湧來保護他、撫慰他、供養他。三年之後，人民又重新舉他為王，把小島治理得井然有秩，人民的生活更是幸福有加。最後，在他仙升之後，他就變成了一位神祇，被封為這個小小島國的保護神。而由於他的感召，島民們無不公正廉明、勤勞互愛、代代幸福。如此世代相傳，人們就把這個國家叫做「人人之國」或是「王王之

「國」，因為在這裡每個人都有王一樣的平等權力，每一個王也都要負起一般人的任務，所以叫做「人人之國」或是「王王之國」。

三寶太監聽完這個故事，感動得眼淚流個不停。美中不足的是，他最終還是發現，即使在這個「人人之國」、「王王之國」裡，也存在著蓄養太監的習慣。這件事使他不得不相信：在最最幸福的生活裡，也不得不叫某些人付出閹割的代價，儘管在這個小島上他們的手術做得那麼親和、那麼妥善。

十五

這手術要從小做起，需要經過專門訓練的保姆，按部就班、循序漸進、細心執行。

當男童還是個嬰兒，保姆就要親和地取得他的信任。每當洗完了澡，保姆就輕輕的揉捏嬰兒的睪丸。輕輕的、溫和的揉捏；不能讓他覺得疼痛，要輕輕的讓他感到一種快感。

漸漸地，當孩子習慣了，保姆就適度地在揉捏的時候加強手力。必須注意的是：這揉捏必須永遠是讓人感到那是親和的、愉快的，絕不能超越孩子所能承受的疼痛。

這樣，漸漸的，漸漸的，日復一日，年復一年，保姆的手力越加越重，越加越重，以至於儘管孩子依然感到愉快，但是，那不斷的揉捏卻已經把男童的睪丸內部捏碎了。外表上一切如常，實質上，孩子的生殖能力已經完全被摧殘。器官的一切操作看起來完好無缺，唯一不同的是：這些孩子們雖然仍舊能夠非常能幹、仍舊能夠滿足別人的一切需求，但是他們自己將永遠不能延續本身的生命，更不可能創造新的生命……

十六

回家？我沒有家
我的家在船上，我的家在水上
回家？我沒有家
我的家在遙遠的異鄉
我的家在無邊的海洋

我失去了性，我沒有了名
漂泊是我的家園，出發是我的還鄉

別問了，別查了
馬和、鄭和、三寶公
都切割了、斷絕了、放逐了
孤兒、浪子、太監、大帥
昨天我還在劉家港，轉眼就要航行到西洋
今天我還在淡馬錫，明天就要進軍蘇州園
舟車、艦船、飛機
陸地、藍天、海洋

沒有名字，沒有性別，沒有根，沒有家
對於孤兒，任人可以認父母
對於浪子，隨處可以是家園
他有告別不完的親人
他有離別不盡的港灣
永遠的離站到站，永遠的迎送聚散

我又要告別了，我又得上路了
無涯的地，無邊的天
兩際之間無窮的空間
恢宏萬變的市場在呼喚

作者註：〈鄭和的後代〉的原構思，是一齣戲中戲。由作者本人導演的
華語版首演，也實現了這一構思：地點是在一所監獄或嗜毒改造所裡，
時間是在他們被釋放的前夕，場合是他們的一個創意聯歡晚會，而這整

個演出就是表演呈獻。戲由一整組人呈獻，但又分為十來個片段，每個片段由不同人員的組合表演。他們既不是學者藝術家，也非史者文學家，因此他們完全不關心演得符不符合史實、做得像不像藝術。這種聯歡創想的隨意性與監獄環境的壓抑性之間的張力，是本劇的一個重要元素。經過首演的經驗之後，作者決定不把他自己所用的具體人物和環境條件記錄在這個文學劇本裡，而選擇僅僅把這一構思講述出來，以期望新的導演和演員們結合他們自己的狀況，創造一個符合他們自己的意願的外層結構。

華語版首演於1995年8月10日，新加坡維多利亞劇院，郭寶崑導演，實踐話劇團呈獻。

英語版首演於1995年6月3日，新加坡維多利亞劇院，王景生導演，劇藝工作坊呈獻。

出自《郭寶崑全集》（2009）

太監會有後代嗎？劇作家的提問引出一齣關於帝國與遠方、移民與殖民、生根與尋根的對話，核心則圍繞性別、身體與華夷政治的難題。一代又一代的海外華裔，尤其是男性，究竟是乘勢而起，是虛張聲勢，還是大勢已去？

郭寶崑（1939–2002）

生於中國河北省，1949年移居新加坡。1959年赴雪梨澳洲國立戲劇學院學習，1965年返新加坡和妻子共同創辦實踐表演藝術學院，積極投入戲劇活動，1986年成立實踐話劇團。著有劇本集《棺材太大洞太小》、《邊緣意象：郭寶崑戲劇集（1983–1992）》；文集《郭寶崑全集》。

在南洋

陳大為

在南洋　歷史餓得瘦瘦的野地方
天生長舌的話本　連半頁
也寫不滿
樹下呆坐十年
只見橫撞山路的群象與猴黨

空洞　絕非榴槤所能忍受的內容
巫師說了些
讓漢人糊塗的語言　向山嵐比劃
彷彿有暴雨在手勢裡掙扎
恐怖　是猿聲啼不住的婆羅洲
我想起石斧
石斧想起　三百年來風乾的頭顱
還懸掛在長屋——

並非一罈酒　或一管鴉片的小事
開疆闢土　要有熊的掌力
讓話語入木三分
我猜　一定有跟黃飛鴻
同樣厲害的祖宗
偷學蜥蜴變色的邪門功夫

再學蕨類咬住喬木
借神遊的孢子　親吻酋長腳下的土

在南洋　一夥課本錯過的唐山英雄
以夢為馬　踢開月色和風
踢開土語老舊的護欄
我忍不住的詩篇如茅草漏夜暴長
吃掉熟睡的園丘
更像狼　被油彩抽象後的紫色獠牙
從行囊我急急翻出
必用　及備用的各種辭藻
把雨林交給慢火去爆香……

就在這片　英雄頭疼的
野地方
我將重建那座會館　那棟茶樓
那條刀光劍影的街道
醒醒吧　英語裡昏睡的後殖民太陽
給我一點點光　一點點
歲月不饒人的質感
我乃三百年後遲來的說書人
門牙鬆動
勉強模仿老去的英雄　拿粗話打狗

嘿　莫要當真
我豈能朽掉懸河的三寸
在南洋　務必啟動史詩的臼齒
方能咀嚼半筋半肉的意象叢
出動詩的箭簇　追捕鼠鹿

和一閃而過的珍貴念頭

請你把冷水潑向自己
給我燈　給我刀槍不入的掌聲
我的史識
將隨那巨蟒沒入歷史棕色的腹部
隨那鷹　剪裁天空百年的寂靜
聽　是英雄的汗
回應我十萬毛孔的虎嘯　在山林——

不要懷疑我和我纖細的筆尖
不要擠　英雄的納骨塔
已占去半壁書桌
我得儲備徹夜不眠的茶和餅乾
別急別急　史詩的章回馬上分曉
在歷史餓得瘦瘦的南洋

1998 年 10 月

出自《盡是魅影的城國》（2001）

十八、十九世紀的婆羅洲，華人的足跡接踵而至，然而歷史卻漸漸餓得
瘦瘦的。所有錯過的、遺忘的能否在那會館、茶樓，那唐山英雄中回
返？混雜的歷史、遲到的說書人，近百年的華人遷徙史，豈能一頁道
盡？

陳大為（1969–）
出生於馬來西亞霹靂怡保，1988年到台灣留學，現任台北大學中文系教
授。著有詩集《洪治前書》、《再鴻門》、《盡是魅影的城國》、《靠

近 羅摩衍那》；散文集《流動的身世》、《句號後面》、《火鳳燎原的午後》、《木部十二劃》等。

商人婦

許地山

「先生，請用早茶。」這是二等艙底侍者催我起床底聲音。我因為昨天上船底時候太過忙碌，身體和精神都十分疲倦，從九點一直睡到早晨七點還沒有起床。我一聽侍者底招呼，就立刻起來；把早晨應辦底事情弄清楚，然後到餐廳去。

那時節餐廳裡滿坐了旅客。個個在那裡喝茶，說閒話：有些預言歐戰誰勝誰負底，有些議論袁世凱該不該做皇帝底；有些猜度新加坡印度兵變亂是不是受了印度革命黨運動底；那種唧唧咕咕的聲音，弄得一個餐廳幾乎變成菜市。我不慣聽這個，一喝完茶就回到自己底艙裡，拿了一本《西青散記》跑到右舷找一個地方坐下，預備和書裡底雙卿談心。

我把書打開，正要看時，一位印度婦人攜著一個七、八歲的孩子來到跟前和我面對面地坐下。這婦人，我前天在極樂寺放生池邊曾見過一次；我也瞧著她上船；在船上也是常常遇見她在左右舷乘涼。我一瞧見她，就動了我底好奇心；因為她底裝束雖是印度的，然而行動卻不像印度婦人。

我把書擱下，偷眼瞧她，等她回眼過來瞧我底時候，我又裝作念書。我好幾次是這樣辦，恐怕她疑我有別的意思，此後就低著頭，再也不敢把眼光射在她身上。她在那裡信口唱些印度歌給小孩聽，那孩子也指東指西問她說話。我聽她底回答，無意中又把眼睛射在她臉上。她見我抬起頭來，就顧不得和孩子周旋，急急地用閩南土話問我說：「這位老叔，你也是要到新加坡去麼？」她底口腔很像海澄底鄉人；所問底也帶著鄉人底口氣。在說話之間，一字一字慢慢地拼出來，好像初學說話底一樣。我被她這一問，心裡底疑團結得更大，就回答說：「我要回廈門去。你曾到過我們那裡麼，為什麼

能說我們底話？」「呀！我想你瞧我底裝束像印度婦女，所以猜疑我不是唐山（華僑叫祖國做唐山）人。我實在告訴你，我家就在鴻漸。」

那孩子瞧見我們用土話對談，心裡奇怪得很，他搖著婦人底膝頭，用印度話問道：「媽媽，你說底是什麼話？他是誰？」也許那孩子從來不曾聽過她說這樣的話，所以覺得稀奇。我巴不得快點知道她底底蘊，就接著問她：「這孩子是你養底麼？」她先回答了孩子，然後向我嘆一口氣說：「為什麼不是呢？這是我在麻德拉斯養底。」

我們越談越熟，就把從前的畏縮都除掉。自從她知道我底里居、職業以後，她再也不稱我做「老叔」，便轉口稱我做「先生」。她又把麻德拉斯大概的情形說給我聽。我因為她底境遇很稀奇，就請她詳詳細細地告訴我。她談得高興，也就應許了。那時，我才把書收入口袋裡，注神聽她訴說自己底歷史。

* * *

我十六歲就嫁給青礁林蔭喬為妻。我底丈夫在角尾開糖舖。他回家底時候雖然少，但我們底感情絕不因為這樣就生疏。我和他過了三四年的日子，從不曾拌過嘴，或鬧過什麼意見。有一天，他從角尾回來，臉上現出憂悶的容貌。一進門就握著我底手說：「惜官（閩俗長輩稱下輩或同輩的男女彼此相稱常加「官」字在名字之後），我底生意已經倒閉，以後我就不到角尾去啦。」我聽了這話，不由得問他：「為什麼呢？是買賣不好嗎？」他說：「不是，不是，是我自己弄壞底。這幾天那裡賭局，有些朋友招我同玩，我起先贏了許多，但是後來都輸得精光，甚至連店裡底生財傢伙，也輸給人了。……我實在後悔，實在對你不住。」我怔了一會，也想不出什麼合適的話來安慰他；更不能想出什麼話來責備他。

他見我底淚流下來，忙替我擦掉，接著說：「哎！你從來不曾在我面前哭過，現在你向我掉淚，簡直像鎔融的鐵珠一滴一滴地滴在我心坎兒上一樣。我底難受，實在比你更大。你且不必擔憂，我找些資本再做生意就是了。」

當下我們二人面面相覷，在那裡靜靜地坐著。我心裡雖有些規勸底話要對他說，但我每將眼光射在他臉上底時候，就覺得他有一種妖魔的能力，不容我說，早就理會了我底意思。我只說：「以後可不要再耍錢，要知道賭錢……」

他在家裡閒著，差不多有三個月。我所積底錢財倒還夠用，所以家計用不著他十分掛慮。他鎮日出外借錢做資本，可惜沒有人信得過他，以致一文也借不到。他急得無可奈何，就動了過番（閩人說到南洋為過番）底念頭。

他要到新加坡去底時候，我為他摒擋一切應用的東西，又拿了一對玉手鐲教他到廈門兌來做盤費。他要趁早潮出廈門，所以我們別離底前一夕足足說了一夜的話。第二天早晨，我送他上小船，獨自一人走回來，心裡非常煩悶，就伏在案上，想著到南洋去底男子多半不想家，不知道他會這樣不會。正這樣想，驀然一片急步聲達到門前，我認得是他，忙起身開了門問：「是漏了什麼東西忘記帶去麼？」他說：「不是。我有一句話忘記告訴你，我到那邊底時候，無論做什麼事，總得給你來信。若是五、六年後我不能回來，你就到那邊找我去。」我說：「好吧。這也值得你回來叮嚀，到時候我必知道應當怎樣辦底。天不早了，你快上船去罷。」他緊握著我底手，長嘆了一聲，翻身就出去了。我注目直送去到榕蔭盡處，瞧他下了長堤，才把小門關上。

我與林蔭喬別離那一年，正是二十歲。自他離家以後，只來了兩封信，一封說他在新加坡丹讓巴葛開雜貨店，生意很好。一封說他底事情忙，不能回來。我連年望他回來完聚，只是一年一年的盼望都成虛空了。

鄰舍底婦人常勸我到南洋找他去。我一想我們夫婦離別已經十年，過番找他雖是不便，卻強過獨自一人在家裡挨苦。我把所積底錢財檢妥，把房子交給鄉裡底榮家長管理，就到廈門搭船。

我第一次出洋，自然受不慣風浪底顛簸，好容易就到新加坡那時節，我心裡底喜歡，簡直在這輩子裡頭不曾再遇見。我請人帶我到丹讓巴葛義和誠去。那時我心裡底喜歡更不能用言語來形容。我瞧店裡底買賣很熱鬧，我丈夫這十年間底發達，不用我估量，也就羅列在眼前了。

但是店裡底夥計都不認識我，故得對他們說明我是誰、和來意。有一位

年輕的夥計對我說：「頭家（閩人稱店主為頭家）今天沒有出來，我領你到住家去罷。」我才知道我丈夫不在店裡住；同時我又猜他一定是再娶了；不然，斷沒有所謂住家底。我在路上就向夥計打聽一下，果然不出所料！

人力車轉了幾個彎，到一所半唐半洋的樓房停住。夥計說：「我先進去通知一聲。」他撇我在外頭，許久才出來對我說：「頭家早晨出去，到現在還沒有回來哪。頭家娘請你進去裡頭等他一會兒，也許他快要回來。」他把我兩個包袱——那就是我底行李——拿在手裡，我隨著他進去。

我瞧見屋裡底陳設十分華麗。那所謂頭家娘底，是一個馬來婦人，她出來，只向我略略點了一個頭。她底模樣，據我看來很不恭敬，但是南洋底規矩我不懂得，只得陪她一禮。她頭上戴底金剛鑽和珠子，身上綴底寶石、金、銀，襯著那副黑臉孔，越顯出醜陋不堪。

她對我說了幾句套話，又叫人遞一杯咖啡給我，自己在一邊吸菸、嚼檳榔，不大和我攀談。我想是初會生疏底緣故，所以也不敢多問她底話。不一會，得得的馬蹄聲從大門直到廊前，我早猜著是我丈夫回來了。我瞧他比十年前胖了許多，肚子也大起來了。他口裡含著一枝雪茄，手裡扶著一根象牙杖，下了車，踏進門來，把帽子掛在架上。見我坐在一邊，正要發問，那馬來婦人上前向他唧唧咕咕地說了幾句。她底話我雖不懂得，但瞧她底神氣像有點不對。

我丈夫回頭問我說：「惜官，你要來底時候，為什麼不預先通知一聲？是誰叫你來底？」我以為他見我以後必定要對我說些溫存的話，哪裡想到反把我詰問起來！當時我把不平的情緒壓下，陪笑回答他，說：「唉，蔭哥，你豈不知道我不會寫字麼？咱們鄉下那位寫信底旺師常常給人家寫別字，甚至把意思弄錯了；因為這樣，所以不敢央求他替我寫。我又是決意要來找你底，不論遲早，總得動身，又何必多費這番工夫呢？你不曾說過五、六年後若不回去，我就可以來嗎？」我丈夫說：「嚇！你自己倒會出主意。」他說完，就橫橫地走進屋裡。

我聽他所說底話，簡直和十年前是兩個人。我也不明白其中底緣故，是嫌我年長色衰呢，我覺得比那馬來婦人還俊得多；是嫌我德行不好呢，我嫁他那麼多年，事事承順他，從不曾做過越出範圍底事。蔭哥給我這個悶葫

蘆，到現在我還猜不透。

　　他把我安頓在樓下，七、八天的工夫不到我屋裡，也不和我說話。那馬來婦人倒是很殷勤，走來對我說：「蔭哥這幾天因為你底事情很不喜歡，你且寬懷，過幾天他就不生氣了。晚上有人請咱們去赴席，你且把衣服穿好，我和你一塊兒去。」

　　她這種甘美的語言，叫我把從前猜疑她底心思完全打消。我穿底是湖色布衣，和一條大紅縐裙；她一見了，不由得笑起來。我覺得自己滿身村氣，心裡也有一點慚愧。她說：「不要緊。請咱們底不是唐山人，定然不注意你穿底是不是時新的樣式，咱們就出門罷。」

　　馬車走了許久，穿過一叢椰林，才到那主人底門口。進門是一個很大的花園，我一面張望，一面隨著她到客廳去。那裡果然有很奇怪的筵席擺設著。一班女客都是馬來人和印度人。她們在那裡嘰哩咕嚕地說說笑笑，我丈夫底馬來婦人也撇下我去和她們談話。不一會，她和一位婦人出去，我以為她們逛花園去了，所以不大理會。但過了許久的工夫，她們只是不回來，我心急起來就向在座底女人說：「和我來那位婦人往那裡去？」她們雖能會意，然而所回答底話，我一句也懂不得。

　　我坐在一個軟墊上，心頭跳動得很厲害。一個僕人拿了一壺水來，向我指著上面的筵席作勢。我瞧見別人洗手，知道這是食前底規矩，也就把手洗了。她們讓我入席，我也不知道哪裡是我應當坐底地方，就順著她們指定給我底位坐下。她們禱告以後，才用手向盤裡取自己所要底食品。我頭一次搯東西吃，一定是很不自然，她們又教我用指頭底方法。我在那時，很懷疑我丈夫底馬來婦人不在座，所以無心在筵席上張羅。

　　筵席撤掉以後，一班客人都笑著向我親了一下吻就散了。當時我也要跟她們出門，但那主婦叫我等一等。我和那主婦在屋裡指手畫腳做啞談，正笑得不可開交，一位五十來歲的印度男子從外頭進來。那主婦忙起身向他說了幾句話，就和他一同坐下。我在一個生地方遇見生面的男子，自然羞縮到了不得。那男子走到我跟前說：「喂，你已是我底人啦。我用錢買你，你住這裡好。」他說底雖是唐話，但語格和腔調全是不對的。我聽他說把我買過來，不由得慟哭起來。那主婦倒是在身邊殷勤地安慰我。那時已是入亥時

分，他們教我進裡邊睡，我只是和衣在廳邊坐了一宿，哪裡肯依他們底命令！

先生，你聽到這裡必定要疑我為什麼不死？唉！我當時也有這樣的思想，但是他們守著我好像囚犯一樣，無論什麼時候都有人在我身傍。久而久之，我底激烈的情緒過了，不但不願死，而且要留著這條命往前瞧瞧我底命運到底是怎樣的。

買我底人是印度麻德拉斯底回教徒阿戶耶。他是一個氈氌商，因為在新加坡發了財，要多娶一個姬妾回鄉享福。偏是我底命運不好，趁著這機會就變成他底外國骨董。我在新加坡住不上一個月，他就把我帶到麻德拉斯去。

阿戶耶給我起名叫利亞。他叫我把腳放了，又在我鼻上穿了一個窟窿，戴上一隻鑽石鼻環。他說照他們底風俗，凡是已嫁的女子都得戴鼻環，因為那是婦人底記號。他又給很好的「克爾塔」（回婦上衣），「馬拉姆」（胸衣），和「埃撒」（褲）教我穿上。從此以後，我就變成一個回回婆子了。

阿戶耶有五個妻子，連我就是六個。那五人之中，我和第三妻底感情最好。其餘的我很憎惡她們，因為她們欺負我不會說話，又常常戲弄我。我底小腳在她們當中自然是稀罕的；她們雖是不歇地摩挲，我也不怪。最可恨的是她們在阿戶耶面前播弄是非，教我受委屈。

阿噶利馬是阿戶耶第三妻底名字，就是我被賣時張羅筵席那個主婦。她很愛我，常勸我用「撒馬」來塗眼眶，用指甲花來塗指甲和手心。回教的婦人每日用這兩種東西和我們唐人用脂粉一樣。她又教我念孟加里文和亞刺伯文。我想起自己因為不能寫信底緣故，致使蔭哥有所藉口，現在才到這樣的地步；所以願意在這舉目無親底時候用功學習些少文字。她雖然沒有什麼學問，但當我底教師是綽綽有餘底。

我從阿噶利馬念了一年，居然會寫字了！她告訴我他們教裡有一本天書，本不輕易給女人看底，但她以後必要拿那本書來教我。她常對我說：「你底命運會那麼蹇澀，都是阿拉給你注定底。你不必想家太甚，日後或者有大快樂臨到你身上，叫你享受不盡。」這種定命底安慰，在那時節很可以教我底精神活潑一點。

我和阿戶耶雖無夫妻底情，卻免不了有夫妻底事。哎！我這孩子（她說

時把手撫著那孩子底頂上）就是到麻德拉斯底第二年養底。我活了三十多歲才懷孕，那種痛苦為我一生所未經過。幸虧阿噶利馬能夠體貼我，她常用話安慰我，教我把目前的苦痛忘掉。有一次她瞧我過於難受，就對我說：「呀！利亞，你且忍耐著罷。咱們沒有無花果樹底福分，（《可蘭經》載阿丹浩挖被天魔阿扎賊來引誘，喫了阿拉所禁底果子，當時他們二人底天衣都化沒了。他們覺得赤身底羞恥，就向樂園裡底樹借葉子圍身。各種樹木因為他們犯了阿拉底戒命，都不敢借，唯有無花果樹瞧他們二人怪可憐的，就慷慨借些葉子給他們。阿拉嘉許無花果樹底行為，就賜它不必經過開花和受蜂蝶攪擾底苦而能結果。）所以不能免掉懷孕底苦。你若是感得痛苦底時候，可以默默向阿拉求恩，他可憐你，就賜給你平安。」我在臨產底前後期，得著她許多的幫助，到現在還是忘不了她底情意。

自我產後，不上四個月，就有一件失意的事教我心裡不舒服；那就是和我底好朋友離別。她雖不是死掉，然而她所去底地方，我至終不能知道。阿噶利馬為什麼離開我呢？說來話長，多半是我害她底。

我們隔壁有一位十八歲的小寡婦名叫哈那，她四歲就守寡了。她母親苦待她倒罷了，還要說她前生的罪業深重，非得叫她辛苦，來生就不能超脫。她所吃所穿底都跟不上別人，常常在後園裡偷哭。她家底園子和我們底園子只隔一度竹籬，我一聽見她哭，或是聽見她在那裡，就上前和她談話。有時安慰她，有時給東西她吃；有時送她些少金錢。

阿噶利馬起先瞧見我周濟那寡婦，很不以為然。我屢次對她說明在唐山不論什麼人都可以受人家底周濟，從不分什麼教門。她受我底感動，後來對於那寡婦也就發出哀憐的同情。

有一天阿噶利馬拿些銀子正從籬間遞給哈那，可巧被阿戶耶瞥見。他不聲不張，躡步到阿噶利馬後頭給她一掌，順口罵說：「小母畜，賤生的母豬，你在這裡幹什麼？」他回到屋裡，氣得滿身哆嗦，指著阿噶利馬說：「誰教你把錢給那婆羅門婦人？豈不把你自己玷汙了嗎？你不但玷汙了自己，更是玷汙我和清真聖典。『馬賽拉』！」（是「阿拉」禁止底意思）快把你底『布卡』（面幕）放下來罷。」

我在裡頭聽得清楚，以為罵過就沒事。誰知不一會的工夫，阿噶利馬珠

淚承睫地走進來，對我說：「利亞，我們要分離了！」我聽這話嚇了一跳，忙問道：「你說底是什麼意思，我聽不明白？」她說：「你不聽見他叫我把布卡放下來罷？那就是休我底意思。此刻我就要回娘家去，你不必悲哀，過兩天他氣平了，總得叫我回來。」那時我一陣心酸，不曉得要用什麼話來安慰她，我們抱頭哭了一場就分散了。唉！「殺人放火金腰帶，修橋整路長大癩。」這兩句話實在是人間生活底常例呀！

自從阿噶利馬去後，我底淒涼的歷書又從「賀春王正月」翻起。那四個女人是與我素無交情底。阿戶耶呢？那副黝黑的臉，蝟毛似的鬍子，我一見了就憎厭，巴不得他快離開我。我每天的生活就是乳育孩子，此外沒有別的事情。我因為阿噶利馬底事，嚇得連花園也不敢去逛。

過幾個月，我底苦生涯快挨盡了！因為阿戶耶藉著病回他底樂園去了。我從前聽見阿噶利馬說過：「婦人於丈夫死後一百三十日後就得自由，可以隨便改嫁。」我本欲等到那規定的日子才出去，無奈她們四個人因為我有孩子，在財產上恐怕給我占便宜，所以多方窘迫我。她們底手段我也不忍說了。

哈那勸我先逃到她姊姊那裡。她教我送一點錢給她姊夫，就可以得他們底容留。她姊姊我曾見過，性情也很不錯。我一想，逃走也是好的，她們四個人底心腸鬼蜮到極，若是中了她們底暗算，可就不好。哈那底姊夫在亞可特住。我和她約定了，教她找機會通知我。

一星期後，哈那對我說她底母親到別處去，要夜深才可以回來，教我由籬笆逾越過去。這事本不容易，因事後須得使哈那不至於吃虧。而且籬上界著一行鐵線，實在教我難辦。我抬頭瞧見籬下那棵波羅蜜樹有一枒橫過她那邊，那樹又是斜著長上去底。我就告訴她，叫她等待人靜底時候在樹下接應。

原來我底住房有一個小門通到園裡。那一晚上，天際只有一點星光，我把自己細軟的東西藏在一個口袋裡，又多穿了兩件衣裳，正要出門，瞧見我底孩子睡在那裡。我本不願意帶他同行。只怕他醒時瞧不見我要哭起來，所以暫住一下，把他抱在懷裡，讓他吸乳。他吸底時節，纔實在感得我是他底母親，他父親雖與我沒有精神上的關係，他卻是我養底。況且我去後，他不

免要受別人底折磨。我想到這裡，不由得雙淚直流。因為多帶一個孩子，會教我底事情越發難辦。我想來想去，還是把他馱起來，低聲對他說：「你是好孩子，就不要哭，還得乖乖地睡。」幸虧他那時好像理會我底意思，不大作聲。我留一封信在床上，說明願意拋棄我應得的產業和逃生底理由，然後從小門出去。

我一手往後托住孩子，一手拿著口袋，躡步到波羅蜜樹下。我用一條繩子拴住口袋，慢慢地爬上樹，到分枒底地方少停一會。那時孩子哼了一兩聲，我用手輕輕地拍著，又搖他幾下，再把口袋捲上來，拋過去給哈那接住。我再爬過去，摸著哈那為我預備底繩子，我就緊握著，讓身體慢慢墜下來。我底手耐不得摩擦，早已被繩子剉傷了。

我下來之後，謝過哈那，忙忙出門，離哈那底門口不遠就是愛德耶河，哈那和我出去雇船，她把話交代清楚就回去了。那舵工是一個老頭子，也許聽不明白哈那所說底話。他划到塞德必特車站，又替我去買票。我初次搭車，所以不大明白行車底規矩；他叫我上車，我就上去。車開以後，查票人看我底票纔知道我搭錯了。

車到一個小站，我趕緊下來，意思是要等別輛車搭回去。那時已經夜半，站裡底人說上麻德拉斯底車要到早晨纔開。不得已就在候車處坐下。我把「馬支拉」（回婦外衣）披好，用手支住袋假寐，約有三、四點底工夫。偶一抬頭，瞧見很遠一點燈光由柵欄之間射來。我趕快到月台去，指著那燈問站裡底人。他們當中有一個人笑說：「這婦人連方向也分不清楚了。她認啟明星做車頭底探燈哪。」我瞧真了，也不覺得笑起來，說：「可不是！我底眼真是花了。」

我對著啟明星，又想起阿噶利馬底話。她曾告訴我那星是一個擅於迷惑男子底女人變底。我因此想起蔭哥和我底感情本來很好，若不是受了番婆底迷惑，絕不忍把他最愛的結髮妻賣掉。我又想著自己被賣底不是不能全然歸在蔭哥身上。若是我情願在唐山過苦日子，無心到新加坡去依賴他，也不會發生這事。我想來想去，反笑自己逃得太過唐突。我自問既然逃得出來，又何必去依賴哈那底姊姊呢？想到這裡，仍把孩子抱回候車處，定神解決這問題。我帶出來底東西和現銀共值三千多盧比，若是在村莊裡住，很可以夠一

輩子底開銷；所以我就把獨立生活底主意拿定了。

天上底星星陸續收了他們底光，唯有啟明仍在東方閃爍著。當我瞧著她底時候，好像有一種聲音從她底光傳出來，說：「惜官，此後你別再以我為迷惑男子底女人。要知道凡光明的事物都不能迷惑人。在諸星之中，我最先出來。告訴你們黑暗快到了；我最後回去，為底是領你們緊接受著太陽底光亮；我是夜界最光明的星。你可以當我做你心裡底殷勤的警醒者。」我朝著她，心花怒開，也形容不出我心裡底感謝。此後我一見著她，就有一番特別的感觸。

我向人打聽客棧所在底地方，都說要到貞葛布德纔有。於是我又搭車到那城去。我在客棧住不多的日子就搬到自己底房子住去。

那房子是我把鑽石鼻環兌出去所得底金錢買來底。地方不大，只有二間房和一個小園，四面種些露兜樹當作圍牆。印度式的房子雖然不好，但我愛它靠近村莊，也就顧不得它底外觀和內容了。我僱了一個老婆子幫助料理家務，除養育孩子以外，還可以念些印度書籍。我在寂寞中和這孩子玩弄，纔覺得孩子底可愛，比一切的更甚。

每到晚間，就有一種很莊重的歌聲送到我耳裡。我到園裡一望，原來是從對門一個小家庭發出來。起先我也不知道他們唱來幹什麼，後來我纔曉得他們是基督徒。那女主人以利沙伯不久也和我認識，我也常去赴他們底晚禱會。我在貞葛布德最先認識底朋友就算他們那一家。

以利沙伯是一個很可親的女人，她勸我入學校念書，且應許給我照顧孩子。我想偷閒度日也是沒有什麼出色，所以在第二年她就介紹我到麻德拉斯一個婦女學校念書。每月回家一次瞧瞧我底孩子，她為我照顧得很好，不必我擔憂。

我在校裡沒有分心底事，所以成績甚佳。這六、七年的工夫，不但是學問長進，連從前所有的見地都改變了。我畢業後直到於今就在貞葛布德附近一個村裡當教習。這就是我一生經歷底大概，若要詳細說來，雖用一年底工夫也說不盡。

現在我要到新加坡找我丈夫去。因為我要知道賣我底到底是誰。我很相信蔭哥必不忍做這事，縱然是他出底主意，終有一天會悔悟過來。

　　惜官和我談了足有兩點多鐘，她說得很慢，加之孩子時時攪擾她，所以沒有把她在學校底生活對我詳細地說。我因為她說得工夫太長，恐怕精神過於受累，也就不往下再問。我只對她說：「你在那漂流底時節，能夠自己找出這條活路，實在可敬。明天到新加坡底時候，若是要我幫助你去找蔭哥，我很樂意為你去幹。」她說：「我那裡有什麼聰明，這條路不過是冥冥中的指導者替我開底。我在學校裡所念底書，最感動我底是《天路歷程》和《魯賓孫漂流記》，這兩部書給我許多安慰和模範。我現時簡直是一個女魯賓孫哪。你要幫我去找蔭哥，我實在感激。因為新加坡我不大熟悉，明天總得求你和我……」說到這裡，那孩子催著她進去艙裡拿玩具給他。她就起來，一面續下去說：「明天總得求你幫忙。」我起立對她行了一個敬禮，就坐下把方纔的會話錄在懷中日記裡頭。

　　過了二十四點鐘，東南方微微露出幾個山峰。滿船底人都十分忙碌，惜官也顧著檢點她底東西，沒有出來。船入港底時候，她纔攜著孩子出來與我坐在一條長凳上頭。她對我說：「先生，想不到我會再和這個地方相見。岸上底椰樹還是舞著它們底葉子；海面底白鷗還是飛來飛去向客人表示歡迎；我底愉快也和九年前初會他們那時一樣。如箭的時光，轉眼就過了那麼多年，但我至終瞧不出從前所見底和現在所見底當中有什麼分別。……呀！『光陰如箭』底話，不是指著箭飛得快說，乃是指著箭底本體說。光陰無論飛得多麼快，在裡頭底事物還是沒有什麼改變；好像附在箭上底東西，箭雖是飛行著，它們卻是一點不更改。……我今天所見底和從前所見底雖是一樣，但願蔭哥底心腸不要像自然界底現象變更得那麼慢；但願他回心轉意地接納我。」我說：「我和你表同情。聽說這船要泊在丹讓巴葛底碼頭，我想到時，你先在船上候著，我上去打聽一下再回來和你同去。這辦法好不好呢？」她說：「那麼，就教你多多受累了。」

　　我上岸問了好幾家都說不認得林蔭喬這個人，那義和誠底招牌更是找不著。我非常著急，走了大半天覺得有一點累，就上一家廣東茶居歇足，可巧在那裡給我查出一點端倪。我問那茶居底掌櫃。據他說：林蔭喬因為把妻子賣給一個印度人，惹起本埠多數唐人底反對。那時有人說是他出主意賣底，有人說是番婆賣底，究竟不知道是誰做底事。但他底生意因此受莫大的影

響，他瞧著在新加坡站不住，就把店門關起來，全家搬到別處去了。

　　我回來將所查出底情形告訴惜官，且勸她回唐山去。她說：「我是永遠不能去底。因為我帶著這個棕色孩子，一到家，人必要恥笑我，況且我對於唐文一點也不會，回去豈不要餓死嗎？我想在新加坡住幾天，細細地訪查他底下落。若是訪不著時，仍舊回印度去。……唉，現在我已成為印度人了！」

　　我瞧她底情形，實在想不出什麼話可以勸她回鄉。只嘆一聲說：「呀！你底命運實在苦！」她聽了反笑著對我說：「先生啊，人間一切的事情本來沒有什麼苦樂底分別。你造作時是苦，希望時是樂；臨事時是苦，回想時是樂。我換一句話說：眼前所遇底都是困苦；未來底回想和希望都是快樂。昨天我對你訴說自己境遇底時候，你聽了覺得很苦，因為我把從前的情形陳說出來，羅列在你眼前，教你感得那是現在的事；若是我自己想起來，久別、被賣、逃亡等等事情都有快樂在內。所以你不必為我嘆息，要把眼前的事看開纔好。……我只求你一樣，你到唐山時，若是有便，就請到我村裡通知我母親一聲。我母親算來已有七十多歲，她住在鴻漸，我底唐山親人只剩著她咧。她底門外有一棵很高的橄欖樹，你打聽良姆，人家就會告訴你。」

　　船離碼頭底時候，她還站在岸上揮著手巾送我。那種誠摯的表情，教我永遠不能忘掉。我到家不上一月就上鴻漸去。那橄欖樹下底破屋滿被古藤封住，從門縫兒一望，隱約瞧見幾座朽腐的木主擱在桌上，哪裡還有一位良姆！

1921 年

出自《綴網勞蛛》（1925）

「商人婦」令人聯想白居易〈琵琶行〉「老大嫁作商人婦」、「去來江頭守空船」等詩行。但許地山的故事發生在從印度到新加坡的海上，他所遇見的商人婦遭遇更為離奇。南洋成為展演二十世紀離散現代性的舞台；中國、印度、馬來、基督教與佛教文明交會的場域。

許地山（1893–1941）

筆名落花生，生於台灣台南府城。乙未割台後，舉家遷回中國福建龍溪。1913年赴緬甸仰光，任中華學校教員，兩年後回國仍擔任教員。1921年，同周作人、沈雁冰、鄭振鐸等人發起成立文學研究會，同年以筆名落花生在報刊上發表小說。曾留學美國、英國和印度，後潛心於宗教與民俗研究和編纂工作。1953年舉家南遷香港，曾擔任香港大學中文系主任，病逝於香港。文學著作有小說集《綴網勞蛛》、《無法投遞之郵件》、《解放者》、《危巢墜簡》；散文集《空山靈雨》；譯作《孟加拉民間故事》等。

帝國的女兒

黑嬰

一

實在不曾意料到生活會過得這麼糜爛。

勉子的淚淌下來了。

她背靠著路燈柱。——燈光是那麼毒辣地照穿了她的心。

臉蛋兒是胖的；圓圓的眼珠子上配著濃黑的眉毛。那狹小的衣服，她故意使胸前的乳峰聳起；這麼樣才可以迷人呀！

白的粉，紅的胭脂；她用了一個多鐘點修飾她的面部。

已經在街頭奔跑了三點鐘；勉子倦了，她拚命要找一個人來伴她回去。

路上的人的確很多。看啦，西洋人，支那人，馬來人，印度人……

人多，車也多；汽車，人力車，馬車……

那人點了點頭，且笑。

勉子忙一口喝完了一盅咖啡，起身和那人走出去。

夜漸漸地深了。

沒有月亮；星兒卻很多，一閃一閃地，像火螢蟲在天上飛。

風吹起了勉子的頭髮，披到肩上。她靠近年輕人的胸前，她聽得見他的心拍拍地跳。

——我們哪兒去呵？

她問了。

——你不是說，到外面走走麼？

——沒有意思；還是找塊地方談談吧。

——什麼地方？

——我帶你去吧。

二

在勉子的家裡。

勉子殷勤地除下了那年輕人的外衣。

她送過一盅酒來。

——怎麼樣？

他掙大了眼睛。

——喝吧，這葡萄酒。

她伸過右手來攬住了他的脖子，左手把一盅酒送到他的嘴唇邊來。

年輕人忙亂了。

心——拍，拍，拍，……

腳在抖。

女人的香氣傳進了他的鼻孔；是玫瑰？是白蘭？是……？

他的意識開始模糊。

那大眼珠子，那唇，那胖胖的肉，那……年輕人想走，他必須走！

——我，我不……我要回去！

他用了好大的氣力，說出了這句話來。

——夜深了呢，睡在這兒吧。

勉子還攬住了他的脖子不放；那香氣，那肉，年輕人喘不過氣來了，他真不知道怎麼是好！

——好人兒，請你坐一回，我就回來。

這浪蕩的女人就走進內室去了。

他明白了，自己是在浪蕩女人的圈套中。他現在站起來了，他的內心似給石頭壓住一樣的苦。決心出去吧！她不是好人，是壞女人，是支那的仇敵，沒有和她在一起的可能，一些兒皆不可能！

然而，那紅色的唇，那胖胖的肉，那……

看哪，她又來了！換上了睡衣，一件薄薄的睡衣，燈光下可以瞧見她的

豐滿的肉。那乳峰，顫動的，迷人的，他呆住了。

勉子變作了迷人的妖精。

面前的男子如果是一個中年人；或是一個水手，勉子早被抓在他的手中了。然而，現在這年輕人不敢再看下去了，他決心要奔出去！

腳剛踏到門外。臂膀給勉子一拉！又轉回來啦。

——你怕？來，我們說一些話。

她叫他坐在軟化椅上，她自己一股坐上小桌，舉起一杯酒。

——年輕人，醉呵！

一口乾了杯。

——醉呵！

她拚命強逼他喝下去，那一盅，一盅葡萄酒。

——你說吧，是記起了什麼？是怕你家裡的老婆罵？是怕你的同胞打？放心，這兒沒有人來，誰也不曉得你是在我這兒。

——誰也不知道；馬路上的人不是看見我們一同走嗎？我真是迷了，我忘記了你是我的仇敵！

年輕人站起來說。

——仇敵？奇怪的，我為什麼是你的仇敵？

——不是嗎？難道你們東洋人是我的朋友嗎？想想東三省，想想上海！你們摧殘了我的祖國，你們殺死了我的同胞！

他憤怒了，對著她大聲地叫。

——靜一靜！朋友！

——胡說！

——朋友，你坐下來，我們可以談談。你疲倦嗎？如果此刻就需要睡覺，我可以陪你；說起來，夜已經深了。

——我現在就得離開你。你誘惑我，你害我，你的心真毒！

他走；但勉子拉住他不放。

——你錯了，朋友！

她使他再次坐下，她現在坐下來，在他的懷中。她給他許多溫柔，她給他許多安慰。……

三

天還沒有亮。

勉子沒有睡過；身旁的年輕人尋他的甜夢去了。

此刻勉子的淚又淌下來，滴在她的枕畔的年輕人的手上。

冷的風吹到她裸露的身上。她用手指去抹淚珠，淚也是冷的。

她傷心，為什麼生活到這麼可憐的田地？

最怕的是回憶。

勉子的身體是污濁了。她不曉得該怨誰，恨誰；她更捉不到一個使她墮落的人。她只後悔五年前的扶桑島上，櫻花時節的戀愛怎樣由她自己破滅；而苦了一個純真的支那青年。這青年人據說已成了黃浦江邊的無名英雄。

起先並沒有輕視支那人的心。從十六歲那年起，她開始對支那人抱一種不屑的念頭。於是好好相愛的人兒給她決絕了，她是帝國的女兒嘞！

帝國的女兒的結局是在馬來半島流落，從咖啡店的侍女變作街頭的女郎。……

不是她看輕支那人，是支那人認她為仇敵了。

年輕人翻了翻身，伸過手來抱她。她很熱烈地和他互相抱著。

——我實在需要一個人，一個年輕而又純真的人來看我嘞！咦，多無情，我願抱著你死去，年輕的人……

心裡這麼說著。

雞啼了。

——讓我多抱你一刻吧，年輕人呵，你這純潔的身體真是值得羨慕。可憐我們相離太遠了，雖說我們是肉貼著肉。沒有幸福拿起guitar彈著浪漫的歌曲，在月上椰梢的海濱唱著Pagan Love Song來陶醉我們自己。更沒有幸福回到滿地櫻花的故國重溫逝了的舊夢。完了，我又怎能抱住你不放呢？

——明天晚上，我又得再拉一個人來這兒伴我。實在不曾料到今日的生活是這個樣子的，該怨誰，恨誰呢？

——……

年輕人醒了。

——天亮了沒有？

他揪著眼。

——還沒有；你再睡一會吧，一早就得走麼？

唔，是的。

——為什麼這麼快？

沒有回答。

——我知道的，你認到我是仇敵，你不愛我，你剛才盡力地蹂躪我的身體，也許是為了這念頭。但是，朋友，你錯了！

——……

——怎麼，一句話也不說？我並沒有摧殘過支那；我也沒有殺過你的同胞。朋友！我這帝國的女兒是可憐的，在馬來半島過糜爛的生活。沒有人愛，沒有人憐，是這麼的孤單。

——……

朋友，我受著的壓迫比你們更厲害，誰有錢皆可以在我的身上找到滿足。朋友，你應當明白。……

——我明白了，帝國的女兒！

年輕人抱得她更緊了。

天這時在發亮。

1932 年 10 月

發表於《申報月刊》（1933）

黑嬰流轉的生命經驗造就了作品中異質文化的碰撞與斑斕的都市面貌。流落馬來半島的帝國女兒，成為溫柔鄉的誘惑。國族的積怨難以說分明，誰才是真正的仇敵？

黑嬰（1915–1992）

本名張炳文，又名張又君。生於荷屬印尼棉蘭市，七歲隨父母回故鄉廣

東梅縣，後返回棉蘭的英語中學就讀。1932年至上海求學，開始於各報刊發表小說和散文，並參加葉紫組織的無名文學社。抗日戰爭爆發後重返棉蘭，任《新中華報》總編輯。1941年任職巴達維亞《晨報》。日據時期，曾被關押集中營長達四年，戰後創辦《生活報》並任總編輯。1951年前往北京《光明日報》主編文藝副刊《東風》直至離職。黑嬰被視為新感覺派的小說家，南洋歸僑的身分和生命經驗往往反映在其創作中，書寫涉及南洋風情與華僑子弟等題材。著有《帝國的女兒》、《雪》、《時代的感動》、《紅白旗下》、《飄流異國的女性》等。

郁達夫三宿檳城

溫梓川

　　叔世天難問，危邦德竟孤，臨風思猛士，借酒作清娛，白眼樽前露，青春夢裡呼，中年寥落意，累贅此微軀。

——郁達夫：有感

　　日前因為整理書箱，偶然翻出從前蒐集的郁達夫的遺作一束，其中有詩，有遊記，有隨筆，有雜感。以年代來說，大多數都是在星洲的一家報紙主持副刊編務時所寫的東西，是1939年至1941年這一時期寫的占最多數，達夫在1938年12月28日抵星洲，居留星洲時，寫作也最勤，幾乎每星期都有二、三篇文章發表，有時副刊登不下，則在新聞版上闢欄發表，一篇很出色的散文〈郭泰祺訪問記〉就是登在新聞版上的。這篇文章我當時曾經剪下來，可是現在卻找不到了。第二次世界大戰的一場戰火，簡直把什麼都燒精光了，可是現在為了這些遺稿，也就不免會想起這位去世十多年的詩人氣質很重的郁達夫和他的往事來了。

　　記得是在1929年，那時，我還在上海暨大念書，在初秋的一個星期天，我到真茹揚家木橋去探訪汪靜之先生，就在那裡初次見到郁達夫先生，那天恰是汪詩人的詩集《寂寞的國》出版了，他堅留我和達夫在他家裡吃「牛肉」宴，藉作慶祝。這天他預備的幾個菜餚，不外是紅燒牛肉，清燉牛肉，吃飯時兩位詩人的酒興不淺，還喝了不少黃酒。

　　我還記得當時我們談了不少的關於詩歌的問題，汪靜之極力主張揚棄舊詩。以《蕙的風》一卷蜚聲文壇的詩人——尤其是他那首「一步一回頭，瞟我的意中人！」的膾炙人口的小詩，有這樣的主張是難怪的；可是郁達夫卻

表示了他相反的意見，他表示他對舊詩較有興趣，同時還表示了他不會寫新詩，即使寫了也不會寫得出色。他還說他曾試用新詩譯過幾首薄命詩人道生的詩詞，覺得不妙；當時，他給我的印象，就是說話那麼坦率，那麼誠懇。他那時剪著平頂頭，穿著藍布罩衫，樣子是顯得那麼質樸，那麼親切，和那麼土氣。

「你喜不喜歡寫詩？」他忽然轉問我說。

「高興時偶然也寫寫。」我說。

「你喜歡新詩呢還是舊詩呢？」他說。

「他新詩寫得不錯，南洋地方色彩寫得很濃厚，舊詩他也寫的。」汪靜之突然插嘴說。

「那好極了。」他說，「可是你將來不能單靠寫詩生活的！王獨清就寫了一輩子的詩，卻苦得要命！他的詩，一行要賣三塊錢稿費呢！」

「其實，文學家是做不得的。」汪靜之說：「如果要做文學家，那準會餓死！」

說著大家還哈哈地笑了一陣！

「你可以給我唸兩首舊詩麼？」達夫對我說。

我當即背抄二首描寫南洋風光的竹枝詞給他。

「啊，你的詩寫得很新鮮！」他看了我給他抄出來的竹枝詞說。「不過，榴槤和娘惹這名詞是說什麼的？」

我當即給他一一解釋清楚了。

「啊，南洋這地方，有意思極了，真是有機會非去走走不可。」達夫說。

「汪馥泉也在南洋編過報，」汪靜之說，「像我們這種人老遠跑到南洋去發不了財，實在沒有什麼意思！」

汪詩人原來就是最講現實的，一腦子都是黃金夢。達夫並不以為然。他說司提文生的晚年就在太平洋的一個小島上度過的，他在那裡就寫了不少非常有意義的作品。達夫先生畢竟是詩人氣質很重的人，他的詩會寫得那麼飄逸，可見並非無因的。

我和他經過這一次會面以後也常常在內山書店，或者在某一種場合碰過

幾次面，一直到我南渡以後，他給我的印象，總沒有那一次在汪靜之家裡的深刻得多。

1938年12月底郁達夫先生到新加坡來編報的消息終於在報上看到了。翌年一月他乘春假之便，到檳城來遊覽。當時檳城的一般喜歡搞文藝的朋友便定於1月4日下午五時，假座郊外的一家酒肆公宴郁達夫先生，事前派我和亡友李詞傭兄去邀請，我們便約好於當天上午八時半去旅邸訪達夫。

那天早上，我們就依照預定好的時間去看望他。可是我們到旅邸的時候，他早已大清早出外去了。我們只得在旅邸的客廳坐候。大約過了十多分鐘，郁達夫出於我們意料之外蹣跚地從樓梯頂上出現了。

「啊，你來了。」他一見面就對我這麼說。

「還認得麼？」我說。

「認得的，認得的。」達夫不住地說著，「我們好多年不見了吧？」

「說起來有七、八年了。」說著我隨即給他介紹了李詞傭兄。我們還沒有把來意說出來。他就把手中抱著的一個大包裹解開。

「我今早七點鐘就出門，去找舊書店。在一家印度人的舊書店買了這一大堆好書。」郁達夫先生一面說，一面把解開的書籍，一本一本地遞給我和詞傭共賞。

「這幾本德文本的王爾德，買得很便宜，每本只花二角錢。」接著他就又這麼說，「李先生沒有什麼事吧，如果沒有事的話，多坐一回，我跟梓川是老朋友，想多談談，不礙事吧？」

詞傭兄連忙地說著特意來拜訪，多花時間也沒有什麼，達夫隨即跑到臥室裡去取出兩篇稿子來。

「這是我今天早上寫的遊記，請你看看，這是我對檳城初見的印象。」他說著便把那篇題作〈檳城三宿記〉的文章遞給詞傭兄，然後就又把幾首詩交給我說，「你看看，我有沒有寫錯？」

我接過稿子一看。原來就是三首在檳城寫的詩。

「你有什麼意見麼？」他問我。

「我很喜歡你用謝枋得武夷山中詩韻的那首『故園歸去已無家，傳舍名留炎海涯，一夜鄉愁消未得，隔窗聽唱後庭花。』題名〈宿杭州旅館〉的

詩。升旗山即景的那句『南天冬盡見秋花』，和『誰分倉皇南渡日，一瓢猶得住瀛洲』那二句我也喜歡，這兩首詩寫得很飄逸。」我把意見說出來了。然後，就又對他說：「達夫先生你可不可以把這首詩給我寫一張條幅。」說著給他指出〈宿杭州旅館〉的那首詩。

「當然可以，不過，這裡紙筆都未便，我回到星加坡寫好了，再寄給你吧。」他說。

這時詞傭兄也讀完了那篇散文，把它交給我，我約略讀了一遍，便說，「要在什麼地方發表呢？」

「打算在這裡的報上先發表。」他說，這時詞傭兄纔把我們的來意告訴他，說是這裡有幾個稿文藝的朋友舉行公宴，對他表示一點敬意，請他晚上撥冗出席。

「那怎麼好意思？」他說，「我的香港腳又出了毛病，鞋穿不得，很失禮的，今天我早上出門，你們瞧，就是這副形容。」

「那沒有關係，總之這裡的幾個朋友頗想聽聽抗戰中國的近情，達夫先生剛從那裡來的，所見所聞，一定不少。」詞傭說。

「好的，好的，既然這樣，我準來！」郁達夫先生答應了。

「那麼我們晚上見！」詞傭兄和我便起身告辭。

我記得那天晚上，在宴會席上，他報告了中國文藝界抗戰工作的近情，說是中國文藝界的近情由於抗戰一年半來，雖未有偉大的抗戰作品產生，原因在於文藝界中人，此刻正從事抗戰的實際行動，目前一般文藝界中人，亦莫不認定以行動為第一，所以當漢口淪陷前，文藝界人士就曾議定，能下鄉者下鄉，能赴敵後方者赴敵後方，能隨軍隊者隨軍隊，能赴海外者赴海外，一切不能者，則集中重慶，議定後各奔前程，他本人初赴重慶，繼轉南昌，視察各前線軍士，輒見前方軍士衣具不足，天寒衣單，且適逢淋漓秋雨，歸乃聯合同人，提倡募集寒衣，送往前方，迨後他才由福州南來，將與馬來亞同文共同努力提倡文藝。希望文藝作者一齊努力云云。記得我當時還提出「幾個問題」請教他，事後他的答覆在報上刊出來了，竟惹起了一些同文的一場無謂的筆墨爭執。宴會是從五時一直吃到晚上八時才散席。從這次一別，直到日軍南進，我都沒有再看到他，雖則時常通訊，想不到一別竟成了

永訣。他在星洲寫給我的條幅也於戰火中失落了。而想不到行篋裡卻還留存了他的一束吉光片羽似的珍貴的遺作的剪稿。

達夫先生去世已十多年了。據當年盟軍當局的報告，他原是在1945年8月29日在蘇島巴爺公務失蹤，9月17日被害的。根據他1935年11月26日寫的〈懷四十歲的志摩〉一文所說，他和志摩是同年生的，志摩去世的那年是1931年，時年三十六歲，由此推算，今年應該是達夫先生的六十多歲的了。

達夫先生去世雖則已十多年了，當時的情景還歷歷如在目前，一切彷彿是在昨天一樣鮮明，只是郁達夫全集至今還未見有人整理出版，文人身後的悽涼寂寞，真教人不勝慨嘆！

出自《文人的另一面》（1960）

1939年僅停留新加坡數日的郁達夫，被安排前往檳城參加一月一日《星檳日報》的創刊慶典，翌日登升旗山攬勝。〈檳城三宿記〉記此行點滴，發表於《星檳日報》。

溫梓川（1911–1986）

本名溫玉書，出生於馬來亞檳榔嶼，中學時期開始發表詩作。1926年赴中國求學，活躍於當時的文藝活動，發表的竹枝詞受到郁達夫賞識。後返回檳榔嶼先後任《新報》、《光華日報》編輯，並於中國報刊發表作品。著有短篇小說集《美麗的謊》、《夫妻夜話》、《某少男日記》；散文集《梓川小品》、《文人的另一面》、《冬天裡的倫敦》；詩集《咖啡店的侍女》、《夢囈》、《美麗的肖像》；論著《馬來亞研究》、《華人在檳城》。

七洲洋外（節錄）

黃東平

　　一提到七洲洋，不免引起許多感慨。在許多老華僑的心目中，一向把七洲洋當作中國與南洋的界線。所謂「過番」出洋，「出」的就是這個「洋」，過了洋，也就是「番」了。因而，以往的年代，多少出洋的華僑，在這「洋」上，對著烏黑洶湧、不知多少深淺的海水，心如刀割，回首北望，痛哭流涕，叫著親人的名字，搥胸跳踊，幾至於要蹈海自盡！這些往事，更引起了搭客們無盡鄉思，有的一聲長吁，不斷地搖頭；有的回過頭去，呆望著海水，眼裡噙著淚，一言不發……

　　「看哪——，三保公的竹竿！三保公的竹竿！」這是阿智哥的聲音，他已走到船的左欄，把手往海天交接處直指，嚷著。

　　在他手指的地方，不知什麼時候出現了一個小島嶼。它距離輪船很遠，只一小部分露出水面，不時給浪濤擋住了，時隱時現。

　　「在哪兒？在哪兒？」許多人都爬起來，跑到左欄去。

　　「那不是！在海島的前邊，斜斜插著的。水大，快要淹沒了……」阿智高聲對大家說。

　　「在哪兒？我怎麼看不見？」有人急得直嚷。

　　「那兒，就在那兒。我看到啦！我看到啦！」有人高興地叫起來。

　　少華等幾個少年人，也好奇地跑過去。欄杆全給占滿了，好不容易才擠到一個空隙，極盡目力看去，只見陽光照在海面上，白閃閃撩得人眼花。島嶼是看到了，卻看不到什麼竹竿。

　　李少華只讀了兩年私塾，並不知道「三保公」是指五百年前的三保太監鄭和，更不知道他坐著木船出洋，而撐船要用竹竿，因而，一枝撐船的竹

竿，不知是一時疏忽，或其他原因，直到五百年後的今天，還「斜斜地」插在那兒；更不知道老輩華僑到處在奉祀「三保公」，多少老年人在默祝「三保公」的神靈保祐。只是，當他聽見兩旁的搭客在嘎嘎地讚嘆、高興地叫著「三保公」的時候，他也備受感染，彷彿在遠方遇到親人似的，兩眼不禁湧出高興的淚花。……

＊　　＊　　＊

看到「三保公的竹竿」，在老華僑就意味著，船快到了；而船一到，又意味著，面臨著「過關」的難關了。

不少搭客登時緊張起來。假借別人的兒子、妻室的名義的忙著複習口供，到處有人在喃喃背誦著「父親」和「丈夫」的名字，或者叫別人陪著問答；上岸有問題的更是心事重重，成天發呆，飯都吃不下了。

吳阿貴更是這裡呆站，那裡呆坐，吃不下，睡不著。

海波越來越平靜了，海水也不那麼深藍。船的兩邊，不時有荒島出現，近的還能看清島上的岩石和高聳的椰子樹；但不久，荒島又漸漸後退，在船尾消失了。

這一切，隨時在提醒著搭客：「船快到啦！」

「船快到啦！」同樣的一句話給全船的搭客帶來兩種完全相反的感情：有的十分快樂，有的極度焦慮。

擠在船欄邊的人們正在欣賞海景，指著，笑著，談論著這個是什麼海島，再過多少小時就要到巴達維亞海口了，在碼頭上會遇見什麼親人，預先計畫著上岸後第一件要做什麼事，等等。

「海鳥！海鳥！」一個幼童輕亮的聲音在叫嚷。

美好的安排、歡樂的叫聲使那些成問題的搭客聽起來更覺刺耳、更加苦惱了。

另一種談話卻十分引起這些人的注意：關於「驗疫」的事、關於「過關」的事又到處談開了，謠傳和焦急不安隨之在搭客中間擴散、感染……

被視為「導師」的舊客早在兩三天前立下預測：船將於某日某時進港，

「驗疫」也就在那個時候之前。於是大家傳開了，都把這個時刻視為緊要關頭，做著準備，緊張地等待它到來。時刻到了，船卻還在大海中行駛，連陸地都看不到。於是又傳說要到中午才到，中午過後又傳下午，終於一直挨到第二日。第二日說早上三時可到，後又說是四時，終於又一直挨到七點鐘。人們連續緊張的神經繃不住，便漸漸鬆弛下來……

「來啦！」不知誰喊了這一聲，只見一艘汽艇正向輪船疾駛而來。眾人立即爬起身，甲板上登時又緊張擾動起來。

輪船的機器響聲漸漸低下來，汽艇果然向輪船靠攏。一個荷蘭警官帶著一小隊人全副武裝上船來。各通道都給把守著。甲板上頓時一片寂靜，搭客們木然坐著，正在作著「萬木無聲待雨來」，唯獨百十雙眼睛隨著那些人的動作轉。那些人果然如兇神惡煞，這裡踢踢，那裡翻翻，見箱籠，打開來，掏一掏，見人身上有什麼，也搜一搜。但大家都剩一身衣服，一個麻包，確乎沒有油水供應。於是對方或恨恨地瞪一瞪眼，或罵一句什麼，再不然把東西都倒出來，踢一踢，或踏一踏，也就算了。大家正慶幸這樣就算「驗」了「疫」了，哪知道這只是緝私的海關人員，「驗疫」還在後頭哩。

於是，大家的興趣便集中到談論剛才的事，談著談著，突然汽笛慘叫起來，馬達不響了，船旁的兩股白浪泛成泡沫，平息了。

「船到啦！船到啦！」有人一喊，談緝私的立即失去了聽眾，連講述者一齊跑到船欄邊看景致去了。

輪船離岸上還有一段水程。但看得見對面一排排用洋鐵皮蓋得很整齊的大屋子，鬆著黑色，旁邊還有幾座圓形的「屋子」，也是洋鐵皮蓋的，呈銀色，在白晃晃的陽光下，顯得很刺眼；再過去是海灘，上面長著不少椰子樹。少華等少年新客很有興致地問起這是什麼，那又是什麼來。熟悉的人就告訴他們那成排的屋子是碼頭倉庫，圓形的是汽油槽。於是，談論又展開了，話題改為這目的地：巴達維亞。

巴達維亞，華僑把它簡稱「吧城」，但又有人叫它「八打威」。新客們才恍然，大件行李都給船公司貼上一張「標籤」，就寫上三個漢字：「八打威」，正不知作何解哩。但一個舊客卻說，叫它「八打威」的是「僑生」（即在當地出生的華人），老輩華僑卻沿用古老的名稱，叫它「加拉巴」

哩。「『加拉巴』麼，就是當地語『椰子』！」於是他講述這個「掌故」：
「千百年前，華僑先輩坐著帆船經過這地方，靠近岸來想打聽一下地名，遇
見一個當地人在樹上摘椰子，以為是問他在摘什麼，就回答說：『加拉
巴』……」

「加拉巴！」大家一時忘了面臨的難題，少年新客們更是興趣盎然地學
著說這奇異的名詞，「加拉巴！」

「驗疫啦！驗疫啦！——大家快排隊！」一個船上人員大聲喊叫，一直
喊了過去。

大家又一窩蜂似地擾動起來了。原來，當大家在聽故事時，「醫官」的
汽艇已經靠攏，「驗疫處」也用白布在船的一角張搭起來了。

許多倉惶集中的人忙不迭地擠進隊伍，把兩頭的人都擠倒了。吳阿貴還
站在人群外圍，正不知如何是好。突然有人從背後一推，他回頭一看，卻是
一個穿著像童子軍般的服裝、戴著闊邊帽的人。那人皮膚比他這「赤色分
子」的種田人更黑，眼睛大，嘴唇厚，使他嚇了一跳，趕忙給讓了路，原來
這是一名當地人警員。但阿貴卻退錯了地方，退到路中央去了。當他才一定
神，便聽見背後皮鞋橐橐響，他連忙回過頭來，正好跟一個全身白衣服的人
打了一個照面，那人高過他一個頭，連臉孔也是白的。如果在家鄉，在夜
間，他可能以為是老人家所說的，碰到「無常鬼」了。阿貴抬頭時正看到那
人的鼻子，恰像鸚鵡嘴，只是紅通通，紅得像祭祀用的紅蠟燭。好在那人並
不打他，只厭惡地繞道走過去了。

阿貴趕忙退到人叢裡，才看清前後有十多個這樣的赤傢伙，在一路開山
闢路，讓那白傢伙進到白帳圍去了。

聽到大家在指指點點：「驗疫官！驗疫官！」阿貴才知道操著這許多中
國人的「生死大權」的，就是這個活無常！阿貴雖然生長在鄉下，但還年
輕，不會像老年人為了碰到「不吉利」而煩惱，想了一通也就算了，至於剛
才他擋了這「官」的去路，看來人那麼多，他也記不得是誰，也就放心了。

「驗疫官」進去後，搭客隊伍即時潰不成形，嘈聲一片，那些守住白帳
圍及各通道的警員立即趕過來，拿短棍要打人，只聽見徐先生走出隊伍在勸
大家：

「安靜些！不要怕，沒什麼……」

阿貴突然了悟，趕忙鑽過去，跟徐群站在一起。想不到不少相識的人，都跑過來挨近徐先生，江大嫂還不停地問徐群些什麼：大家似乎都希望在受辱時，徐先生能用洋鬼話給自己解救。

阿貴他們排在中段，只見前頭的人一個接一個給兩旁守衛的警官叫進帳圍去了，進帳圍後將遇上怎樣的一番情景，大家都想知道，有人便謙躬地向隊裡的舊客請教。有好心的舊客詳盡地給大家解釋，叫大家不要怕；但也有人「教」人進帳後，要向「醫官」深深鞠一躬，對方就會和氣很多云。許多人都聽信了。於是舊客們身價百倍，情況有什麼細微的變化，立即有人給舊客反應過來，有些舊客便根據自己喜惡信口下判斷，而這些判斷又立即在隊裡傳開了，引起大家的不安。阿智的故意嚇唬新客每每受到聽不過去的何培基的反駁，使阿智大掃面子，致引起爭執。

然而那些蹺著腳跟前望的人傳下來的「新聞報導」卻是那麼多：有個男人進去了，那人好像王長海，進去後不久，就聽見裡邊一陣吆喝聲，接著就是摑打聲，再下去就是一陣砰砰磅磅的聲響；那人至今不見出來。接著，又傳述有一個老年漢子從裡面給警員押出來，不知押到什麼地方去了；那漢子酷似番薯叔。不久，又說看見一個中年婦女進去後出來，竟頓腳哭嚎，一堆人圍上去，給警員趕開了；認不出那婦人是誰。終於輪到鳳仙嫂給叫進去了，不久，傳說聽見她的呼救聲，但卻不見她再出來。……

於是越傳越兇，連警員的一舉一動都在傳告，都加以猜測，都引起人們的反應。雖然有見識的人力加勸告、解釋，但還是不能使搭客們都鎮靜下來。一有擾動，便引起警員衝過來，舉著棍子要打人，不及排好隊伍的都著了棍子。警員還用當地話罵人，聽得懂的舊客說是罵大家是豬、是狗。於是引起眾人的怨懟，說中國人要自愛，等等，這才使大家靜了片刻。

出意外的是，事到臨頭，阿貴反而並不怎麼緊張。他只覺得心裡頭空蕩蕩地，彷彿在等待裝進什麼，悲苦或快慰。唯獨當時對那紅鼻子的一瞥，使他留下很深的印象，一聽到有關驗疫房的事，那紅鼻子就在他眼前出現，高高翹起，彷彿要碰著他的臉。他無端地覺得那紅鼻子是生著惡瘡，又紅又痛，又彷彿像燒熔了的燭淚那麼軟，就要結成一大顆滴下來。於是他心中湧

起一陣厭惡。

　　終於隊伍越縮越短，他們已挨到帳圍邊；又終於徐群被叫進去了，少華、黃文祥、馮石堅也陸續進去了，並且終於輪到阿貴了……

　　一直到阿貴被從另一道門趕出去，徐群關心地過來問他有沒有受到侮辱，而少華等人也都圍攏來問候之時，阿貴才有心情回想當時的遭遇。他只記得那紅鼻子的助手做手勢要他張開口腔他就張開，要他脫衣他就脫衣……過後，他就被趕出來了。阿貴才又想起，當他被搞了一通後，竟至不辨方向，又要從原門出去，遂被那助手拉過來，推向另一道門，後腦勺還挨了一下什麼，至今隱隱作痛。

　　阿貴一看，相識的都已在這兒了，連剛才傳說出了事的王長海、番薯叔、鳳仙嫂也在裡頭。雖然大家無事地過了這一關，但看來人人心情都很沉重，臉上充滿著憤怒。幾個婦女更是滿腔幽怨地把眼睛看定什麼地方發呆；王長海好像也確實受過什麼大侮辱，仍然面紅耳赤，激動得坐立不是。這時大家都不說話，徐群也默默想著什麼。

　　而這時，吳阿貴的心情跟「驗疫」前又不同了，他對那紅鼻子充滿著憎惡和憤怒。

　　也同在這個時候，頭等艙的搭客則在餐廳裡吃著早餐，招待員站在背後伺候著。他們並不知道有「驗疫」這回事。……

＊　＊　＊

　　終於，「驗疫」結束了。輪船的馬達又響起來了，輪船緩緩地靠攏碼頭……

　　輪船剛一開動，新客們又緊張得指尖冷凍，趕緊複習最後的一次口供，有似小學生在走進教室考試之前。大家並且互相告誡，屆時要鎮靜，即使那審問的洋人頭子拍桌子、擲東西，威嚇要把你關起來、配回去，甚至叫警員把你押起來、打你，你都要照原定的口供一口咬定，不能使對方看出破綻。否則，就糟了！新客們都下定決心，把這告誡當作一粒苦藥丸吞進肚裡，牢牢記住它！

頭等艙的洋人搭客上岸了。從甲板上看去，有一、二十人，男女都有。男的有的臂彎掛著大衣，一手拿著網球拍，女的有的勾著男人，有的牽著小孩，趾高氣揚地往關口走去；後面跟著給他們提皮箱的當地碼頭苦力。甲板上的中國人搭客看了，指指點點，似乎不勝羨慕。

過了許久，統艙的搭客也發放了，卻是裝進一間「鐵籠」裡。鐵籠登時擠滿了，先進來的有份兒坐在幾條長凳上，後來的只能站著，甚至擠到踏在別人腳上。一陣推擠過後，漸漸才安定下來。一看，四周都用手指般粗的圓鐵條隔開來，連進出口的門都是鐵條的，還由警員荷槍看守著。大家這才意識到，自己進了監牢了。但這鐵籠也不完全像監牢，它也像動物園裡的老虎籠。

但有一件什麼卻立即引動了全籠裡的人的注意，大家都往那裡擠。原來鐵籠的外面還有一排鐵欄，相隔十來公尺。在那裡，也擠著許多唐人，都伸長脖子，東轉西鑽，正往這裡張望。

那是認領新客的人們。是新客最親的人，是他們的救星！

「阿良哥！！！阿良哥！！！」籠裡一個青年女子突然尖聲叫嚷。無限的激動，使她的眼淚當著眾人撲簌簌地掉下來，她似乎要放聲大哭，但終於帶著眼淚縱笑開了，有如一朵帶著雨露的豔花。她隨即又叫嚷開了：「阿良哥──！！！」

那邊的人也注意到了，是一個青年男子。他把脖子伸得老長，向這邊不住揮著手，點著頭。

這邊的女子見他看到了，又對他深切地一笑，這才放平支起的腳跟，深深地吁出一口長氣，彷彿長途奔跑的人到了終點似的。但她隨即又支起腳跟，準備再做進一步的傳遞情意……

但人們聞聲早已猛擠狂闖地向那邊張望，發現親人的在叫「阿爹」，叫「哥哥」；而那邊的人也擠著向這邊找尋親人。終於，這邊前排的人給壓壞了，喊叫起來。照「規則」，本不可以讓兩邊喊話，連示意都不許可，因而，警員們早已一再吆喝。至此，更是狠狠地用槍柄伸進鐵籠鑿人。人們又都往後退，擠壓在一起。而那邊領人的也全給趕開了。

問話快要開始了。在兩道鐵欄中間早放著桌椅等物，一個洋人帶著一群

人進來了。這洋人跟「紅鼻子」不同，整個臉孔全是鐵青的：刮得青虛虛的下巴，眼球青碧渾濁，額角微露一道道青筋，連那薄嘴唇和高鼻梁都呈現微青。他這「鐵青著臉」使新客們更加寒心。這洋人大模大樣地坐在中間，他後面跟著一個矮小的中年中國人，其人五官蹙在一起，經常拿眼角微微瞟人，似是為了觀察主人的顏色行事而養成的習慣。他無聲無息地坐在一邊，後面是幾個辦理文件的當地人。大家在傳告，那洋人是「移民廳荷蘭大頭」，那個中國人是「傳譯官」。

「大頭」向「官」說了一句什麼，那「官」答應著，立即站起來，走到鐵欄前，用廈門話大聲說：「問話了。先問舊客，舊客把王字都交出來！」說完，又用廣府話重述一遍。大家有點納罕，這個跟在洋人屁股後的傢伙竟會說幾種中國方言，又說得挺準。

於是舊客紛紛擠到前面，把「王字」、「登坡字」等等交給那人。那人就把這些「字」呈在「大頭」面前。

大頭信手拿起一本，用洋腔叫著姓名：「雞衣憂・甫」。大家聽見他叫「舅父」，都愕然，沒有人回答：「傳譯官」趕忙湊過去：

「丘富！誰叫丘富？快出來！」

於是有人連忙應聲走上前，看守的警員給開了鐵門。那人果然向「大頭」鞠了一躬，用當地話兼手勢「因尼・依都」地跟大頭說了幾句。那大頭在「字」上註些什麼，便把「字」遞給身後的辦事員。丘富就喜形於色地到辦事員桌邊取登記過的「字頭」（證件）去了。籠裡的人都非常羨慕。

終於輪到阿智了。拜託他的人正要再囑咐些什麼，他已跨出鐵門去了。於是也「因尼・依都」起來。果然，他也很快地過關了。他似乎記起了什麼，就又回過頭來，對籠裡諸人做了一個手勢，彷彿在說：「我的話不錯吧？」這才到鄰桌拿他的字頭，揚長而去。

水客何培基也向徐群打了招呼，辦理手續走了。

舊客走光之後，就輪到新客了。新客要從外頭認領的人進行手續，才逐個進來認領。於是，那邊那道鐵欄，便成為無數雙眼睛注望的焦點。那程度，不亞於漂浮在海面上的沉溺者的渴望看到船隻，而這兩道鐵欄，猶似一道隔開天上情人的銀河，真教人望穿秋水了。若是親人在那邊出現，這邊就

有人像觸了電似的……

　　然而「得救」的人，並不都「得登彼岸」，有不少人又失望地退回籠裡。退回來的立即被大家圍起來，又擔心又同情地問清到底是怎麼回事。有的因為口供一句不合，這邊說是親生父，傳譯卻說是養父，給大頭駁下來了。有的則問到不曾預備的「題目」上去，例如問你的姑姨舅妗、外婆太公之類，答不上來了。有的因為外表跟親人不像，要進一步查究。有的則被懷疑年齡不對，須由醫生檢查牙齒證明。……

　　大家一問知究竟，聯繫到自己的情況，擔心害怕起來了。能夠預備的，就搜盡枯腸，臨時準備，例如追憶五親六戚的名字等等。

　　大家追究起根源，全認為是傳譯作怪。這傢伙專舐洋屁股，卻不幫唐人一把，忘了他的三代祖宗了，要是他說得婉轉些，豈不都過去了？可他比大頭更兇，出口就罵人，專找自己人的岔子，抓到一點什麼把柄便告訴洋人。於是便「忘祖、背國」地罵起傳譯來。

　　但也有人認為不能全怪傳譯。說這是荷蘭大頭釘得緊，他就聽見大頭在罵傳譯，把鼻尖伸到傳譯臉上吼叫，所以傳譯也只能「公事公辦」了。又說這大頭看來多疑，傳譯多說了句什麼他就追究，可能就是某舊客所說的「排華分子」。

　　有的又說是大頭和傳譯都要錢，因為舊客也說，他們都貪錢。問題在於外頭的親人不會使錢。有的又怨自己的命不好，才碰上這大頭，聽說有個「二手」（即副手），倒頂「和氣」的……

　　大家正議論紛紛，不料那大頭站了起來。辦事員們也都站起來，先先後後地走掉了。

　　「發生什麼事？」、「怎麼突然不問話啦！」人們驚慌地間。

　　「快十二點了，像是吃飯休息去啦。」徐群回答。

　　大家認為有理，也就放心地轉回頭聊自己的事。有人也覺得肚子有些咕咕叫了，早上太緊張吃不下。然而照船上的規定，採用南洋人的「習慣」，一天吃兩餐，都是乾飯。「驗疫」後吃過了，就要到下午四時才有飯吃。

　　大家只好坐下來等待，談論著。據計算，問了這麼一個早上，除了舊客外，新客沒有問題被領出去的還不到十個。照這樣的進度，再兩天才問得

完，大多數人只好準備在這裡過夜了。

綜合剛才問話種種，徐群也只能教大家不要太怕，從容回答，據理力爭，不要自己先亂了套。於是大家查看相識的人，帶黃文祥的永叔已以舊客的身分先走了。王長海和陳三哥都是希望由他們的親人代還「按地金」的。江大嫂只望她在外埠的丈夫能及時趕來認領，番薯叔也早有岸上熟人約好要領他，都不成問題。查票時得到搭客捐助的一家和生病的老者都是舊客，前者向眾人和徐群道過謝才上岸，後者病初癒，也由人扶著，高高興興地上岸去了。

而今面臨這最後一關，大家都茫然不知將怎樣了局。吳阿貴更感覺到，為什麼都是洋人在找事，一路出來都脫不掉他們的手，還沒有上船，推他罵他的是洋人，上船後查票的是洋人，「驗疫」的是洋人，問話的也還是洋人！他偷偷問王長海：「咱們並沒有去洋人的國度，卻怎麼到處都是他們，盡把持在緊要處，專跟咱們唐人作對似的。」

王長海比較有見識，他說：「南洋全是洋人的天下。歸根結柢，怨就怨在咱們國弱，政府無能，才讓洋人作福作威，咱們受盡欺凌。即使咱們慘遭屠殺，也無處去控訴，也沒有人給咱們交涉的！……」

一陣沉默，再也沒有人想說話。

挨到下午兩點鐘，大頭們又辦公了。還是那個鐵青臉的瘦子，原先大家希望能換人，卻落空了。

人們又麇集在鐵欄邊張望。「新聞」還是不斷傳過來：「大頭的臉色更青了，看來咱們凶多吉少！」「大頭靠在椅背抽菸，好像不想問下去了。」、「傳譯湊過去不知對大頭說些什麼，傳譯諂笑著，大頭卻沒有笑，只怕這洋奴獻什麼計，搞自己唐人的鬼。」……觀察，猜測，傳告，搭客們又隨之心潮起伏了。

但下午的問話卻很順利，幾乎全通過了。大家猜不透是什麼原因。有的說，可能大頭們吃到錢了；外面認領的看見上午的情形，覺得不是辦法，就大家湊份兒打通關節了，說不定還是通過這傳譯行事的。大家聽到這猜測，大大地舒鬆了一口氣。

直到快近四時，叫喚徐群和李少華了。而馮石堅早就輪到他，過後黃文

祥也出去了。

徐群緊緊握住吳阿貴的手，叫他要寬心，出去後，他一定盡力替他想辦法，直到阿貴點頭答應才放手。

少華跟著阿貴出洋，他母親的囑咐和一路得到阿貴的照料，關係分外不同，他怎忍心讓阿貴被配回去呢？他說：「貴哥：我出去後，立即告訴阿叔，求他幫你的忙。他一定會肯的⋯⋯」

他們一走出鐵籠，李熙昌立即趨前跟徐群握手，自我介紹過後，又說了人多，未能提前進來，使徐先生久待等客套。他帶著學校證明書，又代還一百五十盾，徐群自然毫無困難地通過了。少華生長在國內，這是初次會見叔父，既認作父子，自不免叫聲「阿爹」，還說上幾句「父子」的問候。由於問話不曾出毛病，少華也順利地通過了。

一到四時，大頭們「收檔」走了，鐵籠門都上了鎖。未經問話的還有一小半，只好在這裡挨過夜了。差役送上飯食來，一篾筐糙米飯，一些鹹魚乾，一鍋爛菜湯，還有幾塊跌爛了的搪瓷盤和湯匙。這是監牢裡的飯食和用具。大家大半天沒吃東西，就是吃不下的也得胡亂湊上來吃一些。

這時，大家才注意到還有一位女客雙手扳著鐵杆，仍然死死盯住那邊鐵欄。大家認得，她就是船開行時要跳海的鳳仙嫂。在先，眾人也都往那邊張望，全心貫注在自己的事情上，人又多，倒沒有留意到她的舉動。而今，內外全上了鎖，再也不會有認領的人出現，她這舉動就引起大家的吃驚和議論。

眾人便推舉女客去請她過來吃飯。江大嫂還沒有出去，就由她出面。儘管江大嫂說了好幾遍，鳳仙嫂還是一聲不吭，只是萬分悽惻地慢慢搖著頭，連姿勢都沒有更動一下。

「大姊：那邊的門都關啦，明天才再問話。你守在這兒也沒用！」

她還是一動不動。

「先吃點飯吧！不然要餓到明天的⋯⋯」

她仍然一動不動。

「你的先生可能路途遠，來不及今天趕到。你看，許多人都還沒出去哩⋯⋯」

看看對方還是沒有反應，江大嫂只好宣告「技窮」。

於是男女搭客一齊上前勸告。王長海大聲說：「有事跟大家商量嘛，都是唐人，大家都會幫忙的。一個人悶在心頭總不是辦法！」

看看還是沒有效果。大家私下議論起來，擔心她會發瘋，只是她一句不露，也著實沒有法子。

有人記起曾經勸過她的老者。知道的人說，那人是舊客，早已上岸了。上岸前跟她怎麼說，是不是能幫她些什麼，都不清楚。

至此，大家反而忘掉了自己切身的事，紛紛談論著鳳仙嫂。有的罵她的丈夫沒良心，把這樣年輕標緻的妻子丟在唐山，反而在南洋娶「番婆」，而今竟連人來了都不認領。有的則說鳳仙嫂實在太看不開，路遠迢迢跑到南洋，婆婆雖惡，在家鄉總比落到這地步好。但大家對她這種癡心的舉動，都受感動，非常同情她。想到出洋這件事，使多少新婚妻子在家鄉終身守活寡，每期船都有多少悲劇發生，而自己又正是這種「天涯淪落人」，就更能體會鳳仙嫂這心情了。

入夜，當地差役打開了另一間空房，又帶來一些爛蓆子、麻袋之類，男女分成兩個房間，席地而睡。鳳仙嫂在大家苦勸之下，才一步挨一步地進到裡間。

這一夜，阿貴聽得出，沒有人能睡得去。蚊子臭蟲又多，翻騰聲和嘆息聲徹夜不絕。

第二天一大早，已看見鳳仙嫂站在原來的地方了。一天之間，赫然使人感到，她整個人都乾癟下去了。

上半天的問話，出去的人不少。江大嫂終於盼到她從山頂及時趕下來的丈夫，歡天喜地地出去了。下午，上一天問話成問題的又再傳問，也大半附帶什麼條件，例如必須由醫生檢查牙齒證明年齡之類，而出去了，終於，連王長海也得到他親人代還「按地金」，上岸去了。

這一天，鳳仙嫂仍然整天扒在那鐵欄邊，沒有吃一口飯，喝一口水，也沒有大小便，甚至連手腳都不動，眼睛也不眨一眨。問她不答，但也不哭，眼裡沒有一點淚光。只彷彿她整個生命，像一把火，通過那雙死盯著那邊鐵欄的眼睛，在靜靜地、猛烈地燃燒。不久，就會全部燒完！

門鎖上後，鐵籠裡已經空蕩蕩，剩下的七個人，都是沒有希望上岸的。在吳阿貴熟悉的人裡頭，只有陳三哥和鳳仙嫂了。

這一夜，再也沒有人交談，彼此的身世經歷，早談完了，還不是大家都一樣！像幽靈似的，這幾個人或坐著，或躺著，各據著一個角落，默默地想著自己的心事，做著被配回去後的打算⋯⋯

第三天，鳳仙嫂又扒在原先的鐵欄邊。她已憔悴得不成人樣了。偶爾也有人勸她幾句，但預知收不到效果，也就算了。

問話的時間到來了，又過去了，但卻不見有人來。大家暗暗叫苦，知道問話早結束了。吳阿貴也覺得無望了，這時，他心裡反而泰然一些，不似先前的焦急了。

雖然問話處關得緊緊地，空無一人，鳳仙嫂卻仍然扒著那鐵杆，使大家看了更覺心酸⋯⋯

到得第三天下午，突然傳來開鐵鎖的響聲，幾個人都回過頭來。一個當地警員走進來，手裡拿著一張紙條，唸了「吳阿貴」三字，又用當地話說了些什麼，看他的表情，似是要找這個人。阿貴早已死了這心了，要審訊，要配出境都隨他，也就應聲跟著走了。

他被帶進一間堂皇開敞的辦公廳，那「荷蘭大頭」原來在這兒，傳譯卻不見了。

當他走進來時，有個中年唐人從前面那排長凳上站起身，向他走來。這人胖胖地，看來還和氣。

「你就是吳阿貴嗎？」那人問。

阿貴正想不出他是誰，卻不期然地點了點頭。

那人也不說自己是誰，只略略表示認可，就說：「咱們這就辦理上岸的手續去吧⋯⋯」

阿貴更加惶惑了。

那人察覺了，只淡淡加上一句：

「是徐先生叫我來認領你的⋯⋯」

吳阿貴什麼都明白了！這人就是少華的叔父李熙昌。前兩天認領徐群他們，阿貴情緒激動，人又多，並沒有注意到這人。

啊！能夠上岸啦！能夠上岸啦！這，在吳阿貴的感覺上，卻並不是驚喜如狂，他只是覺得，這些日子以來的一切災難和最惡劣的打算，都突然一齊退後，像輪船背後的波浪似的，老遠地給拋開了；而在他的前面，即將展現無從想像的、未來日子的生活……

踏出「移民廳」的大門，阿貴才想起，他還不曾向「鐵籠」裡的難友告別。使他強烈地關心著的，是陳三哥和鳳仙嫂將會得到怎麼樣的結局……

* * *

阿貴跟著李熙昌在一家中國人的客棧前下了馬車，在門口等待他們的是少華。他熱烈地叫聲「貴哥」，但在熙昌面前，他不敢表示什麼。也不敢多說話。李熙昌則顯得那麼冷淡，他沒有問阿貴一句什麼，只默默盤算他的。這也不能怪他一個商人，他為阿貴這件突然而來的事花了一百五十盾，甚至影響到他付還顧主的貨款。

阿貴偷偷問少華：「徐先生呢？」

「徐先生找他的叔父去了。他的叔父在這兒的華僑學校當校長。徐先生暫時住在學校裡。」

等到李熙昌出去辦貨了，阿貴才向少華打聽，知道那經過是這樣的——

他們離開移民廳後，少華急得什麼似的，但又不知怎樣跟叔父說才好。等到熙昌請徐群到一家唐人菜館先吃點飯時，桌上，談起水途情況，徐群才乘機提到阿貴，說是帶少華出洋的人，又是他們的遠親，和其人的遭遇等等，希望「李董事」能替他想辦法。

李熙昌很為難，但又不好在新來的教師面前斷然回絕，只是沉吟著。終於婉轉地說出目前「生意季」平淡，這次出門也沒有帶這許多錢，並且表示每期船都有被配回唐山的，實屬無力顧及等等。

少華挺焦急，卻又不知應該怎麼辦。徐群並沒有放棄自己的努力，他說：「李董事要是不易支付這筆錢，我這次改搭統艙，也省下一些錢，以後學校裡的薪給……」

李熙昌是生意人，最能察言辨色，他知道這事是逃不開的，否則實在有

失於「董事」的身分。便不待對方說完，立即滿臉笑呵呵，表示「毫無問題」：「徐先生說哪裡話！幫助同僑，是咱們華僑應該做的事，何況他還是我的親戚。這事，讓我想想辦法吧……」他於是調轉話題：「徐先生，請拿菜！這是南洋的煮法，嚐一嚐……」

徐群知道火候已足，倒也專心在嚐嚐這「南洋的煮法」；李熙昌吞下這杯苦酒，心中老是在盤算這百二斤的重擔怎麼個挑法。

但徐群還是把省下來的船票錢和多餘的費用交給熙昌。熙昌表示萬萬不能接受，他自然會籌措，徐群則表示這可以先墊用，以後要交還董事會，也得請他代交。並且說：

「這是僑胞們的血汗錢，一定得歸還大家的。」

熙昌頗受感動，他先對徐群的作風品德表示吃驚和欽佩，又代董事部向徐群表示不安。而他也覺得，阿貴這件事應該由他來承擔才對。於是，第二天就先向顧主通融設法去了。……

吳阿貴知道了這件事的經過，似乎也使他「懂事」得多了。這事關係到他以後對各人的關係問題，也關係到他以後對待生活和工作的態度。

在吧城，阿貴也曾經記得他母親的囑咐，到海外就打聽黃戇哥仔的兒子黃天送住在什麼地方。但他也懂得這事不便再開口，如果要當作親友探候，也只有日後才打聽。至於他今後的生活，只有讓李熙昌給安排，他準備用自己的一身氣力，來報答對方了。

南洋的生活情調，吧城的景致，吳阿貴沒有心情去觀賞感受。李熙昌每天出去辦貨，他和少華守在旅館裡。直到開船那一天，他們才又會見徐群和黃文祥、馮石堅，一同坐著這艘較之「芝字班」小得多的內海輪船到坷埠來了。

出自《七洲洋外》（1973）

七洋洲指台灣海峽西南至海南島東北間的海域，為宋朝以來海上絲路的重要海程，「去怕七洲，回怕崑崙」道盡了華僑過番出洋的凶險路。「七

洋洲外」的故事揭開了《僑歌》三部曲的序幕。

黃東平（1923–2014）

出生於印尼加里曼丹，1934年隨父母移居金門，日本占領金門後，舉家逃難至香港，爾後返印尼定居，先後居住中爪哇北加朗岸、加里曼丹三馬林達市，1949年遷至泗水。為了生計，1951年前往雅加達從事記賬工作，利用業餘寫作，2005年移居梭羅。1940年起開始投稿至當地華文報刊，1956年起以新詩投稿中國報刊，直到1965年印尼排華政策始終止。著有長篇小說《七洲洋外》、《赤道線上》、《烈日底下》（合稱「僑歌三部曲」）；短篇小說集《遠離故國的人們》等。他同時被視為金門籍作家，金門縣政府文化局曾出版十卷《黃東平全集》。

南洋悲歌（節錄）

王嘯平

　　這個熱帶的島，海岸線很長。因為是太平洋一個商業中樞，所以，輪船停泊的碼頭有好多個。方浩瑞當雇員去運貨的那個碼頭，海水淺，巨大貨輪只能停泊在海上，經過木船舢舨才能吞吐貨物及旅客。蔡海山表演了那齣「火燒東洋貨」後，面目有點「紅」了，便換個新碼頭。

　　這個新碼頭有兩個特點。一是吃水深，巨輪都能停靠。二是挨近鐵道。這條鐵路向北跨過一道鐵橋，便抵達另一塊大陸，那裡有市鎮有鄉村，還有礦山。這碼頭主要是吞吐貨物，特別是礦產，不停客輪，貨比人多，所以周圍咖啡館，酒樓，飲食攤都比較稀少。可這星期來卻熱鬧了起來，什麼炒米粉炒粿條，炒蛤蜊牡蠣的攤子。還有當中一大鍋燉著豬肉雞蛋油豆腐的廉價飯攤，什麼咖哩飯攤。馬來人的「沙嗲」，印度人的咖哩肉餃……各種食物風味，各種民族叫賣的語言，五花八門。如炒米粉麵條粿條的，左手握著半尺來長的硬竹片，右手用小棍子在上頭「托托托……」地敲打。賣棒冰的搖著鈴，丁丁零零。貨郎擔胸前掛著五尺來寬的半截木箱，像隻大抽屜，裡面是糖果，糕餅，蜜餞……邊叫賣邊敲著小銅鑼噹噹噹噹。

　　這碼頭為什麼和往常不相同，不是貨比人多，而是人比貨多了起來呢？

　　因為貨物沒人運送了。工人散布四周，觀熱鬧的人圍得水洩不通。一星期來，從大陸運來的礦砂，還堆在列車上原封不動，而停在岸邊準備運礦砂的巨輪，也空等了一星期。那些碼頭工人，或雙手插腰或雙臂抱胸，臉上掛著譏諷嘲弄的笑影，或站在路旁蹲在地上大聲說笑。也有潑口大罵東洋人……看熱鬧的大都是中國人，也有穿紗籠的馬來人，穿紗麗的印度女人等等，他們都用同情、敬佩的眼光望著那些碼頭工人。至於人群中的中國同

胞，更是議論紛紛：

「有志氣，餓死也不給東洋人運礦砂。」

「碼頭工人有良心，有氣派……」

「我們要支持他們……」

閩粵語言，普通話，還有三言兩語的馬來話印度話，異口同聲地讚頌這些漂泊外洋的中國勞動者。

今天，這兒又出現了更熱鬧動人的場面。

方浩瑞和鄭莉英帶來一群男女中學生。女的一色白褂黑裙。男的是白斜紋對襟五只鈕釦到頸處的制服。抬著一大筐一大筐麵包，每隻有半斤重，把它們分發給碼頭工人們。一個戴深度眼鏡的男學生，跳上一隻貨箱上說：

「工人同胞們！我們全市八家中學，堅決支持你們的愛國行動。只要有我們吃的，我們絕不讓你們餓肚子。希望你們堅持鬥爭……」

一位彪形大漢領頭鼓起掌，也跳上另一隻貨箱上，揮著粗大手掌，洪亮的聲音有些沙啞：

「兄弟們！我們委員會又募捐了一筆錢，我們知道兄弟們家裡人口多的，還餓著肚子，生病的也沒錢進醫院。昨天張老三的老婆病死在家裡……」他喉嚨被什麼哽住，說不下去：「但她死之前，一句怨言也沒有，還給丈夫打氣，說我們生是中國人，死也是中國鬼。你好好地撐下去，餓死也不能運東洋貨，我們餓死只一家人，東洋礦砂可要殺死千千萬萬的同胞啊……」

人群肅穆，聽得見遠遠海浪擊岸聲，彷彿那可敬的死者的靈魂在向大家呼喊：「撐下去！餓死也要撐下去。」人群裡有人發出哽咽聲。有人低聲嘆息。蔡海山手掌在眼眶抹了一下。咳了幾聲，清清喉嚨，聲音激昂起來：

「兄弟們！我們抗戰已經堅持了三年多，現在遇到很大困難。這次皖南事變的真相是，投降派殘殺忠勇抗日的新四軍……」

蔡海山下面的話被天崩地裂的口號聲，咒罵聲，議論聲全淹沒。他揮著雙手，請大家安靜，但聲浪震天動地，有些工人衝到前面，都擠上貨箱，大家都搶著發言，誰也聽不清誰說的是什麼。個個臉上淌著汗，眼眶濕濕的。忍飢挨餓的瘦削失神的臉上，只是一片悲痛和仇恨。方浩瑞和幾個學生把傳

單分發給工人們和看熱鬧的人群。

蔡海山赤銅色的臉，筋肉有點鬆弛，眼角低垂，兩頰下陷，出現了兩三條像刀刻一樣的深深皺紋。這一星期來，他三餐當一餐吃，既要四處奔波搞募捐，又得上工人兄弟家探望，送錢送糧，安慰他們，鼓勵他們。好在當地華人各種工商團體，大都支持他們，盡力給他們找新的雇主。他每天只能睡三、四小時，有時餓得眼睛發花，四肢無力。那天鄭莉英給他送來三只火腿麵包，他吃了一只，又把另兩只送給張老三的十歲孩子了。那孩子剛死了娘，又正在長肉的時候。

「陳先生，陳先生……」正和學生們一齊分發麵包的鄭莉英，向一位三十歲左右的婦女奔過去。她穿著淡黃上衣，黑綢裙子直蓋過膝蓋，垂直蓋過耳輪的短髮，梳得很整齊，頸上掛著一條玲瓏精巧的銀色鍊子，鍊上是根很小巧的女式鋼筆。腰身微微發胖，給人印象是雍容而謙雅。

「陳先生，你也來了。」鄭莉英把她介紹給方浩瑞，他還沒見過她，蔡海山則早已認識，也趕上來招呼她。

「我也想講幾句話。」

鄭莉英和馬仲達夫人幾次接觸中，覺得她文雅恬靜得幾乎見到生人都有點羞怯。意料不到在這洶湧澎湃人海中，竟然那麼大大方方地登上貨箱，碼頭工人裡有認識她的。因為她經常給工人夜校當義務教員。蔡海山又把她作了介紹，大家便漸漸安靜下來。

她說得很平靜，就好像在談家常一樣，聲音也很低，但口齒清楚，音色清脆，在後面的人也都聽得清楚。她先談到本市哪怕是五、六歲孩子也把零食錢捐出來，終年勞苦不足溫飽的黃包車夫、小販都捐獻出血汗錢，可是投降派吸取了民脂民膏反而殘殺英勇抗日戰士，無天理滅人性。但是，我們不用悲觀，他們是不得人心的，陰謀一定要失敗，抗戰大業所向無敵，衝出驚濤駭浪，新中國的船桅已經出現在地平線上。她停了一下，提高了聲音：「我支持你們。」她脫下無名指上的戒指，交給站在身旁的蔡海山：「這是我結婚金戒指。」她從貨箱上跳下來，胸中的悲憤似難控制，雙手掩著臉，免得使人看到那迸出來的淚水，腳步有點蹣跚，鄭莉英急扶住她，她站穩腳跟，回頭向大家點點頭，表示告別，便低著頭穿進人群裡去。

　　方浩瑞悄悄跟幾位工人說，她的丈夫就在新四軍，如今音信斷絕，生死未卜，初生的嬰兒尚未見過父親的臉呢，這話立刻傳遍全場，都昂起頭來尋視隱沒在人海中的背影，蹲著的坐著的，都紛紛站起來尋視，但她走了，見不著了。人們只能望著捧在蔡海山手上的金戒指，想著她，又彷彿看見了她，看見了她的丈夫，她的孩子……又響起了天崩地裂的怒吼。幾個女學生低聲的哭泣，學生們高唱起救亡歌曲，整個碼頭都震顫起來。幾抹漂浮著的淡藍色雲塊，漸漸消退在越來越晴朗的天空裡。海風也畏怯起來，輕輕地，緩和地吹拂。維持秩序的警察，在四周遠遠的站著。中國工人為了祖國，寧願餓肚子，不幹日本人的活，他們並沒有擾亂治安，不能干預他們，極少數混雜在人群中的「投降派」走卒，更是心驚膽戰。這一片憤怒的火焰，如工人們說的，誰敢跳出來較量，我們每人一口唾沫就夠把他淹死。這是一個火藥庫，誰敢來碰一下都要爆炸個粉碎。

　　高唱救亡歌曲之後，便是街頭劇《放下你的鞭子》扮演阿香的鄭莉英，今天的感情非常真實而飽滿。當演到劇中人阿香因肚子餓沒力氣唱下去，父親把她鞭倒在地。她熱淚盈眶，人群則熱血沸騰，個個恨不得找到那個迫害這個善良姑娘的敵人，把他踏成灰泥。正在這個時刻，來了一個充當發洩他們仇恨的活靶子。

　　這時，戲裡那青年角色從觀眾中奔到台中，奪下阿香父親的鞭子。一個西裝革履，頭髮溜光，還提著一根精巧玲瓏的文明棍的花花公子。背後跟著一個豔妝濃抹珠光寶氣的小姐。那女的很膽小，只遠遠站著，這男的卻怒氣沖沖，神氣活現地奔到台中央，拉起鄭莉英：「走！跟我回家。」

　　觀眾以為這齣保留節目的街頭劇，又改編了一次。為了配合新形勢，增加了這個「投降派」角色。但是看下去卻很不像，他一點不像演戲，「你在這碼頭唱戲，丟了你的臉，丟了我的臉，丟了全家的臉；我跟你說，你還要在街頭，和這些不三不四的粗人鬼混在一起，我就要把你趕出門。你是念書的小姐，在馬路上賣唱，唱戲，你，下賤！下流！……」

　　他的言行激怒了眾人，扮演父親的演員身高力壯，左手揪住他的領帶，右手就當胸一拳，他是網球場上的健將，只往後顛跛了幾步就站穩腳跟，舉起文明棍往對手頭上揮去。於是火藥庫爆炸了。

「漢奸，漢奸……」

「投降派，投降派……」

「打死他！打死他……」

「……」

於是，蹲著的站了起來，坐著的跳了起來，站著的先衝了上去。有的抓他的胸襟，有的揪後脖子，有的抓頭髮，有的摑耳光，有的踢屁股，踢脊背。有的把他拎高起來再摔在地上，拎起來再摔。他站起來向前顛跛幾步，又有人當胸一推，他仰面倒下……他腦裡稀裡糊塗的，一點也弄不清這是個什麼世界，他知道再待下去老命也不保險，急急衝出人海，邊跑邊喊：「Policemen！Policemen！」[1]幾個警察也趕上來護著他。而人們氣出夠了。戲還沒演完呢。所以也不管他，都喊了起來：「繼續演下去！從頭再來……」

「鄭莉英，快啊！……」

「阿香，你演得真好，再從頭來……」

「大家坐好！大家坐好……」

「……」

看到哥哥滿臉滿頭的血，鄭莉英把臉偏過去，她不忍心看，又心疼又害怕。她一生中還沒有看見過一個人，遭受如此拳打腳踢，如此幾百幾千個人把一個人打得那麼的慘，真是慘不忍睹，而且挨打的人是她的親哥哥。這嬌生慣養的寶貝，怎受得起這份罪，他實在太蠢了，也不看看這是誰的碼頭，何人的天下。

「鄭莉英，你快來啊！我們等著你上場呢……」

「鄭莉英，鄭莉英！鄭莉英！……」

有節奏的喊聲，掌聲，把鄭莉英腦子裡正同情和憐憫的哥哥影子，暫時驅散了。

出自《南洋悲歌》（1986）

1　Policemen：警察

土生華人指的是英殖民時期出生於海峽殖民地的混血華人（中國父親與在地母親），土生華人的文化身分抉擇成為曖昧的難題，無論是依循華人或馬來社會傳統的女性、洋腔洋調的「洋」式認同以及擺盪於中國、南洋間的徬徨者，他們共譜了一曲「南洋悲歌」。

王嘯平（1919–2003）

出生於英屬新加坡。戰事爆發後和朱緒、戴隱郎等人組織「星洲業餘話劇社」、「馬華巡迴劇團」積極投入馬來亞華僑抗日救亡戲劇活動。1940年前往中國求學，因學校關閉而改入蘇北新四軍的文工團，1945年加入中國共產黨，推動戲劇活動。後被劃為右派，被開除黨和軍籍後，轉行擔任電影製片和導演。1978年獲平反恢復黨籍，晚年致力寫作與戲劇。著有自傳性長篇小說《南洋悲歌》、《客自南洋來》、《和平歲月》（合稱「歸國三部曲」）等。

再會吧，南洋（又名 告別南洋）

田漢

作詞：田漢 作曲：聶耳

再會吧　南洋
你海波綠　海雲長
你是我們第二的故鄉
我們民族的血汗
灑遍了這幾百個荒涼的島上

再會吧　南洋
你椰子肥　豆蔻香
你受著自然的豐富的供養
但在帝國主義的剝削下
千百萬被壓迫者還鬧著饑荒

再會吧　南洋
你不見屍橫著長白山
血流著黑龍江
這是中華民族的存亡
再會吧　南洋
再會吧　南洋

我們要去爭取一線光明的希望

1935年

1939年中日戰爭陷入膠著，馬來西亞、新加坡、泰國、緬甸、越南、菲律賓、印尼等地華僑響應號召抗戰，三千多名機工志願參與運輸與裝備維護工作。他們來往滇緬公路，出生入死，超過半數犧牲。《再會吧，南洋》為中國重要劇作家田漢與作曲家聶耳於1935年所合作的愛國歌曲，抗戰期間流傳於南洋，成為南洋機工愛國情懷的最佳寫照。

田漢（1898–1968）
原名田壽昌，生於中國湖南長沙，為中國現代話劇、戲曲作家。曾留學日本，1921年與郭沫若、成仿吾等人組織創造社。1933至1935年間，田漢作詞、聶耳作曲，兩人共同創作了多首歌曲如〈開礦歌〉、〈碼頭工人〉、〈苦力歌〉、〈告別南洋〉（又稱〈再會吧，南洋〉）、〈梅娘曲〉、〈義勇軍進行曲〉（現為中國國歌）等。著有話劇《名優之死》、《獲虎之夜》、《麗人行》、《關漢卿》、《文成公主》等。

花會

韓萌

一

　　花貓嫂從山芭的籃卓公宮（馬來神廟）回到街場來，日頭將要落山了。暗廠的花會已經開了牌，從橡膠園裡的花會場湧出來各色各樣的人：有的得意地叫著、嚷著，有的垂頭喪氣地拖著沉重的腳步，分散到街場每個角落去。花貓嫂在一家咖啡店門口遇到阿福叔，抹去滿臉的汗珠，她焦急地問：

　　「阿福叔，暗廠花會開啥乜字？」

　　「二十七號——花貓」。阿福叔用福建話回答她。當他將手掌蓋在額角，用那對爛了眼皮的眼睛認出問話的正是花貓嫂，他便覺得不好意思來了，焦急的臉龐浮起了紅紫的羞色，趕忙支吾的補充道：「二十七號，嘻嘻……嗨，幹伊三代，我又差了五號，五號……大伯公唔『多隆』，無字運……」

　　花貓嫂等不及阿福叔走近來，就急步走開去了。她不會怪責阿福叔的失禮，她知道阿福叔是K埠最老實的一個老人，相信他不會欺騙她，更無意捉弄她；但她，在這時，臉孔卻自然地變得火熱，耳朵發燒起來，好像覺得受了侮辱一樣地難受，心急得快要爆裂，等到臉孔的熱度退了上來，她卻不禁打了一個寒噤，浮起滿身雞皮，一陣酸苦忽然衝上鼻孔，眼眶裡立即就盈滿悲淚，很想痛哭一場，但她卻用牙齒緊緊咬住舌尖，而且在隆隆響的耳朵裡，她彷彿又聽到她的兒子阿豬仔的哭聲：

　　「阿媽，我腳痛死啦，有一條蟲在鑽哇……」

　　花貓嫂悲憤地把頭一搖，舉起手掌假裝遮住當面照來的陽光，順勢便把

從眼眶裡溢了出來的淚珠掃下來，然後，低著頭轉進一條小巷，向回家的小石路，急步走去了。

二

　　花貓嫂一早就離家，拋下兩個兒女到街場來賭花會。最小的兒子阿豬仔的腳近來越爛越厲害，從午夜號哭到天亮，在床上翻著，哭得垂著冷汗，臉孔鐵青，但花貓嫂卻看成平常的事，近來，她只覺得：花會賭唔贏，哭也無辦法，有錢叫鬼鬼也聽——今天，她照例用破銅鑼似的聲音「夭壽仔」、「短命仔」、「半路債」地咒罵了一陣，又命令十歲的女兒阿燕在家看顧他，用一罐從紅十字車討來的黃藥水給他抹，丟下幾張二十分的破鈔票給他們吃早餐，交代他們道：「米，等我中午買回來。」自己連頭髮都沒細心梳理便離家了，一直到現在，一天了，她卻把孩子的痛苦忘記了。她在外面跟那些賭花會的男女混在一起……

　　早晨，她走出門口，就照例轉到椰子園廣府姆的家裡，廣府姆一面切著樹薯絲在飼雞，一面告訴花貓嫂說：

　　「昨夜有人去釘鬼墳，求冤鬼點花會字，結果點了四十號，這個冤鬼是被馬來番仔無緣無故砍死的，他點了幾回字都點對了……」

　　花貓嫂走了，興沖沖地告別了廣府姆，決定去賭四十號。她正要去找收記花會賭戶的阿隆伯，走過新「巴剎」（市場），湊巧遇見福建英嬸，阿英嬸從巴剎裡提了一籃好菜色走出來，露出一嘴金牙齒，低聲告訴她：

　　「我昨夜去求大伯公，大伯公旺爐，香爐裡的香都燒光了，大伯公的臉孔也被火燒黑了。這是一個花會謎——火，我要賭火。」

　　「火？火是哪一號？」花貓嫂感激地反問。

　　「火是火官，火官是四十二號，五十『生相』排做蟋蟀呀……」阿英嬸說完，搖擺著紗籠裡的大屁股，拖著木屐走了。

　　花貓嫂呆望著阿英嬸的背影，不禁歡喜得嘴角浮起微笑。她在心裡決定：「我賭火——四十二號。」本來，她不相信阿英嬸會去求大伯公，不過，她早就打聽得：阿英嬸和花會廠那個包牌的潮州人大頭龍很相好，據阿英嬸說，他們是「同字寫」（同宗），他們結拜做同年兄妹了，但很多人卻

在謠傳，說大頭龍常在她家裡過夜，這裡面當然就有了把戲，而且，阿英嬸常常賭贏，也不大喜歡跟人家去求神。從這些事看來，花貓嫂愈想愈相信阿英嬸的話啦。

最後，她不再猶豫，急步走到阿隆伯的家裡，把身上所有的四張一元的舊鈔票，拿出三張來賭「四十二號——火」。

她從阿隆伯那擠滿人的小書櫃邊擠了出來，心七上八下的狂跳，額角沁出汗珠，臉孔陣紅陣青，喉嚨癢癢，像要嘔吐一樣艱苦，她只掏出那條三天沒有洗的手巾，拭一拭汗，便假裝鎮定地走向街場後阿英嬸的亞答屋去了。

她躺在阿英嬸的陰黯的床上，把蚊帳放下來，用一條發散著香水味的紅毛毯蓋在胸頭，心雖然跳得比較慢了，但還是焦急得很，頭有點昏暈，她閉上眼睛，計算起她這次可能贏得的錢額：「一字賠四十，三元得一百二十元，一百二十元再賭，再贏，就是四千……」

三

花貓嫂原來姓李名桂蘭，父親是廣府人，母親是土生的福建「娘惹」，自幼跟著父母，種菜園渡生，雖然未曾入學校讀書，但生性聰明，東聽西學，也認得幾個簡單的唐人字，十七歲那年，父親病逝，母親因為只有她這個女兒，便給她招進來一個夫婿，於是，十七歲那年的八月半，她便變成阿剃頭六的老婆了。剃頭六是潮州人，在K埠開了一間小小的剃頭店，因為老實，無嫖無賭，也還存得幾個錢，所以，也就被桂蘭的母親看中了。他們結婚後，家庭生活過得很美滿，剃頭六會賺錢，桂蘭會安排，直到她的母親死時，他們已生了二男一女，她一做了母親，就不注意打扮，每天只把一條紗籠結在乳房頂，赤膊在店前看顧孩子，一沖好涼，面孔上總塗了一層厚厚的水粉，久了，就被人起了一個綽號叫做「花面貓」；起先是幾個鄰居的女人叫著她開玩笑，後來，漸漸被人叫熱鬧起來，到這幾年，人們倒把她底真名字也忘記去了。特別是最近，她發狂賭花會以後，因為花會的五十「生相」中有一個叫做「花貓」，所以許多賭徒便把她的「花面貓」索性改成「花貓」，「花貓嫂」就變成她當今的名字了。

日本占領時代，花貓嫂的丈夫因為得罪一個馬來「國警」（日寇所豢養

的馬來警察）被日本憲兵抓去了，送到暹羅去築通到緬甸的「死亡鐵路」，至今沒有回來。先幾年，花貓嫂遷到街場外的膠園裡租了一間亞答屋住，用肩頭去挑擔賺錢來養活三個兒女，把幾面剃頭店的大鏡藏起來，等待丈夫回來再開剃頭店。和平以後，她賣了一個大鏡和一些金器做本錢，在巴剎邊擺香菸攤，兼賣青果冰水，收入雖不怎樣豐，但當時政府配給的米、麵粉和糖等比較多，物價也便宜，一家數口，還算苦苦度得過活，小生意做了一年多，物價愈浮愈高，政府的配給物割少了，還有，「馬打」常常來嚇龍嚇虎說政府禁止小販擺香菸攤。起先，托人說好話，行「暗路」塞了一些錢，也就了事，後來，個個「馬打」和「暗牌」都要來拿免錢菸，弄得她的生意無法再做下去。生意收盤後的幾個月中，不幸的事一件跟著一件發生，十二歲的大兒子狗仔患了霍亂病死在公共醫院裡，剛六歲的豬仔，七、八個月來，右腳爛了一個大洞，問醫生，求神明，都醫不好；女兒阿燕和她自己常常患瘧疾，身體都虛弱得多了。這樣，收入無分文，需費卻增加，把她迫得愈來愈艱苦，到最近她不敢再望丈夫會回來了，把剃頭的大鏡都賣光了，甚至，連以前積存的金飾也一件一件拿去賣掉。這半年多來，為了從窮苦中想出一條路來養活一家三口，在幾位鄰居嬸姆招引之下，竟開始賭起花會來了，她和其他賭花會的婦女一道去拜神問鬼，總希望能夠得到神鬼的「多隆」，贏點錢解決生活的困難，但她的命運似乎硬要和她作對，一連賭了半年多，才贏過兩次很微的款，弄得她愈賭愈窮苦了。

　　一個人愈窮苦，想發橫財的癡心就愈大，特別是這兩個月來，她變得好慌亂，好像忙得很，整天在外頭奔走，連阿豬仔的爛腳都不理睬，煮粥常常沒有放水讓生米被火燒成一片焦飯餅，有時，連梳子也放進粥裡去煮，這在她自己發覺時也覺得好笑，但笑後也抑不住會流下幾滴淚來；有時，她站在那面破鏡前，看著自己的深陷的眼睛和額上的皺紋，以及一頭無心去梳理的亂頭髮，就悲從中來，不能抑制地酸了鼻子……

　　前天，她下最後的決心，把六年前阿豬仔滿月時表叔送的一個小金戒指也賣掉了，連今天的再賭去了三元，她的全家事就只剩下母子三口和衣袋裡一張一元的藍色虎票了。……

　　花貓嫂終於閉上含淚的眼睛，慢慢在苦痛中睡去。在朦朧中，她做了一

個花會夢，夢見她已經賭贏了一大筆錢，她買了一座紅毛樓，買了食風車，女兒送去讀紅毛冊（英文），她打扮成一個富貴的少婦，人人爭叫她做頭家嫂，她又夢見阿六回來了，發了財回來，但他已帶了一個暹羅老婆……

她忽然嚇醒過來，睜開眼睛，一隻有力的手從帳外伸進來在她的聳起的胸部搔摸著……她慌忙跳了起來，掀去身上的紅毛毯，撥開蚊帳，一看，站在床前的正是花會廠那個包牌阿大頭龍。

大頭龍也嚇得退後一步，不好意思的說：

「哎呀，是你？——阿花貓……」

「你？死鬼！」花貓嫂一步跳到門邊，臉孔羞紅起來，拉著衣角，用手指梳著蓬亂的頭髮，用廣府話罵大頭龍，但當她的左腳正跨出門檻去，大頭龍卻把她叫住了：

「喂，花貓！」

「做乜嘢？」她半轉回身，用惺忪的睡眼恐怖地望著大頭龍，大頭龍正舉起那隻戴錶和金戒指的手向她招呼：「來……」

她沒回答他，只呆呆地望他，她看見大頭龍的臉有點紅，兩眼比平常瞇了一些，嘴角掛著一朵奸險的微笑，然後，抖著聲又說：

「給你一張花會詩，明天的。明天早廠……」

「嗯，花會詩？她跨回門來，用手去接大頭龍從一個皮錢袋裡面慢慢揀出來的一張約有二寸長半寸寬的印紅字的花會詩，當他揀出花會詩的同時，還故意把一疊紅色的十元虎票散落地上，然後一張一張拾起來，一面焦急地問：「你賭贏嗎？」

花貓嫂走到房外，把花會詩放在光亮的地方看，但她只認得這幾個字：

八〇無心〇
〇〇許多〇秀婦
　　勿上金〇

她看了一會，不曉得是什麼意思，忙問：

「你講，明天開哪一號？」

「我是包牌人，我不能說，說了會死絕亡戶，我們，對天宣誓過……」

「連說一次都不好？」

「一次？那就，」大頭龍退了一步，又向花貓嫂招手，低聲喊道，「花貓，進來！」臉孔變得火紅，眼睛幾乎瞇成兩條縫了。

花貓嫂把身倚著門，瞟著眼珠，埋怨地說：

「我總賭輸，厝內（家裡）米甕結蜘蛛絲了……」

大頭龍趕忙從褲袋裡掏出那個小錢袋來，表示要給她錢。但恰巧在這時，門外響起阿英嬸「掠掠掠」的木屐聲來了，花貓嫂慌張地行了出去，她只聽到大頭龍急促而沙啞的聲音：

「暗夜來，暗夜……」

花貓嫂紅著臉接阿英嬸回來，大頭龍坐在房子裡，架起腳，假裝沒有心事在抽三五牌香菸，那個盛鈔票的皮錢袋還拿在手裡，輕輕搖動……

阿英嬸回過頭來，臉色變得好難看，嘟起嘴，睜圓的眼睛望著花貓嫂，彷彿責備花貓嫂不該在這裡「做鬼」……

四

中午十二點鐘，早廠的花會開牌了。人群在火車橋腳的橡膠園裡擁擠著，有男，有女，有鬚髮斑白的老人，有看熱鬧打手掌的小合合，黃皮膚的中國人，夾著少數的馬來人和印度人……

鐘點到了，嘈雜的人聲即刻肅靜。大頭龍站上膠樹下那只小椅子去，伸手將吊在膠樹枝上的紅布包摘下來，然後，慢慢地把紅布包解開，現出一個黃色的長方形的小木匣。他從上衣袋裡掏出一絡鎖匙來，和那小匣子一起交給站在旁邊的一個商人模樣的中年人，請他打開，那人臉孔頓時變得血紅，汗珠掛滿臉頰，這是花會場的規距：凡是下注最多錢的人，他就有權親手開花會牌匣。

鎖頭打開了，那人抖著手從匣子裡拿出一塊長約四寸、闊約三寸的綠色的小木牌，呆呆看了一陣，然後交給椅子的大頭龍，大頭龍接過手，把那綠牌子舉得高高，牌子上寫著兩個白色的阿拉伯字：「25」。

「二十五號——白狗。」大頭龍大聲嚷著：又用馬來話翻譯道：「安

引，安引！」（狗）再用馬來話的數目解釋說：「羅浦魯里嗎（二十五）！」

人聲，像一顆炸彈爆炸似的哄起來了。有賭中者快樂的歡呼、跳躍、鼓掌，有賭輸者失望後的怒罵，用最野蠻最下流的話無對象的咒罵，馬來話、印度話以及最響亮的潮州話、福建話混成一片，這聲音像一陣暴風，從膠園裡向四面八方吹掃了去。

花貓嫂聽到大頭龍報告號碼以後，她的腳就變軟了，心急跳，頭昏暈，鐵青的臉孔上，汗珠如雨珠垂下來，一面用手巾拭著汗，一面退到一棵樹下，用手撐著膠樹，用蒙淚的眼睛望著這一群散開來湧回街場去的賭徒們，心裡覺得非常酸痛，不禁在喉嚨裡喊道：

「唉，賭花會的人，沒有神魂喇！瘋！狂！慘……」

她忽然又清醒起來，用發燒的眼睛去找尋大頭龍，一會，才看見在通到街場的小路上，大頭龍正和阿英嬸並肩走回街場去，他不時回過頭來，好像就在叫花貓嫂回去。

等到人將散盡，花貓嫂才離開花會場回街場來，她順路走到廣府姆的家裡，吃了兩個紅肉番薯就算過了一頓午餐，下午，她再不敢將身上僅存的一元去賭暗廠了，她和廣府嬸的媳婦步行到三英哩遠的山芭內的籃卓公宮去求籃卓公。聽說那個籃卓公也很顯赫，不久以前，H埠有一個老人來求他點花會字，籃卓公在夜間賜他一個夢，結果他賭贏了千多元，便抹出數十元來修籃卓公宮，蓋起了新鉛板頂，結上一面橫紅彩布，紅彩布上寫著四個中國字「求之有應」，表示答謝神恩。從此以後，籃卓公的神運便靈通了，賭花會的善男信女，每天絡繹不絕的來求拜，外埠人有的還在籃卓公宮裡睡過夜，等待籃卓公賜個花會夢……

花貓嫂今天特別無心敬神，只在宮裡跪拜了一會，趁同來的人在抽籤詩，獨自跑到宮後的溪邊坐下來，捧著沉重頭沉思，她想起自己不幸的身世，想起生死不明的丈夫，想起受疾病交纏著的兒女，想起當今的窮苦和以後的生活，她在心裡咒罵日本人抓去她丈夫，更詛咒英國恢復統治後生活比日本占領時代更苦，連願賣勞力都找不到賣的地方！

她又想起了大頭龍早晨說的那句話：「暗夜來……」她想：他會給我錢

嗎？他會的，他有紅紅的老虎票。但她又想起了許多人的傳說，就連廣府姆也曾經咒罵過：「大頭龍將來硬定無好日，他系『洪面會』個頭目，他敲商家個錢，他殺死過好多好人，他系一條『大鯊魚』，無好日！」而花貓嫂自己也知道，日本占領時代，大頭龍是一個日本軍的偵探，他開過鴉片館、賭館，在鴉片館裡面設有妓女給人裝鴉片，還有，他勾引過不少女人，特別是寡婦，去年，椰園裡一個寡婦吊頸死，聽說就是大頭龍害她有了身孕⋯⋯

　　「唉！」她嘆了一口長氣，滴下一串酸淚。

五

　　日頭已經落山，天色濛濛暗下來，花貓嫂心裡愈焦急，路好像就變得愈遠，小石子鋪成的路，刺得她的赤腳發痛。

　　路上，她跑進一個曾經讀過書的女鄰居家裡，掏出大頭龍早晨給她的花會詩，請她讀一讀，然後回家可以去猜一猜。那位女鄰居看後，奇異地望一望花貓嫂，不禁嘻嘻笑了起來。這一笑，可使花貓嫂嚇得失掉神魂，從臉孔紅到耳根，她以為是早晨她和大頭龍那個祕密已給她知道了，便強裝鎮定地大聲叫：

　　「啥乜呀？唸哇！」她用拳頭去捶女鄰居的肩膀，那女鄰居這才低聲地唸出最後的一句：

　　「勿上金鉤呵，花貓！賭瘋了麼？」

　　「你，臭娼，我打死你！」花貓嫂譴罵了她一陣，便轉身走了，走了十多步，回頭來看，她還看見那女鄰居站在門口呆望著她。

　　花貓嫂愈走愈近家，心裡愈慌張，肚子愈饑餓。她看見自己的亞答屋裡有燈光，也聽到阿豬仔的哭聲愈更響亮了，她躡著腳步，走近屋外，聽見女兒阿燕在安慰阿豬仔道：

　　「阿豬仔勿哭啦，阿媽買米來啦！」

　　「阿姐我腳痛死，我肚困呀⋯⋯」

　　花貓嫂聽到這些話，心已碎裂，鼻頭酸了，腳變軟了，站在屋外呆了一會，又把眼睛貼近亞答牆縫去看屋裡一對苦命的兒女，她看見：在昏暗的燈光下，黃瘦的阿燕正抱著阿豬仔在流淚，阿豬仔垂著頭，肩頸抽動著，泣不

成聲：「媽，媽喲⋯⋯」她看著，自己的悲淚就從眼眶溢了出來，爬下冷頰，滴落在麻木的手臂上。這時，蟲聲吱吱叫，好像都在責罵她這個無良心的母親；同時，在她的淚眼中，也彷彿看見火車橋上，有人在跳河⋯⋯「死吧？」她想，她覺得自己好像就站在火車橋上，要向汩汩奔流的大河跳下去了，但忽然，從後面伸出一隻有力的手拉住了她，她回頭一看，彷彿看見大頭龍的笑臉在夜中消失了去。

「他會救我？他有錢。」她在喉嚨裡自言自語說。然後，她迅速離開了家，轉身踏上暗濛濛的小石路，向街場後阿英嬸的家去。一路上，她飄飄然想著：大頭龍「多隆」了她，給她偷說了明天的花會字，她贏了一筆錢，她發了橫財，街場人人又叫她做「頭家嫂」了⋯⋯

阿英嬸的家裡沒有燈光，她放輕腳步走近去，她希望阿英嬸無在家，而大頭龍卻在這裡等候她。她走近門口，門已關上，但房子裡隱隱還有人聲，她便走到窗口去偷聽，這時，她恰好聽到大頭龍的低抖的聲音：

「阿花貓兩粒奶好呀！啊，可憐，這樣後生無丈夫⋯⋯」

「吓，你還唔知死，阿花貓是一個爛娼，只要有三角錢給她，連吉寧仔（印度人）她都要；如果她沒這樣隨便賺錢，她早就餓死了⋯⋯」

花貓嫂咬緊牙根，臉上像貼著火爐熱得難受，心好像被塞進一堆火，窒息而要爆炸，熱淚從眼眶裡暴湧了出來。她覺得受了辱，比被人惡刑還要痛苦和悲哀，她退後兩步，狠狠地望著那個傳出床板聲音的黑窗口，在喉嚨裡發誓道：

「好！好！死鬼英的老婆，臭屍牌，你不要臉，毒心肝。」然後，又舉起拳頭，「我，我要報仇，報仇⋯⋯」

花貓嫂走到大街場香菸攤買了一支海軍牌香菸，點了火，含在嘴裡，走了幾步，拔下來遮在衣衫裡，慌忙走到阿英嬸的亞答屋後，毫不猶豫，就將香菸擲上屋頂去，然後匆匆地在夜色中消失了。

幾分鐘後，花貓嫂坐在火車橋上，眼看著一片血紅的火光，從阿英嬸的屋頂沖上天去，把半邊天染得通紅，火勢，慢慢擴大去，全K埠，響起救火的聲音，有驚喊，有吼哭，有車聲，有鈴聲，大地，在黑夜的懷抱裡就要毀滅了⋯⋯

　　花貓嫂這時才想起放火是一件大罪，一陣恐怖包圍住她，她慢慢失去了知覺……

六

　　K埠火災後，阿英嬸被「馬打」抓去坐監了。花會場上再不見花貓嫂的影子。大頭龍到她家裡找了幾次，都沒有打聽出一個真消息來，很多好心的鄰居在為她的兩個孤兒著急，大家派米給他們吃，到各地去找她的親戚，問問她有沒有去探親，一面，報告「馬打寮」（警察局）請他們調查下落，有人說她跟人私奔，有人說她窮得自殺了。

　　到第三天下午，幾個漁夫在大河的竹腳發現一具女屍，回來報告「馬打」，「馬打」派人去撈起來，圍看死屍的人，很多人認出她是花貓嫂，「馬打」把她送去公共醫院，破心肝（解剖）以前，還在她的衣袋裡搜出一張字跡模糊的花會詩，上面寫著：

八索無心肝
誤卻許多閨秀婦
　　勿上金鉤

1947年寫於馬來亞，初稿題為《花會夢》，發表於新加坡《星州日報》副刊，後改題《花會》，發表於上海《文藝春秋》雜誌。1950編入短篇小說集《海外》，在香港出版。1992年改定。

　　韓萌是五〇年代南洋的左翼作家與文化人，來往中國大陸、泰國、馬來亞、香港等地，後回歸中國。儘管立場鮮明，韓萌最好的作品呈現馬來亞殖民地時期風俗民情，真實動人。花會為民間賭博活動，在韓萌筆下，也成為底層人民欲望徵逐與幻滅的象徵。

韓萌（1922–2007）

原名陳君山，生於馬來亞吉打州。1935年隨父親到中國廣東求學，曾任記者和編輯。1946年經泰國返回馬來亞，並在當地報刊發表作品。1950年前往香港創立「赤道出版社」，出版多部南洋左翼文學作品，每遭殖民政府查禁和拘留，後離港赴廣州任編輯，從此定居中國，成為歸僑作家。著有短篇小說集《海外》、中篇小說《七洲洋上》、長篇小說《尋根奇遇》等。

食風與沖涼

蕭遙天

風影水光

　　食風和沖涼是南洋的生活享受；由它造成一種特殊的熱帶情調。我在家鄉，童年的心老早給這熱帶的風水吹沐著；我們那家鄉瀕海而耕地狹窄，為了本地的生存條件不夠與交通便利，居民大部分東生西養，到外面謀活。向北發展的極於上海平津，向南的則分布於南洋各地。這走北走南的兩派，因為氣候習染不同，在鄉人眼中也成為很明朗的兩個風格。走北的頗像易開易謝的水仙花；走南的則像外刺內甜的榴槤。北雁南歸，著實有衣錦榮歸的氣派，前呼後擁，帶來一大批箱囊與一個闊綽的排場。番客回鄉呢，寒酸得很，常常孤零零的一個人，自背著長弓籃子，穿一套半舊的白紗短裝，腰圍一條方格子大浴巾，安詳靜穆地踏進自己的門檻。但看官別小估了他，原來良賈深藏若虛。那走北的全部貨財不外是那盈箱疊篋的寒暑衣物，看得吃不得；走南的則一籃子實沉沉盡是金銀鈔票，大家坐定下來，才知道他雖是看不得卻是吃得。

　　這兩個風格，到我的童年時代還很明朗地對照著。我家有不少僑居南洋的親戚，長弓籃子和大浴巾是他們家裡的顯明標幟。那時我從浴巾便隱隱看見沖涼的影子，從單薄的夏服又知道他們生活在風的渴慕中，更恍惚看見一個篳路藍縷，以啟山林的突出典型。

　　薰蕕同器，這兩個風格總會互相影響的，等到我年事漸長，漸漸我覺得他們之間的差異已沒有許多，加上這二十年來世變的急遽，今天，相信走北的人也已豪華不得，而南洋歸僑則大戰前已大多西裝筆挺，皮鞋光亮，在故

鄉，再也看不到熱帶的風影水光了。我的童心的記憶也許漸漸淡忘了，然而好像我老早已和熱帶的風水種下因緣，終於投入這熱帶土地的懷抱來，親受食風沖涼的甘苦，這倒是可以欣慰的。

好風有價

南洋人視風如食般重要，這是熱帶氣候促成的。人類的聰明從來便發揮於如何控制自然環境，在有寒熱時序的地方，我們要控制到冬溫夏涼，在長年似夏的熱帶，唯一的只求涼便夠了。但是，要冬溫總比要夏涼容易，科學的文明好像對夏涼也沒什麼直接的補救，所以俗話說：「冷窮人，熱大眾。」這是謂窮人缺乏人為的條件，衣不厚室不密，才受冬天的威脅；富人暖室重裘，羊羔美酒，則冬天倒造成了完美的幸福。及到天熱起來，卻貧富同感麻煩，住在道士帽式的木屋與鴿籠式的公寓的窮人們叫苦固然；就是住在市塵中的高樓大廈的頭家階級，雖然有著電風扇、冷氣機……種種生涼的設備，總覺得這是人為的缺憾，他們也許在冷氣機的冷中感到冷不透氣，在電風扇的涼裡又感到涼而不爽。要自炎熱氣候中真真解脫，必須依靠自然，他們悶熱了吃扇子底下的風如食家常便飯，如果吃吃自然的風便如赴酒家的宴會。大家都追求自然的風。於是，高等的食風享受要到海濱去，上高山去。爽朗地把到海濱上高山的行動也簡稱為食風，在海濱或高山建築的消夏別墅也稱食風樓，連汽車都稱風車，坐上汽車兜圈子也是食風。食風，令人起超凡入聖的實感。有福分食風的人便足以向在悶熱中揮汗的人驕傲。

熱帶的衣著是平等的，千萬的富翁和赤貧的苦力可同樣地穿一件不值錢的夏威夷恤衫。愛打扮的姑娘太太，雖有很多花花綠綠又光又軟的裝束，貧富也距離很短。我曾在一個食風樓中幾乎誤把女主人當女傭人看待，因為她也和女傭人的打扮差不了許多，脂粉不施，跣著足，纏一樸素的紗籠。故衣之餘者不能怎樣顯其餘，缺者也不會怎樣見其缺。熱帶的貧富從什麼地方分別呢？唯食風見之。有資產的盡在食風樓裡納福，靠工錢討活的卻在赤日下受罪，我們看一面漫道：

「人皆苦炎熱，我愛夏日長；薰風自南來，殿閣生微涼。」

如何逸豫舒適，但一面則嘆著：

「鋤禾日當午，汗滴禾下土。」

在風的飢餓中又如何的哀怨了。我介紹一首《水滸傳》裡的歌謠：

「赤日炎炎似火燒，野田禾稻半枯焦；農夫心內如湯煮，公子王孫把扇搖。」

把農夫與公子王孫的對照更明朗更誇張，就是今日熱帶的頭家苦力之分野了。頭家在食風樓裡「公子調冰水，佳人雪藕絲」，並不讓冰天雪地的「銷金帳裡醉紅裙」專美。勞動者要赤著膊在火傘高張下揮汗賣力，要赤著足在沸灼的柏油路上趕路，要僂著腰在辦事桌上一任臭汗蒸矇了眼鏡還昏昏然蠻幹。他們在極度的疲勞中，更渴慕風的調劑，「食風」是他們心頭急切的呼聲，只要搭上巴士車，雄風當面，披襟飽受，也脫口而高唱「食風」了。

寒流任掬

在廣州香港，大家都習慣地把洗澡呼為沖涼，但並不是單指冷水浴，連熱水浴都這麼稱呼。舉一個顯著的例，像醫生對患傷風感冒的病家便常常這麼懇切地吩咐：

「最好暫緩沖涼，如果必須沖涼，便沖一個熱水涼吧。」

既熱水了又稱涼，矛盾滑稽之至，而大家恬不為怪，這大概是「沖涼」在方言中已成洗澡的專詞之故。所以，一臨冬天，大家在家裡湯浴，或到澡堂裡去「澡身浴德」，熱騰騰的溫水雖祛除你料峭的寒氣，增加你禦冷的力量，而一例都叫沖涼，對象效用完全相反，外地人初次聽到，簡直有點莫名其妙。

其實，一個語詞必有它的來源的。這回投荒海外，在南洋果然給我們發現了沖涼的老家了。熱帶生活，天天都沖冷水浴，家家都有一個沖涼房，不論在蓮蓬管下沖，或自勺自沖，皆迥異於湯地坐浴的形式。真真是用涼水來沖淋的，一沖即涼的。如此而稱沖涼，才是如假包換。

人類是溫血動物，也是一架製造有機質熱能的機器，在驕陽如火的熱帶環境，為著抵抗熱浪，減輕體熱，食風與沖涼都是很重要的生活情趣。我已說過，這裡的好風是有價的，非普羅大眾所能夠輕易購買的，他們終日在火

海中勞動，昏昏然「不知有漢，遑論魏晉？」好風嘉惠他們的機會太少了，衣食的忙碌，工作的羈絆，都阻礙他向高山和海濱「朝聖」的行程。只不免常常興起「炎暑鬱蒸無處避，涼風消息幾時來」的感嘆罷了。愈是熱，愈見得高高在上的「威風」，也愈見得頭家們的「威風」。

　　然而，天無絕人之路，風雖高不可攀，水卻俯掬即是。儘管「瓊樓玉宇，高處不勝寒！」風總是瓊樓玉宇的專有物，高層的人們的風食得膩了，還有不勝的感覺；低層的人卻在「望風懷念」，過屠門而大嚼呢。幸虧水向下流，只要有井水處，有溪澗處，有自來水喉管到處，愈低層的人愈有豐滿的享受。大家悶熱了，疲勞了，走上沖涼房，醍醐灌頂，從頭上直淋到腳下，便竟體通涼，兩腋風生，一切的悶熱與疲勞都沖刷淨盡了。他們不但天天沖涼，而且早晚要沖，不但早晚要沖，而且出力流汗之後要沖，精神不爽要沖，小毛病要沖，視沖涼一如家常便飯，也如家常便藥。沖涼的嘉惠大眾，真是既平凡也偉大喲！

熱帶洗禮

　　初進熱帶居住，對這種醍醐灌頂式的冷水澡感到不慣。但沖涼是熱帶的生活需要，新客尤其需要，你的親友會勸告你，甚至督促你，要有恆無懈地沖涼的。而且要當天發亮，晨風有點寒意的時候便開始沖。要用浴巾摩擦得熱煙自肌理裊裊而起，要沖得感覺到有一股熱氣自頂溜下，沿背沿腿，以至溜於地，如是暑氣才完全沖散，心肺俱爽，如是算你已接受熱帶洗禮，深切地領略熱帶生活了。

　　在熱帶過度蒸發著身體，促使體內汗液排泄與新陳代謝作用的增加，不沖涼會引致食欲不振，食量減縮，精神萎靡等等病害。新客初換氣候，不沖尤易為瘴癘所襲，甚竟不治而死的。有一段關於沖涼的故事：從前一個國內的土豪，遣他的兒子隨一幫窮人來南洋淘金，投靠的頭家，原來是不堪那土豪魚肉凌虐，忍痛離鄉背井因而發跡的。他招待這幫新客，仍具以前貧弱時代那一套奉承豪強刻薄窮苦的「奴才」作風，對土豪的兒子特別優禮，天天不敢給他做工，讓他擁枕酣臥，不敢給他沖涼，讓他「聚氣養身」，更天天孝敬他吃油煎食品，給他錢讓他爛賭通宵。其餘的新客則硬派他們做工，並

嚴厲督促他們天發亮要冷水淋頭。結果，那土豪的兒子竟給頭家優禮得發惡性熱病嗚呼哀哉去了，至此，這位頭家的深心與幽默的報仇手法才明朗化。

這段故事，對新客的衛生有教育作用，其實，在大熱天，泄汗太狠與工作困累，身體格外沉重，冷水一淋，全身可輕十磅，飄飄然有羽化登仙之概。怕浴的人，一浴之後，可保證和沖涼結不解之緣。其特異的地方，是叫你沖涼在酣睡初醒時，在不感悶熱時，如是才有祛病抗瘴的效力。這又啟發我們深思一步了。

聽經驗的指示：久住的華人氣候熟習了，倒不必受清早淋浴的限制。但我們看看較我們華人更熟習熱帶氣候的馬來人、印度人，他們自蠻荒時代，一直就在廣漠的森林中居住到現在。低氣壓的悶熱與森林叢莽的悶濕，好不令人難受。他們傳流的抗禦環境的辦法是大清早沖涼，還要摩擦得遍體生煙，沖涼後還要在烈日下猛曬，皮膚還常塗抹羊脂，飲食更須多吃「沙嗲」，這樣九煎九製，八卦爐裡果然鍛鍊出一個金剛不壞的身體，雖風餐露宿，也不為病害所侵。他們現在依然執行這條老法，華人也傳授他們的衣鉢，不過我們會因時制宜，自為增減，這裡頭便可看出一條新客須嚴格沖涼的答案。

向沙漠人驕傲

在熱帶吹涼風，沖冷浴，飲雪品，是一連串的生活享受，當沖涼之際，偶思熱帶境外，其樂更因「泄泄」而進為「融融」。比如香港的夏天，常患水塘儲量短缺，製水嚴緊。一樣的悶熱，那邊的勞苦大眾要排隊輪流沖涼；這邊則水喉一開，由你酣淋暢潑。此中苦樂，已別雲泥。更矚望西北高原，風沙苦寒，氣候固許可他們不必多多洗澡，而得水更不易，他們也不敢把洗澡列為生活需要。昇華而為宗教儀式，西藏有一輩子僅洗三回澡，除卻出世和入殮的生死沐浴儀式任人安排，只有結婚那一回才是自己感受的；基督教發源於阿拉伯半島，也是高原少雨的地方，所以視洗澡如神聖，如果發源於馬來亞，任你泛泳淫浴，也許沒有洗禮的入教儀式了。

我有一個童年同學，曾帶著輜重兵團久駐西北旱地。他告訴我當地回教徒的一種「銅壺滴漏」式的洗澡，算是生面別開。因為惜水似金，洗澡很難得，也不許濫用水。浴者進入一個僅容一人的密不透風的浴房，房裡懸一盛

水銅壺，壺下有一漏孔，浴時拔開活塞，水便一點一點緩緩滴下來，只半銅壺盡夠一人洗澡而有餘了。這現實的故事，給南洋人聽來，也是傳奇意味很濃厚的，我常常由於這些淋浴中的思想漫步，而隱向遙遠的沙漠人驕傲。

熱帶境外漫步

從淋冷水，我又常常作「三尺寒泉浸明玉」的冷浸幻想，更發展為「溫泉水滑洗凝脂，侍兒扶起嬌無力」的熱浸。這些陰柔的綺思，配合我這個赤裸的鬍鬚大漢，顧影自憐，矛盾可笑。然而幻想終要跌回現實的窠臼，由此勾起故國熱湯坐浴的回憶。那又是一個風格，魚我所欲也，熊掌亦我所欲也！在上海做窮學生時，我常愛在澡堂裡打發了半天，把全身都浸入池子裡讓熱水炊燉，幾十同浴者的笑聲謔浪，肥膩的熱水與悶人的蒸氣，都逼你愈浴愈出汗，可是浸了幾個鐘頭後起來，渾身軟洋洋，連站都站不穩，著實有「嬌無力」的意態。要侍者來攙扶一番，清水沖淨之後，一榻橫陳，蓋上大毛巾，按摩者給你按摩，修腳匠用小刀輕輕替你修剪腳甲，你似醉非醉，似醒非醒，虛飄飄，真個是「胡天胡帝，欲仙欲死」呢！

中國人老早曉得享受洗澡，請朋友上澡室，有如熱帶的上咖啡館，澡堂且為社交應酬的場所。大澡堂極備豪華之能事，裡面有應接室，洋磁浴室，和一切西式的沙發布置，客人入浴之餘，修甲、按摩、理髮，甚且連同親友，在澡堂開設華筵，飛箋喚妓，這已發展為頭家們的享樂場所了。日本更變本加厲，選美麗湯女侍浴，男女裸浴一池，「目眙不禁，握手無罰」，銷魂蕩魄，且有假澡堂為妓寨，則親嘴不禁，摟抱無罰，又走入另一條魔道中去。不過，中國式的男女有別，不奢不儉的澡堂享受，著實可以懷戀，每當假日，良朋二三，好書一卷，澡後品茗談心，或把卷臥遊，於心曠神怡中呼呼入睡，不知夕陽之西墜，彌可念也。

沖涼文化

小泉八雲說：「東方人的湯浴，是柔和與飄逸的合奏。其舒適絕非西方人可以了解。東方人，尤其是中國和日本，盛行湯浴，如要研究他們兩國的文化，應該先從湯浴上著手，這和研究羅馬的文明，從羅馬熱水浴池著手，

是同一個道理。」

　　他指出文化和洗澡的關係。秉此觀點以觀察南洋文化，多少和沖涼也是有關係的。我覺得，南洋的氣候悶熱，物產豐富，氣候使人困惰渴睡，物產又給與人謀食容易的暗示，故居民大多好逸惡勞，犯了「沃土之民不材」的大諱。然而百年來的南洋文化已迅速繁榮起來，雖然這種混雜的文化仍靠輸接多方面的外來血液才壯碩起來的；而其本地的大眾開關草萊，篳路藍縷的功績也是偉大的，他們能夠振奮勞動，關鍵在這冷水淋頭的工夫，尤其是我們的華僑前烈，航海梯山，從國內把那種刻苦耐勞堅忍奮鬥的精神帶到這邊，踰淮之橘，不化為枳，也全靠這冷水淋頭的工夫。沖了涼，能使疲者復鬥，困者復起，能使貪夫廉，懦夫立，讓寒泉的沖洗，解除熱流的侵蝕，雙手萬能，終於創造今日的血汗結晶。所以，南洋文化，也可稱為沖涼文化。

出自《食風樓隨筆》（1957）

　　熱帶氣候的風土，形塑了在地沖涼文化。蕭遙天所謂「好風有價」、「南洋人視風如食般重要」，這裡已是在南洋的身體感與存在感。他的書齋以食風樓命名，刻意凸顯「洋樓」的雙關意義，既是對應自然環境，亦呈現南洋社會華洋雜處的居住欲望。食風，是一種風俗和風物意義下對生存的認知。

蕭遙天（1913–1990）

原名蕭建忠，蕭遙天為最常使用的筆名。生於中國廣東潮陽，1949年獨自前往香港，1953年南下到檳城，任教於鍾靈中學，從此定居馬來亞，成為落地生根的南來文人。他同時從事教學與文藝創作，受邀為《蕉風》寫稿，特別是常書寫熱帶風土與民情等題材的散文。著述多元，著名的有小說《冬蟲夏草》；散文《食風樓隨筆》、《熱帶散墨》；舊體詩集《食風樓詩存》；文化論著《語文小論》、《讀藝錄》、《中國人名的研究》、《文藝真善美論集》、《潮州語言聲韻之研究》等。

榴槤糕與皮鞋

劉以鬯

放學回家，媽媽對我說：「二叔要你到他家裡去一趟。」

二叔住在「牛車水」的一條橫巷裡，用木板蓋的房子，很小、很狹、很髒。

他是一個五十開外的老頭子，單身單口，沒有老婆，也沒有子女。為了這個緣故，所以媽媽時常吩咐我去替二叔做點瑣碎小事。

從「中峇魯」到二叔家，搭乘福利巴士，只花五占錢，媽媽卻給了我五角。

抵達二叔家，二叔要我把他的一雙破皮鞋，拿到「珍珠巴剎」對面的陳皮匠處去修理。二叔前些日子，為了一點小事，曾經與陳皮匠吵了一架，所以不好意思自己送去；但是論手藝，在牛車水一帶，陳皮匠的功夫，堪稱第一。

二叔取了一張舊報紙，剛將皮鞋包好，門外驀然走進一個中年婦人和一個男孩子。婦人手裡拿了一封信，向二叔詢問一個不太容易找到的地址。

當二叔很有禮貌地給他們指點方向時，我發現那個孩子左手捧著一盒榴槤糕；右手則握著一條在吃。他正在撫弄二叔家的小花狗，模樣很天真，看來不過十一、二歲，同我的年齡差不多。我看他吃得津津有味，心裡很難受，差點連口水都流了出來。

「這榴槤糕甜不甜？」我問。

「很甜。」

「什麼地方買的？」

「我們是在二馬路的一家雜貨店買的，這家雜貨店一邊賣雜貨；一邊賣

皮鞋。」

我心裡希望他肯送一條給我嚐嚐，可是他很小氣，沒有送給我。

他們走後，二叔把皮鞋交給我，然後從口袋裡掏出兩扣來，對我說：「細峇，這是我僅有的兩扣，如果不夠，你請陳皮匠通融一下，過幾天再補給他；但是千萬不要說這一對皮鞋是我的。」我知道二叔窮，曾經不只一次地問媽媽：「為什麼二叔要一個人住在那裡，而不與我們住在一起？」媽媽的回答總是：「他愛他的小房子。」但是我並不覺得那小房子有什麼可愛之處。媽媽說：「因為你還沒有成年，所以不懂這個道理，無法了解你二叔內心的感覺。」

「那麼小，那麼髒？」我說。

媽媽微微一笑：「在那個小房子裡，有著他的夢，也有他的回憶。」

媽媽的話語，我聽不懂；也不想懂。現在我腦海裡所渴望的只是榴槤糕。

我把皮鞋挾在腋下，剛出門，二叔又千叮萬囑：「叫陳皮匠立刻補，愈快愈好！」

走在路上，我一心一意想吃榴槤糕。心忖：這榴槤糕一定香甜可口，買幾斤回去，也可以讓母親嚐嚐滋味，可能母親一輩子都沒有吃過這樣好吃的東西。

於是我又搭乘巴士回中峇魯。回到家裡，逕自跑入臥室，從抽屜裡取出我的積蓄來。這些積蓄是媽媽平時給我的車費中省下來的，一共十扣。自從父親亡故後，媽媽維持這個家庭已夠辛苦了，如果我再向她要錢，她一定會非常傷心的。

我將那十扣暗暗塞入口袋，又乘巴士去二馬路，先到那家雜貨店買幾斤榴槤糕；然後又到陳皮匠那裡，把二叔的破皮鞋交給他。

他看了又看，皺皺眉說：「破得這個樣子，實在不能再補了，乾脆去買一對新的吧！」

說著，他將破皮鞋又交還給我。我挾了破皮鞋和榴槤糕，若有所失地站在街角，心像上了鎖，很納悶。想起坐在破籐椅上等待皮鞋穿的二叔，我實在沒有勇氣將破皮鞋去還給他。

　　我漫無目的地在二馬路徜徉，走得很慢，走到雜貨店門口時，我趑趄著，最後終於又走了進去。「我想把這些榴槤糕退還給你們。」我對雜貨店頭家說：「不知道你們這裡最便宜的皮鞋要多少錢一對？尺寸要跟這對破皮鞋一樣大小。」我甚至還告訴他這皮鞋是替二叔買的，因為他的破皮鞋已經破得無法再補了。頭家尋思著，只管用眼對我上下細細打量，然後跨上木凳，從貨櫃上取下一個鞋盒，我偷偷地看了看那貼在紙盒上的標價紙：十四元。

　　我說：「這榴槤糕是我剛才在這裡花了八扣半買的，我另外還有三扣半，湊起來，一共只有十二扣，請你幫幫忙吧。」頭家為難地皺皺眉，只是用手搔頭皮，搔呀搔的，驀地伸出手來，將我的榴槤糕和三扣半全部收去，然後從紙盒裡取出一對新皮鞋，用舊報紙一包，交給我。

　　我感激得幾乎流下眼淚，他笑容可掬地拍拍我的肩胛，「拿去吧，你是一個好心腸的孩子。」走出雜貨店，我雖然失去了榴槤糕給我的喜悅；但是已換得了更大的安慰。

　　回到二叔家，我忽然憶起父親在世時曾經說過的一句話：「雨過天晴後的太陽更光亮；不經患難不知快樂之可貴。」因此我想：為了使他更快樂，應該先讓他不快樂。

　　於是我對二叔說：「這皮鞋已經破得不能再補了。」

　　二叔微微一笑，毫不介意地說：「沒有關係，把皮鞋還給我吧，總還有幾天可以穿的，等我有了錢，去買對新鞋。」

　　我把紙包交給他。當他打開舊報紙發現那對新皮鞋時，他的手發抖了，下唇在哆嗦，眼眶裡噙著眼淚，久久說不出一句話。

　　我請他試一試。他慢條斯理的穿上新鞋，橫看豎看，覺得非常滿意。

　　然後走到床邊，從牆上取下一隻紙盒來，遞給我，原來盒裡全是榴槤糕。

　　我不覺為之一驚，弄不清這究竟是怎麼一回事。

　　他則用一種溫良善和的口氣對我說：「你與那孩子說的話，我都聽見了。所以——當他們回來的時候，我將小花狗同他交換了這些榴槤糕！」

1958 年 7 月 11 日

出自《熱帶風雨》(2010)

五〇年代冷戰期間，不少大陸南來文人穿梭香港與南洋之間，劉以鬯是其中佼佼者。1952至1957年間，他自香港赴新加坡、吉隆坡等地擔任編輯，返港後應邀寫下一系列南洋風土小說，有溫情也有言情。本篇充滿地域特色而又不失人道關懷，即是一例。

劉以鬯（1918–2018）

原名劉同繹，生長於中國上海，1942年前往重慶發展，任《國民公報》及《掃蕩報》副刊編輯，1948年轉往香港擔任《香港時報》、《星島晚報》編輯。1952受邀南渡新加坡擔任《益世報‧別墅》副刊編輯。後轉任吉隆坡《聯邦日報》總編輯。之後輾轉於新馬不同的小報如《中興日報》、《新力報》、《鋼報》等擔任總編輯或主筆。另有代表作《酒徒》、《寺內》、《對倒》，南洋題材著作《星加坡故事》、《蕉風椰雨》、《甘榜》、《熱帶風雨》等。

念青室情事

董橋

　　念青先生的長孫王思明星期六上午到我家把那件包裹交給我。他在香港、新加坡和美國似乎都有生意，經常三個地方來回跑，一年總要回印尼萬隆兩三趟，探望年邁的爺爺。記得他九〇年代去過幾次廈門，說是替爺爺辦點事。去年秋天，爺爺九十七歲生日之前幾天在睡夢中過世，王思明人在美國，匆匆趕回去奔喪，拖到今年晚春才來香港。

　　他說爺爺的喪事盡量簡單；萬隆的產業和新加坡的投資倒花了幾個月光景才處理清楚。爺爺一生珍藏的書畫和瓷器八〇年代分批轉了手；一大櫃遺稿和文玩早歸了三叔整理。這件包裹層層牛皮紙包得整整齊齊，紙包上貼了一張水紅信封，毛筆字寫著交給我「誌念」。王思明說，家裡三奶奶辦完喪事在爺爺書桌抽屜裡找出來，三叔說該盡快原封交給思明帶來香港送到我家，讓爺爺放心。

　　1958年我十六歲在萬隆讀書的時候拜識念青先生。我讀的是一家私立英文書院，跟幾個同學寄宿在人家一所大房子的東廂裡。我每星期三和星期五下午都到父執鶴叔家去學古文，學詩詞。坐在一邊靜聽來訪的騷人墨客跟鶴叔談文說藝。有一天，抗戰時期在美國留過學的陳博士帶了一位清癯文雅的紳士來看鶴叔。鶴叔滿臉高興，連連說是稀客，吩咐廚房做幾樣好菜留客人吃晚飯。

　　大人們都稱這位紳士叫念青先生，我也跟著這樣叫。五十不到，鬢霜斑斑，玳瑁圓框的眼鏡襯得暗藍的眼神格外炯亮。高挺的一管鼻子像水墨畫裡的山勢，鼻尖下方一抹淡淡的鬚影是枯筆掃出來的山中小徑。一身亞麻細布的襯衫和西裝褲子微微皺出一派瀟灑的風範，帥得出奇。他跟陳博士輕聲交

談，英語夾著荷蘭語；跟鶴叔講閩南話加國語，三分鄉音越發顯出絲絲威嚴。

聽鶴叔說，念青先生祖上在福建做茶葉致富，父親那一代到南洋經商，菲律賓、新加坡、印尼都開了廠。念青先生生在鼓浪嶼，小時候在新加坡和印尼受教育，英文荷文都精通，十幾歲到荷蘭讀建築。國學底子厚，那是家裡聘請了一位冬烘先生教出來的。

我在鶴叔的書齋裡看過不少念青先生寫的詩詞，字字穩妥，句句平實，缺的是鶴叔筆下那股綿綿的情致和出塵的空靈。鶴叔卻說：「念青先生吟筆雖然平板，天生的老實人，看詩評詩的眼光倒是犀利的。畢竟受過西洋邏輯學、文藝理論乃至心理學的薰陶，我的作品常讓他一眼挑出破綻，三言兩語撥開雲霧，受用不盡了！」我後來跟鶴叔去過好幾趟念青先生的家。自己畫圖建築的洋房，依山面河，後院半畝地點綴成蘇州亭台花園，幽趣無窮。廳堂上、書房裡的字畫也雅緻。鶴叔說：「活得這般寫意，人生還圖什麼？」

「吃著甘草的甘味，別忘了黃連的苦！」念青先生常說。我漸漸跟他熟了，週末常帶著同學到他家玩，請他替我修改英文，吃他親手做的牛排。有一天，他搬出許多家傳的書畫給我看，教我認識徐悲鴻的奔馬、陳老蓮的枝葉、吳昌碩的墨荷。忽然，他從木箱深處掏出一張泥金墨蘭扇面，沒有上款，只見左下角題了「若青」二字，鈐了朱印一方。他雙手斜斜攤開扇面跟我一起看了好久：「二十幾年了，十九歲就走了……」。我年少愚騃，問念青先生是「he」還是「she」？他過了一陣子才醒過來說是「she」。我看到玳瑁眼鏡隔著的眼睛泛起薄薄一層淚影。

該是他深深埋在心裡的黃連了。書齋窗外午後的輕風吹起竹叢一片絮語。我不敢出聲，偷偷看了看牆上那塊「念青室」的木匾，下署「雪堂」，鶴叔說那是羅振玉寫的。「念青」原來是王先生傷逝的心情下取的號：「是我在廈門娶的元配，等不及跟我回萬隆就死了，肺結核……」他說著指了指書桌玻璃墊下壓著的一張黑白照片，相貌美得像年輕的宋慶齡：「那是若青。」

1960年春夏之交我到台灣升學，念青先生送我一枚精緻的青田獅鈕小石章，橢圓形，刻了我的姓，說是抗戰前一年在上海冷攤上買的，喜歡那印

鈕，沒想到真遇上我這個姓董的小伙子。初到台南我還寫過幾封信給他，他也回過信。畢業後我四處奔波，彼此斷了音訊。八〇年代我從英國回香港定居，鶴叔已經回廈門長住了，偶然來香港玩，還給我主編的月刊寫過文章，更要我寄些書給念青先生，我們於是又聯繫上了。

王思明第一次帶著爺爺的信和一本《念青詩鈔》來找我是1992年的事了。九十歲的老人聽鶴叔說在我家看到幾件上好的竹刻，忍不住在信上告訴我說他也愛竹刻，早年收過一批，全賣了，只留一件紀念心愛的那個人。他的手抖得厲害，字跡潦草得很。我立刻寄了王世襄先生剛出版的那本《竹刻》給他，卻再也收不到他的信了。接著的幾年裡，王思明偶然會打電話告訴我爺爺的近況，耳聾眼花，坐輪椅了，思路倒挺清明的。

那個星期六，我跟思明一起打開那個包裹，青布暗花的錦盒裡擺著一件小小的竹刻臂擱。雕的是淺淺的梅石仕女，希黃款，題了「人比梅花瘦幾分句意。仿六如居士筆法」，竹色棗紅，手澤鑑人。錦盒盒蓋內的白絹上小楷寫著「一九三〇庚午年早春攜若青遊杭州偶得」：我又看到念青先生眼裡泛起的那層淚影，薄薄的。

出自《從前》（2002）

宛如畫筆勾勒的記憶，滿溢「煙柳拂岸，暮雲牽情」的清愁，英語、荷語、閩南語、國語夾雜三分鄉音輾轉出念青先生的流動身世，故人遠去，「從前」到來。

董橋（1942-）

本名董存爵，1942年生於中國福建省晉江縣，成長於印尼三寶壟和萬隆。留學台灣，曾旅居新加坡、越南、英國，後還居香港。1973年移居倫敦，1979年返回香港。先後擔任《明報月刊》、《明報》總編輯，《讀者文摘》總編輯、《蘋果日報》主席、《壹傳媒》董事等職。著有《沒有童謠的年代》、《回家的感覺真好》、《保住那一髮青山》、

《倫敦的夏天等你來》、《從前》、《小風景》、《白描》、《青玉案》、《故事》、《橄欖香》、《舊時月色》、《英華沉浮錄》、《董橋文字集》、《記憶的腳註》、《這一代的事》、《記得》、《我的筆記》、《字裏相逢》、《文林回想錄》等。

大海浮夢（節錄）

夏曼・藍波安

　　再次的回到印尼，已經與造船者，以及與船隻有關係的人有了「熟識」的感覺，是減少擔憂的感覺，但不是「美」的感受。有件事情很讓我欣慰，那就是老劉跟我說的，說其實這個村落有很多的中年人，為了少許的錢，都很想去跟我航海到「美國」（當時陳先生的計畫），想看美國的大城市，他們真是想得異想天開。其次，在Bambusuwan村，很尊敬有膽識的航海人，說是那是真正的男人（honorary man）。或許他們有這樣的觀念，也就很禮遇我。在Makassa（錫江市），老劉與黃董跟我說，最好別跟這裡的人太熟，他們太窮，沒有教育，他們會有很多方法、計謀跟你要錢。那些天，老劉與黃董視我為華人，中文說得很好。而山本先生與我偶爾對話，畢竟我們沒有共通的語言交流。這一次，陳老闆也請了清大老師臧正華教授撐場面，要在民視的《異言堂》暢言關於南島民族的遷移史，說穿了臧正華教授只是在捍衛西方人類學的紙上理論，沒有閱讀過南島民族的航海民族誌，滿口學術語言，卻不懂星星、月亮的語言，不值得參酌，因為航海活動命名為「環太平洋航海文化交流活動」，我是參與這活動的航海者，他卻不提關於達悟為海洋民族等等，強調這活動的重要意義。當然，我去印尼前，陳老闆也在台北辦了記者會，原視、民視以兩秒鐘報導了這個消息，因為當時的副總統呂秀蓮女士說「台灣是一個海洋國家」，他們認知的海是「死」的游泳池，但是這句話放在政客身上，成為合理說謊的社會工具，這是我客觀的說詞。

　　怎麼會真的找上我呢？好吧，我說在心裡。彼時再次的回到Makassa市，我似乎沒有再猶豫的機會了，心裡想的就是決定答應去航海。

　　也許，冥冥之中有些事情是不需要解釋太多吧，即使我有了家庭，從台

灣再回蘭嶼定居時，父母親已邁入老年，容顏多了皺紋，身高也降低了。然而，神遊到諸島嶼的夢並沒有因此消失淹沒，好像天上的仙女在我出世後的剎那間已經安排好的旅程，這一切的移動旅行都發生在父母親逝去之後的光陰，清晰了父母親在我心海思念的記憶刻痕。

其次在我的記憶，或者說自己在求學的過程中偶爾閱讀印尼史，不過都忘了，研究所人類學家的民族誌，印尼始終沒有給我很大的吸引魅力，加上我小叔公從小在我耳邊口述他認知的原初世界，印尼是不存在的區塊，讓我從小也就沒有旅行印尼諸島的夢想。不瞞你說，我在很小的島嶼成長，在人口兩百多人的部落生活，在這樣的環境成長讓我從小就不甚喜歡去人口很多的地方旅行，或是生根定居，我甚至於恐懼徒步在人口多的、大廈林立的城市，恐懼陌生的人，所以當日本航海冒險家山本先生邀我去印尼時，我的熱情不大。

「為何找我，不找阿美族，或是閩南人。」

他立刻回道，說：

「他們因為要錢才來到海上，你的民族因為文化來到海上，你，因為夢想而來。他們是犬儒，知道每件事的價錢，但不知道每件事的價值。」

我說：「作家不是教室內的技術人員，卻是在野外生產謊言，生產虛與實的劇本，啟發讀者的腦袋瓜的紋溝。」

他的答案，我如在雲海深處，被他一箭射中我心中的靶心。山本先生是航海冒險家，以及一群素昧平生的印尼人，不同國籍的人要長期共生在沒有船艙的仿古船，長時間曝曬在赤道的豔陽下，是需要耐力、深厚的心理素質的。你也會發現，每天睜開眼睛、閉目睡覺都在海上，夾在黑色的星空下與無情的波濤上，船隻的脆弱如一片樹葉，那是一件令人心生恐懼的環境，因此對海洋沒有熱情的人，心理素質差、涵養不好是不可能在海上找到寧靜時的自我。

我們乾了一杯啤酒，山本先生說：

「謝謝你說我們的船的靈魂很剛強，只有像你的民族在瞬間思考會說出這樣簡單而深沉的話，這就是我所最需要的祝福詞，這也就是我想邀請你跟我從印尼航海到南太平洋的大溪地、復活島、智利的利馬、美國的LA的理

由。」

　　我理解，在陸地上說如此浪漫的話，是非常容易的，陸地的想像力常常把一海哩視為平面紙上的一毫釐，放大人在汪洋上安全的密度指數，濃縮降低駭浪的險惡。

　　「然而，為何冒險航海呢？」我問自己。

　　「為了區區的六萬元？」

　　「還是為了『爛夢想』呢？」

　　「或是還有別的隱性元素在催促我野性的心魂呢？」

　　其實，好像我心裡都沒有特別顯明的目的，也不是為了「仿效古法航海」提升自己作為海洋文學家的地位，或是因「冒險」將被讀者尊重的企圖心，也不是為了達悟船飾圖騰被世人所看見，被達悟的人看見去冒險航海，也非標示著達悟族是航海民族之類的想像，這些都不是我的目的；在我的心靈底層的答案，就是我孩子們的媽媽說的，「為了自己兒時的『爛夢想』」。

　　大伯在那一年的前一年，還活在島上時，跟我說的：「在陸地上，人們往往都放大了人在汪洋上安全的密度指數，濃縮降低駭浪的險惡，因為那個海他們不曾摸過。」

　　所以，自己去航海冒險的事蹟，純屬個人行為，更不可能賣到暢銷書（後來這幾年，我證實了我的答案，「航海冒險」根本就是自己的爛夢想，沒有一個人認為我偉大，包括我的孩子們）；從另一個視野探討，我以前的「美麗夢想」就是把台北市視為自己的「終極樂園」，結果「夢想」潰敗的粉碎了；又，好好的師範大學不去被保送，自己卻拗了四年，在台灣流亡才考上淡江大學，我稱自己是在「自討苦吃」。

　　如今，我卻又因為海洋的「魂」的邀約，把妻子的感受視作廢紙一張等等的，我決定了，誰也撼動不了我的選擇，如此的做法，不去思考他人的真情諫言、感受，是不好的。

　　我大伯一生只去過台灣一次，是去醫院，他一生的視界，就是在他家涼台上望海，但他跟我說的「不可以濃縮降低駭浪的險惡」是我真實的感受，也為我現今的信仰、生活美學的泉源。

此刻，在Makassa市就在海岸邊的公路，陳先生邀請了該市面容的氣宇與氣質讓我沒有美感的感覺的政客們，來觀禮「印尼仿古船」的下水儀式，表演者是船上的水手們，以及剛請來的、有證照的新船長。

先前，我的多神信仰已經為那艘船船靈祈福過了，而我對於摻雜著複雜元素的儀式表演（贊助者是華人，是舞龍舞獅的表演），包括我民族現代版的「小米豐收祭」、台灣原住民族的慶典一絲觀禮的、參與的興趣都沒有，那是某種「鬧劇」表演，坐在那兒觀賞表演很讓我心神不寧的難過，一切裡頭的所有都是虛假的，我的參與航海，壓根兒就是唾棄現代版的他者表演。

從小我跟過一八八幾年出生的叔公們、外祖父生活過，他們對於海洋、對於山林的那種敬畏是屬於自然環境作為敬仰背景的多神論者，在新船、新屋落成慶功的虔誠密度，勝過牧師對上帝的崇敬，我深受他們的影響，持續到今天。

我造過雕飾拼板船，參與過父親、叔父、表姊夫的雕飾拼板大船初航儀式前的「慶功歌會」，船隻鋪滿了婦女們辛勤的勞動成果的芋頭，一整夜的歌會充滿了對船主「褒揚與貶抑」的均衡祝福，充滿了對祖先智慧哲思的敬仰，充滿了拒絕「政客觀禮」、「牧師祝禱」的場景，我喜歡那種被自然環境包裹起來的祝福詞與賓客們的真情參與，我的真情感受，與生活實踐，從前輩們獲得的感想：「造船建屋的樹木，有著許多許多山林與海洋的聲音傳輸給我謙卑，以及自然靈氣的寬容。」

於是，關於「印尼仿古船」下海儀式，我幾乎處於不耐煩的狀態觀禮（後來還是必須假裝拍手），之後我們「試航」。在試航的同時，那位新船長跟我打招呼，自我介紹叫Antony，簡稱安東，印尼人喜歡兩個音節的名字，他留了長髮，像黑人那樣編織髮辮的髮型，乍看是很有型男樣，也很直爽。回來上岸之後，決定與山本跟我一起航海的印尼人，包括船長共五人，其中有四個人都找我的空隙時間，拿著一張紙給我看，用英文寫的字條「I am the best sailor in Sulaweisi.」（我是蘇拉威西島最頂級的水手），我面帶詭異的笑，舉起一度讚的大拇指，就是No. 1，頻頻說good, good, good……，以一般的社會常識判斷的話，真正有實力、有內容的人絕不可能自誇說我是頂級之類的話，況且又以字條給我看，向我宣示「信任他們」的意味濃厚，為

了長遠的海上旅行，為了自己是外國人，表現善意是應該的，我噤聲不語。

　　我稱他們為「流亡的文盲」（exilic Illiteracy），夢想遠走高飛的一群文盲，試圖逃避區域穆斯林教長圈選自己淪為人肉炸彈客（很有可能）。由於是文盲，由於是貧窮，即便在自己的部落，他們也都寸步難行；類似這樣的人，在我的島嶼也大有人在，在部落社會裡形成邊緣性的族群，有福、有酒精、有低等魚吃，大家同享。然而，這群印尼人心裡頭想的，真如我想的嗎？當然不是。

　　回到了岸上，四個人先回自己的部落，等待下次的出航，下次就是真正的出海，去航海，圓山本先生「航海大夢」，目的地是LA。船上留下一位很吃苦耐勞的年輕人，名叫Ang-Haz。

　　Ang-Haz在十一歲的時候失去了在婆羅洲（Sabah馬來西亞）、巴拉望（Palawan菲律賓）、民答那峨（Midanao菲律賓）三大島間的蘇祿海（Sulu Sea）工作的父親，他是薩馬人，台灣稱之巴瑤人（Bajoa）。他家有五個小妹、一個小弟，他是家裡的長子。他的大門牙有缺口，說是他在十歲，在小型漁船做雜工時，用手發動引擎被發動引擎的鐵栓敲擊到門牙，留下了吃足苦難缺個大門牙的證據。

　　他的父親在菲律賓、馬來西亞、印尼三國的交會海域，與薩馬人，自己的同胞一起潛海抓海參，受僱於馬來西亞華人船東。

　　1990年5月Ang-Haz收到父親在海裡採海參溺斃的電話，他於是一個人駕駛單邊平衡浮桿的單桅船帆，從Bumbusuwan部落啟程，沿著蘇拉威西島沿岸，再北上航海於西里伯斯海，在一個名叫Bayanng Bongao（民答那峨島與蘇拉威西島中間的一個小島）接他父親的大體，往返共計一個月，他單獨一個人，當時還是個十歲的小孩。當他把他父親的大體運回部落家的時候，部落的族人，以穆斯林最高規格的葬禮儀式為他父親舉行，他的航海事蹟傳遍整個蘇拉威西島。山本把這個故事跟我敘述，是一則非常感動人心的故事，在我心中，於是十分篤定的認為，只要這個年輕人與我們同行，我就心安。

　　西方人有句話說：「為上帝服務的職業，稱之神父，或是牧師。」

　　我的解釋與觀點是，他們是一般大眾的信仰諮商師，如同心理諮商師的角色相似。我以為在我們這個星球，各民族都有各自的「神祇」，服務各層次的「神」的職業是數不清的。

　　「為上帝服務的職業」我認為在這兒要質疑「上帝」是否存在，想必我是會被宗教界打死的，甚至「上帝」也是我夫人與我經常爭吵的議題。然而，無論你在哪個地方，我們的耳朵非常頻繁的聽聞，「神父」、「牧師」的口徑一致認為「上帝」是這個星球唯一的真神，讓信奉其他宗教的虔誠教徒孕育著不以為然的反芻感覺。南洋的印尼，其實，在近年來其境內的宗教政策是開放的，佛教、印度教、天主教、基督教、真耶穌教、伊斯蘭教……等，在我踏上蘇拉威西島的縱貫省道，馬路邊有許多村落，許多的國小學生穿著不同的服飾，即使是外國人也很容易的區分「服飾」代表的宗教信仰。

　　Ang-Haz居住的村落，或是其他教派有相似職務、權力的神職人員的護身符，我認為「有的」是那些被西方人、漢人稱為十分「迷信」（superstition）的人，我是其中之一的人選。

　　「迷信」（superstition）是一個十分有趣的字義，是以第一人稱稱他者信奉的宗教是「迷信」，或者說是「民間信仰」（folk belief）拜偶像的教派非我族類，這是引起紛爭的導火線，忽視各宗教多功能的跨領域教義。

　　穆斯林（伊斯蘭教徒）是一夫多妻，（只要你有能力）數位女性服侍一個男性的宗教，可以說是，十足的大男人主義的教義。當然，從他們的角度來說，一夫多妻是合理的，阿拉的旨意。在Banbussuwan區，男性非常重視嫁女兒的事業，Ang-Haz跟來與我們航海，他最大的願望就是娶其他區域的女性為妻，他說，娶Banbussuwan區的女人，可能花上台幣五十萬元以上，這個價格說是賣女兒致富是現代版的「迷信女人」的表徵，後來我才發現他們部落裡有很多男同性戀，或是共用一個熟女為妻的現象很頻繁，追根究柢，原來都是「貧窮」惹的禍。

　　記得，1995年台灣某個雜誌邀我書寫旅遊到某地的感想，我選擇菲律賓。有一天，我飛到民答那峨（Mindanao）的三寶顏市（Zamboanga），在某區我徒步到一個穆斯林的部落，這個部落坐落在河口邊，其四周全用竹籬圍繞，河口面海左邊，排滿了簡易的捕魚船隻。在這兒我至少遇見有兩個驚

奇，一是，我可以跟他們以達悟語溝通，而有些詞彙完全相似，如寄居蟹（wumang）、椰子（anyoy）、公雞（sasafungan）、小孩（kanakan）等等的很多的話語，很令我驚訝，後來有一位中年瘦子跟我說話，說：

Sino ngazan mo. 「請問貴姓？」

Ngzan ko am, syaman rapongan. 「我叫夏曼‧藍波安。」

Wanjin mo ikapowan. 「從哪裡來的？」

Do pongso namen, do Taiwan. 「台灣附近的小島。」

Pongso no Ta-u. 「人之島。」

Ha, Kawyukod no inapo namen innyo. 「啊！你的祖先是我們祖先的遠親。」

　　我的感想是，相距如此遙遠的國度，這個空間的距離，請你不要以飛機飛行的時數來計算，而是以無動力的風帆船在汪洋冒險漂移的時空來想像的話，我一時之間感覺是驚訝的喜悅。彼此不相識，我們居然可以溝通，周圍的許多老弱婦孺居然也多笑開了起來，氣氛融洽到自己不知是身在異域的狀態。然後一位自稱是村長的人帶我去他家喝茶，他看來比我年紀小，身材瘦弱，面頰凹陷，大腿肌肉跟小腿一樣的粗（達悟語意是一樣的纖細）。他的家就在河溪的上方，全是木頭搭建的簡易茅屋，進門望內室是三層的大通舖，一個通舖大約可以睡五到六人，茶几後邊面海的是他個人的雙人竹片床，客廳擺設基本的家電用品，有電視、冰箱。沸煮茶水的同時，他吹了口哨，不到一刻鐘，小客廳坐滿了很多小孩，村長跟我說：

Kanakan koya sira. 「他們全是我的小孩（跟達悟語完全相通）。」

　　我算了一下，他有十六個小孩，又說他有四個太太，因而他的汽車保險桿上有四個獅子頭，四個妻子的具體表徵，所以每個太太給他生了四個孩子，可以說是，「阿拉神，降大任於斯人也，無怪乎，其大腿與小腿一樣的粗，真是天賦精蟲」，我的偏見是，他給我們的地球帶來太多的負荷，他卻對我說：

　　「孩子們是我的財富。」這是與我觀念何等的差異啊。

　　其次是，這個部落左邊面海的空地，一位台灣來的某個雜誌的攝影師，

邀請我去跟他同行，也來三寶顏拍攝模特兒泳裝。模特兒還沒有換裝前，空地是稀落的人群，包括與我閒談的五位荷槍實彈的菲律賓政府軍，我們不到十三位的人。當攝影師架好了攝影機，模特兒換上了泳裝，從旅行車內走出來，開始擺出婀娜多姿的拍攝姿態時，整個部落的男人、小孩傾巢而出，如蜜蜂似的黏在三位模特兒身邊，每個人的眼珠放大瞳孔的極限，巴不得透視模特兒的五臟六腑，張大的嘴近乎吸吮纖細白嫩肌膚的驚訝樣，彼時我不知不覺的已被人群排擠到最外圍，那位村長跟我說：「北方的女人肌膚白嫩，南方的女人……，是用來生小孩。」

我微笑看著他，假裝聽不懂他的語義。那個模樣就像印度孟買市區裡的貧民窟的男人，兩天沒吃飯卻有體力行房，令我百思不解，瘦弱的身體，窮到只生精蟲，你若是住在東京、上海、台北的話，你的理性或許跟我很相似，挨了很大的肚皮之餓，居然還有想像力去行房，我說，我的天啊！群眾裡，那位村長拉著我的手，比著一度讚的手勢，腦袋瓜全是「性學」。

那天我在Banbusuwan部落，當我開始以雞血為航海船做沾血儀式，用達悟語唸祈福辭時，忽然發覺到船的四周站滿了許多許多的人群，每一個人都在盯住我為船魂做祈福儀式的神情，怎麼會有如此多的人，我心裡想著。原來這個部落是信奉伊斯蘭教。然而他們面容的表情沉靜，眼神放射出壯嚴，察覺不出他們對相異民族儀式的蔑視，反之，他們給我許多恭敬的禮儀手勢，這是我始料未及的。我的推論是，這個部落的男人也都必須去海上討生活，「海」作為民族的生活資源的來源，人口眾多，利於出售漁獲，我的「儀式行為」也是屬於他們所認同的，這是無關於他者與己我的信仰，也很顯然的，我被他們接受了是因為我們有共同擁有的、廣義的「海神」，而非狹義的一神宗教觀，極端化某神的權威，污衊化人類日常生活的現實觀。

說真的，要我們三個人在四天內雕刻完成航海船是不可能的，後來當我做完祈福儀式時，Banbusuwan部落的男性都來協助雕刻，這是因為達悟拼板船的船眼（mata，航海的眼睛）、船靈（ta-u，航海的靈魂）、飛魚（libang）也是他們部族的語言、信仰，他們完全相信船眼、船靈對航海家的重要程度，這不僅在詮釋我們彼此間語言相似的親密濃度，也展現千年航

海漁撈的民族，對神祕汪洋敬畏的靈觀信仰是相通的。

我問山本先生說：「你允許我為這艘船做儀式，為何不請該部落的穆斯林長老做儀式！」

「我比較相信如你這樣天天跟海洋發生關係的海人，以及你的民族文化，我卻深深的質疑站在教堂、清真寺、福音台說話人的信仰，他們收下教友捐助的現金來養活自己，也餵飽教會集團，為富者獻殷勤，為貧者奉獻假慈悲。還有西方文藝復興時期，麥哲倫（Ferdinand Magellan）航海冒險船隊，在1519年至1523年完成環繞地球一圈，西方神學家不僅沒有為此一壯舉慶祝，反而慌恐避之。其次，我把你的名字Syaman（夏曼），翻譯為shaman（薩滿），做法術的人，巫師，這個部落的人信以為真，你是『海洋祭師』。」

我聽了樂在心海，我也因而在那個部落備受禮遇，使得我們雕刻的工作順利。

在我達悟族的文化，夏曼的意思是，已為人父，也就是說，藍波安的父親稱夏曼・藍波安，與薩滿的文化詮釋差異甚大。山本先生的這一招，對文盲居多，又與外界、國外鮮少接觸的地方來說，是非常管用而折服人的。

山本先生會說印尼話，跟印尼人溝通沒有障礙，但他是沉默寡言的人，自許體內流著某原住民族的航海血液，誓言下半人生與海為伍，他大我四歲，他是柔道六段的高手，因而身材壯碩，是個菸槍，也是嗜酒的人，這兩種陋習我也都有，但我不是嗜酒，只淺酌、品酒。他有兩個女兒，在她們六歲、四歲的時候，就離開妻女去航海冒險流浪，與家人失聯了十年。他只告訴我這些。

「航海冒險」的意義是什麼？對他，對我，台灣的贊助廠商的目的又是什麼？我在峇里島的Denpasar機場想這些問題。我不知道，我兒時的記憶，夢想航海的影像，此刻浮現我腦海，人、地、事、物場景的浮影逐漸逐時的清晰，像是幻覺，先前對印尼人的偏見消失了，彷彿我與他們曾在消失的地圖裡相遇過的感覺，夏曼（Syaman我自己翻譯的）、薩滿（shaman）發音相似，他們對語意不求甚解，他們卻把我歸類為具有「薩滿」身分的航海人，這些元素在我命格的意義是什麼？我反覆的思考。當我們把船雕刻完的時

候，我們還要回台灣一趟，也還要回蘭嶼捕飛魚。

　　山本先生在我離境時，給我熱情的擁抱，說：「我等你航海的魂魄。」

出自《大海浮夢》（2014）

達悟族作家從蘭嶼出發，來到南洋大片海域，巡弋其中島嶼，重啟認同之旅。什麼是民族，什麼是祖靈？什麼是遠，什麼是近？在南洋之南的南太平洋，作家甚至遇見四川大山裡出來的羌族討海人。大海有如浮夢，天涯猶若比鄰。

夏曼・藍波安（1957–）

台灣蘭嶼達悟族人，現為專職作家。著有《八代灣的神話》、《黑色的翅膀》、《大海浮夢》、《安洛米恩之死》、《大海之眼》、《沒有信箱的男人》等。

島嶼、群島

慈母灘碑記

王幼華

我搭乘漁船滿福星號，在南海諸島航行，為一份地理雜誌做系列報導。

除了記錄漁船的航線、漁獲量、捕撈方式，漁民的生活之外，並在幾個特定的島嶼做採訪。

今天滿福星號因為機械故障，預定的航程有所改變，也因此來到了慈母灘。這座小島有個簡易陳舊的停靠處，滿福星號費了番工夫才停泊妥當。由於機械一時間沒法修復。我背著相機、資料袋和夥伕老江，年輕水手阿昌跳下船，踏上這座沙島。

慈母灘的得名，據老江說是因為島上有一處怪扭的岩礁，洞穴很多，在大風吹過時，會發出母啊——母啊——的聲音。讓在海上漂泊的漁人，想起故鄉的母親。

對這座無名的島嶼我是不存什麼幻想的，也不覺得會獲得什麼寶貴的寫作材料。

這是座鋪滿白沙和亂石的珊瑚礁島。幾種海鳥在天空盤旋，四處充滿著牠們的聒噪聲和糞便。全島面積不超過三公里平方，形狀像彎月。我們來到一排傾圯的木屋前，這裡曾有人住過，木屋右側有一個乾涸的水池，廁所、廚房的形狀依稀可辨，只不過已破爛不堪了。

　　老江似乎來過這裡，在木屋四處看了看，用腳踢了踢倒塌的房舍，然後走到屋前一處壘起的沙堆前，蹲了下來，用手在那兒挖啊刨的。

　　我走向他那兒。老江對這一帶海域非常熟悉，有過許多曲折離奇的遭遇。各個島嶼、沙洲發生過的事情都很清楚。雖然說話口音濃重，聽來費力，講的故事有時怪異得令人難以相信，但幫了我不少忙，給了我豐富的資料。

　　「老江，你又在搞什麼？」
　　這位乾瘦的老水手，慢慢的從沙堆裡扒出一塊方形的石塊。
　　我也蹲下身來。
　　「看到沒有？看到沒有？」

　　我幫忙把沙撥開，這是塊大約二尺寬三尺高的石碑。石碑上有著暗褐色的字跡。看那刻字和石碑，年代不算太遠。這是我在這一帶海域見到的第二十幾塊了。稍微清理好它，拍了幾張照片。石碑上的字是這樣的：

紀念堅守崗位為國捐軀的一百三十一位勇士
海軍司令　○○○立年月日

　　「這些弟兄就埋在前面，一百多個咧。」
　　老江站起來，伸手指指前面。

　　我也站起身來，向他指的方向望去。那兒有塊灰黑色的長形岩礁，上面不時飛旋著海鳥。阿昌也在那附近，爬上爬下的，大概在揀海鳥蛋，他年輕玩心很重。

　　「老江，這裡怎麼死過這麼多人？」

　　我努力在想這位海軍司令的名字。這塊碑算是南海島嶼上諸多石碑裡最簡陋的了。

　　「嗯──」老江點了根菸，坐在那塊「新出土」的石碑上。有點出神。

　　「打過戰啊？我看不像，看不出來嘛這裡什麼都沒有，部隊沒糧食怎麼過活，地位也不重要嘛。」

　　我翻出袋子裡的資料。慈母灘，沒有任何有關它的人文歷史記載。這只是個微乎其微的小島，這裡死過那麼多人真意外。

　　「不是打戰。那時候啊──政府派了一百多個人來。說是越南、菲律賓、馬來西亞都要占領這一帶，要我們來這邊。」

　　「先占先贏。」
　　「他們都來插國旗啊。我們乾脆派人來。槍啊、砲啊裝了兩船。誰要向這來就開槍。那些番邦的就怕了，就不敢上來了。」
　　我看到木屋前有座灰暗的水泥柱，大概是插旗杆用的。

　　「吃飯呢？喝水呢？怎麼辦？」
　　「補給啊，島上什麼也不長，海風又大。一個月船來一次，不運東西來，吃啥啊？」
　　「那，怎麼死的，他們，生病嗎？」
　　「補給船沒來，通通餓死的──你不知餓死是什麼滋味──」老江說。
　　「你開玩笑，怎麼可能。」

　　我身上有些發熱，想起這些人每天站在海邊等待補給船的到來。

　　「嘿嘿，那個時候亂啊。政府那邊誰當家還不知道。海軍也亂，沒人管

事。這邊有人造反，那邊有人開小差。你殺我我殺你的。沒人管事，就把他們忘了。」

「喔──」我想起了那個政局動亂的時代。

「船一年多以後才來。那時候才有人想起我們這些人，還在島上。」
「那、那──」我激動的有些接不上話。
「餓死了一百三十一個，剩下一個，半瘋了。天天還升旗，有船靠近他就開槍。」
「還有人活著啊，真不簡單，還升什麼旗。咦老江你怎麼知道的這麼清楚。你剛才說我們，我們是什麼意思。」
「嘿嘿──」

老江把半截菸丟在沙上，從石碑上站起身。
「喂──喂──你們」

在岩礁那兒的阿昌突然大聲吼叫。海鳥「忽殺」的一聲，全部飛上了天空。那年輕的傢伙連滾帶爬的向我們這邊過來。受驚的海鳥發出急切尖銳的嘈雜聲。

「一堆死人骨頭啊，一堆死人。」
老江向我咧咧嘴，什麼也沒說，轉頭往滿福星號去了。阿昌氣喘喘的跑到我前面，用力拉住我的手臂。

「一堆死人喔，連鳥巢裡都有死人骨頭。喂，這搞什麼鬼。」
「你去問老江，他知道。我去那邊看看。」
我推開阿昌的手，拿出紙和筆。

「幹，衰，有夠衰。」

阿昌一面吐口水，嘴裡一面詛咒。

我走到那堆餓死者的骷髏地去。海鳥在一陣驚擾後又重回岩礁上，唧啾聲悽厲而狂亂。

許多淺埋的死屍，露出了骨骸。海鳥撿拾了他們的細骨去築巢。

我緩慢的在這白沙覆蓋的島嶼上繞了一圈。

沒有發現其他的遺跡或石碑。

這是個荒磽之地，除了鳥糞，沒有任何價值，也毫無戰略地位，當時是什麼人下的命令要進駐此地。而又是些什麼人來到這座島？

這些人沒有了番號，失去了姓名。我可以查得出來嗎？也許可以。他們的家人知道他們餓死在此地嗎？大概是不知道的。

起風了。細沙飛動。岩礁那兒發出「母啊──母啊──」沉重的迴音。

查出這些人的資料又如何？

人們總是要立碑的。但是石碑並沒有帶來什麼真正的教訓。碑在各朝各代不停的建。人們總是在犯本質一樣，方式不同的罪惡。

回到船上，阿昌被骷髏嚇到的事成為大家的笑話。

「喂，要當兵的人這麼膽小，以後怎麼打戰。」船長說。

原載《自立晚報‧本土副刊》1993 年 3 月 30 日

後記：不同於唐山過台灣的先民，雖然歷經六死三留一回頭的高風險，但畢
　　　竟是自己的選擇。然而想想當初有那樣多的國民黨軍人出於自願或非
　　　自願跟著國民黨撤退台灣、捍衛台澎金馬中華民國……然而在過程中
　　　有許多人在來不及登上寶島一覽寶島風光之前已然捐軀沙場……若是
　　　捐軀在沙場上那就算了，然而最慘的莫過於像是文中的這些被時代遺
　　　忘的軍人了。主事者拋棄了他們，任他們在茫茫小島中飢渴而死……
　　　可以想像那種感覺有多絕望與悲傷……天地不仁，無怪乎許多人說**寧
　　　做太平犬，不做亂世人！！**

南沙群島是海疆國土最南端。1949國軍撤退之際，曾有一百三十一位軍
人駐守於此，他們因補給不至，終於餓死。當他們日以繼夜地凝視海天
之際，他們想到的是國土，是親愛之人，還是……

王幼華（1956–）
生於台灣苗栗頭份。著有《惡徒》、《狂者的告白》、《慾與罪》、
《熱愛》、《東魚國夢華錄》等。

南移富國島

黃杰

三十九年三月十三日下午二時。

法方負責軍官德維諾中校來見，謂奉到了亞力山里將軍的命令，十五日要由蒙陽營區抽調一千五百人他往。地點何處？任務如何？他全不知道。照理我可以直接詢問德維諾中校，這一千五百人究竟是去做什麼？但法軍的傳統，上級對下級的指示，往往不明述其內容，而下級只得照命令行事。

這個消息，來得太突然，又沒有說明任務與地點，頗使人費解。但我料想到絕不是強迫派往工場，因為亞力山里將軍曾經對我說過做工的事不用強迫方式，既然法方提出此項要求，似無法加以拒絕，臆測其所以不明告任務與地點，可能只是時間上的祕密，想必不會有不利於我們的舉措。於是，即偕同德維諾中校前往蒙陽營區，召集高級將領，舉行會商。大家都認為一千五百人既是船運，其方向必定是南邊，向南移動，沒有危險顧慮，一千五百人編組的部隊，雖無武器，但仍有團體力量，因此，決定接受法方的要求。由第一管訓處所屬四個總隊內各抽調一個大隊，編成為先遣總隊，派成竹為先遣指揮官，卜毅為總隊長，待命出發。

我要指出第一管訓處的部隊先遣，是因為該管訓處的兵員，大都由第一兵團原有建制編成，士兵與幹部之間，經過長期的艱苦作戰，在感情及道義上已建立了良好的基礎，容易發揮團結的效果，無論遣往何處？都可以減少我的顧慮。

當部隊移動的消息傳出之後，一般官兵，因不明任務與地點，群情又為之惶惑不安。我因為對先遣部隊的行動方向下過判斷，曉諭各級幹部力持鎮定，自己則暗中準備各種應付突發事件的方法，同時上電總統，報告困難情

形，請求即派大員來越，向法方交涉，將入越官兵，接運回台。

十五日，河內專員公署華務處長歐芝耶上尉來宮門，才獲悉部隊他調的地點是中圻金蘭灣，至此乃了解部隊移動的方向是南邊，先遣的一千五百人，是開路先鋒。

十六日，法方有一運輸艦駛抵宮門碼頭，先遣總隊官兵一千五百二十九人，即乘該艦啟碇南下。

行動的消息，已使群情不安，又由於法方徵募工人的問題，大家的情緒格外顯得低落。此時，有少數不良分子，乘機散布流言，企圖動搖軍心，造成混亂，其處境的紛雜，真是一言難盡，不論對內對外，在在都使我窮於應付。我知道整個團體的命運，這是一個最重要的關鍵，偶一不慎，辛苦所培植的一點反共力量，即可能被人摧毀，必須在這緊要的當口掌住航向，因此幾件破壞營區紀律的事件，我的處置，便很嚴格。另外，我特別加強保防工作，全力清除滲透的匪諜及不穩分子，以安定內部。

先遣總隊於三月十六日發航後，久無音訊，直到四月五日，始接到先遣指揮官成竹的報告，部隊到達的目的地，是富國島而非金蘭灣，已全部安全抵達。成竹並且在報告中，對富國島做了一番描述，說島上鳥語花香，一片翠綠，有如世外桃源。將近一個月以來，我時刻為部隊行動而操的苦心，得以稍釋。營區中一般無謂的流言，也全部澄清。官兵們對新環境已掃除了恐怖的感覺，大家準備著去開創一個新的天地。

自先遣部隊出發後，法方即準備分批將兩個營區的官兵南運，因交通工具調配不如理想，至三十九年八月底止，始運輸完畢，先後共計二十三批，其中兩批，載運預備幹部訓練班兩個大隊，被送至中圻的金蘭灣，高級將領則被送至西貢附近的頭頓市。

部隊移動時，須徒步到宮門，再由宮門登輪出發，出東京灣溯海而南，經崑崙島到富國島，全程五晝夜。法國在越南，已被戰爭拖得筋疲力竭，人力物力，供應失調，發航沒有定時，有時三、五天一次，有時一、二週一次，每次僅運輸艦一艘，最大的容載量約一千五百人，最小的容載量約六百人，每次極為擁擠，船中的給養與淡水，也不能正常供應，五日的航程，使官兵們飽受折磨。但是為期半年的海運，未曾發生意外事件，所有南運的官

兵，都平安到達，真算是苦難中的大幸。

　　法方將我方南移的主要原因，乃是越北戰事節節失敗，在北圻一帶，法國軍隊逐漸處於被動挨打的地位，蒙陽與來姆法郎位於戰火邊緣，法國人既不能強迫送我們回大陸匪區，又不敢送我們回到自由祖國，只好執行所謂國際公法的規定，選擇一個安全的地區，把我們集中軟禁起來。於是，越南最南端的富國島，便成為我們生命史中一個永不能忘的所在。

　　富國島是中南半島南端的一個小島，位於西貢西南，鄰接暹羅灣東南岸，面積約六百平方公里，其形狀酷肖一隻火腿，為越南迪石省的一縣，縣治設陽東。

　　這個海島踞於南海與印度洋交界處，形勢扼要，第二次世界大戰時，日本軍隊席捲東南亞諸小國，曾以此為戰略物資的補給基地，在陽東洛港兩處，築有飛機場。近年以來，法國殖民地當局應付越南大陸上的動盪局面尚且不暇，只好任其荒蕪，等到我軍移來，經過一番開拓，便又燦然一新！

　　考查越南歷史，十八世紀末葉，越南嘉隆皇與西山阮氏兄弟爭奪王位，不幸戰敗，率四位臣子駕一葉扁舟飄到富國島，在島上艱苦淬勵，最後獲致復興，這個小島，也隨著嘉隆王朝的復國，錫此嘉名。我們官兵有時在文藝作品上標名「復國」或「護國」，顯示出大家有為光復大陸的志節與抱負，在我的詩詞裡，亦同樣寄予殷切的期許。

　　全島人口，約八千餘人，其中華僑八百餘人，越南土著七千餘人。散居於陽東、洛港、咸寧及島之西南海岸，極小一部分則側居荒谷之中。沿海居民，大都以捕魚為業，山居者則以種植胡桃、木薯為生。商業為華僑所獨占，衣食比土著為優。土著民族的生活方式，幾乎停留在一個世紀之前，其居處飲食之簡陋，與原始生活相差不遠。

　　島上土壤不佳，且多係沙質，不適宜於稻麥的生長，一般民眾也不樂意從事農產品的耕作，食糧及日常所必需的生活用品，都仰賴法國人按時配給，配給的數量與時間，又不能盡如人意，且大多數居民亦無法籌出配給時所需的貨幣，因此以木薯及山芋為主食者，約在百分之六十以上，鳩形菜色，望之可憐。可是他們卻非常愉快地生活在那骯髒的圈子裡，看不出對現實生活有任何不滿的表示。這自然是他們除經常與海山相對之外，少有接觸

都市文明，物質的誘惑，產生不了作用，故其民性，樸實敦厚，有古代遺風。

富國島地屬熱帶，氣候炎熱，終年並無寒暑四季之分，但很顯明地一年有兩個不同的季候，從四月起到十月止，季候風挾海洋濕氣吹來，雨量最多，稱為雨季。十一月至第二年四月，西北風起，氣候乾燥，稱為旱季。普通三月份最熱，十一月份較為涼爽。平均溫度為攝氏二十七度左右，八、九月間氣候最為中和，一日可能三變，晨如暮春，午似炎夏，入晚涼若深秋。旱季是捕魚為業者的工作期，魷魚，烏賊，黃花魚等。集沿海，尤以魷魚產量最富，漁人一逢漁汛期到，都相當賣力，而終年溫飽，全部靠此。一到雨季，魚群他徙，漁人們便毫無所事。

捕魷魚的方法，是把電石燈裝置小舟之首，燈上罩一白色磁盆，使光芒凝聚，漁夫用一根釣線紮上許多白布條，向海中拖來拖去，將魷魚引誘到電石燈前，再用手提網打撈。每晚出海，非到翌晨不能歸家，因為下午十時以後，法軍開始宵禁，般隻不准往來，一晚所得，也須視運氣與體力而定，有的幾十基羅，有的幾基羅不等。這種縱一葦、涉大海，與驚濤駭浪相搏鬥的生涯，把他們鍛鍊得非常結實。可是由於捕魚工具落後，氣候的測量，全憑經驗，就有不少葬身魚腹。拉馬丁說：「漁人的生命，在上帝指縫間。」對他們還是具有鮮明的寫照。

魷魚曝乾後，運銷西貢香港各地，利市亦復可觀。官兵們只消花幾塊錢越幣，便可飽餐一頓。

魚水是島上最負盛名的特產，也是島民商業上大宗的收入。製造方法，大約是把剛從海中撈回來的小魚，置木桶中，敷以食鹽，灌足開水，然後密封，經幾個月的浸潤，取出提煉，越南人視為上等調味品，據法國醫生檢驗的結果，認為最富營養。

山居人民所經營的農作物中，以胡椒最為名貴。胡椒是一種藤科的草本植物，培植相當費力，從養苗到成長結實，需時三至五年，每株胡椒得用一根耐用十年以上的紅色樹心作為爬柱，場地尤須避風，故栽種一園胡椒，非有雄厚資力及豐富經驗者莫為。往昔島上經營此項活計，年獲利甚豐，近年因越共游擊隊滋擾，已大量減產，瀕於破產邊緣。園主改營別業，或離此他

往。

當地居民用作主食的木薯，培植則毫不費力，既無須灌溉施肥，也不用耗費本錢，把枝幹切成幾段，插進沙土裡，便會發芽滋長，半年後即可收成。木薯即台灣的樹藷，為味精主要原料，內含澱粉質很多，磨汁曬乾，越南人稱為「貢粉」。

大概是因為氣候的緣故，越南土著民族的惰性相當深，就木薯一項而論，本來是賤而最能牟利的東西，但他們則只求餬口而已。華僑則不然，篳路開拓，不辭辛苦，只要幾年，便可白手成家，或一躍而為富戶。

華僑在這島上竟有八百餘人，真出我意料之外，據考查所得，明朝末年，流寇之亂，滿清入關，廣州人莫敬玖，繫心宗社，誓不降清；率義士四百餘人駕舟南渡，輾轉播遷到越南南圻的蠻坎，當時蠻坎是水臘境的屬地，由高棉王匿翁儂所轄，莫氏利用外交手段，極邀棉王寵信，畀以開墾蠻坎的使命。至公元1674年棉朝內訌，匿翁儂求援於暹羅，暹軍一到，攜莫敬玖去，歷數年，莫氏逃回，重整事業。其後，中圻人民，陸續遷來南圻，將荒野拓為農田，事業日趨旺盛，華僑自行團結，組織明鄉社，建立明鄉會館，在精神上緊緊維繫華夏遺風。1714年莫敬玖年老之際，將墾地獻給越王阮福映，阮封莫為河仙總兵，莫敬玖死，其子天錫繼其遺志，整軍經武，力卻棉軍，受任為河仙總兵大都督。之後，西山阮氏兄弟崛起，華僑即遭迫害，只得四處漂泊為生。明鄉社丁璉之後裔丁清基首先遷居富國島，住陽東市南的「翠道」，闢荒自活。1897年間，海南文昌籍人相繼而來，翠道逐漸成為華僑市集，發達至三十多戶，生計蒸蒸日上。翠道燬於大戰，僑胞移居陽東，隱約間尚可見其開拓的遺跡。

島上的風景，真如仙境，一種充滿著南國情調的水態山容，亦足令人陶醉。由於大自然的爽朗，雖然不斷地遭受磨難，我們卻咬緊了牙關，在這裡熬過了將近三年的羈困歲月！

富國島的風情，已如上述。

但在國軍沒有移來之前，只是四周環海的一塊荒蕪之地，連飛機場上也是荊棘橫生，草深沒脛。

我軍分駐於介多與陽東兩地，介多在島的南端，陽東則在島的西岸。兩

地本有公路可通，但因久未使用，全部荒廢，部隊到達後，即首先整修公路，解決交通上的困難。

　　我軍南遷期間，恰是越南的雨季，陽東內港狹窄，驚濤拍岸，機帆船不能駛出，在四月南移的部隊，都一律在介多登陸，再定行止。

　　經我親自視察之後，規定第二管訓處及預備幹部訓練班駐介多，兵團司令部及第一管訓處駐陽東。

　　駐陽東方面的部隊，駐地劃分在陽東市街之西，過陽東大橋向西北延伸，可以自由擴展，不比在越北時那樣侷促。

　　陽東市街的西岸，本留有幾座剝落不全的房舍，但在我軍移來之先，被島上的越盟分子，縱火焚燒。除指定將靠近陽東內河一帶的廢址，作為兵團司令部的駐地之外，其他部隊，則向東西兩側擴延，分別闢建，全營區成為一半圓形，利用陽東機場作為公共活動的場所。

　　介多營區的駐地，則沿港灣由南向北伸展。

　　兩個營區所開闢的土地，全都是林木交錯的曠野。部隊首先砍伐草木，鋤平基地，樹立營舍雛形，再按預先設計的圖樣去建築。因為遍地都是草木，取之不盡，用之不竭，建築材料方面，倒不感到十分困難。可是部隊到達此地時，恰值雨季，無形中增加工作上不少負荷，但官兵們卻並未因風雨的關係，而放鬆營建工作的進度，大家勇敢地上山採伐材料，雨中的森林，到處滋生著螞蝗和蚊蚋，偶一不慎，即會咬得頭破血流，此外高山上瘴氣，也使人聞而發昏，這些都沒有把我們難倒，在很短的期間內，完成了第一批營舍建築的工作。

　　富國島初期營房建築的材料，屋頂是用茅草搭蓋，牆壁用小樹枝織成。每一批部隊到島，最多不過兩星期，他們的營舍，便可全部落成。

　　三十九年八月底止，越北各部隊完全到齊，至十月陽東、介多兩個營區的房屋，就大部告竣，繼即開始建造屬於公共性的醫院、儲糧倉庫、碼頭，和眷屬住宅等。

　　四十年度以後，或因部隊區域的重新調整，或因先建營舍破損，必須徹底或局部的修造。此時，近郊草木，早已砍伐一空，要向數十里外的高山去收採，艱苦計程，可謂倍之。但無形中又養成了部隊與部隊間一種良好的競

爭風氣，為了爭取榮譽，大家對勞力與智慧，幾乎一無保留。此一時期的營舍建築，除屋頂無法改用磚瓦或木板之外，牆壁的四周全部採用一種熱帶有刺的樹木劈成長方塊裝釘，堅固耐用，且極美觀。

　　自金蘭灣部隊集中富國島後，預備幹部訓練班第二總隊駐介多，與該班第一總隊集中整訓，第一管訓處則駐陽東。該批部隊來島後，因荒蕪之地，早已夷為平地，營建方面，容易著手，故建造出來的房屋，也格外整齊。此後，各部隊對於營房的建築，無論在式樣，結構及適用的條件上，都力求進步。營房不修建則已，一修建，必以嶄新姿態出現，競爭精神與克難精神，可說已發揮到了頂點。凡參觀過富國島的中外人士，對留越國軍在這小島上開拓出來的克難成果，總會表示驚異。

　　有一次，一位法國軍官看過了營區的房屋以後，曾驚奇地詢問連絡人員：這批軍隊，是不是全屬工兵？事實上，這是一支在戰鬥中成長的陸軍野戰部隊，過去並未具有開荒設營的經驗，也從未遭遇過這樣艱苦的生活，其所以能創造出人意表的成績，完全是一種不屈不撓的戰鬥精神。

　　經大家慘淡經營的生活區域，時時都在進步，島上的風景，又十分優美。介多淡雅靜逸，陽東嫵媚熱情，到處都泛現出一片盎然的生意。我的司令部傍陽東內河而建，與陽東市區一衣帶水之隔。陽東市街，位於內河兩岸，一側臨大海，一側倚高山，百餘家商店，建築在山與水交抱之間。在高聳入雲的椰林之下，有綠瓦紅牆的洋房，也有竹籬茅舍的漁戶。司令部與市區相對，堤岸遍植椰子樹，倒影水中，相映成趣。庭院中手植的芭蕉，幾個月之後，就亭亭如蓋，綠葉成蔭。我在島上盤桓的日子，總不輕易讓那些最引人入勝的黃昏或月夜，悄悄地溜走，我會盡量地把客觀環境所起的苦悶情緒遏制住，靜靜地在海濱，在河岸，捕捉我的靈感。

　　在島上留居三年之久，營建工作，成為全般工作的三分之二，總有開不完的荒地，蓋不完的房子。而大家最感苦痛的，乃是生活上的待遇太差，營養普遍缺乏，一用再用的體力，究竟有限。所以我指示各部隊分出餘力來從事生產，利用生產的成果，來補足缺乏的營養。在生產方面，我們又創下了使人驚異的成就。

出自《海外羈情》(1984)

富國島位於越南柬埔寨交界海域。1671年，華人鄭玖不願臣服清朝，率部眾來此墾殖，後歸降越南。此島十八世紀曾為流亡越南王室所占。1949年國共內戰，黃杰將軍率三萬餘國軍撤退島上，為法越殖民勢力羈押三年餘始赴台灣。富國島曾是越戰集中營，現為旅遊勝地。

黃杰（1902–1995）

生於中國湖南長沙，為陸軍一級上將。1949年率國軍撤退富國島，1953年離越來台，曾有「海上蘇武」之名。著有《海外羈情》、《老兵憶往》、《作戰日記》等。

爛泥河的嗚咽

方天

　　老榮伯發了風濕的老毛病，半個多月沒有起床。這幾天風和日朗，覺得身子稍許舒暢一些，今早便撐著一根木棍走到河灘上來曬曬太陽。

　　陽光是金黃色的，風也柔軟清新。他在灘上一棵鋸斷了的老榕樹根上坐下，慢慢捶著軟麻酸痛的兩腿，呼出一口久結心中的鬱氣。

　　這時，正是早潮氾濫的時候，新加坡河上源，沿著豐興芭這一灘汙水河，已漲滿了黑油油的水，金升橋兩旁的幾間船廠已開始了緊張的工作。

　　兩個赤膊的船工在鋸著一塊長大的楠木，鐵鋸一推一拉，在堅實的構板上磨出有規律的粗糙的沙沙聲。明耀的陽光照在他們烏銅色的肩頭，在滲出肌膚的汗滴上閃著光。一個年輕的學徒在泥灰舂臼上搗著泥灰，木樁輕快地沖擊著舂糟，揚起一陣陣白蒙蒙的灰煙。在稍遠的地方，兩個船工爬在一架剛裝好龍骨的新船上，釘著船的肋骨。還有斜躺在一處灣窪的淺泥灘上的兩條舊船，這時都被漲高的潮水扶正了。一個船工沒身在齊腰的黑水裡，修補著被海水浸蝕沖打得腐朽的船殼；另一個站在船沿上為陳舊褪色的魚鱗狀花紋和船頭的大眼睛添上鮮亮的紅漆。在金升橋的那一邊正有一隻新完工的大船準備下水，雖然橋座遮沒了視線，看不到工作的情形，但時時可以聽到龐大沉重的船身壓在墊底的滾木上的軋軋聲，和船工們的鬧忙與叫嚷。

　　沙沙的鋸木聲，鐵鎚落在釘上的鏗鏘，滾木上的吱軋，以及人們的呼喊，在寧謐和暖的朝陽裡織成一片歡快的喧響。靜坐在老樹根上的榮伯也感染了這種工作的熱情與歡快，心裡豁然開朗了。工作的聲音在他的心中激起了親切的騷亂，在他心中震動著。

　　陽光像一片金色的網，灑在豐興芭的低原上，在沼澤上稠密的矮灌木叢

上跳躍，在突高的椰子的綠髮上蕩漾，在老榕樹的傘狀的繁茂糾結的枝葉上閃爍，又輕迅的滑過黑肥得如油的河面。天彷彿洗過一般的湛藍，沒有一絲陰影。遠的近的紅屋頂黃牆垣都好像染上了愉快的色彩，連老榮伯所居住的芳林巴剎一帶低陋的亞答屋，也似乎在破敗蒼老裡透出了微笑。潮濕的泥灘被太陽烘曬，散出乳色輕霧般的暖氣，夾著船板、汗泥、青草所揉雜的氣味，親切而適鼻。

一陣吱吱喳喳，是鳥兒在灌木叢裡嘩噪著。

「多麼好的晴天！」老榮伯細聲的低語，打皺褶的老臉上擠動著陽光照亮了的笑意。

他一時忘了腰與腿的酸痛，扶著木棍站起來，在橫七豎八的木板中蹣跚的走著。他走近剛搭好龍骨的船架，抬起筋絡滿布的瘦手溫柔的摸摸船木，又用手指敲敲木頭，傾著頭端詳著，好像在聆聽那木頭篤實的聲音。

「榮伯，身子好些嗎？」站在架上的船工阿根，停下錘問道。

「老毛病時發時好，不要緊的，」老榮伯用低啞的嗓聲回說。

橋那邊又傳來一陣叱喊。

「是和盛廠的大船下水嗎？」老榮伯問，他記得兒子阿興清早向他提起過的。

「嚇使，一百多擔的大船囉！值得一萬多鐳！真是漂亮，榮伯你過去看看吧。」

「和盛這幾年真是發旺哩！」說著老榮伯支著木棍，一步步向前蹣跚著。

阿根又舉起鐵鏈重重的打在鐵釘上，鐺鎯一聲，響得那麼清脆。老榮伯不用轉身，便知道那揮動鐵錘的是多麼有力的臂膊，鐵錘落得多麼準確；便是那鐵釘鑽入密實的木芯的嘶聲他好像都能感覺到。

老榮伯回想到自己年輕的時候，不也是阿根這小夥的模樣！錘木、裝架、釘船，不論雨打日曬，總是渾身有勁，一個人扛一根百多斤重的構木，從來不氣喘，就是前四年還不一口氣鋸斷過八尺多長的「甘不」板。可是現在不行囉，連走路要撐著個木棍，腿還發軟，真是洩氣。老了，快入土了！

「一百多擔的大船，值一萬多鐳！真漂亮！」老榮伯回味著阿根的話。

　　四十多年來老榮伯都在夢想著能開一個船廠，自己承接製造一條大船，但四十多年來除了落得一身創疼外，便什麼也沒有。「唉！」他感傷萬端的喟嘆了一聲。

　　打從他十八歲落番，來到這豐興芭，便幹上了造船這當子行業。那時，他什麼也不會，投靠在林順源廠當一名學徒。初上來，雜活都是他幹，連頭家婆孩子的尿布也要洗的。有時候，走錯一步，奉承顏色稍緩一點，便要受頭家和頭家婆的責罵。後來，他漸漸做上正工。有一次把一塊船板鋸歪了，頭家責罵他，他頂撞了幾句，頭家火爆起來，便劈臉給了他一巴掌。當晚，他氣得暗自飲泣，發了狠心，要努力幹活，積一些錢，十年八年之後自己來辦廠造船，爭一口氣，洗刷這一掌之辱。他心想，在這紅毛番地，多少人發家立業，哪一樁不是人幹出來的，難道自己就生成是不成材的東西嗎？

　　豈不知發財除了要苦幹之外，還要有斂財撈財的黑心與本領。他以一個鄉巴佬，未入世面的忠厚心腸做事待人，發財之心愈切，散財之隙愈大。他省吃節用積蓄的微資，做會被人拐騙，放貸被人捲逃；後來以為賭之一道可以發橫財，又戀上了賭博，更是受盡盤剝。本來這種邪門歪道，是狠了心的不務正業者做的，還要結私營黨才成。又想老實做活，又想憑這取巧方法斂財的人，便不免撲了一身灰了。到二十六歲上，他除了磨練出一身好筋骨，學上了一手金不換的好手藝，還是一個錢也未積下。後來回到唐山老家，娶了老婆，又來到這豐興芭。初婚時，夫妻倆做工，錢倒也積得快。後來孩子接著一個個來了，家累加重，積錢開廠之心更要放下不談。

　　想到兒女們，老榮伯的眼潮潤起來。老二是自小害腸熱病死的。老大和老三都在日本人占領新加坡的時候失了蹤，後來經街坊上看見的人證實，老大是在檢證中被害，老三則至今下落不明。女兒嫁了一個跑大船的舵工，住在巴生，而自己的老伴前五年去世了。現在只剩下四兒子阿興一個在身邊。

　　總算好，阿興如今是成了家，也生兒育女了。

　　本來，老大老三還在世時，家中有幾雙頂事的手，就是私蓄不多，靠著他在地方上混幾十年得來的「榮伯」這個尊稱，也可以從街坊鄰里中聚一些資，開辦船廠，慢慢經營的。哪知道，這個從濃霧中漸現形象的希望，又被打擊得無影無蹤。

　　老榮伯對四周環顧了一下。唉！四十年了，這豐興芭發生了多少興衰變化。

　　當初，這豐興芭不還是一片廣大的荒野嗎？到處都是沼澤和矮灌木，灌木間雜生著茂密的高樹，樹上長著猴子，偶然還有老虎、山豬和四腳蛇出現。現在灌木漸漸被斬伐殆盡了，大樹被鋸斷拖倒了，船廠也隨著歲月一個個相繼倒閉了，只剩下了七、八家。代替了林立在這荒芭上的船廠，擁有巨資的公司和銀行在這河的沿岸建立了工廠、貨倉和堆棧。有錢人在四圍的高地建起紅頂的高樓和花園洋房。那對岸後來不是建成一個兵營的嗎？現在改換成一個繁榮銷金的遊樂場，連幾塊木板搭成的金升橋也經過數次翻改，變成了漂亮坦闊的鋼骨水泥橋了。

　　沙沙的鋸木聲，鏗鏘的釘木聲，老榮伯側耳靜聽著。黑水河的水流隱晦的咕咕著，鳥兒在遠處歡叫，四十年的聲音都好像回到了他的心頭。四十年來多少屈辱、辛酸、悔恨，遠比他第一次挨耳光為甚，但那第一次的耳光是難忘的，他現在想起來都覺得腮幫上熱辣辣的。風、陽光是他的老朋友，他們都知道他四十年來挨的耳光，見證他心裡的火和臉上的羞赧。

　　撲通！

　　河面濺起一陣老高的水，驚醒了老榮伯的懷想。原來芳林巴剎的孩子們都趁著這陽光晴和，潮水高漲的時候到河裡游水洗澡來了。他們喧噪著、呼哨著、歡叫著，有的把褲管捲得老高，有的索性光著屁股。他們在大橋上排成隊，一個跟著一個爬過橋邊鐵欄杆向河裡跳。

　　哪！那是陳家的發仔，有點膽小，他看他站在橋沿上遲疑，還回頭朝伙伴們望，哈哈，被後面迫不及待的孩子們一推，便四腳朝天的跌到河裡去了。哪！那是林家的和仔，小子真歡躍，朝黑水裡一鑽，便不見了影，好一會才從那邊冒出頭來。你看他一面用手抹著淌在臉上的水，急促的喘著氣，噴著水沫，一面呼喊著同伴，手在水上撲撲通通的亂打。啊！那是我的大孫兒——狗仔，光著屁股站在橋沿上。他真夠有膽，一抹鼻子，叉開腿便從一兩丈高的橋上跳了下來，把河水蕩起多麼大的水圈！

　　看著這些生命力充沛的孩子們，老榮伯忘了滿腹心事。

　　「日頭這麼好，還發什麼愁呢？看這些活蹦亂跳的孩子們，一眨眼都長

大了，真像都是從爛泥和汙水中爬出來的似的。」他笑著，低聲的咕叨著。

他一步步向前走。兩隻母雞在河邊垃圾堆上啄食著濃鼻涕，看見老榮伯走近身，便咯咯咯地擺著尾巴跳開去了。

轉過一個屋角，老榮伯又看到他的小孫子旺仔和另外兩個三、四歲大的孩子在河邊玩，旺仔爬在一個小木盆裡，在河邊的水上漂著，一雙小手在水中亂扒。另外那兩個孩子，一個在挖河邊的爛泥，一個用一只鏽洋鐵罐淘著河水向四處亂灑。

「旺仔！旺仔！」老榮伯用溫柔嘎啞的聲音喚著他的小孫子。

旺仔起初只顧玩，沒有聽到。後來抬起了頭，瞇著四周塗滿汙點的小胖眼向爺爺笑了一下，又低著頭扒水去了。

「小肥仔，快點長大吧！長大了就會像你哥哥那樣跳到河裡栽迷子、洗澡了！」老榮伯看著小孫子可愛的傻樣，也笑瞇了眼。他好像忽然從陽光裡看到了希望，希望就罩在他的孫子身上。

「孩子們像小雞一樣，喜歡在空地上啄泥巴、扒草堆。」老榮伯得意地搖搖頭。「但是旺仔的媽呢？讓孩子一個人在河上玩總不妥當。」老榮伯又擔心起來了。

旺仔的媽從亞答屋的後門走了出來，手裡捧著洗好的衣服。

「爹！」旺仔媽叫了老榮伯一聲，然後走到搭到河灣中心的跳板上，把衣衫和褲子一件件晾在竹竿上。

藍的紅的黑的白的襤褸的衣片在和風中飄著。

「旺仔媽，旺仔一個人坐在盆裡划水，要小心照看著。」

「我知道，爹。」說著旺仔媽又匆促的走回屋裡，忙她的活去了。

老榮伯費勁地踞下身，半蹲在淺灘上，用木棍把旺仔坐的木盆向河邊扒近一點。旺仔天真的抬起頭，小胖手在河上拍拍的打著。老榮伯開心地咕叨幾聲，便踽踽地繼續向前走去。

他一時抬起頭看看明朗的藍天，聽聽風在遠樹上的哨響，一時用棍在草中揮動，撥開一隻跳動著的青蛤蟆，不知不覺已繞過河灣走到橋頭上去了。

橋那邊，一隻刷了幾道桐油的大船，瀟灑而莊嚴的站在泥灘上，船尾驕傲地微曉著。那綽號牛精的船工頭，正指揮著工人在大船的右邊撐上木桿；

因為船尾被起重的轉盤抬高，船身有些向右傾側。

「真是一條神氣的大船！」老榮伯不禁心中讚美。

海！海！海！這時站在大船對岸的六、七個工人，背著拴在船頭的粗麻索，把船向河中拖動，發出一致的呼喊。

轟隆隆！船向前滾進了幾寸，又曳然停止。墊底的圓滾木還不絕的發出掙扎的吱軋聲，岸灘上的泥悉索索的撒在河面上。

船停下之後，本來讓開一邊的工人又迅速圍攏來。有的把起重的轉盤向前搬動，有的扶正支船的木桿，有的拿著大錘敲正船底的滾木。榮伯的兒子阿興也在那裡工作，他和另一個船工搬了一條圓木添進船底去。

轉盤又絞動起來。絞了一會，因為轉盤不夠高，工人們便在轉盤的下面塞進三角木，把轉盤墊高，然後繼續向上絞。船尾一面向上升，阿興和幾個工人便伏在地上把墊底的滾木向前撥動。

船尾高起了幾寸，這邊的工人停下來，讓開一點；那邊拉船的工人又張緊了索。

海！海！海！站在橋頭向下俯瞰的老榮伯也在使勁，他一手撐著木棍，一手緊抓著橋欄杆，上身不由自主的向右傾側，喉裡的一口痰隨著工人們的喊聲咕動著。

喀喳，轟隆隆隆隆！這次船移動得更多一些，船頭的底角已經浸沒到河裡去了。拉船的工人都歇下來，蹲在對岸的坡上擦著身上的汗。

那邊的工人歇了下來，這邊的工人又繼續那循環性的緊張。

大家正在忙鬧的當兒，忽然船身晃動了一下，只聽見「啊喲」一聲淒厲的慘叫，突破眾人的嘈嚷，震蕩在空間裡。人們都被驚嚇得呆了一下，又立刻在船邊聚攏來。

老榮伯心裡突突的跳著，因為人們遮擋了他的視線，他一時雖看不清發生了的究竟是什麼事情，但知道船從轉盤上滑了下來，有人受傷了。他忽然直覺的感到那受傷的人是他的兒子阿興，忘了腿酸腰痛，也不知哪來的一股勁，便從橋旁的斜坡奔了下去。

待他走到下面，工人們已迅速的扶正了起重的轉盤把船升高起來。他走近一看，果然是他的兒子阿興。阿興已人事不省，臉色鐵青地躺在地下，左

手被壓在船與滾木之間。

「阿興！阿興！我的阿興！」老榮伯顫著嘎啞的聲音，悲苦的喊道。天在變色，地在他的腳下旋轉。

在橋那邊做工的人們都聞聲趕來了，在河裡游水的狗仔和他的伙伴們也從河裡爬起來，聚集到出事的地方，不久阿興嫂也抱著旺仔趕來了。

阿興嫂撲在阿興的身邊哭喊著，抖縮著。狗仔看見爸爸的慘狀也在哀聲的哭，旺仔看見媽哭，也抱著媽的脖子哭。人們一面設法拯救，一面唉聲嘆氣。

大家把阿興從船底拖出來，他的手已被壓得血肉模糊了，大家手忙腳亂的把他的膀子用布帶綁緊，防止流血過多。

過了一刻，救護車到了。老榮伯便同阿興嫂帶著孩子，送阿興進醫院去。

醫院裡的醫生說，阿興是否有救，還不敢斷定，縱或生命沒有危險，但左手一定要鋸斷的。老榮伯和阿興嫂一直守到下午三、四點才垂頭喪氣的回家。

大船已經下水了，沉靜的漂在河上，孩子們早已從河面斂跡。太陽雖已西斜，仍然金光燦爛，但人們的心情都是沉重的，失去了歡笑的勁兒。幾個工人懶洋洋地在河邊工作。

「天，在這晴朗的日子裡，你帶給我苦命的老頭不是福，卻是災難。

啊！是我哪世作的孽，你要報應就報應我快進棺材的老頭兒吧，不要再奪去我的最後一個兒子，不要加罪於我的孫子吧！」

老榮伯買了香燭到河邊的天皇宮叩頭祈求。

傍晚，阿興嫂又到醫院去看望阿興。太陽已落山了，只在天邊留下幾條慘淡的汙紅色的雲絲。河潮已退盡了，露出淤積在河床上的穢物、木片、朽鐵片、破鞋頭。一切苦痛腐敗的渣滓都浮了上來。幾條舊船又無精打采的歪倒在泥灘上。在暗紅的光沉裡，剛釘好肋骨的船架，像從地底挖出來的一具恐龍的屍身。

老榮伯又走出屋，坐在老榕樹根上，呆呆的看著流去他四十年辛酸的淤泥河，看著那黯去的無情的蒼天。晚風在河岸的樹梢上低泣，一個年輕的船

工爬在傾斜的舊船上，嗚嗚的吹著笛子，聲音斷續，哽咽而悠遠。

旺仔從坡上奔到榮伯身邊，皺著眉，噘著嘴問道：

「爺爺，爹會死嗎？」

「老天爺保祐，不會的。」

「爹如果死了呢？」

「……那……那……那還有你的爺爺！」老榮伯忍著悲酸，把發麻的腰挺起，乾癟的瘦手使出和生活奮鬥了五十多年的豪氣，狠勁的拍了一下胸膛，又故作開心的擰了旺仔的臉蛋一下說：「而且，你哥哥狗仔和你，不都快長大了嗎？」

老人背過了臉去，一滴淚滾下來，無聲的滲入爛泥裡。

出自《爛泥河的嗚咽》（1957）

新加坡河上的風與陽光，見證了南來華人底層生活裡遭遇的屈辱、辛酸、悔恨。寫實的爛泥河，是老人的嗚咽，也是命運對落番的撥弄。

方天（約1927–1983）

原名張海威。生於中國江西萍鄉，1948年後，隨父親從上海遷移台灣、香港，其父親張國燾是前中共領導人之一。1953、1954年任香港《中國學生周報》編輯。1955年南下新加坡，任教華僑中學。他與余德寬等人創辦《蕉風半月刊》，主張「純馬來亞化」的文藝編輯策略，並創作寫實主義的文學進行實踐。後來移居加拿大。著有寓言劇集《黃鸝與杜鵑》；短篇小說集《一朵小紅花》、《爛泥河的嗚咽》等。

新加坡派

梁文福

詞曲：梁文福

爸爸說我出世在六十年代　　一歲多國家才算誕生出來
那時候沒人相信新加坡牌　　還有人移民海外
舊家的戲院建在六十年代　　我鑽在人群裡看明星剪綵
那時候粵語片是一片黑白　　有些來新加坡拍

漸漸地我們進入七十年代　　一穿上校服我就神氣起來
裕廊鎮煙囪個個有氣派　　比我長高得更快
那時候林青霞的電影最賣　　鳳飛飛抒情歌曲全班都愛
孫寶玲贏了一串金牌回來　　我一夜興奮難耐

當我們不覺來到八十年代　　地鐵將這個傳奇講得更快
大家都忽然要向自己交代　　將新謠唱起來
我們已搬家住得舒服自在　　舊戲院變成教堂做禮拜
有時我獨自回到舊地感懷　　惦記那昔日小孩

朋友們說我越活越不賴　　像島國一樣實在
到底是它給了我胸懷　　還是我給了它愛

一晃眼已經來到九十年代　　爸爸你再唱一遍往日情懷

我們的故事我們自己記載　未來就看下一代
別人將蘋果派都送過來　　我們也可以創造新加坡派
現在是別人紛紛移民前來　誰不愛新加坡牌

I like it Singapore Pie
我最愛新加坡派

出自專輯《新加坡派》（1990）

新謠是 1980–90 年代新馬兩地廣受歡迎的華語音樂型態，成了新加坡年輕華人族群的身分印記。〈新加坡派〉出自 1990 年發行的同名專輯。歌詞裡的工業化、都市化、國家榮譽、現代化住宅構成的一幅新加坡圖景，凸顯了清晰的家國意識，卻也記錄著認同的轉折。城市的進程，同時是時間的焦慮，新加坡追求的現代化，卻是掉入一去不復返的歷史時間。梁文福唱出父輩的懷舊，卻不經意洩漏了一種淡淡的歷史哀愁。

梁文福（1964–）
出生於新加坡，華語樂壇的著名音樂人，曾發行多張新謠專輯，著有《曾經》、《最後的牛車水》、《梁文福的21個夢》、《散文@文福》、《其實我是在和時光戀愛》等多部文學作品；音樂創作集《一程山水──程歌：梁文福詞曲作品》、《寫一首歌給你：梁文福詞曲選集》、《新謠：我們的歌在這裡》等。

魚尾獅

梁鉞

說你是獅吧
你卻無腿，無腿你就不能
縱橫千山萬嶺之上
說你是魚吧
你卻無鰓，無鰓你就不能
遨遊四海三洋之下
甚至，你也不是一隻蛙
不能兩棲水陸之間

前面是海，後面是陸
你呆立在柵欄裡
什麼也不是
什麼都不像
不論天真的人們如何
讚賞你，如何美化你
終究，你是荒謬的組合
魚獅交配的怪胎

我忍不住去探望你
忍不住要對你垂淚
因為呵，因為歷史的門檻外

我也是魚尾獅
也有一肚子的苦水要吐
兩眶決堤的淚要流

1984 年 4 月 18 日
出自《茶如是說》（1984）

《馬來紀年》記載西元十一世紀時，一位三佛齊王子途經新加坡，遇見一隻神奇的野獸，隨從告知為一頭獅子。王子依照梵語為此地取名為「新加坡拉」，意即「獅子城」。新加坡以海立國，1966 年採用魚尾獅設計作為旅遊標誌。

梁鉞（1950–）
原名梁春芳，生於新加坡。著有詩集《茶如是說》、《山山皆秀色》（合著）、《浮生三變》、《梁鉞短詩選》、《你的名字》、《詩外詩》等。

希尼爾詩

希尼爾

讓我點燃最後一炷香
——記海唇福德祠大伯公廟

引

揚塵而去
很久很久以前
一定有好多人，在此下馬
膜拜，再匆匆整裝啟程
赴試、趕集，或者回鄉……

——節錄自〈過故神廟〉[1]1984年

辭廟快感 [2]

在一個辭廟之日，浮城後人擁大伯公在倉皇遷離之際，取一巾箱坊本《南洋豬仔回憶錄》，抱持誦讀，讀到幫派鬥爭，殃及廟宇諸卷，火拼之日，拆廟與焚神之流言同時飛竄；後人取當日身歷目睹之事與史實印證，不

1　編按：〈過故神廟〉是希尼爾的詩，收錄於詩集《綁架歲月》，頁30-31。

2　南洋的大伯公就是中國的土地公（見許雲樵，《馬來亞叢談》，1961）。歷經百餘年香火繚繞的燃燒歲月後，土地公在二十世紀末的鬧市一隅立足不得，無奈揮別故土是一種美麗的哀愁。

覺汗流浹背，深嘆生平讀史從無如此親切有味之快感。

容與不容

西方的極樂園，就在咫尺[3]
眾生的神，誦經一場與
虔誠一拜後，請您火浴，再放心上路
都說，小小的土地廟
容得了您，只惜，小小的土地法令
不容

拆與不拆

被拆除的命運一再被謠傳
所有的流言是一種傷
在歷史的良知前，下場
有了變卦，臨陣

臨陣有人偷窺
歷史的下一章

搬與不搬

這手法，屬於拆與不拆的劣等拷貝
留住的僅僅是青山，卻燒盡了柴
搬走了匾額、晨鍾、香火與神靈的天地
據說，這仍是一間

廟，且會大力保留

3　廟內有「西方極樂國王」之石碑，據報導會送往博物院保留。

得意朝章

道光那年的海風輕撫著
伯公廟內那鬃紅漆的碑文

它就在正殿的兩側
豎立著。好像整個北方的苦難
都深刻在那兒

猶似一次賠款割地的午後
血在五湖四海沸騰著
族人捐獻的米糧就堆聚在大門外

猶似暮鼓敲起
道士們隔洋喃喃著
急把革命的亡魂渡到京城去

猶似昨夜，直落亞逸的海風
清吟那一行鄉愁？有一方窗外
寂寞喧譁。窗簾上繡著華麗的假花園
一批五品官正踏上玉雕的小橋
得意地議論著朝章

譬如某年某次參奏時
呈上一部《諸神覺迷錄》

緣盡今生

而我們仍大幅度地鞠躬，點燃
最後一炷香，訴說許多前朝舊事

此去綠野亭或許是緩兵之計
各自珍重吧！末世伯公如斯說
他的心情，一點點淒清，一絲絲無奈
我們都不懂，二表弟也不懂
奧格斯汀更不懂。靠在石碑前
打哈欠的攝影員，似懂非懂
一陣子前，他剛完成一段〈緣盡今生〉[4]

今生太短、太澀，不宜紛爭
多年以後，當我們走到心靈最枯竭的盡頭
勢必尋回這裡，點燃最初的一炷香，續
一回適度的緣……

跋

僅有的一炷香
在您心中默默地燃燒
那年香火鼎盛的情景
就當作什麼也沒發生過

──節錄自〈過故神廟〉

4　大伯公廟舉行送神大典前夕，有聲勢浩大的攝影隊，正在趕拍電視連續劇《緣盡今生》。

悵然若失

註一：

解構文化

沒有形象的一堆象形文字

清楚地模糊自己。扭曲

只為鍛鍊競相求存的伎倆

註二：

顛覆傳統

不再青綠的一脈青山綠水

清楚地沉默自己。委屈

只為保全迷失座標的棄根

出自《輕信莫疑》（2001）

海唇福德祠的建廟歷史牽連著新加坡華族社會幫群的競爭，海唇即海邊之意，然而今之福德祠不再臨海，也不再是廟宇，而是一座博物館，周圍盡是高樓大廈，僅能從館內的模型重尋福德祠及其周景的往昔。

希尼爾（1957–）

本名謝惠平，生於新加坡。著有詩集《綁架歲月》、《輕信莫疑》、《希尼爾短詩選》；微型小說集《生命裡難以承受的重》、《認真面具》、《希尼爾微型小說》、《希尼爾小說選》、《戀戀浮城》等。

親愛S城

陳志銳

親愛S城，即使在最遠的火星遙望
我也看得到你　和你的
大寫

鋪天蓋地地大寫
在浮動的舞台上，從國慶　到第一方程式
在平坦到順滑的柏油路上，從吸塵機般的公路電子收費閘門
到世界最貴的轎車
在組屋的底層裡，從婚禮　到喪事

親愛的最小的　城，為什麼你總要宣告　以最大聲的
口號？

你聽到嗎？
那微弱得幾近被你消音的
魚尾獅吐不出的絮言
卓錦萬代蘭溫室裡的細語
古晉塔愛情貓低頭徘徊的獨白
牛車水農曆七月的呢喃
綜合度假村下注前的囈語

你的幅員多廣腹地多寬城府多深　親愛的S城
當萊佛士未至，你除了一則有關獅子的傳說　還有什麼
當萊佛士離去，你除了一則有關獅子的事實　還缺少什麼
難道你已住進網站裡
休眠在電腦中
聆聽自耳機
發聲自話筒
用電視思考
用廣播沉默
看翻版來證明夜晚的存在
看現場轉播來證明自己的存在

親愛的最小的　城，為什麼你仍要展示　以最大的
大寫？

你看到嗎？
那細小得不被你的聚光燈霓虹燈照到的
遠在火星不斷遙望你，如每一顆閃爍著深情的星光的
每一個微小的
我

作於2008年
收入 *Fifty on 50*（2009）

1819年，英屬東印度公司萊佛士登陸新加坡，1824年正式納為英國殖民地，1965年獨立。新加坡扼守馬六甲海峽，久為東西勢力交會要津，全球地位舉足輕重。但對島上人民而言，無非就是安身立命之處。新加坡很小，但新加坡也很大。

陳志銳（1973–）

生於新加坡，曾留學台灣，現為南洋理工大學國立教育學院亞洲語言文化學部副主任。著有詩集《造劍地：陳志銳詩集1998–2001》、《原始筆記：陳志銳詩手稿》、《獅城地標詩學》、《長夏之詩》；散文集《仙人掌散文系列》、《習之微刻書》等。

鱉瘟

黄凱德

　　剛開始只是一些豬仔生病，後來才爆發鬧出了大規模的豬瘟，根據大人們不大牢靠但卻繪聲繪影的記憶，幾乎每十幾年就會鬧一次，似乎是老天爺展示神力的機會，藉以提醒大家一些並不是太難在事後才拼湊推衍出來的道理。

　　當局很快就把豬棚內擴散的疫情控制下來，即刻著手進行緊急防疫措施。那些確認已被感染的豬畜被集中在一起宰殺銷毀，那些無發病跡象的則一律實行封閉隔離，分批進行免疫注射。

　　染病的豬隻被推上一輛一輛的卡車，汙髒的肥軀逃命似的摩擦互撞，撕肺嘶叫震耳淒厲，載到宰場後或者用木棍擊斃或者被屠刀砍殺，嚥下最後一口氣也像人一般全部歸於嬰孩似的哽咽，或者堆高掩埋或者截段火化，手法殘忍血腥但必要。

　　鬧豬瘟的那一年他才十二歲，對於周邊所發生的事其實還處於一種不只是基於無知的懵懂，以為自己永遠不會長大，永遠停留在每天上學下課的階段，晚飯過後溜到街尾去聽講古大伯講述鄉野傳奇或朝代逸事，發生在那個祖父至死都無法返回的故鄉，那個令到嚴肅的父親異常激奮的遙遙祖國。

　　就好像大人們覺得這個脫離殖民統治後的島國很可能無法維持過去的秩序和理性，每個人對於這個只具雛形和想像的地方都有各自的看法和使命，可是誰都始終說不清楚。

　　一切該做的事都做得有條不紊，正如這個剛剛宣布獨立的島國所欲振興的形象。大家又有豬肉吃了，不過起初難免戰戰兢兢。當局這回很快的又捕捉到了市民的忐忑，拍胸膛保證市面上的豬肉比以前安全。

好不容易才消除了莫名的恐懼，言猶在耳之際更可怕的事情卻發生了，大家很自然的就歸咎於剛平亂不久的豬瘟，以及不知道在家裡用餐、館子宴客或者路邊攤覓食時，曾經吞進肚子裡但卻不確定是不是「打過針」的豬肉，連帶牛羊雞鴨等其他肉類也都受到牽連，跟豬肉一樣乏人問津。

那天全家正在用晚飯，擁擠狹小的客廳擺了一張平時也用來打麻將的桌子後就無法隨意出入走動，他好像故意要觸碰禁忌問了為何又沒有豬肉吃，結果當然惹來了母親的一番白眼。

母親夾了一大把菜根，不由分說往他的嘴裡送，用慣常家長式的埋怨替代了解釋真相的麻煩。

「多吃青菜才好，別人連菜都吃不起，也不想想這是什麼時候，你這個小鬼還要挑。」母親明顯是在嘔氣，不完全是因為他毫無避諱的問題，眼角掃向開飯後就不發一語的父親。

「都是報紙亂寫的。」父親臉色微沉，有意避開母親的眼光。

「亂寫，誰說亂寫？隔壁阿嫂的外甥，今年才十七歲，就中了。」

剛念完高中，畢業考試勉強及格可以繼續升學，不過卻正為了不知是否要當兵而怕到半命的哥哥，見到母親似乎言之鑿鑿，正準備把這幾天所搜羅到的消息跟家人分享，可是卻被父親輕蔑的聲音打斷了。

「你懂什麼？……不吃了！我要去開會。」

母親愣了愣才不服氣的頂撞：「好啊，你們要是敢吃，那我明天就去買，反正現在豬肉還比豆芽便宜，你們就吃給我看。」

大概是懶得繼續辯駁，父親扒了兩口飯就帶了一臉不甘的哥哥出門。如果他的年紀稍大，父親答應過也會帶他一起去組織開會，母親則老早就已放棄了父親的那一套。哥哥其實也只有湊熱鬧的份，偶爾幫忙派傳單，其實對於那些口號到底是什麼一回事，卻是一點頭緒和熱情都沒有。

組織最近才出了大事，近百人在當眾滋事的罪名下遭到逮捕，父親那一次不在場，沒有被關起來總覺背叛了伙伴，正想辦些事情當作補償時，又不巧碰上了這個大家都彷彿驚弓之鳥的時候。

三年前從郊區山芭的老厝迫遷後，他和家人就住進了這個三層樓高，外觀看起來像火柴盒的紅磚瓦屋的其中一個單位。母親認識父親前在工廠裁

衣，嫁給了在一家貿易行當書記的父親後就把工作帶回家，從前也許認為父親有理想，而且還讀過書，就算不是崇拜也應該有一點敬佩，但隨著時間的沉澱以及物事的演變，母親無可避免的變得世故老練，對於那些屬於「光講不做」的男人的事情，一概顯得毫不關心。

但是，據說是從免疫豬隻身上傳染開來的這個怪病，雖然嚴格說來也只是影響那些「光講不做」的男人，可是母親卻顯得比家裡的三個男人都緊張。

原本大家都不知道該怎麼開口，只是笨拙的用隱晦的形容以及拐彎抹角的語氣加以描述，接著再用一種近乎親眼目睹，斷斷續續的記述那一個住在隔壁街的那一個男人，在小便時突然感到下體一陣刺痛，打了一個冷戰，胯下的那根東西在逼出了最後一滴尿之後，竟然就這樣縮了進去！

不同人的轉述各有不同的結局，關於那一個當時在小便的男人，有人說他當場昏厥斃命，醫生解剖屍體後還是找不到那根東西。

有人說那個男人沒死，但醫生卻也束手無策，後來請來了道士或者乩童之類的開壇做法，最後那根東西才像倉皇衝撞的街鼠從原處竄出來。

後來報紙也報導了，起初只當是地方獵奇，就像是哪一條偏僻的路徑又傳出了香蕉女鬼出沒的無稽故事，後來似乎越來越多人染上那根東西會莫名其妙的縮進去的病徵，於是在圖文並茂的報導中才有了較為正式的名目：「縮陽」。

在中文報是「縮陽」，英文報則稱之為「Koro」，據說源自馬來亞和印尼的土著用語，意思是鱉頭。

鱉，龜科，脊椎動物，普遍生長於南洋沼澤和河溪一帶，在這裡喚作山瑞或者甲魚。鱉的腥味極濃，賣鱉的小販宰鱉放血，剖腹去除內臟，清淨後刺破苦膽，用膽汁把鱉身內外揩一遍，接著用清水漂洗，拉長頸部剁去頭和尖爪，熯燙片刻即扒去浮皮，揭脫殼甲，把肉切成小塊，加上香料和中藥在鍋裡烹燉。「以形補形」的吃鱉肉、喝鱉血，那是最好的壯陽土方。

鱉遇驚頭縮，鱉頭狀似那根東西，「縮陽」和鱉頭也算相得益彰，大家都能對號入座，於是更加深信一場荒謬無比但卻異常真實的巨變即將到來。

連只要在印刷簡陋的色情雜誌上看過女人的奶子後就感到滿臉通紅的小

男孩，碰面都以「你的縮了嗎？」的玩笑話互相揶揄。

幾個正逢青春期的小男孩一聚，興致勃勃的說著關於「縮陽」的聽聞，輾轉而知的流言加上小小的想像，談得起勁時甚至還會挑釁彼此，脫褲看一看到底誰真的縮了。

從一個隔壁街的男人變成了附近好幾戶人家的男丁相繼染病，「縮陽」成為了那一年天氣轉熱後最鼓噪的話題，甚至取代了當時在華校一波接一波的罷課行動，以及政府和所謂的異議分子持續不斷的街頭角力，以一種更暴力更驚人的速度蔓延成一場事先毫無徵兆的陰謀和瘟疫。

當局在短短幾天內又須再度出面澄清，照舊拍胸膛保證那些注射過的豬隻絕無問題，但卻緘口不提「縮陽」二字。豬肉滯銷的情況比鬧豬瘟時更嚴重，據說每天都有人死拉著那根東西不放，急急忙忙往醫院或者診所的方向跑去。

講古大伯也趕上這個難逢的時機，從梁山好漢的故事岔開，滿足街坊鄰居偷窺般的求知欲，比之前打打殺殺和吵吵鬧鬧的情節章目引來了更多人潮，都是平常不感興趣的婦女聽眾。

那晚父親和哥哥去開會，他吃完飯後也擠進了騷動的人群當中，看到了講古大伯握著濟公扇不停往臉頰上斗大的汗珠猛然揮動，彷彿從一個飽學的說書人搖身成了典型的賣藥郎中，用語聲調也鄙俗有趣了許多，口裡叨叨：「這個病啊，在唐山也發生過，十幾年前在海南島……海南島知道嗎？就是海南人住的地方，那時候出了狐仙……狐仙知道嗎？狐仙可不是狐狸精，但我們這裡的不是狐仙，是豬，那些被殺死的豬，那些打過針的豬，有毒的，這個病會傳的，中標的人，他的………」

講古大伯突然頓了一下，好像找不到適當的比喻，俯身就要撿起地上的一根腕大的粗樹幹。

七情上面的講古大伯緊緊扣住了每一名聽眾的神經，也許是生平最賣力和精采的一場演出。他看得出神完全沒注意到母親竟然就在身後，被逮了一個正著以「小孩子不要聽這些」給揪了出來。

母親叫他乖乖待在圈圈外，轉身再鑽進去，聽完了講古大伯傳授了專治「縮陽」的祖傳古方後，彷彿已有預感知道哪天可能會派上用場，才拉了臉

色鐵黑著的他快步離開。

　　母親還要去附近姑丈家裡拿些東西，一路上不忘嚴厲囑咐他說這幾天最好不要沒事往外蹓躂。

　　「現在有一種病，小孩子如果不聽話，會被傳染的。」母親雖然覺得他還小，但再小也還有那根東西，小心謹慎一點還是必要。

　　到了姑丈家時，父親和哥哥竟然都在那裡，兩個大人正喝著啤酒，剝啃著花生，談論一些他聽不懂而母親卻無從插嘴的事情。

　　「不是說去開會嗎？」在外人的面前，母親的語氣顯然客氣許多。

　　父親沒有馬上答話，坐在牆角翻看小開本連環圖的哥哥有點幸災樂禍的開口搶著說：「都沒有人來，大家都怕。」

　　母親一副訓責頑皮小孩的表情：「都叫你們不要去了。開什麼會！那個如果不見了，看你們這些人還開不開會，還有沒有本事搞出這麼多花樣來。」

　　姑姑聽到母親的聲音，從廚房出來喚母親吃夜宵。他還在生母親的悶氣而且沒有胃口，兀自坐在哥哥旁邊，十四寸的黑白電視機正在播映有關下個月國慶的預備事宜，以及領袖到英國談判撤軍的新聞。

　　「這些香港學生都是我們要學習的榜樣……」父親說得有點激動，突然門外傳來了女人一陣接一陣的刺耳尖叫。父親和姑丈先衝出，母親和姑姑手裡還捧著夜宵，也跟著出去瞧個究竟。

　　他和哥哥也立刻尾隨，只見一個禿頭男人倒在隔壁住家的地板上，兩眼翻白，嘴角滲出白沫，短褲早已拉至膝蓋下露出了軟皺皺的那根東西。

　　「縮了！縮了！」

　　男人的身體劇烈抽搐，那根東西也跟著如毛蟲蠕動。左鄰右舍都跑來看熱鬧團團圍住，也不知道是誰大聲喊道，反正圍觀者的眉心一緊，在那千鈞一髮的瞬間，都以為看到了那根東西正要縮進去。

　　父親和姑丈顯得手足無措，大家亂成了一團，男人的老婆伸手就要去拉，母親突然趨前擋住，幾乎是喊出來：「不能用手，會爛掉的，要用其他東西夾住，不能縮，縮進去就沒救了。」

　　母親說完後很自然的就用手上緊緊握著還來不及擺下的筷子，往那根東

西使力的一夾。男人的那根東西在還黏著夜宵醬汁的筷子的鉗制下就有如砧板上待斬的鱉頭。

他蹲在男人的身側第一次那麼靠近的看到不屬於自己的那根東西，大家也都目不轉睛的盯著，不敢大口喘氣。時間在那一片刻彷彿就停駐在那根東西之上，確定沒有再往內縮進去後，整個場面的緊張的氛圍才平復了下來。

後來男人在塗上了藥油後漸漸恢復了知覺，絲毫不記得剛剛發生了什麼驚心動魄的事，男人的老婆像感激救命恩人般連聲向母親道謝。

回家的路上母親還沾沾自喜，父親好像是驚魂未定，一抵家門就急忙關進房間裡。那晚他蒙頭後卻不敢入睡，從棉被的隙縫間見到哥哥也還醒著，忍不住就問了。

「哥，你是不是看到了？」

「看到什麼？」

「是不是……是不是整個都縮進去？」

「小孩子不要問這麼多啦。小孩子沒事的啦。你的有多長？你長毛了沒有？要縮都沒有地方縮。」

「哥，你不怕嗎？」

「怕什麼！都是大家疑神疑鬼的，不用怕的啦。睡啦，不要想這麼多，不想就沒事，睡啦。」

哥哥不耐煩，轉身佯裝呼呼大睡，覺得好像應該確保一下，右手伸進褲襠摸摸看是不是還在。

他當時越想越慌，摸黑起身躡手躡腳的走到廚房，用刀子劃開了灶下裝米的麻袋，抽出了一根細細的麻繩後再回房爬上床窩。

在棉被的掩遮下將麻繩的一頭繫在床柱，另一頭小心翼翼的打幾個圈，套在那根東西上綁了個活結，他一邊擔心太鬆了，一邊又害怕會被哥哥發現後嘲笑，翻來覆去好不容易才睡去。

那天晚上他的那根東西並沒有縮進去，不過醒來時卻流出了一些稠液，印在褲子內側宛如鱉狀。這是他的第一次夢遺，覺得自己似乎長大了，也好像終於比較真切的明白了大人們惶惶不安的原因。

但是，不久後大家又敢吃豬肉了，英軍宣布將逐步撤離在這裡的駐軍，

哥哥也收到了即將入伍的通知，他在十二歲那年碰上的這陣突如其來的瘟疫，像是一場不怎麼確定到底有沒有發生過的惡夢，父親出門開會的次數，也越來越少了。

出自《豹變》（2019）

1967 年新加坡發生一場引起社會恐慌的豬瘟，病豬引發的「縮陽」怪談，讓集體男性對於失去「男根」極度不安。無論人物或事件折射的是六、七〇年代社會鉅變下的國族身分焦慮。

黃凱德（1973–）

出生於新加坡，現為新加坡南洋理工大學中文系兼任講師。著有短篇小說集《豹變》，曾獲新加坡文學獎；散文集《小東西》；詩集《修訂版》、《三四行》、《三四行2》；其他文集《跳死為止。》、《代誌》、《又暗又光亮》、《dakota》等。

棄子

陳濟舟

　　兒子那天幾乎是什麼都沒有多說，就把孫子交給了她。

　　愫芬已經隻身一人在這裡住了很久。自從林先生死後，她就成了這樓裡唯一的寡婦。她日夜守著這間屋子，已守成習慣。原以為就會這樣老死，屍骨躺在地上，等隔壁的貓兒來舔。她怎麼也沒有想到自己竟然會憑空得到一個孫子，而這孫子還是要她時常照料的。要知道對於抱孫子的事，愫芬早就不指望了的。那日她從兒子手中接過這個黃口小兒，有些驚喜得不知所措。

　　這間屋子坐落在永發街的盡頭，不是粥店的這頭，而是那頭，對，就是靠成保路的那頭。房子位於一樓，正門打開來方是騎樓，跨出騎樓就是停車場，一棵雨樹，一棵黃盾柱木，倒像是兩棵柱子，支撐愫芬的一片天。

　　愫芬每天起來第一件事就是來開門。她站在門口，頭上懸著一塊林先生在中國定製的匾。那匾是烏木的，上面用墨綠色的漆刷了林先生去世前親筆題的字：順囍齋。

　　愫芬花白齊耳短髮，好似當年民國世界的南洋畫報裡走出來的人兒。她微倚著門凝視自己種的那株已經長到二樓的九重葛。它已擠破了昂貴的彩陶花盆，根莖漫出來，扎進騎樓洋灰地外面的土裡。龜裂的花盆倒在牆邊，樹幹也斜了，靠著煞白的牆，扭著身姿依偎地立著，倒像是個女人。那身段，讓愫芬想起年輕時的自己。

　　愫芬在自家門前的騎樓前來回走一趟，聞一聞，確認昨夜沒有哪個黑心的鄰人又拉自家的狗兒在她的花盆邊拉屎撒尿。之後，她便一轉身向東北角的那扇窗口去了。

　　愫芬個兒不高，而這棟樓越是向成保路方向延伸，一樓的天花板就越發

的挑高。到了懍芬家東北窗的位子，她是要踮起腳尖才勉強碰得到窗沿的。懍芬伸出手去將窗沿上放的那三個彩瓷的福祿壽人像重新擺了擺，便聽到裡面的房裡的小孫子用英文叫道：「Amah, where are you?」

　　林先生和懍芬在高中的時候就同班，兩人都讀文科。都幾十年前的事了，懍芬如今回想起來心中仍有幾絲溫存。以前學校的校紀主任是很嚴格的，特別是在華校，兩人交往總須偷偷摸摸，猶如寶黛兩人在桃樹下讀西廂，生怕別人知道。可那麼好的學校，是整個島上碩果僅存的幾間之一，同學們都是聰慧的明眼人，哪能不曉得林先生和懍芬的關係？再加上兩人又都是學校華社的中流砥柱。林先生當書法社社長，懍芬是文學雜誌總編輯。書法社和文學社是學校的兩個大社團，又共用一個社團辦公室，兩人便更有理由天天如膠似漆地黏在一起。

　　「懍芬，你畢業以後想幹什麼？」林先生穿著淺棕色的校服，短袖襯衫和長褲都熨得筆挺。

　　「其實我也沒有想清楚。或許會去當記者。大報社的記者，比如《星洲》。你呢？」懍芬和林先生坐在學校鐘樓前的台階上，看著武吉知馬路上的那些高大的雨樹——那些在島國充沛的雨水滋潤下肆意生長的生命之樹——將它們的樹冠瀟灑地撐開來。好像青山，延綿不絕。

　　「我想……去中國，搞革命！」

　　「搞你個頭！沒正經！」懍芬知道他是說笑的：「小心別人說你是共產黨，把你抓起來！」

　　「共產黨有什麼不好？很進步的嘛。張老師不也是……」聽到懍芬說共產黨的不好，林先生突然變得嚴肅起來。

　　「張老師是台山來的，出了事，他是可以回去的。那你也是不是要跟著他『回』中國？我們是這裡生的！和他們不一樣！」懍芬話說得急，發覺自己有些失禮，便停下來，緩和了語氣，低聲又道：「幾年前馬共的事情你是知道的……」

　　懍芬不喜歡談政治，從前年輕的時候就不喜歡，後來老了她更不愛。林先生還是學生的時候就時常被教歷史的張老師誇獎「很有政治覺悟」。可懍

芬聽到這些誇林先生的話，只覺得惱怒，她暗忖「覺悟是個什麼東西，我看是不識時務吧！」

她怕，還是學生的她就怕這個「覺悟」。那兩個字裡，有大真諦也有大破壞。愫芬只求人生的安穩，沒有那麼浮豔的一筆，便就不失人生的持重。

那年，政府要強制徵兵，要求所有的男生畢業後都入伍服役。林先生就和其他幾間華校的領頭人一起搞中學聯，搞罷課，反殖反政府。說國民服役法令是招收為英國殖民者打天下的兵，他們不要當。

愫芬不懂政治，她也拒絕參與，她只想有個地方好好讀書，好好寫文章。可那時她坐在林先生身邊，這些心頭話她怎麼也說不出。她向學校開闊的操場後面那些高大的雨樹樹冠看去，一直看到漫天的霞靄都將那些綠葉都染紅了，滿目的紅。這紅顯得那麼腥，她怕哪天一不小心就滲到她心裡來，然後又有哪天會緩緩地滴出去。

歷歷天數，她唯有心裡恐懼，言語欠明白。

愫芬急急忙忙地走回屋裡。孫子披頭就問：「Amah, where is papa?」

「Aiyo～不是跟你說過了嘛？Papa is in America.」

「Papa又在America做什麼？」

「Papa 在America⋯⋯做工啦！爸爸要做工，才能給Gerald買toy，送Gerald去school。」愫芬一面應著 Gerald，一面走進客廳在雕花五開光弦紋坐墩上坐下來。她手枕著紅木嵌貝大理石圓桌案，翻開早報的副刊，慢慢地閱讀。她手腕上那支滿翠的鐲子，比她身後高束腰香几上的那盆文竹都還要顯得可人。

愫芬一邊讀著這一個一個的鉛字，一邊等著 Gerald 提出更多關於他父親的問題。可是問題遲遲不來。她於是轉過頭去看著剛升小二的孫子坐在眼前的大理石地板上，低頭玩著湯瑪斯火車頭。她也不清楚孫子是否真能聽懂她的話。Gerald的中文還不是很好，而她的英文也只是馬馬虎虎，他們的溝通總是在半吊子的中西夾雜的語言中進行著。可她只覺得這孩子很有靈性，事情不用都跟他說盡，他似乎也能明白個七八成。Gerald跟愫芬在一起住都這麼久，溝通從來都不是問題。Gerald在擺弄著手中玩具的間隙，有時會抬頭

從東北口的那扇窗裡望出去，愣愣地望著窗外。愫芬拾起報來假裝讀報，可她用餘光瞥見 Gerald 的一舉一動，心裡難免有些酸楚。

　　想到兒子把Gerald接到家來的那天，他就已經六歲了。兒子是室內設計師，時常為了工作而新美兩地飛來飛去，坐飛機就跟搭計程車似的頻繁。雖然兒子在事業上，愫芬和林先生向來沒有操心過，可感情上的事，一直是二老心中放不下的一塊石頭。直到林先生走的那年，兒子也從來沒有帶回一個心怡的對象來。而那天，兒子竟然就那麼突兀地出現在她門口，牽著 Gerald 站在她門口說：「快！Gerald。叫Amah。」

　　身後的九重葛爆出滿枝的紫紅色花朵。

　　愫芬想到這裡，不禁莞爾，又輕輕地搖搖頭。生活是多麼的荒謬。她放下手中的報紙，走到門口，依著門框看著屋外。她遠遠地又看見右邊三樓那個金髮的法國男人在陽台上吸菸。愫芬常常站在這裡向門外望著，而那金髮的男人也常常站在那陽台上抽菸。兩家都種了九重葛，可愫芬家的花開得正好，而男人家的花都枯死了。有時，兩人四目相對，便都點頭笑笑，然後各自又將目光挪開，望向遠方。單憑這一眼，愫芬就知道那也是個生活裡有故事的人，她甚至有時感覺自己和這法國男人，雖然不如她和街那頭粥店對面的陳先生有老鄰居之間的默契，但也有一股惺惺惜惺惺的敬重。

　　可是那男人抽菸的姿勢，總是讓愫芬想到林先生。

　　中學聯對國民服役的抗爭，最後還是失敗了。可林先生的心沒死，為了不讓愫芬擔心，他一直背著愫芬偷偷地和工會的人有聯絡。終於，兩年後他和工人們聯合起來搞工潮，還支持巴士公司的大罷工，這件事鬧出了很大的亂子，全島癱瘓了兩天，眼看事件要平息下來。可誰也沒想到，時到九月，政府竟然宣布要解散中學聯。林先生就乾脆和其他幾間華校的領頭人一起占領了學校，示威罷課，還說要「衝」教育局，想不到竟然立馬就有一千來個本校的學生參加。他們聽說那時還有另一間學校比他們更激進，在校園裡集結了三千好漢。開始時還只是在學校靜坐示威，可學生裡也不知道是哪處起的謠，竟都說政府要把所有在中國出身的學生都送回去。於是全島的華校都揭竿而起。

　　林先生在運動中受了傷，好在沒有被鎮壓他們的Mata捉住。那天很多工人也來支持學運，先跑回來通風報信的人說遊行變成了暴動。有人砸了房子，燒了車子，還打死了人。愫芬聽了，心裡一怔，就轉身把自己獨自關在社團辦公室裡。她一遍遍地翻看林先生的字，那些正楷、小篆和隸書都在她的手中瑟瑟發抖。

　　學潮，工潮，教育政策白皮書，教育法案……那幾年裡對於華校生的他們就沒有一天好日子。而外面越是鬧得厲害，愫芬就越是一心向學。她不是躲，因為在那樣的大時代裡，她無處藏身。她只感覺無助，一種被排除在外的既不屬於這裡也不屬於那裡的惘惘的惶恐，似乎有更大的破壞要懸臨而至。

　　她既不像林先生那樣對中國和共產主義懷有那麼美好的憧憬，她也不對於在新政府教育政策下南洋華校生的未來抱有期望。外面有太多的無形的手腕在角力，她生怕自己要是一不小心就會失足跌落於政治的淵藪之中。文字是她唯一的一根救命稻草，她死死地拽著它，不離不棄。

　　而十月的紅風，刮了許久許久。

　　風平浪靜，這麼多年也就這麼過了，南洋依舊南洋。愫芬沒能當上記者，林先生也沒有去中國。愫芬在退休前是特選中學的華文老師，而林先生生前是公務員。林先生的工作是穩定的，只可惜後來他學會了抽菸，一天要抽整整一包。有時他精神好的時候，也會少抽一些。愫芬知道他的肺就是這樣壞掉的。林先生除了在週末的時候會幫助籌畫母校校友會的書法活動以外，其餘時間便是坐在中堂那張花梨木圈椅上吸煙，一根接著一根。

　　收音機裡偶爾傳來新謠的吟唱，歌聲裡有個少年郎問：「年少時候，誰沒有夢？」

　　愫芬心裡明白，她和林先生想抱孫子的夢，最終還是讓兒子的一個謊給圓了。

　　愫芬看著孫子。他的眼睛、鼻梁、臉型、膚色，皆都不是兒子的，看久了卻又都像是兒子的。家裡祖上幾代的人都生得白皙，而這個孫子，他那天生小麥般的膚色，倘若是林先生看見了，定是不喜歡的。那麼黝黑的顏色是

無法承載林先生絲毫對於北方大陸的想像的。而懍芬卻獨獨喜歡Gerald，她喜歡他扁平的鼻子和渾圓的臉，她喜歡他說華文時所帶有的厚重的奇怪腔調和那些不該出現的促音，她甚至喜歡他在學校華文課一直拿C，而又總是能不費吹灰之力地記住在巴剎裡那些小販所說的馬來話和印尼話。

　　兒子一個月回來兩三次，有時來看看 Gerald 又匆匆地走了，有時會在假期把 Gerald 接到美國去住。可大多時候，都是懍芬和 Gerald 兩人守著這間掛滿了中國字畫和擺滿了中國木質古典家具的屋子。這些東西是林先生留給懍芬的，她一輩子都捨不得。

　　「Gerald 你每天陪著阿嬤，fun or no fun？」懍芬轉過頭來，看著屋裡還在玩玩具的孫子問道。

　　「Fun！」Gerald 斬釘截鐵地回答。

　　懍芬聽了這話，甚覺欣慰，便又試探地問：「Singapore and America，哪個 more fun？」

　　「Of course, America lah！在America不用去school！」

　　「傻瓜，那是因為你papa每次都是在school holiday的時候才接你去America玩。Where got no school！」懍芬心想小孩子就是小孩子，她頓了頓，又問道：「那……America那邊的人對你好嗎？」

　　「Papa對我很好。」Gerald 放下手中的火車頭看著懍芬又說：「So is uncle.」

　　懍芬聽了，便放心地笑著點點頭，又轉過身去望著門外。她看見一個遛狗的人從她家門前的騎樓下走過，她對著狗主人笑笑。那隻柯基犬卻在懍芬的九重葛彩瓷盆前停下來，左右嗅了一嗅，不走了。就在牠抬起右後腿的那一剎那，懍芬神情大變，她再也按耐不住呵斥一聲：

　　「滾！」

　　Gerald 拾起滿地的火車玩具，迅速地躲到後院去了。

出自《永發街事》（2019）

新一代的「下南洋」青年為羈旅十年的新加坡演義一場「街事」。〈棄子〉對兒子的放棄，對來路不明的孫子的呵護，對以往政治博弈的認輸，對人生棋局的惘然。棄子不死，能否成為文化英雄？

陳濟舟（1988–）

出生於中國四川成都，曾旅居新加坡十年，後赴美國深造。現為哈佛大學東亞語言和文明系博士候選人。著有短篇小說集《永發街事》。

騷動（節錄）

英培安

第四章　團結就是力量

偉康
一

　　1956年10月26及27日，新加坡英殖民地政府援引公安法令，展開一連兩天的搜捕行動，封閉工人團體，文化組織，逮捕了兩百多人，許多職工領袖，學生領袖都被捕了。抗議大逮捕的騷亂在全島各地爆發，隨後政府宣布，二十七日下午四時開始實施戒嚴，二十八日全日戒嚴。偉康因為參與十月二十六日的抗議罷課，被學校開除了。同學和朋友都叫他小心，學校開除他之後，內安部可能隨著就要抓人了。偉康自己也很清楚，五四年的五・一三，五五年五月的福利巴士工潮，他都曾積極參與，特務應該早已盯住他。開始的時候，偉康打算立刻離開新加坡。但是，他知道，新馬的內安部是互相聯繫的，他回去，他們照樣會在三合港抓到他，於是他決定留在新加坡，到工地當建築工人。

　　在那時候，有政治意識的左傾青年都強調「知識分子勞動化」；知識分子要與工人群眾在一起，去當工人，思想才不會動搖。但偉康在工地待了幾天，就有一個同學失蹤了，他才驚覺自己的愚蠢。既然到工地去是他們這些左傾青年的普遍現象，特務自然也會到工地裡找他們要找的人，就像到花叢中捕蝴蝶，泥土中挖蚯蚓一樣。偉康立刻離開工地，離開在加冷飛機場舊組屋與幾個伙伴合租的小房間；他不想牽連別人，也不想被人牽連。

偉康在小坡一間咖啡店找到一份捧咖啡的工作，躲在咖啡店樓上的「公司房」，與幾個海南籍的老人住在一起。雖然，他已留長了頭髮，梳了個飛機頭，穿著咖啡仔一貫穿的白汗衫與淺藍色的薄棉長褲，整個形象都改了，但每天他仍提心吊膽，擔心便衣來抓他，於是，他一邊捧咖啡一邊積極地尋找更安全的地方藏身。兩個多月後，他離開了咖啡店，躲進一位同學伯父主持的廟裡。

在那兒，偉康遇到低他一班的國良。因為偉康是個超齡生，年紀比較大，國良雖然只低他一班，卻比他小好幾歲，是個白皙、靦腆的少年。據國良自己說，他也在逃避內安部特務的追緝，是一位姓黃的同學介紹他來的。偉康覺得有點驚異，這個長得像小姑娘一樣的文弱書生竟也牽涉到他們的活動，像他一樣顛沛流離。他欣然地歡迎國良，與他同住在廟堂的一個小房間。

國良是怎樣覺悟的？對了，他是怎麼覺悟的？「覺悟」是偉康他們常用的辭彙，我們可以理解成「從迷惑中醒悟過來」，或者像佛家所謂的「領悟真理」。當然，偉康所說的「覺悟」，意義是「對政治的認識」。若要更直截了當地說，就是：「你什麼時候開始堅信社會非要革命不可？什麼時候開始認為自己非要參與革命不可？」偉康沒有向國良提起革命這火辣辣的詞，但國良也模模糊糊地了解他的意思（他可能並不十分了解偉康的意思亦未可知）。他告訴偉康，在五四年五月的某一天，他和同學到惹蘭勿剎參觀華校運動會，比賽進行到一半，一個滿臉鮮血的男學生出現在運動場上。這突如其來的事件令他驚駭和激動，從那時起他開始「覺悟」。

是的，那天是五月三十日，偉康也知道，但是他不在運動場，而是在皇家山。那天，幾乎有近千個學生聚集在那兒，向代總督請願，要求免除兵役，結果學生與警察衝突起來。那位滿臉鮮血的學生，就是在皇家山被警察打傷的其中一個學生，他帶著他流血的傷口，他的憤怒、激情，以及堅強的意志，從皇家山直奔到惹蘭勿剎的運動場，在大草場的旁邊跑了一圈，一邊跑一邊大聲高喊：「我們的同學被打了！」全場的學生於是都激動起來，高唱團結就是力量。

沒有比滿臉鮮血的吶喊更感動人，煽動人了。學生激動地齊聲高唱：團

結就是力量。團結團結就是力量！

二

　　偉康寫一手漂亮的書法，國良的字也寫得端正秀麗。所以，在廟裡，他們除了幫和尚打掃與做雜務外，也幫他們抄經書。偉康的猜測沒錯，國良不像是他們的一分子，他的思想相當幼稚淺薄，對社會問題與唯物主義哲學，可以說一點認識也沒有。所以，閒暇的時候，他也教導國良一些粗淺的哲學知識：什麼叫唯物、唯心？如何分辨形上學與辯證唯物論？怎樣分析事物的發展？什麼是現象，本質，內因，外因？從量變又如何到質變？雖然偉康後來發現，自己對辯證唯物論的認識，也是糊裡糊塗。

　　國良興致勃勃地學，偉康也興致勃勃地教。他滔滔不絕，生活例子順手拈來，彷彿所有的生活事件都是為他的辯證唯物論，為他嚼爛在口中的那些辭彙服務似的。他很喜歡和國良在一起，他長得眉清目秀，唇紅齒白，偉康覺得自己好像和一個女孩子同住在一間房裡，雖然他們不是同睡一張床，但與國良在一起，尤其是國良替他修剪頭髮的時候，柔軟靈巧的手撫摸著他的頭髮與臉頰，眼睛專注地望著他，總使他有一種異樣的感覺，彷彿在他眼前的是個女孩子，國良熱烘烘的身體貼近他的時候，他就禁不住勃起，想把國良摟進懷裡。

　　每天清晨三點，他們還沒起床，就聽到和尚在經堂做早課。他現在還十分懷念清晨時寧靜肅穆的木魚聲與誦經聲。廟裡有個院子，住持是個和藹的老人，做完早課，便在院子裡打太極拳。他們住了大概一個月，偉康收到參加過罷課活動同學的來信，好幾位都告訴他說他們沒事，他決定回去三合港。於是，他與國良分手了，老實說，他很捨不得離開國良。

　　偉康回去不久，就被捕了。

國良

一

　　快三十年了吧。一九五六年十月二十六日午夜，警察衝進福建會館，同學們都被趕了出來，我在街上奔跑，遇到喘著大氣，眼睛紅腫的子勤和麗

紅。麗紅帶我們回她姨媽的家，當晚我們就住在那兒，是阿〇裕尼路山芭的
亞答屋。麗紅的姨媽讓出一間房給我們，她的三個小表弟只好被迫從睡夢中
爬起來，移到房外的小客廳打地舖。麗紅和子勤睡床，我睡地上，門開著，
廁所在屋外，要小解就須穿過客廳，一不小心就會踏到睡在地上的人。雖然
窗都開著，但房裡出奇地燠熱。屋裡貼著刺鼻的蚊香，我的眼睛發酸，而且
有點窒息，想起警察向我們拋擲的催淚彈。

　　前一天傍晚，我們就到學校了，領導告訴我們，外面局勢很緊張，叫我
們留在學校過夜，所以我們身上的校服，至少穿了兩天。雖然臨睡前大家都
洗了個澡，由於天氣燠熱，很快就汗流浹背，我的身體濕黏黏的，而且發著
汗臭，很不舒服。不久前的驚惶雖然已逐漸消退，憤怒的情緒仍激蕩在燠熱
的黑暗中。我們細聲而激動地談著一日間發生的事。早上十點多，禮堂外的
警察用擴音機向學生喊話，叫學生走出禮堂。擴音機的聲音，渙散而模糊。
學生領袖叫同學們堅持到底，於是大家開始在禮堂唱歌，喊口號，我只聽到
外頭嗡嗡的雜音，根本聽不清楚警察在說些什麼。其實，也沒有學生管警察
說些什麼。不久，禮堂外發出砰砰砰的聲音，老實說，我有點怕，以為警察
開槍了。接著，禮堂上面的小玻璃窗哇啦哇啦地被擊碎，玻璃片像冰塊一樣
地撒滿地，一陣白煙滾滾地冒進來，轟一聲，禮堂的大門隨即被斧頭劈開。

　　驚慌的情緒，像突然冒進來的白煙一樣，瀰漫著整個禮堂。團結團結就
是力量！團結團結就是力量！同學們傳遞著預備好的濕毛巾，捂住嘴繼續唱
歌，但歌聲也像驚慌的情緒一樣，很快就亂成一團了。在嗆鼻的煙霧中，學
生像一群亂蟻，從被擊破的大門竄出禮堂。圍在禮堂外的警察與辜加兵吆喝
著，用警棍向沖出來的學生身上亂掃。我看見警棍撲地一聲掃在一個男同學
的頭上，鮮血流滿他的臉，白色的校服，血跡斑斑。兩個同學趨向前扶起
他，警棍就結結實實地打在他們的身上。我身旁的幾個女同學驚慌得哭了起
來。我們用雙手護著頭，從警察的亂棍中衝出去，直衝到操場。追逐我們的
警察，向我們扔催淚彈，冒著煙的催淚彈在地上打轉，有些同學用麻包袋撲
滅地上的催淚彈，膽子大的同學竟拾起它，扔回給警察。

　　團結團結就是力量！在警察的吆喝聲中，撲撲的警棍聲中，學生歇斯底
里地嘶叫、怒罵，一些同學還斷斷續續地唱：團結團結就是力量，有個女同

學哽咽的歌聲，像在嗚咽。

　　散亂的同學們在操場上又重新聚在一起。團結團結就是力量，我們手牽著手，連成一面肉牆迫近持著藤牌與警棍的警察，但在催淚彈刺眼的煙霧下，在列著隊的警察的亂棍下，很快的，我們又被打散了。在白濛濛的煙霧裡，再也聽不到歌聲了，最後只剩下警察的吆喝聲，警棍的撲撲聲，學生的嘶叫聲。在警棍與嗆眼的濃煙下，每個人只有拚命竄逃。我也一樣，使出全身的力氣，以最快的速度，躲過警棍，越過操場，奔下草坡，衝到學校外面。

二

　　學校裡逃出來的同學重新又在校外列隊，簇擁在校門外支援學生的工友向學生歡呼吶喊。我們手挽著手，又開始激昂地唱起歌來了，而且走到大路上，團結團結就是力量，我們一邊遊行一邊唱，整條大路，幾乎都被我們的遊行隊伍占了，汽車儘管按著喇叭，也只能在遊行的隊伍後緩慢行駛。隊伍在武吉知馬路上遊行，就快要到紐頓的地方，停了下來。前面的同學指示我們在路旁蹲下。因為紅色的鎮暴車已攔住我們的去路。

　　我像其他的同學一樣蹲下，心裡充滿疑惑與不安。蹲下來後才發現，我的上衣被撕破，手臂上因為挨了一記警棍，瘀黑了，開始覺得疼痛，疲憊，而且飢腸轆轆。很快的，前面傳來小紙條，指示我們化整為零，到福建會館。

　　我與麗紅、子勤及一位中正來的男學生，一起乘德士到福建會館。在會館休息不久，下午一兩點左右，支援學生的農民、工友、家長，用卡車載來了食物。一包包的白米、麵包、蔬菜、魚肉和煮食的鍋鑊，從卡車上搬下來。

　　餓了一天的同學狼吞虎嚥之後，又開始唱歌跳舞，開小組研討。滿腔的熱血與激情，使學生彷彿有耗不完的精力，到夜晚時才靜下來，打地鋪休息。半夜，奮亢了一天的學生許多已進入夢鄉，或開始在夢境邊緣徘徊，鎮暴警察的催淚彈突然又襲進來，把睡眼朦朧的學生驚醒。學生受不了催淚彈辛辣的煙霧，一臉鼻涕眼淚衝出會館的大門，很快的，警察就把占據在會館

的學生驅散了。

三

　　到麗紅阿姨的家時，已近凌晨。我們雖然都擔心受傷的同學，也擔心其他同學的安全，以及自己的安全。但鬥爭了一天，畢竟太累了，子勤和麗紅躺下來，談著談著，很快即呼呼入睡，只剩下我仍在燠熱的黑暗中輾轉反側。蟋蟀吱吱地叫，房門外傳來不知誰的鼻鼾聲。同學血淋淋的臉，警察兇神惡煞的樣子，一直縈繞在我眼前。已經快天亮了，不知道是哪一家在車衣服，嘎嘎嘎嘎的車衣聲在寂靜的凌晨裡特別清晰，嘎得我煩躁不安。可能是蚊香的緣故，我的喉嚨乾燥，腦袋發脹。我索性坐起來，靜靜地看著在木床上熟睡的子勤。

　　她的濃眉緊緊地鎖著，堅挺的鼻子和寬闊的額上，亮著細細的汗珠。她幾乎整日都在擔心達明。同學們被趕出學校禮堂後，達明怎樣了？早上警察還沒到來前，他還在台上激昂地與同學講話。警察衝進禮堂後，子勤便與他失去了聯繫，在遊行時我們沒看到他，在福建會館，也沒看到他。他是被抓了嗎？實際上，在福建會館的時候，子勤便已憂心忡忡，心不在焉了。達明這麼活躍，政府肯定會注意他的。當然，後來證明達明沒事。達明衝出學校後，也在遊行的隊伍裡，隊伍化整為零後，他去了光華學校參與另一批同學的鬥爭，沒到福建會館。

　　子勤對達明表現的愛與關懷很使我嫉妒。我暗地裡也喜歡子勤，她是我的同班同學，她率直、豪爽，沒有一般女同學的小器與扭捏。她還沒愛上達明之前，我是她最談得來的男同學，她對我也不像對其他的男同學那樣隔閡。子勤和我說話的語氣與態度，就像姊姊一樣，我感覺她是把我當著她的弟弟，這點我倒不在意，雖然我很喜歡她，可能我個子小，也可能自卑，總覺得她比我成熟，我配不上她。我從沒想過要把子勤當作戀愛的對象，我沒有姊姊，有時倒希望自己有一個像她一樣的姊姊。我願意聽她的吩咐指揮，只要她高興，我願意替她做任何事。但是達明與她在一起之後，我們的關係開始疏遠了，雖然我們仍舊常在一起活動，她開始與我有了距離，不再像以前那樣地自然親密了，她與我在一起時，就像與其他的男同學在一起時一

樣。

不管怎樣，我不喜歡達明，不僅是因為他搶走了子勤，使我失去了一個我仰慕的大姊。達明高我們一班，年紀比我們大，是學校話劇組的組長，也是我們的小先生，風頭很健，學校的同學幾乎都認識他。我覺得他的權力欲很強，好出風頭，子勤卻認為他有才華、魄力，而且有領導能力。但是，我總覺得他是個用情不專的人，他對其他的女同學也蠻殷勤的。

當然，我不會把我的感覺告訴子勤。

子勤

一

除了剛到香港的那兩年，我很少回憶少女時在新加坡的生活。國良談起的罷課呀，遊行呀，被警察追打呀，彷彿全都是夢境裡的事。三十年前，那是一九五幾年呢？真的是恍如隔世了。國良說是五六年。啊，那時我還是個紮著辮子，一身白衣白裙的中學生，我記得是在十月，不只是我們學生在學校罷課，衝到街上遊行，新加坡好幾個地方都騷亂，政府還宣布了戒嚴。

學校停了好一陣子課，達明被開除了。我沒有達明那麼活躍，學校復課後，照樣回去上課。那時有好些同學回大陸，達明要我退學，與他一起逃到大陸去。他對伙伴們說他的認識不夠，要到祖國深造。真正的原因，他自己知道，其實是怕被捕。但是，剛到香港的時候，達明和香港朋友們提起他在新加坡與殖民地政府的英勇鬥爭，倒是臉不改色地說，我們好不容易才擺脫特務的追捕，潛逃到香港的。

那時候，政府的確逮捕了不少人，有幾個領導罷課的同學相繼失蹤了，難怪達明會怕。他相信特務隨時會抓他，抓進去後，會用各種方法折磨他，他會從此失去自由。達明說，與其在裡頭受苦或像狗熊那樣寫下悔改書才能出來，不如光榮撤退。

達明要我和他一起離開新加坡到中國去。開始的時候，我相當猶疑。但他繪聲繪影地向我描述特務在拘留所對政治犯的各種折磨與羞辱，尤其是對女性的羞辱，使我不寒而慄，我和達明關係那麼親密，特務自然也會抓我的，我決定和他一起，不管他到什麼地方。

　　達明的幾個伙伴知道我們要離開新加坡到中國，非常反對，特地約我們談。達明向他們解釋，在現階段，革命的時機還沒成熟，自己的認識也不夠，所以要回祖國磨練、學習。無論達明怎麼解釋，伙伴都不相信他。他們堅決反對我們離開新加坡，而且嚴厲地指責我們，說我們到祖國深造，是逃避鬥爭的藉口，是懦弱的行為。但那時候我卻選擇相信達明，認為他離開新加坡不是因為懦弱。達明向我強調過，他不怕被捕，也準備做犧牲，但他不願做不必要的犧牲，也不願連累我做無謂的犧牲。避免無謂的犧牲，離開新加坡到中國去，是唯一的途徑。況且，他信仰社會主義，投身到祖國建設社會主義社會，本來就是他的理想。我完全相信達明的話，我怎會不相信他呢？那時，我正深愛著他，也崇拜他。但是，我們的伙伴卻不相信達明。他們毫不客氣地挑戰達明，結結實實地批判了我們一頓，說如果每個人都像我們一樣貪生怕死，遇到困難就逃，時機怎麼可能成熟？革命事業怎會成功？達明與他們辯論、爭執，最後是選擇與他們決裂。達明堅持要到中國去，他的意志堅定，非要投入祖國偉大的懷抱不可。

二

　　我決定隨達明到中國時，還未滿十八歲，父母親相當激烈反對，這也難怪，我這決定，簡直就像和他們脫離關係。事實上也是如此。我決定離開新加坡到中國，不僅是因為達明，我真的想要離開父母親。這是我對他們重男輕女的報復。我有個弟弟，比我小三歲，自從他一出世，我就感受到父母，尤其是母親的偏心。小時候，因為要幫忙照顧弟弟，不但玩耍的時間被剝奪了，弟弟拉屎、撒尿、跌倒，甚至無端哭喊，我都可能挨罵。自小我就得幫母親做家務，洗衣、抹地板、煮飯、洗碗，弟弟從小到大，除了玩耍讀書外，什麼都不用做，吃東西的時候，他的一份卻總比我多，過年時父親買沙嗲給大家吃，我只能吃兩串，他卻吃三串，父母親常讚揚弟弟，很少讚揚我；和弟弟爭吵時，受責罵的總是我，他們能忍受他耍脾氣，卻不允許我發牢騷。

　　父母親很早就決定，我讀完高中就得出來工作，因為家裡供不起兩個人讀大學。這使我非常懊惱，並不是我非要讀大學不可，但是我的成績比弟弟

好得多，弟弟懶散，貪玩，他不是讀書的料，高中畢不畢業都成問題，可能根本就上不了大學，父母決定要供他上大學，只不過因為他是男孩子，因為我是女孩子，即使成績多好，也不能繼續讀書，得出來工作，賺錢供比我成績差的弟弟讀書，這樣公平嗎？我向父母據理力爭，他們的答覆是，就是因為我的成績好，所以讓我念高中，否則，我念完初中，就應該出來工作了，女孩兒家，遲早嫁人，念那麼多書幹什麼？母親說：「我中學都沒念，你有機會念到高中，還想念大學，這樣公平嗎？」母親質問我的時候，語氣像我一樣憤慨。

不僅是讀書，母親總是希望能操縱我所有的需要。小至飲食，衣著，大至我的婚姻，母親帶我去購物，即使說明是買我需要的東西，最後總是買她喜歡而不是我喜歡的。我不能決定自己喜歡吃什麼，穿什麼，而是她認為我應該吃什麼，穿什麼。除非我離開這個家，離開母親，否則每一次爭取我需要的東西時，就會與她爭執，不管我得到或得不到，結果總是不愉快。所以，我堅持要離開新加坡時，與我一樣倔強的母親態度雖然變軟了，甚至流著淚求我，要我留下來，我一點也不為所動。

我如數家珍地算這些舊帳，是不是太瑣碎了？但是，我告訴你，憎恨和怨怒，就是瑣瑣碎碎累積起來的，一有事故，它就會像洪水遇到決口那樣爆發出來，然後在你的胸襟氾濫成災。所以，那時我滿腦子都是積怨，眼前什麼都看不到，只看到憎恨與怨怒。我沒把我的積怨告訴父母親，我不會和他們說什麼，如果要說，我會說：太遲了。而我什麼也沒說。

我什麼也沒說。事實上，念中三開始，我便很少與父母說話了，甚至很少待在家裡。我待在學校，混到很遲才願意回家，即使早回家，丟下書包，就匆匆趕到團體去了。有時我整個星期都沒和父母說上十句話。有什麼事，我會交代弟弟，叫他轉告父母親。我很少直接與父母說話。但是，我是家裡的一分子，這樣的態度，父母自然很不高興，母親更是暴跳如雷。母親越是暴跳如雷，我對她就越冷漠。我也不喜歡父親，我覺得他太軟弱，太沒主見，完全被母親操縱，被她欺負（母親則怪父親對我太放縱，把我給寵壞了）。雖然如此，我與父親還可以交談，父親與我說話時，我會應他，說爸，我知道了。沒錢時我會向父親伸手，說：爸，給我

五毛錢。我從來不向母親討錢。而且，不知道什麼時候開始，大概也是中三吧，我就沒叫母親了。一聲「媽」，對我來說彷彿是個非常難發音的字，一直都沒法從我嘴裡吐出來。現在想起來，我非常驚異，對母親，我為什麼會變得如此隔閡呢？你或許會發現，我在敘述這段往事的時候，還是不習慣叫母親做媽媽。

的確，那時候我與母親的關係非常僵，幾乎一與她說話，就要吵架。我也不知道為什麼，開始的時候是忍受不了她對我的指責與挑剔，覺得她似乎什麼都要管，裙子的長短啦，坐的姿勢啦，掃地太馬虎啦，碗碟洗得不夠乾淨啦，衣服燙得不夠平啦；我做什麼事她都不順眼，不稱心，卻老叫我做事。我也不能忍受她叫我做事的態度，像發號施令似的。後來連她說話的語氣，甚至聲音都不能忍受。為了避免與母親吵架，我的方法是把她當陌路人，完全不理她。但我越不理母親，母親越生氣，而且變得神經質，有時竟莫名其妙地衝到我面前，把我痛罵一頓，甚至聲淚俱下，說我不孝，傷透了她的心，而她越這樣鬧，我對她越無動於衷。和達明戀愛後，心情開朗多了。是呀，從那時候起，我有個可以撒嬌，可以傾吐心事的人了。聽說人在戀愛中會比較寬容，但我依然很少與父母說話，只是臉孔沒繃得那樣緊罷了。但是，當母親發現我在戀愛，而且反對我與達明戀愛時，我與她的關係，比以前更緊張。

直到離開了新加坡我才發現，自己對父母親，尤其是母親，太冷酷了。雖然他們的確偏心，但我畢竟是他們唯一的女兒，不管怎麼樣，他們還是關心我的；如果我女兒對我這樣絕情，我可能會發瘋也說不定。說母親愛控制與操縱我，其實也不公平，對她來說，這樣做是庇護孩子。因為我是女孩子，她總擔心我吃虧，擔心我不會保護自己，照顧自己。這是許多母親對女兒關愛的方式。所以，母親是愛我的。她不喜歡達明，但我奮不顧身地要跟隨他，與他一起離開家，離開新加坡時，她即使多傷心，多不願意，最後還是讓我走了。那時我還未成年，她是可以不讓我走的。

離開新加坡後，我和父母親的關係不但改善了，而且更親密。我常和父親通信，告訴他我的生活，我對他和母親，以及弟弟的懷念。母親仍然試圖從遙遠的地方，通過父親的筆尖，發揮她對我的影響。她叫父親告訴我與達

明，要注意什麼，不要做什麼，事無鉅細，她都想管。尤其是她知道我懷孕的時候，簡直是隔兩三日即來一封信，囑咐我小心這，小心那，不要做這，不要做那，似乎要飛過來香港，親眼看到我的確按照她的指示起居飲食，她才放心。奇怪的是，我一點也不覺得厭煩，如果我在新加坡，一定覺得她在操縱指揮我，因此滿肚子火，與她大發雷霆。但是，現在我在香港，她的操縱與囉嗦竟令我覺得十分溫馨。女兒是不是要離開了母親，才覺得母親可貴呢？在香港待了幾年，生活較寬裕後，我和達明常接父母親到香港來玩。我帶母親去百貨商店購物時，扮演的，竟是兒時她扮演的角色。買衣服給她的時候，都是由我來做決定與選擇，而無論我選擇什麼質地什麼顏色什麼款式的衣服給她，她都欣然接受。事實上，無論我送什麼東西給母親，她都像小孩那樣高興。

但是，為什麼我不覺得自己在操縱母親呢？事實上，當我與達明花錢請父母親來香港玩的時候，當我帶著母親在尖沙咀，銅鑼灣的商店與茶樓裡轉的時候，我與母親的角色就調換了。她不就是當年的我，我不就是當年的她嗎？我們在一起的時候，我完全操縱與指揮一切。但母親卻一點也不生氣，客客氣氣地讓我操縱指揮。這很使我內疚，為什麼當年我那麼容易生氣？

三

我與達明戀愛，雖然關係親密，由於傳統的道德觀，也怕懷孕，所以總是守身如玉。即是說，不管我被他愛撫得多如醉如癡，只要他想進入我的體內，我就會立刻清醒過來，夾緊雙腿。但我決定與他一起到中國後，就被他說服了。達明認為，我們有了夫妻關係，讓米煮成飯，父母便不得不讓我們一起出國，而且，據說，在中國，未婚男女是不能住在一起的，我要和他在一起，一定要是夫妻。於是，我們親熱的時候，他拿出了在印度檔買的避孕套。

你不會懷孕的。達明說，我們到了祖國，才決定要不要養孩子。

不久，我們各自告訴自己的父母，我們已「發生了關係」。

那時，要我告訴母親我與達明有了性關係，真的比決定讓達明與我發生性關係還難。正如我所料，母親的第一個反應是憤怒，非常地憤怒。她發瘋

地責罵我，說我愚蠢、無知，如果不是父親阻止她，她肯定會痛打我一頓。母親非常傷心，彷彿失去的不是女兒的貞操，而是她的貞操。我一聲不吭地承受她的痛罵，心裡卻暗暗覺得痛快。我知道母親看不起達明，因為達明家裡沒錢，我想，母親是希望我日後能嫁個金龜婿吧，她讓我念高中，其實是一項投資，現在我不但半途輟學，還白白把自己送給一個窮光蛋，她的美夢因此破滅了，她的憤怒與傷心是可以理解的，達明這個年輕人不僅奪走她女兒的貞操，也奪走她的女兒，她的美夢。

　　當時的我，絕不認為自己無知。我知道自己做什麼。我愛達明，遲早是他的人，正如達明說的，現在給他與將來給他，有什麼分別呢？而且，也正如達明所料，父母親雖然反對我跟他到大陸，但我已經是他的人了，嫁雞隨雞，他們也無可奈何，只好答應我跟他。父母親千囑萬咐達明要好好照顧我，而且拜神拜佛希望我們幸福。

四

　　「如果那邊太苦，想辦法回來，不要強待下去。」母親對我們說。我想她是因為絕望而變得糊塗了。她應該知道，去大陸，是放棄做新加坡公民的意思，不是去旅行，不是要回來就能回來的。我們當然知道，中國大陸的生活不會像在新加坡那樣舒服，但是我們一點也不怕吃苦（事實上是不知道什麼叫吃苦），為了愛情與自由，為了偉大的社會主義理想，家鄉與親情都可放棄了，吃點小苦，算得了什麼？這自然是達明的想法，我當時也同意他的看法。

　　然後，達明託其他要回國的同學替我們買船票。我們在關卡交出了身分證，在父母送別的淚光中登上往廣州的輪船。六〇年代中，我們像其他的中國人一樣，經歷文化大革命，做插隊知青。而我們的命運和達明想像的不一樣，在文革中我們被抄家，在批鬥會上被羞辱毆打。達明與我並不住在一起，我們分別調往不同的山區插隊，我被一個農民姦汙了，還發現自己懷了孕。最後，我憤恨絕望地對著空無一人的屋子，不知道如何面對接下來的生活。

　　這是我自己選擇的命運，誰能把我從這絕境中拯救出來呢？除了一死，

恐怕別無選擇了。

五

　　事實是，達明改變了主意，決定到香港，要到新亞念書。

　　因為，達明在他父親的粥檔上聽到好些經香港的船員說，大陸正在鬧饑荒，生活非常苦，每天都有數以千計的難民從大陸湧到香港。他決定暫時不去大陸了，但仍執意要離開新加坡。所以，決定去香港，達明對我說，大陸是一定要去的，不過要先到香港待一陣子，了解多一點情況，再進去。

　　這是達明聰明的地方。後來我們到了香港，在報章上，在有親戚在大陸的香港人口中，甚至從大陸逃到香港的難民中，得到許多中國大陸的訊息。達明獲得的訊息越多，就越覺得偉大的社會主義祖國不對勁。雖然他從來就沒想像過那是個美麗的大花園，但也沒想到那是個大貧民窟。他知道如果真的投身進去，生活一定非常苦，據他說，他不是不能吃苦，而是不必要讓我陪他吃那樣的苦。他要向我的父母負責。

　　達明真的信仰社會主義嗎？我與他生活在一起久了，開始逐漸了解他。社會主義也好，共產主義也好，他其實只是個思想上的理論家，從來就不是個實踐者，他寧願在一個物質充裕的資本主義社會體驗它的腐敗與罪惡，宣揚偉大的共產主義思想，但絕不願意在缺乏物質生活的共產主義社會裡實踐他的共產主義。達明的愛國也是如此，1964年10月，中國在新疆成功試爆了第一顆原子彈，他興奮不已，認為中國強起來了，老外再也不敢欺負我們中國人了。我一直覺得自己是華僑，達明則總愛說「我們中國人」，以做「中國人」為榮，但中國開放後很久，他這個「中國人」才願意踏進中國，而我們離開新加坡，原本是要到中國去的。

　　無論如何，達明改變主意不去大陸而去香港，父母親非常高興。母親立刻囑咐她在香港的同村坤叔替我們找房子。去香港而不去中國這決定，達明沒有告訴同學朋友，而且，我們還各自交代父母，叫他們告訴同學朋友我們是去了中國。後來，雖然我們一直都待在香港，大陸開放前，從未踏進去一步，但遇到新加坡來的舊同學朋友，達明總告訴他們，他離開新加坡之後，經歷過文化大革命，好不容易才逃到香港來。他甚至繪聲繪影地向新加坡老

同學們描述他被批鬥，下鄉勞動，等等等等「吃苦」的經驗。

出自《騷動》（2002）

1954 年新加坡發生了重要的學生運動「紅色五一三事件」，當時英殖民政府的服役政策與華校改制引發了一連串少年抗爭的學潮。英培安的「騷動」緣此而生。

英培安（1947–2021）

出生於新加坡，筆名安先生、孔大山，草根書室創辦人，曾短暫旅居香港。創辦有文藝雜誌《茶座》、《接觸》等。著有詩集《手術台上》、《無根的弦》、《日常生活》、《石頭》；短篇小說集《寄錯的郵件》、《不存在的情人》；長篇小說《一個像我這樣的男人》、《孤寂的臉》、《騷動》、《我與我自己的二三事》、《畫室》、《戲服》、《黃昏的顏色》；戲劇《人與銅像》、《愛情故事》等。

答案

新蓋‧瑪‧依蘭坎南（Ciṅkai Ma Iḷaṅkaṇṇan）
曲洋 譯

大寶森節將於明日黎明時分開始。[1]

晚上十一點鐘，在新加坡已有七、八十年歷史的斯裡尼瓦沙‧柏魯馬廟因為節慶而煥然一新。[2]背負著卡瓦第的信徒們已成批地進入並聚集在一起。

有些人選擇在家組裝好他們的卡瓦第，然後用貨車和卡車運過來。另一些人則隨身帶著卡瓦第的各種零部件，然後乘坐計程車和三輪車來廟裡進行組裝。

卡瓦第信徒們的習俗是從實龍崗路上的柏魯馬廟出發，行進到約兩英哩外的、位於登路的丹達烏他帕尼廟。

柏魯馬廟是一座巨大的寺廟，但此時裡面到處都是人，以至於沒有任何供人行走的地方。由於廟內沒有足夠的空間，所有午夜之後進入的卡瓦第信徒們都前往了與寺廟相鄰的「戈文達薩米‧比萊」婚禮大廳。整個大廳燈火通明，彷彿在表達看到卡瓦第信徒時的喜悅之情。許多人正借著這燈光來組裝他們的卡瓦第，陳冠就是其中之一。

1　大寶森節（泰：*taippūcam*）是泰米爾印度教徒的重要節日，其在東南亞的歷史可以追溯到南印度泰米爾人在馬來半島上最早的移民社群。到二十世紀初，作為每年對印度教中濕婆和帕爾瓦蒂之子穆如干神（泰：*murukaṉ*）的朝拜活動，大寶森節在新加坡以及馬來西亞的檳城和黑風洞等地有著重要的文化和宗教意義。信徒們通常會先進行數週的禁食和淨禮，並在節日中背負上各自的卡瓦第來進行遊行和舞蹈。卡瓦第（泰：*kāvaṭi*）意為「負擔」，通常為由木杆支撐的、裝飾有神像、孔雀羽毛和貢品的半圓形的頂篷。在慶典中，信徒們通過肩膀將其托起並借由腰帶保持平衡。卡瓦第儀式亦常伴隨著信徒們的自我苦行，包括用鐵鉤或細杆對肉體進行穿刺等行為。

2　柏魯馬（泰：*perumāṉ*）為尊稱。可譯為「神、聖、大士」等，此文均選擇音譯。

太陽像一個明亮的深紅色火球從新加坡的混凝土叢林中緩緩升起。在赤紅色的陽光下，裝飾完畢的卡瓦第發出耀眼的光芒。

這是一幅令人心生敬畏的景象：信徒們各自穿著因沐浴淨禮而浸濕了的藏紅花色衣服，虔誠地站在卡瓦第面前。那些來幫助信徒搬運卡瓦第的人們正忙著將填滿了煤塊的火罐一一點燃，將牛奶倒入奶罐中，並掛在每個卡瓦第上。

「是時候了，請祭司過來吧。」一位來幫助陳冠的人說。

人們目不轉睛地看著陳冠的卡瓦第。並不是因為他的卡瓦第被點綴得格外亮麗，也不是因為其閃爍著耀眼的光芒。人們注視著他只因背負著卡瓦第的他是一個年輕的華人。

一個年輕的未婚女孩帶著養父母擠過人群，在拐角處佇立，滿溢愛意地注視著迷惘地站在那兒、身上布滿了一百零八處穿刺的陳冠。愛意、喜悅和一些說不清、道不明的情感讓她的臉上閃爍著紅潤的光澤。她就是瓦桑蒂。

「讓一下，讓一下。」人們突然聽到一個聲音。祭司將人群推開，然後搖起了鈴。

他一來到陳冠身邊，就將「聖灰」拋撒在他頭上，並用無名指在其額頭上抹上橫紋。[3] 陳冠的頭部和身上被一百零八把尖刀和鐵鉤所刺穿，額頭上還另外刺穿著一把銀色的短矛。一個站在他旁邊的泰米爾人突然用一種連距新加坡兩千五百英哩的蒂魯塔尼廟中的穆如干神都可以聽到的音量大聲吼道：「願埃杜古迪廟的維蘭神降臨，願伊杜班神、卡丹班神降臨！」[4]

陳冠的嘴唇顫抖著。他轉向天空，用嘴發出「咘、咘」的聲音。安息香的煙塵拂過他的臉龐，像雲一樣向上飄動。他抬頭向上看去，彷彿在那朵雲中看到了穆如干神的聖像。

3　聖灰（泰：*tiru-nīṟu*）：又名維布提灰（泰：*vipūti*，梵：*vibhūti*），為牛糞或香木所燒成的灰燼，是印度教濕婆派的標誌。信徒通常用右手的無名指和拇指蘸取並以三條橫紋的形式塗抹在額頭上。若有人患胃痛等不適時，通常會將聖灰塗抹在額頭和患處。

4　維蘭（泰：*vēlaṉ*）是穆如干神名號之一，意為「持聖槍者」，指帕爾瓦蒂賜予其子穆如干的聖槍（泰：*vēl*）；伊杜班（泰：*iṭumpaṉ*）為穆如干神的信徒和護法神之一；卡丹班（泰：*kaṭampaṉ*）亦為穆如干神名號之一，意為「佩戴團花花環者」。

「聖槍！戰無不勝的聖槍！雄偉、瑰麗的聖槍！」信徒們口中的頌歌迴盪在建築物之間。

卡瓦第信徒們出發了！陳冠從婚禮大廳出來，因他的迷惘而步履蹣跚。他背負著卡瓦第，在斯裡尼瓦沙・柏魯馬神像前跪拜後，朝實龍崗路走去。緊隨其後的是他的父母、朋友以及瓦桑蒂的養父母。

許多白種人和華人來到了此地拍照玩樂。他們像蜜蜂一樣到處飛來飛去，留下「咔噠、咔噠」的拍照聲。

卡瓦第信徒們已經離開了柏魯馬廟，現在正站在卡里拉曼廟的入口處……那座廟的祭司走來，按照習俗將「聖灰」抹在他們身上，並目送他們離去。

卡瓦第信徒們穿過那條擠滿了泰米爾人的實龍崗路。一些店主按照他們的習俗，將一罐罐的薑黃水潑在信徒們的腳下，並由衷地感到喜悅。

他們到達了烏節路的濕婆廟！當他們來到濕婆廟時，所有的卡瓦第信徒們都開始旋轉著跳舞，身上的穗子也隨之脫落。人們的臉龐上洋溢著虔誠的狂喜之情。充滿活力的年輕人一邊吹著口哨一邊盡情舞動，用拍手來保持他們的節奏。陳冠也伴隨著頌歌和呐音管演奏的音樂跳舞。隨著他劇烈的舞動，刺穿他身體的尖刀和鐵鉤紛紛從他身上旋轉著跳脫出來。

卡瓦第信徒們從烏節路的濕婆廟出發，前往位於登路的穆如干廟。他們也在這裡盡情地旋轉舞動。

「聖槍！穆如干神的聖槍！所向無敵的聖槍！」信徒們雷鳴般的聲音呼嘯而過。

陳冠將他的卡瓦第供奉在穆如干・柏魯馬聖像前。當他把「五甘露」分發給人群時，他欣喜地看到了瓦桑蒂金玉般的手。[5] 瓦桑蒂虔誠地伸出雙手，接過了「五甘露」，並溫柔地微笑著注視著他。

背負卡瓦第的疲憊感對於陳冠而言是壓倒性的。當他倚在附近的一根柱子上放鬆時，一隻柔軟的手在給他扇風。是的，是瓦桑蒂在為他扇風放鬆。

5　五甘露（泰：*pañcāmirtam*，梵：*pañcāmṛta*）通常由大蕉、糖、酥油、蜂蜜和無核棗混合而成。不同地區配方略有不同，常見原料亦包括蔗糖、凝乳、小豆蔻等。

看到此情此景，瓦桑蒂養母心中的怒火在不可抑制地燃燒。但是她並沒有說什麼，因為她明白在如此吉祥和重要的日子裡不應在公共場所說任何苛刻的話。

＊　＊　＊

直到今年，陳冠才第一次參與到卡瓦第儀式中來。如果沒有什麼特別的緣由，為何一個年輕的華人會通過奉行禁食、背負卡瓦第來把自己獻給對穆如干神的侍奉中呢？

回溯至前一年的某日，陳冠做出了一個決定：「與其像現在這樣活著，不如去死。」

他前往了名為「大巴窯」的郊區，那裡有十到二十層樓高、彷彿摸到了雲層一樣高度的公寓樓。

當他到達一幢大廈的第二十層時，他看向兩旁，確認了沒有其他人在公共陽台上；當他低下頭探出來，那些走到馬路上的人們看起來就像小孩子一樣。俗話說「對於膽子大的人來說，即便是海洋也只是齊膝深而已」。同樣地，即使是這樣一幅令人恐懼的景象，對陳冠來說也幾乎無關緊要。

他從口袋裡拿出了自己寫給父母的信。當他讀著手中的信，不知不覺中淚水止不住地奪眶而出。

陳冠沒有注意到，此時有個人正從屋內透過窗戶看著他。那個人便是瓦桑蒂的父親蒂魯文卡塔姆。在陳冠爬上欄杆牆的那一刻，蒂魯文卡塔姆以迅雷不及掩耳的速度打開門衝了出去，從身後緊緊地抱住了陳冠並將他拖到了門廊上。

如果蒂魯文卡塔姆遲疑了哪怕一秒鐘，陳冠就會從高處摔落得粉身碎骨。

陳冠在最後一刻失敗的自殺徹底激怒了他。他狠狠地扇了蒂魯文卡塔姆一巴掌並憤恨地說：「我活不下去了，現在連死你也要攔著我！」

蒂魯文卡塔姆的臉頰立刻腫了起來。他狠狠地瞪著陳冠，然而正當他準備還擊時，蒂魯文卡塔姆驚訝地發現陳冠痛苦不堪地臥倒在走廊上，雙手緊

緊地抓住腹部並大聲叫喊著：「蒼天啊，快救救我吧！」他此刻已經不介意陳冠打了他一巴掌。不知所措的蒂魯文卡塔姆快速地衝進屋子，拿水來灑在陳冠的臉上。

「哎呦，這種疼痛真是難以忍受！有油膏嗎？求求你快拿來塗在我的肚子上。」陳冠用馬來語痛苦的呻吟道。

蒂魯文卡塔姆衝進屋子並拿出了「斧標驅風油」。當他在陳冠的腹部上擦拭時，陽台上已經聚滿了人。

過了一會兒，陳冠睜開了雙眼。他首先看到的是瓦桑蒂。然後，他看到了站在她旁邊注視著他的人群。

瓦桑蒂手捧著一杯咖啡說：「來，快喝吧。」

陳冠拿起咖啡一飲而盡，對瓦桑蒂說：「謝謝你。」

聽到他這麼說，瓦桑蒂的臉變得像藏紅花一樣紅。陳冠雙手合十乞求著瓦桑蒂的父親，「先生，請您原諒我，我剛才沒能控制自己，失手打了您。」

「陳冠，你為什麼要自殺？自殺是懦夫的行為。」蒂魯文卡塔姆問道。

「任何處於我這種情況的人都會想到自殺。我自殺並不是因為害怕貧窮，只因我的胃痛已經持續了六、七個月，我真的再也無法忍受了。因為這個病，我已經看遍所有醫生、吃遍所有的藥了。」

「我覺得與其被胃痛折磨到死，為什麼不直接自殺呢……」

蒂魯文卡塔姆說：「話雖如此，你也不應該想到去自殺。我們絕不能忘記舉頭三尺有神明。我們不該去傷害神明賦予我們的生命。」

陳冠說：「您說得對。但是當我痛苦的時候，根本沒有時間去考慮這些。」

「是這樣嗎？」話畢，蒂魯文卡塔姆直奔他家的祈禱室。

屋內響起了鈴聲。焚香、安息香和檀香木的氣味瀰漫在整個房屋中。蒂魯文卡塔姆拿著一個裝著「聖灰」的托盤離開了房間。他把灰燼放在陳冠的手上，說：「塗上它。」陳冠虔誠地捧起灰燼並將其塗抹在肚子和額頭上。

蒂魯文卡塔姆將托盤放在桌子上，然後在椅子上坐下。他開始熱情地講述被團花[6]花環所供奉的坎達·比然神的種種神蹟和偉大之處。[7]陳冠此前已

聽說過這位在「爭鬥時」[8]期間賜予信徒恩賜的神明。現在他更是對其產生了崇敬之情。

陳冠哭著說：「先生，如果我的胃痛消失了，我將連續五年為穆如干神背負卡瓦第。」

蒂魯文卡塔姆的眼中湧出了淚水，說道：「你的腹痛很快就會消失。從現在開始全心全意地信奉穆如干神，然後去位於諾裡士路上的羅摩克裡希納教會。在那裡，他們每週六會教你如何練習瑜伽。如果以正確的方式練習，你會立即看到效果。穆如干神的恩賜將減輕你的腹痛。等疼痛消失了，你可以遵守你的誓言去參加卡瓦第祭祀儀式。」

一個月很快就過去了。陳冠來到蒂魯文卡塔姆的家。他的臉上洋溢著喜悅之情。

「我的胃痛已經完全消失了。」他高興地說。

蒂魯文卡塔姆非常地高興，「這全是由於坎達‧柏魯馬的慈悲，他是『爭鬥時』期間恩賜的賜予者。」他含著淚說。

瓦桑蒂帶著一杯冷飲來到那兒。

「先生，我非常希望能夠學習泰米爾語。不過我想知道，能否不只是我自己來唸誦祈請文呢？」陳冠說。

蒂魯文卡塔姆不想打擊他的熱情。

「好的，我會教你的。」他說。

四、五個月後的一天，陳冠在實龍崗路的泰米爾語書店購買了一些故事書，然後匆匆趕往蒂魯文卡塔姆的房子。

6　團花（泰：*kaṭambam*）：為茜草科團花屬，學名 *Neolamarckia cadamba*。常見於南亞及東南亞，亦見於中國廣東、廣西和雲南等地。

7　坎達‧比然（泰：*kanta-pirāṉ*）和下文坎達‧柏魯馬（泰：*kanta-p-perumāṉ*）均為穆如干神的名號。其中比然（泰：*pirāṉ*）和柏魯馬（泰：*perumāṉ*）為尊稱，此處均音譯。

8　時：或稱宇迦（泰：*yukam*，梵：*yuga*），為印度教宇宙觀中的時代單位。四時分別為：圓滿時（泰：*kiruta-yukam*，梵：*kṛta-yuga*）；三分時（泰：*tirētā-yukam*，梵：*tretā-yuga*）；二分時（泰：*tuvāpara-yukam*，梵：*dvāpara-yuga*）和爭鬥時（泰：*kali-yukam*，梵：*kali-yuga*）。其中，爭鬥時為目前所在之時，是四時中最短、最末、也是最惡劣的。爭鬥時結束之時即為滅世，亦是新一輪四時的開始。

那時蒂魯文卡塔姆並不在家。他已出門去做一些生意。

陳冠立刻看到了瓦桑蒂那如紅蓮般美麗的臉龐。

當蒂魯文卡塔姆不在家時，瓦桑蒂便成為了陳冠的老師。

陳冠和瓦桑蒂在上課時常常止不住地放聲大笑。但對於瓦桑蒂的養母來說，他們的笑聲就如同沸騰的鉛一般澆灌在她耳中。「難道他那天不能就那樣死了嗎？如果他死了，瓦桑蒂便不會像這樣有失體統地大笑和嬉戲。」她喃喃道。

陳冠和瓦桑蒂就這樣一起度過了很多日子。最終，當消息傳到蒂魯文卡塔姆的耳朵時，他非常吃驚。他悲傷地意識到，情況已如氾濫的洪水般跳脫出了他的掌控。

如何才能拆散陳冠和瓦桑蒂呢？儘管他可以譴責她，但他想到陳冠已經自殺過一次，害怕瓦桑蒂會步陳冠的後塵而去。他的悲痛難以用言語形容，但他並沒有足夠的勇氣去禁止陳冠來訪。他想到了穆如干神，然後深深地嘆了口氣。這時，他面前的妻子說：「嘿，我在問你話呢！想想你這樣縱容下去的後果吧！」

「究竟還會發生什麼呢？誒，一切該發生的都會發生的。難道造物神梵天在我們額頭上寫下的命運會被抹去更改嗎？」他心痛地說。

「繼續唱那同一首讚歌吧！我真想知道在這所房子裡還會發生什麼其他可怖的事情！」說完，蒂魯文卡塔姆的妻子繼續去做家務了。

大寶森節將至。陳冠為了準備卡瓦第儀式而開始齋戒。

儘管蒂魯文卡塔姆對陳冠的愛一點一點地減弱了，但他還是忍不住為陳冠參加卡瓦第儀式進行了充分的準備。他想著今年盡其所能地去幫助陳冠，這樣在之後的日子裡他就不再需要他的教導了。於是，他把這次機會當作自己對穆如干神的侍奉，並竭盡全力地給予陳冠所需的一切指導和幫助。

瓦桑蒂此時正在給疲勞地靠在柱子上的陳冠扇風放鬆，突然一個聲音傳來，「陳冠！」瓦桑蒂嚇了一跳，她抬頭看去，發現一位華人女士正站在那裡。

「不要擔心，這是我的母親。」陳冠解釋道。瓦桑蒂急忙向她行鞠躬禮。「陳冠，這是你之前提到的女孩嗎？她的名字是……」他母親的聲音逐

漸變弱。

「媽媽，她叫瓦桑蒂！」他高興地說。

陳冠的母親看著瓦桑蒂，溫柔地笑了笑。

陳冠感到十分驚訝。他母親之前不還嚴肅地跟他說過「忘了瓦桑蒂，你必須忘記那個與我們道不同不相為謀、且不配成為我們家人的那個人」嗎？為何她現在卻又如此溫柔地微笑看著瓦桑蒂呢？

他轉頭看向瓦桑蒂，止不住地笑了起來。瓦桑蒂的臉龐也洋溢著幸福的笑容。

瓦桑蒂的養母此時正從遠處聽著他們的歡聲笑語，無奈地轉過身來，生氣地搖著頭。

突然，陳冠的母親注視了瓦桑蒂的「母親」片刻。

她專注地看了她一會兒，然後微笑著走向瓦桑蒂的母親，說道：「早晨過於喧囂，我都沒有注意到你。你認出我了嗎？」

瓦桑蒂的母親臉上冒起了汗珠。她驚訝了一小會兒後說道：「我現在想起你了。已經都過去十八年了！你一切都還好嗎？」她緊緊地握住陳冠母親的手。

陳冠母親說：「我挺好的！瓦桑蒂是你的女兒嗎？一見到她，我就感到莫名的親切。」

她們兩個在談論的事情讓不明所以的陳冠和瓦桑蒂突然緊張了起來。

他們互相看向對方，一種莫名的恐懼縈繞在心頭。他們的眼神突然暗淡下去，彷彿這可怖的「疑惑」會將一切都瓦解殆盡。

「難道說我的母親因為無法養育瓦桑蒂，在很久之前把她賣給了這位女士？如果是這樣的話，那瓦桑蒂豈不是我的……」

他感到胸腔中一股無名的火焰要將他吞噬。

「也許這便是我生母！那意味著陳冠是我的哥哥。啊，神明呀！」瓦桑蒂渾身都在顫抖，淚水止不住地從眼眶湧出。

當陳冠的母親走近他們問道：「陳冠，你知道瓦桑蒂是誰嗎？」他感到這問題的答案會讓世上的一切都土崩瓦解。

陳冠母親繼續說道：「你為什麼在眨眼呢？這是你姑姑的第十一個女

兒。[9]你的姑姑當時已經難以撫養十個孩子了，便把她送給了這對沒有孩子的夫婦收養。」「啊，瓦桑蒂！如果剛才我母親說你是我的親妹妹，天知道我會做出什麼傻事！……感謝神明！穆如干-穆如干-坎達！」

瓦桑蒂的憂慮得到了疏解，一種難以言喻的喜悅之情浮現在她的臉上。蒂魯文卡塔姆一直在聆聽著他們的對話，此刻他從寺廟中走出，唱誦著「聖槍！穆如干神的聖槍！」當頌歌唱到穆如干神的名號時，他緩緩地閉上了雙眼。

原文：Iḷaṅkaṇṇaṉ, Ciṅkai Mā., *Ciṟukataikaḷ Tokuti - 1*（Singapore: Cuva i Accakam, 2006），pp. 3-13.

泰米爾為南亞印度民族之一。主要分布地為斯里蘭卡、印度南部，及東南亞。新加坡的印度人口約有二十五萬，為重要族群之一。泰米爾族多為1819年星加坡成為殖民地時期移入。他們信仰虔誠，極力保持文化特色，與南洋其他族群也有頻繁互動。

新蓋·瑪·依蘭坎南（Ciṅkai Mā Iḷaṅkaṇṇaṉ，1938-）

原名瑪·巴拉克裡希南，1938年9月18日生於新加坡。作為新加坡最有影響力的泰米爾語作家之一，他已發表了三部長篇小說、三部中篇小說以及超過六十篇短篇小說，並因其對泰米爾文學的貢獻而獲頒東南亞文學獎（1982）、新加坡文化獎（2005）等殊榮。作為泰米爾語純化運動（taṉittamiḻ iyakkam）的積極參與者和宣導者，巴拉克裡希南的作品均以其泰米爾筆名依蘭坎南發表。其兒時曾隨家人頻繁往返於南印度泰米爾納德邦和新加坡之間的經歷，造就了他對海外泰米爾人的身分和文化認同，以及在新加坡這樣的多元社會中泰米爾人與華人和馬來人的跨種

9　泰米爾語的「*māmi*」一詞可指姑母或舅母。在泰米爾社群中，相比於在家庭外為自己的子女尋找配偶，父母們會優先選擇家庭內親屬所生的孩子來包辦婚姻。這種習俗直到近年來近親婚姻的遺傳風險廣為人知才有所減少。

族、跨文化交際等問題的敏銳觀察。本書所收錄的〈答案〉（vali piṟantatu）曾於1971獲《阿南達・維卡丹》雜誌（*Ananda Vikatan*）最佳短篇小說獎，是其代表作之一。小說中對華人和泰米爾人跨文化交流及身分認同等問題的思考亦出現在依蘭坎南的〈浪潮〉（alaikaḷ）、〈紅包〉（āṅ pāv）等作品中。

譯者　曲洋
美國哥倫比亞大學中東、南亞和非洲研究學士，現為美國哈佛大學南亞學系暨比較文學系博士候選人。曾任《哥倫比亞南亞評論》期刊創始主編。主要學術興趣為利用梵文、古泰米爾文和古爪哇文等材料來探索印度古典文學和中國現代文學之間對話的可能性。

厄鳥[1]之鳴

湯順利（Sunlie Thomas Alexander）

林凡几、邱偉淳、丁庭羽 譯

　　傳說中，這是不祥的鳥兒。牠們總是出現在月圓時分，或是新月的幽暗夜色下，而且總是倒吊著身體，一邊飛過村莊，一邊大聲鳴叫，叫聲中透露著不祥的氣氛。

　　家中有幼童或是嬰兒的村民，這叫聲往往掀起他們心中的恐懼，彷彿聽到有誰唸了什麼惡毒的咒語。

　　在他還沒有完全懂事以前，每次爺爺傍晚從市場回來以後，都會在空地上說他的故事。爺爺[2]說，那種鳥的叫聲，很像母雞剛剛下蛋以後發牢騷的聲音，但聽著就讓人害怕。不管是誰，只要聽過這種叫聲，沒有不哆嗦、不寒毛直豎的。

　　這些鳥兒們通常喜歡到大樹蔭下棲息鳴叫，或是誰家有嬰兒、還沒斷奶的幼童；或是即將臨盆、等待孩子出世的母親，就飛到誰家屋頂放聲高歌。被牠們看上的孩子要是哭了，鳥兒會馬上趁這個運勢低迷的時刻，攫住孩子的元神，遠遠飛走，直到身體沒入灰色的幽冥世界裡。這時孩子會立刻生病，小小身體漸漸變成青色，很快就死亡了。

　　他睜大眼睛，不理解地問：「爺爺，為什麼牠們要帶走小孩的元神？」

　　爺爺笑著回答：「因為這些鳥啊，只聽飼主的命令。鳥的主人是很邪惡

1　Burung Kuwok（Burung，鳥；Kuwok，鳥的叫聲），以下以「庫窩鳥」譯之。庫窩鳥在邦加島，被視為厄運的象徵。

2　原文「atuk」，為「datuk」的簡稱，馬來文意為爺爺、祖父。

的，他們依賴人的痛苦為食。如果嬰兒的父母不趕快去見鳥主人，或是找不到他們，就表示孩子沒救了。」

「爺爺，這些鳥長什麼樣子呢？」他越問心裡越怕。

爺爺說：「誰知道啊？大家都說看起來像火雞，但是牠們站著的時候總是耷拉著頭，飛起來的時候又總是倒著飛，頭和胸部都朝著天空喲。」

當時他才五歲，爺爺說的故事讓他害怕不已。後來證明這個故事，讓他收斂了對母親[3]頑皮的態度。每當黃昏降臨時，母親總得一遍又一遍喊著他的名字，才能把他喊回家裡。但是自從爺爺說了這個故事，他就變得非常聽話。只要村尾的祈禱房傳來叫拜聲，他就撒腿跑回家，深怕自己被庫窩鳥逮個正著。所以村民個個把牠叫「不祥之鳥」。

「牠們最喜歡去找不聽爸媽管教的孩子！」母親語帶威脅，這樣告訴他。

當哈山（Hasan）站在廚房門邊，凝視著一大片包覆著自家後院的山丘時，他兒時的恐懼，會突然毫無理由地出現在回憶裡。

＊　＊　＊

事情經過就是這樣。雖然一直到現在，他都沒辦法確定，究竟爺爺說的是鄉野奇譚，想用來嚇自己頑皮的孫子，還是這個世界上真的有這些鳥的存在；又或者這些鳥，就是會毫無來由地攻擊人類？在他的童年裡，一直有一段揮之不去的記憶，每次想起來都像昨天才發生那樣鮮活。那時候他已經是個大孩子了，正在上小學。黃昏來臨時，家人照例坐在前院，他的父親在跟母親說話，當時她肚子裡懷著他唯一的妹妹阿絲米（Asmi）。而爺爺像往常一樣，專心聽著那台老收音機播放的節目內容。大家突然嚇了一跳，因聽見那讓人彷彿血液凝固，渾身汗毛直豎的聲音。

來了！那種酷似火雞叫，但是尾音拖得很長的鳴叫聲，從屋子後面，一棵枝葉繁茂的紅毛丹樹上傳來。母親的臉頓時失去血色，父親立刻把她帶進

3　原文「emak」，亦做「mak」，馬來文意為母親。

屋裡。他忍不住往爺爺身上靠，爺爺不知在喃喃自語什麼，聲音幾乎聽不見。這時父親一把將他抓進屋裡。父親帶母親進房間以後，自己又拿出一把用來射松鼠的空氣槍。當時梭雷叔叔（Mang Soleh）還跟他們一起住，只聽到他嘴裡吐出一連串詛咒，手上拿了一副彈弓，又從廚房裡找出香茅莖，隨著他父親快速向外走去。香茅這種常見的烹調香料，可以對庫窩鳥產生嚇阻的作用。這是少數能制伏不祥之鳥的物品，另一樣是雞窩旁邊的雞骨。在屋子裡，他看見母親一邊搥打自己隆起來的腹部，一邊啜泣。隔天，父親砍了那棵紅毛丹樹。

這只是一段他的親身經歷，但村子不乏其他怪事。鄰居說，像是這位阿姨的小孩，明明前一晚還能咯咯笑，但是聽到了附近庫窩鳥的叫聲後，第二天早上就全身發青。還有一位姊姊[4]的三歲女兒，在院子裡玩的時候，有一個老人經過，給了她一塊糖，又在她胖嘟嘟的小臉上掐了一把，三天後孩子就不明不白地死去。當地衛生所的護士只能搖頭，根本搞不清楚孩子的病因。後來謠言就在村子裡傳開了，說那天經過院子又掐了阿娣一把的老人，其實就是庫窩鳥的飼主。

唉，這就是他出生長大的島嶼，總是充斥著神祕詭異的故事，還有令人難以理解的事物。人們傳說這是因為這塊聖地，和「隆人」[5]的承諾有關。這些住在波拉萬山區（Pelawan）的人，是邦加島最早的居民，他們和超自然世界立下了約定，所以不必驚訝，隆人的祖先遷徙到阿比克村（Air Abik）後建起的七村屋（Bubung Tujuh），只有具備超能力的人才看得到；或者是

4　原文「Ayuk」，馬來文意為姊姊。

5　這個故事的背景設定在阿比克村（Air Abik）。阿比克村位於邦加島北部，勿里洞郊區的馬普爾（Mapur）。這裡的居民叫做「Urang Lom」（以下譯為隆人），是邦加撒嘎部落（Sakak tribe），或其他沿海部落的後代。Urang的意思是「人」，Lom出自邦加馬來語belum，意思是「尚未」。「Urang Lom」指涉他們是「沒有信仰的人」；研究推測，他們很可能是第一批來到邦加居住的民族。時至今日，許多隆人仍信奉泛靈信仰，並維持傳統習俗（像是Titian Taber, Puri Adat, Mata kakap, Penunjang Langit等），看在外族眼裡顯得獨特而又神祕；少部分也信仰伊斯蘭教或基督教。他們有些人使用華人的名字，也有些人像馬來穆斯林，使用賓（bin，……之子）和賓第（binti，……之女）的姓名結構。隆人的命名文化受華人、馬來人影響，因為在二十世紀初，除了華工，有許多其他來自蘇門答臘、馬來西亞馬六甲的礦工，遠赴此地開採錫礦。

在馬拉斯山（Maras）的山頂，一共有七口清澈又鮮甜、可供飲用的泉水。可是只要有人在泉水裡洗手或洗腳，裡面就會湧出泡沫；又或是一個小孩粗心大意在樹林裡、或是大石頭上撒尿，回家以後就會尿出血來。

但這都是幾十年前的傳說了，當時爪哇人和其他外地人還沒有到這裡做工或挖礦，土地也沒有人開墾來種胡椒，叢林還沒有因為非法採礦而減少面積，少量能用來做樁，讓胡椒藤生長的賽魯樹（Seruk）也還看得到。

現在沙丘到處蔓延，自從表土被錫製的噴漆機刮掉以後，土地就荒蕪了。一個又一個礦坑彷彿地面張開的嘴，乾旱時節還可以用來貯存供洗滌和飲用的水，但是平時就成了瘧蚊的窩。即使原來的曠地，又種了大批造紙的樹木，也時常有人來向擁有土地的公司示威抗議（「我們要填飽肚子！」）。

改革的巨輪的確帶來了許多變化，這座島嶼和周邊小島，被劃成新的省份。大家開始聲嘶力竭宣稱自己擁有的土地，畢竟這些人在自己的國地上，遭邊緣化太久，個性也變得很敏感。原本被視為禁忌（haram）的錫礦，現在變成人人追逐的寶物。

＊　＊　＊

當哈山凝視著家後院那一大片山丘時，人彷彿也被拉進回憶裡。他想起自己還是個小男孩時，是怎樣和朋友一起在那裡尋找橡膠樹的果實，其實這一帶當時就是一片橡膠園。他覺得現在的自己好像還擁有那種知道哪裡可以找到最堅實的橡膠果的直覺。每次他和朋友回家時，手上一定拿著滿滿一袋橡膠果。他們會玩一種叫做「bepangkak buah karet」的遊戲。玩法是兩方拿自認為最堅硬的橡膠果，兩兩互相撞擊，被撞碎的就是輸家。他還記得，他們可以在放學後玩上一整天，直到兩人的手都變得又紅又腫為止。母親當然是生氣的，她擔心孩子玩過頭，隔天沒辦法上學。有時候他們會在橡膠果厚厚的殼上挖洞，用鐵絲挖出裡面的白色黏性物質，然後塞進一支掃帚的桿子，或是細長的竹枝當成軸，再用一支小小的橫木，接在樹枝尾端，陀螺就這樣完成了！

　　水果盛產季節到來時，那就更不用說了，山丘上會出現各種找水果吃的野生動物，因為這座山上長滿了果樹，可以找到榴槤、杜古果[6]、山竹、紅毛丹和木奶果。鳥兒啾啾叫，聽起來十分悅耳。而喜歡打獵的人自然不會放過機會，他父親就常常帶回自己捕到的大型水果蝙蝠（父親說：「這是伊斯蘭禁止的食物，不過你們還是可以吃啦。」）甚至到了夜晚，還能看到這些興沖沖出門打獵的村民，手電筒的光束此起彼落，遍布整座山丘。

　　但是傳說中，這山丘竟然也是庫窩鳥的棲息地。曾經有人信誓旦旦說自己曾在月圓之夜，看過一群不祥之鳥，倒栽著身體飛過山丘上茂密的叢林。

　　村裡的華人，把這座山叫做「摩天嶺」（Moh Thian Liang），意思是「和天一樣高的山丘」，而事實上，這座山丘布滿華人的墳塚。當他年紀還小的時候，總盡可能地避免經過這些無人祭拜的孤墳。如果村民不得不經過這些地方，一定會朝墳墓鞠躬致意。萬一他們不小心踩到只剩下幾塊碎磚頭的頹圮墳塋，他們就會趕緊舉起雙手，在胸前合十表達歉意。母親十分擔心他老是跑到山丘上玩，警告他不准隨便解手、不准說髒話，因為這山頭是有主人的，她甚至還沒提到庫窩鳥。所以，當村民上山時，他們嘴裡會唸著：「爺爺、奶奶啊，讓子孫過個路吧！」算是請求，也是表示禮貌。

　　但是山丘上好好玩啊！就算有時候他們會嚇得六神無主，但是玩瘋了，誰還管它呢？這裡有很多地方可以冒險，再說庫窩鳥白天是不出來的，鬼魂也怕太陽。

　　他並不知道這些墳塚現在的命運：政府建了一條筆直穿過山丘的馬路，這條馬路直通新市場。至於位於主要道路上的老市場，因為總是人滿為患，加上街邊小販越來越多，造成交通阻塞，已經被拆除了。

　　他這個鄉間小鎮，也有了巨大的改變。山丘東邊有個幾年前蓋起來的「聖母瑪麗亞聖洞」（Gua Maria），成為檳港教區的天主教信徒，最重要的朝聖地。每次總會見到許多來自邦加島上其他地區的信徒，絡繹不絕地來到教會舊校區後方的聖洞朝拜。他的老鄰居米恩叔叔（Mang Mi'un）說過，新馬路的修建工程，甚至影響了達基爾先生的墳墓。這個人還活著的時候，

6　原文「duku」，又名蘭撒果（langsat）。

沒人敢靠近他，更不敢從他身邊走過，因為大家都知道他懂得「guna-guna」（黑魔法）。曾有人說過，有個頑皮的孩子因為摘了他的蛇皮果，結果整整兩天兩夜，不停地在他的果園裡繞圈，找不到出口。

大家都知道這座山丘鬧鬼，有人見過飛來飛去的火球，或是在深夜裡聽到可怕的嚎叫，類似的傳說層出不窮。

「在想什麼？」他的妻子榭卡（Sekar）問，讓哈山嚇了一跳，他顧著看那片綠油油的山丘，都不知道她在身邊站了多久。最後他只是看著妻子笑了一笑，而榭卡也回以一個甜美的笑容。畢業於人類學系的榭卡，從小在同樣充滿神祕傳說的爪哇家庭長大，他不想提自己童年的詭異經歷，免得嚇著她。

他決定向公司請假，帶妻子回他度過童年的小村莊住一陣子。因為在雅加達，沒有人能代為照料懷孕的妻子。她的雙親都過世了，其他的手足也各自嫁娶，個個拚命賺錢養家，根本幫不上忙。這對小夫妻也請不起傭人。

他想著，他們也能藉此機會和日漸年邁的母親團聚，母親絕對會用她溫柔的雙手，好好照顧榭卡，和他們即將出世的寶寶。她一定會很高興，自己快要有孫子了。

* * *

突然他又聽到了鳥鳴！哈山嚇得跳下床，還好榭卡還在身邊熟睡著。半信半疑之間，他坐在床沿專注地聽。是的，這回沒錯，和他十年前聽到的聲音一模一樣！他的背脊一陣發涼、寒毛直豎。鳥的叫聲好近啊！就像從屋頂傳下來的一樣。

「兒子，哈山欸，快開門，是我。」他聽到有人輕輕敲門的聲音，他立即下床開門，母親走進來。

「媽，是庫窩鳥？」他遲疑地問。望著母親點頭，這老婦人滿懷憂慮地看著熟睡中的榭卡。他火速從抽屜抓了火把就要往外衝，母親擋住他。

「兒子，別去，看好你太太。」母親的聲音聽起來心煩意亂。這時鳥鳴更大聲了，也越發嚇人。

　　一連三個晚上，他們都聽見鳥鳴聲，而且總是在半夜十二點準時出現，聲音一天比一天大，聽著也更讓人心慌。

　　母親輕輕嘆道：「你都離開十幾年了。我們從那之後就沒聽過這鳥鳴。」他突然感覺一陣驚慌，那些早已塵封的兒時記憶，一下子都回來了。其實，這些事他怎麼也沒辦法忘掉，那些不祥的鳥！牠們究竟從哪裡來的？到底又是哪個該死的人在養牠們？母親這時拿了幾顆小洋蔥放在他們床邊。

　　「給你們護身用，那些『壞東西』通常都討厭洋蔥。」母親解釋道。當然，她也沒忘記香茅莖。

　　「媽，我們該怎麼辦？」他聽到自己聲音的顫動。還好樹卡夜裡從沒醒來過，頂多微微翻身，也許是因為懷著孩子，她變得易累。但每當鳥鳴聲越大，他越擔心妻子會突然醒過來，向他發問。

　　「孩子，明天去寶哈爺爺（Wak Toha）那裡問問。」

　　「他還活著嗎？」他想起那個老人，不管來人是不是熟客，總是一身吊嘎和短褲打扮。他凝視人的眼神，不知為何總帶著一股安定的力量。這個人從來不曾上過學，是個文盲，但卻好像無所不知。

　　母親只是點了一下頭。鳥鳴一直持續到凌晨四點，才逐漸遠去，最後和摩托車的引擎聲交織在一起。這個村子即將醒來。當晨禱的叫拜聲響起，他迅速走向浴室沐浴，準備祈禱。

＊　＊　＊

　　「『半天鵰』，一種懸掛在天地之間的鳥。」阿良哥翻開一本厚厚的中文書，開始解釋。他拿出選日子用的「通書」，死死地盯著上面這種鳥的圖畫。阿良哥在新溝村是個小有名氣的華人巫師。書裡圖片中的鳥，頭低低的樣子看來很嚇人。

　　他向阿良哥解釋過來意之後，他以邦加島的馬來語，很有禮貌地回應：「你已經問過寶哈爺爺了，那我就不再給建議了。」阿良是一個肚子圓滾滾，大約四十歲的男人。當哈山對寶哈爺爺表示，自己想看看庫窩鳥的樣子，他建議：「去找阿良，他手上有本書，書裡有鳥的圖畫。」寶哈爺爺獨

自住在市場的小棚屋裡，終生未婚。他給了哈山一袋胡椒，上面還寫著咒語。

村裡這位拒絕所有問事者送禮的巫師，指示他：「唸完《可蘭經》的〈開端章〉[7]之後，在房子周圍灑些胡椒，剩下的摻進你太太的飯菜裡。」老人已經七十多歲了，但看起來比實際年齡年輕。接著他提到哈山已經死去的爺爺，他們過去是非常好的朋友，還提到了他過世的父親。父親很小的時候，因為太過頑皮，曾讓爺爺找寶哈想辦法，當時寶哈爺爺希望能收他父親為徒，可惜因為他戒不掉某些禁忌的食物和某些個人習慣，這個提議並沒有實現。

「沒想到時間都過去這麼久了，小哈山現在變成都市人啦。你要常回來好嗎？不要因為變成都市人，就忘了自己的根喔。」寶哈爺爺咧開已經沒有牙齒的嘴，開心地笑著。

* * *

在從檳港飛回雅加達的班機上，他的噩夢似乎還持續著，這個噩夢攪住他，變成腦裡的一潭黑池子，身體彷彿被撕成碎片。還處於受驚狀態中的榭卡，頭倚著他的肩膀睡著了，她美麗的臉龐看起來十分疲憊，臉上還明顯刻著悲傷的痕跡。他覺得自己的目光無法在妻子臉上多停留一秒。榭卡的眼睛到現在還是腫的，從那件事發生至今，她不斷地哭泣，覺也睡不好。事情已經過去一個月了，她仍難以平復。他很快就決定帶妻子回雅加達。如果在村子繼續待下去，恐怕她受的折磨會更多。萬一又有什麼地方錯了，只會讓她更心煩焦慮。榭卡是家中最小的孩子，還不夠成熟與堅強……

他們失去了結婚兩年以來，夢寐以求的孩子。榭卡在懷孕八個月又十天的時候在井邊滑倒，結果流產了。他怪自己疏於照顧妻子，不然不會貿然讓她去洗衣服，雖然那只不過是她的兩件睡衣而已。哈山懊悔不已。

從飛機的窗戶看出去，他成長的小村莊變得越來越小，距離也越來越

7　Surah AI-Fatihah，指《可蘭經》的第一章經文。

遠，這件讓人意想不到的悲劇，陰影似乎也逐漸消退，但是他知道，恐怖的記憶是永遠揮之不去的。

　　不知為什麼，他突然覺得他們乘坐的飛機，就像一隻巨大的庫窩鳥，在空中倒著身體飛翔，一邊宣告死亡的來臨。

原文 Nyanyian Burung Kuwok，收入小說集 *Istri Muda Dewa Dapur.*

譯文出自《幽靈船》(2016)

令人聞之色變的庫窩鳥、波拉萬山區的隆人、佈滿華人無名塚的「摩天嶺」，一座充滿神秘詭異傳說的島嶼──邦加島。錫礦曾經是此地的重要產業，華人、馬來人在此安身立命，共擁錫礦的歷史記憶以及那朗朗上口的客家語。

湯順利（Sunlie Thomas Alexander，1977–）
出生於印尼邦加島，為華裔客家人。著有短篇小說集 *Malam Buta Yin*、*Istri Muda Dewa Dapur*、*Makam Seekor Kuda*；詩集 *Sisik Ular Tangga*；詩文合集《幽靈船》等。

譯者　林凡几
畢業於國立政治大學歐語系德文組及廣電系。曾任國際新聞剪輯師，現專職承接德／英語筆譯、影視製作相關工作。譯作有《集眼者》。

譯者　邱偉淳
1988年生，台灣高雄人。畢業於斯拉夫語文學系、新聞研究所。

譯者　丁庭羽
擅長中英互譯，以瑪麗蓮的名號走跳江湖，譯作龐雜，橫跨神學皮膚醫學古文物等領域。

印尼人

房慧真

　　曾經有一段時間，我長得像個印尼人，在青春期來臨前的小學五、六年級，胎毛尚未褪盡，又隱約有什麼開始抽長，青黃不接的尷尬階段。我膚色黝黑，手腳細瘦，頭髮捲曲，雙眼皮褶痕深邃，看起來就像個印尼人。

　　小時候，好一點的同學，我會私下跟他們說，我爸爸來自印尼。「哦……難怪妳長得像印尼人。」我馬上急著解釋父親不是印尼人，是印尼華僑，兩者之間有著莫大區別。印尼人，十一、二歲的小女孩，也約莫我小學五、六年級，就已經開始在爺爺家全天候幫傭，我不常看見她們，只知道昨天換下的衣服，今天已經洗淨熨妥折好。吃飯的時候也不常看見她們，只知道等我們吃完，她們會在廚房像老鼠一般，蹲在角落，安靜覓食，僅用右手扒飯，左手汙穢不潔，是禁忌。她們也許會暗中笑我，怎麼擦屁股的手也拿來取食，儘管我坐在前廳，用刀叉吃飯。印尼人，十一、二歲的小女孩，姑姑說不要對她們太好，她們好吃懶做，對她們好一點，以後就難管了。我的堂姊同我差不多大，從小便嬌寵慣了，不吃飯，要傭人一口一口餵；襪子、鞋子從沒彎下腰去自己穿好，都是也和她一般大的小女僕，幫她穿好才能出門。

　　印尼人通常幫大多數華人，以及少數有錢的印尼人幫傭，男的當司機，女的做女傭。學業中輟，從很小便開始出來工作，薪資低廉，連不怎麼富裕的華人家中都請得起，比如我爺爺家。

　　爺爺家的舊房子，在住、商混合的雜亂區域，沒有拓寬的大馬路，叔叔的賓士轎車開不進來，奶奶早已搬離這裡，遷移到小叔高級住宅區的花園洋

房。父親每次回來，也住不慣洋房，和母親拎著兩姊妹，幾箱行李，擠上由機車改造成的簡易出租車，風塵僕僕穿過空氣汙染十分嚴重的雅加達市區，來到爺爺家。車還是騎不進去，我們在路口下車，拖著重物，穿過彎曲迂迴的小徑，抵達迷宮的中央，爺爺的小屋，父親的過往。我記得旁邊有一條大河，或者說是泥河，幾乎不流動的水溝，小孩子排隊在水裡大便，母親們排隊在河邊洗衣。爺爺家有廁所，我們不必出去拋頭露面，但是每天的用水，必須一桶一桶向水車買來。

每天清晨五點整，我會被回教徒的禱告聲驚醒，透過廣播器強力放送的激情語言，進了我的耳朵，成了恫嚇。

中午十二點，父親領著全家在街邊小攤尋找童年味道，蒼蠅嗡嗡盤在腳邊，日曬正烈，不一會兒，涼的食物也熱得燙手。

晚上八點鐘，回到爺爺家。爺爺家的錄音帶只有張帝和鄧麗君，我和姊姊聽了一整個月的脫口秀和小城故事，日後我回台北，在電視上看到他們，總有一個錯覺，他們其實來自印尼，身上夾帶了揮之不去的泥沼味。

曾經有一段時間，我不只長得像個印尼人，也將要成為一個貨真價實的印尼人，有一個印尼名字，一本印尼護照。

同樣是在我小學五、六年級，父親花了一大筆錢，為台灣出生的母親、姊姊、我，辦了三本印尼護照。我臨摹歪歪扭扭的印尼名字，描畫了好久，才在護照上落了款，定了讞；去相館照相，膚色黝黑，頭髮捲曲，眼皮深邃，不用假裝，看起來就是個印尼人。

印尼人，右手吃飯，左手如廁。清晨五點整，朝向東邊對真主阿拉虔誠跪拜。中午十二點，我最怕吃的榴槤在街上熱得發燙，濃黃的汁液就快噴發而出。晚上八點鐘，聽張帝繞口令鄧麗君唱歌，日復一日，年復一年，「印尼人」一天的生活，在十一、二歲的小女孩心中，貧乏得可怕。

過了幾年，小女孩長大，膚色變白，頭髮留長，雙眼皮還是雙眼皮，戴上眼鏡之後，不這麼深刻了。護照失效，我終於沒成為一個印尼人，印尼人卻開始來到我的島嶼。外籍勞工或者配偶，前者短暫停留，來了又走；留下來的是後者，結了婚、生了孩子，五年、十年過去，明明老資格了，白紗總除不掉，還是新嫁娘，「印尼新娘」、「越南新娘」的叫。日後她的孩子上

學，對親近一點的同學說，我的媽媽來自印尼，「哦……你媽媽是印尼新娘，你是外籍新娘的孩子。」不是個「人」了，只是結婚蛋糕上的塑膠娃娃，人造新娘。只會褪色，不會老去。

出自《單向街》（2007）

受故鄉召喚的父親年年攜眷回返印尼，然而對應的是後輩子女極力澄清的「不是印尼人」，是印尼「華僑」。僑居原是新客，一個曖昧不明的身分與不知何處為「故國」的疲憊，斷裂的時間、離散的身世以及永遠的等待。

房慧真（1974–）
出生於台灣台北，現為文字工作者。著有散文集《單向街》、《小塵埃》、《河流》、《草莓與灰燼》；人物訪談《像我這樣的一個記者》；合著《煙囪之島：我們與石化共存的兩萬個日子》、《電影裡的人權關鍵字：第六十九信》等。

老人世界

楊謙來（Jong Chian Lai）

莊華興　譯

　　不經意的，他的轉變竟那麼顯著。更甚的是，他的立場和信仰也滑向那個方面了。他愈發自我疏離，不愛和老人說話，近兩個月來甚至鮮少與家人同台吃飯。日久了祕密總也包不住，雖然沒人願意開口道破。

　　「早知剛落地就掐死算了。」老人忿忿難平，咕咕噥噥。

　　他環抱雙膝，軀幹佝僂著，偶爾搔搔頭顱。眼珠盯著空疏的木板地，一邊叨罵著孫子。他依然失神想著——從缺口的杯子到大陸入口的酒。為了養生，這陣子飯後必然喝它那麼一杯，外加一小瓶尾指般大小的參酒。然後把逾期的《砂勞越論壇報》一把揉了，起身面向牆壁佇立著。

　　他以揉皺的報紙掃著沿壁而飛的蚊蚋。第十一或有時候第十二的女兒禁止他這麼做，因血點子將黏附在壁上，或在八五年的日曆上、在老朽的全家福玻璃鏡面上，還有在那幀結婚照上。這一切有時候是讓他心寬的物件。非關多子多孫之故，而是因為自己終於把那麼多個毛頭拉拔養大，從日據前到孩子們各自能自立更生為止。

　　老人在自己的照片前佇立許久。其時，年方四十八，八個男兒兩個女兒，不多不少。在那些婚照中，他最讚許老二的婚事了。如果鏡片上沾了血斑，他會趕緊拿廚房門後那布巾把它揩了。沒事總會拭抹它。那些照片收藏了為人父者幾許的歡欣與憂戚。目光一旦接觸到那入了馬來番的兒子的婚照時，總黯然頷首，下意識搔搔前額，繼而輕嘆，然後支著下頜靠桌邊坐下。

　　老二通常一年回家一趟，總不忘帶回一樽大陸入口的酒。孩子在醫院服務，媳婦是華人，生了兩個小孩。老大任X光師，兒媳是比達友族，有四個

孩子。老三進了馬來番，任職文員，媳婦是爪哇女人，兩個孩子。長女沒上班，丈夫是鄰國華人，五個孩子。四子在教育界服務，兒媳是華人，兩個孩子。老五是著名攝影師，入了馬來番，媳婦是爪哇人，五個孩子。二女在私人商行做事，女婿是伊班人，三個小孩。老六入馬來番，任職文員，媳婦是爪哇土生華人，得二子。老七任藥劑行助理，妻子比達友人，兩個小孩。老么任政府部門小職員，太太是伊班人，兩個孩子。么女仍小姑獨處。而即將入馬來番嫁作他人婦的是三女，女婿是……

「自家族人有什麼不好？其他種族我沒話說。」他滿臉通紅像喝醉了酒。

「莫不是受人擺布？」語帶嘲諷。「準是他們慫恿他。我沒生氣，只不過內心難受，太令人羞恥了！」他旋著大光燈的充氣栓。「他們傳染著進馬來番的病症。」

「他中了蠱。」鏡中婚照中的兒子身著藍色宋吉鑲銀線布衫，一把馬來匕首齊整地叩在腰際。

「身為人父，說什麼爸都一定得過去。」他最窩心的三女已第三次催促他了。他依舊裝聾作啞。兒子曾經請他，卻不是在他面前，而是由母親居中傳話。最終他沒出席婚禮。他的立場固執不屈，若竹乾而非嫩筍。

老三也是如此。親家那頭嘗試說項。

「親家不來，我丟臉啊。」對方以印尼語說道，確是從爪哇島來的。誰不丟臉啊？他還不是因自己骨肉的行為而丟臉嗎。

只有阿國勇於擔負責任。他當面嘟嘟噥噥地向他表明心跡。「我老婆是爪哇人……」欲言又止，不是因為心虛而是怕傷透老爸的心。

大光燈被屋外的冷風猛撲猛打。裹著白光的白紗燈蕊擋不住那勁風，轉黃的火舌熊熊往上衝。燈罩上端一片鐵皮被薰得烏黑。屋頂下由白糖袋子結成的間隔盡是呲牙咧嘴、坑坑洞洞的。

他孫子看了興奮地叫起來：「火，火！」大人耐不住那吵聲，叱了一頓。

「搗蛋的小孩。」阿福以比達友語跟他兒子說話。

老人蹲在那經他修過而依然搖搖欲墜的凳子上為大光燈充氣。那凳子曾

經讓主人摔跤過。媽每隔四天就為他按摩消瘀傷。凳子也被她丟了，不意惹火了老人。他重新把它撿了回來，然後就那樣鎮日修那台老凳子。

媽以她喋喋不休的嘴皮子發著牢騷：「吝嗇的老傢伙。」媽口操砂拉越馬來語，老人沒聽懂，卻見他臉上閃過一抹黯然。

那種習慣已經與老人合而為一了。他為自己的習性而自豪。因為節儉他才得以存活，並有能力供那麼多孩子上學。他覺得沒必要因這樣的習性而自卑。老人已經把這習性灌輸給孩子們。但他們卻怪罪於他，並以幼稚的思維詮釋節儉兩個字。而實際上他們的生活正是從這樣的境遇中開始的。

「他跟他們後塵。」這話是對那穿蘇丹御婚裝扮的兒子說的，說完捏了捏眉心。

「你的族性消失不了。」老媽嚴聲批駁。媽的思想如浩渺的海洋，可老人的思想仍然狹小如湖泊。他只活在自己的幻想中：家、秦那巷、頭家、頭家雇工、合盛咖啡店、菜市，然後回家。媽並不如此。媽經常到馬來人和爪哇人家中串門子。老人被她愛串門子的習性惹惱了。

「他的血統，是華人嗎？混種啊！」

「幹嘛要知道這些？」

「他們的前途完了。」老人說道，似深諳事故。「現在就亂七八糟了。你感覺不到，我可感覺到了。」

老人的目光在媽身上的紗籠逡遊著。他的眼神吐露了多少年他對媽如此穿著的不屑。「咱們孫子不能用華語跟咱們交談，豈不荒謬？」

「簡直太荒謬了！」他重複剛才那句話。

「這個也一樣。那動物犯了什麼忌諱？」老三這陣子總干擾著他內心的安寧。彷彿吞了膽汁，或心臟被扎了一針——苦不堪言。

老人曉得自小他們就和那個民族和諧地混在一起。大家一夥共同到屋後小溪邊洗澡、戲水，直至那紅色溪水混濁了才肯罷休。溪床的敗膠葉、青澀的膠籽、膠樹的枝條混著黑泥給翻了過來，然後撈魚。一人拿著藤簍堵水流，另兩人涉水在前頭趕。偶爾獲得老虎魚、波魚、泥鰍、多曼魚或小蝦。

最刺激的是啖小生蝦那一刻，澀中帶鹹。

雨季時，他們就在膠樹根隙間置漁具，這個時候此處最多泥鰍。有黑而

粗長的，有短而帶黃斑的。然後他們在那道蒙塵的石子路旁網魚。

　　他們曾經和馬來爪哇朋友拌嘴、打鬥、對立，但後來總言歸和好。一般上和解是透過「大戈」、「八古裡巴」遊戲，或者玩家家酒達致的。一直到成年家家酒遊戲終於在他們身上成真。一切都是真實的開端。昔日老人家看了不無竊笑，然而現在他卻反過來反對。他不贊成如今發生的婚事。在他們叛逆的年齡，老人根本沒辦法監管。老人對他們流利的馬來語和爪哇語蠻不是味道的。媽也說得流利，馬拉瑙語也不遑多讓。他孩子那些煩擾的事也許就從這樣的交往中開始的。

　　「如今他說那種動物是不可食的忌諱物。從前還不是吃牠長大的，一直到他有能力思考。」他在廚房門口前如是說道，手上的紅匙正攪拌著白色塑膠杯內的美祿。那杯子是從黑泥中撿來的。媽不吭聲，她的唇因沾了熱水而在顫抖。

　　孩子們無論男女都曾被他揍過，通常以生火的柴薪或椰葉骨枝掃他們臀部。有些逃到友人家借宿。有些深夜才回來。膽子大的在樹上茅棚過夜。一切都太遲了，如今只能口頭叨罵幾句。兒女們已經會擅自作主了，他們乖離信仰、堅持自己的立場，並給他討了媳婦。

　　「我的顏面……沒了。我根本沒法過問他們以後的事情。你看看阿莫。」老人受了頗沉重的打擊。事前毫無聲息，阿莫帶著女人和他外家回來。老人懊惱極了。阿莫故意把老爸的尊嚴典當給那女人。阿莫當然可以這麼做。他答應過阿莫，婚娶上老人無需過問。

　　「把我當死人沒什麼兩樣。」老人走向前廊，冷風輕拂他臉頰。他揣度頭顱般大的十五的圓月正懸在瑟拉碧山巔。但是，那晚的夜色卻異常蒼白，也許濃重的夜霧把月光反射向穹蒼了。

　　合攏了咧開的嘴，隨之又綻開不屑的微笑。「是誰嚐到了挫敗的滋味？」他把目光拋向正在啃瓜子的老伴。

　　「是他們的行動還是我的固執。」他隱隱感覺到他們開始在規勸他。

　　「我不滿他們這樣的決定。」他吐露了心聲之後，臉上像喝醉的人。

　　「說到底終究是自己的孫子。」媽駁了一句，沒正眼瞧他，目光閒閒地四處逡巡。

「我哪有權做決定。我們幾個孫子你不是不曉得？」他給予各孫兒不同的待遇異常明顯。那入馬來番的兒子始終默不出聲，任他去。他們依然經常回老家。

「我死去那天，你們就會明白⋯⋯我孫子不會願意在我靈前下跪的。」

老人感知到兒女們對他們老媽的孝順多過他自己。他也知道老伴不計較誰是她媳婦、孫子。然而，對他來說，種族是至關重要的。無論到什麼時候，種族的承傳始終存在。他保根護種的決定是有原因的。

剛才那嘈鬧著的孫子向他要了一口美祿。他把杯子湊近孫子嘴邊。那微微顫抖、枯瘦的手盡暴青筋，如流向同一個方向的小溪。

「他的思想歧入異途那麼遠了。每一個禮拜天他都上教堂。後來，他表明不能再同台用餐了⋯⋯」他把美祿緩緩呷盡。

「為什麼豬肉吃不得？」

艾莎・伊斯拉仍張著小嘴，慍慍然盯著她爺爺討美祿喝。她開始哭著央她爸阿福也給她沖一杯。阿福起身，口中卻嘀咕不已。

「你燒的菜他都吃膩了。」媽不理會老人的話，一邊閒閒地啃著葵花籽。她每個晚上總不忘啃那些雜碎，老人看著就討厭，諷刺道：「跟馬來人一個款。」

壁鐘敲了九響。

「乾脆全部進馬來番算了。」這回老人按捺不住了。

「不必來煩我。我可以自個生活⋯⋯不需要他們。也許我給你們添麻煩。都七十九了，還能活多久⋯⋯」他專注於掛在牆上十年的老鐘的指針，彷彿聽錯了剛響過的鐘聲。

「大陸還是會接受我。我可以在那邊終老，不需要他們為我操心。棺材本也夠了，墓地和喪葬費都有了著落。」

老人再踱到廊下。微風把二十步以外茅坑裡的乾糞味送過來。他啐了一口痰，重新踱回屋子裡，隨之掩了門戶。在這長長的旱季，蚊蚋總是特別多。

媽對老人每一回對孩子發大脾氣時提起要回大陸的事反感至極。媽知道他有足夠的老本讓他在那裡長住。何況他還有親屬在那兒。

揮別那片土地也有半個世紀了。這些日子來他肯定牽掛著想回去。而他也經常在秦那巷裡聽老友們談起故鄉的點點滴滴,更增添他回去的決心。還猶豫什麼呢?他幾個兒子都有意無意地慫恿他,除了阿細。他十二個兒女每月都不忘給他零用。每人五十一百或兩百的。

「真的想回去?搭公車都嘔吐的人,何況這回得搭飛機。」媽每一回如此揶揄,老人都沒回應。

「那裡不收留老人的。」他女兒嘗試壓制他的意志。「觀光不成問題,但不可以長久留下來。更別說在那邊終老。」

老人沒搭腔。他把電視正上演著的馬來影片叭一聲關掉。那是媽喜歡的節目。媽嘀咕著欲阻止。

「什麼節目嘛,有什麼好看。」老人說道。

媽喜歡看名影星比南裡的片子。媽仍舊嘀咕著,終於把他惹火。

「浪費電池嘛。」

媽頹喪地靠在牆角,自言自語。「吝嗇的老傢伙。」她埋怨道。

當母親或其他人這樣指責他時,女兒都會站在老人這一邊。她澄清道:

「他的確應該這麼做的。否則,我們之中肯定有人餓死。是爸的吝嗇讓我們有機會上學,除了阿細。我們應該向爸學習。他是最成功的家庭支柱。他月入區區一百五十元,但他有能力建起這棟房子,把我們拉拔養大。十二口人呢。我們應該榮幸才對,實在不應嘲諷他!因為習慣,他當然到今天也很節儉。我們能生活在一起的祕訣是他遺留給我們的節儉。」

那是他最疼愛的女兒。而她的孩子也是他最親近、懷念、稱讚和寵愛的。

阿福總是為了聞到腐臭的蛋味而嘮叨不休。狗騷、黑泥巴味混和著雞糞味和茅坑裡的糞臭自地板上每一道縫隙滲進屋子裡。他對這一年沒幾次回家的兒子的態度感到厭惡。這老屋是他長大的地方。這些味道他們都已經習以為常了,直到他離開這裡出外。

「我死了,他們就高興了。」老人叨唸著,一邊為忽明忽滅而掙扎著的大光燈充氣。

「一把年紀了還有遺憾……」他斷斷續續地說。進了房間,往擱在高處

藥物箱裡的竹籃子掏。籃子是老二在美里買的。

「早知把他們送進華校，不該是英校……」老人從瓶子中倒出一顆防疫丸，然後一把送入口裡。

「這樣他們才懂得尊重這老爸。」他補充道。他把瓶子放回籃子。然後拎了把剪刀走出來，修剪自己斑白的鬍子。摩挲了一陣又專注地剪著。

「還要怎樣的尊嚴嘛！」媽應道。「除了阿細，他們每個月都給家用，還不夠？」媽開始有些惱火。阿福只顧咧嘴笑。「還有華人新年時，你的爪哇媳婦和馬來媳婦燒飯。他們都跟我們一塊吃。」媽提醒他。

「我們不是一家人。」只聽到俐落的剪刀聲。「和從前一樣。」

「父子之間好像有猜疑。那王八畜生……就因為牠，家人的關係越來越冷淡。」比老爸的愛女長兩歲的阿蘇憤憤地說。「那麼就不應該讓那畜生存在。」

他們的宗教戒律如何？如果對食物的忌諱與否產生懷疑，是否還能夠同桌用餐？他不明白為何他們每個週末都回家用午飯。

虔誠的阿國用自己的碟子、鍋子，並從年輕時代起就自己弄炊事了。他在家中習頌經文。兩個老人聽不懂。一天禱告五次。週五的祈禱從來不缺。

從來沒向我們任何一個宣教，亦從未焚燒從前在他手裡的《聖經》。

「如果那畜生真的是諱忌物，何苦創造牠。」他對基督教的理解完全是盲目的。其實，他更傾向於舊傳統，雖然他受兒女慫恿而信奉基督，包括那些認為那種畜生是諱忌物的人。

「為了那畜生，我們都各成了陌路。」

老人的思想依然狹窄，不像老媽任孩子們自由選擇他們的人生航向。而老人卻認為兒女們已經不再是穩固家基的連環扣。老人將與孩子們脫離。他被掩埋在向來由結實根脈撐起的家基廢墟中，如今那根脈在他歸老之前卻先行崩壞了。

老人趁兒孫們聚在一塊時藉機把自己的故事抖出來。當年他乘艟船逃離大陸，在海上漂流了一個月終於抵達新加坡。那時候他十四歲。最初的職業是廚房助手。足足三年待在新加坡做苦力。隨後遷移此地，因為新加坡人口稠密。他開始做小買賣。待生意漸有盈餘，就娶了媽。日據時期他的營業被

迫收盤。戰後欲重操舊業資金卻沒著落，願望也因此落空。

「王八的日本！」他說道。

原鄉秀麗的景色常常掛在他嘴邊，未曾忘懷。稻禾成熟時，仿如閃閃的金光。番薯畦成排成排的。逢收成季節，兔子總趁夜偷掘薯子，地裡盡浮遊著閃亮的點點晶紅。那是從前鄉裡平靖時的光景。後來一切都像囚在鐵籠裡的猴子，悉野孩子以尖削的竹子刺牠戮牠。稻谷和薯子都被劫掠搜刮一空。

憶起總令他心有餘悸。終於決定遠走他鄉，把自己流放到這裡。

「這就是報應嗎？」他捫心自問。

如往常一樣在秦那巷勾留時，他的老友總聊起養兒圖報的事。只是結局各有不同，譬如有自殺的、仳離的、爭奪家業的、病的，最常聽到的是因家庭糾紛而決裂的。

是啊，這就是孩子們的報答！

孩提時代的困苦與拮据或許是導致他們懷恨的根源吧。他們自幼沒有一個不懂得自立。學費從來就籌不足，更遑論零用了。他們曾經在吊橋底下賣野蕨菜、米丁、野生白菇、樹菇、自製的煤油燈、菠蘿苗、紅毛丹和羅望子。他們甚至曾經趁週末和週日在吉大村、馬當村和古僚村兜售冰淇淋。其中一兩個男兒曾經和馬來朋友划船沿著砂拉越河採集細沙，或者上山砍樹賣給華人收購商。

他們都經歷過艱難困頓的歲月。而自己未曾給他們過好日子。如今莫不是都心有怨懟？

「老弱了看誰來照顧。」媽邊說邊扭開電視，有意衝撞老人。

「老來時……」老人搔搔額門。「我也算命苦啊。身為他們老爸，我沒有得到合理的報答。」老人折疊起手中的報紙，朝門板上的蚊蚋猛拍猛打，力道使門縫敞開約兩根手指頭的寬度。

媽直起軀幹，把蒐集在紙張上的葵花籽殼從地板的縫隙間往下倒。剩餘未啃的則收回美祿罐子裡，置回木架上。然後轉身走向廚房，端出煤油燈，吹熄。兀自掩上廚房門扉，不再理會丈夫的事。她關了電視，踱進睡房。

老人緘默著。繼而聽到孫子的鼾聲，間中夾著大光燈的嘶叫，還有牆上掛鐘的滴答聲。

「阿苟！」喊聲淒厲。老人的母親已哭了許久。他老父無力地揮著手讓他離去。

至今他仍未有兩老的訊息。那是他最後一次與他們見面。孩子們都未曾見過他們在大陸鄉下的爺爺奶奶。老人也從來沒寫信回去。遠方混亂的時局截斷了他與家人的聯繫。

「你爹早就過世了。你娘早兩年。」他接到消息幾乎昏過去。他感覺到頭顱異常沉重。消息來得太突然，令他措手不及。他始終以為兩老還健在。

「你兄姊至今仍不知去向，他們把老人埋葬後就走了。」從大陸探親回來的親屬如此透露，大概是五年前的事了。

「生活真不好過啊。」當他表示要終老於故鄉時，女兒極力反對。他唯有嘆息，無可奈何。

老人腦海中仍然晃蕩著故鄉的木板屋。一個房子，闢了他爹娘的臥室，還有他爺爺奶奶的起居室，以及他和四個弟妹的房間。並排的牆柱之間的縫隙都貼上了樹皮或敷上黏土，防止冷風竄進臥室干擾睡眠。屋頂以刨得扁平的小木片層層疊疊蓋成，阻擋風雨的襲擊。這些小木片就這樣從屋簷一直向上伸延，再翻過屋脊向另一邊一層一層疊下，一溜到底。

屋子後邊則長了茂密蔥蘢的樹林，足以抵擋襲向房子的狂風。在樹林和房子之間的曠地裡則栽種了番薯和青菜。稻田則在屋子南面。屋前有一條紅石子小路，蜿蜒伸向溪邊，那是洗澡、搗衣和取用食水的地方。他爹就從那邊汲水，用自製的木桶盛水挑回豬欄，以及雞鴨鵝等寮棚裡。

有一回，屋子遭遇火劫。記得全都成了灰燼，除了鍋、盤、煲子、杯和刀，但都變了形且焦黑無用。火勢一發不可收拾，連豬圈和其他禽畜寮棚也殃及。不知多少人從災場排到溪邊，一桶一桶把水傳回災場灌救，但終究徒然。

新房子重新在原處建起，但沒有原來的老房子好看。從那時候，生活開始出現周折。戰亂頻仍，局勢日益險峻，生命無日不受威脅。無論白晝或夜晚都聽說有人被殺害或槍斃。翌晨就見到有人抬屍向墳場走去。

「人老萬事休啊。」他的感覺總是這樣。眼眶噙著淚水，目光迷離。

「他們願意為我扶靈嗎？」

「他們都願意披麻帶孝？」大光燈的火舌驀地竄出來，若故事中吐火的巨龍。「還有，允許我的孫子穿上素服嗎？」他為大光燈充氣，然後迅速鬆開栓蓋把氣洩了。頓時嘶嘶作響，周遭瞬間陷入黑暗之中。他把煤油燈點燃。

下星期是他的婚期。又一個⋯⋯為⋯⋯為我添孫。我不出席婚禮了。

不出席他們還不是依舊結婚。他哥哥也一樣。不曉得那些禮俗是怎麼搞的，未經我同意，婚禮照樣進行。但是，那可是很丟人的事啊。他們不在家辦喜事，而是在娜妮家裡。是的，娜妮的家，自幼我把她給了馬來人。是我肇開事端還是他們？真叫人布興喀巴拉！[1]

那天他跳上老鐵馬朝秦那巷馳去。鎮日在麻將台上揮霍，夜了在客屬會館留宿、喝悶酒。在半醒半醉中嚷嚷：「他們在考驗我，太傷我心了。氣⋯⋯氣死我了⋯⋯我輸⋯⋯他們贏了。我輸了⋯⋯！」

原文 Dunia Orang Tua，

出自 *Musim Terakhir*（1988）

馬來西亞為多元種族匯聚之地，文化的衝突與交融在這片土地上你來我
往，彼此因為語言、宗教、血統的差別而生成我者與他者的刻板印象，
小說中堅持種族純化的老人，只能在自己的世界漸漸老去。

楊謙來（Jong Chian Lai，1960–）

出生於婆羅洲砂拉越古晉，是華人與土著畢達友族的混血兒。1978年開始在報刊發表詩作，1980年涉足短篇小說。他以馬來文創作屢屢獲獎，為少數獲得馬來文壇肯定的非巫裔作家。著有中篇小說集*Gugurnya Langit Hijau Nanga Tiga*（三溝鄉的青天塌下了）、*Pindah*（搬遷）；短篇小說集*Musim Terakhir*（最後一季）、*Kepompong*（蛹）、*Bunga Rimba*（山花）、*Menganyam kedukaan*（編織悲傷）、*Menziarahi Dunia Sebayan*（到

1　馬來語：布興喀巴拉（pusing kepala），想不通、懊惱之意。

訪澀疤淵世界）；長篇小說*Pemberontak*（起義）、*Kudengar Degup
Cintamu*（吾聽見汝愛情跳動的聲音）以及少年長篇小說等。

莊華興

馬來西亞博特拉大學退休副教授，現為獨立研究員。研究專項為新馬左
翼文學與文化、華馬比較文學、華馬翻譯與翻譯研究。以中文與馬來文
撰寫論文，出版中文與馬來文編著與譯著數本，並有學術論文多篇。主
編的著作有《端倪：大馬譯創會中文文集一》、《馬來西亞國中華文教
育研討會論文集》、《綿延：大馬譯創會中文文集二》、《回到馬來
亞：華馬小說七十年》、《夜行：台馬小說選譯》、馬來文著作
《PUTIK》；編譯《寂寞求音：林天英詩選（1972－1998）》（華馬雙
語）、編著譯《國家文學：宰制與回應》，並著有《伊的故事：馬來新
文學研究》。

黑鴉與太陽

李永平

　　大清早的日頭原也會這般紅的：紅得就像要淌出血似的。學堂叫軍隊給封起來了，禮堂紅漆大門上塗著一個黑色的大X。告示上說學堂的老師是游擊隊，我瞧著不像，回家問媽媽。媽媽在給菜畦施肥，聽我問，頭也沒抬，只說：他們說老師是游擊隊就是游擊隊吧，不關咱家的事，小孩家莫問。我心裡老大不服氣，卻不敢跟媽媽回嘴，便撂下書囊去後山打黑鴉子，不一會就忘了學堂的事。八月時節，旱天來臨了，滿山都是黑鴉子的呱噪。一隻老黑鴉吃我一彈弓打破了膛，血濺得我一臉，真好晦氣，叫人心頭說不出的煩躁。天一亮，我睜開眼睛，瞧見紅亮的日頭灑照著牆上烘乾的黑鴉子，想起教我烘標本的巴老師被軍隊抓到兵營裡，禁不住發了一回呆。媽媽一把揪我起來，叫我去河裡泡一會，把暑氣消消，今天要帶我進城去。出屋來我便看見那一團血紅的旱天日頭——好扎眼哪。

　　我泡在水裡，望著那紅潑潑的半邊天空，忽然想起好些日子以前，巴老師常帶我來河邊爆魚。有一趟不知怎的出了岔，巴老師右手被火藥炸斷半邊巴掌，鮮血灑在河邊曬得發白的老青石上，好大的一灘，把河水染得膩紅。出院後回學堂，巴老師便使用左手寫字。過些時日，我發現巴老師使左手寫字，比使右手寫還要靈秀。只是巴老師不再帶我來河邊爆魚了，河裡的魚養得又密又肥，那股逍遙自在勁兒，真叫我恨煞。小河不愛吵鬧，靜靜的、悄悄的從山裡淌下來，流過一片松林子，一路叮咚價響，好似學堂裡的何老師操著她那十根青蔥般的手指頭，彈鋼琴，教我們唱歌。媽媽跟姊姊蹲在河邊青石上洗衣裳，棒子擣得混響。我獨個兒在河裡浸泡一回，便坐在橋墩上，不知不覺唱起何老師教我唱的歌來：

　　我家門前有小河
　　後面有山坡
　　山坡上面野花多
　　朵朵紅似火

　　我翻來滾去的唱著，也不知唱了幾遍，忽然聽見頂頭滿天空綻響起黑鴉子的呱噪，抬眼瞧時，只見一大群黑鴉子拍著翅膀飛來，乍看就像數不盡的黑點子撲向血紅的天際。我仰起臉龐呆呆瞅著，好久沒低下頭來。媽媽使棒子擣衣裳的聲響，一聲聲回應河水的叮咚，霎時好似在夢中一般。

　　橋上，鄰莊的唐老伯嘶啞著嗓門喳喝著趕牛車經過，向媽媽招呼道：

　　「劉大姑，這早啊？」

　　媽媽抬起頭來，應道：

　　「今朝得進城一趟。老爹這早趕送青草回去呀？」

　　牛車轂轆轂轆行過橋去；唐老伯的喳喝緩緩遠去了，留下那一車青草的嫩香在我鼻端上直打轉。

　　媽媽好些時日沒帶我進城，上一回進城是清明節，媽媽捎紙錢香燭，帶姊姊跟我去給爸爸掃墓。媽媽在爸爸墳前栽的兩棵梧桐，早已結子，墳上覆滿梧桐的落葉，媽媽靜靜掃著，沒說一句話。回家上路時，滿天颳起晌晚的涼風，我瞥見媽媽掏出一方白麻汗巾，悄悄拭著眼角的淚珠。回得家來，一家三口圍坐在堂屋中爸爸的神主牌下，燭光幽黃裡，媽媽說：「家鄉莊前栽著一排梧桐，六月時節，滿樹開著小黃花。」今天進城，爸爸墳前的梧桐也該吐滿清黃的小花了。

　　媽媽抬起臉，瞅著漫天呱噪的黑鴉子，攢起眉心不知想什麼，半晌才低下頭來，從桶裡抓起一件衣裳，搓兩把胰子，使勁擣起來。一隊穿著草綠野戰裝的番兵快步走過橋，日頭灑在那十來張黧褐的臉膛上，亮晶晶淌著豆大的汗珠。過了橋，一隊兵都到松蔭下歇涼去了。

　　那帶隊的軍官蓄著兩腮鬍渣子，也不去松蔭下歇涼，自己到河邊一塊青石上坐著，解下水壺，昂起黑臉膛，一口氣喝了大半壺水，又往河裡盛滿

了，掛回腰桿上，捧兩把水洗臉，點起捲菸來。我瞅著他老半天，他卻不睬我，我覺得沒趣，索性耍一個背拋觔斗，鑽入水裡去。胰子泡沫漂浮在河面，映著日頭，化成千百條迷離的紅光，照得我眼睛好生紛亂。

一個十六、七歲的小番兵折了一管蘆葦，獨個兒坐在水邊，吹起淒涼的番家小調。我回頭瞧了瞧媽媽，只見她依舊低著頭，一逕搓洗衣裳，對周遭的兵不瞅不睬。

歇了一晌，帶隊的軍官扯起嗓門猛一聲喝喝，兵士們四下聚攏，背起槍火，整隊開拔，直投黑鴉山去了。

「龍哥兒，快上來幫我把衣裳擰乾。」

我一面幫媽媽擰衣裳，一面看姊姊拿一根篦子幫媽媽梳頭。媽媽最愛惜她那一把烏亮的頭髮，每日晌晚沐浴時，總是不忘掭幾滴花露油，把髮絲養得油光水亮的，平日做活時便拿一方藍布頭巾裹著，不給曬焦。梳完頭，姊姊替媽媽挽個團圓髻，媽媽伸手攏一攏，探頭朝向水面照一照，便拎起衣桶，帶姊姊跟我上路回家。

回到家，日頭已經爬上屋前老槐樹梢頭了。阿庚伯遠遠看見媽媽回來，便說：

「大姑啊，妳過來瞧。」

我搶在媽媽前面，看見爺爺當年親手栽種的老槐樹枯黑的枝椏上，靜靜停著七、八隻黑鴉子。那一團血紅的日頭已經轉為白赤了，照著老槐樹上的黑鴉子，鴉身上閃著幽亮的黑光。媽媽走過來，擱下桶子瞧了兩三眼，沒吭聲。

阿庚伯坐在門前一張籐椅裡，指點著老槐樹，慢慢說道：

「大姑，我瞧這事有點蹊蹺喔。我在你們劉家四十年，這種事情前後也只見過三回。頭一回四十年前我隨你家劉老太爺南來開荒，過十年，發生瘟疫，死了許多鄉親，沒能買棺入殮，就用草蓆裹著一把火燒化。疫發前兩日，這槐樹上便停著一窩老鴉，也是七、八隻吧，不啾不啼。隔了二十年，日本鬼子兵來燒莊，抓重慶分子去活坑，前一日也看見一群老鴉靜靜停在這槐樹上。第三回十二、三年前吧，伊斯蘭教徒作亂，一股好幾百人頭纏白布手握新月刀闖進莊來，見支那人就殺，就連奶著孩子的婦人也沒饒過。那前

一日也有好幾隻老鴉停在這樹上。大姑，妳莫怪我迷信，這事三番兩次都不是好兆頭，只盼這回平安無事便好。」

媽媽一面聽一面晾衣裳。待阿庚伯歇了口，才平心靜氣的說道：

「今天我得進城去，上回跟金四叔說好，給他送兩簍來亨雞，這些日子城裡兵多，店裡買賣比平日好。」

「大姑，要送城的東西我都給裝上了車：四簍來亨雞，兩筐蛋，兩擔紅蘿蔔，妳趕早上路吧。還差什麼嗎？」

「鳳丫頭，到園子裡去掐幾枝玫瑰送給瑪麗修女，要選吐蕊血紅的。龍哥兒，你跟我進屋來換衣裳進城。」

媽媽沒再瞧老槐樹，提著空桶子跨過門檻進屋去了。一會，媽媽妝扮停當出屋來──一身碎花唐裝衫褲，一方水藍頭巾──手裡握著一條雙銃子獵槍，在屋前曬場上立定，舉起槍來瞄準老槐樹，砰砰放了兩槍，一隻黑鴉子給轟開了膛，應聲墜落，餘下的六、七隻呱地發一聲喊，鼓起翅膀朝向日頭飛走了。

我搶上前去，拾起那死黑鴉，發現牠被媽媽打碎了膛，不好烘製標本，便扔到槐樹下，鴉血沾得我一手。姊姊捧著玫瑰走出園來，瞧著登時愣住了，細細的肩胛打著顫。那一束玫瑰花吐著蕊，帶著昨宵的露水，映著日頭竟像鴉血一般紅豔。

「龍哥兒，快去把手洗淨。」

媽媽收了槍，跨過門檻進屋去把槍藏在灶頭下。前些時日，軍隊下來清鄉，繳了莊戶人家所有槍火，媽媽把她那桿雙銃子獵槍藏起來，只繳出一條不管用的老槍。

阿庚伯從籐椅裡撐起膝頭來，接過姊姊手裡的玫瑰花，拿一桶水養著，擱在我們家那輛老吉普上。

媽媽出屋來，戴著手套爬上吉普，掌著駕駛盤，發動油門。我急忙跳上車，在媽媽身邊坐穩，吉普便朝坡底一路奔騰下去，轉到紅土路上，迎著白花花的日頭，直投城裡去。

媽媽眼睛直瞧著前面的路，一逕鎖著嘴唇，不跟我說話解悶。日頭照在媽媽臉膛上，散發出一層赤銅的油光，鼻尖綴著密密的汗珠；那水藍頭巾被

風吹起來，一把烏亮的瀏海悄悄滑落在媽媽寬闊的額頭上。我瞅著媽媽的側臉，不知不覺便歪到媽媽身上去了。

紅土路兩旁盡是黑林子，一路綿延到天邊。阿庚伯說，誰也不知道黑林子有多深，早年他跟我爺爺到婆羅洲開荒，只靠著一把斧一把鍬、一滴血一滴汗。熬了兩三年才把親眷從家鄉接出來。一場瘟疫，阿庚嬸歿了，沒留下一男半女，阿庚伯從此就沒再討過老婆，打了大半輩子的光棍，一直耽在我們家過日子。

還沒到晌午呢，日頭當天照著，看不見半片雲。我直嚷著熱，敞開衣襟讓風吹，卻沒感到半點涼快。車子後面那四簍來亨雞兀自亂叫，叫得人心頭好生煩躁。

吉普倏地打了個溜，驚起路上大窩黑鴉子，呱噪著滿天亂飛。我探頭一瞧，看見兩條屍體橫躺在路心，都穿著農家衣裳。一條趴著，看不見臉孔；一條朝天，像個二十來歲的後生，睜眉瞪眼的瞅著頂頭那碧落落的青天。屍體旁邊一灘血，被日頭曝曬，早就結成塊了。

「兩個游擊隊給打死了。」媽媽邊說邊掌著駕駛盤，把車子繞過死人。我回過頭去，看見那一窩黑鴉子又停落在兩條屍體上。

紅泥路盡頭出現一道關卡。媽媽把吉普停在橫槓前，一個衛兵敞著胸膛，從哨亭裡迤迤灑灑的走出來。媽媽把團部發給的通行證拿在手裡，底下捏著兩包英國海軍牌捲菸，遞出車窗外。那衛兵接過來，瞄一眼，伸出脖子朝車裡張一張，歸還通行證，拉起槓子，揮揮手，轉身回哨亭去。

一路進城只見大隊兵，卡車載著呼嘯而過。城裡因為兵來，市面顯得比平日熱鬧。媽媽逕把吉普往城西兵營開去。兵營前堆著一排沙包，架著機槍，對準通往城外的大路。媽媽在營門前停下車子，一個穿草綠野戰裝的衛兵大步踏過來，媽媽拿出通行證，底下依舊捏著兩包海軍牌捲菸。那衛兵接過通行證，仔細查驗，又朝車裡張望老半天，這才揮手叫把車子開進兵營。

車子直開到兵營後面一排低矮的紅磚屋子前。屋頂上，煙囪吐著黑煙。一個挺胸凸肚、買辦模樣的印度人，一搖三晃走過來，就在車門外跟媽媽議價。媽媽靜靜聽他連珠炮般聒喇了半天，才打斷他的話頭，說：

「就這個數。」

那印度買辦嘿嘿乾笑兩聲，回頭叫來兩個支那火伕，從車上卸下兩簍來亨雞和一擔紅蘿蔔，一面忙著掏皮夾，點數鈔票跟媽媽結帳。我就在車裡覺得氣悶，便跳下車來站在校閱場上吹風，正張望著，猛地被人從背後一把抱住。

「哇——這是什麼地方，小鬼頭你也敢來？」

聲音一聽就知道是我家舊長工阿海。上回過了端午節，阿海忽然向媽媽辭工，說近日鄉下不太平靜，想到大埠去尋頭路，當下結算了工錢，就捲鋪蓋走人，沒想今天會在兵營裡廝見。我使勁一掙，擺脫他那兩條胳膊，轉身抱住他的腰桿。

「那不是劉大姑嗎？」阿海眼睛一亮。

「阿海，你這一向不在大埠嗎，怎麼又回來了？」媽媽說。

「大埠現下光景也不好，游擊隊鬧到埠裡，商家都不肯僱用生人，閒蕩了半年，只好老著臉皮回來囉，如今在這座兵營裡給番鬼兵燒飯煮菜。」阿海紅著臉說。

「莊上人手缺，阿海，你要願意就回來吧。」

「大姑，我嚥了一肚子的瘟氣，說不得，把唾沫呸在飯鍋裡給番兵吃！今天就辭了工，明朝到莊上尋大姑。」

做完買賣，媽媽便發動油門。我連忙跳上車，揮著手嚷道：「海大哥，可別忘了明朝到莊上來啊！」吉普逕往營門開去了。回頭瞧時，我看見阿海挺直腰桿站在塵埃裡，一條黑鐵柱似的，渾身油亮。

車子剛駛出營門，一輛草綠色軍用吉普便從斜裡闖過來，媽媽煞住車子，讓在路旁。我眼尖，早瞥見前座載著一個上尉，蓄著兩撇小鬍，好生神氣。直等那輛吉普從身旁擦過，進入營門，媽媽才把車子轉到路面上向城心開去。

縣政府四圍架起了鐵絲網，兩輛坦克擺在大門前，一個兵坐在坦克頂上吸菸。城心廣場邊沿一排電線桿上，又吊著幾個被打死的游擊隊，指頭般粗的電線上，靜靜停著幾隻黑鴉子。我歪在媽媽身上，瞅著那成群枯坐在尤加利樹下躲著毒日頭歇涼的老支那人。

瑪麗修女的小修道院坐落在縣政府後面一條小巷子裡，圍著高大的白牆

——我猜有兩個媽媽那樣高呢。媽媽把吉普停在門口，輕輕撳兩下喇叭。等了老半天，大門才悄悄拉開一條縫來，探出一張四方白臉膛，我認得是修道院裡的傭人安嫂。安嫂瞅見媽媽，登時眉開眼笑，一面嘮叨說剛剛還跟瑪麗修女說起，這一向怎沒見劉大姑進城來，一面使勁推開鐵門。媽媽把車子靜靜開進院子裡。院子悄沒聲，瑪麗修女笑吟吟站在小教堂前石階上，一身白衣裳，好像白瓷燒的觀世音菩薩，只是觀音娘娘沒有瑪麗修女那般高大。

「主和大家同在！」

滿院子栽著玫瑰花，正開得熱鬧，大片大片的血紅。瑪麗修女說玫瑰花是耶穌的血，她嫌自己栽的沒真血那般紅，媽媽便答應替她栽一圃，每回進城，就揀一把二十來枝吐得血紅的捎來給她。

瑪麗修女接過媽媽帶給她的玫瑰，瞧了又瞧，沒口子讚道：「萬得福，萬得福！」

安嫂從車上拿下兩筐雞蛋，媽媽便輕輕發動油門。瑪麗修女探頭瞅著我，一臉的笑意。

「龍哥兒，你的學堂給兵關起來了，老師都被抓走了，你到我們學堂來，我教你認英文字，讀經書唱聖歌，好不好？」

我搖搖頭，我不離開媽媽，我靠在媽媽身上，聞到媽媽胳肢窩的汗香和花露油香。

吉普開到金四叔舖子，剛過晌午一點鐘。金四叔瘸著一條腿，一高一低的走出舖來，一面喚店夥卸下車上的貨，一面把媽媽讓進舖子裡。金四嬸站在天井瓦簷下迎著，挽住媽媽的胳膊到舖後堂屋中去。

「二嫂，妳寬坐吧，我出去瞧瞧。」金四叔說。

媽媽解下頭巾，攏了攏頭髮，將散落在額前的一把瀏海拂到兩邊。金四嬸喚雪蓮姊進來，吩咐雪蓮姊先沏一壺上好的鐵觀音，再去廚房整治飯菜。

「龍哥兒，學堂關了，你可有玩頭啦！」金四嬸抓一把果子糖，笑嘻嘻塞進我手心裡，又回身去拿一把蒲扇遞給媽媽，坐在媽媽身邊，親親熱熱的說起閒話來。

金四叔是爸爸生前的拜把兄弟，爸爸咯血臨去時，金四叔匆匆趕來送終，一口答應照拂媽媽跟我姊弟兩個，爸爸這才安心去的。那時我三歲，姊

姊五歲，一晃就十年了。這都是後來阿庚伯偷偷跟我說的。

先時金四叔看見媽媽年輕守寡，帶著兩個孩子，便勸媽媽再尋個適當的男人，媽媽一口回絕了，金四叔從此不敢再提。

前頭舖子喳喳喝喝，不斷傳到後面堂屋來，金四叔鑽進鑽出，忙得團團轉。等雪蓮姊把飯菜都端上桌，金四叔這才坐定下來。

「二嫂，莊上屋子後面不是有塊陂陀地嗎？放一把火，清乾淨，栽荷蘭薯！」金四叔把一顆鵪鶉蛋塞進嘴洞裡，壓低嗓門說：「游擊隊這當口四下搜購糧食，荷蘭薯這東西栽起來可省事，收成快，又經藏，游擊隊答應出好價錢喔。」

媽媽嘴角牽動一下，沒說什麼。

說起跟游擊隊做買賣，媽媽可是個老行家。大前天媽媽才跟阿庚伯商量，挑個大旱天放火燒後山陂陀地，栽一田荷蘭薯，年底便好收成。去年一天半夜裡，兩個游擊隊員來打門，說是向我們家購糧來的，把家裡能吃的東西都要了，還抬去兩口大公豬，照市價給了六成現錢，餘的四成就開張支票，說將來向人民銀行兌現。臨去時還借了我們家的吉普，裝得滿滿一車，趁著夜濃竄進山裡。隔天早晨，我在橋頭邊尋回車子。往後每隔十天半月，游擊隊便來一趟，總是三更半夜打門，有時借我們家吉普，有時沒借，兩個人使條扁擔扛著糧食回去。有一陣子游擊隊只給四成現錢，後來又給到七成，媽媽也沒跟他們怎麼議價。

「巴英銓是游擊隊支隊政委，今早給斃了，吊在縣政府前電線桿上示眾。二嫂，妳路過時見了麼？」金四叔說，嘴裡嚼著一把生韭菜。他端起酒盅，把半盅五加皮一口乾盡。

媽媽搖搖頭。我被金四叔一嚇，送到嘴邊的鵪鶉蛋登時滑滾下來，掉落在碗裡，險險讓菜汁濺得一臉。我悄悄抬起臉來，瞅著金四叔。

一個店夥穿過天井，走進堂屋來，喚道：

「四老闆，蘇來曼中尉來舖裡。」

「給他兩條菸打發了去，不就結了麼？」

四叔站起身來，離了座，一瘸一拐的跟那店夥出去。

金四嬸笑眯眯跟媽媽說，金四叔最愛吃生韭菜配家鄉來的五加皮，有一

回斷市，四處買不到家鄉五加皮，金四叔發了幾天酒瘋呢，鎮日摔盤扔碗，像誰跟他過不去似的。金四嬸說著，舀了兩調羹紅燒海參攔在我碗裡。

金四叔回到堂屋來，喚雪蓮姊給他再斟一盅酒。

「二嫂，妳認得左莊沙家嗎？」

「認得。」媽媽點點頭。「他們家三媳婦跟我是遠房姑表姊妹，平日不常走動。」

我跟媽媽去過沙家。他們家莊子大，光是胡椒園就占了大半個山坳，人丁多，在我們縣裡算是大戶人家，沙老太爺是學堂總董，閒時來學堂巡視，人挺和氣。沙家老九鐵林跟我同班，不大理會同學，只跟我玩耍。

「前天半夜，一支游擊隊闖進沙家，使機關槍把沙家一門二十五口掃得乾乾淨淨，只有一個老九鐵林藏在灶坑裡，撿回了命。游擊隊在牆上留下血書，指控沙家是軍隊的線民。下令開火掃射的是巴英銓，還有一個叫何家琴的女老師，教學生唱歌的。沙家老九是巴英銓的學生，認出巴英銓右手那隻斷掌。」金四叔說。

「巴英銓倒是個好老師。」媽媽擱下筷子，從胳肢窩下抽出一方手帕來，輕輕拭著鬢邊的汗漬。

我看看金四叔，回頭又瞧媽媽，怔怔的發了一回呆。金四嬸夾起一塊鮑魚攔在我碗裡，叫我多吃菜。

金四叔端起酒盅，乾了，站起身來。

「二嫂，今天要辦糧回去嗎？」

媽媽打開皮夾，撿出一張單子遞給金四叔。

躓到堂屋口，金四叔回過頭來，說：

「方才有個番兵官來舖裡，說營裡要荷蘭薯，由他轉手，價錢好商量。」

我們娘兒倆上車時，金四叔送出舖來，站在騎樓下。

「二嫂，今天不用去了。前些天軍隊把地方圍起來練靶，不准閒人進入。」

媽媽呆了一呆，發動油門，逕往城北開去。剛出北門口就聽見槍聲。往城外行駛半里，便看見山腳下的墳場圍起了鐵絲網，兩個兵把守在路口。媽

媽停下車，兩個兵上前來，揮手叫我們轉回去。媽媽將駕駛盤猛一兜，車子在路面上打個轉。她一句話也沒說，開車繞過城東，直朝城南駛去，一路捲起滾滾紅沙，漫天飛蕩，久久不肯停落。

日頭落山，半邊天空讓火燒著一般。媽媽掌著駕駛盤，凝神望著前路。我不敢再看媽媽一眼，悄悄把身子靠在媽媽身上，不知不覺闔起眼皮來。

「媽媽，巴老師為什麼要殺鐵林全家呢？」

「游擊隊說，他們家是奸細，給軍隊通風報訊。」

「媽媽，沙老太爺真的是軍隊的線民嗎？」

「游擊隊說他是線民就是線民，不關咱家的事，小孩家莫問。」

回到家，卸下車上的糧食，媽媽坐在門前籐椅裡，解下頭巾當扇子，往心口輕輕搧著。姊姊給媽媽端一盅茶來，媽媽接過喝了五、六口。

「大姑，城裡有什麼新聞嗎？」阿庚伯問道。

「沒什麼新鮮的事。」媽媽搖搖頭。

一陣風悄沒聲貼地捲過來，老槐樹的枯葉飄落一地。阿庚伯覷起眼睛望望天色，說：

「看來今晚會有一場大風雨吶。」

媽媽站起身來。「龍哥兒，鳳丫頭，跟我洗澡去。」說著，跨過門檻走進屋子。

出屋時，媽媽換下了進城穿的衣裳，只在身上圍著一條紗籠，領我跟姊姊往河邊走去。天色一點一點黑上來了，日頭沉落的地方像抹著一大片血。

媽媽帶著姊姊，揀個僻靜的角落脫下紗籠，打赤腳涉到河裡去。我獨個兒在橋下泡水，怔怔瞅望天空。一窩窩黑鴉子呱噪著從我頭頂上掠過，要趕在風雨前飛回老巢。天色越發濃黑了，沒多久，黑鴉山頭就只剩下一灘血。

我悄悄往上游泅去，撥開蘆葦叢，瞥見媽媽精白的身子浸泡在紅灩灩的河水裡。媽媽解開了髻兒，一把烏亮的頭髮披落在肩胛上，她歪著頭，沾水輕輕拭著髮上的沙塵。我怕媽媽瞧見，又悄悄泅回橋墩下，呢呢喃喃哼起何老師教我唱的歌來：

我家門前有小河

後面有山坡

山坡上面野花多

朵朵紅似火——

「龍哥兒，回家去，還泡得不夠嗎？」

媽媽頭髮上搽了花露油，鬆鬆的挽個髻，站在河邊喚我。

剛到家，園子裡就颳起大風，老槐樹的枯葉子夾著黑鴉子淒涼的呱噪，滿曬場飛蕩。再過一晌，雨便嘩喇喇落下來，打在瓦上，敲鑼擂鼓似的亂響。這場雨怕要落個通宵。

吃過晚飯，一家人圍坐在爸爸的神主牌前。我尋出《繡像包公案》，翻開〈狸貓換太子〉那一回，看了兩頁，覺得沒甚趣味，便閤上書，央阿庚伯講古。我一邊聽他老人家有一搭沒一搭的扯著，一邊瞧媽媽給婆婆打毛線衣。爺爺過世後，婆婆帶爺爺的骨灰回唐山，不再南來。媽媽說：每年冬天家鄉天寒地凍，婆婆年紀大，身體不好，叫人惦念。

「家鄉連著兩年鬧旱災，今年雨水卻又多了，不要鬧水災才好。」阿庚伯嘴裡咬著一根暹羅菸，慢吞吞說。

「金四叔說，這一陣子家鄉米都斷了市，只怕又是鬧饑荒。」媽媽拈著針，左挑右穿，頭也沒抬。

「咱們唐人靠天吃飯，老天不照應著些，日子怎麼過？」阿庚伯吸一口菸，搖搖頭。

「媽媽，游擊隊又來了。」姊姊說。

一群人冒雨穿過曬場，使槍托擂門，碎碎亂響。媽媽跟阿庚伯對瞄兩眼。老人家站起身應道：「來吶，來吶。」他蹭到門邊，拔下閂，正待開門，一隊兵早就踢開門闖進屋來。

「借你們屋子避雨。」帶隊的軍官操著番話跟媽媽說。

媽媽放下針線，慢慢站起身，點點頭。

兵們趕了整天的路，又遇大雨，渾身都帶著泥漿，進屋來就卸下槍火，解落背囊，就地坐下歇息。一個兵走進廚房抱出一捆柴，在堂屋中央生起一堆火。媽媽瞧著也不說什麼，自己坐回籐椅裡，拈起針線，低頭打毛衣。阿

庚伯把門掩攏，沒上閂，又慢慢蹭回來。

帶隊的官甩掉鋼盔，脫下野戰服，右臂胳肢窩黏糊糊沾著大片血。他用左手解開背囊，拿出一個飯糰，剝去蕉葉，塞進嘴裡嚼起來。早上過橋的一隊兵，又在黑鴉山游擊隊老巢裡中了埋伏，回來只剩得六個人。那個吹蘆笛的小番兵沒回來。

屋外曬場上雨落得正急，一陣風捲過，把門掃開。一個兵站起來，大步踏上前，砰然闔上門，把閂拉上了。

屋子裡一下子變得十分沉靜。媽媽一逕低頭做針線，姊姊挨在她身邊瞧著。阿庚伯不再跟我講古，悶聲不響吸著菸。我拿起《包公案》，攤開〈狸貓換太子〉那一回，捧在手裡，看包公裝神扮鬼抓壞人。一團黑影忽然落在我書上，我抬起頭，瞅見三個兵慢慢走上前來，在媽媽跟姊姊身旁倏地站住。一個兵咧開白磣磣的牙齒，笑道：

「支那女人！」

媽媽緩緩抬起頭，燈光下臉色一下子變得青白。一個兵伸出爪子，往媽媽髻上使勁一撩，一把油光水亮的頭髮登時散落下來，遮住媽媽半邊臉孔。那帶隊的軍官霍地聳起身，大步邁過來。一個兵拔出刺刀，抵住他的胸膛。阿庚伯不知什麼時候從後屋鑽出來，舉起家中那桿雙銃子獵槍，抖著嗓門用番話喝道：

「滾出屋去！」

一個兵咧開嘴巴，齜著兩枚猩紅檳榔牙一步一步欺上前，倏地飛起一條腿，砰的一聲響，火花迸開，砸碎了爸爸的神主牌。那個兵劈手奪過獵槍，用槍托敲阿庚伯臉門。我撲上前，拚命抱住那兵的腰桿。槍托直擂在我腦門上，血淌下來，灌滿我眼睛。昏天黑地裡，我瞅見一個兵扯開媽媽的衣裳，一隻黑爪子撈住媽媽精白的奶子。姊姊的哭泣聲好久好久只管在我耳邊旋轉。

我睜開眼睛，看見紅亮的日頭照射進我房裡，潑在牆上那幾十隻烘乾的黑鴉子身上，紅的是那般紅，黑的是那般黑，映得我眼睛好生紛亂。我爬下床，踉踉蹌蹌走出房間。

當屋裡空盪盪沒半點聲息，只留著一堆灰燼。我跨過門檻，迎面一團紅

紅的旱天日頭，直向我眼睛扎過來。媽媽獨自坐在門前籐椅裡，蓬頭散髮，迷失神魂一般，好似沒看見我走出來，只顧凝神瞅著通到坡底的紅泥路，兩隻手緊緊攫住雙銃子獵槍。我不敢喚媽媽，慢慢弓下身來，蹲坐在門檻上。姊姊從園子裡走出來，手裡捧著一束帶著昨宵的雨露綻放得血一般猩紅的玫瑰花，在曬場中央站住了，癡癡瞅著媽媽。

　　一輛破摩托車吵鬧著闖上坡來，媽媽舉起槍，瞄得精準，砰的放了一槍。那摩托車猛然打了個溜，連人帶車一路滾下坡底。

　　「媽媽，是海大哥哪──」姊姊尖聲叫起來。

　　我蹦地跳起身，沒命往坡下跑。又一聲槍響，我登時覺得天旋地轉，一跤摔倒在紅泥路上。一窩黑鴉子呱噪著從我頭頂掠過，拍著翅膀撲向朝霞滿山的天邊，像數不盡的黑點子哪。

1973 年

出自《拉丁婦與婆羅洲之子》(2018)

　　1967 年李永平從婆羅洲來到台灣，此後五十年創作不輟，成為台灣文學以及馬華文學最重要的作家之一。本文為其最早期作品之一。李永平的風格繁複華麗，對語言──中文──的情結尤其充滿國族寓言意義。他對故鄉砂拉越一往情深，但那複雜的人種和人情糾葛卻成為他畢生難解的命題。母親──母國，故土，母語──是生命意義的源頭，也是原鄉想像的癥結所在。但換了時空場景，她卻隨時有被異族化，甚至異類化的危險。李永平所思考、銘刻的話題，多少年後才有後殖民主義者、華語語系學者、帝國批判者等做出詮釋。但又有多少論述能夠說出李永平那早發的複雜心事？

李永平（1947–2017）

出生於婆羅洲砂拉越邦古晉市，1967 年赴台留學。著有《婆羅洲之子》、《拉子婦》、《吉陵春秋》、《海東青：台北的一則寓言》、

《朱鴒漫遊仙境》、《雨雪霏霏：婆羅洲童年記事》、《大河盡頭》（上下）、《朱鴒書》、《新俠女圖》等。另有多部譯作《上帝的指紋》、《大河灣》、《幽黯國度》、《布魯克林的納善先生》、《北國靈山》等。

野豬渡河（節錄）

張貴興

斷臂

一

　　山崎逮捕第一批「籌賑祖國難民委員會」成員的第二天黃昏，朱大帝和鍾老怪已在叢林裡游擊了五天，正在豬芭河上游二十英哩外一棟高腳屋陽台上燻烤兩頭被他們大卸八塊的小豬。一顆大紅喜日頭撲躍莽林上空，天穹的古老岩層殘留著數千年前的殞石光跡，並肩矗立高腳屋陽台前兩棵歪曲佝僂的老椰子樹好像兩隻交配中的巨大蜻蜓。大番鵲飛越陽台，蹲在鐵皮承霤上吞食野鳥的幼雛，尖銳的鳥喙流出蒼白的津液。

　　大帝閉目抽著洋菸，穿著和爪哇人搏鬥時毛色的掛滿蛤蟆肚大小口袋的獵裝，腳邊躺著草綠色鴨舌軍帽和一部袖珍型液晶體收音機，頭皮上拳頭大的紫色瘡疤油光瀲灩。朱大帝將收音機湊到耳前，拉開伸縮天線，小心撥動著調諧和調音旋鈕，擴音器溢出的雜音像在傳播一場森林大火，又像魔鬼在承受永無止境的苦刑。鍾老怪用一把小刀把豬肉切成薄片串在竹籤上，文火燻熟，抹一點鹽巴，哨了兩口。范鮑爾的強生獵槍掛在陽台護欄上。烤架上躺著幾塊大帝隨手割下的生豬肉，鐵盤子盛著十多片熟肉，大帝卻沒有吃一口。他依舊閉著雙眼，一口一口的吸著菸。

　　莽林裡的清晨和黃昏是一天當中最吵雜的兩個時間，但今天的黃昏特別安靜。大帝二十年前入林尋找豬王，看見三坨大屎，推論是豬王傑作，於是在三坨大屎上各栽一棵紅毛丹，核心點架了這棟高腳木屋。三棵紅毛丹樹果子肥大，垂纍著豬王的雄姿。二十年了，大帝再也沒有發現豬王蹤跡，即使

深入莽林，也沒有看到第四坨大屎或從前在豬芭村附近錯亂排列的巨大蹄漥或蹄坑，但大帝揹著獵槍遊走莽林時，仍然可以感受到那股使人皮膚長燎炮的熱火旋風，睡夢中仍然可以看見那條焚燒著衰草槁木生人無法踰越的骷髏末路。

異樣的安靜讓朱大帝不自在。大帝扔掉香菸，看著北邊叢林，下了陽台，屈蹲身軀，將左耳貼在一棵望天樹板根上。

鍾老怪嘴含竹籤，將強生獵槍端在手上。

雜沓的腳步聲從北邊叢林透過望天樹板根傳到大帝耳朵裡。

小金帶著十多個肩扛包袱、手提雜物的豬芭人走向朱大帝。

二

惠晴挺著七月身孕，蹲在一壟菜畦前拔草。她的手臂大腿已不像婚前粗壯，腮幫凹陷，乳房也萎縮了。懶鬼焦站在井前用一個鐵桶勺水，沖洗豬舍。亞鳳兩歲兒子求求正在懶鬼焦栽滿大萍的水塘前拉開褲子，對著一群鴨子灑尿，隨後用一個馬婆婆的竹水槍汲水，對著大萍上的蜻蜓亂射，間或放下竹水槍，伸手去抓水塘裡已經長腳的小蝌蚪。長尾猴猴王帶著一群妻妾凌空躍過懶鬼焦老家，縱向豬芭河河畔。一隻腹下縲著一隻小猴的母猴擲向蔓延籬笆的草叢，伸手到一個鳥巢中攫走兩粒鳥蛋，看了求求一眼。求求咯咯咯笑了。他的笑聲清脆低沉，像發條打鼓機器人的鼓聲。求求出世後，懶鬼焦視如己出，兩個人好像共用一雙腿，弄得求求渾身雞屎鴨糞味。四頭愛蜜莉和亞鳳送給懶鬼焦的長鬚豬吃了十個月的豬菰、野蕨、野橄欖、野榴槤和甲殼蟲蛹後，已褪下褐色保護條紋，其中一頭母豬已受精三個圓月，二十多天後臨盆。懶鬼焦在茅草叢搭了一座小豬舍，等母豬生產後，打算瞞著鬼子私養幾隻豬仔。無頭雞站在木樁上，「看」了亞鳳一眼，兩翅翕張，發出無聲的司晨。

山崎逮捕第一批「籌賑祖國難民委員會」成員的早上，亞鳳肩扛私藏的獵槍、腰拌帕朗刀，騎著自行車離開豬芭村前往愛蜜莉老家。愛蜜莉白晝棲身叢林裡臨時搭建的小木屋，夜晚蟄伏老屋。茅草叢已經越過頹塌的圍籬，滋蔓著愛蜜莉的老屋和果樹，淹沒了殘破的雞棚和黑水漫溢的池塘。茅草鞘

從地板隙縫暴長出來，好像綠鬣蜥波浪形的脊突。數百隻鴿子和野斑鳩在隔熱層築巢，整棟屋子像一座鳥籠。亞鳳抵達愛蜜莉老家時，愛蜜莉和黑狗正走向屋外，尋找可以摘蒂的熟果。

何芸坐在愛蜜莉的客廳裡，下巴倚著窗欄，專注的看著窗外。她穿著骯髒的客家白色對襟短衫和黑色長褲，赤腳，長髮厚實，像霍爾斯坦乳牛身上的黑色斑狀花紋，西南風兇猛的從窗外颷進屋內，她的長髮隨風狂舞像蝙蝠的飛行皮瓣。窗外是一片被野火焚燒過後的野地，風景窒息，天地密封，空氣中瀰漫許多痛苦地呼吸著的小坎坷。

何仁健等人和石油公司職員在內陸被鬼子槍斃、一群孩子被鬼子劈殺、幾個年輕女子被姦汙的消息早已傳遍豬芭村。何芸臉上的胎疤依舊是豬肝的形狀和顏色，身體依舊削瘦得像一條枯竭的小河，不一樣的是，她圓滾滾的客家對襟短衫底下，懷著一個八月身孕。

三

鬼子把何芸拉入草叢、一個個鞍在她身上時，何芸透過鬼子肩膀，看見一批精液狀雲體淹沒了太陽，天地一瞬間黑了下來。事後，她和兩個女子被一輛軍車運走，回到了豬芭村，從此分不出白天或夜晚，也分不出時間的流逝速度，只知道被封鎖在一個不見天日的小房間，間或身上只穿一件汙穢的裙子或披一條黏滑的薄被，間或裸體掰腿，躺在一張吱嘎作響的木床上，床上鋪了一張惡臭翻毛的草蓆，草蓆浸泡著鬼子的汗漬、精液和不知道什麼成分的汗垢，身上瀰漫著鬼子百味雜陳的體臭，胯下和股溝流淌著鬼子精液，但是一個又一個鬼子，總是不間斷地拉出一列笨拙急躁的冗長隊伍，壺起攢了一肚子的慾火，扯下褲頭，露出堅挺的或大或小或肥或瘦或左彎右曲的雄器。數不清的夜晚裡，她疲憊不堪的入睡，每晚幾乎做著相同的夢境。即使大白天，她閉上眼睛，夢中的情境也會栩栩浮現：一座長滿男人恥毛的猩紅色叢林，樹梢搖曳著包裹在花瓣中的睪丸，樹下吊掛著勃起的狂瀾人屌香蕉，遍野綻放著用衛生紙編織糊抹著精液的大白花。

那是她生平第一次完全忽略胎疤的存在。光天化日裡，鬼子將她拉入茅草叢時不介意她的胎疤；燈火朦朧的房間裡，鬼子更不介意或者沒有注意到

胎疤。聯軍空擊豬芭村時，在屋脊轟了一個米甕大的破洞，一縷陽光醍醐地
落到床頭，短暫地照亮狹小悶熱的房間。她從破洞看見一截旗杆直入青雲，
杆頭飄揚著一面太陽紅旗子，讓她想起牧放霍爾斯坦乳牛時可以撩動青雲的
竹竿。天穹有一個非常開朗闊綽的額頭，盛著宇宙無邊無際的腦漿。破洞來
不及修繕，鬼子已列著隊伍等候。第一個進場的鬼子跪在她胯下時，愣愣地
看著她臉上的胎疤，但沒有流露出任何喜怒哀樂，遲疑了三秒鐘，裝上「衝
鋒第一號」保險套進入她的身體。鬼子的反應使她意識到以前的鬼子來去匆
匆加上燈光昏黯，完全忽視了她那一坨豬肝形狀和色澤的胎疤。她把散亂的
長髮撥到腦後，抬起下巴，正面仰視那一道羞怯的陽光。每一個鬼子進入她
之前都猶豫了一下，有的蹙著眉頭，有的張著嘴巴，有的睜大雙眼，有的五
官僵硬，一個鬼子甚至用食指戳了一下胎疤，好像要確定那是一道幻影或實
體。破洞修繕後，排隊的鬼子沒有減少，但大部分鬼子已注意到她的胎疤，
辦事前多花了幾秒鐘用銳厲的或疲乏的或愚痴的或迷航的眼神檢視她的臉
蛋。她開始渴望聯軍天天來轟炸，如果炸彈沒有落在她額頭上，至少在屋頂
上炸出幾個窟窿，可以趁著鬼子趴在身上時看著天穹開朗闊綽的額頭和無邊
無際的腦漿。

　　那天晚上，她不清楚時間，但必定是深夜，夜梟和野狗叫得深沉悠遠，
排隊的鬼子少了，前一個疲憊得辦完事就趴在她身上呼呼入睡的年輕鬼子剛
離去，又進來了一個年輕鬼子，屋子裡突然瀰漫著一股親切的體臭。這個鬼
子比一般鬼子稍高，進到房間就坐在床邊，凝視了她幾秒鐘，伸出一雙粗糙
有力的大手，按住她的乳房。服侍過上千鬼子後，她的胸部變得非常豐滿。
他的十指沉寂了十多秒後，開始變換姿勢，使得本來壓在手掌心的乳頭從拇
指和食指的指縫間叉出來。每隔十多秒，他就變換一個手勢，但不管怎麼
變，十根手指始終環著她的乳房，兩眼一直睞著她的胸部。他削瘦精壯，眉
毛輕淡，下巴滿布鬍茬，嘴唇豐滿，頭顱巨大，耳朵出奇的小，闊長的額頭
有一道三英寸不知道什麼器物造成的疤痕。手掌長滿厚繭，手毛茂盛，指甲
縫潔白。天氣酷熱，何芸和鬼子淌汗如雨，但他的手掌卻像他的眼神一樣乾
燥陰冷。他不停地變換手勢，在她蒼白肥大的乳房留下粉紅色的手指印。何
芸的心臟像被他捏在手上，乳頭堅挺。她張開雙腿，暗示時間短缺時，他鬆

開乳房，站直，頭也不回地離去。

　　第二天深夜，夜梟和野狗喧鬧，兩隻村貓在屋簷對峙尖嚎，同一個時間，他來了，他的體臭讓她的血液快速循環。他依舊握住她的乳房，眼瞼好像從來沒有眨過。當她堅挺的乳頭卡在他狹迫陰寒的指縫間時，他離去了。第三天深夜，當前一個鬼子趴在她身上喘息時，她已經聞到那股親切的體臭。他握著她的乳房時，特意低垂著頭，睇凝著她胯下無垠的小宇宙。那無限緊密的神祕宇宙是在矮木叢裡和亞鳳彼此相擁的大爆炸後擴張的，在鬼子簇擁的茅草叢和這個小房間裡它更是無限膨脹，已經沒有什麼私藏和珍饈了，但是她臉上還是忍不住泛起一片赧顏，兩腿突然顫了一下。爾後，她釋然了，索性張開雙腿，將一隻腳掌蹬在他的大腿上。在他的睇凝下，她覺得從前視如珍寶的小宇宙不再汙穢混沌，而充滿了溫度、五彩繽紛的星雲和恆星。

　　他一連來了六天。六天後，梟聲和狗吠依舊喧鬧，貓號依舊凄厲，但是他再也沒有來過。

　　她再看見他時已是半個月後，在豬芭河畔，天剛破曉，她和五十多個女子坐在河畔，有的發呆沉思，有的拈花惹草，有的裸身洗澡，有的嬉鬧聊天，有的哼唱歌謠。女子國籍複雜，有日籍、台籍、韓籍、荷蘭籍和本地人，本地人又分華人、印尼人、馬來人和原住民，語言混雜，歌謠豐富。鬼子每隔三天，會讓她們在豬芭河畔散心休憩。十多個荷槍實彈的鬼子，散亂在她們四周，何芸看見額頭有疤痕的青年鬼子也在其中。他戴著草黃色戰鬥帽，穿著草黃色戰鬥服，跋高筒軍靴，扛著機槍，和另一個青年鬼子站在一棵椰子樹下，椰子樹上棲息著一隻和他們神情一樣冷漠的大番鵲，河面漂浮著和他們穿著軍服的身體一樣陰鬱的倒影。青黑色的機槍像一隻鬼魅捐在他們肩上。何芸安靜的凝視著他，想像他的十指依舊扣住她的乳房。當一個又一個鬼子鞍在她身上、十指在她胸前瞎摳時，他們的十指是激情和血性的，就像他們的喘息和胯下的衝擊，唯獨這額上有疤的鬼子，他的長期琢磨扳機、槍托、槍管和彈匣的十指，已經像機械失去溫度，成了機槍一部分，那麼陰寒和冷酷，而這種陰寒和冷酷，卻讓她的乳頭像彈頭一樣堅挺。

　　熟悉的體臭再度瀰漫清晨的西南風中。

　　那天何芸和一個東洋女子坐在河堤上。東洋女子高大豐滿，體重有她的兩倍，有一頭和何芸一樣豐盛的長髮，據說戰前已經是豬芭村的南洋姊，鬼子登陸前短暫的離開了豬芭村，鬼子登陸後和同一批南洋姊和更多東洋女子來到豬芭村。何芸剛到豬芭村的第一個清晨「休閒」時刻，容態倦怠，東洋女子盯著她看了幾秒鐘，吐了幾句東洋話，牽著何芸走到豬芭河畔，以手舀水，濡濕了何芸頭髮，掏出一把木製密齒梳，慢耙細梳，攏著一撮頭髮，左擰右扭、上繞下圈，盤出一個髮髻，用一個小鳥造型的髮釵固定住髮髻。她嘰哩咕嚕說著東洋話或哼著東洋歌曲，嘴巴沒有一刻停過。第二次見面時，她帶來一個小化妝箱，用一批像海綿和筆毫的東西抹上或乾或濕的顏料，塗在胎疤上。光天化日下，胎疤若隱若現，但在昏暗悶熱和容易流汗的小房間裡，胎疤已擬態成她雪白的皮膚，只有在被十多個鬼子趴騎過後，胎疤上的顏料才會褪散。那一天清晨，當她再次聞到熟悉的男人體臭時，她哼著印尼歌謠讓東洋女子盤髮。東洋女子數次停止梳耙，專注的聆聽她的歌聲，隨著她哼唱。東洋女子唱得結巴，她唱得行雲流水。歌詞在歌頌一條小河，小河美麗如畫，河上有風帆綠浪，河畔有長堤椰樹情侶……。她們語言不通，她無法向她解釋歌詞含意。

　　空襲警報響起時，她們沒有來得及離開河畔，炸彈已經落下。河上升起幾朵蘑菇狀水柱，椰子樹攔腰折斷，一個鬼子戰鬥帽飛越她們頭上，翻了一個跟斗，竟然恰好罩在一個女人頭上。河畔上的鬼子用機槍對著天穹掃射時，她們尖叫著衝回豬芭村。一星期後，她們又來到河畔，鬼子依舊荷槍實彈，人數沒有減少的不同國籍的女子依舊哼唱著不同語言的歌謠，依舊發呆沉思、拈花惹草、裸身洗澡、嬉鬧聊天，高大的東洋女子依舊替她盤髮，但是她再也嗅不到熟悉的男人體臭。

　　兩個多月後的深夜，村狗村貓村梟依舊喧鬧，她很早就聞到了那股熟悉的男人體臭，但是直到三十多個鬼子趴完她後，她才看見那個額上有疤的男子出現在門口，那時候她的胸部已被鬼子揉得紅紫，胯下失去知覺，頭髮散亂，胎疤似豬肝色澤。塗抹著精液和汗漬的白色手紙像小山堆積在幽黯的角落，淹沒了鐵製的垃圾桶，一路蔓延到門口，扔棄地上的「先鋒第一號」保險套在懦弱的燈泡照耀下閃爍著懦弱的色澤。男子不像其他鬼子滋滋喳喳的

踩著保險套和手紙，腰帶沒有卸下就跪在她胯下。他小心翼翼的挪動軍靴，甚至用力的將手紙踢開，看了一眼堆積角落的手紙，站在床頭凝視著何芸，隨後僵硬的坐在床側。何芸胸口起伏，心臟收縮，等待他的十指壓在乳房上。他神色冷漠，蹙著眉頭，兩腿併攏，脊椎骨挺直，雙眼不眨，看著何芸胸部。他依舊穿著軍服和戰鬥帽，在昏朦和懦弱的燈光下，何芸注意到他失去了雙臂，草黃色的長袖像兩條招魂旛掛在肩膀上。隔壁房間傳來女子懶散的呻吟，軍靴踩在地板上發出懶散的咆哮，男子黝黑的瞳孔漂浮在織滿血絲的虹膜中，好像會滾到她豐滿的雙乳上。男子繼續盯著她的胸部，上半身微微的靠向她，好像雙手已經壓在乳房上。

　　何芸生起了一絲憐憫。她坐在床頭上，挺直胸部，向他的胸口靠過去，同時伸出兩手，準備環抱他僵硬的身軀。他迅速後仰，避開她的胸部和擁抱。她露出久違的亢旱小酒窩，再度向他靠過去。他依舊閃躲，甚至幾乎站了起來。待她躺回床上後，他恢復原來僵硬的姿勢，雙眼不眨，上半身又微微的靠向她，空洞的長袖好像灌注了一股生命力，好像雙手已經壓在何芸豐滿的雙乳上。何芸明白了，他不是來看她的胸部，而是來找回他的雙手。第二天深夜他又來了。神情陰冷，模樣滑稽。鬼子同袍事先幫他鬆開腰帶和褲頭，讓他方便辦事，但他依舊坐在床頭，雙眼不眨，盯著她的胸部。離去時，何芸幫他繫上腰帶和褲頭。第三天他衣冠端正，來得特別早，依舊一屁股坐在床頭，眉頭蹙得更深，神色更加陰冷。何芸發覺他凝視的不是她的胸部，而是她隆起的腹部。鬼子突然彎下身軀，將右耳貼在何芸肚子上，十多秒後，他挪開右耳，站在床前看了一眼何芸，轉身離去。十分鐘後，一個戴著黑框眼鏡、胸前掛著聽診器的軍醫來到何芸床前。

　　比起胸部隆起的幅度，何芸沒有注意到隆起的腹部有什麼異樣。半年多的停經，也以為是猛喝食鹽水的失調。軍醫告訴她懷了八個月身孕時，她愣了一下，凝視著自己隆起的腹部。當天晚上，她挽著一個小包袱離開了陰暗的小房，來到一個擺著六張病床的房間。三個年輕女子躺在床上，有的熟睡，有的瞪著天花板。她坐在空著的病床上，目送鬼子蹬著軍靴離去。她在床上翻來覆去，半睡半醒，直到天亮，數度夢見額上有疤的鬼子再度坐在床頭，用十隻鮮血淋漓的手指撫摸她的胸部。第二天一早，一個鬼子和一個戴

藍色軍帽的豬芭人來到床前，將她帶到豬芭街頭。戴藍色軍帽的豬芭人低頭對她說了幾句話，和另一個鬼子回到軍營，讓她一個人捎著包袱，站在即將破曉的空曠無人的豬芭街頭。

四

當亞鳳走入愛蜜莉的高腳屋，何芸再度嗅到那股熟悉的體臭時，她終於明白了，那是亞鳳騎自行車戴著她運送牛奶時流溢出來的體臭，也是亞鳳從小溪將她攙上岸時的體臭，更是亞鳳在灌木叢灌注在她體內揮之不去的體臭。鬼子將她遺棄豬芭街頭時，她迅疾穿過街頭，走向莽叢。她走過從前和父親駕吉普車運送牛奶的砂石路，走過從前牧放乳牛的夾脊小徑，走過那條發生意外的獨木橋，走過亞鳳垂釣的湖潭，走過主動對亞鳳獻身但是已經星羅棋布著彈坑的灌木叢，那股體臭始終追隨著她。天色逐漸大白，蒼鷹從莽叢飛向豬芭村，大番鵲在野地撲跳啄食，野火猖獗，一朵又一朵烏黑的煙黜掠過茅草叢，野鳥聚集芭棚喧囂，加拿大山上的豬尾猴和豬芭村的長尾猴開始活躍聒噪了，枯槁的鋅鐵皮屋頂和半枯槁的椰子樹羽狀複葉飄浮在痰黃色的煙靄中，待宰的雄雞發出最後的司晨。

何芸站在從前吉普車熄火的砂石路上，看見草叢中一截好像亞鳳丟棄的釣竿，隨手攬在手裡，竹竿應聲破裂，化成灰燼。她站在那座獨木橋上，河床已半乾涸，溪水涓涓，蜻蜓不再點水產卵，魚狗叫得像求雨的女巫。她茫然走了一個早上，繞過荷鋤扛耙的豬芭人，瞞過槍管永遠朝天的鬼子自行車部隊，口枯眼澀，睡倒在一棵野波羅蜜樹下。睜開雙眼時，已近黃昏，眼前站著一個腰拊帕朗刀、手臂箍著藤環的長髮女子。

愛蜜莉將何芸帶回高腳屋，餵了她兩碗乳鴿湯和一盤樹薯。

何芸看著荒蕪的窗外，露出越來越稀淡的亢旱小酒窩，拿出東洋女子送她的密齒梳和髮釵，一遍又一遍梳耙長髮，梳出蒺藜草的刺殼、草稈和花瓣，挽了一個散漫的髮髻。亞鳳來到高腳屋後，何芸再也沒有說過話。她漠然的看了一眼亞鳳，隨即背對亞鳳，面向窗外，看著屋外被野火焚燒過後的野地，徹底封閉了，像一本被書蠹啃壞的書。亞鳳設想了一百多個愚蠢話題，既哀傷又突兀。他想說幾句安慰的話，但開不了口。他在門口站了一

會，走向客廳另一道窗戶，看見愛蜜莉從齊額的茅草叢上了一道搖搖欲墜的木梯，進入廚房。

愛蜜莉編織了幾個捕捉鴿子和斑鳩的陷阱，亂七八糟的架在隔熱層入口處和簷梁上。亞鳳走到廚房的後陽台，看愛蜜莉殺鴿子和斑鳩。她從一個生鏽的鐵籠子抓出四隻鴿子和四隻斑鳩，用一根細繩套在脖子上勒斃，拔毛剖腹，撒上鹽巴花椒，入鍋蒸熟後，何芸已躺在客廳木板上熟睡。亞鳳將兩隻鴿子和一串紅毛丹放在餐桌上，兩人一狗坐在廚房後陽台，吃了六隻鴿子和斑鳩。日正當中，熱氣囤聚隔熱層，鴿子和斑鳩飛向天穹的環形競技場，枯候多時的蒼鷹開始追擊鴿子和斑鳩。黑狗突然下了木梯，躥向榴槤樹。

「野豬！──」愛蜜莉和亞鳳攢著帕朗刀和獵槍來到榴槤樹下。黑狗嗅了嗅殘留樹下的幾片榴槤殼，躍過塌坍的鐵籬，消遁茅草叢中。

蒼鷹墜下時，鴿子和斑鳩像箭矢飛回隔熱層，但不久又飛回天穹，像在玩一種死亡遊戲。鴿子和斑鳩散亂果樹中，脖子的氣囊膨脹，尾羽散開，點頭如搗蒜，發出壯膽的鳴叫，從地上叼起或從嗉囊吐出食物對母鴿和母斑鳩求愛。亞鳳和愛蜜莉跨過鐵籬，隨著黑狗來到從前獵豬的圓形草嶺豬窩前。豬窩已廢棄，窩口塞著枯葉枯草枯枝，防禦性杈椏崩坍。草嶺依舊長滿黃色小野花，每一朵都豎緊脖子對著藍天微笑。西南風吹過黃色花海，捲起一簇像浪花的白色小蝴蝶。荒野茫茫，林木森然。黑狗披著一片白雲，佇立草嶺高點，像白色旗旛上一個黑色獸徽。愛蜜莉和亞鳳也站上草嶺高點，四野遙望。

「明天找蜜絲王來看看。」亞鳳說。

蜜絲王是石油公司醫療所唯一留在豬芭村的護士和接生婆。

黑狗走下草嶺，扒了兩下廢棄的豬窩，嗅著一簇矮木叢。

亞鳳閉上眼睛，摸索著野草的環肥燕瘦、高矮疏密、老幼生死。左側那塊母性煥發的草坑繁衍出更多鬼子恫嚇式轟炸造成的草坑，長滿白色、紫色和藍色小花。左後側矮木叢裡多了兩個大番鵑巢穴，但已被野火燒成灰燼，雛鳥屍體好像燒焦的樹葉。右後側長了兩棵正在快速發育的山欖，樹篷結滿蟻巢。右側那條即將乾涸的河灘依舊游竄著攀木魚和蛇頭魚，食道狹小的魚狗在河岸上跳躍，尋找可以吞食的小魚。前方的小水潭非常安靜，水面漂浮

著枯木草稈、鳥羽、鬼子空投描繪著大東亞共榮圈的宣傳單。亞鳳和愛蜜莉
步向水潭，黑狗跟在後面。水潭四周散布著巨大蹄印，每一個蹄印大得像鬼
子的戰鬥鋼盔，但不見野豬。兩人隨著蹄印走了一段路，蹄印消失在一條小
溪前。黑狗嗅著最後一塊蹄印，用粉紅色的舌頭舔了舔鼻子，對著天穹低
鳴。

　　遙遠的茅草叢上方，一排朝天的步槍槍管隨著鬼子自行車車隊迂迴蝸
行。愛蜜莉和亞鳳在水潭前蹲了半天，車隊好像原地踏步。須臾，鬼子在圓
形草嶺前卸下自行車，坐在圓形草嶺上休憩。有的鬼子擎著步槍對著天上的
蒼鷹射擊，有的架著望遠鏡觀望，有的打開水壺喝水，有的用刺刀戳著廢棄
的豬窩，有的四仰八叉躺在草嶺上用戰鬥帽遮擋陽光閉目養神。烈日高攀，
讓人口旱舌乾。草嶺上沒有被鬼子壓斷脖子的黃色小野花在西南風中瑟縮。
一朵白雲飛來，黑色的陰影在草嶺上卡了一下。又一朵白雲飛來，矯捷的繞
過草嶺，加速離去。鬼子下了草嶺，扛起自行車，繼續前進。蒼鷹散布在他
們身後，配合著他們的速度滑翔，好像是他們拖曳的風箏。大番鵑像椰頭佇
立草叢中，好像是他們的哨崗。愛蜜莉和亞鳳潛伏在他們身後，好像軍火薄
弱的伏擊隊斥侯。

　　走了五分鐘，亞鳳發覺鬼子正朝愛蜜莉的高腳屋接近。自行車的車速突
然快了起來。亞鳳想繞過車隊潛回高腳屋，來不及了。鴿子、斑鳩和蒼鷹在
圓形競技場掀起的戰火未熄。鴿子不再盲目挑釁，每一次只有三、五隻鴿
子、斑鳩低空掠過茅草，蒼鷹俯衝而下時，及時逃回隔熱層或果樹。蒼鷹回
到天穹後，鴿子或斑鳩再度出場，如此周而復始。鬼子將自行車停在高腳屋
前，半數上了陽台，半數留在屋外。亞鳳和愛蜜莉焦急的蹲在茅草叢中，眺
望著高腳屋後陽台。蒼鷹越飛越低，屋外的鬼子忍不住舉槍射擊，鴿子和斑
鳩紛紛飛出隔熱層和果樹。鬼子瞄準了體型較大的蒼鷹開槍。一隻蒼鷹啪噠
一聲落在屋頂上，尖銳的鉤爪幾乎抓破生鏽的鋅鐵皮，像一支斷線的風箏戳
入了茅草叢。鬼子連續開了五、六槍，兩隻蒼鷹中槍後，形勢大亂，蒼鷹高
旋天穹，鴿子和斑鳩八方飛散，高腳屋突然陷入一片死寂。

　　屋內的鬼子走下陽台，屋外的鬼子走進高腳屋。機槍的煙硝味剛出膛就
被彌天蓋地的煙霾味消化。大蜥蜴叼住蒼鷹翅膀，草原惡寇和空中霸王展開

一場激鬥，蒼鷹很快被大蜥蜴囫圇吞食。鴿子和斑鳩環繞高腳屋壓驚後，逐漸回籠，高腳屋又充塞著鴿鳴和鳩啼。蒼鷹飛得更高了。屋內的鬼子走下陽台，十多個鬼子嘰哩呱啦一陣，有的騎上自行車，有的扛著車桿，離開了高腳屋。

亞鳳和愛蜜莉迅疾的從後陽台奔入高腳屋。

何芸躺在客廳的地板上，兩腿裸露，胯下和臀股流淌著彷彿尿失禁的液體。她雙臂鬆垂，好像不再和身體契合；兩眼看著天花板，但看到的好像是漆黑冰冷、汙穢混亂的宇宙；豬肝狀的胎疤鮮紅潮濕，好像被削掉了一塊臉皮；隆起的肚子和微露的胸脯潳漫，好像又回到那個陰暗腐臭的小房間。她沒有掙扎，沒有嘶吼，好像又回到那個被手紙和保險套淹沒的小房間。透過鋅鐵皮屋頂的裂口，她好像又看到了天穹開朗闊綽的額頭和無邊無際的腦漿。

十多個鬼子好像太少了，她依舊張開雙腿，等待下一批鬼子。

從那天開始，山崎逮捕和處決了兩批「籌賑祖國難民委員會」成員，憲兵隊和自行車部隊橫行豬芭村，搜索可疑人物和追捕漏網之魚。參加過「籌賑祖國難民委員會」活動或義賣的豬芭人在小金、扁鼻周、紅臉關帶領下，分成四個梯次，晝伏夜行，集體潛逃到豬芭河上游二十英哩外朱大帝的高腳屋避難。亞鳳和愛蜜莉當天下午收拾了包袱，帶著黑狗和何芸離開高腳屋，傍晚時分在豬芭河畔遇見率領十多個豬芭人划著三艘長舟逃向內陸的扁鼻周。據扁鼻周說，懶鬼焦和求求入林尋找豬食去了。亞鳳抵達大帝的高腳屋後，第二天破曉時分折返豬芭村，看見鬼子和猴群一場激烈荒唐的鏖戰。

何芸來到朱大帝高腳屋後，被大帝獨囚在一個小房間。她坐在牆角裡，見了人就打開客家對襟短衫、扯下襠部寬大的黑色長褲、叉開雙腿，露出豐滿的乳房和陰暗的胯下。一個多月後的下午，高腳屋四周的巨大喬木聚集著成千上萬的野鳥，壓得樹梢抬不起頭，青竹直不起腰，羽毛橫著飛，鳥屎斜著落，鬧到黃昏不平靜，天黑了，何芸走出囚室，帶著九月胎兒和一肚皮魔力羊水、一身熱汗、兩眶糊塗淚和滿懷血奶，走入莽林，一去無回。

出自《野豬渡河》（2018）

1941到1945年，日本侵略東南亞、占領大部分婆羅洲。在這史稱「三年八個月」時期，日本人大肆屠殺異己，卻遭致最血腥的報復。張貴興的小說刻畫了他的故鄉——婆羅洲砂拉越——華人墾殖、抗暴最驚心動魄的一頁。雨林沼澤莽莽蒼蒼，犀鳥、鱷魚、蜥蜴盤踞，原住民部落神出鬼沒。醜陋的家族祕密，慘烈的政治行動，浪漫的情色冒險……都以此為淵藪。

張貴興（1956–）

出生於婆羅洲砂拉越美里，1976年到台灣留學，現為專職小說家。著有短篇小說集《伏虎》、《柯珊的兒女》、《沙龍祖母》；長篇小說《賽蓮之歌》、《薛理陽大夫》、《頑皮家族》、《群象》、《猴杯》、《我思念的長眠中的南國公主》、《野豬渡河》。

神山游擊隊：1943年亞庇起義（節錄）

黃子堅

鍾憶妮　譯

　　1941年5月，郭益南初抵亞庇時，即刻去找同樣是潮州人的謝育德。謝育德比郭益南稍微年長，在中國出生的他，會在古晉生活過一段日子後，才在亞庇安頓下來。郭益南受謝育德的姑媽所託，交了一封信給當時與石春華合資創設梅花影室的謝育德。郭益南向謝育德借宿了幾天，之後才在南路的甘榜亞逸（水上屋）黃永清大屋租了一間房。黃永清是負責供電予亞庇埠的亞庇冰電公司的高級職員。

　　安頓下來後，郭益南便開始替人醫痔瘡。他經常騎腳踏車穿行於斗亞蘭路，拜訪下南南，孟加達和打里卜的各客家聚居區。郭益南很可能是個醫術高明的痔科醫生，生意應接不暇。短短幾個月就有本事把交通工具升級為摩托車。沒多久就能夠把他的母親和弟弟益光從古晉接到亞庇與他一起生活。後來，他的姊姊和姊夫也搬到亞庇。

　　抗日行動是郭益南一手組織起來的，他顯然一早便有阻擋日軍侵占沙巴的打算。根據謝育德的說法，郭益南於1941年8月30日便向他透露要在亞庇組織反日運動的念頭。郭益南向他出示中國政府頒發參與武漢青年軍的證書。謝育德看了顯然留下了深刻的印象（Chia 1978：3）。這份證書後來極有可能被郭益南用來取信於人。

　　根據霍爾的說法，郭益南在1942年2月，日本占領沙巴後沒多久，便隻身前往沙巴——荷屬婆羅洲（加里曼丹）邊界附近的冰廠岸，希望可以聯絡上他認為就在那一帶活動的英國和荷蘭抗日游擊隊。然而，郭益南這項從荷蘭邊境的貝龍坑河（Boelongan）進入龍納灣（Long Nawan）的計畫，因日本

人封鎖了往該地區的去路，以失敗告終，令他無功而返。霍爾是唯一一個提及這次行程的作者，根據他的說法，郭益南於1942年6月才回到亞庇。而與郭育南早期交往互動頻密的謝育德，則完全沒有提到這件事情。郭益南是否曾經展開過這樣的行程，又這麼顯著地長時間不在亞庇，實在沒辦法確定。在日本人嚴格監控人口的流動之際，做這樣的事情，似乎不太可能。謝育德提到過在日本人抵達亞庇及他於1942年6月成立救華會期間，郭益南都忙著在斗亞蘭路一帶地區替人醫痔瘡，時而擴展至斗亞蘭和擔波羅里。他也在這段時期，向年輕人傳達抗日信息。

到了1942年6月，郭益南向謝育德透露，他在過去幾個月內，招攬了百多名有意願的青年，願意接受愛國思想等訓練，以破壞漢奸活動，進而打擊日軍（Chia 1978：11）。

郭益南的抗日宣傳肯定深深地打動了亞庇和斗亞蘭路一帶年輕人的心，讓人們看到了一線希望。截至1942年6月，沙巴大多數人都不抱有日本會很快終結占領的希望，更甭提與日本人對抗的想法。因為就在一個月前，西海岸的歐洲人就遭到日本人拘禁和被遣往古晉的戰俘營。歐洲人被押著登上停靠在亞庇碼頭小輪船的那一幕，看在那些渴望早日被解放的人眼中，肯定是非常令人沮喪的。郭益南號召大家採取武裝行動，對那些人就是靈丹妙藥，許多人都表示願意起來反抗日本人，包括武裝起義。

＊　＊　＊　（中略）

大日子

1943年10月9日，星期六晚上，神山游擊隊出擊。傍晚時分，大伙兒聚集在曾玉的橡膠園，在那裡聽取簡報和領取武器，主要是霰彈槍和巴冷刀。霰彈槍多數是私人擁有的，巴冷刀則由潘氏兄弟和黃自按提供。接著，郭益南挑選了一支先鋒隊去攻擊戰略要地。被選中的人包括當時年僅十八歲的劉曙光。雖然劉曙光沒有參加游擊隊的早期活動，包括訓練，且在10月9日才前往游擊隊大本營，卻被郭益南選中。當天的計畫是先偷襲斗亞蘭警察局和將該鎮從日本人手中解放出來。接著夜襲亞庇。

一些游擊隊員發現只被分配到巴冷刀而大感意外，因為他們得到的印象是會獲得菲律賓南部所供應的武器。張景祥回憶說，在經過一個月的訓練後，有人帶了滿滿一個麻包袋的巴冷刀，而不是更讓人期待的步槍。未被選中參加突擊行動的陳勝華記得，他那被選中的哥哥陳永華向他借巴冷刀以進行襲擊行動，只因為他家的巴冷刀比較銳利。陳勝華則被派去協助運輸食糧。

交通方面，游擊隊弄來三輛羅里。其中兩輛是由在日本國際運輸株式會社工作的張耀德從公司偷來的。另一輛羅里由其中一名游擊隊員所擁有。開車的三名司機是曾慶根（亞根）、徐友祥和張耀德。

被選中的大約五十名男子都脫掉上衣，以便在襲擊時容易辨識。正當被選中的一班人都登上車離開孟加達，孟加達橋上的哨步嘗試阻止一輛駛往斗亞蘭方向的計程車。這輛計程車是由一名羅姓客家人所擁有和駕駛，他當時並沒有理會游擊隊要他把車停下的要求。當計程車快要駛過橋時，游擊隊鳴槍示警，計程車完全停下來。兩名男子奪門而出，直往橋左邊的香蕉園逃去。這兩人是在日本園坵工作的台灣籍員工，當時正要返回園坵。游擊隊員在後面追趕過來，但還是被他們成功逃跑。他們也就是最先向日本人通風報信的人。游擊隊員捉住羅姓司機，並把他送到汶西坑的大本營。第二輛車為一輛小羅里，也被攔下，並把司機拘禁。主力隊開車到位於斗亞蘭路一哩半的華人墳場，靜候斗亞蘭部隊歸來。

下午五點，郭益南帶領人馬從孟加達乘坐三輛羅里前往十二英哩外的斗亞蘭，並占領了警察局，同時奪得一些寶貴的武器和彈藥（Hall 1949：83）。游擊隊讓六名本地警察交出軍械、武器。根據林廷法的說法，襲擊斗亞蘭一事早有安排，警察也都知道游擊隊即將發動攻擊，因此沒有做出任何反抗。然而，一名本地人對此事的說法稍微不一樣。根據哈芝阿旺沙哈里阿都拉迪夫（Haji Awang Sahari Abd）的說法，游擊隊員攻下警察局後，曾要求警察局的雅谷（Yaakub）伍長打開軍械庫。然而，鑰匙卻在道勿蘇萊曼（Daud bin Sulaiman）高級曹長手上，而他當天沒有上班。當游擊隊員登門索求，道勿因拒絕交出鑰匙而被游擊隊員砍傷和槍傷。根據同一個人的說法，高級曹長大難不死。在日本人回到斗亞蘭後，他因為對游擊隊的要求堅

拒不從，而獲得治療及五百元的獎勵（Awang Sahari 2004：7，11）。

　　郭益南在第二份公告中向日本宣戰，並假以北婆羅洲華僑抗日軍司令黃仿銘的名義署名。該公告詳細闡述了日本人的弊政，指日本政府促使當地人淪為貧民，日本公司奪走和控制所有的生意，農民被迫上繳他們的農作物，而婦女受到不尊重的對待。因此，游擊隊決定趕走日本人，以停止這一切。公告也宣稱游擊隊已得到美國、英國和其他盟國的支持，以完成這項任務（Hall 1949：94-95）。

　　除了襲擊警察局、憲兵部和碼頭倉庫外，游擊隊還有其他隊伍負責完成其他的目標。負責破壞聖公會諸聖堂的無線電設備的劉來貴，成功破壞並拆卸了無線電裝置。根據劉來貴的太太的說法，他於晚上九時騎腳踏車從家裡出發到亞庇無線電台，該電台位於現在的諸聖座堂（大教堂）對面山坡上的諸聖堂。他於午夜後返家時帶了一台機器（可能是發射器）藏匿在草叢裡；另一支由陳善基率領的隊伍負責破壞在火車站對面，鐘樓和冰電公司之間的電報局設備。然而，他並沒有成功完成任務，在某個程度上來說，是因為他的隊伍聽到撤退軍號，以致沒有足夠的時間完全癱瘓整個設備。

　　由石春華率領的另一隊游擊隊員，前往海傍街後面的店屋拘捕劉禮醫生，但卻不見劉禮蹤影，他也很可能是參加了興亞（Koa）俱樂部的節目，後來得知起義而躲藏起來。游擊隊領袖似乎很痛恨劉禮醫生，謝育德稱劉禮醫生為日軍的第一號宣傳員，在游擊隊眼中乃是第一號漢奸（Chia 1978：46）。劉禮身為戰前的中國救災會成員，也是其中一名協助從西海岸籌集六十萬元奉納金給日本的華人領袖之一，遭受到如此看待是很為難的事。

　　游擊隊這邊廂攻擊亞庇，另一廂派了一隊人前往斗亞蘭達密的日本人橡膠園坵，圍捕在那裡工作的所有日本人。八名日本平民遭拘捕並被帶回斗亞蘭。

　　游擊隊並沒有偷襲防衛森嚴的三哩維多利亞軍營的警察總部。游擊隊員在追捕其他日本人的時候，忽略並避開了這個地點，這是一個促使郭益南和他的手下付出沉重代價的戰略疏忽。霍爾和謝育德對三哩軍營各有不同的說法。霍爾認為游擊隊避開了這個地方，而謝育德提到游擊隊正當要退往下南

南時，在加拉文星遇到大約二十名武裝警察，他們是由三哩軍營的警察局長查理・彼得派來，以協助游擊隊維持秩序。謝育德還提到郭益南指示他們返回軍營（Hall 1949：91-92；Chia 1978：46）。根據起義的生還者李明的說法，由張其霖率領的隊伍原本應該襲擊三哩兵營，但發現軍營重兵駐守而迴避（Chin 2009：107）。

　　游擊隊員在當天晚上殺死了五十多人——日本人和其他種族。游擊隊員有兩人傷亡。游擊隊也在下南南和孟加達俘獲了十一名日本平民，包括一些婦女和兒童。另有八名日本軍人在斗亞蘭被捕。該行動被認為是成功的。游擊隊沒料想到可以如此輕取日本人並接管亞庇。人們欣喜若狂，大肆慶祝旗開得勝，游擊隊員坐在車裡繞著亞庇埠高呼「勝利！勝利！」和「中華萬萬歲」（Hall 1949：93）。在這短暫的榮耀時刻，他們也揮舞著中國國旗和英國國旗。

＊　＊　＊　（中略）

郭益南投降

　　游擊隊員各奔前程後，郭益南一行人像亡命之徒般四處逃亡了一個多月，最後於1943年12月13日抵達兵南邦。他們已經走了很遠的路，遠至擔布南甚至蘭瑙，但不得不折返回到離海岸較近的地方，因為郭益南並沒有放棄對蘇雷茲少校帶領的美國——菲律賓游擊隊員到來，以增援游擊隊的希望。他們首先到達下南南建山，然後翻山越嶺到兵南邦。一旦抵達兵南邦時，郭益南和他的六名同志，包括石春華、陳金興、鍾德耀（Chung Tet Yau，音譯）和洪崇善，向一些可信賴的華人求助，包括劉玉林和蕭登科，然後他們藏身在靠近武吉巴登（Bukit Padang）水庫和華北聚居區的華北墓地。只有少數人知道他們的存在，包括劉玉林和蕭登科，以及石春華、聶寶榮和張桂華的家人。過沒多久，有間諜向兵南邦甘榜仕紳馬加貴・沙拉曼（Majakui bin Salarman）通風報訊，而後者又告知日本人，日本人很快便知道了游擊隊員們的存在。

　　郭益南的行蹤被出賣的背後還有另一個版本的故事。據說，郭益南一行

人於1943年12月13日抵達華北聚居地後，接著於12月15日晚上搬到了墓地。在那裡，他們得到相距僅為十五分鐘路途石春華家人的幫助。躲藏在墓地的時候，郭益南要求陳金興寫一張便條給他以前在米粉廠工作時的經理翁錦忠，向後者要了一千元。從墓地那裡，郭益南一行人躲在李大利和蕭登科的山芭之間的一個山洞裡。他們最終被村長李大利的弟弟李二利出賣。李二利沉迷賭博，他希望從為人慷慨的翁錦忠處弄得到一筆錢。他找到翁錦忠，聲稱陳金興託他來拿錢。當翁錦忠拒絕時，李二利洩露了郭益南等人的藏匿處（Chia 1978：63）。

在知道郭益南的下落後，日本人派出軍隊，希望將郭益南和他的追隨者一網打盡。他們包圍了墓地，卻發現郭益南已經把營地搬到了山洞裡。日軍在搜索的同時，也迫使張富貴和蕭登科帶領他們前往游擊隊的藏身處。在重重壓力下加上日軍威脅要全村人陪葬下，張富貴只好帶領日本人到郭益南藏身之處，並勸告游擊隊員為了山東村人民投降。

1943年12月19日，在日本要脅殺死兵南邦華北聚居地所有村民的情形下，郭益南和剩下的六名追隨者投降了（Chia 1978：71）。郭益南一行人當時藏匿在靠近武吉巴登水庫，山東村的墓地。在得知郭益南的下落後，日本人打算召集二百五十名亞庇商界領袖，準備只要郭益南拒絕投降，便殺死他們。為此，日本人在亞庇艾京遜大鐘樓（Atkinson Clock Tower）附近挖了三個大洞（Chia 1978：71）。隨著郭益南投降，該計畫才被取消。

根據謝育德被拘留於日本監獄期間，重遇游擊隊員後的說法，郭益南和他的追隨者最初想到要引爆手榴彈自殺。然而，在張富貴求他為保全華北聚居地村民們的性命份上出來投降，郭益南決定從容就義。

張富貴因緝捕郭益南和其追隨者有功，受到日本人的重用；他被要求繼續擔任村長，並以日本員工的汽車代步。許多人深信張富貴還協助日本人指認一些起義的倖存者。比方說，謝育德對張富貴向日本人指出石春峰感到憤怒。石春峰可說是謝育德的未來妻舅。石春峰後來死在納閩。戰爭結束時，張富貴逃到沙巴東海岸，在那裡待了將近二十年。張富貴是一個不幸的案例，因為他必須遊走在試圖挽救他的華北同胞生命和遵從日本人命令的邊緣。

註解出處：

Awang Sahari Abd. Latif. (2004). "Kinamono: Sebuah Ceritera dan Peristiwa Gerila Kinabalu di Sabah" (Kinamono: A Story and the Kinabalu Guerrillas Event in Sabah). Paper presented at the annual general meeting of the Persatuan Sejarah Malatsia, Cawangan Sabah, Kota Kinabalu, 13 October 2004(unpublished).

Chia Yuk Tet. (1978). History of the Anti-Japanese Kinabalu Guerrillas(Shen San Yu Ji Doi Kang Di Shi), Tawau: Tawau Daily(in Chinese). Chin Allan.(1994)."The Double-Tenth Rebellion", Daily Express, 6 November1994.（謝育德〔1978〕。《神山遊擊隊抗日史》。沙巴斗湖：斗湖日報。）

Chin Tung Foh.(2009). North Borneo Anti-Japanese Kinabalu Guerrillas. Kota Kinabalu: Opus Publications.（陳冬和〔2009〕。《北婆羅洲抗日神山遊擊隊》。沙巴亞庇：Opus出版社。）

Hall, J. Maxwell.(1949). Kinabalu Guerrillas, Kuching: Borneo Literature Bureau.

原文 *One crowded moment of glory: the Kinabalu guerillas and the 1943 Jesselton uprising*(2019)，譯本《神山游擊隊：1943年亞庇起義》（2020）

太平洋戰爭期間，日軍在南洋肆行暴力。1943年秋天婆羅洲亞庇客家移民起而抗暴。神山游擊隊起義時間甚短，犧牲慘重，卻以其義無反顧的精神和寧死不屈的勇氣，成為海外傳奇。

黃子堅（1967–）
馬來西亞沙巴客家人，現任教馬來亞大學歷史系。著有《神山游擊隊：1943年亞庇起義》，以及關於沙巴歷史社會的英文學術論著多本。

譯者　鍾憶妮
畢業於馬來西亞中央藝術學院大眾傳播系。曾任職於出版社和中文報社，現為自由文字工作者。

HALO HALO

謝馨

混血兒的風姿，便如是
閃過我腦際——融和著西班牙的
美利堅的，中國的
還有茉莉花香
飄揚的呂宋島的……而混血兒
他們說：都是
美麗的

也是象徵一種多元性的
文化背景——不同的
語言、迥異的風俗
習慣、宗教信仰
和生活方式……像各色人種
聚集的大都市，充滿了神祕
複雜的迷人氣息

又像是
一個熱鬧的大家庭
HOME SWEET HOME
充滿了笑聲，歡樂
與愛。在信奉天主教的國度

人口的節制，是違反
上帝的意志。而傳統的
東方思想，又是那樣重視
家族的擴充和子孫的繁衍……

其實，這是一個慶賀豐收的
嘉年華會啊！
　家家張燈結綵
　處處歌舞通宵
看！那麼多
那麼多豔麗的色彩——紅、橙、黃、綠
青、藍、紫……都在我杯中
閃耀

註：HALO HALO，菲語混合之意。此處係指一種冷飲甜食。以各式蜜餞、
　　果凍、牛奶、布丁、紫芋、米花等滲碎冰、冰淇淋攪拌而成。

出自《波斯貓》（1990）

HALO HALO混合多種食材的甜品，顏色艷麗、色彩繽紛，雜揉出一種
華夷滋味。混血的神秘複雜，閃耀出嘉年華式的多元文化。

謝馨（1938–2021）
出生於中國上海，1949年遷居台灣，一年後定居馬尼拉。著有詩集《波
斯貓》、《說給花聽》、《石林靜坐》、《謝馨新詩朗誦》（有聲
書）；散文集《謝馨散文集》，以及譯作《變：麗芙・烏嫚傳》。

眼中的燈——給扶西·黎剎

和權

銅像啊
你不要悲傷

現今
受到炸彈震撼的
美麗島嶼
依然是青草如夢
　　　茉莉花香

你不要悲傷
大停電時
窗內有羅曼蒂克的
燭火　巴士停駛時
窗外有蹄聲嗒嗒的
馬車

若是
超級市場　已然不見——
甜美的舶來水果的
蹤影　那小攤
仍會展現熟透了的

土產的
芒果　香蕉
木瓜　鳳梨

你不要悲傷難過

颱風吹毀了
千萬幢鋅片搭成的
住宅　卻是
吹毀不了一雙雙粗壯
有力的赤手

你不要悲傷難過

在冰冷的雨聲中
在暗夜裡　必然有人
不能安眠地像你：
點燃了
眼中的燈
靜靜地　默默地
亮著
關愛

1991 年 3 月 7 日，台灣《自立早報》副刊
出自《我忍不住大笑》(2010)

註：扶西・黎剎，是菲律賓民族英雄、詩人。他的銅像立於馬尼拉倫禮沓公
　　園，即西班牙統治者槍斃他的原地。

「別了，我的祖國」，1896年12月29日，三十五歲的黎剎(菲律賓國父)在王城的監獄寫下了「最後的訣別」，翌日，這位亞洲第一位主張和平革命的民族主義者，在西班牙統治者的槍桿下，從容就義。兩年後，他播下的革命種子終於開花結果，菲律賓結束西班牙長達三百多年的獨裁統治。

和權（1944–）

本名陳和權，出生於菲律賓。崛起於1960年代，頗受台灣詩人紀弦、覃子豪、余光中、蓉子等的影響，曾獲得菲國最高文學獎菲律賓詩聖描轆沓斯文學獎，主編菲華現代詩研究會《萬象詩刊》二十年。著有《橘子的話》、《落日藥丸》、《我忍不住大笑》、《隱約的鳥聲》、《回音是詩》、《眼中的燈》、《震落月色》、《霞光萬丈》、《千丈悲憫》、《和權詩三百》、《陪時間跳舞》、《落日是紅顏》、《巴山夜雨‧每一滴都落在詩中》、《巴山夜雨‧讓回憶有了聲音》、《記憶的香茗》、《愁城無處不飛詩》等。

麥堅利堡

羅門

超過偉大的
是人類對偉大已感到茫然

戰爭坐在此哭誰
它的笑聲　曾使七萬個靈魂陷落在比睡眠還深的地帶
太陽已冷　星月已冷　太平洋的浪被砲火煮開也都冷了
史密斯　威廉斯　煙花節光榮伸不出手來接你們回家
你們的名字運回故鄉　比入冬的海水還冷
在死亡的喧噪裡　你們的無救　上帝的手呢
血已把偉大的紀念沖洗了出來
戰爭都哭了　偉大它為什麼不笑
七萬朵十字花　圍成園　排成林　繞成百合的村
在風中不動　在雨裡也不動
沉默給馬尼拉海灣看　蒼白給遊客們的照相機看
史密斯　威廉斯　在死亡紊亂的鏡面上　我只想知道
　　　那裡是你們童幼時眼睛常去玩的地方
　　　那地方藏有春日的錄音帶與彩色的幻燈片

麥堅利堡　鳥都不叫了　樹葉也怕動
凡是聲音都會使這裡的靜默受擊出血
空間與空間絕緣　時間逃離鐘錶

這裡比灰暗的天地線還少說話　永恆無聲
美麗的無音房　死者的花園　活人的風景區
神來過　敬仰來過　汽車與都市也都來過
而史密斯　威廉斯　你們是不來也不去了
靜止如取下擺心的錶面　看不清歲月的臉
在日光的夜裡　星滅的晚上
你們的盲睛不分季節地睡著
睡醒了一個死不透的世界
睡熟了麥堅利堡綠得格外憂鬱的草場

死神將聖品擠滿在嘶喊的大理石上
給昇滿的星條旗看　給不朽看　給雲看
麥堅利堡是浪花已塑成碑林的陸上太平洋
一幅悲天泣地的大浮雕　掛入死亡最黑的背景
七萬個故事焚毀於白色不安的顫慄
史密斯　威廉斯　當落日燒紅滿野芒果林於昏暮
神都將急急離去　星也落盡
你們是那裡也不去了
太平洋陰森的海底是沒有門的

註：麥堅利堡（Fort Mckinly）是紀念第二次大戰期間七萬美軍在太平洋地區
　　戰亡：美國人在馬尼拉城郊，以七萬座大理石十字架，分別刻著死者的
　　出生地與名字，非常壯觀也非常淒慘地排列在空曠的綠坡上，展覽著太
　　平洋悲壯的戰況，以及人類悲慘的命運，七萬個彩色的故事，是被死亡
　　永遠埋住了，這個世界在都市喧噪的射程之外，這裡的空靈有著偉大與
　　不安的顫慄，山林的鳥被嚇住都不叫了。靜得多麼可怕，靜得連上帝都
　　感到寂寞不敢留下：馬尼拉海灣在遠處閃目，芒果林與鳳凰木連綿遍
　　野，景色美得太過憂傷。天藍，旗動，令人肅然起敬；天黑，旗靜，周
　　圍便暗然無聲，被死亡的陰影重壓著……作者本人最近因公赴菲，曾與

菲作家施穎洲，亞薇及畫家朱一雄家人往遊此地，並站在史密斯威廉斯的十字架前拍照。

1962 年

出自《《麥堅利堡》特輯》（1995）

羅門（1928–2017）

本名韓仁存，出生於中國海南文昌。1948年隨學校至台灣。1954年開始發表詩作，翌年加入藍星詩社。1961年因公赴菲律賓順道參觀著名的麥堅利堡，寫下同名詩作。著有詩集《曙光》、《第九日的底流》、《日月集》、《死亡之塔》、《羅門自選集》、《隱形的椅子》、《曠野——羅門詩集》、《羅門詩選（1954–1983）》、《羅門創作大系》（十卷）等。

假如你到馬尼拉

謝裕民

假如你到馬尼拉，一定要到新加坡街逛一逛。

到了新加坡街，一定要嚐一嚐「林太福建麵線羹」。

「林太福建麵線羹」老闆並不叫林太，林太是我祖母；我奶媽對祖母的稱呼。我奶媽才是老闆，她叫索咪，是我們的菲律賓女傭。

之所以向你推薦，因為我從小就喜歡，祖母說我們福建人一定要懂得煮麵線羹、講福建話。媽只會講不會煮，她也是福建人，但沒空學，知道我喜歡吃，叫索咪跟祖母學。

索咪在我們家整十年，直到我上中學才回菲律賓。媽不肯放她，索咪告訴媽，她兒女大了，要回去看他們，媽才放人。其實，最主要是祖母去世後，媽待她不好。

索咪走時我大哭一場。她答應給我寫信，走後七個月果然來信，說馬尼拉現在有一條新加坡街，賣的全是新加坡食物，有廣東煲湯、海南雞飯、潮州鹵鴨、客家紅棗雞、福州魚丸。她也在那裡開了一家小食店，賣的就是祖母教她的麵線羹。她忘不了祖母，用她對祖母的稱呼作招牌。

所以，假如你到馬尼拉，一定能吃到很多新加坡已經吃不到的小食。

新加坡街很長，你隨便吃點什麼填飽肚子後，可以繼續往下逛，不必十分鐘，就會發現那裡全是教學中心，教的全是新加坡華人的方言，其中一家叫「安溪福建話中心」，主人莫妮是我的朋友，你不妨進去用福建話跟她打個招呼。莫妮是我祖母晚年行動不便特地請回來的，她剛來的時候一句福建話都不會講，一年後她就可以教我講福建話。可是媽不允許，要莫妮用英語跟我交談。三年後祖母逝世，莫妮已像個福建人，以福建祭禮葬下祖母。

　　莫妮跟索咪走後我非常無聊，常想起祖母說過，我們福建人一定要懂得煮福建麵線羹、講福建話，我卻一樣都不會。我時常想，以後我有錢一定到馬尼拉去，除了看看我的兩個福建朋友，最重要的是嚐一嚐麵線羹。

　　如果你的菲律賓女傭也回國了，我們不妨考慮結伴同行，作一次文化考察。

1991 年 4 月 5 日

出自《世說新語》（1994）

新加坡街、安溪福建話中心不在新加坡而在菲律賓，煮麵線羹、講福建話、行福建祭禮的菲傭，換位替代保留了華人的文化，形成了另類的「根」。

謝裕民（1959–）

出生於新加坡，現為《聯合早報》副刊組資深高級編輯。著有散文集《六弦琴之歌》（合著）；短篇小說集《最悶族》；極短篇集《世說新語》；長篇小說《甲申說明書：崇禎皇帝和他身邊的人》、《放逐與追逐》。代表作《重構南洋圖像》、《m40》、《建國》曾獲新加坡文學獎。

蟋蟀

楊健仁（Kenneth Yu）

黨俊龍 譯

　　太嬤的肖像四周，焚香的煙裊裊。縷縷白煙凸顯她的面容。移動的煙，似乎比她空洞的雙眼和神情，來得有生氣。她面前插著的數支紅香，已燃燒數小時，此刻它們又更短了。

　　與煙不同，莊家的家族親戚、老朋友、生意伙伴早已散去。每人鞠躬祭拜，持香作揖，插香入爐。大家寒暄敘舊，分享人生。遲來的午餐已送上桌，是露西在她的領地——廚房料理的。但已經黃昏，剩菜轉涼，寥寥無幾的最後一批客人也動身道別。這天是星期六，按農曆計算，是這位家族女主人辭世的一週年。她活到可敬的一百零八歲，是她那幾個長命的姊妹中，最長壽的一位。雖然在最後的十八年裡，她是在年老失智中度過。黃昏結束時，房子總算寧靜下來，只剩下從後廚房傳來的瓷器銀器的叮噹聲，以及傭人洗碗的聲音。

　　理查、露西和他們的兒子已經上去太嬤家的二樓休息。主人都很疲累，理查一邊上樓一邊抱怨身為老么的負擔，他的責任與不幸就是要照顧長命的母親，甚至連她的身後事也落到他的肩上。五歲的大衛無動於衷，坐在地上和他的保姆玩玩具車。露西則安靜地躺在沙發上，連伸手拿電視遙控器都懶。她覺得空虛，沒有半點說話的力氣，她很想讓老公知道，她應酬的客人比他還多，而他只顧著招待朋友、哥哥，和喝威士忌。她還想說，當他還在睡時，她一早就在燠熱的廚房燒菜和烘焙。她也想告訴老公，他的哥哥姊姊在好幾年前，都還很年輕時，就搬了出去，而他這位最小的弟弟卻必須留下來，繼承母親這棟相當大的房子。現在她過世了，房子就歸他們所有，儘管

這是等了一百零八年的事。她想說，他們大可把房子賣掉，搬到一個更小、更容易打理、專屬於他們的空間，好讓他忘卻所有的牢騷以及母親沉重的回憶。可是，理查儘管痛苦，卻不曾說過想搬家。於是她的這些話如鯁在喉，日子久了，就越來越重。

那晚還不到九點半，全家人已經躺在床上，連傭人也不例外。她們只在後廚房，主人提供給她們的小電視看了一齣肥皂劇就去睡了，她們都疲累不已。客廳可以通向飯廳，那裡有一張大圓桌，桌子後方有拉門，打開後就可以走到陽台和花園。客廳鴉雀無聲，這裡是所有客人歡笑交談的地方，但此刻這裡的空氣凝滯了。燃燒著的香，猶如在黑暗中閃爍的紅色小眼睛。慢慢地，一支支逐一燃燒殆盡。當最後一支香熄滅時，它的灰燼掉進香灰裡，當最後一縷煙在太嬤的眼前消散時，一隻黑色的蟋蟀唧地一聲從香爐後面走了出來。

牠的甲殼捕捉到從外頭透進來的一絲光線，反射出一層柔和的光澤。牠走向前，抖動觸鬚，又唧了一聲，往前跳，跳到一個更高的架子上，上面擺著一張太嬤年輕時的照片。接著牠點一點頭，嘆氣，十足像一個面對艱鉅任務時愛莫能助的人。

理查的聲音還懸在喉嚨裡，讓他來得及改變想說的話。他用咳嗽聲掩蓋本來想說的話，改口說道：「好。」然後匆忙拿起杯子，大口喝了幾口咖啡。

「而且，」蟋蟀說，當著隱忍的露西跟被逗樂的大衛面前，「你還有你哥哥他們，最好別再喝酒。幸虧你們沒人抽菸。菸味臭死了！真要感謝上天賜的小小福分，儘管為數不多。」

蟋蟀是在早餐時間出現在廚房的，從某個高處掉下來，把這一家人嚇壞了。牠唧唧問好：「早安。」露西是第一個回過神，回應牠的人。然後又馬上因這荒謬的行為而羞紅了臉，但她很快就化解了這份尷尬。大衛只是笑著拍手。理查是最後一個回神的人，然後才打開手中揉成一團的報紙。蟋蟀嗤之以鼻，馬上指出理查的飲食習慣。他的面前擺著一盤又油又肥的香腸跟兩大坨飯，人贓俱獲。

「這是露西準備的！」理查回應道，在推卸責任。

「對，每天都是，」蟋蟀說道，「是你吩咐的。」一股黑暗撲向理查的心，一種他以為自己已經擺脫，或至少可以不予理會的恐懼。

「還有妳，」蟋蟀對露西說，語氣同樣強硬，但多了一絲仁慈，「妳好歹多動一下腦袋嘛！」露西大吃一驚，她沒想到會是這種訓斥。她一直認為自己是個完美的妻子，甚至她在結婚前就抱有這種想法。但是出於某種原因，也許是蟋蟀說這番話的時機——她剛好在那個早晨、那個時刻，處於適當的心情——抑或是蟋蟀說這番話的方式，她開始質疑自己在這門婚姻中的定位。奇怪的是，她沒有感受到自己本來預期會有的任何情緒，而是發現內心燃起一股希望。當然，這僅是星火般微小的希望，但她喜歡，並想滋養它。

蟋蟀轉向大衛。

「就你最幸福，」牠說。大衛彷彿同意一般，笑得更大聲。「誰在你這年紀不幸福呢？」

當蟋蟀遠遠跳到大衛赤裸的手臂時，大家都驚呆了。牠用觸鬚輕輕撫摸他的皮膚。就近一看，考慮這隻昆蟲的大小，牠輕易就覆蓋大衛的半截前臂，模樣怪嚇人的。牠的上顎鋒利，腳上長滿尖刺，末端是爪狀的鉤子。牠的身體稜角分明，有尖銳的邊緣，給人一種隨時準備迎戰的狀態。露西摒住呼吸，看著蟋蟀與兒子如此之近。理查緊握拳頭，身體因恐懼而緊繃。大衛卻老神在在，沒察覺任何危險。他對著蟋蟀微笑，甚至敢伸手，用手指撫摸牠的軀殼來回應牠。在他的撫摸中，少了小孩天生就有的粗暴，取而代之的可能是愛。

「你好。」大衛對牠說。

「好吧！」蟋蟀回應。「那就看看你們過得如何。」牠跳回桌上，又跳走，接著就消失在廚房的壁凹裂縫。在那個早上剩下的時間裡，牠會冷不防跳出來評論一番跟發發牢騷，讓正在做事的這家人嚇了一跳。

見到蟋蟀從地上跳到爐灶旁邊的桌上時，露西差點摔掉手上的鍋蓋。蟋蟀發現她繃著臉，馬上說道：「妳在做妳拿手的事。但妳卻沒有笑容。那為什麼還要做呢？」牠跳到窗台邊，俯視整個廚房。

這一次，露西的內心想要反抗蟋蟀。她開始在廚房大力踱步，用杓子和

炊具猛敲鍋子，用力切菜，用平常不會用的力氣煎炒食物，帶著一股堅持在煮飯。她不曉得自己在堅持什麼，但她這麼做是在為自己辯護，為自己是誰而辯護。而當她這麼做時，正如蟋蟀之前說的，她開始使用她的腦袋了。

她不是不聰明，求學時她總是名列前茅。雖然在嫁給理查前，她只在當地銀行當過幾年的出納員。他們是經由父母共同好友的介紹而認識。認識了將近一年才決定結婚，雙方同意，父母也批准。一切是如此自然而然。她不是什麼大美人，家境也不算富裕，因此她深知自己的選擇不多。理查看起來是個不錯的男人，比她年長六歲，雖然她不喜歡他在四下無人時抓癢的行為，也不喜歡他在餐桌下脫鞋子捲腳趾的樣子。但他對她及她父母都說話得體。他是家中六男五女中的老么，這問題只出現過一次，但她的父母，尤其是她母親，認為這事不足掛齒。她對跟老么結婚沒什麼想法，所以也就不以為然。直到婚後，他們的生活得跟盡孝綁在一起，從數天、數週，變成數月、數年，她的丈夫對此感到怨恨，進而也影響了她。現在回想起來，也不全然是件壞事。她從婆婆那裡學會了燒菜，就算沒比她厲害，也變得跟她一樣優秀。當這位老人家年事已高無法下廚時，廚房就屬於她的了。

屬於她的了，她才意識到。這麼久以來，她第一次聞到她面前熱氣騰騰的食物的香料味，嚐到它們強烈的味道，露出笑容，抹去了她臉上多年的紋路和天生的愁容。

大衛坐在客廳的地板上，時而看他的繪本，時而玩散落一地的玩具。保姆見他沒有哭鬧，便起身到外面的花園，幫忙把衣服晾到曬衣繩上，但仍在一定的距離透過玻璃拉門看著大衛。蟋蟀出現在他面前的地板，他對牠微笑，但沒有朝牠而去，而是拿起一本圖書，大聲朗誦，好像不為別人，但其實是想唸給蟋蟀聽。蟋蟀一步步接近，當牠靠近時，大衛讓牠跳到自己的肩膀上。他讀完了一本，又接著一本。到唸完第五本時，蟋蟀已經跳到咖啡桌上，跟大衛四目相對。他們靜靜看著彼此。不需要任何言語交流。蟋蟀看著大衛，知道他還年輕，在牠眼裡，大衛猶如一張乾淨的白紙，上面可以寫畫任何東西。

早餐過後，理查就不安地在家裡來回走動。他靜不下來，從一樓爬到二樓，上上下下，有意識地進出各個房間或家裡無人的空間。他刻意避開廚

房，他知道妻子在那。他也不到屋外，傭人在那忙碌。他好幾次經過坐在客廳地板，沉迷於繪本跟玩具的兒子，但沒有理會他。

自從那隻蟋蟀出現後，他就越來越恐懼。他也說不上來自己在怕什麼，但他感覺得到某種恐懼正在逼近，一個他得面對的報應，他知道自己還沒準備好，而且肯定猝不及防。為什麼會這樣，他也不曉得。但他怪罪那隻蟋蟀。

最後，他選擇躲進位在角落的小倉庫，他在多年前將這裡改造成他的居家辦公室。他一般不會在禮拜天進入這個房間，但今天卻走了進來。他關上門，坐在桌前，窩進一張破舊的辦公椅裡。桌上滿是舊收據跟發票、信件，以及堆了好久的辦公小擺設。有很多文件都是他早該留意，卻被他一拖再拖，甚至不看一眼的。他把雙手枕在腦後，閉上眼睛，決定用他最常使用的方式來忘卻這個早晨跟那隻蟋蟀：自憐。

他想到了錢，他的錢不多，得仰賴家族企業發給他的薪水。家族企業由他大哥經營，財務方面則是大嫂管理。他的其他哥哥全都過得比他好，無論在事業、生活或家庭方面。他們能隨心所欲到不同的地方旅行，而他卻只能等人邀請，他才可以跟別人分攤住宿和飲食的錢，以配合他有限的預算。他的姊姊基本上都嫁給心儀的男人，不過還是哥哥的人生比較讓他在意。當然，在他們面前，他會笑著裝出一副若無其事的樣子，沒事啊，一切都很好，我很好，我處理得來，我很滿足。他不曾向人坦承過自己的憂慮，但他默默將這種不公平歸咎於他是老么的關係。他不是第一次這麼覺得，也不會是最後一次。為什麼留下來照顧年老父母的人一定是他？他深陷這種自憐自艾，他想起哥哥跟他們家人的畫面，想起姊姊跟她們丈夫的樣子，以及他們跟他們的孩子每每看見他時，眼中的憐憫和藐視。他們的眼神中沒有半點尊重，他非常肯定，即便他們是用微笑和擁抱來問候他。

他的大姊曾經怎麼說他？說他是所有弟妹中最愚鈍的一個。小時候負責指導他們完成學業的人是他大姊。他記得她對每個人都很嚴格。她只盼他們取得好成績，說這事關他們的未來。但他只能絕望地看著哥哥姊姊一個個比他先行離開書桌，是的，連他最小的姊姊，那個輕浮、愚昧的姊姊，她拒絕父親介紹給她的華裔菲律賓人，硬是嫁給瑞士裔加拿大人，連她都在加拿大

這個第一世界國家過得比他還好。太不公平了。他的很多哥哥姊姊毫不費力就能通過考試，而他花數小時，挨餓不吃晚餐，不斷複習和背誦，卻依舊考得很差。大姊會憤怒地舉起雙手，大聲斥責他。直到上了高中，他才終於回嘴。於是她便讓他自生自滅。他花了五年，而不是四年，才高中畢業，也花了比別人久的時間才取得大學文憑。但他還是畢業了！縱使跟其他人的成就相比，是小巫見大巫。他的大姊是事業有成的會計師，自從他脫離大姊後，她便一直與他保持距離，對待他的方式也很明顯跟其他人不同。

「也許，」蟋蟀在擺放舊車零件的上層架子鳴叫道：「你該謙卑一點，不要自視甚高。」

理查睜開眼睛，找到蟋蟀後，便瞪著牠看。「你懂什麼？」

「夠多了。」蟋蟀說道：「連你都得承認，你的哥哥姊姊其實都知道你在故作姿態。」

「你怎麼會知道？」理查說道。他感到自己的臉漲紅了。

蟋蟀沒有回答這個問題。「你的很多哥哥都跟你一樣。他們外表看起來有如成功人士，實則不然。隱藏在他們示人的形象背後的是，失敗的家庭關係。這可能讓你感到慰藉，但其實這是個悲劇，因為你跟你的家人，全都一個樣。」

「何不謙卑一點？」蟋蟀又一次說道。「為了你好，為了你太太好，也為了你兒子好。別那麼在意你的哥哥姊姊，也許你會過得更快樂。」

「別扯我的兒子進來！」

「他是個好孩子。他會出人頭地，走正確的路。別把你的怨恨傳染給他！」

理查再也克制不住自己。他怒火中燒，因為這隻昆蟲竟敢以如此無禮的方式跟他說話。他就近取了一個裝滿筆的馬克杯，急忙起身，椅子被他甩到牆邊，然後用盡全力將馬克杯砸向蟋蟀。

他丟偏了，馬克杯在蟋蟀的右邊碎了一地。筆飛濺，白瓷破裂在地上。蟋蟀跳著逃走，從門口上方角落的小洞鑽了出去，跑到屋子的主空間。

理查甩開門追上去，手中揮舞一只拖鞋。他一瘸一拐追著蟋蟀，赤著一隻腳，手臂朝蟋蟀胡亂揮打，形成一道道兇猛的弧線，口中不停謾罵。蟋蟀

一下飛向左邊、一下右邊，閃避理查的攻擊，拚命跳躍、飛開。理查則是橫衝直撞朝牠狂奔，撞翻家具和架子，上面的相框、花瓶、書本、電器通通掉到大理石地板上。

露西聽到聲響便從廚房走了出來，目瞪口呆。她跑向老公，想拉住他，不過當她看到他追著蟋蟀來到客廳，一個揮拳從側邊擊中大衛的額頭時，她忘記了一切，馬上抱起正在哭喊的兒子，把他帶到客廳的角落，用身體擋住他。

所有的門窗都關上了。蟋蟀無處可逃。牠盡可能飛到最高，從一個角落飛向另一個角落。不過正在氣頭上的理查，體力凌駕於蟋蟀之上。牠越飛越慢，越飛越低，以更慢的速度跳躍，直到理查使勁一揮，最後啪的一聲，將蟋蟀狠狠砸向牆壁。牠掉到地上，理查在牠的上方，用拖鞋不斷地拍打牠，一邊語無倫次地吼叫，直到他再也舉不起手臂，不得不停下來，為疲憊的身體深深喘氣。蟋蟀躺在他的腳下，留下一團黃綠色的黏稠液體跟被砸爛的軀殼。

「你幹什麼？」露西喊道，把大衛的頭摟在胸前。「你為什麼殺死牠？」大衛額頭的腫塊變得通紅。他歇斯底里地想掙脫母親，伸出手臂想去撿那隻蟋蟀。她只能抱著他不放。

「閉嘴！」理查大聲回應。「給我閉嘴！叫他也給我閉嘴！」

「你為什麼殺死牠？」她又說了一次。「大衛喜歡那隻蟋蟀！我們本來可以養牠！」

理查沒有立即回應，而是別過頭去。怒氣像火山爆發後，流盡。現在他筋疲力竭，但心中的害怕及恐懼並沒有消失。它們猶存，如一把上膛的槍，仍瞄準他的胸口。他無法解釋他的所作所為，以及原因。但他的自尊和怨恨，當然還有他的自憐，他都沒有想要逃避。

「他會釋然的。」理查對露西說，他將他所能鼓起的冷漠傲慢，壓縮成這句話。

某樣東西打中了他的頭。痛，但只是輕微的，還不至於讓他叫出聲來。他轉過身，看見他的兒子無畏地站在他的對面，也是赤著一隻腳，臉上滿是憤恨的神情。他丟向父親的那只拖鞋，打中理查的頭後，彈落到一旁的地板

上。

　　理查盯著那隻拖鞋，再看向他的兒子，然後跌跌撞撞地走進他的辦公室。每邁前一步，他內心的害怕及恐懼就增加一分，甚至當他關上身後的門時，他也知道這無法阻擋一場悲劇降臨在他身上。

　　　　　原文 "Cricket" was published in Charles Tan ed., *Lauriat: A Filipino-Chinese Speculative Fiction Anthology* (Lethe Press, 2012).

菲律賓華人約有百萬，多為閩南背景，但全國總人口約兩成有華裔血統。儘管華語文化式微，華族文化影響仍在。楊健仁的〈蟋蟀〉以英語寫出，卻觸及華裔傳統家庭最重要的價值——孝。淡淡的詭異色彩，揮之不去的生活與倫理壓力，簡短的故事，沉重的主題。

楊健仁（Kenneth Yu，1969–）
菲律賓華人作家，是「Philippine Genre Stories 」（菲律賓類型小說）出版社的創辦人與編輯。其小說多散見於雜誌、網刊、小說選集等。著有短篇小說集 *Mouths to Speak, Voices to Sing*。

譯者　黨俊龍
畢業於文藻外語大學翻譯系，輔修法文系、國立東華大學華文文學系碩士班創作組。曾任中文編輯以及影片編審，擁有五年以上的翻譯經驗，以翻譯字幕與文學為主。

獵女犯

陳千武

狩獵！是多麼一句美妙的語言，
其實，獵者和被獵者之間，有什麼分別，真正的獵者是誰？

他們個個都是敢死隊裡的小角色。

「死」還沒輪到以前，他們在睡眠中，仍然擁有今天。今天這個空虛又寶貴的時間，表示著生命存續於未來還有一脈希望。不論這一天，是像預言者說的世界末日那麼鬱悶又不快樂：但是活著，總比枉死在異國的土地，還有些安慰。

他們天天被迫仰望太陽，而那張太陽，只是白地中央一個紅色圓球的日章旗，翩翩在旗桿上，代表著軍政專權的威嚴。戰爭只是為了推廣那張太陽的黑點而已，但太陽的黑點，越蔓延，越使他們患上精神分裂症。他們必須每天嘟喃著「天皇陛下萬歲」。「萬歲」是一萬歲數，假如日本天皇真的能活到一萬年，那不變成妖魔才怪哩。其實，說「萬歲」，只是祝福的口號，一句奉承話，一種無意義的空虛的讚美而已。明知道是空虛的讚美，但是在軍隊裡的士兵們，都是皇軍的一分子，假使不隨從喊著口號。便難保自己的舉動安然無恙。

昨天的天，和今天的天，是同一個不太深藍的天，卻早被區劃成幾片空間了哩。其中僅有幾分之一，才屬於一群台灣特別志願兵的天，其他龐大的天空，都被日本軍官和士兵們的優越感占據著，反映極權的陽光，而在僅有的幾分之一的席地，從天空灑下的淚雨，沾潤了他們個個的鄉愁；有時懸於山際，現出彎曲的彩虹。綺麗的彩虹，使他們看不清世界的明和暗。

　　這裡有如軍艦般的帝汶島，整個島嶼，好像陷落在噩夢的睡眠中，模糊又昏暗。而模糊的戰爭且在濃濃的暮靄中進行著。怎樣的戰爭，怎樣進行著，他們都不知道。他們只能默默地等待今天的來臨，和今天的終了，卻很久未曾想到有明天了。但明天在這種重重的暮靄中，也不見得會轉晴吧。如果，致命的一絲悲哀永不轉晴，被遺落在南回歸線上的天然俘虜島，處於逆境的他們該怎麼辦？

　　日軍占領荷蘭和葡萄牙各屬一半的帝汶島不久，島的周圍，海與空的控制權，便落入澳洲聯軍的掌握，完全使這個島變成了天然俘虜島，失去實際戰鬥的機能，連自衛的能力，恐怕還成問題呢。為了準備敵軍來襲登陸反攻，敢死隊的訓練越來越緊張，那是發揮大和魂唯一的精華作戰法。又不使士兵們頹喪志氣的防禦法。

　　俘虜島上雖仍充滿著戰鬥的潛在力，但是守備隊的戰鬥機，飛不出去，補給的船隻又駛不進來，被凍結在島上的海一九二三精銳部隊，竟無用武之地了。

　　澳洲聯軍攻擊菲律賓群島的飛機，天天經過這個島的上空。早晨，他們仰望編隊的飛機閃著銀翼，像候鳥飛往北方；到了下午，他們已習慣性地，可以聽見從北方飛回澳洲的飛機三三五五經過島上。那些回航的飛機，如有在菲律賓投擲剩下來的炸彈，便像飛鳥脫糞似地投向海岸港口的施設建築物。有時轟炸的聲音震動了島上的密林；他們不需聽到警報才逃避，一聽到遠方的飛機聲，便進入山壁的防空洞，從山洞裡探首看飛機，而數數今天共有幾架飛機回航，以及投擲幾顆炸彈。這些已經成為他們的日常課程，毫不稀奇。

　　但不稀奇的生活臨於死亡的邊緣，有如鐵片遇到酸性腐蝕時那麼無情，影響了自立的信心，和哀愁的命運。他們的哀愁，只能以一次犧牲，換來一次懷念的哀愁。例如蒙受敵機的轟炸，被炸斷了兩條大腿的羅二等兵，或者隨著沉沒的輸送船，被埋葬在海底的謝一等兵，像這些數不清的災禍，忽視個人生命的犧牲，僅能換來一次輕易的懷念而已。

　　應該稀奇的，但已使他們不感到稀奇的事情太多了。因為他們不再思考，把思考的機能，收藏在軍隊人事官的資料櫃裡去了。不管這是為誰的戰

爭，屬於誰的榮譽，或是誰的權益，他們早已不再思考了。

補給的船隻駛不進來，就沒有新兵補充到這個島嶼來。在沒有新兵到達以前，他們就是兵歷最淺的新兵。尤其被殖民的異質分子，未曾志願而被徵來稱為特別志願兵的台灣兵，只能睜開黑眸的疑惑，春天花開也不說話，在腐蝕的鋼鐵的抑壓下，永遠屈膝在下層，在一絲致命的悲哀不轉睛的天候裡，麻木著，終於也不感到悲哀或孤獨了。

哀愁的上弦月罩著暈圈，好像女人頸項掛著項鍊，胸脯上有南十字星的珠寶，在深夜的椰子樹上踱著，把細長的樹影，映印在地上。而大自然睡熟了的三更，寂靜又寒冷，貓頭鷹不敢飛翔，蜥蜴爬停在樹上也睡著。只有站崗的衛兵握緊著三八式步兵槍，披著無可奈何的孤獨感，數數自己的步子，一步又一步在椰子林裡徘徊。椰子樹的影子，卻像死了的野獸，俯伏在地面，成一堆堆的大斑點。

衛兵站崗在夜裡，並不覺得很討厭；因為安靜的大自然，沒有白天的嘈雜和煩擾，使人感到朗爽，似可恢復生命的活力，在夜的呼吸裡才獲得一點點人性和自由。這是林兵長進級升兵長之後頭一次輪到站崗，──在夜裡巡邏更使他感到愉快。

他轉一圈廣大的營地，走近兵舍，走近用椰子葉鋪蓋的茅屋；忽然，聽到低微而斷斷續續的嘆息，摻雜著女人的嗚咽，從椰子葉的壁縫洩出來。

他悄悄地走過去……。

茅屋裡的人，察覺了衛兵的腳步聲，隨即湧起的一種憤怒，壓住了聲音，很機警地，連呼吸都摒住。茅屋裡二十幾個女人，是昨天從北海岸的拉卡部落徵召帶來的。說是徵召，等於就是強迫搶人。為了安撫部隊的士兵，為了餓狼似的士兵們發洩淫慾，部隊卻公然出動去獵女人，要把無辜的女人們帶到巴奇亞城去，拖進地獄。

他探悉茅屋裡的動靜，許久……。

茅屋裡一片漆黑，祇從椰子葉壁縫，射進來微微的星光，保留一絲生命的光線。但那絲光線也隨著時間，逐漸挪移位置。明天或許後天，到了巴奇亞城之後，在她們的身上不知道會發生什麼。如此一想，女人纖弱的感情便抑不住悲哀，淚水頻頻溢出，拖著低聲的哽咽。

——阿母，唔唔……。

女人在哽咽中哭叫的語言，好像是他熟悉的話語，是屬於閩南語音。「阿母」必定是指母親吧，母親是一切懷念的根源，如果沒有錯，那個哭叫「阿母」的女人，也許就是華裔的女人啊！

他竟沒有想到離開台灣那麼久，在遙遠的原始島上，會聽到故鄉的話語。這一句話和軍隊裡所用的日本語，對於他來說，具有完全不同的感受，給他帶來濃厚的鄉愁。

被獵來的年輕女人，離開了家，她們是無依無靠的軟弱女人，可不要使無依的女人驚駭，也不要擾亂她們的哀愁吧。於是他又悄悄地離開了茅屋，心裡抱著思鄉，難能解開的結，鬱悶地，躲在椰子樹下，踱過長長的夜。

黎明一到，喇叭聲便搖撼椰子樹林的枝葉。不久，匆忙的槍械聲音，又開始騷擾清新的大氣。

——把女俘們帶出來。

留有鬍鬚的隊長，站在茅屋前發出命令。隊長的命令賦有絕對的權力，絕對的生殺權。

——兩個人一對對，排好，前進！

巴奇亞城位於中央山脈的高嶺地帶，是海一九二三部隊的統率中心。大隊部之下的各中隊，便分散在巴奇亞城四周的密林中。砍下椰子樹枝葉，搭建營舍，匿藏在從上空看不清的樹林裡，似一種保護色，可以預防飛機的空襲。

把俘虜過來的女人帶去巴奇亞城，在密林中新闢一處軍中樂園，把女人們關進「慰安所」裡，供很多士兵們有去處得到安慰；這是日本軍隊經理部門的計畫與業務，但司令部卻把護送俘虜們的任務，派敢死隊訓練中的士兵們擔任。

雖然這不是像作戰那樣艱鉅的任務，但面對哭過了一長夜，用淚水洗過臉的女人們，心理上的打擊是相當難過的。搶人家的女人，拆散了溫暖的家庭，僅想到他們自己收到一張召集令便不得不服從當兵，被送到戰地來的苦楚，已經夠悲哀了。何況這些，家有父母，或也有丈夫、孩子的女人，怎能忍受這種強迫劫奪的打擊？難怪女人們褐色皮膚的臉龐，失去了溫雅的柔

性，似乎連羞恥的感情也都凝固了，使他感到要容忍脆弱的感情，卻比賭命作戰的操勞還痛苦。

金城上等兵當前鋒，林兵長守備殿後。到目的地還有兩天的路程，在炎天下攀登山徑是夠辛苦的；尤其纖弱的女人們，從紗籠裙裾露出的赤腳，踏著砂礫，看起來十分可憐。

不管隊長有無顧慮到人性，但他那嚴肅而絕對的權勢，使他成為軍閥的魔爪。他騎著黑灰的現地馬，一會兒跑到前方，一會兒到後方，做機動的巡邏和監視，沒有一點憐憫和寬容的笑臉，只一味地執行他的職責。

日正當中，女人們的步伐越來越慢。

這叫隊長不斷地揮起馬鞭，一邊謾罵，一邊驅策女人們走快一點。他卻不敢用馬鞭抽打女人，似乎害怕損毀女人們柔嫩的皮膚。因為那是商品呀。當然，在叢林裡的小徑，是不怕纖弱的女人們逃跑的。這是一種奇異的任務，敢死隊的士兵們被派充獵人，徵召「慰安所」的女人，剝奪女人們的母愛，撕裂了他們夫妻恩愛，糟蹋了兒女私情，像押送女囚，把沒有犯過罪，沒有任何過錯的女人押走；士兵們藉著軍權的威力擔任獵人，這真是一件奇異的任務啊。

林兵長在殿後，跟前一名士兵保持適當的距離，而以同情的眼光看護女人們走路。他想，這不是押送囚犯，應該要想盡辦法保護她們的安全，解開她們委屈的結。然而，女人們看他好像是劊子手，是討厭的搶劫者，是軍閥盜匪的一分子，這一事實，使他感到毫無辯解的餘地。

林兵長回憶昨晚站崗時，無意中聽到的嗚咽聲，不知道是哪一個女人的哀叫；在穿著同樣的衣服的女人群裡，他想知道那個哀叫「阿母……」而哭泣的女人，很希望認識那個華裔的女人。

拉卡是位於東北海岸的一個小港口，比山地部落的島民，接觸海外文明的機會多。因此，這些女人們，不像山地部落的女人們，祇在腰部圍著一條短短的紗籠裙，裸露上身，在男人面前誇耀似地，擺動著豐盈而天然褐色的乳房。她們穿的衣服像印度尼西亞女人，披著淡薄而輕妙的麻紗上衣，腰部的紗籠也長到腳踝，比起山地部落的女人較美，又有魅力，且顯示出女人特殊的羞恥感。

　　林兵長僅想到在這一群女人中，有一個華裔的女人，便像感到在死的陣地撿拾一顆遺失已久的寶石那麼興奮。

　　——走呀，走呀，妳想挨打嗎？

　　突然，前面的士兵大聲喊起來。

　　有個女人似乎走不動，而蹲在路旁，士兵用槍柄輕敲她的肩膀，催她趕路。她不得不站起來，搖搖擺擺，拖著步子，慢慢地，慢慢地踏著砂礫的憤恨，踏著時間的逆流，慢慢地，又開始走路。

　　——妳走不動嗎？

　　林兵長走過來，以溫柔的口吻問她。林兵長講土語「帝屯話」是班內頂好的，但那女人卻聽不懂似地，默默不回答。

　　——妳不能走快一點嗎？

　　林兵長伸手想扶她走，但女人卻狠狠地，把他的手撥開，顯示憎恨的態度說：

　　——不要碰我！

　　當然，站在敵對的立場，要獲得互相的了解和善意的認識，確實不那麼簡單。在這種場合，誰都不願意被誰同情，也不值得被誰同情。同時，行軍在艱難的山徑，不論是被押的人有如俘虜，或者是執行守備押送任務的士兵，甚至能任意揮霍權勢的隊長，也都被無形的怒火驅策著，演成朦朧的霧的世界，看不清的無情的火花在燃燒，燃燒得使女人的臉更紅。

　　林兵長指示旁邊的兩位女人說：

　　——妳們二位去扶著她走吧！幫助她。

　　兩個比較活潑的女人很聽話，走過去便分開左右，把走不動的女人，挽著臂膀而走。且嘴巴不知在講什麼，講話的聲音，像槍彈那麼快，快的速度跟腳步的速度，卻成反比例。

　　她們低聲嘟喃著，講個不停，但一察覺士兵走近，便隨即沉默起來，而顯示鬱鬱不樂的神情。

　　沉默是最嚴肅的反抗。

　　由於身體纖弱而走不動，於是被扶著跛著腳慢慢走的那個女人，性格好像很倔強，看來蠻有理智而優雅。但在看不出美和醜、好和壞的異民族的體

態中，異性本能的好感或討厭，也都會分不清楚。只有勝過於愛的當中，林兵長卻想從有意同甘共苦的憐憫裡，希望能逐漸親近她，而得到人與人之間的互相了解，不管是異民族或異性之間，人與人之間的互相了解，總是令人得到溫暖的。

不久，林兵長看跛著腳的女人，獨自走進密林裡，在草叢邊蹲下來。林兵長知道她離開隊伍的原因，是為了生理上小小的需要。現地土人的女孩子，解決生理上小小的欲求的姿勢，都是習慣在路邊用雙手掀起紗籠，並稍微張開雙腳，站著施行的。但是，現在看她那樣連小小的欲求都要蹲下來的姿勢，顯然不是此地的習俗，這一發現，使林兵長猜測跛著腳的女人，一定是華裔的女孩子。

這是個祕密，她的祕密，也正是林兵長的祕密，持有同民族，同血統的祕密，多麼令人興奮呀。

──小姐，妳的……，妳的母親，還在嗎？

已經很久，林兵長沒講過台灣話了。

混在日本兵的隊伍裡，做夢也沒想到，仍會有祖國的語言講話的機會，這不是很唐突嗎?!現在林兵長竟然向一個不知名的女孩子，用祖國的語言問話了，而他講祖國的語言，卻是這樣稚拙。但是，不管講話的技巧多麼稚拙，語言總有微妙的機能打動人心。果然，意料之外的驚異，打擊了她，使她啞然，使她只睜大了眼瞳，凝望著林兵長，時間也隨著停滯了許久。

許久，她才半信半疑地說：

──你──，你會講……福佬話？……

語言的魔術，具有不可思議的媒介意義，竟能叫一個陷在悲哀深坑裡的女人，開口講話。同時叫一個寂寞的士兵感到非常興奮。

嗯！她只知道他是日本兵，怎能知道他跟她一樣，屬於同一民族分流出來的一分子。

──在日本南方北回歸線上，有一個島嶼叫做「台灣」，妳知不知道？中國海那邊被最初發現的葡萄牙人稱為福爾摩沙的那個島嶼？

──？……

──也許妳沒聽過而不知道……我告訴妳，台灣是一個島嶼，比帝汶島

稍微大了一點。住在台灣的人，很多是從福建移民過去的。在台灣我們的家鄉，也跟妳一樣講福佬話呢。

──？……，你別騙我！

──我不會騙妳，因為我也是福佬人。

那個女人，忽然發瘋似地，卻很謹慎地壓低聲音喊起來。

──你不是，你不是，你是日本鬼，是日本鬼。

充滿著憎恨，含著輕蔑和憤怒的情緒，她卻能顧慮前後，忍著衝動，而睥睨他。

穿著日本正規軍服的林兵長，是搶人家婦女的幫手。現在，面對著一顆難能解開的結，難予釋義的痛苦，而無可奈何地，向一個被搶來的女孩子低頭，顯出溫和且尷尬的神情，只搖頭，只傻笑。

然而，女人倔強的態度，觸及到林兵長的溫和，似乎也逐漸軟化了。

──如果，如果你真的是福佬人，那為什麼要當他們的兵？

她那明晰的眸子轉滾著，向林兵長表示疑惑和好奇。

哎！這該怎麼說明，才能使她了解呢。台灣原先是清國的土地，現在是日本的殖民地，日本統治台灣快五十年了。日本的軍國政府，雖然不會相信台灣人能對日本天皇忠誠，但政府有意以持久的努力，改造台灣人為「次日本人」，企圖增加龐大的國家人力，便於管轄新占領的土地。如滿洲、菲律賓、爪哇等廣大的地域，以「次日本人」管理占領地的「新平民」，是一舉兩得的政策。

然而，把這些事情說明，給一個離島生長的女人，怎麼能夠了解？在一個原始島上長大的女孩子，沒有地理的常識。儘管林兵長講了國家之間的關係，她只是搖頭；她的眼神只顯出不可解的疑惑，似乎在說：

──不管台灣怎麼樣，你為什麼要跟隨著他們當兵？

問題就在這裡。林兵長說：

──像妳被擄來的一樣，我也被強迫送到這裡來當兵的，誰真正願意當兵呢？

這是一絲掙脫不掉的悲哀。這種有關被殖民的弱者互相切實的問題，她卻是會了解；也使他覺得處於同樣遭遇的一種親近感。畢竟她是女人，重感

情的女人，親近感容易增長而產生同情。

——他們，對待你怎麼樣？

——他們認為我也是日本人，說日本國民是一視同仁的，而誇耀日本是太陽國，天皇是活人神，人民都屬於天皇的赤子。

日本帝國軍人是災禍的根源，自稱為皇軍，以其權勢把世界拖進戰爭的漩渦裡，意圖侵略。但她對於這些世局的問題不感興趣，只以冷酷的臉孔，望了望林兵長說：

——如果，你真的是福佬人；你，能不能救我，放我回家？

就說救她脫離魔掌吧。這是多麼冒險呀。對於被擄來的女孩子來說，是多麼切實的願望。但這使林兵長沉默起來。要怎樣向她說明白，才能讓她了解這種事情的冒險和困難？這是不可能的，不應該做這種生命的冒險。林兵長想轉變話題，講一些無關緊要，而能引起鄉愁的一些有詩意的話題；因為，詩的哀愁可以沖淡攀涉崎嶇的山路的痛苦。

——妳叫什麼名字？

——賴莎琳。

賴莎琳，很像葡萄牙女孩子的名字，據說，是她父親的一位荷蘭人朋友，給她取的名字。她的父親和祖父，都是中國人和印度尼西亞女人生的混血兒，而她的母親卻是荷蘭人和中國女人生的混血兒，有混血兒特殊的美，帶有異國情緒的美。但是賴莎琳並不像她的母親那樣的美，也許，因為她承受了印度尼西亞血統較濃的緣故吧。

她們一家住在拉卡，她的父親是做收買牛皮生意的。在帝汶島各地蒐集牛皮，轉送去爪哇賣。因此在拉卡港口擁有幾棟儲藏牛皮的倉庫，算是稍有盤底的華裔。不過，自從日本軍占領了帝汶島，她的父親就一直沒有回到拉卡來。

——妳的母親呢？

——她，還在拉卡。前天，三個日本鬼，到我家去抓人，強迫把我拉上吉普車，我阿母緊抓住一個日本鬼不放，卻被腳踢倒進水溝裡，不知道她傷得厲害不厲害？那天，你是不是也在那兒？

——沒有，我是昨天才來換班的，我沒看到妳被劫獵的場面……

　　或許看到了又能怎麼樣？不是也會瞄準著槍口，恐嚇著她，做示威的姿勢？讓士兵們好容易抓住她，俘虜她，而成為兇手共犯？

　　——我恨透了日本鬼，也恨你。

　　——我知道妳恨我，不用妳說，我也恨我自己……。

　　——你會恨你自己，為什麼還要跟著他們做壞事？

　　——軍隊裡的規律和命令，不得不服從。拉卡部落的酋長不也會發施命令嗎？

　　——酋長的命令不會破壞我們的家，只有日本鬼的野人，才會破壞我們的幸福。

　　哦！野人喪失人性的軍隊，就是野人的集團，成為一群盜匪，只會破壞人家的幸福，這可稱為戰爭嗎？不重視人的生命，算是戰爭的本質嗎？

　　——你能不能救我，脫離這個魔掌？

　　這是多麼冒險的計畫啊。要穿過軍隊的鋼鐵，多麼不容易呀。

　　——離開拉卡已經這麼遠，妳還想逃跑？或許能從這裡逃跑出去，也會被他族部落劫去做人質的啦。妳是回不到拉卡的，妳是個軟弱的小婦人，怎能回到拉卡去呢？

　　——不管怎樣，一有機會。你必須幫助我。

　　——當然，有機會，我願意幫助妳，但這是不可能成功的。倘若命運造成了機會，一切還需要靠妳自己的機智，和敏捷的行動，是十分冒險的行動。

　　她點了點頭。表示一次極度機密的默契。說起命運，在這種無可奈何的動亂環境下，只有忍苦，沒有奢望，人的行動全部受魔鬼的力量控制著，而很多無辜的生命，遭受種種的折磨，這就是戰爭。仿著軍政專制的口吻說，這就是聖戰，然而聖戰的旗幟，究竟意味著什麼？

　　貫穿南北海岸的公路，蜿蜒繼續著。公路的兩旁，都是原始的密林。鬱蒼的樹叢，隱藏著恐怖的陰謀，讓驚醒的烏鴉嘎嘎叫。押送女人們的隊伍，進入公路一段險峻的峽谷的時候，從一棵大榕樹，嘎嘎叫的烏鴉群，一起飛翔起來，向密林的中央拍著翅膀突飛而去。女人們仰看不吉的烏鴉飛遠的影子，感到一陣寒顫。但仍跛著腳，不停地，被魔力拖著似地，繼續走上去。

度過水牛撒尿式的時間，跛著腳走過血淚的一天路程，終於在緩慢的山坡兵站，士兵們卸下了武裝，準備過夜。高大的麻栗樹林，掩蔽著分散在山坡的兵舍，遮攔空襲的威脅，使夜暗更瀰漫，昏黑得很快。

營舍內，士兵們點燃起植物做的蠟燭，在搖搖欲熄的火光下，各自尋找孤獨的夢。營舍外，士兵們做活，只好依靠著亮在山陵上，那南十字星的微光，認清方向，行走上下坡。許久，騷亂了一陣之後，夜便安靜下來。

衛兵又開始站崗了。

被囚的女人們，仍然擠在一個屋子裡。屋子旁有一條溪水竹筧，供她們盥洗之外，沒有寢臥用具等其他設備。她們必須躺在椰子葉上，度一長夜的孤獨和耐寒。

林兵長本是人事官准尉的專任隨兵，外出時跟隨准尉參與作戰。在內務，必須做一切准尉的身邊瑣事，例如洗衣啦，供應餐食啦，鋪床啦，掃除啦，還有替長官脫長筒鞋，等於就是「下男」的任務。但有時也替長官抄寫報告，整理文書等，兼任祕書的任務。甚至有時，也跟准尉同衾，那是任務外的夫妻遊戲。在戰地，沒有作戰行動的時候，男人們起居在一起，偶爾發生同性愛，發洩青春被咒縛的鬱積，企圖取回欲望的自由，確實有時很需要。

籠罩著女人體臭的屋子裡，有一個女人想念著林兵長，想著白天跟她講過話的那個衛兵，今夜，她便不再哭叫「阿母」，而哽咽了。

她想著，將有脫離被囚的生活一絲希望。以哭乾了淚水的命運，女人們共擠在一室等待，等待夜將給她們新的露水。

她等待林兵長站衛兵的時刻，能到她的身邊來。然而等待的心情，有時候只成為一種幻想，是無法實現的夢。她不知道今晚林兵長不輪值衛兵，更不知道林兵長到准尉的營房去了。

此時准尉躺在床上，發出著怪異的鼻哼聲。

——嗯！嗯！換過來揉左腿吧，好，好。

林兵長抓著准尉的大腿按摩著，按摩的技術是平田上等兵傳給他的。那個可憐的平田上等兵，早幾個月前由於工作過勞而死了。在野戰醫院，帶著林兵長輸給他五百CC血液，死了。按摩的工作才輪到林兵長來擔任。士兵

們說，平田上等兵是准尉害死的。白天工作，晚上又要按摩到很晚，准尉酷使了他，他才工作過勞而死了。現在，輪到林兵長，准尉會不會再害死他？

准尉的營房，配在山坡最高處。右邊距離三十公尺地方，有一棵老榕樹。鬱蒼的枝葉間，棲有無數隻山猴子；每天晚上向著營房的火光，吱吱叫個不停。那騷音像原始島上的現代爵士音樂，奏著自然的安寧被冒瀆又是抗議的樂章，經過一個晚上。

林兵長緊緊抓住准尉的大腿在按摩，准尉喜歡這個年輕的新兵，尤其他是優異的台灣特別志願兵。任他撫摸體軀，享受著溫柔的快感，隨之便發睏而入睡了。睡眠引誘睡眠，使林兵長也倦睏。他邊按摩邊打瞌睡，終於也伏在准尉的身上睡著。

記得去年，那天是紀念明治天皇誕辰的「明治節」。

隊裡舉行盛大的酒會。強烈的椰子酒，先灌醉了老兵們，老兵們又灌醉了新兵們，使林兵長也醉昏昏地，回到准尉的營房。首先，他習慣性地把床鋪好，再吊好蚊帳，而想著要回自己的營房去休息，但他只是那麼想，他那醉昏了的意識，卻不支撐他的軀體動作，便不知不覺得睡倒在吊好的蚊帳旁邊，失去了知覺。

不知經過多久，林兵長迷糊的知覺，忽然察覺自己懶靠在准尉的擁抱裡，舌尖受到強烈的吸吮，撩撥出性的欲望，感電似的衝擊導至全身，發出異常的火花，並有著柔美和快感，提升了一陣青春異質的歡樂。

從此笨重的靈魂，經過性的陶醉洗涮之後，林兵長便常常被約睡在准尉的床上，以狂歡後的熟睡，挽回一天的疲憊。

今晚，林兵長不斷地懷念著跟華裔女人賴莎琳交換過的語言，以及她的行動。想得很興奮。但是由於他太累了，就倒在准尉的身邊，睡得很甜。

在一陣甜睡當中，他夢見賴莎琳清晰的眸子，似乎變成了藍又美的無數眼瞳，在飛舞。飛在天空，像蜻蜓的複眼，難予捉摸的小小螢光，忽然又飛回來。似乎要飛回來責難，責難他是兇手，是日本鬼。但跟他無限親近，親近地有如自己人，而開始在哀求，哀求他救出被囚的無辜的女孩子。哀求的聲音變成了「阿母」的哭叫聲，好像從很長很長的葬列奏出來的哀叫聲，好像披著白麻紗的送葬女人哭著，哀求他脫離一副重量的刑架。然而他卻在哀

嚎聲音裡睡著，全身麻木地睡著。

他們將一起前往巴奇亞城，夢一樣的巴奇亞城，他們將到達巴奇亞城時，准尉說：

——將來我會帶你去慰安所。

這句話是給他對於工作辛勞的安慰，同時對於新兵的未婚男人，一種「性」的啟示。

——不，我不想去，不想碰到那些從送葬隊裡溜出來的巫婆。

林兵長的潔癖，表現了一些無關重要的反感，他認為慰安所是不健全的，骯髒的地方。

——嘿！你害怕女人？

——不是害怕，祇是不喜歡接近。

——傻瓜，沒有不喜歡女人的男人呀，一個月後我帶你去，你就會喜歡。

——一個月後？為什麼說一個月後。

——把搶來的現地女人集訓，叫她們把身體洗乾淨，需要一個月，由軍醫檢查合格之後，拉卡部落的美人兒，就可以飛舞起來。

——怎麼集訓？

——每天用香皂洗淨灰褐色的皮膚幾次，檢查皮膚病和性病，教練她們接待男人的方法和禮節。——

——誰去教練？

——從內地來的兩個妞兒，神氣十足而又漂亮的妞兒，你沒看過她們多可愛？

——我看過了她們，但有點害怕。

——你是個小孩子。

林兵長是個小孩子，在軍隊裡不知道女人的，就是小孩子。但這個小孩子卻關心著一個帶有泥土味的小婦人，他感到那個華裔女人賴莎琳，又藍又美的一雙眸子，在夜裡一直凝望看他，而他卻睡得很甜。……

太陽一出來，就照到面向東方的山坡兵站。早晨的空氣很冷。在透徹的空氣中，匆忙的喇叭聲響起，又催促士兵們整頓隊伍，開始行軍。

陽光的微粒子散亂在霧白的空間，浮游在女人軟弱的步子的周圍，有人想拭去光的微粒子，企圖逃跑，有人害怕刀槍的閃光，願意咬斷自由。陽光卻不分善惡，照射著複雜奇異的各種思維，因此，人的思維在陽光下，容易開花。

而女人們在衛兵的監視下，思維未曾開花；只有沉默，以沉默表示弱者的抗議。

動員民眾開闢的這條橫貫公路，士兵們走入鬱蒼的密林不久，林兵長便發現一個土人男子，跟隨在隊伍的後方，若隱若現地出沒不定。察其行動，顯然不是一般的過路人。

那是誰？這使林兵長暗地裡提起了戒心，但裝著未甚介意的樣子。

走在前面的賴莎琳，此時又開始遲慢了步速，逐漸落後，而接近林兵長的時候，便靠近來急速地說：

——昨晚，你有沒有站崗？

——沒有，妳怎麼問起這個？

——我本期待你，到我們屋子裡來看我。

——昨晚我沒輪到值衛，但假使我輪到值衛，也不會進入妳們屋子裡看妳啊！

——所以，你在那個軍官的屋子裡睡覺？

——妳怎麼知道？

——有人告訴我……，你看，後面不是有個人跟隨我們來了嗎。

——妳是說，那個拿著竹鏢的男人？

距離隊伍約有一百公尺吧，那個土人，仍然緊緊地跟隨著隊伍。看他那種輕妙的步法，神出鬼沒的狀況，可以察覺是一位身體健康，很有功夫的勇士。

——那是誰？

——那是拉卡部落的一位勇士，是他告訴我昨晚你跟軍官在一起的。

——妳認識他？他跟蹤我們？究竟要做什麼呢。

——他要救出他的太太。

——他？他一個人怎能救出？哪一個是她的太太？

在敵對的立場上當然誰也不願意洩漏祕密，這是戰爭的原則。有意脫離拘束，是人為了生存而自然賦與的欲望，也是正當的權利。不管任何軍權或政權，都不應該劫奪人自由的權利。她們雖知道力量纖弱，但仍不顧生命，意圖爭取應享的自由，使林兵長感到意外而反顧自己，更為當了日本兵的立場覺得羞恥。因此，被劫來的女人們，常以沉默反抗，他是十分了解的。

林兵長環視周圍，這裡鬱蒼的密林，彎曲的山澗公路，他知道是襲擊敵人埋伏兵力的最佳隱藏處。

護衛女人的隊伍警戒非常嚴密，沒有一點漏洞。女人們受集體看管，在沒有一個人能脫離隊伍的情況之下，林兵長想不出那個土人勇士，計畫怎樣救出他的太太？

忽而，那個土人勇士看不見了。是不是放棄跟隨的欲念，而折回去了呢？

不，那個土人勇士走入密林，抄捷徑路衝出前方去，便像猴子，攀登上一棵大樹高處，握緊竹鏢期待著，企圖給騎馬的隊長，投一次致命的鏢鎗。

土人勇士簡單的腦筋，充滿了報復的意念。

然而，只要給領隊的准尉一次致命的打擊，就能算報復成功嗎？主要為了達成救出妻子的目的，他那弱小民族的勇敢的反抗，雖能說是精神可嘉，但事實上，想法過分幼稚而莽動。

隊長走在前面，幸好那時他的馬跑得很快，他聽到竹鏢「咻」的一聲；瞬間，正好隊長順著馬要跳躍而俯下身子，竹鏢才掠過隊長的背脊而過，沒有刺中。不然，那準確的一鏢，會使隊長的胸膛開花的。

看到竹鏢丟落，一個衛兵隨即向樹上的土人勇士狙擊一槍。彈丸只穿破了土人勇士的左肩皮膚，未至傷重。

女人的隊伍譁然，紛亂起來。

——下來，快下來。

狙擊的衛兵向樹上的土人勇士叫喊。

——不要慌張，把隊伍排好。

樹上的土人，才沿著樹枝徐徐滑下來。站在衛兵的槍口前面，灰褐色的臉色變成蒼白。一個衛兵走過去把土人的雙臂，用繩子綁起來。隊長策馬從

前方轉回，看了恢復秩序的隊伍，便命令衛兵說：

——把他押回部隊去！

隊長遇險瞬間的餘悸，尚未穩定，卻裝著不怕死的驕傲，顯示軍官的本能意識，恢復他底指揮的地位。

天然俘虜島的俘虜們，又增加了一個另一種俘虜。

巴奇亞城位於馬蹄比央高原東邊懸崖下面；一座突出的山陵，好像用過挖土機削平了一樣，廣場是平坦的一面草坪。在廣場東邊，便有城堡屹立著。城堡的白色牆壁，浮出在淺綠的自然彩色當中，反照陽光，維繫著這一帶最高統治官衙的莊嚴。

城堡的院子，有天竺牡丹和許多絢爛的原色花卉。一棵朱色約石榴樹，含著南國情調，孤寂地佇立在石階上層的一旁。繞過石榴樹，登上眺望台，站在樓台上可眺望一片廣漠的平原；而且能看到阿洛洽、阿洛洽布布亞、阿洛洽巴奇亞、得其利卡、其其爾等綠色鮮麗的山河，由小酋長統轄的國家，沿著得其利卡河流分布在河流流域的平原上。這些小酋長之上，擁有一位大酋長。大酋長住在馬蹄比央高原的王宮裡。巴奇亞城，係葡萄牙人統治帝汶島的總督府。瘋狂的日本皇軍，驅逐了葡萄牙人，纂奪了政治中心，因而殖民政治的體制也改變了。但巴奇亞城仍然是淨白美麗的歐式宮殿，是土人最懼怕不敢親近的法術城堡。大小酋長偶爾被召集在城堡裡的大廳開會，而這些緊急會議差不多都是為了糧食和勞力的徵收等等問題。且日本軍官的命令，是絕對的權力，軍律仍適用於老百姓的法律，使這些大小酋長有口難言，不得不供出大量的糧食；如玉蜀黍啦、米啦、椰子粉啦，甚至牛、馬、雞等等，都得聽從，苦於沒有力量為之反抗。

林兵長住在城堡裡後院一個房間，連接在准尉的居室。經過准尉的居室，前面有個大廳，是重機槍隊長安井大尉的房間，以及辦公廳和地方酋長們的會客室，亦即是地方行政統帥部。發布的命令，均交由蘇達兒（土人兵）隊長拉里諾轉達傳令。土人傳令兵的聲音很響亮；第一站從城堡階樓大聲地拖著有韻律的語音叫喊，離第一站幾百公尺遠周圍的土人們，一聽到第一站傳令兵的喊聲，不管是男女或在做什麼，就得站起來複誦所聽到的命令，成為第二站傳令。如此傳至第三站再至第四站，一直繼續傳到目的地為

止。這種原始的無線電傳達方式，把話傳得很快又正確。

平常，十幾個土人兵，駐在城堡牆內的守衛室。守衛室裡沒有步兵槍，但有竹鏢和土人們用的長刀。表面上由這些土人兵守衛城堡，但事實上，土人兵祇是推行統帥部的命令，和酋長們的連繫，做緩衝的工作而已。

守衛室旁邊的老木麻黃樹，有一個土人大漢被繫住著，雙手被綑在樹幹，失去了自由。那是昨晚跟女俘們一起被押送來的拉卡勇士。

誰也不敢想像什麼幸福，也不敢猜想明天的享受。每一個人所擁有的是今天的現在，只能忍耐著今天的現在而度過一刻又一刻，拖下去。如果，在這一刻又一刻的現在，難耐過去，那麼忍耐的紀錄，便會造成生的榮譽。

土人勇士的忍耐，記錄在他那赤裸的胸脯、肩膀和背脊，他那灰褐色的肌膚早已浮腫了一條條的花紋，因他對於射殺隊長的意圖，和計謀的原因守口如瓶，纔被打得幾度昏過去。蘇達兒潑水叫醒了他，但隊長的鞭條，又催他昏過去。如此，已不知循環幾次，他終於蹲在樹頭下，像是一尊血淋淋的肉塊，失神地呻吟著。

——派蘇達兒監視他，不要讓他逃跑。

隊長命令拉里諾嚴密的監視囚犯，讓他沾一整夜的露水。好像甘美的露水，可使自然人復活，星星的閃光，可給人重鼓希望。

土人勇士張開嘴唇，仰望天空，接受星星給他的生命充電。吸吮露水的營養，夢寐了一個長夜，他那裸體的肩膀和背脊，滾流的水滴亮著。

第二天早晨林兵長很早起來，走到院子裡木麻黃樹下，看到被囚的土人勇士，他仍然睜開著很大的眼睛在看天空。

擔任看守的兩個蘇達兒看林兵長走來，隨即向他敬禮。他回舉手禮之後，便走近土人勇士說：

——你從拉卡跑到這裡來，白費了一切，何必要這樣受苦？

土人勇士睜開著浮顯紅絲的眼睛，看他一眼，且不講話。

——賴莎琳告訴我，你要搶回你的妻子，是不是？但是你有沒有想過應該怎麼樣才能搶回妻子，現在，災禍也落到你身上來了。

土人勇士又睥睨他，且把憤怒聚集在全身，顯出侮蔑的神情，凝視林兵長。

　　——最好不要莽動，你的企圖是毫無實現的可能呢，也不必憤恨，「恨」會毀滅自己啊！

　　土人勇士頻頻轉動著身子，他的臂膀隆起豐盈的肉瘤。但，無法揮起反抗的手拳，使他咬緊牙根，祇在怒視著。經過了很久，他才開口說：

　　——我恨，恨自己前天晚上，怎麼沒有把你們殺死！

　　恨會毀滅自己啊。劫奪大家的婦女，當然會叫人憎恨呀，恨那一群人，那一群盲從戰爭，而採取野人的暴力行為，排斥和輕視異民族的，不自覺的、沒意識的，那些士兵們的行為，是不可原諒的。

　　——我了解你的恨怒，不過，只有恨怒，是不能糾正醜惡的姿態啊！

　　林兵長這一句話一半是講給自己聽的，他似乎照著鏡子看了自己醜惡的姿態，而感到悲哀。

　　——你放我走吧。

　　——除了隊長的命令之外，誰也不敢放你走。不過，等一下准尉會來詢問你，那個時候，你該坦白而老老實實地告訴他，而向他認錯，他會寬恕你回拉卡去的。如果你肯聽話，我將會替你向准尉求情……。

　　土人勇士垂下了頭，又緘默著，他察覺了一種權力，不可反抗的——屬於日本軍自稱的太陽神，向神低頭似地，垂下了頭。

　　准尉負責調查間諜，這個土人勇士是不是間諜？就是他調查的範圍。

　　但是由於林兵長的報告，准尉知道了土人勇士祇是為了要自己的妻子獲得自由，而冒險來救美，於是他笑了，有點嫉妒地笑了。

　　——這個傢伙要討回女人？哈哈哈，多麼魯莽呀。

　　帝汶島的現地人都不知道戰爭，不知道日本皇軍的威力，更不認識「為政者」的存在。他們遇見軍隊，看到騷擾安寧的裝甲車輛和各種奇異的兵器，祇覺得那是神和魔鬼的混合體，來到了他們的土地上，而感到十分詫異。也沒想到那些異教徒的軍隊，突然會襲來踐踏自然的聖境，會欺凌住民的自由和利益。他們對於那些外界的侵入，本來毫無感覺似的，以為跟他們無關。

　　目前軍政政策的第一要件是宣撫，宣撫當地住民完全服從統治者的所謂德政。要他們像多面鏡反射似的服從，照射無智的阿諛和諂媚，才能在這個

土地上建立「占領戰爭」的另一個基地。當地人都無歧異的「思想」，是屬於無智的自然人。

如果沒有間諜的嫌疑，應該把土人勇士釋放回去，回到不牽涉戰爭的地方，回到統治者的野心擾亂不到的地方去才對。

從拉卡部落搶來的女人們，早被送進野戰慰安所去受訓。受訓期間最少一個月，未結訓以前是不准接待任何客人的。

野戰慰安所是位於巴奇亞高台的南方凹地，在麻栗樹繁茂著的樹蔭間，有葡萄牙人留下來的噴泉水池和小溪流。噴泉的水，從人造的陶器獅子頭口腔流出來。處於清雅的風景裡，令人感到很有異國情調。慰安所的周圍，用鐵絲網圍牆隔分內外；部隊派有衛兵不斷地巡邏監視內外的動靜。而衛兵室邊的大門，卻像隱藏春色似的緊閉著，不准任何閒人進去。慰安婦住宿的營舍通道外邊，都有椰子葉編織成的屏障，高高地遮攔著從營外來的視線，使外人從圍牆外看不見營內女人們的活動。

聽說，慰安所裡有兩個從內地來的女人，擔任這一群被搶來的女人們的教官。在一個月當中，要每天教練她們接待男人的方法等一些課程。接待男人的方法，不過就是讓粗魯的士兵解決容易鬱積的「性」的問題而已。這種任務，說起來並沒有什麼困難。但事實上，處理男人的「性」，必須要同時鎮定年輕血氣旺盛而暴躁的感情。所以，有時碰到粗魯蠻野的士兵，要使他們馴柔，就會感到十分棘手。

從內地來的女人，都是藝妓出身的。其中有個日本人，能用日本女人特有的溫柔，教示她們操縱男人而融化他們的感情。另一個是從北韓徵來的阿里郎女人，她所教授的課程，是屬於做愛的技巧等類。要使這一群未受過訓練的女人們，在短期間內，能適應粗野的男人不斷的摧殘，而應付裕如，就必須每天教她們得躺在草蓆上，做激烈的腰部運動，這種有點像軍隊式的操練，使女人們感到名副其實的腰痠背痛呢。

慰安所的二棟房子互相面對著，而每一棟房子都分隔成許多小房間，可供一個女人配一個小房間住著。房間中央只有一張眠床，用軍用白床單覆蓋起來，一看很清潔。眠床的兩端，即放有薄薄的粉紅色荷蘭軍用毛毯和兩個人用的圓長形枕頭。除了眠床，在這小房間內，沒有其他家具和衣服。

　　林兵長跟隨著准尉來到慰安所，主要是希望能看到賴莎琳。

　　他們進入辦公廳，辦公廳卻沒有人在。只聽到從辦公廳後面一棟大房子，傳來女人喊號令的聲音「一，二，三，四——一，二，三，四——」

　　正是體操的時間吧，那稍微高音的女人的號令，像飛越在溪澗裡的鷺鳥溫柔而尖銳的叫聲，多好聽啊！准尉想依順女人號令的聲音一直進去，卻忽然被從側門跳出來的一個女人挽住了手臂。

　　——不行呀！那邊不能進去嘞。

　　濃厚的粉膏香味和女人的聲音，差不多同時撲來，刺激了神經，使林兵長全身像通了電似的，湧起異樣的感覺。他一看，多美麗的女人啊，由於很久很久沒看到日本女孩子，忽然出現在他眼前的女人，好像是仙女下凡，特別覺得漂亮。

　　——啊！安子。

　　准尉知道她的名字。他叫了一聲，並舉起右手抓住她的肩膀說：

　　——我以為妳在那邊教練體操。

　　——不，那是淑姬在教練特別體操呢，是男人禁地，不准進去。

　　叫做安子的女人，穿著簡便的和服，稍微細長的臉頰，十分可愛。但並不屬於美人型，身長不高，腿和臀部都很豐盈，是一種標準的藝妓身材吧。

　　安子祇和准尉聊談，連看隨在准尉後面的林兵長一眼都沒有。當然，像她這樣有來歷的女人，對象都是軍官。而下級的士兵，不值得她一顧。林兵長對於這種女人，持有畏懼的心理，祇喜歡欣賞她們勇於閃露淫靡的神情，但不敢接近她，且持有羨慕和輕蔑的一種矛盾的心理，從遠處凝望她。

　　——聽說，這一次徵來的女人之中，有一個叫做賴莎琳的女孩子？

　　准尉根據林兵長的報告，來打聽那個土人勇士所要找回的妻子是怎樣一個女孩，跟賴莎琳一起被征來的那個女人，不知是什麼名字，祇有問賴莎琳才能知道。

　　——您要找賴莎琳？

　　才來了二天的女人，在安子的記憶裡好像有這麼一個名字，她翻開名冊，認出賴莎琳是六號的女孩子；在這裡，房間的號碼代表著女人的名字，也就是士兵們要找「慰安」的對象時，要指定的目標字號。

准尉說：

——事實上，不是要找賴莎琳，是要知道跟賴莎琳在一起的另一個女孩子，我要賴莎琳一起帶她來。

——您喜歡她？

安子撒嬌的高聲音像含有嫉妒似地，笑著追問准尉。

——咦！有妳在，我怎麼會喜歡那些野女孩！

林兵長知道准尉也是安子的顧客之一，在野戰軍隊裡開設慰安所，雖然是為了安撫男人「性」的暴躁而設，但在男女交往之間，總難免產生感情，而互有妒意。像安子這種女人，敢到戰地來賭性命做活，顯然不是單純的妓女所能做到的。不論什麼時候，「死」都跟隨在身邊的戰地，像士兵們的生活一樣，需要對人生持有超然的諦念，因此她沒有真正使心靈感電似的愛，祇有在必要時發洩那關不住的慾望，使早已麻木了的感情，抖落了幾片樹葉而已。她是一棵女人樹。

安子對准尉說：

——您喜歡她，誰也不會嫉妒您，但是現在不行，那些野女孩的性病檢查，還沒有結果，軍醫昨天才來過。您不知道，昨天軍醫來檢查的時候，還大騷大鬧過呢。

准尉一聽到性病，便覺得全身抖索。因為他玩過一次酋長招待他的山地女人，就被傳染了。幸好跟他同學的一位軍醫在野戰醫院，繼續不斷地送最新的藥來，才能醫好。

現地的女人們，對貞操觀念雖然很淡薄，但是軍醫檢查她們的身體，沒有醫學知識的她們當然會大騷大鬧哩。聽很多人說，現地的女人百分之九十以上持有性病，所以被軍隊獵來的女人，必須經過最少一個月以上的檢查和治療之後，才能開放給士兵們「慰安、慰安」。

——安子，不瞞妳說，我是為了查一個案子，要來偵訊那個女孩的，請妳快一點把她帶來。

聽起任務，誰都不敢有所怠忽。尤其日本女孩子，對於軍隊嚴格的規律，很尊重、很服從。那是跟尊重男人和服從丈夫一樣，造成了「大和撫子（日本女人）」的美德，安子隨即站起來說：

──是，我去先把六號帶來，體操大概也完了，您先問問六號，跟她一起的是哪一個女孩，我再去帶來。

安子伸長手臂，拍一拍准尉的肩膀，很甜蜜地笑一笑，便走出去。她那種婀娜的姿態，不知道有多少軍官消魂過了。但是由林兵長看來，那是多麼下賤啊！

稍後，安子帶著賴莎琳進來。賴莎琳看到准尉和林兵長，好像嚇了一跳似的，低垂了頭，慢慢走進來。她已不像前天他們從拉卡獵來的女孩子，穿著印尼女人紫黑色的薄衫和長長的紗籠。她所穿的是慰安所分配給她的白色緊身女襯衫，長袖長到膝蓋上，只裸露著肩膀，而胸部和腰部的曲線造形，苗條又優美。由於適應原始的生活，平常過著野性的行動，現地女人的身材，都很苗條。讓這樣的身材，穿起現代式的白色襯衫，顯露出來的線條，是相當豔麗而魅惑男人的。准尉看了賴莎琳，那樣可愛的少女姿態，看得眼神都呆鬆了。林兵長卻緊張起來。

──啊，賴莎琳。

──你們是日本鬼，又要來抓人？

賴莎琳仰首瞟睨他一眼，又裝著不理他。兩天不見，林兵長對賴莎琳的感情，互有微妙的相應；但在這種場面相逢的瞬間，心情覺得十分僵硬。祇聽到心臟跳動的聲音，話卻講不出來。

在天然俘虜島上，戰爭被凍結。沒有實際的戰鬥展開的期間，軍隊裡的士兵們閒著。因此想恢復一點人性，過著習慣了的婆娑生活，這是難免的欲望。

人間的文明，總會叫人羨慕嚮往。從較文明的社會，被徵召，來到原始的島上，過著野戰軍隊生活的林兵長，當然常會懷念並意欲早日回到文明社會的生活去。這對於從沒有經歷過文明生活的賴莎琳來說，目前她所接觸的軍隊裡的生活、住、衣、食的不同，雖不像自由的文明社會那麼舒服，但已經夠使她感到奇異又羨慕了，遠較她們現地的原始生活舒服得多。像鄉村的少女羨慕都市繁華的生活一樣，這裡慰安所的生活已經夠魅惑現地的野女孩了。她們被迫天天洗澡，她們雖不太喜歡每天用熱水洗澡，但洗澡時所用的香皂的香味，會洗淨了她們苗條身材的骯髒，和現地女人特殊的臭味，使她

們感到舒適、美麗，而得到文明生活的好處。晚上睡在特製的木床，離地高高，有軍用毛毯蓋著很溫暖。不像在自己家，睡在樹枝上像鳥巢的竹籠裡，不然就敷椰子葉睡在泥土上，用焚火或用薄薄而髒的紗籠蓋著取暖，簡直不像人的生活。每餐吃的是米飯和玉米並有紅燒野鹿肉，和許多不同種類的茶和熱燙燙的魚肉，盛在鐵質的碗盤，放在簡陋的桌子上，坐椅子，很規矩的吃。她們對這些種種的規矩雖然不習慣，但她們知道總是比原來的生活，得到很多的享受，而十分愉快。這是生活上新鮮的變化，在被搶來的當初，無法想像的變化，當時她們以為被搶來要做苦工呢，而僅經過兩天的生活，賴莎琳的姿態，便有新的變化了，變成了一位新的女人。看到賴莎琳變了，林兵長有點驚奇地說：

──賴莎琳，妳記不記得，從你們拉卡部落進來，要救出自己太太的那個勇士嗎？

賴莎琳的眼神忽然發出閃光，凝望林兵長，並向准尉瞟了一眼。

──他，他怎麼樣，還活著？

或許賴莎琳以為那個勇士早被打死了，在這個人和禽獸的生命，被視為差不多價值的原始島上，尤其戰爭的亂世，人被打死的事實，並沒有什麼稀奇。

──他被綁在隊部院子的大樹下。

──噢，他還活著？你們要把他怎麼樣？

賴莎琳對於那個勇士未被打死，似乎難於相信。她看了林兵長，又瞟望准尉，想從他倆的表情探察事實。

──我們要知道那個勇士的太太是哪一個？請妳把她帶來，准尉想要對質一下呢。

──對質什麼？你們既不打死他，為什麼不放他走？

──就是為了要放他走，才要對質一下麼，不然，他早就被槍斃了呢。

賴莎琳顯示感激的神情，但不講一句話，轉回身子就跑出去。

不久，賴莎琳帶回來一個同伴，指給林兵長說，她就是那個勇士的妻子卡特琳。卡特琳不像賴莎琳那麼帶點憂愁，表情十分朗爽快活。也許她的性格屬於樂觀，或者被劫來軍隊慰安所之後，了解了被劫來的用意是什麼，才

開心。而要盡量享受這裡比她們現地人較文明的生活似的，跟前幾天從拉卡被押來途中那種垂頭喪氣的神情，完全兩樣。她看到林兵長和准尉，像看到久違的知己一樣，也沒覺得驚異，顯出活潑可愛的女郎姿態，向他倆微笑。這使准尉對她的印象很好，准尉要林兵長詢問她，那個土人勇士是不是她的丈夫，她對於丈夫冒險來救她回去，有何感想，她知不知道她的丈夫參加什麼敵人的活動等等。

經過賴莎琳的翻譯，卡特琳毫無顧忌的一一回答了問題。賴莎琳有意幫她，救助她的丈夫能獲釋回去。談話之後一切事情似乎很明朗。林兵長把詢問的結果報告准尉，正和安子談笑的准尉，餘興未盡似的聽了報告之後，馬上答應了賴莎琳的要求。

——好，好，我要考慮放他走，不過……

准尉回看了一下安子，又看了看卡特琳。然後，對著她倆有點命令的口吻說：

——我要帶妳六號和她……

准尉的手指著卡特琳，眼看著安子，安子隨即搶著說：

——五號。

——對，我要妳們，六號和五號兩個到隊部來一下。妳們兩個人，最好勸勸那個傻勇士，乖乖回部落去。不准輕舉妄動，在這裡惹禍。再不聽話，我就下令槍斃他。

准尉看了手錶，又面對著安子要她開一張她倆的外出證，讓林兵長負責，帶她倆出去兩個鐘頭。

被綁在木麻黃樹下的土人勇士——馬卡洛尼——真不想哭。但是他的眼淚，像瀑布的水，竟不由然地滴落下來。他看到他的愛妻卡特琳和賴莎琳一起走近來，只看到她倆的影子，眼睛就模糊了，好像是一場夢。在被囚的這個時刻，怎能會看到她倆變成了另一種有如仙女的姿態出現呢。淨白的緊身女襯衫，從沒看過的裝飾，使他感到不可侵犯的神聖，附在她倆的身上，在伸手觸不及的地方，距離他們原始的現地生活意識很遠。於是他似乎一瞬昏了過去。直到卡特琳蹲在地上，跪著膝蓋爬近他的身邊，張開手臂按住他肩膀，叫了一聲丈夫的名字，他才從夢中醒過來，睜開眼瞳看了卡特琳，又

看了看周圍的賴莎琳和林兵長以及准尉。為什麼他們都來了？離別了幾天之後，一場痛苦的邂逅，使土人勇士馬卡洛尼，莫名其妙地說不出話來。這種場面，使林兵長感到一陣鼻酸，松永准尉卻裝著嚴肅的臉，用冷淡的眼光，注視著他們。

賴莎琳紅著眼眶，站在卡特琳的旁邊，向卡特琳私語著。

──妳啊，妳怎麼不講話呀！

卡特琳把哭濕了的臉轉過來，看賴莎琳，又瞧了准尉；碰到准尉冷澈的眼光，畏縮了一下，才把臉貼緊土人勇士，向他開始講話。

講話的聲音很低，而且是土語，一般講土語的速度很快，外人祇能聽到咕嚕咕嚕的聲音以外，無法了解他們在交換什麼意見。

然而在目前他們講話的內容，並沒有什麼重要。准尉有意放走那個意圖搶回妻子的勇士，那土人盲目的勇氣，實在令人好笑。准尉認為這種單純的搶劫動機，既沒有惹出災禍，應該可以原諒的。如果卡特琳能勸他的丈夫，不再輕舉妄動而乖乖回到部落去，就要把這個案子結束了。在戰地的軍官握有這麼奇妙的人民生殺權，祇要你聽或不聽從他的命令，死或活便很簡單地被裁決。那是十分含糊，有時會失去原則的，極為危險的命令。

依據賴莎琳的翻譯，林兵長大約知道卡特琳和土人勇士之間的交談了。首先土人勇士馬卡洛尼很倔強地說：

──我不回去，我要留在這裡看住妳，被殺死，也不後悔。

卡特琳卻很冷靜地說：

──你會破壞我們二十幾個女人全體的安全啊，如果你不回部落去，我們都為了你會被打罵受苦的。日本鬼很狠毒，聽從他們，他們認為你是友人，不聽從就是敵人。所以祇要聽從他們，他們才會對我們好。我們來了兩三天，穿的、吃的、住的都很不錯，你應該放心回家。你先回去，到了時候，我們也會被釋放回家啊。……酋長一定每天在盼你回家的，你不趕快回家幫忙他，他，他會怎麼辦，你該想一想，不要老被綁在這棵大樹下受難呀。

他倆夫妻，在爭執了一段時間之後，土人勇士馬卡洛尼終於也答應服從了。

　　准尉毫無表情的叫土人守衛蘇達兒，放開了土人勇士的綁索，恢復他的自由。

　　林兵長護送賴莎琳和卡特琳回慰安所，又一次當衛兵和女囚的地位，走了一段路，誰也不說一句話。林兵長把她倆交還給安子，銷假之後，便轉回頭離開了賴莎琳。卡特琳向他說了一聲再見，「再見」這一句話是代表她最誠懇的謝意說出來的。由於卡特琳的眼神，他感受到了她的謝意。

　　賴莎琳卻十分消沉，她把細長的身軀倚靠在六號房的門框，默默凝望著他離去。一直到林兵長走入拐彎處，回頭看她，她仍然不動地望著。似乎被釘在門框裡的一隻蝴蝶標本那麼不移動。

　　敢死隊的訓練越來越厲害，越叫隊員緊張。每天的演習不論白天或晚上，不管什麼時間，任由敢死隊教官的興趣，便會被臨時召集出動。營舍附近的山岳、密林、草原都強迫行軍越過或爬過了。採取游擊戰術、機動性出沒自在的戰鬥，確實，不眠不休的活動，使這一群敢死隊隊員，個個力盡筋疲。經過敢死隊的訓練，到第四週週末晚上，就寢前，班長特地來寢室宣布說：

　　——明天是星期日，全隊休息准予外出。

　　——哇……

　　這是敢死隊再度開始訓練以來的第一次放假，難怪隊員們都跳起來高興。但是，班長說「准予外出」，究竟在這種原始島的山中要出去哪兒玩？去密林看樹？或者到海邊去看海？不管海或密林，他們都跑倦了。夜間演習、白天操練，已經累死了他們，哪兒還有精神去遊山玩水？已經很久，林兵長在晚上或黎明前，沒有感到由於睡眠的恢復而得來的體力。自己的男性象徵，很久沒有強壯的站起來過了。可見，敢死隊訓練激烈的程度，使他們的體力消耗殆盡。第四週才來一次放假，這一天，該好好睡一大覺，沒有人希望外出吧。然而，班長卻接著說：

　　——這兒有外出證，每個人都發一張，明天早餐吃完後，可以各自行動。隊長命令每個人都要到慰安所去，把這幾個禮拜來的緊張，解放下來輕鬆輕鬆一下，這是唯一的新陳代謝啊！如果沒去慰安所的，一查到，會被罰站衛兵三天，知道嗎？

　　隊員們一聽到隊長強迫他們去慰安所，覺得喜憂參半。喜的是久未接近異性，能看著她們，跟她們談談話，接觸一下細軟的身體，多麼快樂啊。憂的是男性的象徵，已經好幾天都一直畏縮著，未曾抬頭站起來，接近了那些慰安婦，如果不能發生作用，多羞恥啊。那些女人們一定會覺得這些士兵，外觀強硬，內裡軟弱的令人唾棄呢。

　　林兵長當然很喜歡到慰安所去，他喜歡去慰安所，不是像其他士兵們那樣為了去買女人，他的目的，祇要看著賴莎琳。一個月過了，從拉卡獵來的女人們在慰安所裡，不知過著怎樣的生活？

　　那天早晨，林兵長到了慰安所去排隊買票。每一張入場券的價錢，是象徵性的，祇收一元錢，等於免費一樣。林兵長指定買六號的票；但買六號票的人，在林兵長之前，已經有三個人，林兵長是排在第四位。每一個所占的時間，最長不得超過二十分。如果他前面三個人都以占滿二十分計算，林兵長得要等待一個鐘頭以後，才能夠見到賴莎琳。

　　但實際上，林兵長在走廊的長椅上，祇坐了不到三十分鐘，就輪到了。很顯然的這些年輕小伙子，由於操練過勞，都成了早漏性，在女人房間不敢待長，紅著鼻尖，匆匆退卻出來。於是林兵長很快站起來，進房子裡去。他的後面還有幾個人也是指定六號的，但林兵長決心要花費全部二十分的時間才退出。林兵長看到賴莎琳洗手完了站在那兒，穿著淨白的女人緊身襯衫，林兵長差一點就錯覺，她是女醫生，等著為他開刀似的，使他有奇異的感覺。他眨了眨眼，看清楚地，確實就是賴莎琳。賴莎琳面向著他，看他進來也沒有一點笑意。房間中央的眠床上，淨白的床巾有點縐亂著。林兵長一瞬，想像了剛才賴莎琳在床上的姿態，但隨即把那些邪念打消。他繞過眠床，走近對面一張凳子上坐下來。

　　賴莎琳看他進來不講話，也不像其他士兵們那麼一進來就要伸出怪手摟抱她。她默默地站在一邊，兩個互相瞧著。賴莎琳說：

　　——你不是也來狩獵？

　　——我？

　　林兵長覺得心臟跳動得很快，他知道賴莎琳的話意。

　　狩獵！是多麼一句美妙的語言，其實，獵者和被獵者之間，有什麼分

別？真正的獵者是誰？賴莎琳以為林兵長是抑壓著性的慾動，而不講話。但是，林兵長確實沒有那種念頭。他的男性，由於連日來的操練，非常疲憊地還在睡著。

——我祇是來看妳，我是不會狩獵的。

林兵長雖這麼說，但是賴莎琳好像不相信。

——你來看我？要我怎麼樣？

——我不要求妳什麼，我祇想在這兒，看看妳，度過我的二十分鐘時間就好了。

二十分鐘，不是很長的時間。但是，如果在僵硬的氣氛中，也會覺得時間很長。

賴莎琳看林兵長那麼誠摯不欺的神情，隨即收回了女性特有的警戒心，在床邊坐下來。

——你怎麼那麼久沒來？

當然，賴莎琳不知道他們正在接受敢死隊的訓練，林兵長把天天接受操練，疲憊辛勞的情形告訴了她。她感到很奇怪的說：

——你們日本軍為什麼也要虐待自己的人？

——不是虐待，這是作戰所必須的訓練。

——還不是一樣，把我們獵來這裡，說是訓練，事實卻在虐待我們，為了你們這些無聊的人，迫我們當奴役……。

——不要那麼講，我們，比妳們還苦呀！

——苦嗎？你會覺得苦嗎？為的是什麼，是為了獵人的罪惡而感到痛苦嗎？

賴莎琳很激動地說完，臉都紅了。林兵長只以苦笑對待她，使她急焦的情緒緩和下來。此時，門外有人叫：

——喂！還沒完嗎？快一點麼。

林兵長看著錶，時間還沒到。但是，他覺得無需再留戀在這兒，於是站起來。

——再見，我希望妳保重自己。

賴莎琳看他要走，一瞬躊躇了一下之後，卻像雌豹的眼光看著他，突然

撲地跳進他的胸懷裡，手挽住他說：

——不要出去，我要你多待一會兒。

——妳不是討厭我嗎。

——我討厭你，但是我要你狩獵我。

賴莎琳說著，緊緊擁抱住林兵長。

林兵長受了女人的髮香味噎著，半被動地也緊緊擁抱著她，在心裡想：

——我這個無能的獵女犯，該怎麼辦？……

發表於1976年7月《台灣文藝》五十二期及同年10月

《台灣文藝》五十三期。獲得1977年吳濁流文學獎

出自《活著回來：日治時期台灣特別志願兵的回憶》（1999）

天然俘虜島帝汶島位於赤道以南，太平洋戰爭失利的日軍退守帝汶島，台灣志願兵、印尼慰安婦……在此天然資源缺乏的孤絕之境，交織著一場又一場面對生死與人性的無可奈何。

陳千武（1922-2012）

本名陳武雄，以筆名桓夫寫作現代詩，陳千武寫作小說。生於台灣南投縣名間鄉。1942年成為「台灣特別志願兵」，親歷太平洋戰爭，成為戰俘的他在南洋戰場和集中營長達四年，直至1946年才被遣返台灣。為「笠詩社」發起人之一。著有日文詩集如《彷徨的草笛》、《花的詩集》；中文詩集《密林詩抄》、《不眠的眼》、《媽祖的纏足》等；小說《獵女犯——台灣特別志願兵的回憶》（後改為《活著回來——日治時期台灣特別志願兵的回憶》）、《陳千武集》、《情虜》等。

從都蘭到新幾內亞（節錄）

蔡政良

帛琉

　　軍艦轉眼間已經停留在馬尼拉港口外三天，所有高砂義勇軍隊員都沒有機會下船，只有少數幾位日本軍官偶爾搭著小艇來回於岸上與軍艦。高砂族隊員這三天都在甲板上實施基本軍事教練，就是那些立正、向左轉、向右轉之類的動作，不然就是由日軍的兵長講解高砂義勇軍在戰場上的任務，包含修建戰地工事，替前線日本皇軍輸送戰鬥資源，例如彈藥、食物等，以及負責教導當地小朋友日語與唱歌的任務，但就是沒有關於如何操作手中步槍的訓練。洛恩盡力地將日軍交代的動作與指令牢記在心，無非是讓自己保持最高的警戒以了解戰場上可能會發生的事情，想辦法讓自己在最危急的狀態下可以找到保命的方式。原本洛恩以為這次出發時拿槍，就是要上戰場，但是從出發到現在，卻完全沒有射擊的訓練。當洛恩不斷聽到長官說只是負責一些後勤補給的任務分派之後，對於上戰場前線與敵人廝殺的壓力，稍稍抒解了不少。洛恩偶爾也在甲板上看到遠方碼頭上，除了日軍之外，還有許多沒穿上衣的工人，忙裡忙外地搬運物品；這些人的膚色就跟排灣族的差不多，洛恩不知道他們是否是當地人，或者就是前幾批出發的高砂義勇軍隊員。洛恩經常想，或許，這些人裡頭可能也有都蘭的人吧。

　　到了第三天傍晚五點左右，天還很亮，不過是那種就快要變成晚上的亮度，所有日軍長官回到船上，船隻又再度啟航；這次，船首向著東南方前進。洛恩不知道船將要開到哪裡，只感覺到船在海上似乎像隻躲避被人抓去宰殺的豬，在無邊際的豬舍中轉來轉去，一會兒向東，一會兒向南。洛恩也

發現這艘船在白天時以近乎停駛的龜速前進，但是一到了晚上，船隻就高速前進，有時都聽得到船艙下方的引擎聲音，像隻發怒的熊，轟隆隆地喘氣著。

　　經過五個月亮的起落後，船隻抵達了一個叫做帛琉的小島。這次，所有高砂義勇軍隊員都下了船，直接被帶到一處四周用鐵絲網圍起來的營區中。在這裡，高砂義勇軍隊員們除了還是接受相關的基本訓練與補給訓練外，其餘時間的最主要任務就是在帛琉的營區中蓋房子和種地瓜。日子一天一天過去，洛恩每天賣力地幫忙蓋營區的房舍，偶爾也會瞥見鐵絲網外有部分帛琉人走動；洛恩沒機會跟他們說話，只是覺得這些帛琉人跟排灣族實在有點像，有一些人也很像阿美族的人。這裡的天氣也與都蘭很像，太陽有時也會咬人，甚至，連海都很像，洛恩有時還會以為自己又回到都蘭，只是覺得很像被關在監獄一樣，每天在鐵絲網內賣力地工作。看著遠方湛藍的海水，力外經常跟洛恩提及很想帶著魚槍下水射魚，或者退潮去lakelaw（退潮時採集潮間帶食物），畢竟已經有一段時間沒有吃到adipi（笠螺）和cuying（粗皮鯛）了。洛恩每天吃著日軍供給的單調軍糧和自己種的地瓜與地瓜葉，極度想念那滿滿海水味道的各式海鮮。看著這片與都蘭很像的海卻無法潛水，對於洛恩來說，是最痛苦的事，比在烈日下揮汗蓋房子做苦力還要痛苦。

　　在帛琉的日子單調且無聊，洛恩看著月亮從圓到缺，又從缺到圓，已經兩次了吧，開始感覺到自己對於打仗的想像太不真實了。

　　「這就是打仗嗎？」

　　洛恩跟春田聊天時，經常使用這句話作為起頭。在帛琉兩個月後的某一天，太陽即將進入最大的季節，在這個平常就可以輕易聞到海水味道的小島上，此刻，海的味道更顯得濃厚無比。這天，隊長與副隊長召集洛恩所屬的小隊，開始講解步槍的使用與操作要領，洛恩突然有種被提醒自己原來是在戰場上的感覺，之前幾乎都已經忘了這件事，只是納悶：「原本不是說要我們替前線的日本皇軍進行後勤補給的任務而已，為何要教我們如何使用步槍呢？」在分隊長的解說下，洛恩知道自己拿到的步槍是九九式步槍，是日本皇軍在大東亞戰爭中使用的新型步槍，射程遠、後座力小，且最重要的是，很準。接著，兵長開始了教導高砂義勇軍隊員操作步槍射擊的訓練。洛恩對

步槍沒什麼興趣，但是，為了能夠保命，還是相當認真地學習從分解、射擊動作、清槍、保養等每一個步驟。倒是那些排灣族、布農族、泰雅族的高砂義勇軍隊員，顯得特別興奮的樣子，每個人練習射擊動作的那一剎那，目光炯炯有神，嘴角微微上揚，他們各自用自己的語言與同胞熱烈地交談著。

很快地，月亮又一輪圓缺，洛恩對於步槍的操作也近乎熟稔了。在某個日落時分，海鳥成群地往陸地飛來，在西方海面與天空上一片暈紅的雲彩中，這天的夕陽大得離譜。鐵絲網內傳來急促的小喇叭聲劃破天際，彷彿連經過的海鳥們都嚇了一跳；所有高砂義勇軍隊員在營區廣場緊急集合。

「今夜我們將前往大日本帝國的最南方前線支援作戰，那是個海上男兒就應該去的戰場，讓我們為天皇而戰，幫助日本皇軍打贏這場大東亞戰爭吧！」鹿毛隊長說得慷慨激昂，接著全體隊員整齊劃一地高聲合唱〈榮譽的軍夫〉：

紅色彩帶，榮譽軍夫，多麼興奮，日本男兒。
獻予天皇，我的生命，為著國家，不會憐惜。
進攻敵陣，搖舉軍旗，搬進彈藥，戰友跟進。
寒天露宿，夜已深沉，夢中浮現，可愛寶貝。
如要凋謝，必作櫻花，我的父親，榮譽軍夫。

在合唱中，洛恩原本不安的情緒逐漸消失，反而開始有點興奮起來。唱完〈榮譽的軍夫〉後，大家很自動地接著唱起〈台灣軍之歌〉：

遠方太平洋的天空，發出光芒的南十字星。
黑潮波浪飛濺在椰子島，衝破怒濤穿越赤道線。
守護南方的是我們台灣軍，啊啊～紀律嚴謹的台灣軍。
⋯⋯

洛恩跟著大家越唱越洪亮，越唱越大聲，一句一句日語歌詞彷彿已經帶領著洛恩的身體衝過赤道線，踏上那遙遠未知的南方戰場。所有人員隨即迅

速完成裝備檢查與裝載，魚貫上船後，軍艦在夜色的掩護下，朝著那傳說中的南十字星方向前進。

南十字星的天空下

洛恩並不清楚南十字星的方位、大小與明亮度為何，只能把它想像成夜間時分偶爾會在都蘭東方海面上的Sanasay（綠島）見到的明亮燈光，那是來自前幾年才新建的綠島燈塔。洛恩也不明白赤道線是什麼東西，一直以為那是海上的一條線，看到這條線，就表示進入所謂南十字星的世界。但是，從帛琉出發後的航程裡，洛恩從未看過傳說中需要衝破大浪才能通過的赤道線，所以也一直以為還沒有進入南十字星閃耀發光的天空下。兩天後，就在一個太陽逐漸從東方海面升起的晨曦中，洛恩看到了遠方浮現一座被青綠色覆蓋的大地，中間下方邊緣處，還有一條長長的白色細線。船艙中傳來的廣播聲要求大家準備登陸，洛恩被搞糊塗了。

「赤道線呢？你們有看到嗎？已經抵達南十字星的天空下了嗎？」洛恩丟了一堆問題給在身旁的力外與春田，兩人只是面面相覷地不知道如何回答洛恩的問題。

抵達岸邊時，洛恩才發現那一條白色細線原來是一片白色沙灘，幾乎就與都蘭灣南方富拉富拉克（杉原一帶）的海灘一樣，只是這裡的沙灘比較長，綿延一整片，彷彿像是把後頭的蔥綠山脈與叢林綁起來的麻線一樣。登陸作業以小隊為單位上岸，碼頭位在這片沙灘西方終點的一處海灣中，所有隊員上岸後，隨即沿著碼頭，以武裝跑步快速移動至前方約一公里外的叢林裡頭，再往東行軍至原先規畫好的陣地內，就地紮營。

洛恩將視線向北穿過叢林的空隙，隱隱約約見到那一片美麗的沙灘與藍到不可思議的海水，海面上幾乎呈現寂靜無波的狀態。

「這裡不知道能不能潛水射魚啊？」力外突然問了洛恩這個問題，但是洛恩看海看得太出神，完全不理會力外的提問。隨後，所有隊員在叢林中迅速整理營地，搭起野戰帳篷，以叢林最茂密之處作為掩蔽，設立伙房等戰地設施。南十字星天空下的戰地生活就此展開，時序已經進入昭和十八年八月了。

　　第五梯次高砂義勇隊登陸的地點，是新幾內亞島的威瓦克（Wewak），位於島嶼北方的一處日本海軍基地。新幾內亞北方沿海區域，是日軍大東亞戰爭中最南端的戰線，洛恩登陸時，該地區包含所謂的山南地區，即威瓦克西南方的叢林與西比克河（Sepik）流域中下游一帶，仍然在日本皇軍的控制之下。不過，因為熱帶叢林裡的潮濕、蚊蟲，以及糧食彈藥補給的困難等等因素，日本皇軍在此吃了許多苦頭，許多軍人不是因為瘧疾，就是因為飢餓，死在這個叢林之中；沒染上瘧疾的，也大多有腳氣病的問題。因此，這個戰區被許多日本皇軍稱為「人間的地獄」。雖然日軍曾經多次想要突破美澳聯軍的封鎖，穿越叢林與山脈，前進到東南方的新幾內亞首府摩瑞斯比港（Port Moresby），但終究因為南方叢林的地形、天候、環境，對於來自北方的日軍，就像是地獄般而未能成功。

　　洛恩在叢林裡頭，被劃編在第二十七野戰貨物廠的編制中，每天都會接到不同的任務指派，有時必須行軍穿越叢林，到日軍位於威瓦克的空軍機場協助整修機場的工作，有時則必須負責搬運與補給食物及彈藥至威瓦克附近區域的各個大小日軍基地。被分配在伙房工作的古拉斯，告訴洛恩與力外等人，聽說部分一起出發的高砂義勇軍隊員，被挑選出來編制為突擊隊員，於抵達威瓦克沒多久就被帶走，將要上戰場從事一些特別的戰鬥任務。洛恩並不知道哪些人被挑選為突擊隊員，因為自從抵達威瓦克之後，洛恩所屬的小隊就與其他小隊分散在鄰近的叢林中，分別由各小隊的隊長與副隊長管理，因此並不清楚其他小隊的情況，倒是在伙房工作的古拉斯，由於經常接觸不同小隊，且伙房隊員又幾乎都是阿美族，因此交換了不少訊息。

　　古拉斯除了伙房工作外，還有個特殊任務，就是教導部分當地的小男生日語以及歌唱。這些小男生的年紀大約都在十五或十六歲左右，這在都蘭的部落裡，是屬於巴卡路耐（都蘭阿美族年齡階層中的最低階）的年紀。這裡的小男生膚色相當黑，夜間時分若沒注意，大概沒有人會發現他們的存在。這些男孩的工作大多是在廚房裡幫忙，被稱為Cook Boy（煮飯小弟）；由於這些煮飯小弟僅懂得一點日語，無法進行深入溝通，古拉斯也不知道他們為何會幫日本皇軍工作，只是大概知道這些男孩的家人，因為戰爭的緣故，都躲到更深山的叢林裡去了。

　　這樣忙碌的日子持續了快一週，洛恩除了白天需要從事整修工事與補給工作外，夜間也要與其他隊員輪流擔負警戒哨的工作。洛恩經常與力外被分派在夜間一起擔任警戒哨，由於夜間禁止說話，也禁止任何火光，兩人常會不由自主地偶爾抬頭看看天空，看起來像是在搜尋任何從天上攻擊的敵人，其實，洛恩與力外心裡都清楚，兩人在尋找那一顆振奮人心的南十字星。只是，叢林裡林葉茂密，想要穿透這片叢林的遮蔽著實不易，更何況要找到所謂的南十字星了。而古拉斯則因為在伙房班，隊長並未安排他擔任衛兵的任務，不過，古拉斯也必須和其他的伙房兵一樣，經常在凌晨時分就起床準備食物，夜間也經常沒得休息。

　　抵達威瓦克的第七天夜間，洛恩與力外輪值完十點至十二點的衛哨任務後，在帳篷內相鄰的床位就寢。但是，這裡的蚊子不分晝夜都會出沒，即便是深夜時分，牠們仍然賣力地飛著，雖然有蚊帳可以讓人避免被這些帶有瘧疾病源的瘧蚊叮咬，但是牠們成群在蚊帳外頭飛舞的聲音，仍然相當惱人。洛恩在睡不著時，總是會將這些嗡嗡聲想像成這些蚊子在蚊帳外頭說話或唱歌，例如「出來，出來決鬥，你不要躲在蚊帳裡！」或者「*hay i yan na i yo i hoi yan, hai yo ing ho i yo i yo ing no hai ha hai*」之類的，這樣就可以很快睡著，也許偶爾還可以在夢中跟米撒可說說話。不過，對於力外來說，睡覺卻像是吃飯一樣地天生而自然，只要可以躺的地方，倒頭就能睡，這些蚊子的嗡嗡聲對於他來說，根本不會造成任何困擾。當晚，洛恩就在蚊子嗡嗡聲以及包含力外在內的其他隊員的鼾聲中，逐漸進入夢鄉。

　　這次，洛恩並沒有夢到米撒可，反而是夢中的砲聲、槍聲大作，伴隨著尖叫、慘叫的人聲，以及飛機低空掠過時的轟隆聲響。

　　「美國飛機來了！美國飛機來了！」

　　突然有人在夜色中驚慌地大聲喊叫著，彷彿要撕裂喉嚨般地叫。洛恩猛然驚醒，才發現那原來不是夢。當他想趕緊把仍然在身旁呼呼大睡的力外搖醒的剎那間，「碰！」地一聲，一發中型炸彈穿破帳篷，掉落在力外的頭旁邊，洛恩下意識地一個轉身，雙手抱頭地往外面撲去，結果那是顆未爆彈，直挺挺地插在力外的頭旁邊。力外此刻終於醒了，像隻被火燙到屁股的猴子，飛也似地跳了起來，往外頭陰暗處衝去，洛恩也跟在力外身邊，躲在未

被炸彈火光波及的叢林中。黑暗中，看著營區附近因為炸彈炸開產生的巨大聲響與火花，交織著從遠方日軍基地射擊而來的高射火砲，形成一片火網，照亮下方的叢林，洛恩注意到古拉斯所在的伙房區被慘烈地轟炸。

「不知道古拉斯是否有逃出來啊？」

洛恩緊張地問身旁的力外；此時力外在火光映照下，忽明忽暗的臉龐露出驚懼的臉色，在巨大的聲響與震動中，根本聽不到洛恩的問題。洛恩轉頭看看後方的樹叢，發現春田和其他人正躲在自己後方，與力外同樣露出恐懼的神情，洛恩頓時彷彿在看著鏡子中的自己。

空襲很快地結束了，少了轟炸機飛行時的轟隆聲響，可以更清楚地聽到叢林裡因為燃燒而產生的聲響，就像洛恩向父母親提及被徵召擔任高砂義勇軍隊員那晚的火堆聲音；在一片燃燒的濃煙中，瀰漫著特殊的味道，那是洛恩從來不曾聞過的味道，雖然聞起來有點像白浪（漢人）拜拜時燃放的鞭炮，但又不完全是那麼回事。在熊熊的烈火中，偶爾傳來哀號的聲音；洛恩等人動也不敢動，直到隊長與副隊長在叢林中發出集合的命令，洛恩等人才用匍匐前進的方式，爬到發出命令的地方。眾人集合之後，隊長開始點名，發現少了許多人；但是，在這一片火光被濃煙遮蔽的夜色中，就像日出時那種太陽被薄暮遮住的情景，一切仍不明朗。隊長卜令原地靜默待命，日出後再行整隊與確認狀況。洛恩低頭看著自己的身體與手腳，確認一切都還完好，接著就開始擔心起古拉斯。

伴隨著在夜色中逐漸微弱的火光及煙塵，天漸漸亮了。叢林中許多樹倒了下來，營區附近煙灰下的一片焦土，遍布被炸彈炸開的坑洞，每個坑洞的直徑都超過五公尺以上；因為轟炸，營區的天空突然變得開闊起來。洛恩見到這情景，嚇了一跳，眼前的景象比原先想像的還要嚴重，被轟炸的區域也比想像中還要大得多。隊長命令包括洛恩在內的部分隊員搜索營區內其他隊員，並將傷者與死者集中。洛恩第一次見到如此多的死人，而且每個死狀都不是很好看，有的頭不見了，有的下半身不見了，即使身體保持完整，胸膛或腹部也有個被一大片逐漸轉黑的血包圍的大洞，死傷者身旁都有大量的血跡。不知道是因為死屍太重，還是因為害怕，洛恩一邊搬運屍體，一邊發抖著。隊員們將屍體集中後，洛恩看見古拉斯被排放在死屍的行列中。洛恩急

奔至古拉斯身旁，急忙確認古拉斯是否真的死了。

「古拉斯，起來，快點！」洛恩搖著古拉斯的身體，急切地喊叫著。

古拉斯沒有任何回應，洛恩將耳朵貼近古拉斯那滿是血液的鼻子，除了聞到血腥味之外，完全沒有任何動靜。這時，洛恩才發現古拉斯的腹部被炸了個大洞，血液幾乎已經沾滿全身。之後，力外與隆米亞也急忙奔來古拉斯身旁，望著古拉斯的屍體，三人面面相覷，不知道該說些什麼才好。

等到其他小隊的陣亡者全部集中後，共有二十六名志願隊員在這場、也是第一次的敵軍空襲中陣亡。隊長命令其他隊員將這二十六名陣亡的高砂隊員，逐一剪下一片指甲，然後集體就地埋葬。原先一起從都蘭出發的四人，現在只剩下三人了。此時，洛恩才真正想到自己可能永遠無法回到都蘭，不由自主地打了個冷顫。

＊　＊　＊　（中略）

從新幾內亞到都蘭

這種沒有時間感的日子不知道過了多久，叢林中的雨似乎不再如同之前幾個月那樣狂暴地下著，前方與後方的河水水面都下降了不少，露出一片乾涸、上頭長著一些雜草的土地。洛恩判斷大家已經在山上躲藏了一年多，而且乾季也似乎即將來臨。其實，這裡的乾季也不是真的那麼乾，不過是惱人的雨下得少了一點，河床水位降低一點，其餘幾乎沒有什麼改變。在這段期間內，除了五位戰死的隊友外，陸陸續續也有人病死，原來五十人左右的部隊，只剩下三十人左右。

某日，洛恩輪空在營區內休息，前方衛哨傳來一陣騷動，正當洛恩起身想要了解發生何事時，春田已經興奮地跑來跟洛恩大聲嚷嚷：

「日本人來了！日本人來了！」

隊長一馬當先地往哨所衝去，後頭跟著幾位日本兵長，其餘高砂義勇隊成員跟洛恩一樣，原地站了起來，望著前方正在發生的事，並議論紛紛。由於隊長以及幾位兵長擋住視線，洛恩無法見到前方來了什麼樣的人物，但是隱隱約約看到後頭有幾位帶著美軍鋼盔的士兵。洛恩相當驚訝，怎麼會有美

軍的士兵就這樣大搖大擺地走進來，隊長卻未下令戰鬥？很快地，洛恩就感覺出大事即將發生，只是無法確知那到底是什麼？

　　一群人在前方彷彿仍在商討著即將發生的大事，洛恩注意到隊長與幾位兵長的頭低了下來，整個身體也如同洩了氣的氣球，癱軟地站著。隊長交代其中一位兵長一些事情後，該名兵長隨即轉身命令全體隊員集合。洛恩跟著春田、力外與隆米亞一起集合，甚至部分病倒的隊員也在其他隊員的攙扶下，勉強地加入集合行列。

　　集合完畢後，隊長轉身朝隊伍走了過來，這時洛恩終於注意到有兩位從來不曾見過的日本皇軍軍官，也從前方朝隊伍走來。最令人感到震撼的是，兩名日本軍官身邊有許多帶槍的美軍士兵，以及一位唯一沒有戴鋼盔，但是戴著軍帽的美國軍人，跟著隊長一起走來，洛恩猜那是軍官吧。

　　「所有大日本帝國的英勇軍人與軍夫們聽著！」其中一位日本軍官站定在隊伍前方之後，以洪亮中帶點日本軍人特有的驕傲語氣說著。

　　「天皇已經於八月十五日宣布投降，即刻起，所有日本軍隊立即繳械，聽候美軍命令。」這位日本軍官繼續說著，但是語氣中的驕傲卻突然不見了。

　　洛恩聽到這句話時，沒什麼反應，只能呆滯地看著前方垂頭喪氣的隊長，似乎有一種感到不甘心的味道從隊長的身上散發出來。其餘隊員也沒有特別的反應，不知道是因為早就預料到這樣的結果，還是已經飢餓到無法思考任何一件事情了。洛恩環視周遭的隊員們，才驚訝地發覺，每個人都已經瘦成皮包骨，突出的顴骨下有著凹陷的眼眶，飢黃的面容看起來就像活的死人一樣。

　　所有隊員隨後繳械，並在美軍的帶領與監視中下山。美軍提供擔架給生病的高砂義勇隊員與日本軍人使用，由身體狀況還可以的其他隊員擔著，沿著叢林裡泥濘的小徑下山。洛恩與春田一前一後地抬著一位躺在擔架上的日本兵長，一路跌跌撞撞；過河時，美軍還特別出動小艇載送。洛恩不敢多看任何一位美軍一眼，除了覺得他們身材高大、眼神兇惡之外，其實是深怕他們發現自己把他們的戰友吃掉的事實。

　　抵達美軍安排、有著高聳鐵絲網圍著的集中營區後，洛恩才發現有許多

日本軍人與高砂義勇隊員已經被關在這個營區裡集中生活。這些人同樣骨瘦如柴，面無表情，有些人正在將美軍提供的行軍床搬到外頭曬太陽，有些人則在廣場上坐著，許多原本應該留著一頭標準山本平頭的軍人，大部分都已經被散亂的長髮與參差不齊的鬍鬚取代，在瘦黃的矮小身材下，更凸顯了戰敗者的惆悵，就像為了爭奪母狗打架，但是後來打輸的小公狗，只能暗自躲在角落看著勝利的公狗恣意地與母狗交配一樣。

　　集中營裡的生活比起在山上時好多了，最棒的莫過於有固定的食物可以吃，這是在山上時絕對不會有的事。除了吃飯以外，集中營裡的生活一切由美軍和日軍軍官安排；美軍不像日本軍人會任意打人，因此也就逐漸習慣營區的日子了。至於在營區內的日本軍人，看起來也不像剛投降時那麼失落了，至少像隊長之前那種不甘心的味道，現在已經聞不到了。甚至，日本軍人還對美軍唯命是從，這讓洛恩很難相信，才沒多久，日本軍人一看到美軍就發狂開槍的狠勁到哪裡去了？

　　待在營區中大概過了幾個月，所有日本人與高砂義勇隊成員的體重都稍微恢復了一點，也比較像個人了。某天，美軍將從台灣去的高砂義勇隊與其他台灣人分成一組，日本軍人則分成另一組，準備搭乘軍艦回家。眾人被帶到碼頭等待上船，洛恩看著旁邊另一組準備登船的日本軍人，在美軍的管制下，魚貫登船。洛恩看著那種美國人與日本人的身高差距，美國人對待日本人的態度，突然覺得這些矮小的日本軍人，簡直就像隊伍旁邊那些高大美國人的兒子。

　　民國三十四年（1945）十二月，洛恩搭乘的美軍軍艦抵達高雄，岸上迎接他們的軍人已不是日本皇軍，而是一批戴著有星星圖樣帽子的中國軍人。

　　洛恩輾轉回到都蘭後，才知道米撒可的哥哥查季參加了第八回高砂義勇隊，但他沒洛恩幸運，跟古拉斯一樣，在抵達新幾內亞不久即陣亡了。回到都蘭的洛恩，以務農維生，並嫁入米撒可家，生下八女兩男，其中一位男孩早夭。

　　米撒可於2005年12月21日於都蘭家中，在神父的懷裡蒙主寵召。

　　　　　　　　　　*　　*　　*

　　2009年初春，我在洛恩阿公家中，陪他看電視中的摔角節目，趁著切換廣告時，問洛恩阿公：

　　「阿公，現在你知道南十字星在哪裡了嗎？」

　　「不知道啦！」阿公用他少數可以發音正確的中文，大聲而明確地回答。

　　　　　　　　　　　　　　　　出自《從都蘭到新幾內亞》（2011）

　　二次世界大戰期間，數千名原住民族青年被徵召投入南洋戰場，是為「高砂義勇隊」。多少年過去，勇士們的靈魂被遺忘在陌生的新幾內亞戰場，太多的傷痛、太難的回憶，2013年高砂的翅膀來到七十多年後的戰場，亡靈終得乘著翅膀回返部落成為真正的祖靈。

蔡政良（1971–）

出生於台灣新竹，現為國立台東大學公共與文化事務學系副教授。因緣際會下他成為都蘭阿美族人kapah（漢名林昌明）的義子，獲得族名Futuru，長期定居都蘭。從此流動於新竹客家人與台東阿美人之間的認同。著有《石堆中發芽的人類學家──我和我的那些都蘭兄弟們》以及《從都蘭到新幾內亞》。此外他也製作多部紀錄片與電影短片。

國家圖書館出版品預行編目資料

南洋讀本：文學、海洋、島嶼/王德威、高嘉謙編著.--
初版.--臺北市：麥田出版：英屬蓋曼群島商家庭傳
媒股份有限公司城邦分公司發行, 2022.09
面；　公分.--(台灣@南洋；3)

ISBN 978-626-310-277-4 (平裝)

813　　　　　　　　　　　　　　　111009643

台灣@南洋 3

南洋讀本
文學、海洋、島嶼

主　　　編	王德威	高嘉謙			
責任編輯	林秀梅	陳淑怡			
校　　　對	張桓瑋	劉雯慧	黃國華	黃衍智	劉河嘯

版　　　權	吳玲緯	莊彙翌	
行　　　銷	何維民	吳宇軒	陳欣岑
業　　　務	李再星	陳紫晴	陳美燕　葉晉源
副總編輯	林秀梅		
編輯總監	劉麗真		
總經理	陳逸瑛		
發行人	涂玉雲		

出　　　版　麥田出版
　　　　　　城邦文化事業股份有限公司
　　　　　　104台北市民生東路二段141號5樓
　　　　　　電話：(886)2-2500-7696　傳真：(886)2-2500-1967
發　　　行　英屬蓋曼群島商家庭傳媒股份有限公司城邦分公司
　　　　　　104台北市民生東路二段141號11樓
　　　　　　書虫客服服務專線：(886)2-2500-7718、2500-7719
　　　　　　24小時傳真服務：(886)2-2500-1990、2500-1991
　　　　　　服務時間：週一至週五09:30-12:00、13:30-17:00
　　　　　　郵撥帳號：19863813　戶名：書虫股份有限公司
　　　　　　讀者服務信箱E-mail：service@readingclub.com.tw
　　　　　　麥田部落格：http://ryefield.pixnet.net/blog
　　　　　　麥田出版Facebook：https://www.facebook.com/RyeField.Cite/
香港發行所　城邦(香港)出版集團有限公司
　　　　　　香港灣仔駱克道193號東超商業中心1/F
　　　　　　電話：852-2508 6231　傳真：852-2578 9337
馬新發行所　城邦(馬新)出版集團〔Cite (M) Sdn Bhd.〕
　　　　　　41-3, Jalan Radin Anum, Bandar Baru Sri Petaling,
　　　　　　57000 Kuala Lumpur, Malaysia.
　　　　　　電話：(603) 9056 3833　傳真：(603) 9057 6622
　　　　　　E-mail：cite@cite.com.my

設　　　計	莊謹銘
排　　　版	宸遠彩藝有限公司
印　　　刷	前進彩藝有限公司

初版一刷　2022年09月

售價／799元
ISBN 9786263102774
　　　9786263103078 （EPUB）

城邦讀書花園
www.cite.com.tw